KB187323

한국 지명 신 연구

- 지명연구의 원리와 응용 -

都守熙

제이앤씨
Publishing company

- 序文 -

고지명 해석은 생각보다 쉽지 않다. 그런데도 누구나 할 수 있는 대상으로 착각한다. 지명도 엄연한 우리 국어의 어휘인데 다른 어휘에 대한 연구는 전문가에게 맡기면서 어째서 지명만은 누구나 할 수 있다고 착각하는지 모르겠다. 저자는 "지명연구란 하면 할수록 점점 더 어려워지는 학문임"을 수시로 절감하게 된다. 지명연구를 하려면 우선 국어학에 익숙하여야 하고, 아울러 역사・지리・민속(토속)・설화・전설・한문 등의 주변 학식을 필요한 만큼 兼備하여야 하기 때문이다. 거기다 외국 지명학의 동향을 살펴야 하는 부담까지 가중된다. 솔직히 저자는 고대 지명을 해석하기 위해 필요로 하는 주변 지식의 부족으로 난관에 봉착하는 경우가 없지 않다. 그러니 "지명연구는 누구나 쉽게 할 수 있다"는 인식에서 벗어나야 한다. 이 제언은 지명연구의 전문화를 위한 苦言이다.

저자는 그 동안 지명학이 우리 국어학의 한 분야임을 누누이 역설하여 왔다. 따라서 지명연구는 국어학적 방법론으로 분석 기술되어야 한다고 재삼 강조하고 싶다. 이는 합리적인 연구결과를 산출할 수 있는 正道이기 때문이다. 졸저는, 게재한 논문들이 국어학의 일환으로 씌어졌기 때문에, 국어학의 원리에서 거의 벗어나지 않았다. 특별히 이 점을 유의하지 않으면 졸저는 읽기에 무척 지루하고 난해할 것이다.

졸저의 제1부는 주로 지명 연구의 원리에 해당한다. 지명학의 새로운 방향을 비롯하여 지명과 역사의 밀접한 관계, 지명어 음운론, 지명 차자 표기법, 고지명 해석법, 고대 국어와 지명 자료, 고대 지명과 고훈, 방언과 지명의 밀접한 관계 등을 중심으로 논의한 것들이다. 제2부는 주로 지명연구의 응용에 해당하는바, 고대 지명의 어원・의미・변

천 등에 대해 논의한 것들을 전반부에 배치하였다. 그 후반부는 고속
철도의 역명을 비롯하여 행정중심복합시의 명칭 등 지명의 현안 문제
에 대하여 논의한 것들이다. 특히 방언과 지명의 관계가 매우 밀접함
을 강조한 글로 제1부를, 국어를 바르게 이해하자는 취지의 글로 제2
부를 마감하였다.

　졸저를 세심히 살펴보면 논문에 따라서는 중복되는 부분이 없지 않을
것이다. 특히 자료를 재인용하거나 해석한 경우의 중복이 더욱 심할 것
이다. 고대 지명 자료가 지나치게 빈곤하기 때문에 부득이 그럴 수밖에
없었던 고충을 솔직히 고백한다. 비록 중복될지라도 다른 곳에서 찾아
참고하는 불편을 덜어주기 위하여 독자가 편리하도록 배려하였다. 졸저
는 미리 계획 집필한 저서가 아니라서 首尾가 조리정연하지 못하고 짜
임새도 어설픈 편이다. 지난 10여 년간 여러 학술지에 발표한 글들을
모아 한 권의 책으로 엮었기 때문이다. 특히 한자혼용 표기가 고르지
못한 점을 지적할 수 있다. 원본을 충실히 보존한 탓이다. 그래도 어느
정도는 저서의 형식에 맞추기 위해 부분적으로 수정하기도 하였다.

　삼복더위의 여름이다. 무더위 속에서 다루기 힘든 졸저의 원고를 편
집하고 교정하느라 수고한 제이앤씨 출판사 관계자 여러 분들의 노고
를 마음에 깊이 새기며 감사한다.

2009년 8월 15일
養性齋에서
都 守 熙

- 目次 -

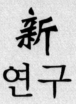

한국
지명

- 지명연구의 원리와 응용 -

新
연구

제1부

Ⅰ. 한국지명학의 새로운 지평
-「地名學」을 창간하며-

1.

드디어 대망의 「地名學」이 창간되었다.

한국지명학회를 창립한지 첫돌에 태어난 학회지 창간호이다. 그 배태기가 너무나 길었던 본 학회의 창립에 비하면 「地名學」의 창간은 비교적 빠른 성취라 할 수 있다. 참으로 감개무량할 뿐이다. 더욱이 심각한 경제난국에 처하여 있는 어려운 상황에서 기획한 대로 아무런 차질 없이 창간하게 된 것을 다행으로 여긴다. 모든 회원들과 함께 기쁨을 나누며 창간의 의미와 우리 학회가 해야 할 과제들을 찾으며 자축의 깊은 뜻을 새기고자 한다.

무릇 사람들은 땅위에 태어나 한 생애를 땅위에서 살다가 결국은 다시 땅속에 묻힌다. 이와 같이 땅과 사람은 서로 떼어 놓을 수 없는 관계에 있다. 이러한 숙명적인 인연 때문에 사람은 지상의 일정한 지역에 정착하여 거주하면서 그 곳을 무대로 한 평생의 삶을 펼쳐 나가게 된다. 그러니까 좁게는 한 사람의 생활 터전으로부터 넓게는 인간집단의 생활무대, 더 넓게는 한 민족의 생활 무대에 이르기까지 그 장소들의 이름이 곧 크고 작은 지명들이다.

실로 한 나라의 언어에는 한량없는 어휘가 존재한다. 그 중에서 그 수가 가장 많고 또한 사용 빈도가 높은 어휘가 곧 지명이다. 따라서 지명은 국어 어휘의 근간이 되는 소중한 언어재이기도 하다. 특히 방언 연구, 국어사 연구 등에 있어서 지명은 기본 자료가 되기 때문에 지명 연구의 필요성은 더욱 강조되어 마땅한 것이다.

「삼국사기」의 지리(1,2,3,4)를 비롯하여 「고려사 지리지」, 「세종실록 지리지」, 「경상도 지리지」, 「동국여지승람」, 「대동지지」 등의 역대 지리지들이 모든 縣・郡・州를 소개할 경우에 한결같이 서두에 지명부터 내세워 기술하고 있다. 우선 행정 구역부터 제시하여야 하기 때문이다. 그래야 이 행정 구역을 지시하는 지명을 무대로 펼쳐지는 정치, 문화, 경제, 교육, 상업, 산업, 고적, 인물, 산천 등의 활동 내용이 기술되거나 등재될 수 있다. 그렇기 때문에 과거로부터 현재까지의 지명을 빠짐없이 수집하여 각 분야에서 선용할 수 있도록 필요한 작업을 선행하여야 한다.

한편 국어사의 연구에 있어서는 더욱 긴요한 존재가 지명이다. 불행히도 우리는 고대국어의 자료를 거의 확보하지 못하였다. 옛 문헌 자료에서 뽑을 수 있는 것들이라야 인명, 관직명이 고작인데 역시 부족하기 짝이 없다. 이에 비하면 우리의 고지명은 양적인 면에서 우선 압도적이다. 고대 삼한의 78개 국명을 비롯하여 「삼국사기」지리 (1,2,3,4) 및 본기의 지명과 「삼국유사」에 남겨진 지명들은 우리의 고대국어를 연구하는 데 있어서 의지하여야 할 절대적인 언어재들이다. 요컨대 현재의 우리로서는 향가 25수를 빼놓고는 우리의 고대국어 연구를 전적으로 지명에 의존하여야 하는 숙명을 지니고 있다. 한국사 연구에서 야기되는 여러 문제도 고지명에 의해서 해결하여야 할 경우가 비일비재하다. 이 밖에도 한국학에 있어서 지명이 가지는 가치는 지극히 높다.

2.

지명은 마치 석유와 같은 존재다. 석유(原油)에는 갖가지 성분의 내용물이 함유되어 있기 때문에 거기에서 휘발유, 등유, 경유, 콜탈, 중유 등을 분해할 수 있듯이 지명어의 분석을 통하여 우리는 옛 새김을 찾는 작업에서부터 음운사, 어휘사, 문법사, 차자표기법의 이모저모, 그것의 변천사 등을 기술하는데 필요한 정보를 다양하고도 풍부하게 확보할 수 있다. 따라서 지명어의 연구가 보다 과학적인 방법으로 화발하게 진행되어야 함을 재삼 강조하고 싶다. 실로 지금까지의 지명연구를 회고하여 보면 지명을 수집 분류하여 피상적인 풀이를 달아 「지명사전」을 만드는 일에 열중하였고, 그 이후로 이룩한 많은 연구업적들도 상식적인 수준의 소박한 고찰에서 머무른 경향이 없지 않았다. 그러나 발전하는 학문의 시대추이에 따라 이제 지명연구도 그 방법을 달리하여 연구의 깊이를 한두 차원 높여 나가야 할 시기에 와 있는 것이다.

가령 지명어를 건축물에 비교하여 보자. 복잡한 건축물을 고찰할 때 겉으로 살펴보아 대들보가 몇 개, 석가래가 몇 개, 기둥이 몇 개로 지어진 집이란 결론을 내릴 수도 있다. 그러나 이 정도에서 끝마친다면 지극히 피상적인 보고서에 불과하다는 평을 면할 수가 없다. 더욱 심도 있게 구명하려면 모든 건축자재의 굵기와 길이와 재질 그리고 수량을 정확히 파악하여야 하며, 또한 이 자재들이 어떤 구조적인 역학을 가지고 어떤 방식으로 참여하여 주어진 기능을 발휘할 수 있는가의 해답을 얻는 데까지 천착하여야 한다. 여기까지의 결론에 도달하려면 그 건축물을 조심스럽게 해체 분해한 후에 그 내용을 면밀히 분석·고찰할 때만 가능한 것이다.

지명연구도 마찬가지다. 복잡한 지명어가 어떻게 구성되어 있는가를 구조적인 면에서 분석하여 참여하고 있는 지명소들의 본질을 파악하고, 지명소끼리의 배합질서가 어떤 것이며 그것의 기능과 의미가 무엇인가를 분석·기술하는 데까지 천착하여야만 비로소 그 본질이 파악될 수 있을 것이다.

한편 연구의 목표가 뚜렷하여야 한다. 지명연구를 통하여 미궁에 빠져 있는 국어사의 문제를 해결하는데 일조를 한다든지, 차자 표기법의 문제 해결에 보탬을 준다든지, 잊혀진 새김을 찾아 고유어의 연구에 기여한다든지, 지명표기 한자어의 연구를 통하여 한국 한자음(이른바 속음)의 발달 과정을 설명한다든지, 인접과학인 국사학, 고전문학, 민속학 등에서 풀지 못한 문제를 지명연구를 통하여 풀어주려는 데 목적을 두는 등 목표설정이 분명하여야 한다.

3.

「삼국사기 지리」의 내용은 신라 경덕왕 16년(757)에 개정한 지명을 중심으로 전지명과 후지명을 3단계로 나누어 기술하였다. 그 전차 지명은 통일신라 이전의 삼국지명이고 그 후지명은 고려 태조 23년(940)의 개정 지명이다. 불과 183년을 사이에 두고 앞과 뒤에서 단행한 지명의 개정 작업인데 그 개정원칙이 있었다면 그것은 무엇이었나. 양자의 같고 다른 점을 규명하여야 한다.

한편 이 양대 개정 작업의 과중한 인식에 눌리어 다른 기간에도 간단없이 행하여진 또 다른 부분적인 개정작업은 우리가 거의 일관된 무관심 속에 버려두고 있었음을 이제는 각성할 때가 되었다. 신라 경덕왕과 고려 태조의 지명 개정 작업 외에도 삼국시대와 경덕왕 이후 고려 태조 때까지 그리고 고려 태조 이후 고려 말기까지 수시로 필요에 따라서 지명을 개정한 사실이 적지 않다. 이제는 「삼국사기」의 본기, 열전, 잡지와 「삼국유사」 및 각종 옛 문헌에서 지명의 개정 사실을 발견하여 지명 개정사를 보다 더욱 면밀하게 기술하고 보완하여야 할 것이다.

한편 필자는 경덕왕 이전에 고구려가 장수왕의 점령지역에 대하여 대대적인 지명 개정 작업을 단행하였던 것으로 추정하여 왔다. 필자는 그 시기를 5세기말 경으로 잡으며 이른바 고구려 지명(「삼국사기」 지리 2, 4, 필자의 백제의 전기 지명)의 복수지명 중 고유어 지명의 대부분은 백제지명이고 이 고유지명을 고구려가 개정한 것들이 한역(漢譯) 지명이라고 주장하여 왔다. 예를 들면 '買忽'(백제전기지명)〉'水城'(고구려 개정지명)으로 추정한 것이 그 중의 하나다.

고구려의 「광개토대왕비문」을 비롯하여 신라의 「진흥왕순수비문」 및 기타 금석문에 새겨져 있는 옛 지명을 최대한으로 수집하여 이 지명들과 각종 문헌의 지명들을 비교 고찰하여야 한다. 그 결과는 지명마다의 개별 지명사를 기술하는데 기반이 될 것이며 개개의 지명을 국어학적으로 해석하는 데 도움을 줄 것이다.

「삼국사기 지리」 이후 거의 3세기의 공백이 지난 후에야 지리지가 새로운 모습으로 나타나게 되었다. 세종시대의 각종 지리지가 그것들이다. 구체적으로 해당 지지를 열거하면 「고려사 지리지」, 「세종실록 지리지」, 「팔도지리지」, 「경상도 지리지」, 「용비어천가 지명주석」 등이다. 거의 같은 시기에 저술된 이 지명지들을 종합적으로 비교 검토하면 여러 가지의 새로운 사실들이 발견될 것이다.

특히 「고려사 지리지」와 「세종실록 지리지」에는 「삼국사기 지리지」에 등재되어 있지 않은, 전체적으로 ⅓이상이나 되는, 함경남북도와 평안남북도의 옛 지명이 추가되어 있다. 이것들은 고려 시대에 비로소 되찾은 고구려 영토내의 지명들이다. 이것들이 발해 지명, 여진 지명,

「삼국사기 지리지」의 지명과의 비교에서 서로의 이동성(異同性)이 밝혀져야 한다. 이를테면 함경도 지역에 남아 있는 여진 지명이 「용비어천가 지명주석」에 비교적 자세히 기술되어 있는바 이것들과 퉁구스어 지명, 만주어 지명등과 비교 고찰하면 흥미로운 결과를 얻을 수 있을 것이다.

이때부터 40여년 뒤에 저술된 「동국여지승람」을 비롯한 수많은 지지(地誌)들이 하나하나 종합적인 검토의 혜택을 받아야 한다. 그 중에서 특히 「여지도서」(영조시대)와 「대동지지」에 대한 종합적인 검토는 우선하여야 할 연구과제이다. 그리고 과거에 전국에서 간행된 각종 구읍지(旧邑誌)를 최대한으로 수집하여 이것들 역시 종합적으로 검토하여야 한다.

전국에 산재하여 있는 고지도를 최대한으로 수집하여 거기에 등재되어 있는 지명을 각종 지지의 해당 지명과 대조 확인하고 지명의 위치를 일일이 점검하는 작업도 우리가 하여야 할 우선 과제이다. 검토하는 과정에서 잘못 적혀 있거나 그 위치가 잘못 표시되어 있을 경우에는 고치어 고지도를 바로 잡기도 하고, 누락된 지명은 해당 위치를 찾아서 적어 넣는 보완 작업까지 하여야 한다. 반대로 고지도를 바탕으로 지명지의 잘못된 내용을 바로 잡을 수도 있다. 이렇게 지도와 지명지는 손바닥과 손등사이처럼 표리(表裏)의 관계이어서 양자가 상호 보완의 작업을 할 수 있다.

또 하나의 중대한 과제가 우리를 기다리고 있다. 남겨지지 못한 「고지도」의 재구 작업이 바로 그것이다. 실로 「동국여지승람」(1481)이 남긴 아주 소박한 고지도 이외는 너무나 오랜 공백기를 지나서야 비로소 우리는 「여지도서」를 비롯한 각종 읍지의 소박한 「고지도」를 접하게 된다. 그리고 나서야 본격적인 고지도인 「青丘圖」・「大東興地圖」가 김정호에 의하여 작성되었을 뿐이다.

우리는 각종 지리지의 지명을 이용하여 가능한 한 이른 시기로부터 「青丘圖」 이전까지의 「고지도」를 가급적이면 세분된 시대별로 각각 재구하여 작성하여야 할 것이다.

옛 지명으로부터 현대지명까지를 총망라한 「지명대사전」의 저술이 하루속히 완성되어야 한다. 이제 이왕에 간행된 「지명사전」의 만족에서 과감히 탈피할 시기가 우리 앞에 왔다.

첫째, 지리지를 비롯한 각종 고문헌과 금석문에서 최대량의 지명을 수집하고 고지도로부터 현대지도 (특히 1910년대에 日人들이 작성한 5만분의 1 혹은 2만5천분의 1 지도)에서 지명을 수집하고 나아가서 전국에서 간행되는 도지·시지·구지·군지 등에서 지명을 수집하여야 비로소 고금(古今)의 한국 지명이 총망라될 수 있을 것이다.

둘째, 지명을 바르게 주석하여야 한다. 국어학적인 방법으로 해석하고 분석·기술하여야 한다. 이제는 비과학적인 지명주석이 용인될 수 없기 때문이다.

셋째, 지극히 방대한 작업을 한두 사람의 힘으로 이룩할 수는 없다. 많은 지명 학자가 참여하여 공동 작업을 하여야 한다. 말하자면 철저하게 분업적으로 작업하는 길밖에 없다. 이렇게 분담 작업한 결실을 하나의 대기(大器)에 모아 담을 때 대망의 「한국지명대사전」이 탄생하게 될 것이라 믿는다.

이상의 연구과제는 그 수가 많을수록 좋은 다수의 연구 인력이 협동하여 성취하여야 할 보편적인 과제이다. 따라서 이 일반적(종합적) 연구결과는 엄격히 말해 국어학, 국사학, 고전문학, 민속학 등의 특수 연구에 선행되어야 할 기초 작업에 해당한다. 이 기초 작업을 기반으로 진행할 수 있는 특수 연구 과제에 대한 내용과 범위는 한국학 전반에 긍하는 것으로 인식하면 될 것이다.

이제까지 우리는 한국지명학회가 적극적으로 추진하여야 할 연구 과제의 대강을 살펴보았다. 이 밖에도 찾아보면 더 있을 것이다. 이웃 일본에 비하면 50년 이상, 구라파에 비하면 거의 100년이나 뒤늦게 창립한 우리 학회이기에 학회의 활동량이 그 만큼 밀려 있음을 절실히 깨달으며 분발하여 정진할 것을 다짐한다.

끝으로 강조하여야 할 과제가 또 있다. 그것은 우리가 지속적으로 창안하여야 할 참신한 연구방법의 개발이다. 이른바 비약적인 발전의 대명사로 쓰이던 '첨단과학'이니 '첨단기술'이니 하는 말마디가 우리들의 귓전을 스쳐간 지 이미 오래다. 지명연구도 이제는 낡은 방법에 의존하여 제 자리 걸음만 할 때가 아니다. 우리가 새로운 의지를 가지고 새로운 연구방법을 간단없이 고안하여 앞으로의 지명 연구에 적극적으로 적용하는 진보적이고 미래지향적인 연구 자세로 변화하여 한다. 그래야 '한국지명학'도 눈부시게 발전해가는 주변의 학문들과의 경쟁이 가능하게 되리라 믿는다.

「地名學」 창간호를 세상에 내보내는 기쁨을 안고 한국지명학회의 무궁한 발전을 기원한다.

서기 1998년 9월 20일

학회창립 첫돌에

Ⅱ. 지명과 역사

1.

　언어와 역사는 손등과 손바닥의 관계처럼 밀접하다. 역사적 사실은 언어 기록으로 남게 되고 언어 또한 그 역사에다 흔적을 남기기 때문이다. 역사는 잊어버린 언어를 수시로 찾게 하고 때로는 언어가 역사적 문제를 푸는 열쇠가 되어주기도 한다.

　어휘 중에서 그 활용도가 가장 높은 존재가 지명이다. 지명은 사람이 활약하는 땅(무대)의 이름이기 때문이다. 또한 그것은 고유명사 중에서 수가 가장 많다. 그리고 어휘 가운데 보수성이 제일 강한 존재가 지명이다. 지명은 한번 생성되면 내내 본래대로 사용됨이 보편적이지만 더러는 소지명(小地名)으로 축소되어 본래의 지칭 지역내의 어딘가에 화석처럼 잔존한다. 가령 신라 첨해왕 년간(247-261)에 흡수된 '사벌국'(沙伐國)은 沙伐州>上州>尙州로 주명(州名)이 개정되었지만 본래의 지명 '沙伐'은 현재 '沙伐面 沙伐里'로 잔존해 있고, 백제의 마지막 수도이었던 '所夫里'도 신라 경덕왕 16년(757)에 현재의 '扶餘'로 개정되었지만 본래의 이름은 부소산 자락에 위치한 옛 부여박물관(지금은 다른 곳으로 이전하였음)의 앞마을 이름 '소부리'로 여전히 잔존하여 쓰이고 있다. 이처럼 거의 모두가 좀 체로 사어(死語)가 되지 않는다. 그래서 옛 지명은 역사적 문제를 푸는데 있어서의 증거력이 매우 강하다. 이 글은 이런 특성을 지닌 지명 자료를 토대로 언어와 역사의 관계를 논의하는데 목적이 있다.

이 글은 다음 3개항의 문제를 제기하고 각 항에 대한 답을 내리기 위해 논의하게 된다.

첫째, 옛 지명의 분포를 토대로 백제 전기 시대(18 B.C.-475)의 판도를 추정하고, 이 판도를 근거로 신라의 통일이 '3국 통일'이 아닌 '2국 통일'임을 논증하려 한다.

둘째, 옛 지명의 분포에 따라서 백제어와 가라어의 상관성을 구명(究明)하고, 이를 근거로 양국의 문화사적 교린(交隣) 관계를 파악하고자 한다.

셋째, 지명 자료를 중심으로 백제의 전기어와 고대 일본어와의 상관성에 대하여 논의한다. 어느 통로(通路)로 백제어가 일본어에 유입(流入)되었는가? 양국어의 어휘상 동질성이 계통 관계인가 아니면 차용 관계인가를 구명하여 문화사적인 지배 관계를 천명하려 한다.

2.

2.1. 백제의 전기판도와 그 지명 자료의 특징

주지하는 바와 같이 백제사에 대한 우리의 지식은 공주 시대 63년 간(475-538)과 부여시대 122년 간(538-660)에 거의 고정되어 있다. 그러나 이 185년은 백제사 678년의 ¾가량에 불과하다. 그러면 거의 ¾에 해당하는 나머지 493년의 백제사는 어디에 있는 것인가. 이 잃어버린 백제사를 찾기 위하여 우리는 우선 공주-부여 시대의 편견에서 벗어나야 한다. 그래야 그 이전의 백제사를 새롭게 이해할 수 있고 또한 바르게 인식할 수도 있게 되기 때문이다.

일찍이 필자(1977:47)는 『삼국사기』 권35(지리2)와 권37(지리4)의 이른바 '고구려 지명록'의 지명 가운데서 백제가 빼앗긴 영토 안에 있는 고유 지명들을 백제 전기어로 추정하고 69개 지명의 본적을 백제로 옮겼다. 이는 김정호(金正浩)가 『대동지지』 권5에서

충주 청풍 단양 괴산 제천 영춘 연풍 청주 청안 진천은 백제가 공주로 수도를 옮긴 후에 고구려가 취한바 되었다. 양원왕 7년(551)에 이르러 신라에 들어갔다.(忠州淸風丹陽槐山堤川永春延豊淸州淸安鎭川百濟南遷後 爲高句麗所取 至陽原王七年入于新羅)

와 같이 주장한 선견(先見)에 따랐을 뿐이다[1]. 여기에다 필자는 53개 지명을 더 찾아내어 추가하였다. 그 근거는 백제의 전기 시대에 백제 왕들이 활약한 영역을 『삼국사기』 백제 본기를 중심으로 작도한 판도이다.(<지도 1> 참고)

---

[1] 보다 이른 시기의 『고려사』 지리1에서도 "양광도는 본래 고구려 백제의 영토이었으니 한강 이북은 고구려이고 이남은 백제이었다.(楊廣道本高句麗百濟之地 漢江以北高句麗 以南百濟)"라고 판단하였고, 『문헌비고』(영조 시대간?)도 『삼국사기』지리 2,4에 등재되어 있는 '買省~馬忽, 骨衣奴~骨衣內, 皆伯~王逢, 伏斯買~深川' 등 이른바 고구려 지명을 백제지명으로 환원하였다.

〈지도 1〉백제 전기의 추정 판도

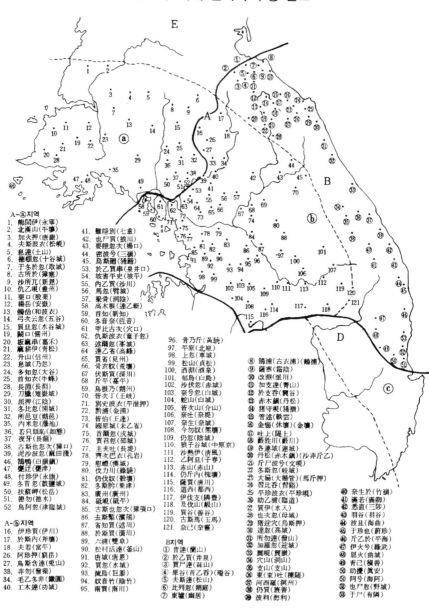

A-ⓐ지역
1. 熊閑伊(永寧)
2. 北漢山(平壤)
3. 加火押(唐嶽)
4. 夫斯波衣(松峴)
5. 息達(土山)
6. 德頓忽(十谷城)
7. 于冬於忽(取城)
8. 古所於(獐塞)
9. 沙川兀(新恩)
10. 仇乙峴(豊州)
11. 栗口(殷栗)
12. 楊岳(安岳)
13. 楅岳(和攻衣)
14. 弓次云忽(五谷)
15. 貫旦忽(水口城)
19. 閼口(儒州)
20. 板麻串(嘉禾)
21. 麻耕伊(青松)
22. 升山(信州)
23. 息城(乃忽)
24. 多知忽(大谷)
25. 首知衣(牛峰)
28. 長淺(長潭)
29. 刀臘(雉嶽城)
30. 屈押(江陰)
31. 多比忽(開城)
35. 所邑豆忽(朔邑)
35. 内米忽(瀑池)
36. 若尸�(如羆)
37. 夜牙
38. 古斯也忽次(獐口)
39. 泥沙波忽(嬴田後)
46. 鵠鴨(白鵠城)
47. 甕遷(瓮津)
48. 付珍伊(永康)
49. 多音忽(鼓鹽城)
50. 扶蘇岬(松岳)
51. 漢忽(漢水)
52. 烏阿忽(津臨城)

A-ⓑ지역
16. 伊珍買(伊川)
17. 於斯內(斧壤)
18. 夫若(富平)
26. 阿口押(錫岳)
27. 烏斯含達(兔山)
33. 非勿(僧梁)
34. 毛乙冬非(鐵圓)
40. 工木達(功城)

41. 難隱別(七重)
42. 也尸買(狼川)
43. 要隱忽次(楊口)
44. 密波兮(三嶺)
45. 烏斯廻(猪足)
53. 於乙買串(泉井口)
54. 坡害尸史(波平)
55. 內乙買(沙川)
56. 馬忽(臂城)
57. 粱骨(洞陰)
58. 高木根(達乙斬)
59. 首知(新知)
60. 多音奈(迅音)
61. 甲比古次(穴口)
62. 仇斯波衣(童子忽)
63. 述爾忽(峯城)
64. 達乙省(高峰)
65. 買省(見州)
66. 骨衣奴(荒壤)
67. 伏斯買(深川)
68. 斤尸(嘉平)
69. 烏根乃(潤鄕)
70. 皆次丁(王岐)
71. 別史波衣(平淮押)
72. 黔浦(金浦)
73. 皆伯(王逢)
74. 國原城(末乙省)
75. 首爾忽(戌城)
76. 買召忽(邵城)
77. 主夫吐(長堤)
78. 齊次巴衣(孔岩)
79. 思買(橫岳)
80. 伐力川(綠驍)
81. 仍伐奴(穀壤)
82. 多斯肹(栗津)
83. 廣川(廣州)
84. 砥峴(砥平)
85. 古斯也忽次(獐項口)
86. 去斯斬(楊津)
87. 省知買(述川)
88. 於斯買(濱川)
89. 六浦(釜山)
90. 松村活達(釜山)
91. 唐城(唐恩)
92. 買忽(水城)
93. 滅烏(豆原)
94. 奴音竹(陰竹)
95. 南買(南川)

96. 肖乃斤(黃驍)
97. 平原(北原)
98. 上忽(車城)
99. 松山(貞松)
100. 酒淵(酒泉)
101. 鶽烏(白烏)
102. 沙根忽(赤烏)
103. 奈兮忽(白城)
104. 蛇山(蛇山)
105. 皆次山(介山)
106. 奈吐(奈堤)
107. 奈生(奈城)
108. 今勿奴(黑壤)
109. 仍忽(陰城)
110. 狼子谷城(中原京)
111. 沙熱伊(清風)
112. 乙阿旦(子春)
113. 赤山(赤山)
114. 仍斤內(槐壤)
115. 薩買(清川)
116. 道西(都西)
117. 伊伐支(隣豊)
118. 及伐山(岋山)
119. 買谷(善谷)
120. 古斯馬(玉馬)
121. 奈己(奈靈)

B지역
① 昔達(蘭山)
② 於乙買(井泉)
③ 賣尸忽(森山)
④ 原谷(首乙吞)(瑞谷)
⑤ 夫斯達(松山)
⑥ 比列忽(朔庭)
⑦ 東墟(幽居)

⑧ 鵠浦(古衣浦)(鵠浦)
⑨ 薩寒(箱陰)
⑩ 改淵(派川)
⑪ 加支達(青山)
⑫ 於支呑(翼谷)
⑬ 赤木鎭(丹松)
⑭ 猪守峴(猪嶺)
⑮ 管述(軼雲)
⑯ 金壤(休壤)(金壤)
⑰ 吐上(隄上)
⑱ 藪狌川(藪川)
⑲ 各連城(連城)
⑳ 丹松(赤木鎭)(沙非斤乙)
㉑ 斤尸波兮(文峴)
㉒ 多斯忽(岐城)
㉓ 大楊(大楊管)(馬斤押)
㉔ 習比呑(習磎)
㉕ 平珍峴衣(平珍峴)
㉖ 助乙浦(臨道)
㉗ 買伊(水入)
㉘ 也尸忽(母城)
㉙ 達忽(高城)
㉚ 烏斯押(僧押)
㉛ 勿勿達(僧山)
㉜ 加羅忽(逆山)
㉝ 冀陽(冀陽)
㉞ 穴山(洞山)
㉟ 支山(支山)
㊱ 東(束)吐(柬陳城)
㊲ 河西良(河西)
㊳ 仍買(旌善)
㊴ 波利(波利)

㊵ 奈生於(竹嶺)
㊶ 滿若(滿卿)
㊷ 悉直(三陟)
㊸ 羽谷(羽谷)
㊹ 波旦(海曲)
㊺ 于珍也(蔚珍)
㊻ 斤乙於(平海)
㊼ 伊火兮(綠武)
㊽ 屈火(曲城)
㊾ 青己(積善)
㊿ 助攬(眞安)
㊿+ 阿兮(海所)
   也尸忽(野城)
   于尸(有隣)

〈지도 2〉 삼국의 전기 및 말기의 판도

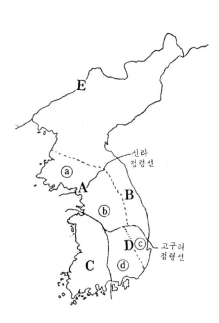

<보기>
A(ⓐ+ⓑ) 지역 : 백제의 전·중기 지역
　(기원전 18~475, 493년간)
A·B 지역 : 고구려의 점령 지역
　(476~553, 77년간)
B·ⓑ 지역 : 신라의 점령 지역
　(553~668, 115년간)
C 지역 : 마한 지역
　(백제 점령 이전, 346년 이전)
　백제의 점령 지역
　(중·후기 지역)
　(346~660, 314년간)
D-ⓒ 지역 : 신라 전기·중기·후기 지역
　(기원전 57~935)
D-ⓓ 지역 : 가라 지역
　(42~532 또는 562)
　신라의 점령 지역
　(532 또는 562 이후)
E 지역 : 고구려의 본영토
　(압록강의 남·북 지역)(기원전
　37~668)

〈표 1〉 중부지역의 영토 변천표

領有期間	BC 18~475 (5C)		476~553 (1C)	553~668 (1C)	
領有國	百濟	濊貊	高句麗	高句麗	新羅
中部地域	A	B	AB	ⓐ	ⓑB

위 <지도 1, 2>에 나타나 있는 바와 같이 고대 한반도의 중부지역
(특히 A·B지역)은 영토쟁탈의 공방이 극심하였던 곳이다. 한때는 북
부 세력간의 공방이 치열하였고, 때로는 남북간의 일진일퇴(一進一退)
가 잦았던 곳이기도 하다. 그렇다 하더라도 고대 삼국의 전기와 중기
에 있어서의 중부지역은 결코 고구려만의 소유가 아니었다. 이 시기의
고구려의 중심부는 졸본(卒本) 혹은 국내성(國內城)으로 그 영토의 남
계(南界)는 압록수(鴨淥水) 이남의 패수(靑川江 혹은 大同江)이었다
는 사실(史實)을 확인할 수 있다. 따라서 백제의 전기(18 B.C-475) 이
전까지는 고구려는 이 중부지역(특히 A·B지역)과 영토상으로 아무
런 관계도 없었던 것이다. 필자는 이 사실을 객관적으로 논증하기 위
하여 「삼국사기」 백제 본기의 기사를 중심으로 백제의 전기판도를 재
구한 결과 앞에서 제시한 <지도1, 2>의 A(ⓐ-ⓑ)지역에 해당하는 곳
이 곧 백제의 전기 영역이었다는 사실을 알아내게 되었다. 따라서 이
중부지역 중 A지역의 지명은 기층 면에서 백제어와 깊은 관계가 있었
던 것으로 확신한다. 그러나 <지도2>가 보이는 바와 같이 B지역은
처음부터 백제와는 무관하였던 것으로 거의가 신라의 동북부(현 강능
까지) 영역이었으며, A지역은 고구려의 점유 77년 이후에는 다시 ⓐ-
ⓑ와 같이 두 지역으로 분리된다. 따라서 ⓐ지역만은 장수왕의 점령
(475년)이후 2세기에 가까운 동안(약 192년간)이나 고구려의 통치하
에 있었으나 ⓑ지역은 77년간은 고구려에, 116년간은 신라에 예속되
었던 것이니 이 기간에 고대 한반도 중부지역의 전래 고유지명이
A-B>E, Bⓑ>D로 변화하였거나, 개정명(혹은 漢譯名)에 의하여 졸지
에 축출되었다고 볼 수는 없는 것이라 하겠다. A-ⓑ지역은 신라의 점
령기간이 고구려보다 거의 1.5배나 길었고, 더구나 고구려보다도 뒤에
점령 통치하였던 것이니 점령기간을 중심으로 따진다면 오히려 신라
의 지명이라고 하여야 옳다. 더욱이 A-ⓐ는 192년 동안이나 고구려가

점령 통치하였고, A-ⓑ는 고구려 점령통치의 77년간에서 벗어나 신라의 점령통치는 116년간이나 받았는데도 ⓐ-ⓑ의 지명특성이 공교롭게도 ⓐ=ⓑ라는데 유의할 필요가 있다.

공교롭게도 ˹삼국사기˼ 지리 2, 4의 이른바 고구려 지명이 분포한 범위는 백제의 수도 '한홀'(漢忽: 현 경기 廣州) 시대(18 B.C.-475)에 백제로부터 빼앗은 영토(<도표1, 2>의 A지역)과 신라에서 빼앗은 동북부의 B지역에 거의 국한한다. 그러니까 신라가 삼국을 통일하였다고는 하나 사실은 唐 나라가 고구려의 본래 영토는 내주지 않았다. 다만 고구려가 이미 점령하였던 옛 백제 영토인 A지역과 신라 영토인 B지역(고구려의 본래 영토가 아닌)만을 신라와 막후의 흥정으로 양보한 듯하다. 그 증거가 ˹삼국사기˼ 지리 4의 '고구려에 관한 기사' 중에 다음과 같이 숨어 있다.

그 지역이 많이 발해·말갈로 들어가고, 신라 역시 그 남쪽의 지경을 **얻어서** 한주·삭주·명주 3州 및 그 郡縣을 설치하여 9州를 갖추었던 것이다.(其地多入渤海靺鞨 新羅亦得 其南境以置漢朔溟三州及其郡縣 以備九州焉)

의 내용으로 보아 신라는 그 남부(南境)의 일부만을 차지하였을 뿐이다. 여기서 우리는 '얻어서'(得)란 표현에 주목할 필요가 있다. 자의로 취(取)하는 것과는 의미가 상반되기 때문이다. ˹삼국사기˼ 지리 1의 서언 말미에 있는 기술 가운데

옛 **고구려 남쪽 지경**에도 3州를 두니, 서쪽에서부터 첫째를 한주(漢州)라 하고, 다음 동쪽을 삭주(朔州)라 하며, 또 그 다음의 동쪽을 명주(溟州)라 하였다.(於故高句麗南界置三州 從西第一曰漢州次東曰朔州 又次東曰溟州)

에서 '高句麗南界'란 표현의 깊은 속뜻을 되새겨 볼 필요가 있다. 이 南境(혹은 南界) 이북의 광활한 고구려 본토의 지명은 애석하게도 남겨지지 않았다. 만일 신라가 고구려의 본토까지 명실공히 통일하였더라면 그 광활한 지역의 고구려 지명이 고스란히 「삼국사기」 지리지에 전해졌을 것이기 때문이다. 만일 그렇게 되었더라면 지명분포에 따라서 고구려의 판도를 정확히 그릴 수 있을 뿐만 아니라 고구려어를 파악하는데도 큰 도움이 되었을 것이다.

보편적으로 선주족이 살던 곳에 남긴 문화유산은 오랜 세월이 흘러가는 동안 거의가 마멸되거나 소멸된다. 그러나 다음 두 경우만은 예외일 만큼 보다 오랜 보수성을 갖는다. 그 하나는 지하에 묻힌 유물이고, 다른 하나는 지상에 고착한 지명이다. 지하의 유물에 대하여는 잘 알려진 사실이기에 여기서 거듭 설명할 필요가 없다. 다만 지명에 대한 보수성이 어느 정도인지를 확인하여 보기로 하자.

「구약성서」(창세기)에 나오는 바벨탑(the Tower of Babel)의 옛 고장인 '바빌론'(여기서 '이스타르 여신' 문 장식(2400 B.C)이 발견됨)을 비롯하여 아브라함의 고향이기도 한 '우르'(여기서 '은사자머리'(2650-2550 B.C)가 발견됨)와 '우르크'(우르크의 3.6m높이 석조전(3600 B.C), 아수르왕국의 '아수르' 등이 현재 이라크에 잔존하여 쓰이고 있다. 그럴 뿐만 아니라 기원전 1100년경에 소년 다윗이 골리앗을 무찌른 역사적 사건의 지명이 곧 「구약성서」에 나오는 '엘라' 골짜기이다. 그 때로부터 3100년이 지난 오늘날까지도 그대로 쓰인다. 동일 시기의 지명 '예루살렘, 베들레헴'도 지금까지 거의 변함없이 쓰이고 있다. 이 두 지명의 사이에 위치한 지명인 '르바임'골짜기도 그대로 쓰인다. 어찌 그뿐인가! '갈보리(>갈바리아), 갈릴리, 요르단, 데살로니가, 빌리보, 에베소, 갈라디아, 안디옥, 다메섹, 가나안, 고린도, 구레네, 이스라엘' 등의 옛 지명들이 거의 변함없이 쓰여 왔다. 또한 Hawaii열

도에는

Hawaii, Molokai, Molokin, Wainapanapa, Wailau, Waikiki, Ohau, Honolulu

등과 같이 선주족의 지명이 많이 잔존하고 있으며 시베리아에도

Aobj, Atobj, Brobj, Kobj, Sobj, Tymkobj

등의 강 이름이 원시지명 그대로 쓰이고 있다. 이태리에도 로마제국 이전에 상륙하여 건설한 희랍의 식민 지명이 로마의 지명으로 바뀌지 않고

Cuma, Neapolis(the new city)>Napoli, Pozzuoli, Pompei, Sisiry

등과 같이 본래대로 남아 있다. 일찍이 Mario Pei(1965)가 주장한 것 처럼 미국의 주명(State Names) 중 1/2이나 되는 Indian 지명이 잔존 해 그대로 쓰이고 있다는 사실을 주목할 필요가 있다. 중국 상(商 1766 B.C.-)나라의 은허(殷墟)에서 발굴된 갑골 문자로 기록된 고대 복사지명(卜辭地名)들이 현재까지 여전히 사용되고 있음도 확인할 수 있다.

　우리의 국토 내에서도 같은 사실이 발견된다. 함경도와 평안도 지역 에 아직도 잔존하여 쓰이는

童巾(퉁권=鐘)山, 豆漫(투먼=萬)江, 雙介(쌍개=孔·穴)院, 斡合(워허= 石), 羅端(라단=七)山, 回叱家(횟갸), 斡東(오동), 투魯(투루)江

등의 여진어 지명이 바로 그것들이다.

위에서 열거한 바와 같은 지명의 특성으로 인하여 결과되는 상식을
뒤집을 만한 결정적인 이의가 제기될 수 없다면 이 원리가 고대 한반
도에 있어서 중부지역(백제 전기지역)의 지명에도 적용되어 마땅하다.
따라서 이 중부지역 중 적어도 위 <도표1, 2>의 A지역의 지명은 기층
면에서 고구려어 아닌 백제어와 깊은 관련이 있었던 것으로 추정할
수 있다.

우리들은 한국의 고유지명이 신라의 경덕왕에 의하여 중국식 2자
지명으로 개정된 것이라고 인식하여 왔다. 물론 그 개정작업이 거국적
으로 일시에 이루어진 점만을 기준으로 생각한다면 경덕왕 16년(757)
의 단행이었다고 말할 수도 있다. 그렇다고 경덕왕의 그와 같은 개정
작업이 곧 우리의 고유지명을 한어화(漢語化)한 최초의 행위라고 생
각해서는 안 된다. 우리의 고유지명에 대한 한역(漢譯)은 경덕왕 이전
삼국통일(660년 백제망, 668년 고구려망) 당시 혹은 그 이전부터 부분
적으로 이루어져 왔기 때문이다. 가령

    沙伐國 >上州(법흥왕 11년) >尙州(경덕왕 16년)
    甘文小國 >靑州(진흥왕 18년) >開寧(경덕왕 16년)

등과 같이 경덕왕 이전에 이미 沙伐國이 上州로, 甘文小國이 靑州로
개정되었다. 이와 같은 개정사례가 「삼국사기」와 「삼국유사」의 내용
중에 많이 들어 있다.

위에서 우리는 한국의 지명사에서 고유지명의 개정작업이 삼국통
일 이전부터 수시로 행해진 사실을 확인하였다. 그런데 지명개정의 요
인을 행정구역의 개편과 정복지역에 대한 행정상의 정비나 재조정 등
에서 찾을 수 있다. 그렇다면 고구려가 남침하여 중부지역을 강점한

후에 어느 정도 안정된 시기를 택하여, 신라가 통일을 성취한 이후 약 1세기만에 경덕왕이 전국의 지명을 행정용(?)으로 통일하기 위하여 한역 개정한 것처럼, 고구려도 보다 이른 시기에 개혁을 단행하였을 개연성이 있는 것이다.

위의 가능성을 유의하면서 우리가 신중히 생각할 문제가 있다. 신라 지명(지리 1)과 백제 지명(지리 4)가 가지는 별지명이 고구려(지리 4)의 그것에 4분의 1밖에 안 된다는 사실이 바로 그것이다. 그런데도 압록강 이북 지역의 지명(鴨綠水以北 32個城名)은 별지명이 없다. 아마도 새로운 개척지가 아니었기 때문이었을 것이다. 이 사실은 이른 시기에 고구려가 점령지역에 대대적인 지명개정을 단행한 사실을 암시하는 증거인 것이다. 실지로 고구려의 후기지명(지리 4)은 복지명 중 어느 하나가 대체적으로 한역되어 있다.

A⇒B(A를 B로 漢譯: 다음 2.2<지도4>의 분포도 참고)

① ▲ 買⇒水・川; 買忽⇒水城, 買旦忽⇒水谷城, 買伊⇒水入, 於斯買⇒橫川, 伏斯買⇒深川

② ⊕ 達⇒高,山;達忽⇒高城, 達乙省⇒高烽, 功木達⇒熊門山, 所勿達⇒僧山, 松村活達⇒金山

③ ＊ 吐⇒堤; 主夫吐⇒長堤, 束吐⇒林堤, 吐上⇒堤上, 毛未⇒(朴)堤上

④ ● 密(mil)⇒三; 密mir波兮⇒三峴 : 悉sir直⇒三陟

　(※于次(uc)旦忽⇒五谷城, 難隱(nanin)別⇒七重城, 德(tök)頓忽⇒十谷城)

⑤ ◎ 薩⇒靑; 살수⇒청천강, 살매⇒청천

⑥ ■ 功⇒熊; 功木達⇒熊門山

⑦ ◉ 押⇒岳; 加火押⇒唐岳, 阿珍押⇒窮岳, 扶蘇押⇒松岳

⑧ □ 波衣(兮)⇒峴,岑,嶺; 夫斯波衣⇒松峴, 烏生波衣⇒猭嶺, 斤尸波兮⇒文峴

요컨대 고구려한테 점령당하기 전에 백제가 거의 500년 동안 사용한 토착 지명은 백제의 전기어에 해당한다. 그리고 이 토착 지명이 분포한 지역 역시 백제 영토이었지 결코 고구려의 영토가 아니었다. 다만 100년 안팎의 고구려 점령 지역이었을 뿐이라 하겠다.

신라 경덕왕은 16년(757)에 국토를 9주로 분정(分定)하였다. 통일 이전의 판도를 3개주(漢州·朔州·溟州)는 고구려에 배정하였고, 3개주(熊州·全州·武州)는 백제에 배정하였고, 나머지 3개주(신라의 본토이었던 尙州·良州·康州)는 신라에 배정하였다. 그런데 고구려에 관한 배정시기를 하필이면 고구려가 남침하여 영토를 최대한으로 확장한 고구려의 판도(영토)에 초점을 맞추었다는 데 문제가 있다. 만일 배정 시기를 앞당기면 '한주·삭주'는 백제의 영토가 되고 '명주'는 신라의 영토가 되기 때문에 삼국이 성립되지 않으므로 삼국통일이 아닌 이국통일이 되어버린다. 사실 <지도1>이 보여주는 바와 같이 경덕왕이 고구려로 배정한 영역은 고구려의 점령지역에 해당할 뿐인 백제영토(한주·삭주)와 신라 영토(명주)를 도로 찾은 데 불과하였다. 그런데 이 영역을 고구려의 영토로 위장한 것이다. 삼국통일의 대업(大業)을 성취한 것처럼 조작하는데 있어서 최선의 방안이었다. 또한 신라에 배정한 3개주도 가락국이 망한 이후의 시기를 택하였다. 그래야 가락국의 존재가 은폐되고 인위적으로 조작한 통일 삼국 중의 주최국인 신라의 영토가 다른 두 나라와 거의 대등하게 설정되고 4국이 설정되지 않기 때문이었다.

한편 진흥왕 때(540-575)의 삼국 영토를 기준으로 할 때 <지도 3>에서 확인하는 바와 같이 신라는 당나라와 동북부(현 함경남도)를 포기하는 대신에 서부(현 황해도)를 차지하는 정도로 국토를 조정한데 불과하기 때문에 결코 고구려의 영토는 한치의 땅도 흡수하지 못한 셈이다. 따라서 신라는 '2국 통일'을 하였을 뿐이다.

〈지도 3〉 진흥왕 때 신라 영역과 통일신라 영역

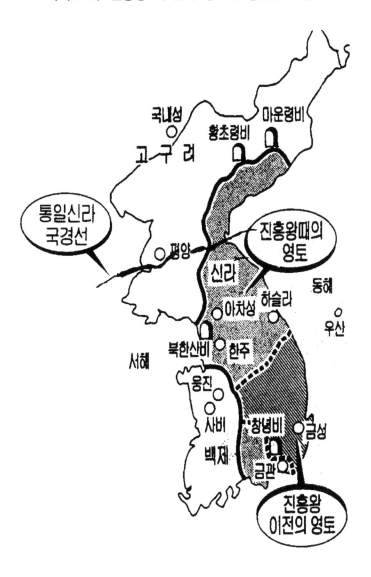

2.2. 백제 전기어와 가라어의 상관성 문제

백제 전기어의 어휘 특성이 가라어에도 분포되어 있음이 <도표4>에서 확인된다.

특성표; ▲買(⇒水·川), ⊕達(⇒高·山), ＊吐(⇒堤), ●密(⇒三),

△一利(⇒星) ◎薩(⇒靑), ■熊(⇒고마), ◉押(⇒岳), □波衣(⇒峴) 등

다음 어휘 대응에서 전자는 백제 전기어에 해당하고 후자는 남부 지역에 분포하였던 한계어(韓系語)에 해당한다. 가라 지역에 이질적 지명소(전자)가 얼마나 어떻게 분포하였나를 파악하여 보도록 하겠다.

① ▲買(*mai=水·井·川) : 勿(*m＋r=水)

다음 <도표3>에 나타나는 바와 같이 '買(▲)'는 A-ⓐ지역에 1개, A-ⓑ지역에 14개(▲표의 2~15), B지역에 4개(▲표의 16~19), C지역에 3개(▲표의 20~22), D-ⓓ지역에 2개(▲표의 23~24)가 발견되는데 D-ⓒ지역(신라의 본토)에는 나타지 않는다. 이 '買'는 한계어인 '믈'(水)과 대응하는 존재로 가라어에 두 어형이 사용되었다는 사실이 특이하다.(<도표4> ▲표의 분포 참고)

② ⊕達(*tar=高·山) : *mori(>moi=山)

'達(⊕)'은 A-ⓐ지역에 1개, A-ⓑ지역에 5개(⊕표의 2~6), B지역에 6개(⊕표의 7 12), -ⓓ지역에 4개(⊕표의 13~16, 특히 13~15는 고구려의 점령 선에 인접해 있는 사실을 유의할 것)가 유기적인 분포

를 보이고 있다. 이 '達'은 'moy'(<*mori=山)와 대응되므로 주목된
다.(<도표4> ⊕표의 분포 참고)

③ *吐(*tu=堤) : ?

堤를 의미하는 지명소 '吐(*)'(*tu>tuk=)가 A-ⓑ지역에 3개(*표
의 1~3), B지역에 2개(*표의 4~5), D-ⓓ지역에 1개가 나타난다. 그
런데 C지역과 D-ⓒ지역에서는 발견되지 않는다. 그렇기 때문에 이것
에 대응하는 한계어의 어휘가 무엇이었는지 알 수 없다. 다만 중세 국
어의 '두듥~두던~두렁'의 '두', '언덕~둔덕'의 '덕', '둑'(>뚝) 등이
'*tu'(吐)에서 발달한 것으로 추정할 수 있다.(<도표4> *표의 분포
참고)

④ ●密(*mir=三) : 悉(*siri>siØi>sii>səi>se=三)

기본 수사 3을 의미하는 '密(●)'이 A-ⓑ지역과 B지역의 접경인 대
관령 嶺西기슭에 1개, D-ⓓ지역에 5개(●표의 2~6)가 서로 이웃하여
조밀하게 분포하고 있다. 아마도 백제 전기의 지명에 나타나는 기타
수사 '于次(*uc=五), 難隱(*nanin=七), 德(*tök=十)'도 동일한 어형으
로 나타났을 가능성이 있다. 한편 한계어 수사로 추정되는 '悉'
(*siri>sey>se=三, 悉直>三陟)이 역시 三의 뜻으로 B지역에 나타난
다. 동일 지역 그것도 대관령의 동서(東西) 기슭에 대칭으로 '密'과 '悉'
이 공존한다는 것은 매우 흥미로운 사실이다. 이는 산맥을 분계령으로
한 동서지역의 언어가 다를 가능성을 시사하기 때문이다.(<도표4> ●
표의 분포 참고)

⑤ △一利(*iri=星) : 八莒～八里(*pyəri=星)

星을 의미하는 '一利'(*iri)가 가라어 지역인 D-ⓓ지역에서 1개(번호 없는 △표) 나난다. 비록 유일할지라도 이것은 백제 전기어와 가라어의 관계를 밝히는데 매우 중요한 단서가 된다. 아직까지도 낙동강 상류천을 '一利川' 혹은 '星川'이라 부른다. 지명의 보수성을 감안할 때 '一利川'(=星川)은 어휘사적인 면에서 매우 진귀한 근거 자료이다. (<도표4> △표의 분포 참고)

⑥ ◎薩(*sar=靑) : 古良(*kora=靑)

靑(혹은 淸)을 뜻하는 '**薩**'(*sar)이 A-ⓐ지역에서 조금 벗어난 북역에 1개(이른바 薩水=靑川江), A-ⓑ지역에 1개, D-ⓓ지역에 3개(◎표의 3～5), B지역의 하단에 1개가 나타난다. 아마도 고구려 본기에 보이는 '薛賀水' 역시 '薩賀水'이었을 것이다. 이것은 C지역의 古良夫里>靑陽의 '古良'(*kora=靑)에 대응되므로 같은 한계어를 토착어로 썼을 가능성이 있는 가라어에도 침투하였을 것이다.(<도표4> ◎표의 분포 참고)

⑦ ■熊(*koma)

이 단어는 A-ⓐ지역에 1개, A-ⓑ지역에 1개, C지역에 2개(■표의 3～4), D-ⓓ지역에 1개가 분포되어 있다. 일찍이 도수희(1974:57～85)에서 *koma의 어원과 분포에 대하여 적극적으로 논의한 바이기에 그리로 미룬다. 다만 '熊'이 D-ⓓ지역에까지 하강 침투하여 있는 점을 우리는 주목하게 된다.(<도표4> ■표의 분포 참고)

⑧ ●押(*ap=岳·嶽)

岳(嶽)을 의미하는 '押'(*ap)이 A-ⓐ지역에 3개(●표의 1,2,4), A-ⓑ 지역에 2개(●표의 3,5), B지역에 2개(●표의 6,7), D-ⓓ지역에 2개(● 표의 8,9)가 나타난다. 그런데 C지역과 D-ⓒ지역에는 한 예도 발견되 지 않는다. 그러나 E지역에서는 '居尸押', '骨尸押'과 같이 2개가 발견 된다. 따라서 이것은 북쪽에서 남쪽으로 내려온 어휘인 듯하다. (<도 표4> ●표의 분포 참고)

⑨ □波衣~波兮(*paiy~pahyəy=峴·嶺)

峴(嶺)을 의미하는 '波衣'(*paiy=峴·嶺)가 A-ⓐ지역에 3개(□표의 1~3), A-ⓑ지역에 5개(□표의 4~8), B지역에 3개(□표의 9~11)가 산재하여 있을 뿐이다. 그러나 기타 C·D·E지역에서는 발견도지 않 는다. 그렇다면 '波衣~波兮~波害~巴衣'와 같이 다양하게 표기된 이 것들은 중부 지역에만 분포하였던 아주 특이한 어휘로 한계어와 다른 성질의 것이었던가? 아마도 가라어로는 '고개' 혹은 '재'이었을 가능성 이 있다.(<도표4> □표의 분포 참고)

〈도표 4〉 백제 전기어와 가라어의
상관성을 나타내는 지명소의 분포

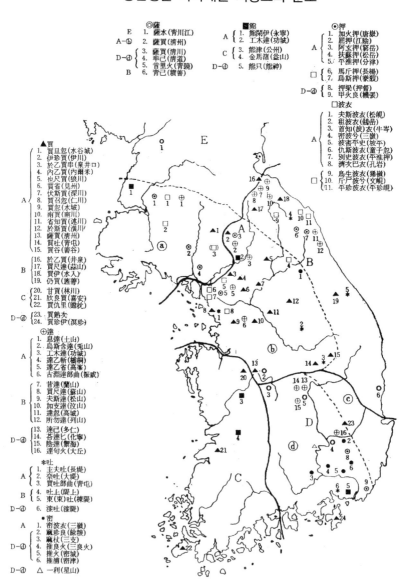

두 언어가 어휘의 친근성을 보일 때 그것이 계통성인가 아니면 차용성인가를 판별하기가 매우 어렵다. 가령 두 언어가 같은 계통일지라도 긴 역사 속에서 다른 언어로 인식될 만큼 소원하여진 단계에 이르러 적극적인 언어 교섭으로 인하여 어휘의 유사성이 발생하였다고 가정하자. 그럼에도 불구하고 또한 오랜 세월이 다시 흐르면 옛날의 언어 교섭 사실이 감추어져 그 유사성을 계통적 속성으로 오인할 수도 있게 된다. 이런 애매한 상황에 놓여 있는 경우가 곧 가라어의 어휘 특성이 아닌가 한다. <도표4>에서 우리는 A·B(-북단)지역과 D-ⓓ지역 사이에서 여러 가지 동질적 요소들을 많이 발견하였다. 어찌하여 A·B지역의 특징이 C와 D-ⓒ지역에는 없고 유독 D-ⓓ지역에만 조밀하게 뿌리 박혀 있는 것인가? 이 의문을 우리는 두 측면에서 해석할 수 있다. 그 하나는 "가라어(D-ⓓ지역어)와 백제 전기어(A지역어)가 동일 계통이었기 때문이다."이고, 다른 하나는 "백제 전기 시대에 백제의 문물이 가라국에 유입되는 과정에서 침투(차용)되었기 때문이다."이다.

필자는 두 가능성 중 후자가 더욱 신빙성이 있는 것으로 추정한다. 도수희(1985d)에서 이미 상논하였지만, 백제가 일본에 선진 문물을 전한 시기가 그 전기 시대(현 경기 廣州시대)였다. 이때에 백제와 일본을 이어준 교량국이 곧 가락국이었다. 자매적일 만큼 친숙하게 국교가 다져지지 않고는 그렇듯 교량국이 될 수 없기 때문이다. 일본 사신이 가락국을 통해 백제(전기시대)를 왕래한 사실이 「일본서기」(720)에 나타나고, 이른바 백제사람 아직기(阿直岐)와 왕인(王仁)이 일본에 「천자문」과 「사서삼경」을 가져가 저들을 교육한 시기도 거의 이 무렵이기 때문에 신빙성이 있어 보인다.

2.3. 백제 전기어와 고대 일본어의 상관성 문제

백제 전기어(이른바 고구려어)와 고대 일본어의 어휘 사이에 짙은 유사성이 있음을 여러 학자들이 빈번히 발표하였기 때문에 구체적인 내용을 여기서 재론할 필요가 없다. 다만 고대 한반도의 중부 지역의 언어는 고구려어가 아니라 백제 전기어이었기 때문에 비교의 대상도 자동적으로 백제 전기어로 바꾸어야 한다는 사실만을 강조하여 둔다.

여기서는 특히 기본 수사 체계가 동일하다는 사실만을 중심으로 논의하고자 한다.

백제 전기어			고대 일본어	
密	mir	(三)	mi	(三)
于次	uč	(五)	itsu	(五)
難隱	nanin	(七)	nana	(七)
德	tök<?*töwök	(十)	töwö	(十)

위와 같이 기본수사 중 4개 수사가 체계적으로 대응한다. 아마도 백제 전기의 지명이 나머지 '一, 二, 四, 六, 八, 九'의 고유어까지 반영하였더라면 역시 동일한 양상이었을 것이다. 이처럼 기본수사의 어형이 거의 상사형(相似形)인 점을 우리는 주목하게 된다. 일찍이 필자(1994c:70-76)가 두 나라 말의 어휘를 비교 고찰한 결과 유사하게 대응되는 어휘가 34개 이상이었다. 이것들의 대부분이 명사라는데 주목할 필요가 있다.

그 동안 여러 학자들이 '두 나라 말이 동계어임'을 주장하는 강력한 뒷받침은 위와 같은 수사의 '동일성'이었다. 위에서 추정한 바와 같이 만일 백제어에서 나머지의 기본 수사까지 지명에서 발견된다면 이것들 역시 일본어의 수사와 동일하였을 가능성이 짙다. 그렇다고 전제하여도 우리는 '동계'라는 주장을 선뜻 수용할 수 없다. 왜냐하면 수사체계는 얼마든지 차용될 수 있기 때문이다. 우리말이 언젠가 중국어의 수사 체계를 차용하여 왔고 일본어 역시 동일한 과정을 밟았기 때문이다. 이와 동일한 차용절차를 일본어가 백제 전기어로부터 답습한 것이다. 만일 중국문화의 선진 물결을 타고 중국어 수사가 백제에 들어왔다면 또한 백제의 선진 문화를 타고 백제어 수사도 일본으로 유입되었을 가능성이 많다. 더욱이 그것이 백제 전기의 언어에서만 사용되었을 뿐 그 이후에는 사용되지 않았다는 점도 특이하다. 아니면 한반도로부터 도왜(渡倭)한 대군중(大集團)이 지배어족(語族)이 되어 스스로의 수사체계를 그곳에 이식성장(移植成長)케 한 결과라 하겠다.

백제가 일본에 문물을 전해주기 시작한 시기가 전기(수도 漢忽: 현 경기도 廣州) 시대이었다. 이 시기에 백제의 선진 문화가 일본으로 물밀듯 동류(東流)하였던 것인데 그 때에 가라국이 백제와 일본을 이어주는 교량 역할을 하였던 것이다. 위에서 파악한 바와 같이 백제어와 가라어 사이의 어휘 분포의 자매적인 특성이 가라국이 백제어의 동류(東流) 통로이던 사실을 증언하기 때문이다. 「일본서기」도 일본의 사신이 가라국을 경유하여 백제 수도 한홀(漢忽: 현 廣州)에 들어 왔고 백제의 사신 역시 가라국을 통하여 일본에 건너간 사실을 밝히었다.

요컨대 백제의 전기 시대에 백제어가 일본으로 東流한 통로는 '백제(전기)→가라→일본'과 같았음을 추정할 수 있다. 양국의 적극적인 문화교류는 언어의 교류도 수반됨을 의미한다.

일본의 남부 지역과 한반도의 남부 지역은 대마도를 사이에 두고 마주 바라보고 있는 동일한 문화권이다. 일본의 남부는 구주(九州)와 근기지역(近畿地域)이며 한반도의 남부는 가라지역인 것이다. 이 양 지역이 현대처럼 엄격한 국경선이 없었던 고대에 있어서 근린(近隣)

의 동일 문화권으로 묶이어 피차간에 문물을 자유롭게 교류하였을 것이다. 양국의 적극적인 문화 교류는 곧 언어를 통하여 이루어진다. 따라서 선진 백제의 언어가 일본으로 동류한 통로는 '백제(전기)→가라→일본'과 같았음을 추정할 수 있다.

백제어가 일본으로 흘러간 파동은 전기와 후기로 나눌 수 있다. 백제가 馬韓을 병합한 시기를 중심으로 백제의 전기어가 가라국을 경유하여 일본에 들어간 파동이 그 하나요, 이후 이른바 공주와 부여 시대의 백제가 현 전남 康津과 群山浦(옛 白江口)를 통하여 동류(東流)한 다른 하나이다.

III. 高句麗語와 高句麗史의 관계
- 특히 지명·인명·관진명을 중심으로-

1.

이른바 중국의 「東北工程」이란 "東北三省(요녕성·길림성·흑용강성)의 역사연구프로젝트(2002)"를 말한다. 중국이 이 연구를 통하여 「고구려사」를 중국사에 편입하려고 策動한 것이다. 이 터무니 없는 주장으로 온 나라가 이성을 잃을 만큼 激憤하였다. 그러나 이처럼 중차대한 문제가 격분하여 아우성친다고 해결될 리가 없다. 저들은 여러 해를 두고 비밀리에 차분하고도 면밀하게 연구한 결과를 발표하였기 때문이다. 비록 억울하지만 그럴수록 오히려 냉정하게 대처하여야 문제해결의 실마리를 찾을 수 있을 것이다. 우리는 졸지에 당한 지극히 황당한 일이지만 저들은 여러 해를 두고 계획적으로 치밀하게 연구하여 내린 결과이다. 따라서 우왕좌왕하며 조급히 서둘지 말고 이 문제를 더욱 신중하고도 심도 있게 연구하여 합리적으로 대처해야 할 것이다.

그 동안 역사적인 문제를 논의하는데 있어서 흔히 언어학적 접근을 수용하기는커녕 오히려 배척하였다. 오로지 역사학과 고고학으로만 해결하려고 옹고집을 부려왔다. 그러나 「고구려사」의 문제를 역사학

중심으로만 풀어서는 안 된다. 이 편협한 태도는 제기된 문제에 대한 종합적(입체적)인 해결을 방해하는 독선임에 틀림없기 때문이다. 이런 편협한 領域固守의 장벽이 아직도 허물지 못한 우리학계의 고질적 병폐가 아닌가 한다. 무엇보다 먼저 學制間의 배타적 장벽부터 허물어야 한다. 모름지기 언어학·민족학·신화학·민속학·인류학 등 다각도로 입체적 고찰을 하여 종합적인 결론을 내려야 한다. 그래야 역사학만의 단선적 연구 결과보다 설득력이 있게 된다. 여기서 새삼스럽게 언어학의 적극적인 참여를 강조하는 까닭이 바로 여기에 있다. 실로 언어와 역사는 二身同體의 관계이다. 인류의 역사가 언어로 기록되어 있기 때문이다. 그래서 언어로 기록되기 전의 역사를 「先史時代」라 하고 그 이후를 「歷史時代」라 부른다. 이처럼 언어와 역사는 불가분의 절대적 관계인 것이다. 오로지 언어매체로 이루어진 것이 인류의 문화이고, 언어기록으로 遺傳되어 온 내용이 우리의 문화사이기 때문이다. 언어를 떠나서 아무것도 이루어질 수 없다. 이는 영구불변의 진리이다. 따라서 언어는 역사를 증명하는데 있어서 지하의 고고학적 유물만큼 증거력이 강하다.

중국의 사학자들은 19세기와 20세기의 교체기에 구조주의 비교언어학의 방법론을 역사학에 도입하여 중국 고대사의 문제를 푸는데 열쇠로 활용하였다. 예를 들면 중국의 역사학자들이 "鐵를 차용어"로 究明한 사실이 그 본보기이다. 鐵의 古字가 銕이기 때문이다. 이 漢字(단어)의 구조는 '金+夷'이다. '金'+'夷'와 같이 2형태소로 구성된 최초의 단어이다. 여기서 우리는 형태소 '夷'를 주목하게 된다. 이 '夷'는 夷族으로부터 쇠(鐵)가 수입된 사실을 증언하기 때문이다[1]. 이 차용어

---

1) 崔南善(1943)의 「故事通」에 다음의 先見이 있다.

鐵 : 半島에金屬文化가이러난뒤에는 鐵鑛의 開發이進步하여서 隣接한여러國民

'銕'(>鐵)은 중국 고대사에서 석기문화를 철기문화로 전환한 중대한 역사의 변혁을 증언하는 것이다. 한 단어에 대한 차용여부의 판명이 중대한 역사문제를 푸는 열쇠가 된 것이다. 마찬가로 殘存한 고대 지명들이 고대사를 증언한다. 그 실례들을 다음에서 소개하면 그 증거력이 어느 정도인지를 확인할 수 있다.

지명은 좀체로 변화하지 않는다. 그렇기 때문에 지명은 무형 문화재이다. 가령 영토가 변하고 민족의 이동이나 침략으로 인하여 토착인의 세력이 점점 약화되어 결국에는 그 언어가 다른 언어로 置換된다 할지라도 그 곳의 토착 지명만은 변함없이 그대로 존속한다. 이 사실을 우리는 여러 나라의 토착 지명에서 얼마든지 확인할 수 있다. 그래서 지명은 역사에 대한 증거력이 매우 강하다고 역설할 수 있다.

지난 2004에 그리스 아테네에서 세계 올림픽이 열렸다. 아테네는 기원전의 희랍의 옛 지명으로 그리스의 역사를 증언한다. 올림픽은 올림프스란 곳에서 출발하였기 때문에 그 지명으로 삼은 것이다. 마라톤 또한 출발지가 마라톤이었기 때문에 그 지명이 경기명이 된 것이다. 이 밖의 경기장에서도 고대 희랍 지명이 거의 변하지 않은 모습으로 씌고 있음을 우리는 확인하였다. 이처럼 옛 지명은 거의 변치 않고 전해져 역사적인 사실을 말해준다. 다른 예를 더 들어보자.

구약성서 (창세기)에 나오는 바벨탑(the Tower of Babel)의 옛 고장인 '바빌론'(여기서 '이스타르 여신' 문 장식(2400 B.C.)이 발견됨)을 비롯하여 아브라함의 고향이기도 한 '우르'(여기서 '銀사자머리'(2650-2550 B.C.)가 발견됨)와 '우르크'(우르크의 3.6m높이 석조전(3600 B.C.)), 아수르왕국의 '아수르' 등이 현재 이라크에 잔존하여 쓰

이 다. 鐵의供給을 半島로서바닷섯다. 漢文의鐵은一에銕로쓰니 銕자는夷人의金屬을意味하는構成으로서 시방黃海道載寧一帶의鐵産이支那의山東半島等地로만히輸出・利用된事實에因한造字인듯하다.

이고 있다. 그럴 뿐만 아니라 기원전 1100년경에 소년 다윗이 골리앗을 무찌른 역사적 사건의 지명이 곧 「구약성서」에 나오는 '엘라' 골짜기이다. 그 때로부터 3100년이 지난 오늘날까지도 그대로 쓰인다. 동일 시기의 지명 '앗시리아, 가나안, 안디옥, 비립보, 유대' 등도 지금까지 거의 변함없이 쓰이고 있다. 또한 하와이열도에는

Hawaii, Maui, Ohau, Molokai, Molokin, Wainapanapa, Wailau, Waikiki,, Honolulu 등

과 같이 하와이안 토착 지명(Native Place Name)이 대부분 잔존해 있다. 시베리아에도 Aobj, Atobj, Brobj, Kobj, Sobj, Tymkobj 등의 강 이름이 원시지명 그대로 쓰이고 있다. 로마제국 이전에 상륙하여 건설한 희랍의 식민 지명이 로마의 지명으로 바뀌지 않고

Cuma, Neapolis(the new city)>Napoli, Pozzuoli, Pompei, Sisiry 등

과 같이 본래대로 남아 있다. 일찍이 Mario Pei(1965)가 주장한 것처럼 미국의 주명(State Names) 중 1/2이나 되는 Indian 지명이 잔존해 그대로 쓰이고 있다는 사실을 주목할 필요가 있다. 중국 商(殷)나라(1766 B.C.-)의 殷墟에서 발굴된 甲骨文字로 기록된 고대 卜辭地名들이 현재까지 여전히 사용되고 있다. 한반도에서도 같은 사실이 발견된다. 함경도와 평안도 지역에 아직도

童巾(통권=鐘)山, 豆漫(투먼=萬)江, 雙介(쌍개=孔·穴)院, 斡合(위허=石), 羅端(라단=七)山,回叱家(횟갸), 斡東(오동), 투魯(투루)江 등

과 같은 여진어 지명이 여전히 남아 쓰인다.

위와 같이 역사 문제를 푸는데 있어서 언어의 증거력은 막강하기 때문에 「고구려사」도 「고구려어」로 조명해 보면 그 역사의 정체가 분명히 밝혀질 것이다.

그 동안 국내외 학계가 「고구려사」에 대하여 의심할 여지없이 한국사로 인식하여 왔다. 그 증거가 우리의 正史書인 『三國史記』와 『三國遺事』에 명기되어 있기 때문이다. 만일 삼국 시대의 역사에서 「고구려사」가 빠진다면 한반도에서 三國時代란 역사적 정체성이 파괴되고 만다. 3國은 동질적인 鼎立國家이었기 때문에 그 중 한 나라가 없어지게 되면 나머지 두 나라도 존립할 수 없기 때문이다. 그러나 백제사와 신라사가 한국사이기 때문에 이에 결속되어 있는 「고구려사」도 한국사임에 틀림없는 것이다. 그런데 최근에 와서 난데없이 중국이 「고구려사」를 중국사에 편입하려고 별짓을 다하고 있다. 참으로 어처구니없는 생떼를 부리고 있는 것이다. 이전까지 내내 중국이 「고구려사」가 한국사임을 是認하여 오다가 이제 와서 느닷없이 억지를 부리는 이유가 무엇이겠는가? 그 주장의 이면에 반드시 정략적인 야욕이 숨겨져 있음을 우리는 철저히 파악해야 할 것이다.

일반적으로 역사적인 문제를 언어가 풀어 주기도 하고 반대로 언어사적인 문제를 역사가 풀어 주기도 한다. 역사적인 사실을 기록한 매체가 언어이기 때문이다. 다라서 언어기록은 역사 시대를 열어준 母體이었음을 재삼 강조하게 된다. 여기서 우리가 「고구려어」로 「고구려사」를 조명하면 분명한 정답을 얻을 수 있을 것이다. 왜냐하면 고구려어·백제어·신라어의 상관성을 비교 고찰하여 3국어의 동질성을 究明한다면 「고구려사」의 是非를 가리는데 있어서 지극히 유효한 결론이 나올 것이기 때문이다.

2.

「시조의 탄생신화」가 고구려와 신라는 서로 같고 중국과는 다르다.

동남아 자바섬의 북방에서 출발하여 말레이시아의 동부를 지나 대만해협을 통과한 후에 곧바로 대마도와 김해 사이로 흐르는 海流가 있다. 이 해류는 김해 앞바다에서 동남해안과 울릉도의 사이를 경유하여 원산과 신포만을 거쳐 계속 北上하여 樺太와 북해도에 도달한다. 이 해류를 이른바 對馬海流라고 한다. 이 해류를 따라 東北風이 부는데 이 바람을 일명 상업풍(Trade Wind)이라고 한다. 이 해류가 경유하는 해안지역에 卵生神話가 분포하였다. 그러나 이 해류가 흐르지 않는 지역에는 난생신화가 존재하지 않는다. 고조선의 단군신화와 진한의 6촌장 신화가 天孫下降神話라면 박혁거세의 신화는 난생신화에 해당한다.

고주몽(고구려)의 탄생신화와 박혁거세(석탈해, 김알지(신라))와 김수로(가라)의 탄생신화가 비슷하다. 고구려·신라·가라는 천손하강신화가 먼저 발생한 뒤에 비로소 난생신화가 발생하였기 때문이다. 이와 같은 이중구조적인 신화의 동질성은 고구려와 신라의 정체성이 동일함을 확신케 한다.

2.1. **方位語가 우리 민족의 이동 방향을 증언한다.**

'곰~고마(北)>뒤(後=北), 님~니마(南)>앞(前=南)'와 같이 전의되었다. 이는 우리 민족이 북쪽에서 남쪽으로(北⇒南) 前進移動하여 온 사실을 증언한다. 그리하여 北의 새김이 '고마(>곰)'이었던 것이 '뒤'(後)로 바뀌었고 '니마(>님)'이었던 南의 새김이 '앞'(前)으로 바뀌었다. 이와 같은 따뜻한 남쪽을 전면으로 선호하는 사상은 우리 민족의 민속이 되어 집터는 말할 것도 없고 심지어 묘 자리까지 남향을 선호하는 절대적인 가치로 굳어졌다.

일반적으로 방위어는 민족의 이동 방향에 따라 東西南北과 前後左右가 각각 짝을 이루어 동의어로 혼용되었던 사실이 여러 언어에서 확인된다. 예를 들면 Sanskrit어(고대 인도어)와 Uigur어와 우리말의 방위어를 비교하여 보면 그것이 민족의 이동방향을 알려 주는 열쇠임을 확인할 수 있다.

동=전(앞) : 서=후 (뒤)　북=좌 : 남=우
　　　전진이동이 서⇒동의 방향(고대 인도어족)
동=전(앞) : 서=후 (뒤)　북=상 : 남=하
　　　전진이동이 서⇒동의 방향(고대 Uigur어족)
<u>북=고마(뒤):남=니마(앞)</u>　동=좌 : 서=우
　　　전진이동이 <u>북⇒남의 방향(우리민족(한겨레))</u>

언어계통으로 따져보아도 중국어와 한국어는 서로 다르다. 우리말은 알타이어족에 속한다고 한다. 중국어는 고립어족의 계통에 속한다. 알타이어족이 세운 나라들은 몽골, 퉁그스(?), 만주, 터키, 일본(?), 고구려, 백제, 신라, 가라 등이었다. 이렇게 고구려, 백제, 신라, 가라는 동일계통의 알타이어족으로 결속되어 있다. 이 점도 주목할 필요가 있다.

2.2. 고구려와 백제의 王姓이 동일하다.

부여왕의 성씨는 '해부루, 해모수(解夫婁, 解慕漱)'와 같이 '해(解)'씨이다. 고구려왕의 성씨도 '해주몽, 대해주류(대무신왕), 해색주(민중

왕), 해애루(모본왕), 소해주류(소수림왕)'(제3,4,5,17대)와 같이 '해'씨
이다. 고구려 유리왕의 아들이 '해명(解明), 해우(解憂)'이니 여기서도
'해'(解)씨를 발견한다. 따라서 고구려의 근본은 부여에 있음이 확실하
다. 더구나 고구려가 후에 동부여를 통합하였으니 부여의 역사를 승계
한 나라임이 분명하다. 부여의 다른 지파인 백제왕의 성씨도 '해'(解)
씨 또는 '부여'(扶餘)씨이다. 백제 귀족 중에 '해루, 해충, 해수, 해구(解
婁, 解忠, 解須, 解仇)' 등처럼 '해'(解)씨가 많다. 그러나 중국에는 '해'
씨가 없다. 백제의 성왕이 공주에서 부여로 서울을 옮기면서 백제의
뿌리를 찾아 국호를 南扶餘라 바꾸었다. 南扶餘는 "남쪽에 있는 扶餘"
란 뜻으로 백제의 뿌리가 北扶餘임을 밝힌 새로운 국호이다. 이처럼
고구려와 백제는 역사적인 뿌리가 부여국에 박혀 있음을 확인할 수
있다. 따라서 고구려와 백제는 그 혈통을 부여국에서 받은 같은 뿌리
의 두 나라이기 때문에 그 역사 또한 불가분의 관계이다. 여기서 우리
는 扶餘史 · 高句麗史 · 百濟史가 동일 계통의 韓國史임을 확인할 수
있다. 이 3국의 역사 중 어느 역사도 탈취할 수 없도록 하나로 굳게
결속되어 있는 것이라 하겠다.

2.3. 고구려와 신라의 초기 '王名'이 동일하다.

주지하는 바와 같이 신라 시조의 이름은 '블구내(弗矩內)' 또는 '혁
거세(赫居世)'이고 아들의 이름은 '누리(儒理)'이다. 고구려 시조의 이
름은 '동명(東明)' 또는 '주몽(朱蒙)'이고 아들의 이름은 '누리명(琉璃
明)'이다. 두 나라의 시조 이름과 아들 이름을 비교 분석하면 동질성이
확인된다. 고대로 올라 갈수록 우리 선조들은 고유명을 우리 문자가
없기 때문에 어쩔수 없이 적기는 漢字로 적되 부르거나 읽기는 반드시
우리말(고유어)로 하였다. 이 점을 깊이 유의하여 위에서 열거한 네

이름을 비교 분석하면 아주 흥미로운 동질성이 발견된다. 고구려 시조의 이름 東明은 '새+ᄇᆞᆯᄀᆞ'이었다. 그리고 신라 시조의 이름 弗矩內(赫居世)는 'ᄇᆞᆯᄀᆞ+내'이었다. 두 이름에 동일한 'ᄇᆞᆯᄀᆞ'(밝을명明=밝을혁赫)가 들어 있다. 다음은 아들 이름을 해석하여 비교하여 보자. 고구려 琉璃는 현대 음으로는 '유리'이지만 고대 음으로는 '누리'였다. 지금도 쓰고 있는 '누리'(온누리=온세상)와 같은 뜻이다. 그런데 신라 儒理도 현대 음으로는 '유리'이지만 고대 음으로는 '누리'였다. 그 뜻은 위에서 밝혔으니 다시 설명할 필요가 없다. 이 두 이름은 정확히 동일하다. 참으로 놀라운 사실이다. 그런데 이 '누리'가 신라 시조의 이름 'ᄇᆞᆯ구내'의 '내'와 동일하기 때문에 더욱 놀랍다. '누리'는 후대에 'ㄹ'를 잃고 '뉘'로 변하였다. 그리하여 '누리'와 '뉘'를 함께 쓰고 있다. 그런데 'ᄇᆞᆯ구내'의 '내'가 '뉘'와 비슷하다. 신라 초기에 이미 '누리'와 'ㄹ'이 탈락한 '뉘~내'가 함께 사용되었음을 알 수 있다. '내'가 '누리(世)'의 뜻이었음은 그것이 赫居世의 '世'와 대응하기 때문에 틀림이 없다. 나머지 赫居는 'ᄇᆞᆯᄀᆞ'(弗矩)와 대응한다. 이렇게 두 나라 초기의 시조와 아들 이름에 '누리'가 공동으로 들어 있음은 두 나라의 역사적 동질성을 확증하는 바라 하겠다.

위와 같이 '누리'를 소재로 하였을 뿐만 아니라 '빛', '해빛'을 소재로 한 왕명이 고구려·백제·신라에서 동일하게 작명되었다. 신라 시조 'ᄇᆞᆯᄀᆞ누리'(밝은누리)의 'ᄇᆞᆯᄀᆞ'와 고구려 시조 주몽의 잉태과정에서의 '햇빛' 그리고 그의 아들 '누리ᄇᆞᆯᄀᆞ'(琉璃明)의 'ᄇᆞᆯᄀᆞ'를 들 수 있다. 이 초기 왕명의 동질성 'ᄇᆞᆯᄀᆞ·햇빛'(赫,明,昭,昌)이 고구려의 '해명'(解明)을 비롯하여 '문자명왕'(文咨明)과 '명리호왕'(明理好), 신라의 '명지왕'(明之=신문왕)과 '비지(>비치)'왕(昭知~毗處), 백제의 '성명왕'(聖明~明襛)과 '창왕'(昌)처럼 후대의 왕명에 이어졌다.

2.4. 고구려 · 백제 · 신라의 관직명이 동일하다.

고구려의 '상가, 고추가, 소노가'(相加, 古鄒加, 消奴加)의 '가'와 신라
어의 '거서간, 마립간, 각간'(居西干, 麻立干, 角干)의 '간'(干)이 비슷하
다. 받침 'ㄴ'만 있고 없을 뿐이다. 고구려의 '막리+지'(莫離支)와 백제
의 '건길+지'(鞬吉支)와 신라의 '김알+지'(金閼智)에서 '지'가 일치한다.
또한 고구려의 '막리+지'(莫離支)와 신라의 '마립+간'(麻立干)에서 '막
리:마립'은 각각 'ㄱ'과 'ㅂ'받침을 무시하면 '마리'로 일치한다. 그러나
중국어에는 이런 동질성이 없다.

2.5. 고구려 · 백제 · 신라의 지명이 동일하다.

위 1장에서 설명한 바와 같은 지명의 특성으로 인한 상식을 뒤집을
만한 결정적인 이의가 제기될 수 없다면 이 원리가 고구려의 지명에도
적용되어 마땅하다. 그러면 고구려 지명의 특성은 어떠한가? 과연 그
것이 중국적 특성인가 아니면 한국적 특성인가? 그 사실을 객관적으
로 검증할 필요가 있다. 그 결과가 고구려사의 정체성을 객관적으로
판결할 수 있기 때문이다. 삼국정립 시대에 고구려는 남만주 일대(一
帶)와 한반도 북부에, 백제는 한반도의 서남부에, 신라는 한반도의 동
남부에 각각 위치한 독립국가이었음은 일찍이 공인된 역사적 사실이
다. 이 세 나라는 중국과는 영토상의 아무런 관계도 없었던 한(韓)민족
의 나라들이었기 때문이다. 그 확증이 당시의 고구려 지명 속에 들어
있다.

『삼국사기』 지리4의 끝 부분에 압록강 이북의 고구려 지명이 있다.
이 지명들은 뒤에서 상술한 바와 같이 당나라 고종 2년(669)에 영국공
(英國公) 이적(李勣)이 칙명을 받들어 작성한 32개의 성명(城名)이다.

이 지명은 당나라 이적이 고구려의 막리지(莫離支) 천남생(泉男生)과
상의하여 작성하였기 때문에 국제적인 공신력이 있다. 이 지명에서
'내물홀'(乃勿忽>鉛城), 적리홀(赤里忽>積利城) 등과 같이 城을 고구
려어로 '홀'(忽)이라 하였다. 중국 역사서에 고구려가 '구루·구려(溝
漊·駒麗)'로 적혀 있다. 이 '구루'가 '홀>골'로 변하였다. 이것이 백제
의 초기 지명인 '위례홀, 미추홀'에서 쓰이기 시작하여 '매홀(水城>水
原)'까지의 중부 지역에서 활용되었고, 심지어 서남단의 '복홀(伏忽>
寶城)'에까지 남하하였다. 갑홀(甲홀=穴城)과 같이 穴의 뜻으로 쓰인
'갑(甲)'이 현 강화(甲比古次>穴口)의 옛 이름으로 쓰였다. '내물홀(乃
勿忽>鉛城)'의 '내물'은 鉛의 뜻이었는데 중세국어 '납'에 이어진다. 山
·高의 뜻인 '달(達)'이 고조선의 지명인 '아사달'(阿斯達>九月山)에
들어 있다. 이 '달'이 위 고구려의 32개 성명 중 '비달홀(非達忽), 가시
달(加尸達)'에서 발견되는데 이것이 한반도의 중부 지역에 '식달(息
達), 석달(昔達), 달홀(達忽)' 등과 같이 적극적인 분포를 보인다. 남부
에도 '달구불(達丘火>大邱), 난달아(難等阿>전북 鎮安,高山), 유달산
(儒達山>木浦)'과 같이 '달'이 드물게 나타난다. 岳의 뜻인 '압'(押)도
위 고구려의 성 이름 중 '거시압(居尸押), 골시압(骨尸押), 개시압홀
(皆尸押忽)'에서 발견되는데 '부소압'(扶蘇押>松嶽) 등과 같이 중부지
역까지 조밀하게 분포하였다. 銀의 뜻인 '소리홀'(召尸忽>木銀城)의
'소리'는 후대의 '쇠'로 이어진다. 이 '소리(>쇠)'는 한반도 전역에서
보편적으로 쓰였다. 그럴 뿐만 아니라 地·壤·川의 뜻인 동음어 '나
(那)'가 또한 중부지역에 고루 분포하였다. 특히 '나'가 고구려어에서
壤·川의 뜻으로 쓰인 동음 이의어였던 사실을 고구려 왕호 및 5부족
명에서 확인할 수 있다. 아울러 첫째 도읍인 졸본에 흐르던 '비류나(沸
流那)'의 별칭이 '보술수(普述水)~송양(松壤)'이니 壤·水의 뜻인 '나'
가 고구려 초기에 쓰였음을 알 수 있다. '나'는 신라 초기에 '사라·서

라'(斯羅·徐羅)와 같이 '라'로 나타나며, 川의 뜻인 '나'도 신라 인명 '소나'(素那=金川)에 들어 있다. 특히 고구려의 서울 평양(平壤)의 별 칭이 '펴나(平那)'인바 이는 고구려어로 '벌나'이었다. 그런데 동일한 서울 이름이 신라의 '서라벌'에서 확인된다. 여기 '나·라'는 땅(壤· 地)의 뜻이니 '서라벌'의 '라벌'과 '벌나'를 비교할 때 어순만 바뀌었을 뿐 내용은 동일하다. 이 '나'에서 '나라'가 파생되었을 것이다. 그럴 뿐 만 아니라 신라 월성의 별칭인 '재성'(在城)은 '견성'(계신성)이다. 고 구려 평양성의 별칭이 '견성'(畎城)이니 같은 말을 썼던 것이다. 이처 럼 서울 이름이 똑같고 '왕이 계시다'란 말이 똑 같다는 것은 매우 놀 라운 사실이며 두 나라의 친근성을 입증하는 결정적인 단서가 되어준 다. 마치 "오리머리처럼 강이 푸르다"하여 '압록(鴨綠)강'이라 명명한 강명을 한역한 것이 '청천강'(靑川江)이다. 고구려어로 청천강을 '살 수'(薩水)라 하였는데 靑의 뜻인 '살'이 현 충북 괴산 청천면(靑川面)의 옛 이름인 '살매'(薩買)에서 발견된다. 그리고 고구려 건국 수도 졸본 의 배수(背水)이었던 '비류나~보술수~송양(沸流那,普述水,松壤)'에 서 '보술:松', '나:水·壤'의 대응을 나타내므로 '보술'이 松의 뜻임을 알 수 있다. 이 '보술'이 백제 첫째 수도 위례홀의 배산인 '부사악'(負兒 岳)을 비롯하여 '부소압'(松嶽>開城), '부소산'(현 부여의 扶蘇山) 등 한반도 전역에 분포하였다. 이 밖에도 동질성의 지명 예가 많이 있지 만 생략키로 한다.

　위에서 제시한 지명 요소의 특성은 중국의 지명에서는 발견되지 않 는다. 그런 반면에 이 특성이 한반도에는 적극적으로 분포하였음이 확 인된다. 더구나 이 특성들이 신라와 백제의 지명과 동질적이라는데 깊 은 의미가 있다. 따라서 고구려·백제·신라는 지명의 친근성으로 결 속되어 있었던 한(韓)민족의 세 나라이었음을 확신할 수 있다. 따라서 이 세 나라는 중국과는 영토상의 아무런 관계도 없었던 별개의 나라들이었다. 그렇기 때문에 고구려가 망한 다음 해(669)에 당나라 이적(李勣) 등이 "고구려 제성에 도독부 및 주군(州郡)을 설치하는 건은 마땅히 남생(男生)과 상의 작성하여 주문(奏聞)하라는 칙명(勅命)을 받들었습니다. 안건은 앞에서와 같습니다."라고 보고하였던 것이다. 칙서에 "주청(奏請)에 의해서 그 주군(州郡)은 모름지기 (당나라에)예속케 하여야 하겠으므로 요동도안무사겸우상(遼東道按撫使兼右相) 유인궤(劉仁軌)에게 위임하라"고 하였다. 드디어 적당히 분활하여 모두 안동도호부에 예속케 하였다. 그리고 백제 땅에는 웅진도독부를 설치하고 1부, 7주, 51현을 두었다. 중국 영역이 아니었기 때문에 백제가 망하자 당나라는 백제의 서울이었던 웅진(>공주)에 웅진도독부(熊津都督府)를 두었고, 고구려가 망하자 평양에는 안동도호부(安東都護府)를 두었다. 여기 '도독부'와 '도호부'는 점령국에 대한 '식민통치부'에 해당한다. 자기 나라의 일부를 분활하여 신민지로 삼는 나라는 인류의 역사에서 발견할 수 없다. 남의 나라를 강제로 병탄(倂呑)하고 강점 설치한 기구가 이른바 식민통치부가 아닌가? 따라서 서기 669년(총장 2년)에 당 나라 고종이 이적(李勣)에게 칙명으로 설치한 식민지는 고구려와 백제가 자국(중국) 아닌 타국(한국)이었음을 스스로 증언한 것이라 하겠다. 여기 고구려와 백제는 동일한 식민지인데 고구려만 중국역사에 해당하고 백제는 아니라고 한다. 백제사가 중국사가 아니라면 고구려사 역시 중국사가 아님은 자명한 일임을 자백한 셈이다.

2.6. 국호 '고구려'는 '고려'로 바뀐 이후 국제적 국호인 Korea로 통용되고 있다.

한국사에 후삼국의 이름으로 '후백제'와 '후고구려'가 있다. 후백제와 후고구려는 명실공이 백제와 고구려를 이은 나라란 뜻으로 '후'(後)

자를 접두어로 썼다. 여기서 우리는 고구려의 터전에 다시 건국하였던 고구려(후)를 발견한다. 이 후고구려를 계승한 나라로 高句麗를 줄이어 국명을 삼은 나라가 바로 高麗이다. 중국 사서에서 `尙書孔傳`의 駒麗(구려)를 비롯하여 `漢書`의 句麗(구려), `隋書`·`新·舊唐書`의 「高麗(傳)」등과 같이 이미 高麗라 약칭하였다. 따라서 高麗는 국명과 영토를 명실공이 이어받은 고구려의 당당한 후계국이다. 이 후계국의 국호가 세계만방에 공포되어 이후로 우리의 국호가 Korea(고려)로 국제적인 공인을 받게 된 것이다. 그런데 만일 「고구려사」가 한국사에 속하지 않는다면 이를 계승한 「고려사」도 한국사에 속하지 않는다고 할 것인가? 「고려사」가 한국사에 속한 이상 그 전신인 「고구려사」도 당연히 한국사에 속할 수밖에 없다. '고구려>발해>후고구려>고려(Korea)'와 같이 이어지는 적통성(嫡統性)이 「고구려사」는 한국사임에 틀림없음을 확증하여 주기 때문이다.

위 2.1.-6.에서 핵심 어휘들을 비교 고찰한 결과 고구려·백제·신라는 서로 같고 중국과는 서로 다름을 확인하였다. 그렇기 때문에 고구려·백제·신라는 한겨레(韓民族)가 세운 세 나라임이 틀림없다. 따라서 「고구려사」는 백제사·신라사와 더불어 한국사인 것이다.

3.

「고구려사」가 한국사임을 확증(確證)하는 고문헌의 기타 자료를 적시(摘示)하면 다음 같다.

언필칭(言必稱) 고구려(B.C.37-668=705):백제(B.C.18-660=678):신라.C.57-668=725)시대를 삼국정립(三國鼎立) 시대라고 한다. 鼎立이란 용어는 A:B:C가 대등하게 서 있을 때의 상태를 의미한다. 대등한 크기와 길이의 나무로 만들어 세운 삼발이 위에 솥을 걸어야 가장 안전하다. 그래서 '솥鼎'이라 부른다. 다라서 三國鼎立은 고구려·백제·신라가 한반도에 솥(釜)처럼 세워진 대등한 국가이었음을 의미한다. 만일 여기서 「고구려사」를 빼면, 삼발이로 성립하는 鼎立에서 한 다리를 잃어 넘어지는 것처럼, 三國鼎立의 의미를 상실하게 된다. 따라서 「고구려사」는 백제사·신라사와 함께 한국사(三國史)에 결속되어 있는 것이다. 그래서 고구려·백제·신라(3국)의 역사를 하나로 묶어 기술한 역사책의 이름이 「삼국사기」·「삼국유사」인 것이다. 그러나 중국의 고문헌에서 「高句麗史記」란 역사서는 발견되지 않는다. 그런데 무슨 근거로 「고구려사」가 중국사라고 주장할 수 있겠는가? 터무니없는 억지이다.

고구려는 역사서로 「留記」(유기)(李文鎭)가 있었고, 백제는 역사서로 「書記」(서기)(高興)를 비롯한 「百濟記」(백제기)·「百濟新撰」(백제신찬)·「百濟本紀」(백제본기)등이 있었고, 신라는 역사서로 「國史」(국사)(居柒夫)가 있었다. 이 역사서들은 독립국가인 근거가 된다. 역사서란 곧 독립국의 역사를 의미하기 때문이다.

일본 학자인 도시마(藤島達朗)의 「東方年表」(동방연표)(1955)도 "中國 : 滿鮮 : 日本"을 대등한 국사로 인정하여 연표를 작성하였다. 이 연표의 滿鮮(滿洲·朝鮮)난에 고구려·백제·신라가 묶이어 대등하게 병렬(並列)되어 있다. 이는 일본 학자들이 「고구려사」를 한국사로 인정한 객관적인 견해이어서 국제적으로 주목되는 대목이다.

중국 역사서에 고구려·백제·신라가 '三國' 또는 '三韓'으로 기록되어 있다.

중국 사서인 「舊唐書」(구당서)(945)·「新唐書」(신당서)(1045?)에 당 나라 고종이 "고구려·백제·신라"를 海東三國이라 지칭하여 三國을 각각 독립국가로 인정한 대목이 있다. 수나라와 당나라 사람(隋·

唐人)들이 고구려·백제·신라 三國을 三韓이라 부르기도 하였다. 이 처럼 저들이 고구려사가 三韓史 또는 三國史의 하나임을 인정하였던 것이다.

3.1. 안동도호부(安東都護府)와 웅진도독부(熊津都督府)의 설치에 대한 의미

고구려가 망한 다음 해(669)에 당나라는 드디어 고구려의 터전에 安東都護府와 백제의 터전에 熊津都督府를 설치하였다. 여기 都護府와 都督府는 점령국에 대한 '식민통치부'에 해당한다. 일제의 조선총독부(朝鮮總督府)를 상기하면 쉽게 이해할 수 있다. 자기 나라의 일부를 분할하여 식민지로 삼는 나라는 인류의 역사에서 발견할 수 없다. 남의 나라를 강제로 강탈하여 설치한 기구가 이른바 식민통치부인 것이다. 인도를 비롯한 동남아 제국과 브라질을 비롯한 남미 제국들이 식민지국가였다. 그런데 어느 한 나라의 역사도 점령국가의 역사에 편입된 사례가 없다. 따라서 서기 669년에 당나라가 설치한 식민지는 고구려와 백제가 자국(중국) 아닌 타국(한국)이었음을 자백한 셈이다.

3.2. 민족사(역사)와 언어의 관계

실로 민족과 언어는 손바닥과 손등처럼 밀접한 관계이다. 언어를 지키면 민족을 지킬 수 있고 민족을 지키면 그 민족이 세운 나라도 지킬 수 있다. 그리고 그 나라의 역사까지 지킬 수 있다. 그래서 프랑스의 작가 알퐁스 도데(A. Daudet)는 소설 "마지막 수업"을 통해서 독일에게 나라를 빼앗긴 국민에게 "언어를 지키면 감옥에 갇힌 사람이 감옥 열쇠를 가지고 있는 것과 같다"고 외쳤다. 우리가 나라를 잃고 일제 식민지 생활을 할 때 일제가 한계레와 그 역사를 없애려고 한국어 말살정책을 썼던 악몽이 떠오른다. 그 때의 "조선어학회" 사건은 바로 위 도데의 웅변처럼 일제에 목숨을 걸고 "우리말"을 지키려는 거센 항쟁이었다. 우리말을 지키면 나라를 지킬 수 있고 나아가서 우리의 역사를 지킬 수 있다고 확신하였기 때문이었다.

지금 중국은 만주어만은 쓰지도 가르치지도 못 하게 한다. 한 때 청나라(淸國)를 세워 중국마저 삼켰다가 망한 그 후신인 만주국이 되살아날까봐 미연에 방지하려는 국책인 것이다. 그러나 만주국(滿洲國)이 현재의 중국으로 흡수되어 있다하여 만주국의 역사가 중국사로 편입될 수 있겠는가? 그 역사는 영원히 「만주국사」로 남는 것이다. 만주국의 영토에 일찍이 국호 '고구려'란 나라가 있었고 그 역사가 곧 「고구려사」인 것이다. 위에서 이미 언급한 바이지만 隋・唐人이 고구려・백제・신라를 三韓이라 불렀다는 사실을 다시 주목한다. 이는 중국인 스스로 고구려가 백제・신라와 더불어 한민족이 세운 한국임을 증언한 것이어서 「고구려사」가 중국사가 아님을 솔직히 시인한 객관적인 증거이기 때문이다.

4.

신라 시대부터 동쪽의 왜구가 우리나라를 수시로 노략질하였다. 오죽했으면 문무대왕이 "내가 죽거든 동해바다에 묻어 달라. 왜적을 막겠노라"고 유언했으랴! 동해변 감포 앞바다의 대왕암에 수장된 문무대왕릉이 극심했던 왜적의 노략질을 증언한다. 그 후로 왜적은 三南을 수시로 드나들며 약탈하였다. 드디어 고려 말에 이성계 장군이 남원 운봉면 인월에서 왜구를 토벌하였다. 당시에 몰살당한 왜구의 피가 내를 이루었기 때문에 그 내 이름을 지금도 피내(血川)라 부른다. 오죽했으면 참다못해 세종대왕(6년,1424)이 대마도를 소탕하였겠는가? 그런데도 저들은 선조 25년(1592)에 다시 잔인무도한 임진왜란을 일으켰다. 드디어 1910년에는 우리나라를 송두리째 삼켜버렸다. 그리고도 반성은커녕 역사왜곡(歷史歪曲)을 일삼고 있다.

겉으로는 머물러 있는 것 같은 강물이 밑에서는 도도히 흘러가듯 중국의 「東北工程」은 계속 진행 중에 있다. 중국은 지난 2004년에 압록강에 맞닿은 호산(遼寧省 丹東市 虎山)에 '호산장성'을 증축하고 '호산장성 역사박물관'을 신축하였다. 그리하여 이곳에 있던 고구려 박자성의 유적으로 추정되는 흔적들을 훼손하였다. 이 박물관에는 "고구려는 중국의 소수민족 지방정권"이라는 설명을 붙였을 뿐만 아니라 만리장성을 평양까지 연장하여 그린 지도까지 전시하였다. 드디어 2009년 3월에 중국정부(국가문물국과 국가측량국)는 만리장성의 길이를 종전 6300km에서 8851.8km로 2551.8km나 늘리어 더 길게 공식적으로 발표하였다. 이렇게 없었던 장성을 압록강 부근까지 허위로 연장하여 고구려의 옛 땅을 의도적으로 만리장성에 편입한 것이다. 그리고는 신축한 '호산장성 역사박물관'의 전면에 "중국만리장성 동단기점, 萬里長城 東端起點, It is starting of eastern the Great Wall"란 大文字의 간판이 들어 있는 부조 물을 세우고 그 밑의 정문에 드나드는 사람마다 보도록 만들었다. 이렇게 「東北工程」(동북공정)은 계속 진행 중인 것이다.

지금 우리나라는 "서쪽 중국의 「동북공정」과 동쪽 일본의 「역사왜곡」사이에 끼어 신음하고 있다"는 기막힌 현실을 통감하여야 한다. 문무대왕과 이충무공의 호국정신을 상기하며 종합적 연구로 대항하며 여러 모로 용의주도(用意周到)하게 대처하여야 한다.

우리는 한(韓)겨레이다. 한겨레의 유구한 역사 속에는 한국어의 오랜 역사가 있다. 그리고 그 언어사 속에 「고구려어」가 있다. 이 「고구려어」가 「고구려사」를 이루었던 것이다. 그래서 「고구려사」의 문제를 해결하는데 있어서 「고구려어 연구」의 역할이 지대함을 필자는 재삼 강조하게 된다.

IV. 지명어 음운론[1]

1.

지명은 국어 어휘 중에서 수효가 가장 많고 사용 빈도 또한 제일 높다. 그런데도 국어학에서 이 분야의 연구가 아직도 홀대받고 있다. 왜 그럴까. 지명을 지리학 등 다른 분야의 연구대상으로 착각하기 때문인가. 실로 지명은 국어임에 틀림없다. 따라서 지명은 우선 국어학의 연구 대상이 되어야 한다. 특히 고대국어 연구에 있어서의 고지명은 量·質면에서 이용 가치가 아주 탁월하다. 고대 국어의 연구 자료는 대부분이 지명이기 때문이기도 하다. 필자는 일찍이 이 점을 강조한 바 있다.[2]

지명학은 지명어 음운론, 지명어 형태론, 지명어 조어론, 지명어 어휘론, 지명어 어원론, 지명어 차자표기법 등을 연구하는 국어학의 한 분야이다. 그 중에서 이 글은 "지명어 음운론"을 중심으로 논의한다.

---

1) 이 글은 2007년 국어학회 제34회 전국학술대회에서 석좌강의한 원고를 다소 수 정 보완하였다.
2) 이미 필자는 "고대국어 연구와 지명자료"란 제목의 석좌강의(제30회 국어학회 전국학술대회 발표논문집 2003. 12. 18)에서 지명 자료의 중요성을 강조하였다.

보편적으로 음운론을 언어학의 기초분야로 인식하듯이 지명학도 지명어 음운론이 기초가 된다(졸저 2003 참고). 고지명의 음운을 바르게 해독하면 그것이 국어의 음운사 · 어휘사 · 어원론 등의 문제를 논의하는 기초가 될 수 있기 때문에 중요하다.

지명학도 국어학의 한 분야이니 그 연구도 국어학적 방법론으로 접근하여야 한다. 그런데 그 동안의 연구를 보면 지명의 문제를 비과학(비국어학)적 방법으로 해석하거나 구체적인 논의(논증) 없이 직관적인 풀이를 하는 경향이 많았다. 한 예로 유열(1980)의 연구가 그 본보기라 할 수 있다. 양주동(1947)의 지명 해석도 正解에 誤解가 섞여 있다.

국어학의 여러 분야 중에서 아직도 개척 단계에 머물러 있는 분야가 지명학이다. 그래서 우리 지명학에는 참신성(창의성)을 요구하는 연구거리가 아주 많다. 이런 값진 연구를 국어학계의 신진들이 왜 외면하고 있는지 도무지 이해할 수 없다. 지명 연구를 통하여 국어학(특히 국어사 연구)에 기여하면 많은 성과를 거둘 수 있을 터인데 능력 있는 소장학자들이 무관심인 듯하여 참으로 안타깝다.

마치 鑛産人이 금맥을 확인하고도 방치하거나 외면하는 경우와 무엇이 다르겠는가. 물론 금맥이 있는 곳까지 찾아서 굴착(掘鑿)해 들어가기란 엄청난 노력을 투입해야 한다. 그러나 최선을 다 한 후에는 금맥이 보일 것이고 금맥이 보인 후부터는 곧 금을 캐게 된다는 상식에 비유할 수 있다. 지명학은 국어학의 아직 캐지 않은 금맥임에 틀림없다. 물론 지명학을 하려면 우선 기초적인 장비가 필요하다. 국어학의 기본 지식 및 한문을 비롯하여 지명 차자 표기법부터 터득하여야 하기 때문이다. 게다가 나무에 익숙한 숙련의 목수처럼 지명을 다각도로 다루어 본 경험(노하우)부터 축적하여야 하기 때문에 수 삼 년 만에 영화를 볼 수는 없다.

2.

2.1. 고지명에서 尸의 음운

고지명에 尸가 들어 있는 지명이 많은 편이다. 그 중에서 특별히 古尸山을 선별하여 표본(sample)으로 삼는다. 이 지명은 백제의 성왕이 신라의 매복군에게 생포되었던 곳이기 때문에 유명하다. 그래서 음운 尸를 추독하는데 필요한 결정적인 정보를 보유하고 있을 것으로 예상된다.

古尸山은 현 沃川의 고지명이다. 이 古尸山은 '古尸山郡(ˊ삼국사기ˋ지리1)>菅山城(진흥왕15, 554)>菅城(경덕왕16, 757)>沃州(고려충선왕 1309-1313)>沃川(조선태종13, 1413)'와 같이 변하였다. 우리의 시선을 ˊ삼국사기ˋ지리1에만 고정하면 오로지 경덕왕이 古尸를 菅으로 한역한 것으로 속을 수 있다. 그러나 보다 훨씬 이른 시기인 서기 554년 이전에 한역된 사실을 위 변천표에서 확인할 수 있다. 경덕왕은 2개 漢字 지명으로 개정하기 위하여 菅山城을 菅城으로 줄이었을 뿐이다.

일반적으로 古尸山을 '고시산'이라 부른다. 그러면 처음부터 尸가 '시'를 표기하였던 것인가. 이 의문을 풀 수 있는 열쇠는 古尸를 한역한 菅과 다시 개정한 沃이다. 둘 다 고유어 古尸와 연관된 한역자로 추정할 때 대응 한자의 訓音이 문제 해결의 단서가 될 수 있기 때문이다. 따라서 菅과 沃의 古訓을 찾아서 훈독하면 정답을 얻을 수 있을 것이다.

菅의 고훈은 ':골 관'(菅)<ˊ훈몽자회ˋ(상5)>이다. 沃의 고훈은 ':걸 -'(건ᄯᆞ해=沃土)<ˊ소학언해ˋ(4-45)이다. 한편 이 古尸山郡에 環山城(環山 在郡北十六里<ˊ동국여지승람ˋ(沃川郡 山川條)>)이 따로 있는데 이 環의 고훈은 '골회 환'(環)<ˊ훈몽자회ˋ(중12)이다. 따라서 菅(山)

城과 環(山)城은 아마도 同名異稱의 관계가 있음직하지만 어디까지나 참고자료일 뿐이다. 엄격히 말해서 '고리>골'와 '골회>고리'는 相異하기 때문이다.

위 고훈들을 종합하면 古尸를 '고리'(菅)(>골(菅)>걸(沃))로 해독할 수 있다. 따라서 일단 尸를 '리·ㄹ'로 추독할 수 있게 된다. 다만 또 다른 증거로 고지명인 阿尸兮 : 阿乙兮에서 '尸=乙'을, 文峴 : 斤尸波衣에서 '文(글)=斤尸(글)'을, 大尸山>大山>詩(글)山에서 '大尸(글)'을 추가할 수 있다. 보편적으로 쓰인 大의 훈은 大山 : 翰(한)山과 같이 '한'이었다. 그리하여 위 大尸(글)은 大의 고훈이 복수였음을 암시한다. 沙尸(사리)良>新(사이)良>黎(셀)陽에서도 尸가 '리·ㄹ'일 가능성을 보인다. 또한 고지명에서 高思葛伊~冠文의 '葛伊 : 文'도 尸를 '리·ㄹ'로 추독하는데 든든한 뒷받침이 된다.

여기에다 우리는 문제 해결의 결정적인 증거를 제시할 수 있다. 古尸가 古利로 적힌 예가 바로 「삼국사기」(열전3 김유신 하)의 "옛 날에 백제의 명농왕이 古利山(菅山 곧 沃川)에서 우리나라를 치려고 도모하였을 때"(昔者百濟明穠王在古利山 謀侵我國)<열전3 김유신 하>에 나오는 古利이다. 김유신전에서 말하는 옛날(昔者)은 곧 진흥왕 15년(554)이다. 따라서 「삼국사기」권4 진흥왕조의 "十五年秋七月 百濟王明穠與加良 來攻菅山城"에 나오는 菅山의 본명은 古利山이다. 이것은 동일 시기의 異表記이기 때문에 古尸를 '고리'로 읽게 하는 결정적인 증거이다. 다만 '고리>골'의 시기는 알 수 없다. 6세기의 고훈을 16세기의 '골'(菅)에다 내려 맞추려는 愚를 범해서는 안 되기 때문이다. 菅(고리)城(경덕왕16)>沃(걸)州(고려1309)로 미루어 짐작컨대 아마도 10세기 전후까지의 훈은 '고리'(菅)였을 것이다.[3] 위 지명의 해독에서

---

3) 梁柱東(1947)에서 古尸를 '고리'로 바르게 해독하였다.

尸가 '시' 아닌 '리·ㄹ'인 사실은 鄕歌(慕竹旨郞歌) 표기의 尸를

屋尸옥-ㄹ, 於尸어-ㄹ, 理尸리-ㄹ, 乎尸올-ㄹ, 道尸길-ㄹ, 宿尸자-ㄹ'
(김완진(1980)해독)

로 해독하는데 확고한 바탕이 된다. 鄕札 표기 보다 고지명의 표기가
훨씬 앞서기 때문이다. 「廣開土大王碑文」(A.D.414)에 새겨진 수많은
차자 표기의 고유 지명들이 이를 입증한다. 다만 「용비어천가」 지명
주석(9장 ― 39)의 그슴文音山이 발목을 잡는다. 여기서는 文의 훈이
'그스-'이기 때문이다. 이에 따라서 위에서 제시한 자료 중 '文 : 斤尸'
의 尸도 '시'로 읽힐 가능성을 배제할 수 없다. 이 한 예는 아마도
文의 훈이 '그리-'와 '그시-'가 공존하였던 것이나 아닐지 의심케 하
는 존재다.

2.2. '소리'(銕)의 음운 변화

위 2.1.에서 우리는 고지명에서 尸를 'ㄹ·리'로 읽을 수 있음을 확인
하였다. 그렇다면 이 해독이 尸를 보유하고 있는 다른 고지명에도 응
용될 수 있어야 한다. 다음에서 그 가능성을 타진하여 보기로 한다.
위 尸(리)를 토대로 우리는 召尸:水銀(水銀城 本召尸忽)<「삼국사기」
지리4 鴨淥以北逃亡七>의 尸도 '리'로 추독할 수 있다. 따라서 召尸는
'소리'이었으며 銀을 뜻하는 고구려어이었다.[4] 이 '소리'(>쇠)는 金·
銀·水銀·銅·鐵의 뜻을 포함하고 있었다. 「계림유사」의 "銀曰漢歲,
銀瓶曰蘇乳"에서도 확인된다.

---

4) 원본에는 木銀城이지만 필연코 木은 水의 잘못일 것이다. 字形相似로 인하여 誤記
·誤刻되었을 것으로 추정하여 이 글에서는 木銀城을 水銀城으로 바로 잡았다.

우리는 '소리'(鐵)의 문제를 푸는데 절대적인 근거가 될 수 있는 최적의 1예를 고대 중국어에서 찾을 수 있다. 한자 鐵(철)의 기원을 살펴보면 그 기원적 古字가 銕(철)이다. 중국의 ˹설문해자˼를 비롯하여 최남선(1915)의 ˹新字典˼(2-26)에서도 "銕은 鐵의 古字"라 하였다. 이 단어(銕)의 구조는 '金+夷'이다. 이 단어를 근거로 鐵(철)의 생산이 중국에서 비롯된 것이 아님을 알 수 있다. '夷'자로 보아 그것은 夷族으로부터 수입된 사실을 증언하기 때문이다. 그러면 4夷族(東夷·西戎·南蠻·北狄) 중 어느 夷族으로부터 수입된 것일까. 그 해답을 우리 고대 국어 '소리'(김尸=水銀)에서 찾을 수 있을 듯하다.

우선 銕(>鐵)의 고대음을 ˹고음표˼에서 찾아보도록 하겠다.

	상고음	중고음	근대음	현대음	속음
銕:	t'iet (T)				텰thyər(訓·類)
	t'iet (K)	t'ie (K)			
	t'iet (Ch)	t'it (Ch)			
	thiet (L)	thiet (L)	thie (L)	thie(L)	

(T=董同和 , K=高本漢, Ch=周法高, L=李珍華·周長楫, 訓·類=訓蒙字會·類合)

위 ˹고음표˼에서 상고음을 기준으로 속음과 비교하면 thiet:thyər로 대비된다. 어말에서 중국 고대음 't'과 속음 'r'이 규칙적으로 대응한다. 따라서 't>r'규칙을 근거로 위 대비형을 거의 같은 음형(어형)으로 추정할 수 있다. 그렇다면 동이족(부여)어로부터 차용한 thiet(鐵)을 역수입한 것이 속음 텰thyər(鐵이)라 하겠다. 銀:折(銀城 本折忽)<˹삼국사기 지리4>에서 折은 tyər(속음 '졀' 중국 상고음tǐat)을 표기한 것이 아닌가 의심하여 본다.[5] 이 thyər(/tyər?)은 고구려어 sori(김尸)와의 대비에서 비슷한 꼴을 보인다. 따라서 thyər은 현대어 '쇠'(<soy<sori)

의 본래 모습(sori)을 간직한 고형일 것이다. 이 사실은 중국이 東夷族 (고조선, 부여, 고구려)으로부터 銕을 수입하였음을 입증한다. 銕 (t'iet)은 동이족어의 차용어이며 이 차용어는 중국이 鐵을 우리 조상 으로부터 수입하여 그들의 철기 문화를 형성하게 된 역사적 사실을 알려준다.6)

졸저(2003)에서 '금교~송교'(金橋~松橋)를 '솔다리'로 해석하였다. '소리다리'(金橋)가 말모음을 잃고 '솔'로 변하여 '솔다리'가 형성된 뒤 에 그 변형을 훈음이 동일한 '솔'(松)을 차자하여 '솔다리'(松橋)로 기 록한 것으로 추정된다. 고구려어 '소리'(김尸)를 근거로 삼을 경우에 이 추정은 가능성이 있다. 마치 '고마골'(熊州)이 '곰골'로 변하고 다시 '공골'로 변한 후에 '공골'을 고려 태조(23년 940)가 公州로 개정한 경 우와 비슷하다.

고구려 제16대 故國原王(331-370)의 이름이 '사유'(斯由)~'쇠'(釗) 이다. 재위 40년이니 쇠처럼 단단하였기 때문에 지어진 이름인 듯하 다. 최남선의 新字典(4-56 朝鮮俗字)에 "釗【쇠】金也쇠"라 풀이하고 있어서 釗를 '쇠'로 새길 수 있다. 신라 제25대 眞智王(576-578)의 이 름이 '사륜~금륜'(舍輪~金輪)이다. 여기서 舍:金의 대응을 근거로 舍 를 '쇠'로 추독할 수 있다. 따라서 舍(=金)輪을 '쇠돌이'로 해독할 수 있게 된다. 輪의 고훈이 '돌-'(蘇伐都利)이었을 것이기 때문이다. 또한 신라 인명 중에 '소나~금천'(素那 一云金川)이 있어서 素:金의 대응으 로 위 추독을 더욱 가능케 한다. 이 밖에도 金·銀·銅·鐵·水銀을 '쇠'로 통칭한 사실을 고대 국어와 중세 국어에서 얼마든지 확인할 수

---

5) 鐵圓:毛乙(*tyər)冬比, 毛禮(*tyəri>tyər=寺)家, 堤上:毛(*tyə)末, 高敞:毛良 (*tyəra)夫里 등의 가능성을 참고할 수 있다.
6) 金完鎭(1970)에서 "고대 중국에서 고대 국어의 '고마'(>곰)를 차용한 것이 熊이 며, 이것이 웅(熊)으로 변하여 되돌아 왔다(逆輸入)."고 주장한 바가 있다.

있다. 위에서 고국원왕(331)의 이름 '斯由(사유)/釗(쇠)'에서 'ㄹ'이 탈
락한 사실을 확인 한다. 이것은 아주 이른 시기의 발생이었다.

여기까지의 논의에서 우리는 쇠의 어휘사를 기술하는데 있어서 결
정적인 단초가 고지명의 'ㄹ·리(尸)'임을 확인하였다. 아울러 大의 訓
이 '하-'와 '그-'로 고대 국어에서부터 공존하였던 사실도 고지명의 'ㄹ
·리'(尸)로 인하여 확인하게 되었다. 혹시 大尸 를 '할'로 추독할 수
있지 않을까 의심스러우나 이 지명의 별칭인 詩山에서 詩의 훈음 '글'
이 의문을 해소한다. 게다가 고대 국어의 '건(鞬=大, 鞬+吉支)·근(近=
大, 近+肖古王·近+仇首王·近+蓋婁王)'도 직증 근거가 된다.

2.3. '누리'(世)와 '개·해'(王)

위 2.2.의 논의에서 우리는 모음사이의 환경에서 'ㄹ'이 탈락하거나
아니면 말 모음이 탈락하는 음운변화 현상을 확인하였다. 이런 현상이
동일 환경의 고지명이나 인명에서도 일어났는가를 재확인한다면 음
운변화 규칙을 설정하는데 도움이 될 것이다.

중국 魏書 의 고구려 유리왕에 대한 기사 중 '字始闔諧'란 1구가
있다.[7] 이 기록은 유리왕의 字와 名을 중국 측에서 당시의 중국음으로
轉寫하였던 자료이다. 그렇다면 이 문제를 푸는데 있어서의 열쇠는 儒
留王이다.[8] 그 轉寫의 대상이 儒留王이기 때문이다.

---

7) 魏書 卷100 列傳 第88 高句麗조에
   其母以物裹之 置於暖處 有一男破殼而出 及其長也 字之曰朱蒙 其俗言朱蒙者
   善射也 初朱蒙在夫餘時 妻懷孕 朱蒙逃後生一子 字始闔諧 及長 知朱蒙爲國主 卽
   與母亡而歸之 名之曰闔達 委之國事 朱蒙死 闔達代立 闔達死 子如栗代立 如栗死
   子莫來代立 ------其玄孫乙弗利 利子釗
8) 유리왕의 이름은 「광개토왕비문」(414)의 儒留를 비롯하여 「三國史記」,「三國遺事」,
   「東明王篇」,「帝王韻紀」,「東國史略」에 琉璃·類利·孺留·琉璃·累利·孺留
   ·瑠璃로 다양하게 표기되었다.

문제의 始閭諧를 어떻게 해석하여야 儒留王과 동일한 의미의 어형이
추독될 것인가. 광개토왕비문 (414)에 나타나는 儒留王이 최초 기록
이다. 따라서 우선 始閭諧 : 儒留王과 같이 대비하여 해석의 단서를 잡
아야 할 것이다. 여기서 始閭諧는 전체적으로 儒留와 대응하는 것인가
아니면 부분적으로 대응하는 것인가의 문제가 제기된다. 그런데 언뜻
보아 양자 대비에서 비슷한 대응음은 閭:留 뿐이다. 그럼에도 불구하고
양주동(1947)은 "「琉璃明」이 「누리붉」임에 대하야 「始閭諧」(「始」는
「奴」의 誤)는 「누리히」,"라 해석하였다. 일별하여 그럴듯한 해석이다.
그러나 이 해석을 면밀히 살펴보면 시인할 수 없는 핵심 문제가 도사
리고 있음을 알 수 있다. 우선 왜 「始」가 「奴」의 誤인가를 논의하지
않고 직관적으로 '같다'고 단정한 점이다. 그리고 明(붉)과 諧(히)의 대
응에 대하여 一言半句의 설명도 없이 직관적으로 단정한 점이다. 참으
로 어설픈 단정이다.9)

　우선 始閭諧를 始-閭諧(A) 또는 始閭-諧(B)로 가정하여 놓고 살펴
보기로 하자. (A)는 始가 동사(비롯)라는 가정에서 분석한 것이다. 말
하자면 '閭諧를 비롯하여'가 아닐까 하는 의문에서 출발한 가정이다.
중국 학자들은 원전을 주석할 경우에 흔히 본문의 고유명사에다 傍線
을 긋는다. 이 경우에 始閭諧와 같이 始를 포함하여 그었지 始閭諧와
같이 閭諧만 긋지 않았음을 필자는 여러 책에서 확인하였다. 始閭諧를
하나의 고유명사로 이해하였기 때문이다. 그렇다면 이제 (B)를 선택
하는 외길만 남아 있다.10)

---

9) 이런 직관적인 단정이 양주동(1947)에 많이 있다. 유열(1983)에는 보다 훨씬 더
　　많이 있다. 후학들이 앞으로 철저히 찾아서 재론해야 할 餘題이다.
10) 국내외의 사서에 나타나는 고구려 王의 字와 名은 다음과 같다.

『三國史記』				『魏書』
제1대 朱蒙 鄒牟 衆解 鄒蒙(東明聖王 東明王)				朱蒙(字)
제2대 類利 孺留 累利 儒留(琉璃明王 琉璃王)				始閭諧(字), 閭達(名)
제3대 無恤 味留 (大)解朱留(大武神王 大虎神王)				如栗(名)

우선 始閭+諧 : 琉璃+王의 대응에서 '諧 : 王'의 대응부터 해결할 수 있을 듯하다. 「삼국사기」(권35,37)에서

① 遇王縣 本高句麗皆伯縣 景德王改名 今幸州(지리2)
② 王逢縣 一云皆伯(漢氏美女迎安臧王之地 故名王迎)(지리4)

와 같이 두 지명에 대한 기사가 발견된다. 경덕왕이 皆伯(개맜kaymaǎi) 을 遇王으로 한역하였으니 皆(kay)는 王의 뜻임이 분명하다. 경덕왕이 「삼국사기」 지리2를 작성할 때에 저본으로 삼은 것이 同書 지리4라면 그 본래의 자료는 ②에 나타난 '王逢 一云皆伯'이다. 王:皆, 逢:伯과 같이 대응하기 때문이다. 만일 '玉岐 一云皆次丁'(지리4)에서 玉이 王의 誤記라면 王:皆의 예가 하나 더 추가될 수 있다. 그렇다면 皆는 王을 뜻하는 고유어이었다.

여기서 諧·皆의 고대음을 李珍華·周長楫(1993)의 「고음표」에서 찾아 대비하여 보도록 하겠다.

	상고음	중고음	근대음
諧 :	ɣei	ɣɐi	hiai
皆 :	kei	kɐi	kiai

위와 같이 동위음으로 마찰음 : 파열음의 차이를 나타낼 뿐이다. 비슷한 음이었기 때문에 중국측에서는 諧(ɣei)의 轉寫가 가능하였던 것이다. 諧/皆(王)는 보다 이른 시기의 국내 기록인 箕子·箕準의 '긔'(箕)에 소급될 가능성이 있고, 후로는 긔즁(稤=王 고려초)와 긔즈王

| 제15대 乙弗 憂弗 弗 乙弗利(美川王 好壤王) | 乙弗利((字,名?) |
| 제16대 斯由 釗 劉 岡上(故國原王 國岡上王 國原王) | 釗(名) |

(「光千文」)의 '긔'에 이어진다. 그러나 고구려 王曆에는 王에 대한 고유 호칭이 나타나지 않는다. 비로소 우리는 王을 고구려어로 'ɤei/kei'라 불렀음을 알게 된 셈이다. 신라는 '居西干 次次雄/慈充 尼斯今 麻立干'을 사용하였다. 백제의 王曆에도 왕에 대한 고유 호칭이 나타나지 않지만 다행이 중국측 사서에 '鞬吉支・於羅瑕'가 전해지고,「일본서기」에 '니리므'(君・主)가 나타나기 때문에 그 고유호칭을 알 수 있듯이 고구려에서도 고유어 '諧・皆'를 왕칭어로 사용하였음을 알 수 있다. 그런데 고구려어 '해'(諧)는 백제어 '어라하'의 '하'와도 관계가 있을 듯하다. 「삼국사기」지리2의 지명에 나타나는 '개'는 고구려어의 '상가, 고추가, 소노가'(相加, 古鄒加, 消奴加)의 '가'와 상관성이 있을 듯하다. 이 '가・하'가 신라어의 '거서간/한, 마립간/한, 각간/한'의 '간/한'(干)과 일치한다. 서로가 받침 'ㄴ'만 있고 없을 뿐이다.

이제 始閭의 문제만 남아 있다. 始閭의 고대음을 李珍華・周長楫(1993)의 「고음표」에서 찾아 보면

	상고음	중고음	근대음
始:	ɕǐə	ɕǐə	ʂį
閭:	ǐa	lǐo	liu

와 같다. 여기서 중고음을 택하면 ɕǐəlǐo(始閭)인데 이런 어형은 우리 고대 왕명에서 찾을 수 없다. 그렇다면 始를 奴의 誤記로 보고 '奴閭'로 바로 잡아 고대 왕명에서 찾아 볼 필요가 있다. 고구려 琉璃明은 '누리블ᄀ'이다. '누리'가 신라 시조명인 '블ᄀ내(<누리, 弗矩內=赫居世)'의 '내'(世)를 비롯하여 제3, 14대 왕 '누리'(儒理=世里=儒禮)로 나타난다. '訥只麻立干 或云內只王'에서 '눌'(訥)과 '내'(內)도 '누리'의 변화형이다. 신라 시조 '블ᄀ누리'와 고구려 제2대 왕 '누리블ᄀ'를 비교하여 보

면 어형성에 참여한 형태소들은 동일한데 참여의 순서만 바뀐 차이를 보일 뿐이다. 여기서 고구려어로 明의 고대훈이 '불ㄱ'이며 '해'(諧)는 王의 고대훈이었음을 재확인할 수 있다. 따라서 양주동(1947)의 明(불ㄱ)=諧(희)는 誤解이다.11)

여기서 비교 가능한 奴閭·琉璃·儒理·儒禮·弩禮의 고대음을 李珍華·周長楫(1993)의 「고음표」에서 찾아 보도록 하겠다.

	상고음	중고음	근대음
奴 :	na	nu	nu
琉 :	lĭu	lĭəu	liəu
儒 :	nĭwɔ	ću	ću
弩	na	nu	nu
閭 :	lĭa	lĭo	liu
留 :	lĭu	lĭəu	liəu
璃 :	lĭai	lĭe	li
理 :	lĭə	lĭə	li
禮 :	liei	liei	li

---

11) 고구려 시조 명이 동명(東明)이고, 그 아들의 이름이 유리명(琉璃明)이다. 東明은 고구려어로 '새불ㄱ'이며, 琉璃明은 '누리불ㄱ'이다. 두 나라 초기의 왕명에 '불ㄱ'(赫,明)가 동일하게 들어 있다. 뿐만 아니라 고구려어 '누리'(琉璃明王)가 신라 시조명인 '불ㄱ내'(<누리)의 '내'(世)를 비롯하여 제3대, 14대 왕 '누리'(儒理=世里, 儒禮)로 이어졌다. 이와 같은 초기 왕명의 동질성 '햇빛=불ㄱ'(赫,明,昭,昌)이 누대로 이어져 고구려의 유리명왕의 태자명 '해명'(解明)을 비롯하여 문자명왕(文咨明)과 명리호왕(明理好), 신라의 명지왕(明之=신문왕)과 비지(>비치)왕(昭知 或云毗處), 백제의 성명왕(聖明~明禮)과 창왕(昌)처럼 후대의 왕명 속에 들어 있다.

위 「고음표」에서 nu-lǐo奴閭와 lǐəu-lǐe琉璃는 近似音이다. 따라서 '누리'로 조정할 수 있다. 「魏書」의 奴閭(nu-lǐo)는 世의 뜻인 '누리'(琉璃・儒理・儒禮・弩禮)를 轉寫하였던 것인데 후대에 奴와 비슷한 始로 誤記 또는 誤刻되었던 것으로 추정할 수 있다(詳論은 拙稿 1991b참고).

위와 같은 음운 환경의 지명 자료들을 근거로 졸고(1999b)에서 다음의 음운 규칙을 설정하였다.

① (a) *kʌri>kʌøi>kʌi>kay>kɛy>kɛ(浦)
   (b) *kʌri>kʌrø>kʌr>kar~kər(溝, 沃, 蘆)
② (a) *kuru~*kuri>kuøi>kui>kuy>kiy>kiy(城)
   (b) *kuru~*kuri>kurø>kor~hor(城)
③ (a) *mari>maøi>mai>may>mɛy>mɛ(水)
   (b) *mari>marø>mir>mur(水)
④ (a) *nuri>nuøi>nui>nuy>nüy>nü(世)
   (b) *nuri>nurø>nur(世)
⑤ (a) *səri~*sʌri>səøi~sʌøi>sʌi>say>sɛy>sɛ(東)
   (b) *səri~*sʌri>sərø~sʌrø>sər(元旦)~sar(齡)
⑥ (a) *səri~*sʌri>sʌøi>sʌi>sʌy>sɛy>sɛ(間)
   (b) *sʌri>sʌrø>sʌr>sas>satʰ(股間)
⑦ (a) *sori>soøi>soi>soy>söy>sö(鐵)
   (b) *sori>sorø>sor>sos>sotʰ(鼎)
⑧ (a) *čari>čaøi>čai>čay>čɛy>čɛ(城)
   (b) *čari>čarø>čas(城)

①－⑧을 근거로 규칙(a): r>ø/v–i 및 규칙(b): i>ø/r–#를 설정하였다.

3.

3.1. 異次頓(道/都) : 居次頓(道/都)에서 居의 古訓

졸고(1998)에서 異次頓(猒髑/猒道)을 '＊이지도'로 추독하고 양주동(1947)의 '잊'(困/倦/勞)과는 달리 '이지도/이시도>이진-/이싣->아철-(猒/惡)'이었던 것으로 해석하였다. 그 구체적인 논의는 전고(1998)로 미룬다. 다만 거기서 미진했던 異:居의 문제만을 여기서 보완 해석하려고 한다.12)

海東高僧傳「法空條註」(1215)에는 '異次頓/伊處道가 '居次頓'으로 적혀 있다. 졸고(1996a)에서 추독한 바와 같이 '居'(赫居世, 勿居, 率居, 居西干, 居柒夫, 居柒山 등)는 '거'를 표기한 음차자였다(살거:居(훈몽자회 하19, 유합 상24, 光千文 31). 오직『해동고승전』에만 유일하게 나타나는 이 居次頓의 居(거)는 이것과 대응되는 異次頓의 異(이)와 相異音이기 때문에 문제가 된다. 그래서 훈독자로 추독할 도리밖에 없다. 그렇다면 居의 훈음이 '異次/伊處(이지-)와 근사하여야 문제가 해결될 수 있다. 그런데 居의 15세기 이후의 훈은 "살거居(<훈몽자회 하19, 유합 상24, 光千文 31)"와 같이 '살-'이다. 이 '살-'은 '이'(異次/伊處)와는 전혀 다르다. 여기서 우리는 고대 국어의 훈은 '살-'이 아니었을 것이란 가정을 할 수밖에 없게 된다.

가령 중세 국어에서 '在'의 훈이 '있-'인 반면에 고대 국어에서는 '겨(시)-'이었음을 상기할 때 居의 고훈도 달랐을 가능성을 염두에 둘 수 있다(졸저 2003:325-328참고). 최남선(新字典 一:41)의

---

12) 梁柱東(1947)은 "그러나「잊」(猒)의 古音은 原來「잊」이었다. 有名한「猒髑」의 原名「異處」(이치)는 이를 證한다."로 해석하였다.

居【거】處也곳也O坐也안즐O止也그칠O貯蓄싸홀O居之살O잇을(御)據通)

에 나타나는 '잇을'이 그 가능성을 제공한다. 이 '잇-'은 고대 국어에서
는 '이시-'이었을 가능성을 암시한다. 계림유사 (1103-4)의 '有曰移
實'이 '이시-'로 해독될 가능성이 있기 때문이다. 그리하여 居次頓을
'이시도(/이지도)'로 해독할 수 있게 된다.

居次頓의 居次는 받쳐적기법에 의한 차자 표기이다. 여기 居次-의
次야말로 異次-의 次와 동질적인 표기소이다. 이 次는 居次-를 '거차'
로 음독하지 말고 반드시 異次-와 동일음이 되도록 발음하라는 표기
부호이다. 따라서 居次-의 居를 훈독하여 異次로 발음되어야 하는 것
이다. 따라서 居의 훈말음이 반드시 次와 비슷한 음이 되도록 발음하
여야 한다. 여기서 居에 대한 당시의 훈이 '이지'에 가까운 '이시'었을
것으로 추정할 수 있다. 그런데 이것은 15세기의 훈 '살-'과는 사뭇 다
르다. 그러나 이차돈은 신라 법흥왕(514-539) 때 사람이니 천년 동안
의 변화 속에서 당연히 다를 수 있다.

그리하여 우리는 고대 국어의 훈과 중세 국어의 훈이 서로 다르거나
아니면 '이시-'와 '살-'이 공존하였을 가능성에 유의하게 된다. 이 사실
은 '在'의 훈이 고대 국어에는 '겨-'로 나타나고, 중세 국어에는 '이시-/
있-'으로 쓰인 예와 닮은꼴이다. 만일 '居次'가 '이시'에 해당함이 틀림
없다면 이 가정은 '異次·伊處'를 'VCV'로 읽어야 하는 결과를 제공한
다. '이시/지(居次)'가 『계림유사』의 '이시'에 이어지기 때문이다.13) 그
런데 移實이 '잇+을'(이실)인가 또는 '이시+ㄹ'(이실)인가가 문제이다.
만일 계림유사 에 나오는 不烏實이 烏不實의 誤記라면 '어브시+ㄹ>
어브실'로 해석할 수 있게 된다. 이 '어브시-'를 근거로 移實도 '이시-'

---

13) 姜信沆(1980)에서 "346. 有曰移實 이실, 347. 無曰 不烏實 업슬"로 해석하였다.
아울러 "不烏實→ 烏不實로 보았다."는 陳泰夏·前間恭作의 주장을 소개하였다.

로 풀 수 있게 된다. 이제 우리는 '居次'(이시/이지-)에 의거하여 '異次·伊處'를 '이지'로 음독할 수 있는 근거를 확보한 셈이다. 그러나 여기까지는 考證에 가까운 논의였기 때문에 實證 자료가 뒷받침되지 않아 불안한 결론에 머물러 있었다.

필자는 졸고(1998)의 이런 고증을 뛰어 넘을 직증자료를 지명어에서 찾을 수 없을까 고민하던 중에 드디어 적정한 예를 찾아내게 되었다. 논산시 양촌면의 고지명 居斯川/居士川이 바로 그것이다. 이 내를 속칭 '인내'(仁川)라고 부른다. 이 지명은 인천광역시의 仁川과 漢字同名이다. 그런데 경기 仁川은 '인천'이라 부르는데 왜 논산 仁川은 반드시 속칭으로 '인내'라고만 부르는가. 이 의문이 늘 필자의 머릿속을 떠나지 않았다.

仁의 고훈은 '어딜'(ˈ 광천문 .8), '클'(ˈ자회 .하11)이다. 그래서 仁을 훈차자로 해독하는 경우가 많다. 아마도 경기 仁川은 이웃 지명인 仁物島～德勿島～德積島(큰물섬)을 근거로 역시 '큰내'로 해석할 수 있을 것이다. 그러나 논산의 仁(川)은 절대 훈독하지 않는다. 오로지 '인'으로 음독할 뿐이다. 이 음독이 문제해결의 端緖이다. 먼저 관련 자료를 제시하고 검토하기로 하겠다.

連山縣 山水 居斯里川 西十里 右二川 詳恩津市津浦

(ˈ대동지지」 山川條)

仁川 在縣南十里 一云苔溪 一云居士川 卽高山縣---入市津

(ˈ 전국여지도서」③)

위 자료는 居斯里川/居士川～苔溪～仁川의 밀접한 관계를 보인다. 이 동명이기는 결국 居斯:苔:仁의 대응관계로 압축된다. 우선 苔와 仁의 관계부터 풀어보자.

신라 인명인 '異斯夫 或云 苔宗'에서의 異斯:苔는 '居斯川 一云 苔溪'에서의 居斯:苔와 비슷한 대응이다. 여기서 苔와 대응하는 居斯/居士에서 居의 고훈이 '이시'(異斯)임을 알 수 있다. 여기서도 斯/士는 '거사'로 음독하지 말고 반드시 훈독하라는 표시인 동시에 居의 훈말음을 받쳐적은 부호이다. 따라서 우리는 속칭 '인내'(仁川)를 근거로 仁을 음독자로 확정할 수 있다. 결국은 'ㅅ-ㄴ>ㄴ-ㄴ'의 음운변화가 居의 古訓을 탐색하는데 결정적인 단서가 된 셈이다.

신라 통일 이후 熊津州가 熊州로 개정되었다. 비록 熊州로 적었지만 필연코 고유어 '곰골'로 호칭되었다. '곰골'이 다음과 같이 자음접변으로 '공골'로 변한 뒤에 '공'은 '公'자를 음차표기 하였고, '골'은 '州'자를 訓借(漢譯)표기한 것이 公州이다. 그 변화 과정을 다음과 같이 기술할 수 있다.[14)]

① 고마+골+뫼(熊忽山)>고ㅁ+골+뫼>곰+골+뫼>공골뫼(弓忽山)

② 고마+골(熊州)>고ㅁ+골>곰골>공골(公州)

③ 고마+개+ᄂᆞ루(熊浦津)>고ㅁ+개+ᄂᆞ루>곰개나루>공개나루(熊浦津)

(현 全北 咸悅)

'잇내'(居斯川/苔川)도 'ㅅ-ㄴ>ㄴ-ㄴ'의 음운변화에 의하여 '인내'로 변한 후에 표기된 이름이 仁川이다. 그 과정은 다음과 같다.

④ 이시+내>잇+내>인내(仁川)(논산 양촌)

위 지명 '居斯川/苔川/仁川'의 논의에서 도출한 '이시'(居斯=苔)는

---

14) 이밖에도 곰개(熊浦)>공개, 곰골(熊洞)>공골, 봄개(春浦)>봉개, 밤고개(栗峴)> 방고개 등과 같은 동일환경의 변화 현상을 얼마든지 제시할 수 있다.

居次頓의 居次를 '이시-'로 추독하도록 확증한다. 역시 문제해결의 단서는 'ㅅ- ㄴ>ㄴ-ㄴ'(잇내>인내)의 음운변화 현상이다.

3.2. 고지명 所瑟山(>包山)의 어두 복자음

『삼국유사』(권5)의 包山二聖條에

> 羅時有觀機道成二聖師 不知何許人 同隱包山(鄕云所瑟山 乃梵音 此云包山)(신라시대에 관기와 도성이란 두 聖師가 있었는데 어떤 사람인지는 알 수 없으나 함께 포산에 숨어 살았다. (包山은 고유어로 所瑟山이라 이르는 바 이는 범어음인데 包山이란 뜻이다))

와 같은 괄호 안의 주석이 있다. 이 주석 중의 所瑟을 양주동(1947)은 "[所瑟山]은 [쌀뫼]로서 [包山]으로 對譯된 것이다"라고 해석하였다.

물론 所가 所夫里(扶餘), 古所於=古斯也=獐項(江原 伊川), 所羅山(黃海 平山), 所衣山(京畿 加平), 噵下川(咸鏡 慶原) 등과 같이 'ㅅ, 소'의 음차임이 보편적이다. 그리고 이두어의 표기에서도 所乙串(솔곶), 所伊(쇠), 所里(소리) 등과 같이 '소'음 차자임을 졸저(1987c)에서 확인하였다. 그렇기 때문에 우리는 所瑟山의 所도 그 일반적인 쓰임새에 따라서 'ㅅ, 소'의 음차자로 단정하기 쉽다.

만일 여기서 우리가 所瑟의 所를 'ㅅ'을 적기 위하여 차자한 것으로 본다면 필연적으로 所瑟은 '쓸'로 음독하게 되니, '쓸'은 결국 그 기본형 '쓰다'에 귀착하게 된다. 그런데 이 '쓰다'가

> 소문에 골오디 겨집의 죡쇼음믹이 심히 쓰ᄂᆞ니ᄂᆞ ᄌᆞ식빈믹이라(婦人足少陰脈動甚者發姙子也)(『胎産集要』8)

와 같이 '빠르다'의 의미이기 때문에 包의 뜻이 아니다. 그리고

일훔난 됴ᄒᆞᆫ 오시 비디 千萬이 ᄊᆞ며(『석보상절』 13:22)
이 香 六銖ㅣ 갑시 娑婆世界 ᄊᆞ더니(『월인석보』 18:28)
八分ᄒᆞᆫ 字ㅣ 비디 百金이 ᄉᆞ니(『초간두시』 16:16)
빗 갑시 ᄊᆞ던가 디던가<『노걸대언해』 上82>

의 'ᄊᆞ다'는 '비싸다'의 뜻이기 때문에 包와는 아무런 관계도 없다. 더욱이 양주동(1947)이 추독한 '싸다'는 그나마 현대어이지 고어(ᄊᆞ다)가 아니라는 데도 문제가 있다.

위에서 우리는 所瑟山의 所가 음차자가 아닐 가능성을 감지하였다. 그러면 그것은 무엇인가. 이제 택할 수 있는 길은 오로지 하나 밖에 없다. 그것의 대역인 包山에서 包의 고훈이 무엇인가를 찾아보는 외길이다. 包의 고훈을 찾아보면

ᄡᆞᆫ거슬 그르매 (『초간두시』 1:6)
ᄡᆞᆯ포(包) (『신증유합』 下57)

와 같이 'ᄡᆞ다'이다. 그렇다면 所가 'ㅂ, ᄇᆞ'를 적기 위하여 차자된 것으로 추정할 수 있게 된다. 과연 그럴 것인가. 所의 고훈을 찾아보면

바소(所)(『광주천자문』 13, 『석봉천자문』 13, 『훈몽자회』 중4)
얻고져 ᄒᆞ논 바(所須)(『초간두시언해』 7:4)
니ᄅᆞ샨 밧 法은(所說法)(『금강경삼가해』 2:40)

와 같이 '바'이다. 그리하여 所의 자리에 '바'를 대입하면 '바슬'이 된다.

瑟의 고대음을 李珍華·周長楫(1993)의 『고음표』 등에서 찾아보면

	상고음	중고음	反切	字會	光千文	類合
瑟:	∫et	∫iet	所櫛	슬	슬	슬

와 같이 *sVr이 재구되기 때문이다. 또한 위 所瑟山은 현 경상북도
玄風의 琵瑟山으로 전해 내려오고 있다. 여기서 琵을 음차자로 보고
그 고대음을 역시 『고음표』 등에서 찾아보면

	상고음	중고음	反切	字會	類合
琵	biei	bi	房脂	비	비

와 같이 *pi가 재구된다. 따라서 琵瑟은 '비슬'로 추독할 수 있고 또한
현지에서 전통적으로 부르는 호칭도 '비슬'이다. 이 琵瑟이 이른 형인
所瑟山으로 소급하니까 그 변천과정을 '*pvsvr>ㅂ술>뿔-(包)'로 추
정하여 所瑟을 '*ㅂ술'(*pvsvr)로 추독할 수 있게 한다.
    일반적으로 어두 복자음 생성과정을 설명하는 경우에 흔히 『계림유
사』(1103-4)의

    白米曰漢菩薩, 粟曰田菩薩
    女兒曰寶姐

을 예로 들어 중세 국어의 전·후 교체기에 어두모음이 약화 탈락하면
서 복자음이 생성된 것으로 보고 다음과 같이 변화과정을 추정하는
경향이 있다.

*pVser(米)>p∨ser>pser(쌀)

*pVter(女)>p∨ter>pter(딸)

보다 훨씬 이른 시기에 '京'을 뜻하는 신라어는 徐伐/舒弗(邯)/舒發 (翰)/蘇伐(都利)로 음차 표기되었다. 이 음차 표기가 후대에 角(干)/酒 (多)(角干 後云酒多)로 훈음차 표기되었다. 여기서 위의 예들을 종합 하여 등식화하면

① ② ③ ④ ⑤ ⑥ ⑦
京 = 角 = 酒 = 徐伐 = 舒弗 = 舒發 = 蘇伐

와 같이 된다. [삼국유사](권1)은 "今俗訓京字云徐伐 以此故也"라 하 였으니 위의 ①②③에서 ①만이 훈차 표기이고, ②③은 그 훈음이 ④ ⑤⑥⑦과 같은 발음이었기 때문에 본뜻은 버리고 오로지 훈음만 빌어 적은 것이라 하겠다. 따라서 ①만이 ④⑤⑥⑦의 뜻을 나타내게 되고 ②③은 그 훈음만이 ④⑤⑥⑦의 발음과 동일음을 나타내게 된다. 이런 경우에 ①②③은 동음이의어이기 때문에 '*syəpir'은 의미에서는 다른 세 뿌리로 어원이 갈라지게 된다. 이 동음어의 변천과정은 다음과 같 이 서로 다르다.

① sv+pvr(徐·舒·蘇+伐·弗)>셔+블>셔블>셔볼>셔울>서울

② svpvr(角)>søpvr>spvr(ㅅ블)>쓸>쓸>뿔

③ svpvr(酒)>svpvr>수블(酒曰酥孛)(pøsvr>psvr>수볼>수울>술: 또는 스블>스볼>스울> 술:

①은 지명소 경계(+)의 저지로 어두 복자음이 생성되지 못하였다.

그러나 어중에서는 지명소 경계를 초월하여 v+ㅂv>v+ㅸv>v+øv>svvr(서울)로 변하였다. 이 변화규칙은 대+받(竹田)>대+밭, 쇠+벼ㄹ(淵遷), 지벽+골(滓甓洞), 조ㅋ몰(粟村), 피+밭(稷+田) 등에서 확인된다.

②는 지명소 경계(+)가 없기 때문에 어두 모음의 약화 탈락으로 어두 복자음을 생성하였던 것으로 추정된다.

③은 어중자음 ㅂ이 유성음화로 약화 탈락된 후에 모음이 축약되고, 축약 모음이 장음소의 보상을 받았던 것으로 추정된다.

위 ②와 동일한 변화가 이른바 pvsvr(白米曰漢菩薩·粟曰田菩薩)>pøsvr>psvr(쌀), pvtvr(女兒曰寶女+旦>pøtvr>ptvr(딸)이다.15) 다만 寶와 菩로 다르게 표기한 까닭이 무엇인가 궁금하다. 비록 후대의 자료이지만 '木名今俗呼荊條뽀리'<ㅣ 사성통해 (하47)>에서'*pvsvri>pøsvri>pseri'(뽀리)의 'ㅄ'을 추가할 수 있다. '싸리껍질'을 뜻하는 '비사리'가 쓰이고 있고 또한 송광사(전남 순천)에 잔존하고 있는 '비싸리구수'와 전북 무주방언 '비싸리나무'도 좋은 입증 자료이다.

따라서 'pvsvr'(所瑟>比瑟=包)도 ②와 같이 pøsvr>psvr>pser(쌀)의 변화과정으로 어두 복자음 ㅄ을 생성한 것이라 하겠다. 고지명 所瑟山(>包山)을 '쌀'로 해독할 때 우리는 ㅂ계 복자음의 고형을 하나 더 추가하게 된다. 실로 어두 복자음의 생성을 뒷받침하는 자료가 빈약한 편이다. 거기에다 시기마저 [계림유사](A.D.1103-4)의 '白米曰漢菩薩(힌ㅂ술>힌쌀), 女兒曰寶姐(ㅂ둘>딸)'을 뛰어넘지 못하였던 우리의 처지로는 비록 한 예에 불과하지만 그것이 보다 훨씬 이른 시기의 고대 국어의 음운 자료이니 아주 소중하기 그지없는 존재라 하겠다.

---

15) 姜信沆(1980)에서 해당어의 풀이를 옮긴다.
187. 酒曰酥孛 수불, 183. 白米曰漢菩薩 힌쌀, 152. 女兒曰寶女+旦 딸, 쏠

3.3. 무수리(蘆谷)의 음운론적 해석

이른바 '무수리'(無愁洞)은 대전시 중구의 외곽에 있는 고지명이다. 이 지명은 '무수리, 무쇠골, 수철리(水鐵里), 무수골(蘆谷)' 등으로 호칭되어 왔다. 현지의 노인들은 無愁洞을 근거로 '근심 없는 골'이란 의미로 해석한다. 그러나 옛날에는 水鐵里를 근거로 '물이 맑고 쇠가 많이 나는 골'이란 뜻으로 전혀 다르게 풀이하였다. 조선조 숙종 때 대사헌을 지낸 권기(權愭)가 이곳에 낙향하여 살면서 '무쇠골'(水鐵里)를 無愁里로 고쳐 적어 無愁翁(무수옹)으로 자호를 삼은 후부터 無愁洞으로 전해졌다. 그러나 본래는 水鐵里도 無愁里도 아니었다. 권이진(權以鎭1668-1734)의 「有懷堂集」에서 밝힌 "無愁洞古稱蘆谷(무수골)云云"에 본명이 담겨 있다고 볼 수 있다. 그러면 도대체 '무수골'(蘆谷)의 정체는 무엇인가. '무수'에 대응하는 蘆가 문제 해결의 열쇠이다. 蘆의 고음은 '로'이고, 훈음은 '골'(「훈몽자회」(상4) 골로, 「신증유합」(상7) 골로)이다. 따라서 음독과 훈독 어느 쪽으로도 '무수'로 발음될 수 없다. 여기서 우리는 蘆의 복수 훈을 생각할 수 있게 된다. 그것은 아마도 '무수'였을 것이다. '무수골'을 蘆谷으로 적은 사실이 입증하기 때문이다. 여기서 우리는 문헌에도 나타나지 않는 蘆의 또 다른 훈인 '무수'를 발견한 셈이다. 그렇다면 이제부터 '무수골'의 정체가 무엇인가를 알아보기로 하겠다.

'무수골'은 본래 '물살골'(水靑里)이었는데 ㄹ이 탈락하여 '무살골>무수리'로 변화하였을 것이다. 위에서 추정한 바와 같이 蘆의 훈이 '무수'이었기 때문에 훈음차 표기가 가능하였던 것으로 볼 수 있다. '물살골'은 '물+살+골'로 분석할 수 있다. 여기서 무엇인지 모르는 지명소는 '살'뿐이다. 따라서 지명소 '살'을 고지명에서 찾아서 면밀히 고찰할 필요가 있다.

현 靑川江의 옛 이름은 '살수'(薩水)이었다. 그리고 현 괴산군 靑川面의 옛 이름이 '살매'(薩買縣 一云靑川)(『삼국사기』 지리2)이었다. 두 고지명에서 '살'(薩=靑)을 확인할 수 있다. 그러니까 옛말 '살'(薩)은 靑·淸의 뜻이고, '매'(買)는 水·川의 뜻이었다. 따라서 '살'은 '푸르다·맑다'의 뜻이다. '물이 맑으면 푸르기' 때문에 靑과 淸이 통용된 것이라 하겠다. '무수골'은 마을 앞으로 큰 내가 흐르는데 물이 맑다. 그래서 '물 맑은 골'(水靑里)이라 부르게 되었던 것이다. 그런데 대전의 '무수골'은 충북 괴산의 청천에서 너무나 먼 거리에 위치하여 있다. 물론 '살수'(靑川江)와 '살매'(靑川)의 거리 보다는 오히려 가까운 편이다. 그러나 중부 이북에 조밀하게 분포하였던 지명소 '매'(水·川)의 특성으로 볼 때 거리와 관계없이 '살매'의 분포는 가능하였지만 그 이하까지는 '매'가 분포하지 않았기 때문에 문제가 된다. 그러나 중부 이북에만 분포하였던 '달'(達=山·高)이 '달아'(月良·等良·珍阿>高山), '달나'(月奈>月出>靈巖), 儒達山(木浦)과 같이 한반도 남부까지 분포하였다는 사실과 중부 지역의 '홀'(忽=城)이 전남 '복홀'(伏忽=寶城)까지 내려갔던 사실, 그리고 '매'(買=水·川) 또한 부여 '감매'(甘買=林川)까지 내려온 사실을 감안하면 충분히 가능한 것이기 때문에 문제될 것이 없다.

그러나 또 다른 문제가 뒤 따른다. 지명어에 참여한 지명소의 위치(순서)가 상이한 사실이다. '살수'와 '살매'의 '살'은 오로지 어두에만 위치하는데 '물살골'(蘆谷)의 '살'은 이와 반대 위치에 참여한다. 그래서 두 경우를 동일시하기가 어쩐지 석연치 않다. 그러나 '벌+나'(平壤)와 '라+벌'((徐)羅伐), '누리+불가'(儒理明(王))와 불가+닉'(<누리)(赫居世)에서 참여한 형태소는 동일한데 순서만 서로 다른 예를 생각하면 문제될 것이 없다. 여기서 우리가 이런 미심적은 의문을 풀어 줄 직증 자료를 찾아낼 수 있다면 疑雲은 말끔히 걷힐 것이다.

어느 날 필자는 재래시장에서 방콩(검은 콩)을 구입하려는 순간에 "논산 속서리콩"이라 큼직하게 써서 눈에 띄게 꽂아 놓은 상자쪽지를 목격하였다. 순간 아줌마 "속서리콩"이 무슨 뜻입니까?라고 물었다. 아줌마는 이양반 무식하게 그것도 모르느냐는 표정을 지으며 "그거 속이 푸른 콩이란 말이지유"라고 알려 주었다. 필자는 비로소 '살>서리'(靑)이 콩 이름 속에 화석처럼 박혀 있음을 확인하며 경탄하였다. '속+서리(靑)'는 '물+사리(靑)'와 '살'의 참여 위치가 같은 조어인데다 '서리'(靑)는 곧 '살'(靑)과 동일하기 때문에 '무수리'의 본래 이름은 '물살골'(水靑里)임에 틀림이 없다는 결론을 내리게 되었다.

멀리는 평안도의 '살수'(薩水)를 비롯하여 충북 괴산군의 '살매'(>靑川)의 '살'(靑)이 대전과 논산 지역(전북 익산과 경계)까지 내려와 분포하였음을 알 수 있다. 따라서 '무수동'은 본명이 '물살골'로 '물이 맑은 (푸른) 골'이란 뜻이다. 일반적으로 忠淸을 '淸風明月'로 비유적인 풀이를 한다. 그러나 忠淸은 문자그대로 "국토의 중심(忠)으로 맑은(淸) 고장"이란 뜻이다.

4.

고지명에서 尸의 표기음이 'ㄹ·리'이었던 것을 확인함으로써 '쇠'(金銀銅鐵)의 어휘사를 기술할 수 있게 되었다. 쇠(金銀銅鐵)의 기원적 어형이 '*소리'(sori)이었는데 *sori>soøi>soi>soy>sö로 변천하였기 때문이다. 그 추상적인 차자표기는 '斯由=釗·舍=金·素=金(soi)'이었고, 보다 구체적 표기는 '蘇伊(soy)=鐵'이었다. 그리고 어말모음 탈락으로 인하여 *소리>솔>솥(*sori>sorø>sor>soth)와 같은 화석형 솥(鼎)을 남겼던 것으로 추정된다. 이 변화현상들은 국어 음운사에서

(i) r>ø/v-i규칙과 (ii) i>ø/r-#규칙을 설정하는데 한 근거 자료가 된다. 이 음운 변화 규칙 (i) (ii)를 적용하여 '누리(>뉘世), 나리(>내川), 사리(>새東·歲·間), 가리(>개浦), ᄆ리(>미·믈水) 등'의 어휘사를 기술할 수 있다. 이 규칙들의 적용 결과는 규칙 (i) (ii)를 더욱 강화하는 근거가 되어 주기도 한다.

한편 大尸의 尸를 'ㄹ'로 추독함으로써 大의 고대훈이 '하-'(大·多)와 '그-'(大)의 복수이었음을 알 수 있다. 고어에서는 '하-'가 보다 활발히 활용되었고, '그-'는 아주 소극적이었던 것으로 파악된다. '그-'는 '건길지·근초고왕·근구수왕·근개로왕'에서만 'ᄀ·ᄀ'과 같이 극소수로 발견되기 때문이다. 그러나 근대 국어 이후로는 그 활용성이 역전되어 '하-'는 오히려 관형사와 부사로만 쓰이고 '그->크-'는 형용사로 활용되고 있다. 여기서도 尸의 음운은 '하-'와 '그->크-'의 어휘사를 기술하는데 결정적인 역할을 하고 있다.

지명 '인내'(仁川)에서 'ᄉ-ㄴ>ㄴ-ㄴ'의 음운변화는 居의 古訓을 탐색하는데 결정적인 단서가 된다. 인명 異(次頓):居(次頓)에서 異는 음차표기자임에 틀림없다. 그렇다면 이것과 대응하는 居는 음차 표기인가 훈음차 표기인가. 居의 고음 '거'는 '이'(異)와는 전혀 다른 음이기 때문에 훈음차 표기임에 틀림이 없다. 이 문제를 해결하는 결정적인 단서가 지명 '居斯川>苔川>仁川(이시내>잇내>인내)'의 '이시'이다. 居의 고훈이 '이시-'였는데 어느 땐가 '살-'로 치환되었거나 아니면 공존하여 오다가 '이시-'가 사라진 것으로 볼 수 있다.

고지명 所瑟山(>包山)의 해석에서 어두 복자음 ㅄ을 찾아낸 것은 매우 큰 소득이다. 국어 음운사에서 어두 복자음 ㅄ의 생성 과정을 기술하는데 필요한 직증 자료는 『계림유사』(1103-4)를 넘지 못하는 시기의 한계가 있었다. 그러나 이제 이 'ㅂ술>뿔'(包)의 ㅄ으로 인하여 그 상한의 제약에서 벗어나 적어도 신라 시대 후기까지는 소급할 수 있게 되었다.

지명어 '물살골(水靑里)>무수골'에서 '물>무'(水)의 변화는 설단 자음 앞에서의 'ㄹ'탈락 규칙으로 기술할 수 있었다. 그리고 '살(靑)>수'의 변화는 중부 지역에 분포하였던 '살'(靑)에서 찾아 해결하였다. 그러나 제기된 문제를 완벽하게 해결해 준 직증 자료는 '속서리콩'(겉이 검고 속이 푸른 방콩)의 '속(裏·內)+서리(靑)'이다. 이 논의에서 蘆와 靑의 다른 고훈 '무수'와 '사리·서리'를 발견한 것은 望外의 소득이라 하겠다. 현재까지 고문헌에 나타나는 고훈은 오로지 '굴'(蘆), '푸를'(靑) 뿐이기 때문이다. 앞으로의 고훈(字釋) 연구는 문헌에 나타난 훈만을 중심으로 맴돌 것이 아니다. 이제는 과감히 벗어나 살아진 고훈을 고지명·고인명 등에서 적극적으로 색출하는데 힘을 기울여야 할 것이다. 이렇게 새로운 방법으로 고훈(고어휘)을 재구하는 과제에 어휘사 연구의 초점을 맞추어야 할 것이다.

V. 옛지명 해석에 관한 문제들

1.

이 글은 옛지명 중 비교적 해석하기 어려운 몇몇 지명을 골라서 풀이하려는데 목적이 있다. 주지하는 바와 같이 지명은 보수성이 강한 존재이기 때문에 옛지명일수록 옛스러운 언어 요소를 고스란히 간직하고 있는 경우가 많다. 그렇기 때문에 옛지명을 바르게 풀이하면 국학 전반에 걸치는 여러가지 문제의 해답을 얻는데 도움이 될 수 있다. 특히 국어학에 있어서는 더더욱 그렇다. 우선 음운사적인 문제를 비롯하여 어휘구조의 분석과 그 의미의 파악 문제 등을 국어사적 측면에서 기술하는데 여러모로 도움을 준다. 자고로 우리의 지명은 한자의 음차 표기 뿐만 아니라 훈, 훈음차로도 표기되어 왔기 때문에 지명 의미의 파악이 가능하다. 또한 차용한자에 대한 차자표기 당시의 訓과 후대의 訓을 비교하면 선후의 차이점으로 말미암아 훈이 변천한 사실을 파악할 수도 있다. 더욱이 시기를 달리하여 동일 지명이 同音異字로 달리 표기되었을 경우에는 한자의 속음발달을 고찰하는데 도움이 되어주기도 한다. 이밖에도 지명어 구성에 참여한 지명소의 의미파악과 그 배합 규칙의 이해는 동일 분야의 비슷한 문제를 기술하는데 뒷받침이 될 수 있다. 옛지명에 대한 풀이과정에서의 방법이나 기술내용 및 결론이 국어 어휘사 및 음운사 연구 등에 일조가 되어주기 바라는 바가 이 글의 부차적 목적이다.

이 글은 옛지명 중 '1.平壤, 2.河八, 3.在城, 4.伐首只, 5.伐音支-勿居' 등에 대한 해석을 시론하려 한다. 다만 각 지명마다 결론이 각각 내려지기 때문에 이 글의 말미에는 각항의 결론을 취합하지 않기로 한다. 중복할 필요가 없기 대문이다.

2.

2.1. '平壤'의 해석

지금의 平壤은 『삼국사기』 지리 2, 4의 지명록에는 등재되어 있지 않은 옛지명이다. 이 지역이 통일신라의 영역에서 벗어나 있는 북역이었기 때문이다. 그러나 平壤은 보다 이른 시기의 문헌이나 금석문에는 자주 나타난다. 해당자료부터 다음에 제시한다.

① 四年 秋八月 增築平壤城 冬十二月無雪(『삼국사기』 권 6 故國原王條 A.D.334)

② 九年己亥 百殘違誓 與倭和通 王巡下平穰(廣開土王碑文 A.D.400)

③ 王躬率往討 從平穰 □□□ 鋒相遇(廣開土王碑文,十四年條 A.D.405)

④ 長壽王十五年 移都平壤 歷一百五十六年(『삼국사기』 권37 A.D.427)

⑤ 謂朝鮮舊地平那及玄菟郡等 爲平州都督府 臨屯樂浪等兩郡之地 置東部 都尉府 (『삼국유사』 권1 二府)

이병도(1980:277 주3)는 지명 平壤이 위 자료 ①의 平壤城에서 시작
되었다고 주장하였다. 그렇다면 平壤은 늦어도 서기 334년(고국원왕
4년) 이전으로 소급하는 옛지명이다.[1] 여기서 우리는 우선 이 지명을
'平+壤'으로 지명소를 분석할 수 있다. 다시 우리는 '於斯內:斧壤, 骨衣
奴:荒壤, 乃伐奴:穀壤, 仍斤內:槐壤, 金惱:休壤' 등과 같은 '內・奴・惱:
壤'의 대응에 의거하여 지명소 '壤'을 추출할 수 있겠고, 그것의 고유어
가 *na임을 알 수 있다. 이 사실을 위 자료 ⑤의 '平那'의 '那'가 증언하
여 준다. 왜냐하면 平州는 곧 平壤의 별칭이기 때문에 지명소 '壤=那'
를 '州'(골)로 치환할 수 있다. 따라서 '壤'의 당시 훈이 'na*'이었음을
확인하게 된다. 이를 뒤받침할 확실한 근거가 또 있다. 고구려의 왕명
중에서 '故國川王:國壤王, 東川王:東襄王, 中川王:中壤王, 西川王:西壤
王, 美川王:好壤王' 등이 '壤:川'의 대응을 보인다. 이런 대응 표기는 고
유어의 음이 서로 동일하였기 때문에 가능한 것이다. 그리하여 '壤'의
훈음이 *na였으니까 '川'의 훈음도 *na이었던 것으로 미루어 짐작할
수 있게 된다. 틀림없는 사실임을 '素那:金川, 沈那:煌川'의 '那:川'에서
확인할 수 있다. 그럴 뿐만 아니라 '平那:平川'으로 차자표기되기도 하
였다. 여기서도 '那:川'의 대응으로 '那(음)=川(훈음)'임을 재확인할 수
있다. 이제 우리는 '壤'자로 표기된 고구려의 고유어 (혹은 훈)이 *na이
었다고 확신할 수 있다.

그러나 이 지명을 한자어로 불렀을가 아니면 고유어로 불렀을가의
호칭 문제가 아직 남아 있다. 동일한 지명소가 '壤'자와 '川'자로 표기
되었기 때문에 필연코 고유어로 호칭되었을 것이다. 한자어로 호칭하

---

1) 저자 一然은 다음과 같이 註를 달았다.
   私曰 朝鮮伝則眞番玄菟臨屯樂浪等四 今有平那無眞番 盖一地二名也
   위 註記에 따르면 '平那'는 '眞番의 별칭인고로 ①의 '平穰' 보다도 훨씬 이른 고
   형이다.

면 의미가 두 갈래로 갈라지게 되기 때문에 차자 표기 지명이 후에 한자어 지명의 어휘화 과정을 밟기 전까지는 고유 지명만이 절대적으로 쓰일 수밖에 없다. 거기에다 거의 근대에 이르기까지 표기는 한자로 하여 놓고 부르기는 고유 지명으로 불러온 사실도 참고가 된다. 실은 아직까지도 '大田-한밭, 痲浦-삼개, 泉洞-샘골, 大寺洞-한절골, 林里-숲말, 裡里-숩리' 등과 같이 고유 지명으로 호칭하고 있는 실정이니 고대로 올라갈수록 그 강도가 높았을 것임은 의심의 여지가 없다. 그렇다면 접두 지명소 '平'도 반드시 고유 지명소로 읽어야 한다.

이제 남은 문제는 '平'을 고유어로 해석하는데 있다.

'平'에 관한 훈을 근대 지명에서 찾아보면 수없이 나열된 '벌말'의 대부분이 '平村, 平里, 平洞'으로 적혀 있어서 그 훈이 '벌'임을 확신할 수 있다. 이 '벌'이 접두하여 쓰인 실예를 <한국땅이름큰사전> (1991: 2346-2358)에서 뽑으면 무려 1200여개나 된다. 더욱이 '伐谷'(충남-논산-벌곡면)은 속지명으로 '벌실' 또는 '버실'이라 부르는 바 여기서 우리는 접미 지명소로 흔히 씌여 온 '伐'(徐伐<徐羅伐)이 접두 지명소로도 씌여 왔음을 확인할 수 있다. 그리고 위에서 소개한 바와 같이 '벌'이 접미보다 오히려 접두 지명소로 활용됨이 훨씬 적극적임을 알 수 있다.

'平'에 관한 고대의 훈도 '벌'이었음을 고문헌에서 다시 확인할 수 있다. 옛지명에서 平淮押:別史(吏?)波衣(「삼국사기」 지리 4)는 '平:別'의 대응을 보인다. 이 대응 표기는 '平'의 훈이 '벌'이었을 가능성을 보인다. 그리고 '北漢山郡 一云平壤'(「삼국사기」 지리 2,4)에서 다른 하나의 '平壤'을 발견한다. 이 지명은 고구려가 백제의 수도인 廣州를 함락한 뒤에 명명한 신지명이다. 그 함락 연대가 서기 475년이니 발생 시기는 그 이후가 될 것이다. 이 새 '平壤'은 본 '平壤'의 의미와 같은 지세(벌판)로 인하여 지어진 지명임에 틀림이 없다. 흔히 동일한 지형이나 지세 등에 따라서 동일 지명이 지어지는 보편성이 우리의 지명사에 있기 때문이다. 혹은 본 平壤과 구별하기 위하여 아예 南平壤으로 부르는 별칭까지 생겼다. 본래의 '平壤'이 북쪽에 있으니 이를 기준으로 남쪽에 있다는 차별을 나타낸 것이라 하겠다. 이는 마치 백제 성왕이 공주에서 所夫里로 도읍을 옮기고서 北扶餘를 근본으로 삼아 국호를 南扶餘라 개정한 경우와 비교될 수 있다. 그런데 위 南平壤은 경덕왕 16년(서기 475년)에 다시 漢陽으로 개명되었고 또다시 고려 초기 (태조 23년 서기 940년)에 楊州로 개칭되었다. '楊'의 훈은 '버들'이다. 이것은 '벌들'(平野)을 훈음차 표기한 것이다. 어쩌면 이미 설단자음 앞에서의 'ㄹ'탈락 규칙으로 '벌들>버들'로 변한 뒤에 '버들'을 훈음차 표기한 것일 수도 있고 아니면 '벌들'을 추상적으로 표기한 것일 수도 있다는 두 가능성을 생각할 수 있다.[2] 그렇다면 '楊州'는 고유 지명인 '벌들-골'(平野-州)의 의미를 담은 훈음차 표기 지명일 뿐이라 하겠다. 따라서 '楊口'는 "벌들곶"(平野串)의 의미로 해석할 수 있다. 또한 '楊川'은 '벌들내'(>버드내)를 의미하는 '楊'의 훈음차 지명이다. 대전광역시의 三大川 중의 하나인 '柳川'도 '버드내'라 부른다. 이 내는 벌판과 들판의 중앙을 관류한다. 말하자면 '벌+들+내'가 'ㄹ'탈락으로 '버드내'로 변한 것인데 柳'의 훈음으로 표기된 본보기이다. 이렇게 '楊,柳'로 표기된 지명들은 거의가 '벌(平)+들(野)'을 의미한다. 위에서 논의한 바를 바탕으로 平壤을 '벌땅'(平地)의 뜻으로 하석할 수 있게 된다. 이 '벌땅'이 고구려 말로는 '벌나'이었던 것이다.

　그러면 '徐羅伐-徐那伐'과는 어떤 관계가 있는 것인가. '東'을 뜻하

---

2) 黃胤錫(서기 1725년)의 "二齊遺稿"에 다음과 같은 '楊州'에 관한 해석이 있다.
平壤二合聲 近於東俗方言楊柳버들 故轉呼柳京而今漢陽 亦古之南平壤 故轉呼楊州
「三國遺事」 권 1의 第十八實聖王條에도 '平壤州>楊州'가 나온다.
義熙九年癸丑平壤州大橋成(恐南平壤也 今楊州)

는 '徐'를 제거하면 '羅伐-那伐'만 남는다. 여기 '나벌'(那伐)은 '벌나' (平壤)와의 비교에서 지명소의 배열순서만 다를뿐 그 의미는 동일하다. 이렇듯 동일한 지명이 매우 이른 시기에 고대 남북의 핵심지역에 분포하고 있었다는 사실은 결코 예사로운 일이 아니다. 이 사실은 초기의 왕명인 '발거누리'(弗矩內=赫居世-신라 시조명)와 '누리발거'(儒璃明-고구려 제2대 왕명)의 비교에서 역시 어순만 바뀌어 있는 것과 똑같기 때문이다. 이 사실은 두 나라말의 異同性을 따지는데 결정적 근거가 될 수 있다.

2.2. '河八'의 해석

신라 경덕왕은 다음과 같이 백제지명 '河八'을 '平澤'으로 개명하였다.

① 平澤 本百濟河八 新羅景德王十六年改平澤爲湯井郡領縣 <「大東地志」 券5>
② 平澤縣 古河八縣 高麗改今名 <「東國輿地勝覽」 卷十九>

만일 ①의 내용이 틀림없는 사실이라면 (「삼국사기」 지리지에는 나타나지 않기 때문이다.) 우선 '平:八', '澤:河'처럼 대응시킬 수 있다. 다음 기록의 대응 역시 우리의 주장을 후원한다.

③ 八里縣 本八居里縣 一云北恥長里 一云仁里 景德王改名今八居縣 <「三國史記」 地理 1>
④ 昇平郡 本百濟歟平郡 景德王改名今因之 <「三國史記」 地理 3>

위 ③ '八里'의 승계 지명이 '星山~星州'이니(星州都氏를 八居都氏

라고도 함) '八:星'의 대응에 의거하여 '별'(星)에 근사한 '八'을 음독하면 'par-pər'로 조정할 수 있다. ④의 '歜平>昇平'은 『輿地勝覽』권 40에 '昇化'로 표기되어 있기도 하다. 여기 '化'는 '伐'의 오기로 볼 수 있다. 아니면 그 음이 '火=化'이니까 '火'를 '化'로 바꿔 적은 단순한 표기변화로 볼 수도 있다. 어느 쪽이나 주어진 문제를 푸는데는 도움이 된다. 만일 전자라면 '平=伐'이니 도움이 되고, 후자라면 '火'는 훈음차로 '伐'과 같이 항상 '벌'을 표기하는데 활용되어 왔기 때문이다. 또한 '平'은 '坪'과 통용됨으로 '坪'의 훈 'tir', 'pər'로 볼 수 있기 때문에 '八'=*par~*pər로 음독할 수 있게 된다. 다만 문제는 '河:澤'에 있다. 그런데 다행히도 '河八'은 일명 '彭城'으로 불리운다. 그러니까 '河八>彭城'인 것이다. 여기 '彭'에 대한 훈을 찾아보면 '彭=*pər'이다. 그렇다면 '彭城=*pərki~*pərhol'인 것이다. 다만 '河八'이 '澤平'으로 개명되지 않고 '平澤'으로 개명시에 전후자가 치환되었을 따름이다. 이런 현상은 '津臨>臨津, 牛見>見牛, 平西山 一云西平, 泉井>井泉, 道臨>臨道'에서도 확인되므로 전혀 문제될 것이 없다.

　요컨대 우리가 '河=澤, 八=平'임을 가정한다면 '河'는 訓借이고, '八'은 音借이다. 여기서 인근에 있는 '德勿(믈)>德水'와 비교한다면 '河'의 훈은 '믈'로 추정할 수 있겠고, '於乙買串(泉井口)>交河'의 '於乙=交, 買=河'로 본다면 '河'의 훈은 '매'로도 추정할 수 있다. 더욱이 보다 가까운 이웃에 '買忽(水城)>水原'이 있으니 '河'의 훈은 '매'일 가능성이 더 짙다. 그렇다면 '河八'은 '믈벌' 아니면 '매벌'로 해석할 수 있다. 옛지명 '河八'의 승계지명인 '平澤'의 지세가 아주 넓은 벌이며 또한 西海와 연접해 있기 때문에 이런 地勢에 따라 명명된 지명이라 하겠다.

2.3. '在城'의 해석

鄭東愈는 「畫永編」二(1805~6)에서 '在城'에 대한 풀이를 다음과 같이 하였다.

高麗太祖五年 始築平壤在城六年而畢 周官六翼(高麗金敬叔撰)言在者 方言畎也 故諺稱嶺爲在 我國城制每因山脊而環 故築平壤城 而名之曰在城 言城於在也 今以在字爲城字之訓 古今言語之轉注失旨皆此類也

위에 인용한 내용에서 '在城'의 '在'가 方言 '畎'으로 풀이되어 있다. '畎'의 뜻(산골의 물이 통하는 곳)은 '嶺'의 뜻과 같다. 우리말로 '嶺'을 '재'라고 부르고, '城'을 산등성이 곧 '재' 위에 쌓기 때문에 '在城'이라 일컫는다고 하였다.

그러나 鄭東愈는 金敬叔의 '言在者方言畎也'를 잘못 풀이하였다. 이 해석에서 '在'에 대응하는 '畎'은 訓借가 아닌 音借字이다. '畎고랑견 田中溝(「훈몽자회」上4)'이기 때문이다. 鄭東愈는 '在'의 音과 '嶺'의 訓이 동일한데서 附會의 혼란을 일으킨 것이 아니었던가 한다. 그리하여 '在城'을 '嶺'에 쌓은 城이라는 뜻으로 '재성'이라 풀이하였고 '在'자를 音借하여 '在城'(재성)으로 표기한 것이라 본 듯하다.

흔히 우리는 '嶺'을 '재'라고 한다. '재너머 사례긴 밭', '성재'(城嶺), '누르기재'(黃嶺) 등과 같이 부르고 있다. 그리고 '城'을 '잣'이라고 한다. '외잣'(外城), '자티'(城峙) 등이 그것인데 옛말에도

무술히어나자시어나(「釋譜詳節」 6:40)

城은자시라(「月印釋譜」 1:6)

잣안핸十萬戶ㅣ어니와(「初刊杜詩」 7:7)

잣곶(城串)(「龍飛御天歌」 4) 잣셩(城)(「訓蒙字會」 中8)

와 같이 '잣'(城)이다. 흔히 嶺上에 城이 있으니까 '在城'을 '嶺城'으로 독해한 것은 좀 안일한 태도가 아니었나 여겨진다.

필자는 '在城'을 전혀 다른 각도에서 풀고자 한다. 여기서의 '在'를 訓借字로 보자는 주장이다. 吏讀에서 차용된 '在'의 새김은

在如中(견다해) 在等以(견들로) 在以(견으로) 在乙(견을) 在乙良(견을랑) 在隱乙良(견을안) 在㫆(견이며) 在亦(견이여) 是白在(이숣견) 是白在果 (이숣견과) 是白在如中(이숣견다해)

와 같이 '견'이다. 그런데 '在隱乙良'과 '在乙良'에서 '在'와 '在隱'을 동일하게 읽는 것을 보면 다른 모든 경우가 'ㄴ'표기의 '隱'을 생략한 것으로 볼 수 있다. 따라서 '在'는 '겨다'란 새김자이었을 것으로 믿어진다(韓相仁 1993). '在'의 새김이 후기 중세국어 이후부터 '이실'(在)(「光州千字文」6, 「類合」, 上25)로 변하였으나 전기 중세국어 이전에는

獨園에 겨샤(在獨園)(「金剛經諺解」 上1)
天子ㅣ 이제咸陽의 몯 겨시니라(天子不在咸陽宮) <「初刊杜詩」 5:50>
爲ᄂᆞᆫ 드외야 겨실씨라 <「釋譜詳節」 序1>

와 같이 '겨(시)다'(在)이었다. 보다 더 이른 시기의 새김은 앞의 吏讀의 '견'(在)말고도

娚者零妙寺言寂法師在㫆……妹者 敬信太王姉在也(葛項寺石塔記 A.D.757경)
並成在顧旨者 …… 受成在節佳乃秋長幢主(牙盡寺鍾記 A.D.745)

大山是在以別地主無亦在旀(慈寂禪師凌雲塔碑 A.D.941경)

와 같이 '在'가 '겨-'로 쓰인 예증을 더 추가할 수 있다. 이와 같은 '겨-', '견'을 바탕으로 音借표기한 것이

太祖 二年 城平壤 五年 始築西京在城(在者方言旀也) 凡六年而畢(「高麗史」 권 82 兵2 城堡)

에 나타난 '旀'(견)이다. 高麗의 太祖 5년(A.D. 922)이면 '견(旀)'은 신라의 말기어이며, '在'는 방언이라 하였으니 고유어에 해당한다. 고대어인 '견'(旀)이 이두어 '견'(在)과 일치하는데 우리의 주목을 끈다. 한편 「삼국사기」 권34(지리1)에

婆娑王二十二年 於金城東南築城 號月城 或號在城 周一千二十三步

라 적혀있다. 여기서 우리는 보다 훨씬 이른 시기(A.D.101)의 '在城'을 발견한다. 이것과 高麗 初期의 '在城'을 동일어로 보고 李丙燾(1980: 525)에서 '견성'이라 해독하였다. 말하자면 '임금이 계신 城'(御在城)이란 뜻으로 풀이한 것이다.

요컨대 '在'의 고려초 방언이 '旀'(견)인 점과 이것과 이두의 '견'(在)이 정확히 일치하며 이른 시기에 '겨-'에 대한 차자표기에서 '在'가 발견되는 사실들을 종합하여 판단하건대 '在城'을 嶺城의 뜻인 '재성'으로 해독하는 것보다 '임금이 계신 城'이란 뜻인 '견성'(在城)으로 푸는 것이 오히려 바른 해석이라 하겠다.

2.4. '伐首只'의 해석

'伐首只'는 현 唐津에 대한 백제의 지명이다. 이 엣지명이 어떤 형태의 원초형에서 출발하여 어떻게 변모하였으며 이것과 '唐津'과의 관계는 어떤 것인가를 고찰하려 한다. 우선 관계 자료로부터 제시키로 한다.

Ⓐ 槥城郡 本百濟槥郡 景德王改名 今因之. 領縣三 唐津縣 本百濟伐首只縣 景德王改名 今因之 <「三國史記」地理 3>

Ⓑ 唐津縣 本百濟伐首只縣 一云夫只郡新羅景德王改今名爲槥城郡領縣 <「高麗史」地理 1>

Ⓒ 唐津縣 本百濟伐首只縣 一云夫只郡 新羅改今名爲槥郡領縣 <「東國輿地勝覽」卷 20 唐津條>

Ⓓ 唐津 本百濟夫首只 唐改子來爲支潯州領縣 新羅景德王十六年改唐津爲槥城郡領縣 <「大東地志」唐津條>

이상의 전적을 통하여 우리는 'ⓐ伐首只 ⓑ, ⓒ夫只 ⓓ夫首只, 子來'를 발견한다. 만일 여기서 ⓐ伐首只를 원초형으로 보고 ⓑ,ⓒ,ⓓ를 ⓐ의 별칭 혹은 변칭으로 본다면

(1) ⓐ伐首只> ⓑ夫首只> ⓒ夫只

와 같은 변천을 가정할 수 있겠다. 그렇다면 우선 제기되는 문제는 ⓐ>ⓑ에서의 '伐'와 '夫'의 대응이다. 이와 같은 대응현상을 우리는 두 측면에서 검토해 봄직하다. 저 앞에서 이미 소개한 바에 의하면 '伐'에 대한 재구음은 상고음: bʼiwăt(T), bʼiwăt(K), bjwat(Ch)이며 중고음: bʼɨwɐt(K), biuat(Ch), ·bər?(ˈ 동국정운 =東)이다. 그리고 '夫'에 대한

재구음은 상고음: pi̯wag(T), pi̯wo(K), pjwaɤ(Ch)이며, 중고음:pi̯u(K), piuo(Ch), puø(東)이다. 그리고 속음은 pu이다.

이상의 재구음을 통하여 양자를 비교할 때 '伐', '夫=pv(c)'를 재구할 수 있게 된다. 그리고 이 양자의 표기가 공시적인 것의 이표기였단다면 우선 우리는 '*pu~*pə~*pɨ' 정도의 어두음을 표기키 위한 음가였을 것이라 상정할 수 있겠고, 이에 따라서 변천과정이 다음과 같이 약간 수정될 가능성이 있다.

(2) ⓐ伐首只~夫首只> ⓑ夫Ø只>ⓒ夫只

다음에는 ⓐ,ⓑ가 같이 차용한 '首'에 대한 재구음을 찾아보면 상고음:śi̯əu(K), :syuŋ(東)이다. 그리고 속음은 su이다.

끝으로 우리는 ⓐ,ⓑ,ⓒ가 공유하고 있는 '只'에 대한 재구음은 상고음:ki̯eg(T), tieg(K), ·tji̯eɤ(Ch)이며, 중고음은 t′si̯e(K), t′siɪ(Ch), ·cir?(東)이다. 그러면 속음은 무엇인가?

「삼국사기」 지리 3의 백제지명에 있는

燕岐縣 本百濟豆仍只縣
多岐縣 本百濟多只縣

와 같은 기록은 '기=只'임을 암시한다. 여기 '只'는 ki(「동국정운」, 「사성통해」, 「훈몽자회」, 「육조법보단경언해」)이며 「鄕藥救急方」과 「鄕藥採取月令」에서도 '只'를 'ki'로 음차하고 있으며 이두에도 '只'는 한결같이 'ki'로 읽히는 것이다(도수희 1974:67~68참고).

그러면 (1),(2) 중에서 어느 하나만을 택해야 할 것인데 이 문제를 지금부터 풀기로 한다.

「삼국사기」 지리 3에서 '伐'을 차용한 지명으로

清音縣 本伐音支縣(一云武夫)

가 있다. 김선기(1973:24)에서 '淸'을 '靑'으로 바꾸어 '伐音'과 대응시켜 [baram]으로 읽고 bara>phurum을 주장하였다. 동일지명 표기에 차용된 동일자는 동일하게 해독하여야 한다는 원칙에서 생각할 때 전자역시 '*pər~*par'로 읽어야 할 또 하나의 가능성을 얻게 된다.

뿐만 아니라 「삼국사기」의 지명표기에서 적극적인 대응을 보이고 있는 '伐~火~弗'은 *pər~*pir(比自伐>比自火, 徐伐, 沙伐 등)로 읽힐 수 있으며, 또한 '伐音村>富林, 只伐只>雲梯, 伐力川>緣驍, 伊伐支(自伐支)>隣伐支'에서도 '伐'을 pir로 읽을 가능성을 얻는다.

그러나 여기서 두 가지 이의가 제기될 수 있다. 하나는 '伐'을 석독해야 할 경우이며, 다른 하나는 '伐首只>唐津'이기 때문에 '伐首:唐'과 같은 대응관계의 문제이다. 중세국어에서의 '伐'에 대한 훈은 '버히'이며 그 의미를 좀더 확대하여 생각한다면 '가르-'일 수도 있다. 그렇다면 '伐首只=*pəysuki~*pəyski, *karisuki~*kariski'로 읽힐 가능성도 전혀 없는 것은 아니다. 또한 '唐'과의 관계에 있어서도 다음과 같은 생각을 할 수도 있다.

唐嶽縣 本高句麗加火押 <「삼국사기」 지리 2-4>
機張縣 本甲火良谷縣 <「삼국사기」 지리 1>

'唐'의 훈은 'kara(韓·大), kapʌs(加火=中央)'이기 때문에 '伐首只=*karasuki~*karaski, *kapski'(唐津=韓(大)津, 中央津)으로 해독될 가능성이 없지 않다.

이상과 같은 가능성이 있음에도 불구하고 오히려 '伐首只'를 음독하되 앞의 (1)을 택하고자 함은 다음과 같은 음운사적인 측면에서의 증명과 승계지명이 무리없이 연결될 수 있기 때문이다.

여기 '伐>夫'(ⓐ>ⓑ)에서 소실된 말음 'ㄹ'이 문제인데 이 점은 일찍이 전기 중세국어에서 경험한 설단자음 앞에서의 'r'소거규칙이 이른 시기에 적용된 것으로 보면 매우 간단하게 풀릴 수 있다. 언뜻 보아 그 어형이 '伐首+只'와 같이 분석될 가능성이 농후한 것인데 여기 형태소 'pərsu'는 r→Φ/___s규칙을 수용하기에 알맞은 음운조건을 가지고 있기 때문이다. 따라서 제 1단계는 ⓐ>ⓑ에서 'ㄹ'이 탈락되고 다음 단계에서 'su'가 생략됨으로써 ⓑ>ⓒ가 산출된 것이라 보아진다.

이러한 변천상을 더욱 적극적으로 보여주는 증좌는 '伐首只'에 대한 승계지명의 분포와 그 어형의 잔해이다. 이 지명의 승계자로 보이는 '버시랭이' <唐津石門>, '프레기(草落島)' <唐津石門>, '비아목(瑟項里)' <高大面>, '바기개(朴只浦)' <松嶽面> 등에서 우리는 역시 'PV'형을 발견하기 때문이다. 상기 잔존 지명의 분포에서 '벌스+기>버시+랭이'는 ⓐ>ⓑ(pərsu+ki>pəsu+ki)의 단계를 아직도 고수하고 있는 보수형이며 나머지는 ⓑ>ⓒ의 단계마저 벗어난 듯한 진보형이라 할 것이다.

2.5. '伐音支·勿居'의 해석

여기 '伐音支'는 다음과 같은 「삼국사기」의 기록에 의하여 백제의 지명임이 확인된다.

① 淸音縣 本百濟伐音支縣 景德王改名 今新豊縣 <지리 3>
② 富林縣 本伐音村 <지리 4>

②의 '伐音支>富林'에 의해서 우리는 '伐音支'의 형태소 분석을 '伐音+支, '伐音+村'과 같이 할 수가 있다. 여기 '支'와 '村'이 하나의 형태소임은 다음의 동류형에 의하여 판명된다.

(T=Tung T'ung-ho, K=Bernhard Karlgren, Ch=Chou Fa-kao, 東=東國正韻)

菓+支	惡+支	闕+支	伊伐+支
玉+岐	軍+支	三+支	三+岐
栗+支	斤鳥+支	遁+支	德近+支

餘+村	猿+村	武斤+村
井+村	新+村	

그러면 '伐音'은 어떻게 해독해야 할 것인가? '伐'이 'pər'로 읽힐 수 있음은 위에서 이미 밝혀진 바이며, '音'에 대한 추정음은 상고음·i̯əm(T.K), ·i̯əm(Ch)이며, 중고음은 ·i̯əm(K), ·iem(Ch), ʔim(東)이며, 속음은 'im'인고로 '伐音=*pərim'으로 해독할 수 있게 된다. 이와 같은 해독의 진부를 가리기 위해 시도해 보면 될 것이다.

	상고음	중고음	속음
富	pi̯wəg(T)	·pum(東)	pu
	piŭg(K)	pi̯əu(K)	
	pjwəɣ(Ch)	piɣu(Ch)	
林	li̯əm(T)	rim(東)	rim
	gli̯əm(K)	li̯əm(K)	
	li̯əm(Ch)	liːm(Ch)	

우리의 재구음이 이와 같으니 '富林=*purim'으로 해독할 수 있으며, 이것은 앞의 'pərim'과 거의 일치한다. 그리하여 '伐音=淸音'인고로 '淸=伐音'일 수 있고, 따라서 백제시대의 '淸'에 대한 훈이 '*pərim'일 것으로 일차 추정할 수 있다. 이런 이유 때문에 김선기(1973:24)에서도 '伐音'을 [baram]으로 해독한 바 있다. 그러나 다음의 기록은 앞의 추정에 찬물을 끼얹는다.

③ 淸渠縣 本百濟勿居縣(「삼국사기」 지리 3)

여기 '勿居'에 대한 고대음을 다음에서 잠시 생각해 보도록 하겠다.

	상고음	중고음	속음
勿	miw̌ət(T)	·mon(東)	mir
	miwət(K)	miuət(K)	
	mjwət(Ch)	miuət(Ch)	
居	kiag(T)	kəø(東)	kə
	kio(K)	kiwo(K)	
	kjar(Ch)	kio(Ch)	

따라서 우리는 '勿居=*mirkə'로 해독할 수 있게 된다. 더구나 개정에서 보충(?)표기한 '~渠'는 '淸渠'를 'mirkə'로 읽게 하는 다른 하나의 증거가 되는 것이며 이것은 '淸=勿居=*mirkə'임을 암시하고 있는 것이기도 하다.

박병채(1968:107)에서도 '勿居>mulkə>mulk'로 상정하고 중세국어의 '묽-(淸)'에 연결시켰다. 그리하여 우리는 백제어에서 '淸'의 훈을 '*pərim'과 '*murkə' 양형을 얻게 된다. 또한 「삼국사기」의

④ 緣驍縣 本高句麗伐力川縣 <지리 2>

에서 '伐力'을 발견하게 되는데 이것을 ①,②와 결부시켜 생각할 때 '伐力=*pəryək~*pərək~*pərk' 정도로 읽을 수 있어 ①의 *pərək도 가능할 것으로 보인다. 어쨌든 여기서 문제되는 것은 '淸'의 훈이 양형 공존한다는데 있다. 이 문제를 해결하기 위하여 김선기(1973:24)는 '淸'과 '靑'이 통용되는 것으로 간주하고 [baram](淸)> [phurum](靑)으로 연결시켰다. 이 주장은 중세국어 '*phirə-(靑)'의 어원을 일단 백제시대까지 소급하는데 크게 공헌한 것만은 사실이나, 그렇다고 'pərim'과 'mulkə'의 상관 관계를 명쾌히 밝히는데 이바지한 것은 아니라고 본다. 여기에서 크게 문제되는 것은 어두음에서의 'p'와 'm'의 대응이다.

이 난제를 해결하는데 도움이 될 자료를 토이기어에서 찾아 보자. Ramstedt, G.J.(1949:139)에 표제어 'malkta, makta, maltta'가 다음과 같이 기술되어 있다.

Turkish(koman, 'kirǧiz, kàçǧari, çağatay): *berrak* 'to be clear, to glitter', *balqy-* 'to be bright, to shine, to glitter', Turkish(Teleut) *malɣ yl, malqyl* 'bright, shining, gleaming- the tel. word can be a loan from mo., where the deverbalnouns on -*l* are indigenous.

여기에서도 두 어형 '*berrak, balqy-*'와 '*malqyl*'이 대응되고 있음을 본다. 그런데 그 대응되는 의미가 'to be clear', 'to be bright'와 같이 양립하고 있어 우리의 주목을 끈다. 이것은 어느 의미에선 '묽-(淸)'과 '붉-(晴)'이 동어원일 가능성을 암시하는 것으로도 추정할 수 있다. 중세국어에서 우리는 '붉-(昭, 明)'(「용비어천가」 124, 「초간두시」 9:14) '묽-(淸)'(「월인석보」 1:34)을 얻을 수 있기 때문이다. 따라서 '묽-'과

'붉-'은 아마도 동일어원을 가진 것이라 볼 수도 있을 것 같다. 그 의미를 확대하여 생각하면 맑으면 곧 밝을 수 있고, 밝은 상태에서 곧 맑음을 얻을 수 있기 때문이다. 또한 중세국어의 '프르-(靑)' 역시 이것과 어원적으로 상관성이 있어 보인다. 만일 한국어에 있어서의 유기음의 생성발달이 고대국어 말기 내지 중세국어 초기에 해당하는 것이라면 '*pəri-, *piri-, phiri-'를 추정할 수 있는고로 '*pərim(淸), *pərək(綠), *mirkə(淸)'는 원초적으로는 동어원에서 의미분화로 말미암아 파생된 것들이라 할 수 있을 것이다. 고대국어에서 '色'을 표현한 어사들이 다음과 같이 상호통용된데서도 앞의 주장을 돕는 암시를 얻을 수 있겠다.(黑壤郡 一云黃壤郡 本高句麗今勿奴郡 <「삼국사기」 지리 2>). 여기서 우리는 '伐力=綠'을 중세국어의 'phir(草)'(「월인석보」 1:6, 「초간두시」 9:12, 「훈몽자회」 하 3)에 대응시켜 봄직하다. 물론 어느 것에서 어느 것이 파생하였는지는 아직 속단할 수 없는 단계이다. 지금까지의 논거로 필자는 백제어 '*pərim~pirim, mirkə(淸)'를 추정 한다.

VI. 지명·인명의 차자표기에 관한 해독문제[1]

1.

한국어의 차자 표기는 인명·지명·관직명의 고유명사 표기에서 비롯되었다. 이를 바탕으로 하여 체계적인 차자 표기법으로 발전한 것들이 이른바 이두(吏讀), 향찰(鄕札), 구결(口訣)이다. 고대 4국의 시조명이 아주 이른 시기에 '*블구내(弗矩內), *누리(儒理~弩禮~琉璃), *주모(鄒牟), *온조(溫祚), *수로(首露)'와 같이 차자표기 되었으며, 초기의 수도명도 '*사로(斯盧), *홀본(忽本), *위례(慰禮)'와 같이 차자 표기되어 이른 시기부터 전해졌기 때문이다. 서기 414년에 건립된 「광개토대왕비문」에 차자 표기된 인명·지명들이 많이 있다. 이 사실로 미루어 볼 때 보다 이른 시기부터 인명·지명의 차자 표기가 성행하였음을 믿을 수 있다.

인명·지명에 대한 초기의 차자 표기는 音차 표기이었다. 후대로 내려 오면서 訓차 표기가 추가로 발생하였을 것이다. 아마도 이 방법은 음차 표기의 결함을 보완하기 위하여 고안되었을 것으로 추정된다. 사

---

1) 이 글은 세종대왕 탄신 600주년기념 국제심포지움 아시아의 문자와 문맹(1998. 7. 13-14 고려대학교 4.19기념 강당)에서 발표하였다.

실 한자음은 우리말을 정확히 표기하기에는 부족함이 많았을 것이다. 이 점을 세종대왕은 "國之語音 異乎中國 與文字不相流通"이라고 「훈민정음」의 御製序文에서 밝히었다. 우리와 음운체계가 상이한 언어를 표기하기 위한 글자 그마저 음절문자인 漢字를 차용하여 우리말을 표기하는데는 알맞지 않은 구석이 많았을 것이다. 이런 상황에서 한자의 '訓' 혹은 '訓音'으로 보충하게 되면 표기 기능이 훨씬 원활하여져 어느 정도 近似한 표기가 가능하였던 것이다. 즉 訓차는 곧 漢譯이므로 표기 漢字를 훈독하면 우리말 즉 고유어의 발음이 실현되기 때문이다. 訓音차 표기 역시 그대로 훈독하면 곧 우리의 고유어가 정확히 발음된다. 거기에다 音차 표기란 의미전달 기능이 없는 결정적인 약점을 지니고 있다. 그래서 의미까지 아울러 나타낼 수 있는 표기 방안을 강구하여 부족한 점을 보완하였다.

만일 차자 표기된 언어 자료가 오로지 音차 표기로만 되었다면 오늘날까지 본래의 어형이 그다지 손상되지 않은 어휘를 제외하고는 그 의미를 거의 파악할 수 없다. 가령 '於乙買串(어을믹곶)', '弗矩內(블구니)', '儒理(누리)'로만 音차 표기되었다면 무슨 의미인지 알 수가 없다. 그러나 '泉井口', '赫居世', '世里'로 대응 訓차 표기 되었기 때문에 비로소 '어을(於乙)=泉, 믹(買)=井, 곶(串)=口', '블구(弗矩)=赫居, 니(內)=世', '누리(儒理)=世里'와 같이 등식화하여 의미를 파악할 수 있게 된다. 물론 '누리'만은 오늘날까지 쓰이고 있으니 音차 표기만으로도 그 의미를 짐작할 수 있겠으나 혹시 동음이의어가 아닐지 의심할 수도 있다. 이런 모호한 경우에 '世里'가 확실한 의미를 파악토록 돕는다. 訓音차 표기 지명 중에 '黃山>連山', '板浦>連浦'를 예로 들면 '누르(黃)=늘어(連)', '느르(<널板)=늘어(連)'와 같이 유사음 이의어의 관계이다. 이 경우에는 黃의 訓音으로 '連'의 '訓=늘어(고유어)'를 표기한 것이고, 板의 訓音을 가지고 '連'의 訓(고유어)을 표기한 것이다. 訓과

訓音이 서로 유사할 때에 가능한 것이기 때문에 대응 한자의 옛 訓을 재구하는데 도움이 된다. 그러나 訓音차 표기는 그것 자체만으로는 표기 대상 어휘의 의미를 파악할 수 없기 때문에 이것에 대한 漢譯 표기어를 반드시 찾아야 비로소 의미가 파악되는 결정적인 약점이 있다.

音차 표기된 인명·지명은 표기 당시의 한자음으로 읽으면 곧 고유어가 실현된다. 그러나 가령 어떤 인명이 '訓+音+訓'으로 차자 표기되었다면 이것을 음독하면 전혀 엉뚱하게 실현된다. 동일한 방법으로 차자 표기된 지명도 음독하면 고유지명이 실현될 수 없다.

이 글은 고대 인명·지명의 차자 표기 고유어를 바르게 해독할 수 있는 한 방안을 모색하려는데 목적이 있다. 고대의 인명·지명의 차자 표기법은 '음차 표기, 훈차 표기, 훈음차 표기, 음+훈차 표기, 훈+음차 표기, 음+훈음차 표기, 훈음+음차 표기'로 분류할 수 있다. 전하여진 고대 인명·지명에 대한 차자 표기어들이 위 일곱 가지 차자 표기 방식 중 어느 것에 해당하는가를 먼저 판별하여야 비로소 바른 해독이 가능하게 된다. 그 판별법이 무엇인지를 알아내려는 것이다.

2.

한국어의 차자 표기사에서 인명에 대한 차자 표기는 아주 이른 시기부터 비롯되었던 것으로 추정된다. 그 건립 연대(A.D. 414)가 확실한 「광개토대왕비문」에 '鄒牟, 朱蒙, 解慕漱, 解夫婁, 烏伊, 摩離, 陜父, 儒留' 등의 인명이 음차 표기되어 있기 때문이다.[2] 따라서 「삼국사기」와

---

2) 서기 1766년과 1829년에 평양성벽에서 발굴된 誌石文에서 우리는 '節矣, 始役, 造作' 등의 이두를 발견한다. 이미 졸고(1977b)에서 소개한 바와 같이 金正喜(19C)는 「삼국사기」본기 중 평양성을 쌓았다는 기록을 근거로 하여 이 誌石들을

「삼국유사」에 나타나는 '弗矩內, 儒理, 溫祚, 沸流' 등도 꽤 이른 시기부터 차자 표기되어 전하여졌던 것으로 믿을 수 있다. 「삼국사기」와 「삼국유사」 등의 옛 문헌의 기록도 '朱蒙, 解夫婁, 解慕漱, 儒留, 留璃' 등과 같이 「광개토대왕비문」의 것들과 동일하거나 類似音의 차자 표기를 보이기 때문이다. 그리고 백제 武寧王陵의 「誌石文」(A.D. 523)에도 왕명이 '斯麻'로 새겨져 있다. 그런데 이것이 「일본서기」(A.D. 720)에 역시 斯麻로 적혀 있으며 「삼국사기」와 「삼국유사」에도 斯摩로 나타난다. 이처럼 碑文이나 誌石文에 남겨진 차자 표기 인명들이 거의 비슷한 모습으로 보다 후대의 문헌에 기록된 것으로 보아 비록 金石文에서 찾아지지 않을지라도 「삼국사기」, 「삼국유사」 등의 옛 문헌에 나타나는 인명은 각각의 이름이 지어진 시기로부터 오래지 않아 차자 표기된 것으로 믿어도 좋을 것이다.

인명의 차자 표기를 어떻게 해독할 것인가. 우선 우리는 차자 표기가 音借 표기인가 아니면 訓借 표기인가를 구별할 수 있어야 한다. 말하자면 앞에서 제시한 여러 가지 차자 표기법 중 어느 것에 해당하는 표기 현상인가를 미리 分別할 수 있어야 한다. 가령 어떤 인명이 단일한 차자 표기형으로 나타나지 않고 별칭으로 다양하게 차자 표기되어 있을 때 서로를 비교 검토하면 풀이할 수 있는 단서가 잡힌다. 예를 들면 '朱蒙~鄒牟, 溫祚~殷祚~恩祖, 味照~未鄒~味昭~未祖~未召, 智大老~智度路~智哲路, 素古~肖古, 仇首~貴須, 文周~汶洲, 阿玆蓋~阿慈介(甄萱父), 我道~阿道~阿頭, 骨正~忽爭' 등과 같이 동일 인명에 대한 동음(혹은 유사음)자의 차자 표기가 복수로 나타나면

장수왕대(A.D. 413-492)의 유물로 추정하였다. 그렇다면 지석문의 丙戌은 서기 446년이오, 己丑은 서기 449년이다. 광개토대왕비가 50년 가량 앞서니 인명·지명 등의 고유명사 차자 표기가 이미 발견된 비문을 중심으로 볼 때 보다 이른 발생이었다고 주장할 수 있다.

그것은 대체적으로 音借 표기일 가능성이 짙다. 그렇지 않고 '弗矩內 : 赫居世, 儒理 : 世里, 毗處 : 炤知, 異次頓·伊處道~厭道·厭髑' 등과 같이 대응하는 차자 표기는 후자가 '訓+음차 표기'에 해당하고 전자는 '音借 표기'에 해당할 가능성이 십중팔구다. 이런 방법으로 고대의 몇 몇 인명에 대한 차자 표기어를 선택하여 해독을 시도하여 보기로 하겠다.

먼저 '赫居世居西干 : 弗矩內王'의 풀이로부터 출발한다. 그 동안 학계의 일각에서는 赫居世居西干에서 '居世=居西'라는 주장을 하여 왔다. 그 첫째자는 동일하고 둘째자는 음형이 상사하기 때문에 겉만 언뜻 보면 그렇게 착각하기 쉬운 차자 표기인 것만은 틀림없다. 그러나 졸고(1996b:4~5)에서 제시한 자료에 의거하면 赫居世居西干은 赫居世王으로도 자주 나타나며 때로는 赫居世만으로 표기되기도 하였다. 따라서 居西干은 이름에서 분리가 가능한 어소로 그것은 '王'이란 뜻이다. 그렇기 때문에 '干'과 분리하면 居西만으로는 결코 '王'이란 존칭 의미의 기능을 할 수가 없는 것이다. 즉 '居西+干=王'이다. 따라서 赫居世까지가 이름이다. 그러니까 이것과의 대응 기록인 弗矩內王도 '王'을 제거한 나머지가 이름이다. 따라서 赫居世=弗矩內가 성립한다. 그런데 삼국유사 권1 赫居世條에

因名赫居世王(蓋鄉言也 或作弗矩內王 言光明理世也)

의 괄호 안과 같은 割註가 달려 있다(괄호는 필자 이하 같음). 여기서 우리는 弗矩內가 鄉言 즉 고유어임을 확인하게 된다. 이 고유어를 다르게 차자 표기한 것이 赫居世이다. 따라서 赫居世는 음차 표기인 弗矩內로 해독되어야 한다. 위 割註에서 弗矩內는 '光明理世也'라고 풀이하였으니 '弗矩=光明, 內=理世'인 셈이다. 그렇다면 赫居世의 '赫'은

光明의 뜻이니 결국 '赫居=弗矩'가 성립하며 '世'는 理世의 '世'와 동일하니 결국 '世=內'이다. 그리하여 여기서 우리는 弗矩內를 '弗矩+內'로 분석할 수 있고 赫居世도 '赫居+世'로 분석할 수 있는 가능성을 얻는다. 이렇게 분리되기 때문에 '居世'는 성립할 수 없고 따라서 '居西'와 동일한 어소가 아님을 확신하게 된다.(도수희1996b:1-24 참고)

위에서 추정한 것처럼 赫居가 '블구'(弗矩)로 해독될 때 '居'는 '矩'에 해당하는 음차 표기자임을 알 수 있게 된다. 물론 '赫'의 훈차만으로도 표기가 불가능한 것은 아니다. 그러기에 赫世王으로 표기된 경우도 종종 나타난다. 그럼에도 불구하고 굳이 '赫居'로 표기한 까닭이 무엇인가. 졸고(1987, 1996b)에서 누누이 주장한 바와 같이 그 첫째자는 반드시 훈독하고 둘째자는 반드시 음독하라는 지시인 것이다. 이와 같은 '받쳐적기법'은 첫째자에 표기어(고유어)의 의미를 담아 전달하고, 둘째자는 해당 고유어의 말음절 음가를 나타내어 표기된 고유어 발음을 바르게 하도록 유도하였다. 동종의 예를 왕명·인명 표기에서 찾아보면 다음과 같다.

　　毗處 : 炤知(비지), 儒理 : 世里(누리), 異次頓·伊處道:猒髑(獨,頓,道,覩)(이차도)

위 예들 역시 '炤'와 '世'를 반드시 훈독하되 그 훈의 말음은 받쳐 적어 '智', '里'의 음으로 구체화하는 표기 방법이었다. 즉 '소지, 세리'로 읽어서는 안되며 반드시 '비지, 누리'로 발음하라는 지시가 담겨 있다. 이와 동궤의 차자 표기가 향가에서 '불기(明期), 나리(川理)', 옛지명 표기에서 '살리'(音里, 靑理, 活理)와 같이 발견되기 때문에 꽤 이른 시기부터 어느 정도 보편적이었을 것임을 추측하게 된다. 異次頓(혹은 伊處道)가 '猒'으로 漢譯됨(譯云猒也)에도 불구하고 猒髑(頓,道,覩,獨)등으로 적고 '훈+음독'케 하여 異次頓(伊處道=이츠도~이쳐도>아쳔)이 실현되도록 하였다. 이 표기법을 「삼국유사」는 '譯上不譯下'라 하였다.

여기서 자칫하면 炤知의 '−知'를 당시에 일반적으로 활용한 '존칭사'로 오인히기 쉽다. 그러나 '赫居, 世里, 炤智, 㺚㺚'을 동질적인 차자표기법에 의한 현상으로 상정할 때 炤知는 毗處의 이표기에 불과한 '處=知'이기 때문에 '知'는 존칭사 '−知'가 아님을 확신하게 된다.

'주몽'(朱蒙)은 兒名에 불과하며 그의 왕호는 東明王 (혹은 東明聖王)이다. 고구려 제 2대 琉璃王의 '누리'가 신라 제3, 14대 儒理(禮)王의 '누리'와 동명이기의 고유어였다면 '東明' 역시 고유어로 읽었을 것이다. 누리왕 이후에도 왕명과 왕호를 고구려, 백제, 신라, 가라에서 한결같이 고유어로 음차 표기하였기 때문이다. 신라는 智證麻立干 14년 (A.D. 513)에 이르러서야 고유어로 불러오던 여러 國號 중 '新羅'를 골라 글자풀이의 뜻을 담아서 한자어화하였다. 그리고 尼師今, 麻立干을 王으로 바꾸어 부르기로 정하였다. 백제도 거의 비슷한 시기인 東城王 22년(A.D.500)에 중국식 諡號制가 시작되었다. 異斯夫(苔宗)(A.D. 500 −513), 居漆夫(荒宗)(A.D. 540-575)와 같은 고유어 인명으로 보아 국호와 왕호를 중국식으로 개정한 지증왕 이후에도 고유어가 그대로 쓰였음이 분명하다.

그렇다면 더구나 초기에 쓰이던 '東明'이었으니 이것에 대한 고유어가 있었을 터인데 그것이 전해지지 않았다. 新羅처럼 대응하는 음차표기를 남기지 않았음이 아쉽다. 그러나 우리는 이 문제를 풀 수 있는 단서를 그의 아들 이름인 琉璃明에서 찾을 수 있다. '東明'의 '明'이 여기 박혀 있기 때문이다. 고구려 제 2대 왕호인 琉璃明에서 '明'까지 음독하면 '누리명'이 된다. '누리'는 고유어이지만 '明'은 고유어가 아니다. 이런 경우에는 필연코 '明'을 훈독하였을 것이다. '누리'만 고유어로 발음하고 '明'만을 한자어로 음독하였을 까닭이 만무하기 때문이다.

여기서 신라 시조와 제 3대 왕의 이름과 고구려 시조와 제 2대왕의 이름을 비교하여 보면 동일한 어소로 구성되어 있음을 알 수 있다. (a) 赫居世(弗矩內) : (b)東明: (c)儒理 : (d)留璃明의 대응에서 (a)(b)(d)에는 '*불거'(明)가 박혀 있고, (a)(c)(d)에는 '누리~뉘'(世)가 박혀 있다. 그렇기 때문에 모두를 '(a)*불거뉘(누리), (b)*새 볼거, (c)*누리, (d)* 누리볼거'로 해독할 수 있게 된다. (b)에는 (a)(c)(d)가 공유하고 있는 '뉘(世)'가 없고, (c)에는 (a)(b)(c)가 공유하고 있는 '볼거'(明)가 없다. 그런가 하면 (a)와 (d)는 어소의 순서만 바뀌었을 뿐 참여 어소는 동일하다.

이제까지 우리는 인명에 대한 音차 표기와 訓차 표기로 나타난 '弗矩, 儒理, 內, 明, 赫, 世'를 비교 고찰하여 신라 시조명과 제 3대 왕명, 고구려 시조명과 제 2대 왕명을 초기의 고유어로 추독할 수 있었다. 두 나라 초기의 왕명들이 동음어로 지어졌던 점이 매우 홍미롭다. 이 처럼 왕명들의 동질성이 고구려어와 신라어에 분포하고 있음이 특이하다. 또한 백제의 왕명 중에도 '빛'(暉, 暈, 映, 明, 昌)을 의미하는 왕명이 여럿 있다. 비록 고구려, 신라처럼 초기의 왕명에 나타나지는 않지만 제16대 阿莘王(A.D.392-404)의 이름이 暉~暈, 제17대 腆支王 (A.D.405-419)의 이름이 映, 제25대(A.D.523-553) 聖王의 이름이 明~明襛, 제26대(A.D.554-597) 威德王의 이름이 昌~明이다. 고구려와 신라의 초기 왕명속에 들어 있는 '붉, 빛'은 위에 열거한 백제의 4代 왕명도 동일하게 해석하도록 길잡이 역할을 한다.

신라의 왕명 중에 '제2대 南解, 제4대 脫解, 제10대 奈解, 제12대 沾解, 제16대 訖解'와 같이 '解'가 5회나 重出한다. 아무래도 제3대 '누리'(儒理王)이 필연적으로 始祖 '볼マ누리'(弗矩內王)의 '누리'를 승계한 것으로 보아 '붉'(弗矩=赫居)과 '解'도 동일한 맥락에서 '解'를 '히'(日, 太陽)으로 해석할 수 있을 듯하다. 이는 제3대의 '儒理'를 비롯하여 '누리'

가 제14대 儒禮(世里知), 제17대 奈勿, 제19대 訥祗로 이어진 것처럼
'解'도 제16대 訖解까지 이어진 뒤에 의미가 '붉'(明)과 '빛'(光)으로 바
뀌어 여전히 이어졌다. 한편 우리는 고구려의 王姓 '解'씨와 신라의 왕
명 '解'를 결부하여 동일 어원일 가능성을 탐색할 수 있다. 고구려의
왕명 중 제3대 大解朱留(大武神王), 제4대 解色朱(閔中王), 제5대 解愛
婁(慕本王), 제17대 小解朱留(小獸林王)의 '解'는 이것의 異表記로 추
정되는 '高'(이른바 시조姓)과 더불어 신라의 왕명인 '解'와 동일어로
추정할 수 있다. 「삼국유사」권1 고구려조를 보면

　　國號高句麗 因以高爲氏(國號를 고구려라 하고 국호로 인하여 高로써
　　氏를 삼았다.)

라고 설명하고 割註에서

　　本姓解氏也 今自言是天帝子承日光而生 故自以高爲氏(본성은 解씨였
　　으나 지금 자기가 天帝의 아들로서 햇빛을 받아 낳았다 하는 까닭으로
　　高로써 氏를 삼았다.)

라고 자세히 밝히었다. 위 割註의 내용 중 '해빛을 받아 낳았다'(承日光
而生)는 구절은 '解'씨를 '히'(太陽)로 추정토록 뒷받침한다. 이보다 앞
선 시기의 북부여왕 解夫婁와 天帝子로 자칭한 解慕漱의 '解'씨가 上
代로 이어진다. 고구려에서는 '解'가 이름이 아닌 성씨일 가능성을 '解
色朱'를 '色朱'로, '解愛婁'를 '愛婁'로 생략한 점에서 찾을 수 있다. 시조
朱蒙王과 제2대 琉璃王도 '解'가 생략되어 있고 전체적으로도 위에 열
거한 네 왕명에만 '解'가 接頭되어 있을 뿐 나머지는 생략되었기 때문
에 신빙성이 있다. 이런 동질적 어휘의 분포 현상이 고구려 초기의 '새

붉'(東明), '누리붉'(琉璃明)과 신라 초기의 '불ㄱ누리'(弗矩內=赫居世), '누리'(儒理=弩禮=世里)의 비교에서도 확인할 수 있어서 믿음직하다.

　이 밖에도 나라 사이의 왕명 표기의 비교에서 동일 語素를 발견할 수 있다. 가령 북부여왕 解夫婁의 '婁'를 고구려의 제5대 解愛婁와 제14대 歃失婁에서 발견하며 백제의 제2, 3, 4대 多婁, 己婁, 蓋婁와 제21대 近蓋婁에서도 '婁'를 발견한다. 또한 고구려 왕명 중 제3대 大解朱留와 小解朱留의 '大·小'를 근거로 백제 왕명 중 제4, 5, 6, 대 蓋婁, 肖古, 仇首와 제13, 14, 21대 近肖古, 近仇首, 近蓋婁의 비교에서 후대 왕명에 接頭한 '근'(近)을 '大'의 뜻으로 추정할 수 있다. 이런 추정을 통하여 우리는 '그다>크다'(大)와 같은 어휘사적 추적을 할 수 있게 된다. 이런 방법으로 우리는 고대 왕명 차자 표기의 비교 고찰로 어휘사의 문제를 해결할 수 있을 것이다.

　舍輪 (혹은 金輪)은 신라 제 25대 眞智王의 이름이다. 그리고 太子로 요절한 그의 형의 이름은 銅輪(혹은 東輪)이다. 우리는 우선 형제의 이름에서 돌림자일지도 모를 '輪'자를 발견함이 흥미롭다. 그리고 '金'과 '銅'자가 형제를 구별짓기 위하여 차자되었음도 재미있는 일이다.

　우선 '金 : 舍'의 대응 의미가 무엇인가부터 알아보도록 하겠다. 아울러 '金 : 銅'의 대응 의미도 파악하여야 할 것이다. 여기서 우선 '金 : 鐵 : 銀 : 銅'에 해당하는 고유어에 대한 차자 표기의 자료부터 옛 문헌에서 찾아 모으면 다음과 같다.

三國時代(麗·羅·濟)	高麗時代	朝鮮時代
素那-金川(「三國史記」)	歲-鐵(「鷄林類事」)	므쇠로 한쇼를(鄭石歌)
蘇文-金(「三國史記」)	漢歲-銀(「鷄林類事」)	쇠잣(金城)(「龍飛御天歌」)
蘇州-金州(高句麗地域)	蘇乳-銀瓶(「鷄林類事」)	쇠재(鐵峴)(「龍飛御天歌」)
道西-都金(「三國史記」)	遂-銀·鐵(「朝鮮館譯語」)	사술(鐵鎖)(「四聲通解」下 28)

西川橋-金橋(「三國史記」)　　　遂卜-鍾·銅鼓(「朝鮮館譯語」)　　　즈물쇠(銷子(「四聲通解」下44)

省良縣-金良部曲(「三國史記」)　遂淨-銅鑼(「朝鮮館譯語」)　　　쇠붐(鍾)(「訓蒙字會」中 32)

金·鐵=素·蘇·西·休·實·省>金·銀·銅·鐵=歲·蘇·遂·速>쇠 [soy]

且唐書蓋蘇文 或號金蓋 余意東俗金謂之蘇伊……金州亦名蘇州尤可徵也(卷 67) 《海東繹史》<人
物考 蓋蘇文條>

　위 자료의 대응 표기를 근거로 '舍'는 '金'의 훈인 *soy(고유어)를 音
車 표기한 것으로 볼 수 있다. 따라서 '舍 : 金'은 모두 *soy로 읽으면
된다. 그런데 문제는 '銅輪 一云東輪'에 있다. 여기 '東'은 '銅'의 동음이
자 표기인가 아니면 양자의 訓이 유사음인 *soy이었기 때문에 異字
표기가 가능하였던 것인가. 어느 쪽이든 같아지기 때문에 형제의 이름
이 동일하게 되는 모순에 빠진다. '銅輪 一云東輪'은 「삼국유사」의 王
曆에 나오는 유일 예이다. 따라서 혹시 '銅'에 대한 동음이자인 '東'을
아무 생각없이 차자 표기한 것이 아닌가 하는 의구심이 들기도 한다.
　그러면 졸고(1975b)에서 옛 지명 '仇知>金池'를 근거로 재구한
*kuti(>kuri)를 여기에 적용하여 봄직하다. 「삼국사기」권 1 辰韓條의
'仇知宅'의 '仇知'가 '銅'의 훈에 해당한다면 아주 먼 옛날에도 쓰였음을
알 수 있고, 신라 奈勿王 七代孫인 仇梨知(A.D.514-539)의 '仇梨' 역시
'銅'의 의미가 아니었던가 의심하여 본다. 모두가 眞興王의 太子 銅輪
(A.D.572 졸)보다 앞선 인물들이기 때문이다. '金·鐵·銅·銀'이 모
두 *soy로 통칭되기도 하고 혹은 '金·銅'이 *kuti>kuri로 혼용되기도
하였던 것이다. 고구려 제16대 故國原王(A.D.331-370)의 이름이 '斯
由~釗'와 같이 표기되어 있어 이른 시기의 '*soy'(斯由)를 재구할 수
있다. 「계림유사」에는 '金曰那論義, 銀曰漢歲, 鐵曰歲'로 나타나고, 「조
선관역어」에는 '鍾 遂卜, 銅鑼 遂爭'으로 나타나기 때문에 일단 모두가
*soy로 포괄 지칭되었다고 볼 수 있다. 오늘날에 이르기까지 '金·銀'

에 대한 고유어는 전해지지 않고 오로지 '쇠·구리'만이 전해지고 있음이 그렇게 추정토록 한다. 따라서 金輪의 '金'은 舍輪의 '舍'를 훈차 표기한 것으로 추정하여 *soy로 해독하여도 무방할 것이다. 銅輪의 '銅'은 *kuti로 훈독할 수 있겠으나 혹시 그 다른 표기인 東輪의 '東'을 동음이자 표기가 아닌 동훈차 표기로 추정한다면 그 훈이 *sʌy일 것이니 '銅' 역시 *soy로 훈독하여야 할 것이다. 그러나 형제간의 이름이 동명일리 없었을 터이니 '銅'은 *kuti로 金은 *soy로 다르게 추독하는 것이 오히려 타당할 듯하다.

다음은 '輪'의 해독문제이다. 졸저(1994d:269-271)에서 '輪'을 *tori로 추독하였다. 양주동(1947)은 '突山高墟村 長曰蘇伐都利'에서의 '都利'를 '蘇伐都利 一名蘇伐公'이라고 적은 바가 있다하여 '都利=公'이라고 주장하였다. 이 *tori는 후대의 어느 시기에 '乭伊'의 '乭'로 造字 표기하였으며, 현재 '쇠돌이, 꿈돌이, 산돌이'와 같이 쓰이고 있다. 따라서 '輪'의 訓이 중세국어 시기는 '바회'이지만 고대로 올라가면 '*돌이'이었을 것으로 추정할 수 있다. 여기서 舍輪·金輪은 '*쇠돌이'이었을 것이고, 銅輪은 '*구디(>구리)돌이'이었을 것으로 추정한다.

서기 500년대 이후로 내려오면 인명의 차자 표기는 음차 표기에 대한 漢譯이 적극적으로 이루어진다. '居柒夫→荒宗, 異斯夫→苔宗, 素那→金川, 沈那→煌川' 등이 그 예들이다. 법흥왕의 이름은 原宗만 전하고 그 고유어는 전해지지 않는다. 법흥왕의 아우는 立宗이며 진흥왕의 이름이 三麥宗~深麥夫인 것으로 보아 原宗, 立宗의 '宗'도 '夫'로 훈독되었을 것이고, 어두의 '原, 立'도 훈독되었을 터인데 그 고유어가 전해지지 않아 무슨 말인지 알 수 없다. 이후로 고유어의 이름은 점점 뒷전으로 밀려가기 시작한다. 金輪(眞智王名), 銅輪(太子名) 白淨(眞平王名), 德曼(善德王名), 金庾信, 勝曼(眞德王名), 金春秋(武烈王名), 法敏(文武王名) 등과 같이 한자어화로 방향이 바뀐다. 공교롭게도 고구려, 백

제 역시 서기 500년대 이후에 왕명들이 한자어화한 경향이 있지만 그
것은 중국에서 내린 諡號일 뿐 인명은 여전히 고유어로 부른 흔적이
그것에 대한 음차 표기에 남아 있다. 고구려의 왕명 표기에서 제21대
文咨明王(A.D.518)의 이름이 '羅雲'인 것을 보면 고구려도 거의 같은
시기까지 고유명을 사용하였던 것으로 보인다. 백제의 왕명 표기에는
제23대 三斤(彡乞)왕(A.D.478)까지 兒名만이 나타난다. 다음 代부터
東城王~牟大, 武寧王~斯麻와 같이 복수 호칭이 나타난다. 왕명에 대
한 이런 표기 현상은 기타 고유어 표기에도 동일하게 반영되었을 것으
로 믿을 수 있다.

3.

  지명에 대한 차자 표기도 音차 표기에서 시작되었던 것으로 추정된
다. 『삼국사기』 권 37의 고구려 지명과 백제 지명의 대부분이 音차 표
기 지명들이다. 물론 지리 4의 고구려 지명들은 고유지명을 漢譯한 대
응 지명이 꽤 많다. 그러나 이것들은 본래의 백제 지명(音차 표기의
고유 지명)을 고구려가 점령한 이후의 어느 시기에 한역한 것으로 추
정할 수 있기 때문에 고유 지명을 먼저 音차 표기하였던 것으로 볼
수 있다. 音차 표기 지명이 漢譯되어 있는 경우에는 고유어형과 그것
에 대한 의미를 아울러 파악할 수 있다. 그러나 音차 표기만 남아 있고
그것에 대응하는 漢譯 지명이 없거나 缺如되었을 때는 의미를 거의
알 수가 없다. 반대로 漢譯 지명만 남아 있을 경우에는 그것의 고유어
형을 알 길이 없다. 때로는 고유 지명에 대응하는 漢譯 지명이 있다
하더라도 그 의미가 무엇인지 아리송한 경우도 있다. 필자는 여기서
지명 차자 표기에 대한 여러 문제 중 특히 앞에서 제기한 몇 문제를

중심으로 논의하려고 한다.

『삼국사기』권 36에 등재되어 있는 백제 지명은 '甘買, 仇知, 伐首只, 所夫里, 泗沘, 古良夫里, 奴斯只, 沙尸良, 加知奈, 甘勿阿, 夫夫里' 등과 같이 대부분이 音借 표기되었다. 그런 중에 漢譯된 지명도 '熊津, 大木岳, 大山, 高山, 礫坪, 井村, 新村, 湯井' 등과 같이 상당수 끼어 있다. 이는 백제 시대에 이미 漢譯 작업이 수행되었던 사실을 알려주는 證左이다. 그러나 필요에 따라 漢譯하여 '熊津'으로 적었지만 實用할 때는 고유어 '고마ᄂᆞᄅ'로 발음하였던 것이다. 이처럼 비록 처음에는 표기 지명에 불과하였지만 漢譯 지명도 오랜 세월 속에서 그 나름대로 뿌리를 내려 결국 한자어로 정착되기 마련이다. 처음에는 한낱 表記地名에 불과하였던 漢譯名이 被漢譯 지명(고유 지명)과 공존하다가 후대로 내려오면서 오히려 得勢하여 한역 지명만 쓰이거나 아니면 공존한다 하더라도 더욱 우세하게 활용되고 있는 현실이기 때문이다.

도수희(1996a)에서 이미 논의한 바 가령 『삼국사기』 지리 4의 고구려 지명은 '買忽 一云水城, 水谷城 一云買旦忽, 三峴 一云密波兮' 등과 같이 고유 지명에 대응하는 한역 지명이 있어 그 의미를 쉽게 알 수 있다. 그러나 이러한 한역이 없는 경우에는 부득이 후대의 개정 과정에서 한역된 지명에 의존하여 해독할 도리밖에 없다. 대체적으로 지명 개정에 있어서의 기본 태도에는 개정전의 지명들을 바탕으로 될수록 그 근거를 남기려는 경향이 있었기 때문에 개정 前後의 지명을 세심하게 비교 검토할 필요가 있다.

다음에서 개정 전 삼국지명을 (A), 신라 경덕왕(A.D.757)의 개정지명을 (B), 그리고 고려 태조(A.D.940)의 개정지명을 (C)로 정하여 놓고 상호간의 비교표를 작성하여 검토키로 한다.

(A)	(B)	(C)		(A)	(B)	(C)
(1) 烏斯含達	兎山	兎山	(7) 德勿	德水	德水
(2) 夫斯波衣	松峴		(8) 主夫吐	長堤	
(3) 息達	土山	土山	(9) 奈吐(大堤)	奈隄	
(4) 扶蘇岬	松岳	松岳	(10) 吐上	隄上	
(5) 夫斯達	松山		(11) 東吐	棟(棟)隄	
(6) 夫斯達	松峴		(12) 悉直	三陟	

등과 같이 한역 지명(B)에 의하여 (A)의 의미를 직감할 수 있다.

그러나 만일 (B)를 근거로 불가능할 때는 다음과 같이 (C)에서 그 의미를 찾을 수도 있다.

(A)	(B)	(C)		(A)	(B)	(C)
(13) 內米忽	暴池	海州	(15) 沙尸良	新良	黎陽
(14) 黃等也山	黃山	連山	(16) 知六	地育	北谷

여기 (13)(14)(15)(16)에서 (B)는 의미 파악에 아무런 도움도 줄 수 없다. '內米:海. 黃:連, 沙尸:黎, 知:北'와 같이 (C)만이 의미 파악의 단서가 될 수 있기 때문이다. 그러면 '熊津, 白江'과 같이 별칭의 짝을 남기지 않은 한역 지명에 대한 고유 지명은 어떻게 찾을 것인가. 일본서기 (A.D.720)에 '久麻那利·久麻怒利'와 용비어천가 (A.D.1445)의 '고마ㄴ·ᄅ'(제15장), 그리고 현지에서 아직도 쓰고 있는 '고마나루'를 근거로 熊津을 '*고마ㄴ·ᄅ'로 재구할 수 있다. 또한 白江도 별칭인 泗沘江을 바탕으로 고유어형을 재구할 수 있다. 泗沘는 所夫里의 변형인데 동일한 江을 '所夫里江~泗沘江~白江'이라 부른다. 그런데 '白'의 훈이 '숣-'이니 그 訓音이 '泗沘'에 근접한다. 音車 표기의 '泗沘(江)'를 어느 시

기에 訓音차 표기한 것이 '白(江)'이라 하겠다.

음차 표기에서 동일 지명소라 할지라도 그 위치에 따라서 의미의 분화가 일어났음이 확인된다.

南買 : 南川, 省知買 : 述川, 於斯買 : 橫川, 伏斯買 : 深川, 也尸買 : 狌川

와 같이 '買'가 어말에 위치하면 '川'의 뜻이었다. 그러나

買忽 : 水城, 買伊 : 水入, 買旦忽 : 水谷城

와 같이 어두에 위치하면 '水'의 뜻이었다. 그리고

於乙買串 : 泉井口, 於乙買 : 泉井

와 같이 어중(혹은 '於乙' 뒤) 위치에서는 '井'의 의미를 나타내었다. 마찬가지로 '達'도

達乙省 : 高烽, 達乙斬 : 高木根, 達忽 : 高城

와 같이 어두에서는 '高'의 뜻이었다. 그러나

松村浩達 : 釜山, 功木達 : 熊閃山, 所勿達 : 僧山, 非達忽 : 大豆山城, 加尸達忽 : 犁山城, 烏斯含達 : 兎山, 息達 : 土山, 菁達 : 蘭山, 加支達 : 菁山, 買尸達 : 蒜山, 夫斯達 : 松山

와 같이 어말 위치에서는 '山'의 뜻이었다. 그리고 '壤'의 뜻인 지명소

'內, 奴, 那, 羅, 盧'는 어두 위치에 쓰인 예가 거의 발견되지 않는다. 지명어 구성에 있어서 지명소의 환경에 따른 의미 변동과 제약에 유의하여야 보다 정밀하고 바르게 해독할 수 있을 것이다.

① '波利 > 海利'로 개정하였다. '海利'의 '利'는 '해리'로 읽지 말고 반드시 '*바리'로 읽으라는 받쳐적기 부호이다. ② 珍惡>石山의 '珍惡'은 반드시 '*두락'으로 읽어야 한다는 받쳐적기법에 해당한다. 珍惡에 앞서는 音차 표기 고유지명이 없어서 아쉽다. 그러나 있다손 치더라도 '珍'의 훈이 그 의미를 전달하지 못한다. 그것이 訓音차이기 때문이다. 이런 경우 후대의 개정명인 '石'의 訓이 도와준다. 따라서 ①은 訓차인데 ②의 '珍'은 訓音차로, '石'은 訓차로 해독하여야 하는 차이가 있기 때문에 세심한 주의가 필요하다. ③大尸山>大山도 '大尸'를 '대시'로 읽으면 말이 안되니 반드시 '*글'로 발음하라는 표시로 '大'를 '尸'로 받쳐 적었다. ④ 勿居>淸渠의 '淸渠'도 '청거'로 읽지 말고 반드시 '*믈거'로 발음하라는 바쳐적기법이다. ⑤ 水入伊>水川의 '水入伊'도 반드시 '믈들이'로 발음하라는 바쳐적기법이다. ⑥ 難珍阿~難等良~難月良>高山의 '珍阿, 等良, 月良'도 음독하지 말고 '*달아~*드라'로 훈+음독하라는 받쳐적기법이다. 여기 ③④⑤의 '大尸, 淸渠, 入伊'는 모두 訓차 표기로 첫째자만으로도 훈독하면 본뜻이 드러나는데 '尸, 渠, 伊'를 받쳐 적어서 그 어휘의 말음절을 나타내줌으로써 誤讀을 막고자 하는 묘한 표기법이다. 그러나 ⑥은 '珍阿~等良~月良'이 '高'의 뜻을 나타낸 표기이니 모두 첫째자가 지니고 있는 뜻과는 아무런 관계가 없이 오로지 그 訓音만 차용한 표기이다. '삼국유사 권 3 (皇龍寺 丈六條)에 나오는 '絲浦 : 谷浦'는 '실사=絲, 실곡=谷, 개포=浦'이니 '실개'로 해독하여야 현지의 지명이 실현된다. '사포' 혹은 '곡포'로 불러서는 안된다. 여기서 우리는 '絲'는 訓音차이고, '谷'은 訓차임을 보이는 좋은 예를 확인할 수 있다.

따라서 지명의 차자 표기에서 訓차 표기와 訓音차 표기의 판별은 차자 표기 지명의 의미를 인지케 하는 길잡이가 되기 때문에 매우 중요하다. 「삼국사기」 권 35와 37에서

(1) 井泉郡 本高句麗<u>泉井</u>郡 景德王改名 今州<지리 2>

(2) <u>於乙買</u> 一云<u>泉井</u><지리 4>

(3) 交河郡 本高句麗<u>泉井口</u>縣 景德王改名 今因之<지리 2>

(4) <u>於乙買串</u> 一云<u>泉井口</u><지리 4>

와 같은 밑줄(필자)의 지명들을 논의의 자료로 제시한다. 여기 (1)(2)는 '於乙買 : 泉井'의 대응 표기를 보이며, (3)(4)는 '於乙買串 : 泉井口'의 대응 표기를 보인다. 그런데 (1)(2)와 (3)(4)의 차이는 (3)(4)에 '串 : 口'가 더 접미된 점에 있다. 그리고 분포 지역으로는 (1)(2)는 옛 牛首州(혹은 朔州)에 예속하였던 동일 지명에 대한 별칭들이며, (3)(4)는 옛 漢山州(혹은 漢州)에 예속하였던 동일 지명에 대한 이칭들이다. 이들 (1)(2)(3)(4)의 지명 자료들은 그 고유어형과 의미를 탐색하는데 상보적인 성격을 띠고 있다. 가령 (3)(4)에서 접미 지명소를 소거하면 (1)(2)와 정확히 같기 때문에 이것들의 비교 고찰은 지명을 바르게 해독하는데 적지 않은 도움을 주게 될 것이다.

옛 지명 '於乙買串'(泉井口)은 漢江과 臨津江의 河口 즉 두 江이 交流(合流)하는 지역에 위치하고 있다. 이러한 地勢로 말미암아 신라 경덕왕 16년 (A.D. 757)에 '交河'로 개정된 이후 지금까지 여전히 사용되고 있다. 우선 우리는 두 강이 하구에서 서로 交合하는 지형 즉 마치 서해를 향해 낮으막한 산을 눕혀 놓은 것처럼 생긴 곶(串)을 이루고 있는 지형임을 유의하면서 '於乙買串'의 구조를 '於乙+買+串=泉+井+口'로 분석할 수 있다. 「新字典」(최남선 1915)이 '串'을 '곶'(岬也)의 속

자로 본바와 같이 이것이 대응하는 한자가 '口'이니 '串'은 '관'이 아니라 '고지'일 수 밖에 없다. 그렇다면 '串'의 속자화는 꽤 이른 시기에 진행되었던 사실을 확인하게 되는 셈이다. 이 '口'는 '(甲比)古次 : (穴)口, (要隱)忽次 : (楊)口, (古斯也)忽次 : (獐)口' 등과 같이 '古次, 忽次, 串'의 한역이다. 앞에서 일차 언급한 바와 같이 交河군의 지형은 서해 쪽으로 타원형의 일부처럼 불룩히 나와 있다. 따라서 이 지명에 '串'이 접미하고 있음은 지형명명법에 따른 당연한 귀결이라 하겠다.

다음은 지명소 '買 : 井'의 대응 문제이다. '買'가 참여한 자리에 따라서 의미가 '水·川·井'으로 달라짐을 앞에서 이미 설명하였다. 비록 위치에 의해 의미가 분화될지라도 이것들의 포괄 의미는 '水'이다. 交河군의 위치가 한강과 임진강이 交合하는 江口이니 물을 의미하는 지명소가 그곳 지명어 형성에 참여한 것은 지극히 당연한 순리라 하겠다. 江을 이루는 주체는 물이기 때문이다. 그런데 여기서 '買'를 '水'로 한역하지 않고 '井'을 택한 까닭이 무엇인지는 확언할 수 없지만 '買'가 '水·川·井'의 포괄 의미(水)도 있으니까 별다른 뜻이 없이 '井'으로 한역한 것이 아닌가 한다. 그렇다면 '우물'이 이곳에 있었기 때문에 '井' 자를 썼다고 추정할 수는 없을 것 같다. 더군다나 '泉'에 대응하는 '於乙'이 어두에 버티고 있기 때문에 쉽사리 그렇게 속단할 수 없다. 따라서 우리는 '於乙買串'의 '買'는 交河군의 河口에서 交合하는 두 강의 '강물'을 의미한 것이라고 추정함이 옳을 듯하다.

다음은 '泉'의 의미인 '於乙'을 해독하는 문제가 남아 있다. 겉으로 보기에는 '於乙'이 '泉'의 의미를 나타내는 지명소로 참여한 것처럼 속단하도록 우리를 유인한다. 만일 액면대로 '泉'의 뜻이었다면 그 곳에 유명한 '샘(泉)'이 있어야 한다. 물론 '水酒>醴泉'(지리1)과 같이 특별한 샘이 있기 때문에 지명이 지어진 경우도 있다. 그러나 여기 '於乙 : 泉'은 그 이면에 달리 상고하여야 할 문제가 숨어 있다. 그것은 '交'와의 상관성이다. 앞에서 논의한 '井'이 우물 아닌 '강' 혹은 '강물'을 의미하는 漢譯이었듯이 필연코 동음이의어인 '交'의 뜻을 나타내는 漢譯이었을 것이다. 왜냐하면 '於乙'의 漢譯인 '泉'을 경덕왕이 '交'로 다시 개정하였기 때문이다. 이 3者관계는 '於乙=泉=交'의 등식을 이루며 '於乙>泉>交'의 표기 변화의 질서를 유지하여 왔다. 이는 마치 후속 지명소가 '買=井=河'의 등식으로 '買>井>河'의 표기 변화를 하였기 때문에 '井'을 '물(河)'의 의미로 해석하여도 무방한 것처럼 '泉' 역시 '交'의 의미로 풀어도 무리가 아닐 것이기 때문이다. 경덕왕이 '於乙'을 '交'로 漢譯한 원칙은 '買'를 '河'로 漢譯한 것과 같아서 그 뜻이 '於乙=交'이었음을 시사한다.

한편 앞에서 제시한 자료 (1)(2)의 별칭으로 '宜州~宜川~宜城'이 있고, (3)(4)의 별칭으로 '宜城'이 있다. 지명소 '於乙'에 대응하는 '宜'가 「삼국사기」 권 34에

(5) 宜桑縣 本辛爾縣(一云 朱烏村 一云泉州縣) <지리 1>

와 같이 '泉'과 대응하고 있어서 '於乙=泉=宜'의 등식이 성립한다. 이제 '交'와 '宜'의 옛 訓을 찾아서 비교 고찰하여야 할 문제가 우리를 기다리고 있다.

'宜'의 옛 訓은 '맛당, 맛짱'(「광주천자문」 13, 「유합」 하57 등), '열을'(「대동급본 천자문」 13)와 같이 두 가지로 다르게 전해졌다. 여기서 우리가 '열을'을 보다 이른 시기의 訓으로 볼 때 '宜 : 泉'의 대응에서 '宜'를 '*ər'(於乙)로 풀 수 있는 단서를 찾은 셈이다. 이 옛 訓 '열을'(宜)은 현대 국어 '옳-'에 이어진다. 그 변천과정을 다음처럼 추정할 수 있기 때문이다.

*ər(宣)

*ər(宣)>*ər+hʌta>orhʌta>ortʰa

‘交’의 옛 訓은 ‘얼일가 嫁, 얼울교 嬌, 어를취 娶’(ᄂ훈몽자회 상 17)과 같이 ‘얼-’이었다. 아주 이른 시기의 향가 중에서 ‘어라두고’(嫁良置古) (서동요)의 ‘어라’가 확인되니 ‘交’의 옛 訓이 ‘얼-’이었음은 의심의 여지가 없다.

요컨대 ‘於乙買串’은 *ərmʌykuci~*ərmʌyhurci로 추독할 수 있으며 이것을 현대 국어로 옮긴다면 ‘얼(交)물(河)고지(口)’가 될 것이다. 따라서 ‘於乙’의 본뜻은 ‘交’이었으며 이 뜻을 표기하기 위하여 차용된 ‘泉·宜는’ 오로지 훈음차 표기일 뿐인 것이다.

그러면 (2)於乙買 一云泉井의 ‘於乙’도 ‘交’의 뜻인가의 문제가 제기된다. 경덕왕은 ‘泉井’을 ‘井泉’으로 순서만 바꾸어 개정하였다. 그리하여 우리는 그것들이 訓借인지 訓音借인지 알 수가 없다. 그런데 다행스럽게도 고려 초기에 ‘井泉’이 ‘湧州’로 개명되었다. 그리고 후대로 내려 오면서 ‘宜州>宜川>德源’으로 개정되었다. 이 지명의 개정 순서를 정리하면 ‘①於乙買>②泉井>③井泉>④湧州>⑤宜州>⑥宜川>⑦德源’과 같다. 여기서 ④ : ⑤⑥ 의 대응은 ‘湧 : 宜’이다. ‘宜’의 훈이 *ər (>yər>or)임을 앞에서 확인하였다. 그렇다면 ‘於乙:泉:宜:湧’의 대응이 성립하게 된다. ᄂ삼국사기ᄂ에 ‘泉水湧’(實聖尼師今 15년조), ‘牛谷水湧’(訥祇麻立干 3년조), ‘京都地裂 泉湧’(儒理尼師今 1년조)와 같이 ‘水湧’ 혹은 ‘泉湧’으로 쓰이고 있음을 유의하면서 ᄂ康熙字典ᄂ의 ‘涌或作湧’을 근거로 ᄂ훈몽자회ᄂ 하 5에서 ‘소술용涌 泉上溢’을 찾아서 ‘湧’의 訓을 간접적으로 확인할 수 있다. 또한 德源의 ‘源’도 ‘於乙=泉=湧’을 승계하였기 때문에 ‘源’자가 차자된 것이라 하겠다. 따라서 德源의 옛 지명인 ‘於乙買’의 ‘於乙’은 특별히 힘차게 솟는 ‘샘’(泉)이 있었기 때문에 지어진 지명이라 할 수 있다. 이 경우의 '泉井'은 '於乙買'에 대한 訓차 표기라 할 수 있다. 실지로 '좋은 샘'이 있어서 '샘골'(泉洞)이라 부르는 지명이 허다하고, 옛 지명중에 '酒淵>酒泉, 水酒>醴泉' 등이 '술샘'이 있었기 때문에 지어진 지명이란 전설이 전하여지고 있는 사실을 참고하면 이해하는데 더욱 도움이 될 것이다.

지명의 차자 표기의 해독에서 식별하기 어려운 訓音차 표기와 지형의 문제를 더 논의하여 위의 주장을 이해하는데 도움을 주고자 한다.

가령 黃等也山>黃山>連山에서 '黃 : 連'은 '누르 : 느르'로 해독이 가능한 대응 관계이다. 여기 '黃'은 '황색'이란 뜻으로 차용된 것이 아니라 오로지 '連'의 뜻에 해당하는 訓音차 즉 뜻은 버리고 訓音인 '느르'만을 借音한 것이다. 고려 태조(A.D.940)가 '黃'을 바탕으로 다시 개정한 '連'에서 그 지명뜻을 찾을 수 있다. 連山縣(<黃山郡) 治所로부터 가까운 동쪽에 나지막한 산봉우리가 開泰寺로부터 시작하여 36개나 늘어서 있다. 마치 동편에 올망졸망한 산봉우리가 병풍처럼 늘어서(連立) 있는 지형으로 말미암아 지어진 지명이다. 이들 36개 산봉우리의 중간쯤에 보다 약간 높게 솟은 산의 고개를 지금도 '누르기재'(黃嶺)라 부르며 인근의 論山을 '놀미'라 부르는데 이것 역시 그 뿌리가 連山이며 '느르뫼>늘뫼>놀미'의 변화과정을 거쳤을 것으로 추정한다.

고유지명 '버드내'의 차자 표기 지명인 '柳等川'(大田市)이 등재된 최초의 문헌은 동국여지승람 (A.D.1481)이다. 이것은 다시 '柳等川>柳川'으로 표기 변화되었다. 현지의 노인들은 냇둑에 버드나무가 많기 때문에 지어진 지명이라고 풀이한다. 그러나 지금 냇둑의 극히 일부분에 서 있는 버드나무는 일제 강점기 본래의 河川을 변형하여 내를 넓히고 양안에 둑을 높이 쌓고 심은 것들이다. 그렇기 때문에 '버드내'와 '버들'(柳)과는 아무런 관계도 없는 것이다. 실로 지명 풀이의 앞길에는 이런 함정이 비일비재하다. 그야말로 속임으로 유인하는 깊은 함정이기 때문에 세심한 주의가 필요하다.

　보편적으로 '柳·楊'으로 차자 표기된 지명은 거의가 '벌판'이나 '들판'의 지형명명일 가능성이 많다. 본래의 '벌들'이 'ㄹ'탈락으로 '버들'이 된 후에 이것을 '柳·楊'자로 표기한 것이다. 현지를 보면 '버드내'(柳川)의 양편은 '벌말'(坪村)과 '들말'(坪村)이 넓게 펼쳐져 있다. 이 내의 오른편 지역의 전래 지명은 '벌말'(윗벌말·가운데벌말·아랫벌말)이었는데 일제 강점기에 현재의 太平洞으로 개정되었다. 이 '벌'과 '들'의 사이를 흐르는 내가 곧 '버드내'이다. 이 '버드내'가 '柳等川'으로 차자 표기되었고 다시 '柳川'으로 한역되었다. 그러니까 '벌+들+내'로 분석되는 고유지명이 설단자음 앞에서의 'ㄹ'탈락으로 '벌들내>버드내'로 변형된 것이라 하겠다. 이처럼 지세에 따라서 작명된 지명이기 때문에 그 원뜻은 '벌과 들 사잇내'인고로 '柳川'만으로도 '버들내'가 표기되는데 어째서 굳이 '等'을 차자한 것인가. 역시 '둘>들'의 訓音차로 '유등'으로 읽지 말고 반드시 '버둘>버들'로 훈독하라는 받쳐적기법의 한 유형에 해당한다.

　지명 표기에 있어서 時差를 두고 표기변화가 야기되었을 경우에 음차 표기에 대한 承繼表記가 同音異字 표기라면 문제가 거의 발생하지 않는다. 음독하면 모두가 비슷한 발음이 실현되기 때문이다. 그러나 訓차 표기 혹은 訓音차 표기를 音차 표기로 誤認하여 동음이자로 표기를 하면 아주 엉뚱한 奇形을 빚어내게 된다. 가령 '珍阿=等阿=月阿～月良'은 '둘아'(=山, 高)인데 訓音차자인 '月良'의 '月'을 후대의 어느 시기에 音차자로 착각하고 '越良'으로 표기한 사례가 있다. 물론 이런 誤記 현상은 마땅히 '둘아'로 발음하여야 한다는 시기를 벗어나 '월랑'으로도 호칭하게 된 시기에 이르러서 일어났겠지만 '越良'은 이미 '둘아'란 의미와는 전혀 관계가 없는 기형인 것이다. 다른 예로 '立岩'(선돌)을 들 수 있다. '선돌'을 訓차 표기한 것이 '立岩'이다. 이것은 '禪岩～船

岩~仙岩'와 같이 '음차+훈차'표되기도 하였지만 모두가 '선돌'로 해독
이 가능하다. 그런데 '船岩'의 '船'을 訓차자로 착각하여 '舟岩'으로 표
기하였다. 이것을 표기자의 의도대로 해독하면 '배돌'이 되어 '선돌'과
는 관계가 없는 기형이 산출되고 마는 것이다. 우리가 지명을 바르게
해석하려면 이런 기형적인 표기의 속내(裏面)를 통찰하여 본래의 것
에 대한 眞僞부터 판별할 줄 알아야 한다.

4.

　이 글은 인명·지명의 차자 표기 해독에 적용하여 봄직한 해독 방법
을 몇 가지 고안하여 구체적으로 試論하여 보았다. 이제까지 살펴본
바로는 인명·지명의 차자 표기는 거의 동일한 현상으로 표기법이라
고 정의할 수 없을 만큼 다양한 편이다. 그것은 다양한 차자 표기의
현상이기 때문에 표기 상황에 따라 여러 각도에서 입체적으로 접근할
도리밖에 없다. 그리하여 필자는 비교적 보편성이 있어 보이는 몇 가
지 방법을 고안하여 이를 필요한 상황에 따라서 적용하여 보았다. 그
러나 엄격히 말해서 아직은 시도에 불과하기 때문에 앞으로 더욱 보완
하여야 할 부분이 남아 있을 것이다.

　인명의 차자 표기에 일차로 적용한 방법은 音차 표기와 訓차 표기를
구별하는 방법이다. 그리고 音차 표기에 대응하는 漢譯 표기의 有無를
가리는 작업이다. 이와 같은 쌍이 성립하면 音차 표기의 고유어형과
그것의 뜻을 쉽게 가릴 수 있다. 漢譯 대신 받쳐적기법으로 訓차 표기
한 별칭이 공존하면 역시 고유어형과 그것의 의미를 쉽게 인지할 수
있게 된다. 또한 차자 표기의 音形이 相似하거나 부분적인 語素의 동
질성이 확인될 경우에는 비교 고찰방법을 통하여 상보적인 협동으로

해독할 수 있다. 가령 차자 표기의 기본적인 구조를 X+Y라 할 때 (a) X+Y, (b) (Z)+X, (c) Y+X, (d) Y+(Z)로 구성된 인명들은 기본 구조의 X와 Y가 참여하고 있기 때문에 비교 분석하면 해독의 정답을 얻을 수 있다. 또한 인명을 비롯한 기타 고유명사의 차자 표기 속에 들어 있는 어소를 공시·통시적인 어휘 분포 가운데서 동질적 어소와 비교 분석하는 방법을 통하여 목표에 도달할 수도 있다. 또한 여타의 방법 이 상황에 따라서 필요할 때마다 보완적으로 적용될 수 있을 것이다.

지명의 차자 표기를 해독하려면 먼저 그것이 音借 표기인가 訓借 표기인가를 구별할 수 있어야 한다. 訓借 표기는 訓借 표기(漢譯 표기) 와 訓音借 표기의 구별이 가능하여야 한다. 그리고 필요에 따라서 최 대한으로 수집한 모든 별칭과 표기 변화에 의한 前後의 지명을 비교 분석하여야 한다. 때로는 지명이 소재하고 있는 현지를 일일이 답사하 여 地勢와 地形을 살펴보아야 한다. 그리고 東西南北, 高低長短, 前後 左右, 內外中邊, 地名傳說 등과의 상관성을 주로 분석 기술하여야 한 다. 가령 '샘골(泉洞), 느드리(板橋), 돌다리골(石橋洞), 한절골(大寺 洞), 한밭(大田), 뒷샘골(北泉洞), 앞말(前里), 안골(內洞), 갓골(邊洞), 숯골(炭洞), 피앗골<피밭골(櫻洞)' 등은 각각의 지명 의미에 해당하는 사항이 있거나 과거에 있었던 사실이 확인되어야 한다. 그렇지 않으면 그것은 訓借(漢譯) 표기가 아니라 訓音借 표기로 볼 수밖에 없다. 물론 여기에 국어사의 지식 즉 어휘사적 지식과 음운사적 지식부터 먼저 넉넉하게 갖추어야 함은 두말할 나위 없는 기본 요건이라 하겠다.

Ⅶ. 嶺東지역의 옛 지명에 대하여[1]

1.

　언어와 역사는 동전의 안팎처럼 관계가 밀접하다. 언어의 기록으로 역사적 사실이 남게 되고 언어 또한 그 역사에다 족적을 남기기 때문이다.　우리는 잊어버린 언어를 역사에서 찾게 되고, 반대로 언어가 역사적 문제를 푸는 데 열쇠가 되어주기도 한다.

　지명은 어휘 중에서 그 활용도가 가장 높다. 그것은 사람들이 활동하는 무대의 이름이기 때문이다. 또한 지명은 고유명사 중에서 수가 가장 많다. 그리고 어휘 가운데 보수성이 가장 강한 존재이기도 하다. 지명은 한번 생기면 내내 원래대로 사용됨이 일반적이지만 더러는 소지명(小地名)으로 줄어들어 지칭 지역 안의 어딘가에 화석처럼 살아남는다. 가령 신라 첨해왕 때(247-261)에 흡수된 '사벌국'(沙伐國)은 사벌주>상주>상주(沙伐州>上州>尙州)로 개명되었지만 본래의 이름은 현재 '사벌면, 사벌리'(沙伐面, 沙伐里)로 잔존해 있다. 백제의 마지

---

1) 이 글은 제8회 한국지명학회학술대회(경북대 2002. 12. 7)에서 발표한 요지를 증보하였다.

막 수도이었던 '소부리'(所夫里)도 신라 경덕왕 16년(757)에 현재의 '부여'로 개정되었지만 본래의 이름은 여전히 옛 부여박물관(지금은 다른 곳으로 이전하였음)의 앞마을 이름 '소부리'로 쓰이고 있다. 그것이 '泗沘'로 변화된 별칭이 전해진다. 이처럼 거의 모두가 좀 체로 사어(死語)가 되지 않는다. 그래서 고지명은 역사적 문제를 푸는데 있어서의 증거력이 아주 강하다. 이런 특성을 지닌 지명 자료를 토대로 언어와 역사의 관계를 논의하는데 목적을 두고 필자는 졸고(1982, 1985b, 1985c, 1985d 등)에서 "백제 전기어에 관한 문제"와 "백제 전기어와 가라어의 관계"를 고찰하였다. 이 글도 같은 목적에서 출발한다.

　이 글은 다음의 문제들을 제기하고 각 항을 구명하기 위해 논의하게 된다.

첫째, 嶺東의 상부 지역에 분포한 옛 지명을 토대로 濊貊語를 추정하고 백제 전기어와의 관계를 밝힌다.

둘째, 嶺東지역의 옛 지명 분포의 특징에 따라서 濊貊語와 新羅語의 상관성을 구명한다.

셋째, 嶺東지역의 옛 지명 자료를 토대로 역사적인 문제 즉 장수왕의 남침과 신라의 피해는 어느 정도였던가를 밝힌다.

2.

2.1. 百濟語(전기)와 沃沮語·濊貊語

2.1.1. 옥저어와 예맥어

沃沮國은 한반도의 동북부 즉 현 咸鏡道를 비롯한 그 이북 지역에

있었고, 그 이남 지역인 현 江陵·鐵原을 중심으로 한 지역에 濊貊國
이 위치하였던 것으로 추정함이 일반적 통설이다. 이러한 추정은 중국
의 옛 史書의 기록에 근거한 것이며 우리의 역사서도 동일 史料의 내
용을 바탕으로 동일하게 기술하였을 뿐이다. 중국의 史書를 통하여 위
두 나라의 언어도 어렴풋이 알 수 있는데 거기에서 밝힌 내용은 옥저
와 예맥이 부여계어를 사용하였던 것으로 되어 있다. 따라서 우리는
중국 史書의 소박한 기록만을 토대로 沃沮語·濊貊語는 高句麗語와
비슷하였던 것으로 추정하게 된다. 그러나 중국 史書를 비롯한 국내외
문헌에 위 두 나라에 대한 王曆 등의 구체적인 記事가 없기 때문에
왕명, 인명, 관직명조차도 알 길이 없다. 그리하여 우리는 濊貊國이 위
치하였던 지역의 옛 지명을 자료로 한 아주 소박한 고찰에서 머무를
수밖에 없다.

2.1.2. 沃沮·濊貊의 지명과 그 특징

필자는 졸저(1987c:13-14)에서 <도표 1>의 B 地域의 북부 지역을
濊貊의 영토로 보고 거기에 산재하였던 地名을 『삼국사기』지리 2, 4에
서 찾아서 배치하였다(다음 <도표 2> 참고). 이 濊貊의 지명들과 백제
전기 지명을 다음에서 비교 고찰키로 한다.

<도표 1>의 B 지역을 上·中·下로 구분할 때 上部 지역과 中·下
부 지역에 분포한 지명들의 특성이 대조적일 만큼 다르다. <도표 2>
의 B 지역에서 우리는 上部 지역이 稠密한 분포(1~31)를, 中·下부
지역이 그렇지 않음(32~52)을 확인한다. 넓이는 3분의 1도 안 되는
上部 지역인데 지명은 오히려 1.5배(31:23) 정도 조밀하다. 보다 넓은
中·下부 지역의 지명이 조밀하지 않은 것은 이 지역이 인구 밀도가
낮은 신라의 변방이었기 때문으로 풀이할 수 있다. 그 북부의 반대 현
상은 아마도 濊貊의 근거(혹은 중심)지였기 때문이었을 것이다. 이러

한 추정을 어휘의 분포 특징이 뒷받침하여 준다.

〈도표 1〉 삼국의 전기 및 말기의 판도

<보기>
A((ⓐ+ⓑ) 지역 : 백제의 전·중기 지역
　　(기원전 18~475, 493년간)
A·B 지역 : 고구려의 점령 지역
　　(476~553, 77년간)
B·ⓑ 지역 : 신라의 점령 지역
　　(553~668, 115년간)
C 지역 : 마한 지역
　　(백제 점령 이전, 346년 이전)
　　백제의 점령 지역
　　(중·후기 지역)
　　(346~660, 314년간)
D-ⓒ 지역 : 신라 전기·중기·후기 지역
　　(기원전 57~935)
D-ⓓ 지역 : 가라 지역
　　(42~532 또는 562)
　　신라의 점령 지역
　　(532 또는 562 이후)
E 지역 : 고구려의 본영토
　　(압록강의 남·북 지역)(기원전
　　37~668)

(1) ▲ 買(⇒水·井)　　　　　(※ ⇒는 漢譯 표시)

　於乙買(⇒泉井), 買尸達(⇒蒜山), 買伊(⇒水入)(16~18)가 B의 상부 지역
북단에 분포하고 있다. 이것은 백제 전기어 지역에 흔하게 분포되어 있는
점(1~15)과 같은 특성이어서 우리의 주목을 끈다.(<도표 3>의 ▲표 1~
24 참고)

(2) ⊕ 達(⇒高·山)

　昔達(⇒蘭山), 買尸達(⇒蒜山), 夫斯達(⇒松山), 加支達(⇒菁山), 達忽(⇒
高城), 所勿達(⇒僧山) 등의 6개 예(7~12)가 B의 上部 지역에 분포되어
있다. 이는 A 지역의 6개 예(1~6)와 同數이어서 지역의 廣狹 대비로 따지

면 오히려 조밀한 편이다.(<도표3>의 ⊕표 1~12 참고)

(3) ★ 吐(⇒堤, 隄)

吐上(⇒隄上), 束吐(⇒揀隄) 등의 2개 예(4, 5)가 B의 上部 지역과 中部 지역에 각각 위치하고 있다. A 지역에는 3개 예(1~3)가 나타난다.(<도표 3>의 ★표 1~5 참고)

(4) ◉ 押(⇒岳, 嶽)

馬斤押(⇒長楊), 烏斯押(⇒豢㪱) 등의 2개 예(6, 7)가 B의 上部 지역의 하단에 자리잡고 있다. A지역에는 5개 예(1~5)가 나타난다.(<도표 3>의 ◉표 1~7 참고)

(5) □ 波衣(兮)(⇒峴,嶺)

烏生波衣(⇒猻嶺), 斤尸波兮(⇒文峴), 平珍波衣(⇒平珍峴) 등의 3개 예(9~11)가 B의 上部 지역에 위치하고 있다. A 지역에는 무려 8개 예(1~8)나 산재하여 있다.(<도표 3>의 □ 표1~11참고)

(6) 呑·旦(⇒谷)

首乙呑(⇒瑞谷), 於支呑(⇒翼谷), 習比呑(⇒歙谷), 乙阿旦(⇒子春) 등의 4개 예 중 3개 예(<도표2>의 ④⑫㉔)가 B의 上部 지역에 나타나고, 1개 예는 中部 지역의 하단과 A지역의 경계선(<도표2>의 112)에 나타난다. A지역에는 3개 예(6,14,15)가 나타난다.(<도표 2> 참고)

(7) 기타 동질성 지명소의 분포

① 4夫斯波衣(⇒松峴), 50扶蘇押(⇒松岳), 負兒岳(⇒松岳)의 '夫斯, 扶蘇, 負兒(부사)'가 ⑤夫斯達(⇒松山)의 '夫斯'(松)으로 나타난다.('負兒岳'의 문

제는 도수희 1994d:121-129 참고)

② 102沙伏忽(⇒赤城)의 ‘沙伏’(赤)이 ⑳沙非斤乙(⇒赤木)의 ‘沙非’(赤)로 나타난다.

③ 58達斤(?)乙斬(⇒高木根)의 ‘斤乙’(木)이 ⑳沙非斤乙(⇒赤木)의 ‘斤乙’(木)로 나타난다.

④ 61甲比古次(⇒穴口), 甲忽(⇒穴城)(鴨淥以北攻取三城 중에서)의 ‘甲比~甲’(穴)이 29烏斯押(⇒猪守穴)의 ‘押’(穴)로 나타난다.

⑤ 53於乙買串(⇒泉井口)의 ‘於乙’(泉)이 ②於乙買(⇒泉井)의 ‘於乙’(泉)로 동일하게 나타난다.

위의 (1)~(7①-⑤)와 같이 濊貊의 지명소들은 百濟 前期 지역(A@ +ⓑ 지역)에 분포한 지명소들과 동질적인 현상을 보인다. 이것들이 동일 지역(B 지역)의 中·下部 지역에는 존재치 않았던 점이 주목된다. 아마도 서로 언어차가 있었기 때문이라고 볼 수 있다. 그런 반면에 A 지역과 동질성을 보인다는 사실은 백제의 전기어와 예맥어가 동일계의 언어권에 공존하였음을 증언하는 바라 하겠다.

『구약성서』(창세기)에 나오는 바벨탑(the Tower of Babel)의 고장이었던 ‘바빌론’(여기서 ‘이스타르 여신’의 문 장식(2400 B.C.)이 발굴됨)을 비롯하여 아브라함의 고향인 ‘우르’(여기서 ‘은사자머리’ (2650-2550 B.C.)가 발굴됨)와 ‘우르크’(우르크의 3.6m높이 석조전(3600 B.C.)이 잔존함), 아수르왕국의 ‘아수르’ 등이 현재도 이라크의 지명으로 쓰이고 있다. 그럴 뿐만 아니라 기원전 1100년경에 소년 다윗이 골리앗을 무찌른 역사적 사건의 지명이 곧 『구약성서』에 나오는 ‘엘라’ 골짜기이다. 그 때로부터 3100년이 지난 오늘날까지도 그대로 쓰인다. 동일 시기의 지명 ‘예루살렘, 베들레헴’도 지금까지 거의 변함없이 쓰이고 있다. 이 두 지명의 사이에 위치한 지명인 ‘르바임’골짜기도 그대로 쓰인다. 어찌 그뿐인가! '갈보리(>갈바리아), 갈릴리, 요르단, 데살로니가, 빌립보, 에베소, 갈라디아, 안디옥, 다메섹, 가나안, 고린도, 구레네, 이스라엘, 시나이, 시리아, 여리고' 등의 옛 지명들이 거의 변함없이 쓰여 왔다. 또한 Hawaii 열도에는

Hawaii, Molokai, Molokin, Wainapanapa, Wailau, Waikiki, Ohau, Honolulu

등과 같이 선주족의 지명이 많이 잔존하고 있으며 시베리아에도

Aobj, Atobj, Brobj, Kobj, Sobj, Tymkobj

등의 강 이름이 원시지명 그대로 쓰이고 있다. 이탈리아에도 Roma제국 이전에 상륙하여 건설한 희랍의 식민 지명이 로마의 지명으로 바뀌지 않고

Cuma, Neapolis(the new city)>Napoli, Pozzuoli, Pompei, Sisiry

등과 같이 본래대로 남아 있다. 일찍이 Mario Pei(1965)가 주장한 것처럼 미국의 주명(State Names) 중 1/2이나 되는 Indian 지명이 잔존해 그대로 쓰이고 있다는 사실을 주목할 필요가 있다. 중국 상(商 1766 B.C.-)나라의 殷墟에서 발굴된 甲骨文字로 기록된 고대 지명들이 현재까지 여전히 사용되고 있음도 확인할 수 있다.

우리의 국토 내에서도 같은 사실이 발견된다. 함경도와 평안도 지역에 아직도 잔존하여 쓰이는

童巾(퉁권=鐘)山, 豆漫(투먼=萬)江, 雙介(쌍개=孔·穴)院, 斡合(워허=石), 羅端(라단=七)山, 回叱家(횟갸), 斡東(오동), 禿魯(투루)江

등의 여진어 지명이 바로 그것들이다.

위에서 열거한 바와 같은 지명의 특성으로 인하여 결과되는 상식을 뒤집을 만한 결정적인 이의가 제기될 수 없다면 이 원리가 고대 한반도에 있어서 중부지역(백제와 예맥 지역)의 지명에도 적용되어 마땅하다. 따라서 이 중부지역 중 적어도 위 <도표 1>의 A지역의 지명은 토착면에서 고구려어 아닌 백제어 및 예맥어(B지역의 상부)와 깊은 관련이 있었던 것으로 추정할 수 있다. 그러나 영동 지역의 중·하부 지역(B지역의 중부 이하)의 분포 특징은 오히려 신라어와 동질성을 나타낸다. 이 문제는 다음에서 논의키로 한다.

3.

3.1. 예맥어와 신라어의 이질성

우선 논의하는데 필요한 <도표 2, 3>을 졸저(1994d:145-146)에서 옮긴다.

〈도표 2〉 중부지역(A · B)의 지명 분포도

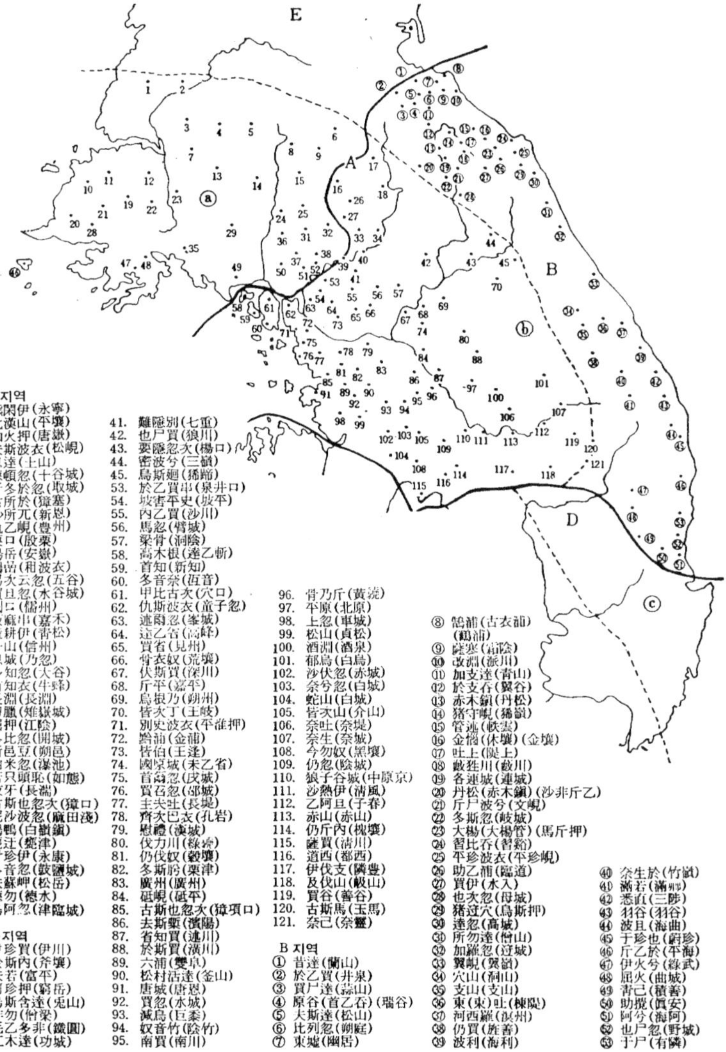

A-ⓐ지역
1. 熊閑伊(永寧)
2. 北漢山(平壤)
3. 加火押(唐嶽)
4. 夫斯波衣(松峴)
5. 息達(土山)
6. 德頓忽(十谷城)
7. 于多於忽(取城)
8. 古所於(獐塞)
9. 沙所兀(新恩)
10. 仇乙峴(豊州)
11. 栗口(殷栗)
12. 楊岳(安嶽)
13. 僧梁(租波衣)
14. 弓次云忽(五谷)
15. 買旦忽(水谷城)
19. 闕口(儒州)
20. 板麻串(嘉禾)
21. 麻耕伊(靑松)
22. 升山(信州)
23. 息城(乃忽)
24. 多知忽(大谷)
25. 首知衣(牛峰)
28. 長淵(長淵)
29. 刀臘(雉嶽城)
30. 屈押(江陰)
31. 多比忽(開城)
32. 所邑豆(朔邑)
35. 內米忽(瀑池)
36. 若只頭恥(如態)
37. 夜牙(長湍)
38. 古斯也忽次(獐口)
39. 泥沙波忽(麻田淺)
46. 鵂鶹(白嶺鎭)
47. 楚迁(楚津)
48. 付珍伊(永康)
49. 多音忽(鼓鹽城)
50. 扶蘇岬(松岳)
51. 德勿(德水)
52. 烏阿忽(津臨城)

A-ⓑ지역
16. 伊珍買(伊川)
17. 於斯內(斧壤)
18. 夫若(富平)
26. 阿珍押(窮岳)
27. 烏斯含達(兎山)
33. 非勿(僧梁)
34. 毛乙多非(鐵圓)
40. 工木達(功城)
41. 難隱別(七重)
42. 也尸買(狼川)
43. 要隱忽次(楊口)
44. 密波兮(三嶺)
45. 烏斯廻(猪蹄)
53. 於乙買串(泉井口)
54. 坡害平史(坡平)
55. 內乙買(沙川)
56. 馬忽(臂城)
57. 梁骨(洞陰)
58. 高木根(達乙斬)
59. 首知(新知)
60. 多音奈(酒音)
61. 甲比古次(穴口)
62. 仇斯波衣(童子忽)
63. 述爾忽(峯城)
64. 達乙省(高峰)
65. 買省(見州)
66. 骨衣奴(荒壤)
67. 伏斯買(深川)
68. 斤平(嘉平)
69. 烏根乃(朔州)
70. 皆次丁(王岐)
71. 別史波衣(平淮押)
72. 黔浦(金浦)
73. 皆伯(王逢)
74. 國原城(未乙省)
75. 首爾忽(戍城)
76. 買召忽(邵城)
77. 主夫吐(長堤)
78. 齊次巴衣(孔岩)
79. 慰禮(漢城)
80. 伐力川(綠驍)
81. 仍伐奴(穀壤)
82. 多斯肹(栗津)
83. 廣州(廣州)
84. 砥峴(砥平)
85. 古斯也忽次(獐項口)
86. 去斯斬(濱陽)
87. 省知買(述川)
88. 於斯買(潢川)
89. 六浦(雙阜)
90. 松村活達(釜山)
91. 唐城(唐恩)
92. 買忽(水城)
93. 滅烏(巨黍)
94. 奴音竹(陰竹)
95. 南買(南川)
96. 骨乃斤(黃驍)
97. 平原(北原)
98. 上忽(車城)
99. 松山(貞松)
100. 酒淵(酒泉)
101. 郁烏(白烏)
102. 沙伏忽(赤城)
103. 奈兮忽(白城)
104. 蛇山(白城)
105. 皆次山(介山)
106. 奈吐(奈堤)
107. 奈生(奈城)
108. 今勿奴(黑壤)
109. 仍忽(陰城)
110. 狼子谷城(中原京)
111. 沙熱伊(淸風)
112. 乙阿旦(子春)
113. 赤山(赤山)
114. 仍斤內(槐壤)
115. 薩買(淸川)
116. 道西(都西)
117. 伊伐支(隣豊)
118. 及伐山(岋山)
119. 買谷(善谷)
120. 古斯馬(玉馬)
121. 奈己(奈靈)

B 지역
① 昔達(蘭山)
② 於乙買(井泉)
③ 買尸達(蒜山)
④ 原谷(首乙呑)(瑞谷)
⑤ 夫斯達(松山)
⑥ 比列忽(朔庭)
⑦ 東墟(幽居)
⑧ 鵠浦(古衣浦)(鶴浦)
⑨ 薩寒(霜陰)
⑩ 改淵(派川)
⑪ 加支達(靑山)
⑫ 於支呑(翼谷)
⑬ 赤木鎭(丹松)
⑭ 猪守峴(豨嶺)
⑮ 管述(軼雲)
⑯ 金惱(休壤)(金壤)
⑰ 吐上(隄上)
⑱ 歙狌川(歙川)
⑲ 各連城(連城)
⑳ 丹松(赤木鎭)(沙非斤乙)
㉑ 斤尸波兮(文峴)
㉒ 多斯忽(岐城)
㉓ 大楊(大楊管)(馬斤押)
㉔ 習比呑(習谿)
㉕ 平珍波衣(平珍峴)
㉖ 助乙浦(臨道)
㉗ 買伊(水入)
㉘ 也次忽(母城)
㉙ 猪迲穴(烏斯押)
㉚ 達忽(高城)
㉛ 所勿達(僧山)
㉜ 加羅忽(迲城)
㉝ 翼峴(翼嶺)
㉞ 穴山(洞山)
㉟ 支山(支山)
㊱ 東(束)吐(棟隄)
㊲ 河西羅(溟州)
㊳ 仍買(旌善)
㊴ 波利(海利)
㊵ 奈生於(竹嶺)
㊶ 滿若(滿鄕)
㊷ 悉直(三陟)
㊸ 羽谷(羽谷)
㊹ 波且(海曲)
㊺ 于珍也(蔚珍)
㊻ 斤乙於(平海)
㊼ 伊火兮(綠武)
㊽ 屈火(曲城)
㊾ 靑己(積善)
㊿ 助攬(眞安)
51 阿兮(海阿)
52 也尸忽(野城)
53 于尸(有隣)

〈도표 3〉고대 한반도의 지명소 분포 특징

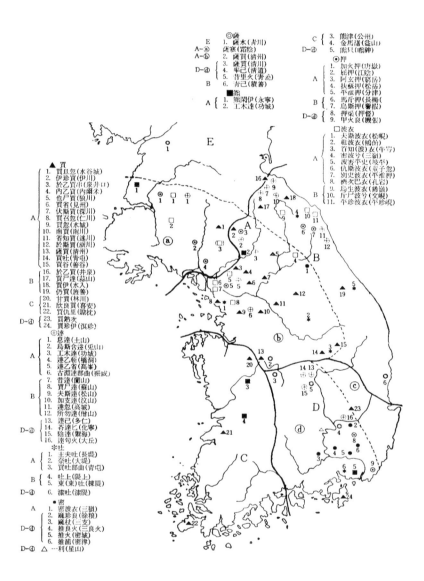

예맥어의 어휘 특성이 신라어와 이질성을 나타낸다. 위 <도표 2, 3>에서 확인할 수 있는 바와 같이 어휘 특징의 분포가 백제어(전기)·예맥어·가라어가 동일하고 신라어만 그렇지 않다. 옛 溟州(B지역)의 중·하부와 그 상부에 분포하였던 지명소를 중심으로 대비하여 이질성을 확인해 보도록 하겠다.

(1) 內·奴 : 羅; 66骨衣內(⇒荒壤), 今勿奴(⇒黑壤)의 '內~奴'(壤)이 B 지역의 중부 이하에서 (32)加羅忽, (37)河西羅, 斯盧>徐羅~新羅~尸羅의 '羅'로 나타난다.

(2) 甲比·甲 : 洞(굴?); 61甲比古次(⇒穴口), (29)烏斯押(岬?)(⇒猪守穴)의 '甲比~岬'(穴)이 (34)洞山(⇒穴山)의 '洞'으로 나타난다.

(3) 內米 : 波利(旦~珍); 5內米忽(⇒瀑池>海州), 餘(훈음=나미)村(餘邑>海美)의 '內米'(海)가 (39)波利(海利), (44)波旦(海曲), 波珍干(海干)의 '波利~波旦~波珍'(海)로 나타난다.

(4) 密 : 悉; 44密波兮(⇒三峴)의 '密'(三)이 (42)悉直(三陟)의 '悉'(三)으로 나타난다. 이는 가라어 지역에 적극적으로 분포한 '密'(三)과 대조적이다.

(5) 頓~屯~旦~呑(谷) : 絲~失(谷); 6德頓忽(⇒十谷城), 14于次屯忽(⇒五谷), 15買旦忽(⇒水谷城), (12)於支呑(⇒翼谷)의 '呑~旦'(谷)이 (43)羽谷(>羽谷)의 '谷'으로 나타날 뿐이다. 한편 인명 '得烏失~得烏谷'이 『삼국유사』(竹旨郞條)에 보이며 또한 "絲浦今蔚州 谷浦也"(皇龍寺丈六條)라 하였으니 신라어는 '失~絲'(훈음=실)(谷)임에 틀림없다.

위의 논의에서 백제 전기어와 예맥어가 동질적임에 반하여 영동 지역의 중부 지역 이하는 이질적임이 밝혀졌는바 이를 근거로 신라의 세력이 상당히 북진한 사실을 추정할 수 있다. 위 (1)~(5)의 분포 특징은 우리의 추정이 더욱 가능하도록 뒷받침한다.

위 어휘의 분포 특징에 따르면 중부 지역(A·B) 중 B(a·b) 지역의 하부인 b지역의 지명은 신라 지명이다. 여기서 구체적으로 지적하면 何瑟羅(현 강능), 悉直(현 삼척), 波利(里), 于山國(울릉도), 海等 등은 틀림없이 신라 지명이다. 그 중 悉直은 지증 마립간 6년(505)에 悉直州 를 설치하고 異斯夫를 이곳 軍主로 삼았다. 그리고 동왕 13년(512)에 는 于山國이 귀복(歸服)하였고, 동년에 異斯夫를 何瑟羅州의 軍主로 삼았다. 그런데 장수왕(475)이 점령한 후의 고구려 통치기간을 중심으 로 고구려 영토로 설정하고 '삼국사기」 지리2, 4에서 모두를 고구려 지명이라 하였다. 더욱 분명한 것은 屈火郡(>曲城郡)과 伊火兮縣을 고구려의 지명으로 삼은 잘 못이다. '火'는 '블'(佛~伐)을 훈음차 표기 한 신라의 접미 지명소이기 때문이다. 더구나 于珍也(>蔚珍)과 波旦 (>海曲)(旦이 且로 적혀 있으나 이는 자형상사로 인한 오기일 것이다. 바로 이웃한 乙阿旦(>子春)이 그 방증자료이다.) 위 지명들이 고구려 의 지명이 아닌 신라 지명이라면 이 지역은 고구려의 점령 시기 전후 의 신라 영토이었음이 확실하다. 이와 같은 맥락에서 백제 전기 시대 (475년 이전)의 영역도 중부 지역(고구려 점령 지역 즉 '삼국사기」 지 리2, 4)이었음 주장할 수 있게 된다.

그러나 <도표 3>에서 가라어 지역(D-ⓓ)은 신라어 지역(D-ⓒ)과 는 달리 백제 전기어와 예맥어의 지명소가 비교적 조밀하게 분포되어 있다. 이 문제는 졸고(1985d:49-81)에서 상론하였기에 그리로 미룬다.

신라는 장수왕의 남침(A.D.475)으로 인하여 영동 지역 대부분의 영 토를 빼앗겼다. 눌지왕 34년(A.D.450)에 何瑟羅州(현 江陵)의 성주가 三直이었다는 사실과 何瑟羅에 城을 쌓았다는 기사가 『삼국사기』(자 비왕 11년 468)에 나오기 때문에 이미 여기까지도 신라의 영토이었음 이 확실하다. 이 사실은 위에서 논증한 신라어(특히 지명어)의 분포 특징과 부합한다. 그렇다면 시라도 거의 경주(徐伐) 부근까지 함락된 사실을 <도표 2>의 고구려 남침 하한선에서 확인할 수 있다.

VIII. 옛 지명 「裳·巨老·買珍伊」에 관한 문제

1.

이 글의 목적은 경상남도 거제군의 옛 지명을 고찰하는데 있다. 옛 지명 중에서 특히 표제의 '裳(〉 居濟), 巨老(〉 鵝州), 買珍伊(〉 溟珍)' 등이 그 고찰 대상이다. 지명사적인 면에서 볼 때 위 옛 지명들은 옛날부터 근래에 이르기까지 거제도의 중심지 역할을 하여 왔다. 그래서 문화사적인 秘話를 많이 간직하고 있으리라 믿기 때문에 문제를 삼은 것이다.

이 글은 위 옛 지명들의 어원을 밝혀내고 그것들이 어떻게 변천하여 왔나를 밝히는데 초점을 맞추어 고찰하게 된다. 따라서 지명학적 이론을 바탕으로 지명어의 구조를 분석하여 지명소의 의미를 알아내고 지명소 간의 결합 규칙과 음운 변화 규칙을 찾아내는데 목적이 있다. 아울러 어휘의 분포 면에서 한반도에 있어서의 옛 어휘 분포의 특징과 대비할 경우에 가라국의 영역이었던 이 곳의 언어가 어떤 특성을 지니고 있었나를 구명하여 고대 국어의 연구에 기여하고자 한다.

이 고장에 관한 최초의 표기명으로 삼국지 위서 「한전」弁辰조에 나오는 弁辰 24국 중의 하나인 '瀆盧國'을 지목할 수 있다. 다음으로는 삼국사기 「지리 1」에 나타나는 '裳郡'이다. 이 '裳郡'은 문무왕 때에 처음으로 설치되어 경덕왕 16년(757)에 '巨濟郡'으로 개정되었는데 '鵝洲縣(〈巨老縣〉), 溟珍縣(〈買珍伊縣〉), 南垂縣(〈松邊縣〉)' 등 3현을 거느리고 있었던 사실을 다음에서 소개한 삼국사기 의 기록을 통하여 알 수 있다. 또한 거제도의 다른 옛 지명인 '古縣'과 '斗婁技'를 위 옛 지명을 논의하는데 도움 자료로 추가하게 된다.

잘 알려진 바와 같이 거제도는 경상남도 통영시에 인접한 남해 중에 위치하고 있다. 제주도 다음 가는 큰 섬으로 평야보다 산악이 더 많은 지세이다. 이 점이 제주도와 상반될 만큼 다르다. 따라서 '물'(水)과 '뫼'(山)의 지명소가 거제도의 옛 지명에 반영되었을 가능성이 많음을 예견할 수 있다.

2.

2.1. 瀆盧國 〉 裳郡 〉 巨濟郡에 대하여

'瀆盧國'에 대한 처음 기록은 『魏志』「韓傳」 弁辰조에

> 走漕馬國, 安邪國, 瀆盧國, 彌離彌凍國, 接塗國, 古資彌凍國, 古淳是國, 半路國, 樂奴國, 彌烏邪馬國, 甘路國, 狗邪國

과 같이 弁韓 12국 중의 하나로 나타난다. 이 '瀆盧國'이 현재의 '巨濟'와 '東萊'의 초명일 것으로 추정하는 두 견해가 있다.

이른바 巨濟說은 일찍이 茶山 丁若鏞(1762~1836)이 我邦彊域考 에서

鋪安瀆盧國者今之巨濟府也 本裳郡 方言裳郡曰斗婁技 與瀆盧聲近

이라 하여 신라 문무왕 때에 처음으로 설치한 裳郡의 '裳'에 대한 새김을 '두루'로 추정하고 이것과 음형이 비슷한 방언 '斗婁技'의 '斗婁'를 근거로 삼아 '瀆盧'를 '두로／두루'로 추독하여 裳郡이 瀆盧國을 계승한 지명이라고 추정하였다. 이 학설에 따라서 양주동(1968)도 '瀆盧'를 '두루／도로'로 읽어 그 승계명이 '巨濟'임을 재차 주장하였다.

이른바 東萊說은 吉田東伍(1977)를 비롯하여 이병도(1959), 정중환(1970) 등이 주장한 학설이다. 그 중 이병도가 추종한 길전의 주장 내용은 "東萊郡 多大浦"이다. 그리고 정중환은 "水營川을 통한 해상교통이 편리한 점, 東萊라는 지명은 瀆盧에서 나온 미칭인 점, 주변에 東萊貝塚, 福泉洞 古墳群, 蓮山洞 古墳群 등 유적이 많이 분포한 점, 동래패총에서 야철지(冶鐵址)가 발견된 점, 동래 관할인 서면 다대포 등이 연안의 해상교통의 중심지였던 점"을 주장의 근거로 들고 있다.

그러나 吉田의 견해는 터무니없는 주장임이 다음의 논의에서 자세히 밝혀질 것이다. 정중환이 첫 번째로 들은 근거인 "東萊가 瀆盧에서 나온 미칭이다"라는 대목도 타당성이 없다. 물론 겉으로 보기에는 '독로'와 '동래'는 음이 서로 비슷하다고 견강부회(牽强附會)할 수 있다. 그러나 이런 정도의 어설픈 외형 비교에 속아서는 안 된다. 왜냐하면 삼국사기 「지리1」에

東萊郡 本居漆山郡 景德王改名 今因之 領縣二 東平縣 本大甑縣 景德王改名 今因之 機張縣 本甲火良谷縣 景德王改名 今因之

와 같이 '東萊'는 '瀆盧'와는 상관없이 개명 전에는 '居漆山'이었을 뿐만 아니라 '거칠산'에 대한 한역명인 '萊山～萇山'에서 '萊'를 따다가 어근

을 삼고 그 앞에 '東'을 접두하여 개정한 내용이 밝혀져 있기 때문이다. 여기서 우리는 경덕왕이 먼저 지명인 '大甑'과는 무관한 '東'을, '東萊' 와 동일 방법으로, 접두 지명소로 삼아 개정한 사실을 領縣인 '東平'에 서도 발견한다. '東'은 고유어 '새'를 표기할 경우에 흔히 접두 지명소 로 쓰여진 차자이다. 그 근거로 '滅國~東國, 沙平~東平·新平, 徐 伐~東平(京)' 등과 같이 고유어 '새'를 '東'(혹은 '新')으로 차자 표기한 예를 들 수 있다. 따라서 '東萊'를 '東+萊'로 분석할 수 있다. 이처럼 보편적으로 쓰인 접두 지명소 '東-'('새')를 떼어내면 '萊'만 남게 되는 데 이 것만이 '居漆'과 관련이 있는 것으로 추정함이 타당한 것이다. 그렇다면 오히려 '독로'는 '동래'가 아닌 그 먼저 지명인 '거칠'과의 관 계 여부를 따져야 마땅하다. 그러나 여기서 여러 모로 살펴보아도 '東 萊'와 '居漆' 사이에서 어떤 유사점도 발견할 수 없다.

우리는 '瀆盧'가 '東萊'와 무관하다는 사실을 옛 문헌에서 다시 확인 할 수 있다.

「신증동국여지승람 권23 ①, 「여지도서 및 「읍지 ②의 東萊조에

① 建置沿革 古萇山國(或云萊山國) 新羅取之 置居漆山國 景德王改今名 高麗顯宗 屬蔚州 郡名 萇山 萊山 居漆山 蓬萊 蓬山 山川 黃嶺山(在縣南 五里)

② 建置沿革 古萇山國(或云萊山國) 新羅取之 置居漆山郡 景德王改今名 郡名 萇山 萊山 居漆山 蓬萊 蓬山 山川 荒嶺山(在府南五里)

라고 적혀 있다. 위 기록 중에서 동일 지명이 '萇山=萊山=居漆山=蓬萊 =蓬山=荒嶺山'처럼 다양하게 표기되어 있음을 확인한다. 또한 그것이 '荒嶺山'이라 별칭되어 온 사실이 邑誌의 지도상에 산 이름으로 적혀 있기도 하다. 그래서 '瀆盧'와 비정할 수 있는 대상은 '東萊'가 아니다.

'東萊'는 후대인 경덕왕 때(757)에 먼저 지명인 '萊山~蓬萊'에서 '萊'만 절취하고 그 앞에 '東'을 접두하여 '東+萊→東萊'와 같이 새로 지은 지명이기 때문이다. 그렇다면 지명이 발생한 순서에 따라 보다 훨씬 이른 시기의 옛 지명 즉 기록상의 최초 지명인 '萇山~萊山'만이 '瀆盧'와 비정될 수 있는 대상이다. 그리고 '東萊'란 지명이 발생하기 이전 시기의 '萊山'에 대한 고유명인 '居漆山'(〉萊山)도 역시 비정 대상이 될 수 있다.

신라에서 '居柒夫'를 '荒宗'이라 한역하였으니 신라말로 '萇,萊,蓬,荒'의 새김이 '거칠'(〉거칠)이었던 것이다. 사실 그 당시의 호칭 습관으로는 '萊山'은 표기명일 뿐 실용된 호칭은 '居漆山(*거즐뫼〉거츨뫼〉거칠뫼)'이다. 그렇기 때문에 '瀆盧國'과의 비교 대상은 '東萊'가 아니라 '居漆山'이다. 따라서 이것과의 비교에서 닮은 점을 찾아내야 할 것이다. 그러나 '瀆盧:居漆'에서 어떤 유사점도 발견되지 않는다. 우선 이 점이 東萊說을 수긍할 수 없게 만든다. 고유어 '居漆'이 ┌용비어천가┘(7권 8장)(1445)의 '거츨뫼'(荒山)로 이어짐도 도움이 되는 호재이다. 경덕왕은 '거츨'의 의미인 '荒'자 대신 전래의 두 표기명 중 '萊山'의 '萊'자를 살리어 개명하였다. 그 옛 이름이 '萊山~萇山'이었기 때문이다. 물론 ┌훈몽자회┘(상5)(1572)에 '蒿 다복쑥호, 蓬 다복쑥봉'이라고만 새겨져 있어서 '萊'의 옛 새김이 혹시 복수로 존재하지 않았을까 하는 의심 때문에 생각을 머뭇거리게도 한다. 그러나 최남선의 ┌新字典┘(1915)은 '萊'에 대하여 "藜萊草萊田廢生草薉"이라고 풀이하였다. 묵힌밭에 아무렇게나 난 쑥은 '거칠다'는 의미로 확대 해석할 수 있다. 또한 '居漆山'이 '萊'의 새김인 '거칠'이었음이 분명하다. 이렇게 '東萊'의 초기명을 고유어 '거칠'로 추정할 때 역시 음독표기 지명인 '瀆盧(도로)'와의 비교에서 전혀 닮은 점이 없음을 여러 면에서 확인할 수 있다.

이 '東萊'의 먼저 지명인 '居柒山'은 그 뿌리가 아주 깊이 박혀 있다.

「삼국사기」(열전 제4) 居道조에 居漆山國이 나타나기 때문이다. 居道는 신라 탈해니사금(57-79) 때 장수이었다. 그러니 '居漆山'은 신라 초기의 지명임에 틀림없다. 이 居漆山國은 신라가 통합하기 전에는 독립국이었다. 그 북부에 위치하였던 斯盧國과 대등한 존재로 辰韓 12국 중의 1국이었다. '東萊'는 예로부터 그 위치가 낙동강 동쪽 즉 현 釜山보다도 더욱 동남부에 치우쳐 있었기 때문에 「삼국사기」지리1의 판도에서 '康州'(〉 晉州)에 예속된 '巨濟'와는 달리 '良州'(〉 梁州)에 예속되어 왔던 것이다. 또한 弁韓 12국의 배열 순서에서 '瀆盧國'이 맨 끝에 있음도 한반도 최남단에 위치한 거제도와 일치한다는 점을 의미하고 있다. 따라서 弁韓 12국 중 1국명인 '瀆盧國'과 辰韓 12국 중 1국명인 '居漆山國'은 서로 무관한 사이로 보아야 마땅하다. 그렇기 때문에 그 승계지명인 '東萊'(〈萊山〈居漆山) 역시 '瀆盧國'과는 아무런 관련도 없는 것이라 하겠다.(居七로 표기한 예도 있음)

그렇다면 瀆盧國은 과연 巨濟島와 관련이 있는 것인가 ?

「삼국사기」권34 巨濟군조에

巨濟郡 文武王初置裳郡 海中島 景德王改名 今因之 領縣三 鵝洲縣 本巨老縣 景德王改名 今因之 溟珍縣 本買珍伊縣 景德王改名 今因之 南垂縣 本松邊縣 景德王改名 今復故

와 같이 현 巨濟市의 옛 지명중에서 선후가 분명하게 이어지는 처음 지명은 '裳郡'이다. 이것의 뿌리 지명을 '瀆盧國'으로 추정하고 이것들의 잔존 지명으로 별명인 斗婁技(두루기)를 지목한다면 이들 세 지명 사이에 긴밀한 관련이 있어야 한다. 그렇다면 우선 '瀆'을 '독'으로 발음하지 않고 '도'나 '두'로 발음하였던 사실을 찾아내야 할 것이다. 우리는 전통적인 차자 표기법에서

阿莫城~阿彌(母)城, 莫離支(마리지), 厭獨(髑)~異次頓~異次獨~異
處道, 吏讀~吏吐~吏頭

등과 같이 'ㄱ'을 묶음으로 표기한 예를 발견한다. 만일 이 차자 표기
법을 적용할 수 있다면 '瀆'을 '도 / 두'로 추독할 수 있다. 다음은 '盧'인
데 이것도 '斯盧'의 '盧'처럼 '로 / 루'로 추독할 수 있다. 그리하여 '瀆盧'
를 '도로 / 도루, 두로 / 두루'로 추독할 수 있게 된다. 그러나 '瀆盧'는
중국 漢나라 때에 중국인이 표기한 것이니 우리의 차자 표기법으로
추독할 대상이 아니라는데 문제가 있다. 그러나 다음에서 필요에 따라
추정음들을 종합하여 조정할 경우에 요긴하게 이용할 수 있을 것이다.
   고본한(B. Karlgren)과 주법고가 재구한 중고음으로 추독하면 'duk
luo'(瀆盧)이고 동국정운 으로 추독하면 '듕롱'(瀆盧)이다. 이 추독음
은 우리의 전통 차자 표기법으로 추독한 결과를 참고하여 '두루' 정도
로 조정할 수 있다. 이것은 잔존한 옛 지명인 '斗婁技'의 '斗婁'와 상통
할 듯하다. 그렇다면 이 둘 사이에 존재하여 상하의 시기를 이어준 옛
지명인 '裳郡'에 관심이 집중된다.
   이제 문제의 해답은 '瀆盧國'과 '斗婁技'의 중간 시기에 있었던 '裳郡'
의 바른 해석 여하에서 얻을 수 있다. 여기 '裳'도 '두루'로 풀리어야
하기 때문이다. 광주천자문 에서 '裳'의 새김은 '고외'이다. 그러나
세종실록지지 전라도조에

   裳山 在茂朱 四面壁立 層層竣截 如人之裳 故稱裳山

이라 한 또 하나의 '裳'자 지명을 발견한다. 네 면이 병풍처럼 둘러 있
는 바위의 주름진 모양이 마치 사람의 치마처럼 둘러 있기 때문에 '裳
山'이라 부른다 하였다. 이로 미루어 짐작컨대 '裳'의 옛 새김이 '두루'

이었던 것 같다. 치마처럼 두르는 옷을 '두루마기'라 부르는 데서도 '두루'를 확인할 수 있다.

한편 裳郡의 치소(훗날 巨濟郡 治所)의 인근에 鵝洲縣이 있었는바 「훈몽자회」(상9)의 '鵝'의 새김은 '거유'이지만 한편 다른 옛 새김이 '두루미'이었을 가능성도 있다. 「사성통해」(하23)과 「훈몽자회」(상9)(예산본)에서 '鶿(두루미자), 鷺(두루미로)'의 새김을 '두로미'라 하였다. 가령 始林을 '鷄林, 鳩林'으로 적고 '시림~시벌(새벌)' 또는 '새림~새벌'로 읽은 것은 '鷄'의 새김 '닭'과 '鳩'의 새김 '비두리'를 버리고 보다 포괄적인 의미의 새김 '새'를 택한 예인데 '裳'도 이와 비슷한 경우이다. 그렇다면 '裳'을 '두루'로 풀 수 있는 보조 자료로 '鵝'(두루미)를 인용할 수도 있을 것이다. 또한 領縣 중의 하나인 '買珍伊'를 다음 항의 논의에 따라서 '매+돌이'로 추독할 수 있으니 '도리~두리'를 하나 더 추가할 수 있다. 이것은 '두로'(瀆盧)와 닮은꼴이기 때문이다. 위 논증에 따라서 '瀆盧國(두루국) 〉 裳郡(두루군) 〉 斗婁技(두루城)'의 발달 과정을 추정할 수 있다. '裳郡'은 문무왕(661~680) 초에 처음 설치하여 '買珍伊, 巨老, 松邊' 등 3현을 거느리게 하였음은 위에서 확인하였다. 경덕왕이 '裳郡'을 '巨濟郡'으로 개정할 때(757) 두 지명을 근거로 '巨老+買珍伊→巨買'와 같이 일단 바꾸고 다시 '水'의 뜻인 '買'를 동일 의미인 '濟'로 바꾸어 '巨濟'라 한 듯하다. 아니면 '巨老'를 '鵝'로 한역하고 '洲'를 보태어 '鵝洲'로 개정한 방식대로 '巨老'에서 '巨'만 절취하고 '濟'를 보태어 '巨濟'로 조어하였을 수도 있다. 어쨌던 '濟'는 '바다 물이 두른 섬(海中島)'이란 뜻으로 濟州島라 한 '濟'와 동일 의미였을 것이다. 경덕왕이 개정한 네 지명 중에 '巨濟, 鵝洲, 溟珍' 등 3개 지명이 모두 水자변의 글자가 들어 있는 점을 감안하면 숨겨진 공통 의미가 '바다물'임을 알 수 있다. 위 '買珍伊'의 '買'가 '濟'의 의미와 동일한 '물'의 의미로 백제 전기어에서 적극적으로 쓰인 사실은 다음에서 논의하기로 하겠다.

2.2. 巨老 〉 鵝洲 〉 鵝洲에 대하여

삼국사기 (권34)에서 제시한 바와 같이 '巨老'는 '巨老(문무왕) 〉 鵝洲(경덕왕 757) 〉 鵝洲(고려초 940)'로 변하여 오늘에 이르렀다. 김 정호의 대동여지도 에 '鵝洲'는 눌일곶(訥逸串)의 안쪽 밤개(栗浦) 부근의 바다 가에 인접하여 있다. 전·후지명의 대비에서 '洲'가 '물의 의미'로 추가된 것으로 볼 때 '巨老:鵝'로 '巨老'가 '鵝'의 새김이었음을 알 수 있다. 그러나 '鵝'자의 새김이 중세국어에서는 '거유'로 쓰였다[1]. 여기서 우리는 '巨老'와 '거유'의 통시적인 관계를 밝혀내야 한다.

'巨'자와 '老'자의 추정음은 다음과 같다.

	上古音	中古音	字釋 및 俗音
巨	□ (T) □ (K) □ (Ch)	*gəø(東) □ (K) □ (Ch)	클 거(千) 클 거(類)
老	lôg(T) lôg(K) ləw(Ch)	:loŋ(東) lâuː(K) lau(Ch)	늘글 로(千) 늘·글 : 로(會) 늘글 로(類)

T=Tung T'ung-ho (董同龢) (千)=千字文 東=東國正韻

Ch=Chou Fa-Kao (周法高) (會)=訓蒙字會

K=Bernhard Karlgren (高本漢) (類)=類合

---

[1] 유창돈(1964:44)에서 쓰인 예를 확인할 수 있다.
  거유 ㄴ랫짓(鵝)<救方 上53>   거유를 사기다가<內訓 一38>
  거유 아(鵝)<字會 上16>   鵝는 집 거유ㅣ라<法華 二14>

위의 추정음을 바탕으로 '巨老'를 중고음과 속음으로 조정하여 '거로~거루'로 추독할 수 있을 것이다.

경덕왕이 '巨老'를 '鵝'로 한역한 것으로 보아 결국 '鵝'의 훈음은 '巨老'인 것이다. 다만 그것이 뜻 옮김의 한역인지 아니면 글자의 뜻을 버린 훈음차인지는 속단할 수 없다. 그 다음의 '洲'는 「훈몽자회」에 '뭇 又 쥬'로 되어 있음을 볼 때 鵝洲 지역이 물가이기에 붙여진 접미 지명소임에 틀림없다. 그 '洲'가 커져서 나중에는 '州'가 된 것은 '井村>井邑>井州'가 된 것과 같은 이치이다. 그래서 고려 초에 이르러서는 큰 고을이 되어 鵝州가 되었다. 鵝州가 얼마나 컸던가는 김정호의 「대동여지도」를 미루어 추측할 수 있다. 이 책에는 지금의 와현(臥峴) 해수욕장까지도 鵝州로 표기되어 있기 때문이다. 그러니까 옥포에서 와현까지 20여 km에 걸친 해변 지역을 지칭한 지명으로 볼 수 있다. 여기서 우리는 가라어로 '거로'(鵝)가 쓰였음을 확인한 셈이다. 이 지역이 옛 가라어의 영토이었기 때문이다.

중세국어 '거유'가 신라어로는 '거로'이었음을 알 수 있다. 현대어 '거위'가 어휘사적인 면에서 '거로~거루>거유>거위'와 같이 변천한 사실을 밝힐 수 있기 때문이다.

한편 백제어로는 어떻게 쓰였나를 알아 보자. 「삼국사기」(권 36)에

馬山縣 本百濟縣 景德王改州郡名 及今並因之

란 기록이 있다. 그런데 이 '馬山'에 대하여 「신증동국여지승람」(권 17)은

韓山郡 本百濟馬山縣 新羅因之 爲嘉林郡領縣 高麗改今名仍屬

라고 기술하였다. 그리고 郡名조에 '馬山・馬邑・韓州・鵝州'를 별항으로 기록하여 놓았다. 여기서 우리는 거제도와 동격인 '鵝州'를 발견한다. 김정호의 대동지지 (권5)는 고려 태조 23년(940)에 '馬山'이 '韓山'으로 개명된 사실을 밝혔다. 이는 위의 기록에 근거한 것이라 하겠다. 그리고 '鵝州'가 조선 초기의 문헌인 신증동국여지승람 에 나타나는 것으로 보아 그 이전인 고려 시대에 발생하였음을 추정할 수 있다. 따라서 '마산>한산>아주'의 순서로 개명된 사실을 확인하게 된다. 일반적으로 지명은 먼저 지명과 무관하게 개명되지 않는다. 아마도 '馬>韓>鵝'의 사이에는 어떤 밀접한 선후 관계가 있을 것이다. 필연코 선후의 밀접한 관계로 일정한 고유 지명이 나름대로 훈차 또는 훈음차 표기되었을 것이다. 물론 '馬'는 훈음차로 '말'(宗, 王)을 표기한 것이요, '韓'은 음차로 '한'(大,多)을 표기한 것으로 보아 포괄적인 의미로 묶어 볼 수도 있다. 그러나 '鵝'와는 단절되는데 문제가 있다. 따라서 세 지명이 연관지어지는 범위 안에서 풀어야 옳은 답을 얻을 수 있을 것이다.

이 문제를 논의한 도수희(1977b:50-51)에서 '馬=韓=鵝'와 같이 등식화하고 '馬'는 윷놀이의 '걸' 또는 삼국사기 (권14) 대무신왕조에 나오는 '駏驤'(거루=神馬)를 근거로 고유어 '거루'를 상정하였다. 그리고 '韓'은 일본서기 에 '下韓'을 '아루시 가라'라 하였으니 또한 훈음은 '가라'이었을 것으로 추정하였다. 위에서 이미 논의한 바와 같이 '鵝'의 훈음은 '거로'(巨老)이다. 그리하여 세 지명이 '거루≒가라≒거로'로 이어진다. 여기서 우리는 고대 한반도 남부 지역(백제, 가라)에 옛 낱말 '거로'(鵝)가 분포하였던 사실과 이것과 동음이의어로 '거루'(馬)가 북부와 서남부(고구려, 백제) 지역에서 쓰였음을 추정할 수 있다.

거제도 현지 노인들은 '鵝洲' 지역의 형세가 '거위'처럼 생겼기 때문에 붙여진 지형명명이라고 주장한다. 과연 그러할까? 어느 곳을 가나 현지인들의 지명 풀이는 거의가 해당 지명을 표기한 한자의 새김에 따라 풀이한다. 일반적으로 지명표기 한자는 훈차일 경우도 있지만 오히려 훈음차일 가능성이 더 많기 때문에 속단할 수 없다. '鵝洲'에 대한 뜻풀이도 이에서 예외일 수 없기 때문에 아직은 그 해석을 유보키로 한다.

2.3. 買珍伊>溟珍에 대하여

거제도의 옛 지명 중 가장 흥미를 끄는 존재가 '買珍伊'이다. 이 지명은 '買+珍伊' 또는 '買+珍+伊'와 같이 2개~3개의 지명소로 분석할 수 있다. 이 지명에 대한 지명소 분석 문제, 각 지명소의 뜻풀이 문제 등을 기술하려 한다.

지명소 '買'에 대하여 도수희(1996a:172-173)는 그것이 참여한 위치에 따라서

(a)	(b)	(c)
買 :水	買: 川	買 : 井
買忽 :水城	南 買:南川	於乙買串:泉井口
買伊 :水入	於斯買:橫川	於乙買 :泉井
買旦忽:水谷城	伏斯買:深川	

와 같이 세 가지로 분류하였다. 그리고 (a)류는 '買'가 어두에서는 '水'의 뜻으로, (b)류는 '買'가 어말에서는 '川'의 뜻으로, (c)류는 '買'가 어중(혹은 '於乙' 뒤)에서는 '井'의 뜻으로 쓰였던 사실을 밝히었다. '물'의 포괄의미 안에서 그것의 분포 위치에 따라서 의미가 하위 분화한 것으로 파악한 것이다. 그렇다면 '買珍伊'의 '買'도 (a)류에 해당하니 이것 또한 '물'의 뜻임에 틀림없다. 그러기에 경덕왕이 '買'를 물의 뜻인 '溟'

으로 한역하여 '買珍伊'를 '溟珍'이라 개명한 것이라 하겠다.

지명소 '珍'에 대하여 도수희(1996a:184-185)는 '珍'이 지명소로 참여한 지명 자료를 비교적 풍부하게 제시한 뒤에 이들 자료를 토대로 하여

① 等:珍:石:珍惡　② 靈:突:珍:等良　③ 靈:月

④ 珍阿:月良　⑤ 珍阿:月良阿　⑥ 高:等良

과 같이 대응 관계를 정리하였다. 위 대응에서 공통 훈음이 '달~돌'이었음을 추정할 수 있다. 즉 ②의 '돌'(突만)만이 음차이고 나머지는 모두가 훈음차이다. 다만 '惡, 良, 阿'만이 받쳐적기법에 의해 '아~라'를 표기한 음차자일 뿐이다. 따라서 '買珍伊'의 '珍'은 지명소 '달(~돌)'을 표기한 것으로 추정할 수 있다.

여기 '달'의 의미는 무엇인가. 옛 지명의 차자 표기에서 '珍'에 대응하는 지명소를 흔히 '達'로 음차 표기하였다. 도수희(1996a:174-175)는 '達'에 대하여

(a)	(b)
達　:高	達 : 山
達乙省:高烽	松村活達　:金 山
達乙斬:高木根	所勿　達　:僧 山
達　忽:高城	加尸　達忽:犁 山城

등과 같은 대응을 근거로 '達'이 '高, 山'의 뜻으로 쓰였음을 밝히었다. 그리고 (a)처럼 어두에서는 '高'의 뜻으로, (b)처럼 어미(혹은 어중)에서는 '山'의 뜻으로 쓰였던 사실까지 알아내었다. 여기 '買珍伊'의 '달'

(珍)은 그 참여 위치가 어말(혹은 어중?)이기 때문에 그 뜻이 '山'임에 틀림이 없다. 거제도의 형세는 북에서 남으로 산맥이 중앙을 가르며 뻗어 내려 동부와 서부로 대등하게 양분하였다. 그리하여 북부의 동에 大金山과 서부에 鷲山이 대칭되어 있고 보다 아래의 동쪽에 玉林山이 있다. 중부의 서쪽에 鷄龍山이 있고 그 지맥에 以芳山이 있으며 동쪽에 老子山이 있다. 남부의 동쪽에 加羅山이 있다. 아마도 현 古縣이 옛 裳郡으로 추정되는 바 북쪽으로 다소 떨어져 있는 大金山, 鷲山, 玉林山을 그 背山으로 볼 수도 있을 듯하다. 그리고 裳郡의 領縣인 '買珍伊縣'의 배산은 鷄龍山이고, 鵝州縣의 배산은 老子山이고, 松邊縣의 배산은 加羅山이다. 이렇게 산이 산맥을 형성할 만큼 많으니 '달'(山)이 지명소로 참여할 것은 당연한 이치이다. 더욱이 백제 전기의 중부 지역에 적극적으로 분포하였던 '買'가 이곳에서 발견되는 점으로 보아 동일하게 분포하였던 '달'이 이곳까지 하강하여 있음은 이상할 것이 없다(표1 참고). 고대 한반도의 중부 지역에 '達'(高,山)로 차자 표기된 지명소가 남부 특히 서남부의 백제 후기 지역에서는 '珍'의 훈음차로 '달'(高,山)을 표기한 문제에 관한 논의는 일찍이 도수희(1997b:439-459)에서 상론하였기 때문에 그리로 미룬다. 위와 같은 지명소 분포의 상황으로 따져보아도 '買珍伊'의 '珍'은 山을 뜻하는 '달'로 추정함이 옳다.

이제 '買珍伊'의 '伊'가 지명소의 말음인가 아니면 하나의 지명소로 참여한 것인가의 문제만 남아 있다. '伊'는 백제 후기 지명에 무려 12회나 나타난다. 실예를 삼국사기 지리3에서 소개할 수 있다.

① 豆+伊>杜城, 豆尸+伊~富尸+伊>伊城, 古尸+伊>岬城
② 也西+伊~野西伯+伊(伯海)>壁谿, 古西+伊>固安, 水入+伊(水川)>舽 艎, 皆利+伊>解禮, 武尸+伊>武靈, 號尸+伊+村>牟支, 號尸+伊+城>沙泮

위 ①에서 우리는 '伊:城'의 대응을 발견한다. 물론 豆尸+伊>伊城이 대응하고 있지않기 때문에 문제다. 그러나 만일 '豆伊'가 '豆尸伊'의 '尸'생략형이라면 '伊=城'으로 추정할 수 있기 때문에 '伊城'을 '城'을 의미하는 중첩어로 볼 수도 있다. ②의 '號尸伊城'에서 '伊城'이 성립하고 있음을 참작할 때 가능하였을 것이란 생각이 든다. 삼국사기 지리 1의 신라 지명에서도

③ 率+伊>六城, 買珍+伊城>珍城

와 같이 '伊:城'의 대응 현상이 나타난다. 따라서 ① ③의 자료만을 중심으로 상고한다면 '伊'를 城의 뜻으로 쓰인 고유어로 추정할 수도 있다. 그러나 위 자료 ②는 결코 '伊'와 대응하고 있지 않다. 오히려 후대의 개정 과정에서 '伊'가 철저히 배제된 것처럼 보인다. 그렇다면 여기 배제된 '伊'는 무엇이었던가의 문제가 제기된다. 아마도 받쳐적기법에 따라서 '珍'을 음독하지 말고 반드시 '달이~다리'로 훈독하라는 뜻으로 '伊'를 보충하여 '珍伊'로 적은 것이란 추정도 가능하다.

〈그림1〉 ★(買), ▲(珍), *(伊)의 분포도

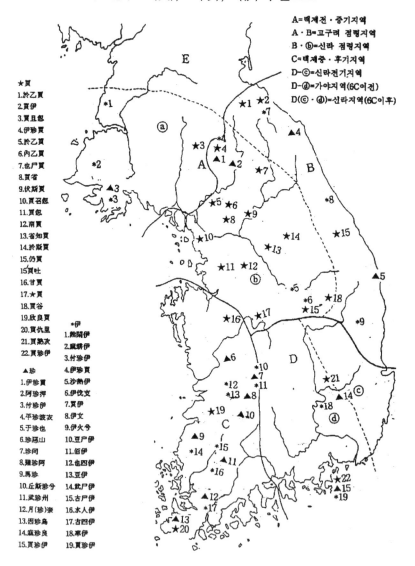

〈표1〉「買」·「珍」·「伊」의 지명자료

地理四(권 37)		地理二 (권 35)	地理三 (권 36)	新羅改定名(景德王16)	高麗初名	朝鮮名
前期名	後期名					
泉井郡	於乙買	泉井郡		井泉郡	湧州	德源都護府
水入縣	買伊	水入縣		通溝縣	通溝縣	金城縣
水谷城縣	買旦忽	水谷城縣		檀溪縣	俠溪縣	
伊珍買縣		伊珍買縣		伊川縣	伊川縣	伊川縣
泉井口縣	於乙買串	泉井口縣		交河郡	交河郡	交河縣
内乙買	内爾米	内乙買縣		沙川縣	沙川縣	楊州牧縣
狌川郡	也尸買	狌川郡		狼川郡	狼川郡	狼川牧縣
買省縣	馬忽	買省郡		來蘇郡	見州	楊州牧
深川縣	伏斯買	深川縣		淩城縣	朝宗	加平
買召忽縣	彌鄒	買召忽縣彌鄒		邵城縣	仁州(慶原)	仁川都護府
買忽	水城	買忽郡		水城郡	水州縣	水原都護府
南川縣	南川	南川縣		黃武縣	利川	利川都護府
述川縣	省知買	述川縣		沂川縣	川寧縣	川寧廢縣
橫川縣	於斯買	橫川縣		潢川縣	橫川縣	橫城縣
乃買縣	仍買	仍買縣		旌善縣	旌善縣	旌善郡
甘買縣	林川	甘買縣	馴雉縣	馴雉縣	豊歲縣	豊歲州
薩買縣		薩買縣	清川縣(34)	淸川縣	淸川縣	淸州
買谷縣	買	買谷縣		善谷縣	未詳	
欣良買縣	保安也		喜安縣	喜安縣	保安	保安
買仇里縣	海島也		買仇里	膽耽縣	臨淮	臨淮
買熟次縣			龜白縣(34)	新淥縣	新淥	
買珍伊			溟珍縣	溟珍	溟珍浦	溟珍浦
阿珍押縣	窮嶽	阿珍押縣	阿珍押縣	安峽縣	安峽縣	安峽縣
付珍伊				永康縣	永康	康翎縣
平珍峴縣	平珍波衣	平珍岵縣	平珍峴縣	偏嶮縣	雲巖縣	通津縣
于珍也縣		于珍也縣	于珍也縣	蔚珍縣	蔚珍	蔚珍
珍惡山		珍惡山	珍惡山	石山縣	石城縣	石城山縣
珍同		珍同縣	珍同縣	珍同	珍同	珍安縣
難珍阿縣			鎮安	鎮安	鎮安	鎮安
丘斯珍兮縣	丘斯珍兮	丘斯珍芳	丘斯珍芳	珍原	珍原	珍原
武珍州		武州	武州	武州	武州	武州
月奈郡		靈巖郡	靈巖郡	靈巖郡	靈巖	靈巖
因珍島郡	海島也			珍島縣	珍島	珍島
麻珍良縣			餘粮縣(34)	餘粮縣	仇決部曲	慶山意仁
熊閑伊				水寧縣	水寧	
麻耕伊				青松縣	青松縣	松禾縣
沙熱伊縣		沙熱伊縣	沙熱伊縣	淸風縣	淸風縣	淸風郡
伊支支縣	自伐支	伊支支縣	伊支支縣	隣豊縣	未詳	
買尸達縣		買尸達縣	買尸達縣	蘭山縣	蘭山縣	丹陽郡
翼峴縣	伊文	翼峴縣	翼峴縣	翼嶺縣	翼嶺縣	襄陽都護府
伊火兮縣		伊火兮縣	伊火兮縣	緣武縣	安德縣	
豆尸伊縣	富尸伊		豆尸伊縣	富城縣	富利縣	富利面
伯伊縣	伯伊海		伯壁縣	壁谿縣	長谿縣	長水郡
也西伊縣			野西縣	野西縣	巨野縣	金堤郡
豆伊縣	往武		豆城縣	伊城縣	伊城縣	沃溝縣
武尸伊縣			武尸伊郡	武靈縣	靈光縣	靈光郡
古尸伊縣			岬城郡	岬城郡	光山郡	長城郡
古西伊縣			古西伊縣	固安	竹	海南

※ 『삼국사기』 지리 4에는 등재하여 있지 않아도 기층어가 되는 전기 지명을 편의상 추정하여 기술한 경우도 있음.

이와 같은 지명 분포의 확인작업은 「삼국사기」에 등재되어 있는 모든 지명을 열거하면서 나름대로의 특정을 찾아서 상론한 도수희 (1985a)에 미루고 이 글은 '買珍伊'에 국한시킨다. 그러니까 <표 1>에서 보여주는 것은 「삼국사기」에 등재되어 있는 '買'와 '珍', 그리고 '伊'의 예이고, <그림 1>은 그 지명의 위치를 표시해 본 것이다. 그럼 <그림 1>의 내용을 면밀히 살펴보도록 하겠다.

지명소 '買'는 A-ⓐ 지역에서 단 1개(★3), A-ⓑ 지역에서 14개(★4, 5, 6, 7, 8, 9, 10, 11, 12, 13, 14, 15, 17, 18), B 지역에서 3개(★1, 2, 15), C 지역에서 3개(★16, 19, 20), D-ⓓ 지역에서 2개(★21, 22)가 나타나는 데 반하여 E와 D-ⓒ 지역에서는 전혀 발견되지 않는다.

지명소 '珍'은 A 지역에서 3개(▲1, 2, 3), B 지역에서 2개(▲4, 5), C 지역에서 8개(▲6, 7, 8, 9, 10, 11, 12, 13), 그리고 D-ⓓ 지역에서 2개(▲14, 15)가 나타난다.

지명소 '伊'는 A 지역에서 6개(*1, 2, 3, 4, 5, 6), B 지역에서 3개(*7, 8, 9), C 지역에서 8개(*10, 11, 12, 13, 14, 15, 16, 17), D-ⓓ지역에서 2개(*18, 19)가 나타나는 반면 E지역과 D-ⓒ지역에는 전혀 없다.

위 <그림 1>과 같이 「삼국사기」지리에서 발견되는 지명소 '買', '珍', '伊'의 분포내용은 거의 백제 지역에 치우치고 있음을 쉽게 알 수 있다. 지명소 '買'의 경우 22개 중 대부분이 조밀하게 A 지역에 분포되어 있어서 '買'의 방사원점은 바로 이곳이었다고 추정할 수 있다. 그리고 水의 뜻인 '買'와 '勿'이 밀접한 대응 관계로 사용되기 때문에 '買'가 북농남희(北濃南稀)라면 반대로 '勿'은 남농북희(南濃北稀)의 분포를 보이는데 거제도에 '買珍伊'의 '買'가 나타난다는 것은 흥미로운 일이 아닐 수 없다. 아마도 백제 전기지역(A)에 조밀하게 분포하였던 지명소

'홀'(忽)이 백제의 후기 지역(C)의 남단에 침투한 伏忽(>寶城)을 상기하다면 납득이 갈 것이다.

전국적으로 산재해 있는 '珍'의 예도 백제 지역인 C 지역에 조밀하게 분포되어 있다. 옛 백제 땅에서 쓰이던 어휘가 가라어 지역으로 확산된 듯이 보인다. 그런데 이 '珍'은 대개의 경우 백제 지명에서 '等・月・靈・突' 과 대응하므로 훈음차 'tar'이 아닐까 한다. 또 중부지역에서 쓰이고 있는 '達 : 高・山'과도 관련이 있다고 볼 수 있고, 중세국어에서 쓰인 '드르(野)'와의 관계도 부인할 수 없다.

또한 '伊'가 가장 적극적으로 나타나는 지역이 백제 지역인 C 지역이다. B 지역 역시 백제의 영역과 인접한 지역이라고 볼 때 '伊'의 형태소는 발원지가 백제어권일 것이라는 추측을 가능하게 한다. 이 '伊'는 중부지역 이남에 분포되어 있으면서도 해안이나 강변을 따라가고 있다는 것도 홍미로운 일이다. 이 자료로 미루어 생각해 볼 때 거제도의 지명 '買珍伊' 는 인근의 신라어 보다는 오히려 백제어와 가까웠다고 볼 수 있다. 도수희(1985d:49-81)에서 백제 전기어가 가라어에 적극적으로 차용된 사실을 확인하였다. 여기서 같은 사실의 단면을 다시 확인한다. 이 사실은 당시의 거제지역이 가라어권에 속하여 있었음을 알려 주는 증거가 된다.

'買', '珍', '伊'의 상고음과 중고음, 자석, 속음을 참고로 밝혀보면 <표 2>와 같다.

〈표2〉 '買珍伊'의 추정음과 자석·속음

借用漢字	上古音	中古音	字釋,俗音	音讀	釋讀	用例
買	meg (T) □ (K) mrer(Ch)	:mayφ(東) mai:(K) mæi(Ch)	·살:믜(會) 살믜(類)	mɐi mər		-忽,-省,- 谷,-伊,南- 內乙-
珍	ǐən (T) □ (K) tjĬan(Ch)	tin (東) □ (K) t'siln(Ch)	그르딘(千) 구슬딘(會) 보빅딘(類)	tən/tə̆r/tər, tər	kiri	付-伊,于- 也,伊-買,阿 -押
伊	Ĭed (T) ·Ĭər (K) ier(Ch)	ʔ:φ (東) ·i (K) ·iei (Ch)	소얄이(千) 저 이(會)	i i/su		-火兮,買-, 麻耕-,熊閑 -,付珍-

3.

이 글은 거제도 지역에 있었던 옛 지명 '裳, 巨老, 買珍伊'를 중심으로 논의하였다. 본론에서 논의한 내용을 다시 요약하면 다음과 같다.

경덕왕이 裳郡을 巨濟郡으로 개정할 때(757) 우선 기존의 두 지명을 근거로 삼아 '巨老+買珍伊⇒巨買'와 같이 일단 절취조합하고 다시 '買'를 동일 의미영역에 있는 '濟'로 바꾸어 '巨濟'를 조어한 듯하다. 아니면 '巨老'에서 '巨'만 절취하고 '濟'를 보태어 '巨濟'로 개정하였을 가능성도 배제할 수 없다. '濟'는 바다 물이 두른 섬(海中島)이란 의미로 濟州島의 '濟'와 같은 뜻으로 쓰였을 것이다.

변진 24국명 중의 하나인 瀆盧(독로)국의 승계 지명은 裳(상)군이었을 것으로 추정하였다. 瀆盧를 '도로/도루'로 추독하여 裳의 훈음인 '두루'와 관련을 지웠다. 이 지명의 잔존형을 斗婁技로 보고 이를 '두루기'로 음독하였다. 여기 '기'는 아마도 城의 뜻으로 쓰인 듯하다. 따라서 그 발달과정은 독로국(瀆盧國)>상군(裳郡)>두루기(斗婁技)와 같다.

巨老를 경덕왕이 鵝洲로 개정하였다. 고유어 '거로'를 鵝로 한역하였음이 분명하다. 그렇기 때문에 鵝洲는 巨老의 승계 지명이 된다. 현지의 노인들은 '아주'의 형세가 '거위'처럼 생겼기 때문에 붙여진 지명이라고 한다. 그러나 鵝가 훈음차일 가능성도 있어서 그렇게 쉽게 속단할 수 없는 문제다. 아직은 그 해석을 미루어 둘 수밖에 없다.

買珍伊는 買+珍伊 또는 買+珍+伊로 분석할 수 있다. '매'(買)는 '물'과 대응하는 지명소로 고대 한반도의 중부 지역에 조밀하게 분포하였던 것인데 '물'이 보편적으로 쓰였을 가라 지역에 침투된 사실이 특이하다. '진이'(珍伊)로 분석한다면 역시 중부 지역에 '뫼'(山)의 뜻으로 대응하는 '달'(達)에 해당하므로 '다리'로 추독할 수 있다. '뫼'가 쓰였을 가라 지역에 '달'이 침투된 사실이 또한 특이하다. 만일 '진+이'로 분석한다면 두 개의 지명소가 참여한 셈이니 마땅히 '珍'만을 '달'로 해석하고 '伊'는 달리 해석하여야 한다. 이 경우의 '이'는 '긔>이'와 같이 'ㄹ'아래에서 'ㄱ'탈락의 변화를 입었던 것으로 추정된다. 그렇다면 '긔'가 城의 뜻이었으니 변이 지명소 '이'도 城의 뜻으로 풀 수 있다.

가라어 지역의 남단에 위치한 거제도 지역에 백제 전기어인 '매'(水)와 '달'(山)이 분포한 사실은 두 나라 말 사이에 긴밀한 관계가 있음을 의미한다. 이 특징적인 사실은 도수희(1985d)에서 문화교류의 과정에서 유입된 백제어로부터의 차용관계로 판단한 결론이 타당함을 다시 뒷받침하여 준다.

IX. 금강유역의 언어(지명)와 문화

1.

　이 글은 '금강'의 어원과 어의부터 먼저 고찰한다. 그 다음에 발원지로부터 강구(옛 白江口)에 이르기까지의 중류 이상의 천변과 그 이하의 강변에 분포한 중요 지명중에서 선별된 지명만을 집중적으로 논의한다. 그리고 '금강'을 중심으로 한 언어와 문화의 분포 양상이 종적인 분포인가 아니면 횡적인 분포인가를 고찰하기로 한다.

　이 글은 '금강' 유역의 언어 분포가 강을 사이에 둔 양 지역 간의 대립 현상인가 아니면 강의 상·중·하류의 지역 간에 상이한 언어권을 형성하고 있는가를 고찰하게 된다. 다만 여러 가지 제약 때문에 특정 지역만을 표본으로 삼아 음운론적인 특징을 밝히기로 한다. 그리고 江을 사이에 둔 양안 지역 간의 언어가 독립적 핵 방언권을 형성할 만큼의 특징을 지니고 있는지의 여부도 살피게 된다.

　아울러 '금강'과 관련이 있는 강변 인근 지역의 옛 지명을 비롯하여 강변에 고착된 옛 지명을 풀이하는데도 주력하게 된다. 지명어는 한국학의 기초 정보를 지니고 있는 국어 자료의 보고(寶庫)이기 때문에 이것에 대한 분석기술은 관련 분야에 많은 도움을 주게 될 것이다.

모든 문화는 언어를 매개로 이루어진다. 따라서 이 글이 이룩하는 논의 결과가 역사, 전설, 민속 등의 인접 학문에 도움이 되기를 희구 (希求)한다. 특히 옛 지명의 풀이는 고전문학과 긴밀한 관련이 있다는 사실을 밝히는데도 힘을 기울이게 될 것이다.

2.

먼저 '금강'의 어원, 어의, 유맥(流脈)에 대하여 고찰키로 한다.

오늘날 우리가 부르는 '금강'(錦江)이란 강명은 언제 어떻게 발생한 것인가?

『삼국사기』(1145), 『일본서기』(720) 등의 고문헌에는 '금강'이 보이지 않는다. 오직 이 강의 전신인 '백강·백촌강·사비하'(白江·白村江·泗沘河)만 나타날 뿐이다. 『세종실록』(지리지 권149, 충청도조)(1454)에 "공주에 이르러 '금강'이 된다"(公州爲錦江)와 같이 최초로 '금강'이 나타난다. 그러나 아직도 공식적인 호칭은 '웅진'(고마ᄂᆞ르)이었음을 다음에서 확인할 수 있기 때문이다.

『용비어천가』(제15장)(1445)의 "公州ㅣ江南을 저하샤 子孫을 ᄀᆞᄅ치신돌…"에 나오는 '공주 강남'(公州ㅣ江南)에 대하여

> 이 강은 곧 고마ᄂᆞ르(熊津)인데 연기현으로부터 흘러와서 공주의 북을 지나 서쪽으로 흘러 부여에 도달하고 서천 딘개에 이르러 바다에 들어간다(卽熊津고마ᄂᆞ르也 來自燕岐縣 過公州之北 西流達于 扶餘 至舒川鎭浦 딘개 入于海)

와 같이 주석한 '고마ᄂᆞ르'(熊津)이었다. 위 주석은 '웅진'(熊津)이 연기

현으로부터 시작되는 것으로 되어 있다. 아마도 연기(燕岐)의 백제 지
명인 '두내기'(豆仍只)가 지니고 있는 뜻이 '동진강(東津江)+신탄강하
류(新灘江下流)⇒두내(合江)'였다면 이 합류처부터 부여 백마강 이전
까지를 '고마ㄴㄹ'라 하였던 것으로 판단된다. 이처럼 조선조 초기까
지만 하여도 '웅진'이 보편적으로 통용된 강 이름이었다. 아마도 별칭
인 '금강'이 기존하였다 하더라도 아직은 생소한 존재이었던 것 같다.
문헌에 등재되어 있지 않음이 바로 그 증거이며 또한 이로 미루어 볼
때 '금강'의 발생은 비교적 후대 즉 일러도 고려 시대의 말기 지음으로
추정된다.

　'금강'에 관한 보다 구체적인 소개는 『동국여지승람』(권15 옥천
조)(1481)의 다음과 같은 기록이 처음인 듯하다.

　'적등진': 군의 남쪽 40리에 있다. 그 근원은 셋이다. 하나는 전라도 덕유
산에서 오고, 하나는 경상도 중모산에서 오고, 하나는 본도의 보은현 속리
산에서 온다. 군의 동쪽을 경유하여 거탄이 되고 동북으로 흘러서 화인진
이 되고 회인현을 지나 미흘탄이 되고 문의현에서 형각진이 되고 공주에
이르러 먼저 금강이 되고나서 웅진이 된다. 부여에 이르러 백마강이 되고
임천과 석성의 경계에 이르러 고성진이 되고 서천군에 이르러 바다로 들
어 간다(赤登津 : 在郡南四十里 其源有三 一出全羅道德裕山 一出慶尙道
中牟縣 一出本道報恩縣俗離山 經郡東爲車灘 東北爲化仁津 過懷仁縣爲未
訖灘 文義縣爲荊角津 至公州爲錦江爲熊津 至扶餘爲白馬江 至林川石城兩
邑界爲古城津 至舒川郡入海).

　위 내용 중 "공주에 이르러 먼저 금강이 된 다음 웅진이 된다"(밑줄
부분)는 설명을 근거로 '금강'은 '웅진' 안에 위치한 보다 작은 강명으
로 출발하였음을 알 수 있다. 다음에 제시한 자료 중 (2)는 공주의 동5

리에 이르러 '금강도'(錦江渡)가 된다 하였고, (5)는 '웅천하'(熊川河)의 동북 5리에 위치한다고 밝히었다. 따라서 '금강'은 '금강나루'란 나루 이름에서 기원한 것으로 추정할 수 있다.

　요컨대 '금강'은 '웅진' 안에 위치한 일개 나루 이름으로 발생하였지만 후대에 '웅진'의 별칭으로 변하였기 때문에 그 지칭 범위도 '웅진'과 동일하게 확대되었다. 여기까지가 '금강'의 제1단계 격상이다. 보다 후대로 내려오며 여전히 '웅진'(곰나루)의 별칭으로 쓰이기도 하면서 한편으로는 강 전체를 통칭하는 강명으로 그 의미가 확장되었다. 여기까지가 '금강'의 제2단계 격상이다. 그러나 발원처(發源處分水嶺)로부터 강구(江口)에 이르는 전체 유역 중 어디까지가 하천이고 어디부터가 강인가의 문제가 제기된다. 지명소 '津'과 '江'이 두루 접미되는 지명부터 강이 성립하는 것으로 볼 수 있지 않을까 한다. 예를 들면 '동진강~합강, 신탄진~신탄강' 등과 같은 복수지명을 기준으로 구분할 수 있을 것이다. 군이 이렇게 구분하는 목적은 강과 하천이 문화권 형성에 미치는 영향이 현격히 다를 것이기 때문이다.

　위 자료 중 밑줄 친 대목은 '錦江=熊津'임을 증언한다. 그렇다면 둘 중에서 '웅진'이 고형이니 한역명인 '熊津'의 고유어 '고마ᄂᆞ르>곰나루'의 '곰'을 비슷한 음자로 차자 표기한 것이 '錦'이라 추정한다. 만일 '錦'이 훈차자라면 '錦江'의 고유어는 '깁ᄀᆞ름'이 되기 때문에 (고마>) '곰ᄀᆞ름'과의 불일치로 불가능하게 된다. 만일 '금'이 '곰'을 적은 것이라면 강명의 변천 과정은 '고마ᄂᆞ르(熊津) > 곰나루(熊津) > 금(=곰)가람(錦江)'이 된다. 따라서 '錦江渡'로 출발한 '금강'은 1차 격상하여 '웅진'과 동격인 별명으로 한 동안 함께 쓰이다가 후대로 내려오면서 지시 범위가 확대되는 2차 격상으로 결국 강 전체를 지칭하는 통합 명칭이 되었을 것이다. 그러나 이는 후대의 일이고 중세 이전으로 올라가면 전체를 포괄 지칭하는 강명이 있었던 것은 아니다. 위 자료의

내용에서 확인할 수 있는바와 같이 중류 즉 '동진강'(혹은 合江) 이전
까지는 거의가 곳에 따라 나루이름(津名)으로 불리었고, 공주를 중심
으로 하류로는 '백마강'까지 상류로는 '동진강'까지를 '웅진'으로 부르
다가 근래에 별칭인 '금강'과 병칭하게 되었을 것이다. 이른바 부여의
'사비강 > 백마강'으로부터 강구(江口)까지를 '백강'(白江)이라 통칭하
였으니 본래에는 '금강'은 공주를 중심으로 한 부분 명칭이었을 뿐이
다. 아마도 한낱 부분 명칭에 불과하였던 '금강'이 강 전체를 통칭하게
된 배경은 '공주'가 백제의 수도, 당의 웅진도독부, 고려 시대 이후로도
충청도의 행정부가 위치한 요지였기 때문이었을 것으로 추정할 수 있
다. 보다 후대의 지지(地誌)들은 다음과 같이 『동국여지승람』의 내용
을 근간으로 조금씩 다르게 기술하였을 뿐이다. 그래도 부분적인 차이
가 있기에 다음에 제시하여 참고토록 한다.

(1) 공주 북쪽에 이르러 금강이되고 남으로 꺽여 흘러 웅진이 되고 부여
    에 이르러 백마강이 된다(至公州北爲錦江 南折而爲熊津 至扶餘爲白
    馬江). <『열려실기술』 권16 지리전고>

(2) 금강 또는 웅진수라고도 한다. 그 근원이 전라도 장수 진안 무주 용담
    등 현에서 나온다. -중략- 공주 동5리에 이르러 금강나루가 된다(錦
    江 又名熊津水 其源出全羅道長水鎭安茂朱龍潭等縣 -中略- 至州東五
    里爲錦江渡) <전국지리지 『동국여지』③(한국지리총서, 아세아문
    화사간)>

(3) 금강 보은속리산에서 시작하여 옥천군을 지나 적등진이 되고 -중략-
    공주에 이르러 금강이 된 다음 웅진이 되고 부여에 이르러 백마강이
    된다(錦江 源出報恩俗離山 過沃川郡爲赤登津 -中略- 至本州爲錦江
    爲熊津 至扶餘縣爲白馬江) <『여지도서』상 >

(4) 동진은 근원이 셋이 있다. 하나는 진천 두타산에 있고, 하나는 청주

적곡에 있고, 하나는 전의 갈기에 있다. 동진 남쪽에서 합류하여 공주
금강으로 들어 간다(東津 其源有三 一出於鎭川頭陀山 一出於淸州赤
谷 一出於全義葛岐 合流東津南 入于公州錦江) <상동서 상 485>

(5) 금강 본 웅천하의 동북 5리에 있다. 근원은 장수 수분티이다(錦江 本
熊川河東北五里 源出長水水分峙) <『대동지지』권5:.91>

(6) 금강 즉전라도 금산군의 금수하류인데 그 근원이 장수 진안 무주 용
담 등의 현에서 비롯한다(錦江 卽全羅道錦山郡錦水下流 其源出長水
鎭安茂朱龍潭等縣) <『동국여지지』③>

요컨대 현재 광역시의 명칭으로 격상한 '대전'이 '대전(마을) < 대전
(리) < 대전(면) < 대전(군) < 대전(부) < 대전(시) < 대전(직할시) <
대전(광역시)'와 같이 격상되었듯이 '금강'도 '금강(진)<웅진~금강
<금강~웅진+백마강+백강<금강(상류+하류의 통칭)과 같이 확대 격
상하였다. (<는 확대표시)

'錦江'은 '熊津의' 별명이기 때문에 그 어의에 관한 풀이는 다음 4.2.
절에서 아울러 기술하기로 하겠다.

3.

3.1. 언어 분포의 특징 문제

주지하는 바와 같이 '금강'의 최상류 지역의 언어 분포가 아주 특이
함을 이미 여러 방언학자들이 비교적 치밀하게 구명하였다. 좀 더 구
체적으로 말하자면 이곳이 영동 · 황간 · 무주 등 충청 · 전라 · 경상 3
도의 경계지역을 이루는 까닭으로 방언 분화가 독특하게 일어난 표본

지역으로 인식되어 왔다. 그러나 행정 구역이 다른 데서 발생한 생활권의 사회적 이질화가 그 형성 배경이지 결코 江으로 인하여 발생한 것은 아니다. 그 곳은 江이 아니라 아직은 하천(河川)에 불과한 지역이기 때문이다.

이 글은 '옥천'(沃川) 지역을 하나의 표본으로 하여 언어 분포의 특징을 고찰키로 한다. 『동국여지승람』이 '금강'을 설명하면서 표제어로 삼은 진명(津名)이 곧 옥천군의 '적등진'(赤登津)이기 때문이다. 그리고 아래 <도표 1>과 같이 '금강'이 군의 동서간의 중앙을 관류(貫流)할 뿐만 아니라 그 동부(옛 청산현)는 신라 시대부터 조선조 태종 13년까지 내내 경상도에 예속되어 있었고, 또한 속리산에서 뻗어 내린 소백산맥이 '금강'과 만나 동부와 북부 지역을 양분(兩分)한 독특한 지형을 이룬 곳이기 때문이기도 하다.

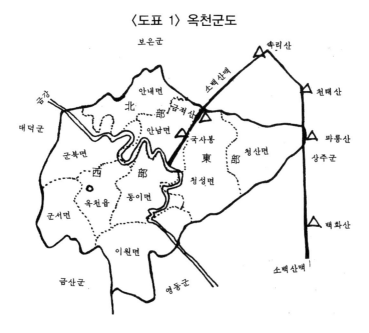

〈도표 1〉 옥천군도

'옥천' 지역은 역사지리적인 특성과 자연지리적인 특성에 따라 이질적인 언어권을 형성하였다. 역사적 배경 때문에 생성된 동부와 서부의 방언 특색은 이곳을 관류하는 '금강'이 동서를 양분하는 자연 지리적 특성 때문에 더욱 확고하게 되었다. 그러나 '청산현'(靑山縣)과 '상주군'(尙州郡)을 가르는 소백산맥이 경상도 방언의 동진(東進) 세력을 상당히 저지한 듯하다. 다시 말하자면 충남 방언의 세력이 금강에 막혀 동진하지 못하였고, 반대로 서진(西進) 내지는 북진(北進)하였을 경상방언의 영향이 일차적으로 소백산맥의 저지를 받아 약화되었고, 금강의 이차적인 저지로 말미암아 결국 동부 지역과 서부 지역의 상이한 방언권을 형성한 것이라 하겠다.

3.2. '옥천' 지역어의 분포 특징

(1) 옥천 방언의 지역간의 두드러진 차이는 동부는 /ㅓy/>/i/, 서부는 /ㅓy/>/ㅓ/, 북부는 표준어 /ㅓy/가 그대로 쓰인다.

(2) 서부 지역에는 성조가 없고 동부 지역에는 성조가 있다.

(3) 자음변동 중 특히 구개음화규칙과 경음화규칙 등이 동부·서부·북부 지역간에 상이한 현상을 나타낸다.

(4) 모음변동 중 이중모음의 단모음화 현상의 특징은 위 (1) 이외에 w계 이중모음이 서부지역은 충남방언과 동일하나 동부와 북부 지역에서는 발견되지 않는다(조성귀, 1983).

3.3. 언어 특성의 상하(종적) 대립과 좌우(횡적) 대립 문제

다음 도표 <2>, <3>, <4>를 통하여 방언권(혹은 문화권)의 형성을 가정할 수 있다.

〈도표 2〉 A 상류역 / C 중류역 / E 하류역 / B / D / F

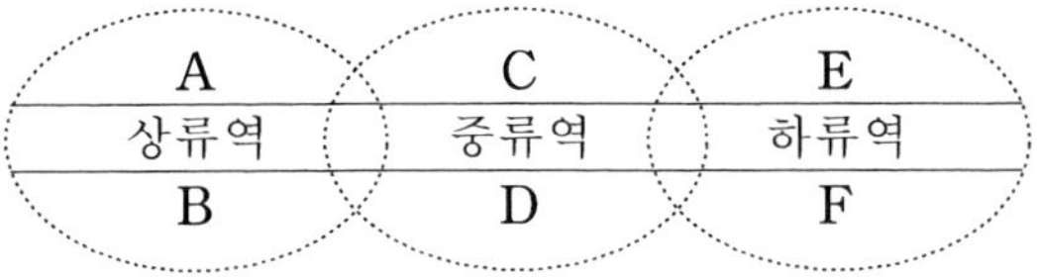

〈도표 3〉 A 상류역 / C 중류역 / E 하류역 / B / D / F

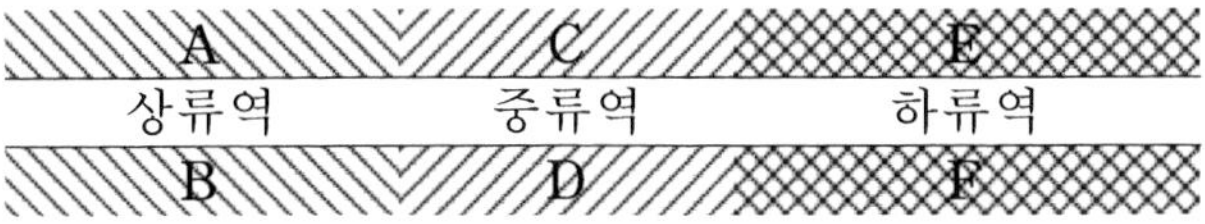

〈도표 4〉 A 상류역 / C 중류역 / E 하류역 / B / D / F

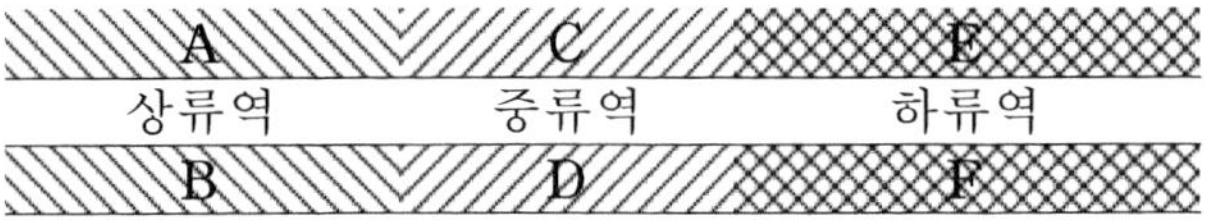

우리는 위 <도표 2-4>를 바탕으로 다음과 같은 방언권의 형성을 가정할 수 있다.

가정 1; 상류역=중류역=하류역 (<도표 2> 참고)

가정 2; A지역 : B지역 대립, C지역=D지역, E지역=F지역(<도표 3> 참고)

가정 3; A지역=B지역, C지역:D지역 대립, E지역:F지역 대립(<도표 4> 참고)

가정 4; ---------------

가정 5; ---------------

위 가정 중 '금강' 유역의 언어 분포는 '가정 2'에 해당하는 것으로 판단된다. 만일 금강 유역의 상류 지역을 옥천 지역 이상으로 획정할 때 이 상류 지역에는 여러 방언권이 독특하게 형성되어 있기 때문이다. 그 이하는 중류의 양안(C지역과 D지역)이 동일한 충청도이고 하류만이 전북(E지역=익산, 부안, 옥구, 군산)과 충남(F지역)의 경계를 이루고 있다. 그리하여 중류 지역을 중심으로는 충청도 방언권을 형성하게 되고, 하류로 내려오면서 점차적으로 전라북도와 동일 방언권을

형성하게 된다. 하류 지역을 중심으로 한 언어의 특징은 거의 동질적
이기 때문이다. 아마도 중·하류지역은 마한(馬韓)부터 백제(특히 웅
진, 소부리 시대)까지 동일 문화권의 역사적 배경이 밑바탕을 이루고
있기 때문일 것이다. 양안(E지역과 F지역)이 동일 방언권으로 묶여
있는 방언특징은 대체적으로 하농북희(下濃上稀)로 분포되었다고 볼
수 있다.

4.

4.1. 옛 지명 '고시산군'(古尸山郡)에 대하여

'고시산'은 현 옥천의 옛 지명이다. 이 '고시산'을 신라 경덕왕(16년
757)이 '관산'(菅山)으로 개명하였고, 고려 태조(23년, 940)가 '옥주'(沃
州)로, 조선 태종(13년 1413)이 다시 '옥천'(沃川)으로 개정하였다. 그
개정 과정을 다시 정리하면 '古尸山 > 菅城 > 沃州 > 沃川'과 같다. '고
시산' 풀이의 열쇠는 '관산'과 '옥천' 그리고 '고시'의 별칭인 '고리'(古
利)가 쥐고 있다. 경덕왕의 지명개정 원칙이 되도록이면 본 지명을 한
역하려는 의도였기 때문이다. 따라서 '菅'과 '沃'의 고훈을 찾아서 훈
독하면 정답을 얻게 될 것이다.

'菅'의 중세국어 훈은 ':골 관'(菅)<『훈몽자회』(상 5)(1527)>이다. 한
편 인근에 '환산성(環山城)'(환산은 옥천군의 북쪽 16리에 있다—環山
在郡北十六里) <『동국여지승람』(옥천군 산천조)>)이란 고지명이 있
는데 이 '環'의 고훈도 '고리'이다. 그럴 뿐만 아니라 '古尸'를 '古利'<
『삼국사기』(열전3 김유신 하)>로 달리 적기도 하였다. 이 동명이기(同
名異記)가 '古尸'를 '고리'로 읽게 하는 결정적인 증거이다. 고지명인

'阿尸兮 一云阿乙兮', '文峴~斤尸波衣'의 표기에서 '尸=乙', '文(글)=斤
尸(글)'와 같이 '尸'가 'ㄹ~을'로 나타남도 또한 이에 뒷받침이 된다.
고려 초기의 개정명인 沃州의 '沃'의 훈도 ':걸-'(건 짜해=沃土) <『소학
언해』(四 45)(1586)>이니 '고리>걸'로 변화하였음을 알 수 있다.
   위와 같이 '古尸'를 한역한 훈음이 '골(菅)~고리(環)>걸(沃)'이며
'古尸'의 이표기가 '古利'이기 때문에 우리는 '古尸'를 음차 표기로 보고
'고리>골'로 해독할 수 있다. 이 지명의 해독에서 '尸'가 '시' 아닌 '리~
ㄹ'인 사실은 향가 표기의 '尸'를

屋尸옥-ㄹ, 於尸어-ㄹ, 理尸리-ㄹ, 乎尸올-ㄹ, 道尸길-ㄹ, 宿尸자-ㄹ'
                                        (김완진 해독 慕竹旨郎歌)

로 해독하는데 확고한 바탕이 된다. 鄕札 표기 보다 고지명의 표기가
훨씬 앞서기 때문이다.

4.2. 옛 지명 '웅진'(熊津)에 대하여

   '웅진'은 '고마ᄂᆞᄅ'를 백제 시대에 한역한 한역 지명이다. 한역 표기
명이 지명으로 어휘화하기까지는 아주 오래 걸린다. 상당한 기간 그것
은 오로지 표기어로 쓰일 뿐 실제로는 고유지명을 부르기 때문이다. 따
라서 처음에 '熊津'의 '熊'은 '곰'의 뜻은 버리고 오로지 훈음인 '고마'만
차음하여 '北, 後, 大'의 뜻인 고유어 '고마'를 표기한 차자이었다. 따라서
'고마ᄂᆞᄅ'는 '北津(後津, 大津)이란 뜻이다. 위에 제시한 자료 중 『세종
실록』의 '공주 북쪽을 흘러 지난다'(過州北流), 『용비어천가』의 '공주의
북쪽을 지난다'(過公州之北), '금강은 본 웅천하의 동북 5리에 있다(錦江
本熊川河東北五里)'가 역시 '북진'(北津)임을 증언한다. 이 지명은 '고마

ㄴㄹ>곰ㄴㄹ>곰나루'로 변하였다. 한편 신라 통일 이후 '웅진주>웅주' (熊津州>熊州)로 축약된 후 '웅주'는 고유어 '곰골'로 호칭되었다. '곰골' 이 다음과 같이 자음접변으로 '공골'로 변한 뒤에 '공'은 '公'자를 음차표 기 하였고, '골'은 '州'자를 훈차(한역)표기한 것이다.

(1) 고마+골+뫼(熊忽山)>고ㅁ+골+뫼>곰+골+뫼>공골뫼(弓忽山)

(2) 고마+골(熊州)>고ㅁ+골>곰골>공골(公州)

(3) 고마+개+ㄴㄹ(熊浦津)>고ㅁ+개+ㄴㄹ>곰개나루>공개나루(熊浦津)
   (현 咸悅)

이밖에도 곰개(熊浦)>공개, 곰골(熊洞)>공골, 봄개(春浦)>봉개, 밤 고개(栗峴)>방고개 등과 같은 동일 환경의 변화 현상이 위 주장을 뒷 받침한다. 따라서 '公山'은 山의 모양이 '公'자처럼 생기었기 때문에 지 어진 이름이라고 풀이한 일부의 견해는 잘못이다. 고려 태조 23년 (940)에 '공골'(<곰골<고마골)을 '公州'로 표기한 이후의 어느 시기에 '(公州山>)公山'으로 부르게 된 것이라 하겠다. 한동안 '公山'을 주명 (州名)으로 삼은 일이 있는데 이 경우는 경덕왕이 '웅진주'를 줄여서 '웅주'로 개칭한 것과 동일하다.

이른바 '곰나루전설'은 '웅진'(熊津)이 한자어로 굳어지면서 본래의 의 미인 '北·後·大'의 개념이 사라지자 오로지 '熊'의 훈인 '곰'(짐승)의 의미로 변하게 되었다. 이 곰(짐승)으로부터 '곰나루전설'이 기원하게 된 것이다. 이와 유사한 지명 전설을 다음에서 거듭 논의하게 될 것이다.

4.3. 옛 지명 '소부리'(所夫里)에 대하여

현 '부여'(扶餘)는 경덕왕(16년 757)이 '소부리'를 개정한 이름이다.

'소부리'가 변하여 '사비'(泗沘)가 되었다. '소부리'의 서북에 '백마강'
(白馬江=所夫里河=泗沘江=白江=白村江)이 흐른다. '백강'(白江)은 'ᄉ
비강'을 달리 표기한 별칭이다. 이두 등의 전통적인 차자 표기에 쓰인
'白'의 훈음은 'ᄉᆞᆲ~술비'이다. 따라서 '白江'은 'ᄉ비강'으로 추독할 수
있다. '백촌강'(白村江)은 『일본서기』에만 오직 2회 나타날 뿐이다. 이
옛 지명은 '白江'에 '村'이 개재되어 재구조화하였다. 위 '白江'의 해독
에다 'ᄆ술'(村)을 보태면 '사비+ᄆ술+강'이 된다. 이 일본 측 역사서의
고지명이 후대에 '白馬江'(사비ᄆᆞᆯᄀᆞ롬<사비ᄆ술ᄀᆞ롬)으로 표기된 것
이라 하겠다. 그렇기 때문에 지명 '백마강'은 『동국여지승람』(1481)부
터 비로소 나타날 뿐이다. 이 '백마강'은 주변에 여러 지명 전설을 생성
유포하였다.

4.3.1. 지명전설; 『삼국유사』(권2 南扶餘 前百濟條)에

또한 사비강변에 한 바위가 있는데 일찍이 소정방이 이 바위에 앉아
용을 낚아 내었다. 그래서 바위위에 용이 무릎을 꿇은 흔적이 있는데 이로
인하여 용암이란 이름이 생겼다(又泗沘河邊有一嵓 蘇定方嘗坐此上 釣魚
龍而出 故嵓上有龍跪之跡 因名龍嵓).

와 같은 전설 중의 '용암'(龍嵓)이 '조룡대(釣龍臺)전설'을 생성한 모태
인 듯하다. 이로부터 대략 200여 년 뒤의 문헌인 『동국여지승람』(제18
권 부여현조)(1481)에 이르러서는

조룡대: 전하는 말에 의하면 "소정방이 백제를 공격할 때 강에 임하여 강
물울 건너려고 하는데 홀연 비바람이 크게 일어나므로 큰 말로 미끼를
만들어 용 한 마리를 낚아 얻으니 잠간 사이에 날이 개어 드디어 군사가

강을 건너 공격하였다. 그렇기 때문에 강을 백마강이라 이르고, 바위는 조룡대라고 일렀다.

와 같이 보다 구체화되었다. 여기서 '백마강'의 어원에 대한 의문이 발생한다. 왜 '조룡강' 혹은 '룡암강' 혹은 '정방강'이 아닌 '백마강'인가? 이 경이적인 사건의 주체는 '조룡' 혹은 '용암' 혹은 '정방'이지 결코 '백마'는 아니다. '백마'는 한낱 미끼에 불과하기 때문이다. 더구나 '백마강'이란 강명이 보다 훨씬 후대 문헌에야 비로소 나타나는 까닭도 밝혀져야 할 맞물린 문제이다.

　이른바 '조룡대'전설은 '백마강'이 본래의 의미를 상실하고 완전히 한자어화(어휘화)한 후에 발생한 전설이다. '백마'의 머리로 미끼를 삼아 용을 낚았다는 '조룡대전설'도 한자어로 어휘화한 '백마강'으로부터 기원한 것이다. 이 전설의 주인공이 당나라의 소정방이니 아무리 일러보았자 백제의 망년인 서기 660년을 넘지 못한다. 더구나 소정방은 당나라의 장군(사람)이었다. 그런데 어떻게 사람이 백마의 머리로 용을 낚을 수 있으며, 용을 끌어당길 때 낚싯줄로 인하여 바위(釣龍臺)가 푹 파일 수 있으며, 그 바위에 무릎을 끓은 자국이 그리도 깊게 남을 수 있는가? 모두가 '백마강'의 백마에 코를 걸어 꾸며낸 이야기일 뿐이다. 지명 전설이란 대체적으로 이렇게 기원하는 경향이 있음을 인식하여야 할 것이다.

4.3.2. 지명전설;『삼국유사』 권1(1205-1289) 太宗春秋公條에

　백제의 옛 기록에 이르기를 부여성 북쪽 끝에 큰 바위가 있는데 그 아래가 강물이다. 전해오는 이야기로 의자왕과 후궁들이 참변을 면치 못 할 것을 알고 서로 이르기를 차라리 스스로 목숨을 끓자하고 앞 다투어 이

바위에 이르러 강물을 향해 몸을 던져 죽었다. 이런 까닭으로 세속에서 이르기를 '디어 죽은 바위'(墮死岩)이라 한다. 그러나 이는 잘못 전해진 말이다. 단지 궁인들만 떨어져 죽고 의자왕은 당 나라에 잡혀가 죽은 사실이 당 나라 역사책(唐史)에 확실히 적혀 있기 때문이다(百濟古記云 扶餘城北角有大岩下臨江水 相傳云 義慈王與諸後宮知其未免 相謂曰 寧自盡不死於他人手 相率至此 投江而死 故俗云墮死岩 斯乃 俚諺之訛也 但宮人之墮死 義慈卒於唐 唐史有明文).

와 같이 낙화암(落花岩)이 아닌 타사암(墮死岩)으로 기록되어 있을 뿐이다. 또한 '3000궁녀'란 말도 없다. 따라서 의자왕이 궁녀들과 함께 떨어져(디어>지어) 죽었다는 말도 거짓이요, 궁녀가 3000명이었다는 말도 거짓이다. 그저 여러 궁녀(諸後宮)이었을 뿐이다. 단순히 '타사암과 많은(여러) 궁녀'로 기록되었던 사실이 후대로 내려오면서 문학적 표현으로 각색된 것이다. 문학적인 표현은 얼마든 과장될 수 있고 아름답게(美化) 표현될 수 있다. 한 나라가 망하는 비극의 현장이기에 타사암은 낙화암으로 미화 표현되었고, 여러 궁녀를 삼천 궁녀로 확대 표현함으로써 당시의 참상을 극대화한 전설이라 하겠다.

그러면 언제부터 이런 변화가 일어났는가? 문헌에 '낙화암'이 나타나기 시작한 것은 이승휴의 『제왕운기』(帝王韻記)하권(고려 충렬왕 13년, 1287)의 백제기에

수많은 궁녀는 청류(淸流)로 떨어지고(幾多紅粉墮淸流)
낙화암만 대왕포에 우뚝이 솟아 있다.(落花巖聳大王浦)
(할주: 浦以王常遊得名 岩以宮女墮死得名 臣因出按親遊其處-포는 왕이 항상 놀았기 때문에 얻은 이름이고, 바위는 궁녀들이 떨어져 죽었기 때문에 얻은 이름이다. 신이 나아가 벼슬할 때 친히 그 곳에서 놀았다.)

와 같이 처음으로 '낙화암'(落花巖)이 나오고, 고려 말기의 이곡(李穀 1298-1351)이 '조룡대하강자파'(釣龍臺下江自波)란 제목으로 지은 시에(『신증동국여지승람』 부여현조)

> "앞 부분 생략-후대의 미약한 자손들이 덕을 계승 못하고, 화려한 궁궐에 사치만 일삼았네. 견고한 성곽이 하루아침에 와해되니 천척 높은 바위 낙화(落花)로 이름짓다. -중간 생략- 천년의 아름다운 왕기 쓸어간 듯 없어지고, 조룡대 아래에 강물만이 출렁대네."

에 다시 나타난다. 만일 이승휴 자신이 시적 표현으로 처음 쓴 것이라면 그의 작시 연대가 곧 발생시기가 된다. 그렇지 않고 전해오는 말을 다시 인용하였다면 『삼국유사』(1280?) 이후부터 이승휴 이전의 시기에 발생한 것으로 볼 수 있다. 그렇다면 이곡은 이승휴의 작품에서 옮긴 것이 분명하다. 이후의 문헌인 『여지도서』(영조 때 간행), 『읍지』(영·정조 년간?), 『대동지지』(1864) 등의 부여현조에 낙화암은 설명이 되어 있는데 이른바 '삼천궁녀'란 어구는 발견되지 않는다. 그 중 마지막의 『대동지지』에도 나오지 않는 것으로 보아 아마도 1900년대 이후 현대에 와서 대중가요의 가사에 처음으로 '삼천궁녀'가 등장한 듯하다. 그럼에도 불구하고 일반적으로 '낙화암'과 '삼천궁녀'란 어구가 서기 660년 백제망국과 동시에 발생한 아득한 옛 말로 착각하고 있는 것이다. 의자왕이 궁녀와 함께 강물에 뛰어들었다는 전언이 거짓임이 그가 당 나라에 끌려가 그 곳에서 죽었다는 사실이 당 나라 역사서에 적혀 있어 밝혀졌듯이 역시 문학적인 표현의 허구였음을 새로 인식하여야 할 것이다.

X. 榮山江의 어원에 대하여

1.

羅州의 榮山江이 일제의 創地名이라는 문제가 제기되었다. 광복 60 주년 기념문화사업 추진위원회가 "일제가 우리 역사와 문화를 말살하기 위해 강 이름까지 영산강과 만경강으로 바꾸었다"라고 속단한 응모작을 '일제 문화잔재 바로잡기' 시민공모 1등(으뜸상)으로 선정하여 발표하자 강력한 이의가 빗발치듯 하였다. 드디어 시상 직전에 당선이 취소되었다. 어찌하여 이런 어처구니 없는 사건이 발생하였는가. 알고보니 공교롭게도 이 심사위원회에 참여한 사람들(또는 단체) 중에 단한 사람도 이 문제에 대한 전공자가 없었다는 사실이다.[1] 오늘날 모든 분야에서 전공지식이 적극적으로 활용되고 있다. 그런데 어찌하여 이일만은 전공자가 철저하게 배제되었는지 도무지 알 수 없다. 실로 榮山江·萬頃江은 지명이다. 지명은 지명학자가 그 전공자임에 틀림없

---

1) 조선일보(제26325호. 2005. 8. 13 A10)에서 해당 기사의 일부를 다음에 옮긴다.
「이번 시민 공모는 1차로 고증심사위원회(위원장 조세열 민족문제연구소 사무총장 · 위원 최경국 이재명 최열 이순우 김민수 황평우 윤종일 박수현 정재환 국립국어원 한글학회 민족문제연구소)를 거쳐 선정심사위원회에서 최종 결정했다.」

다. 따라서 이런 문제는 모름지기 지명학적으로 풀어야 그 정답을 얻을 수 있으리라 확신한다. 앞으로 이런 문제는 한국지명학회가 적극적으로 주도하여 해결하여야 할 전공적 과제임을 강조하는데도 이 글의 뜻이 있다.

광복 후 어느 학회가 주축이 되어 京城을 일제의 잔재로 단정하고 수도명을 '서울'로 바꾼 대표적인 사례가 있다. 그러나 京城은 일제의 잔재가 아니다. 「삼국사기」와 「삼국유사」에 京城이 자주 나타나기 때문이다.[2] 물론 한자어인 京城을 고유어로 바꾼 일은 아주 잘 한 결단이었다. 그러나 우리 조상이 오래 동안 사용하여 온 한자어 京城을 일제 잔재로 착각한 것은 큰 잘못이었다. 또한 "大田은 太田을 일제가 바꾼 개명이다"라고 터무니 없는 주장을 거세게 하여 한 때(하필이면 '93대전Expos 때에) 대전 시민을 혼란스럽게 한 일도 있었다.[3]

작금에 제기된 榮山江과 萬頃江의 문제도 동궤의 착각에 빠졌던 잘못임에 틀림 없다. 여기서 우리가 유의하여야 할 점은 일제가 한반도의 강명들을 개정하지 못 했다는 사실이다. 언중의 저항 때문에 강명 개정이 거의 불가능하였던 현실이 그 이유가 된다. 그래서 面 단위 이상의 큰 지명도 일제는 개정할 수가 없었던 것이다. 행정구역의 통폐합에 따른 부득이한 경우에도 두 지명을 합성하는 방법으로 개명하였다. 그럼에도 불구하고 하필이면 이 두 강명만을 개정하였다면 그 까

---

2) 始祖 二十一年 築**京城** 號曰金城 時歲 高句麗始祖東明立(「삼국사기」권1 시조 朴赫居世干條)
初文姬之妹寶姬 夢登西岳捨溺 瀰滿**京城**(「삼국유사」권1 太宗春秋公條)
又新羅**京城**東南二十餘里 有遠源寺(상동 권5 明郞神印條)
東京高位山天龍寺殘破有年---**西京**之四面山寺各田二十結(例(상동 권3 天龍寺條)
東京興輪寺金堂十聖(상동 권3), 自**京**師至於海內 --- **東京**明期月良(상동 권2 處容郎 望海寺條)
又徐伐-今俗訓**京**字云**徐伐** 以此故也(상동 권1 新羅始祖 赫居世王條).
3) 졸고(1997a)에서 大田이 전래지명이고, 太田은 일제 지명임에 틀림없음을 논증하였다.

닭을 구체적으로 밝혔어야 한다.

만일 榮山江·萬頃江이 일제의 개명이 아니라면 위 당선 무효작은 우리 역사를 스스로 왜곡한 치욕적인 표본으로 남게 된다.

萬頃江은 과연 일제의 창지명인가. 이 강명의 어원인 萬頃은 豆乃山縣(백제)>萬頃縣(신라 경덕왕)>萬頃縣(고려)>萬頃縣·郡(조선)>萬頃面(金堤郡)(현재)으로 전래되어 왔다. 그리고 金堤萬頃坪으로도 속칭되어 왔음은 주지의 사실이다. 이런 내력이 「삼국사기」 지리3을 비롯한 각종 「지리지」와 「고지도」에서 확인되기 때문에 더 논의할 필요가 없다.4)

여기서는 榮山江에 대한 是非만을 가리기 위하여 우리는 「고문헌」·「고지지」·「고지도」등에 榮山江이 어떻게 나타나는가를 어원적으로 정밀히 고찰하고자 한다. 그래야 문제의 정답을 얻을 수 있기 때문이다. 이 글의 궁극적 목적은 바로 여기에 있다.

2.

榮山江은 과연 일제의 창지명인가. 이 물음에 답하기 위하여 우리는 이 강명의 어원을 철저히 찾아 밝혀야 한다. 이 강명의 어근은 榮山인데 과연 이 강변의 어디에 榮山이라는 지명이 존재하였으며 그 것은 언제 발생한 것인가. 大田(한밭)에 흐르는 川이기 때문에 川名을 大田川(한밭내)이라 부른다. 물론 이와 반대일 수도 있다. 大川(한내)으로 인하여 大川市라 부르는 경우가 있기 때문이다. 이 두 경우 중 전자처럼 榮山 지역에 흐르는 강이기 때문에 榮山江이라 불렀을 것으로 예상

___
4) 김영만 교수가 CHOSUN.com(2005. 08. 26/28) 블로그에서 이 문제에 대해 신랄한 비판과 이의를 제기한 바 있다.

하고 고문헌에서 사실 여부를 확인할 필요가 있다.

우리의 지명이 비교적 자세히 기술되기 시작한 最古의 문헌은 (1) 세종실록 지리지(1454)이다.[5] 이 책의 나주목조에

① 古屬縣八: **榮山** 本黑山島 出陸移排州南十里**南浦江邊**(恭愍王十二年甲辰 加郡號)

　　　　　押海 本百濟阿次山縣 新羅押海郡 高麗初來屬

　　　　　餘艎 本百濟水川縣 新羅改餘艎

　　　　　會津 本百濟豆肹縣 新羅改會津

　　　　　安老 本百濟阿老谷縣 新羅改野老 爲靈巖領縣 高麗改安老來屬

　　　　　伏龍 本百濟伏龍縣 新羅改龍山 爲武州領縣 高麗複稱伏龍來屬

　　　　　潘南 本百濟半奈夫里縣 新羅改潘南 爲靈巖領縣 高麗初來屬

　　　　　長山 本百濟 居知山(居一作屈)縣 新羅改安波縣 爲壓海領縣 高麗複稱長山來屬

　　　　海島四: 慈恩島 押海島 巖泰島 **黑山島**

와 같이 고려 시대에 나주목이 거느린 여덟 고현 중의 하나로 榮山縣을 머리에 들어 놓았다. 기타 일곱 현은 그 뿌리가 백제에 박혀 있는데 榮山縣만이 나주목에 속한 네 섬(海島四) 중의 하나인 黑山島가 그 근원지임을 밝히고 있다. 다음은 (2) 고려사 지리지(1451-54)이다. 이 책의 나주목조에도 같은 내용이

---

5) 졸고(1991a:779)에서 다음을 참고할 수 있다.
　「地名을 史的으로 정리하고 지명을 길이 보존하기 위하여 地誌를 본격적으로 편찬하는 偉業이 世宗에 의하여 이루어졌다. 世宗은 金富軾이 남긴 지극히 초보적 기술 방법에서 탈피하여 자못 입체적인 방법으로 당대를 중심한 전국 지명을 通時的으로 記述하게 하였다.」

南浦津 黑山島(섬사람이 육지에 나와 남포강변에 우거하여 영산현이라 칭하였는데 공민왕 12년에 올려 군이 되었다.(南浦津 黑山島(島人出陸僑 寓**南浦江邊** 稱榮山縣 恭愍王 十二年陞爲郡)

와 같이 기술되어 있어 "흑산도의 섬사람이 육지에 나와 南浦江변에 자리잡고 우거하여 縣이 형성되었는데 이 현의 이름이 곧 榮山縣이라 하였다. 지금은 黑山島가 비록 섬이지만 옛날에는 어엿한 縣이었다. 그 縣址가 아직도 남아 있을 정도이니 그 규모를 짐작할 수 있다(黑山 島 水路九百里 周三十五里 古稱黑山縣 遺址尙存 <「동국여지승람」 권 35 나주목 산천조>). 말하자면 하나의 島縣이 그대로 육지로 이전된 것이나 다름이 없다.6) 이와 같이 榮山縣은 섬에서 이주한 移民集團이 건설한 新興縣이었던 것이다. 「삼국사기」지리3・4(1145)에는 榮山縣 이 보이지 않는다. 그런데 이 현이 고려 공민왕 12년(1363)에 郡으로 승격되었음을 감안하면 아마도 고려 시대 중기에 신설된 縣이었던 것 같다. 당시에 나주목의 領縣이 여덟인데 그 중에서 일곱 현은 백제 시 대부터 존재하여 온 아주 오래 된 舊縣들인데 이 榮山縣만이 그렇지 않다는 사실이 그 증거이다. 거기에다 古縣들을 제치고 당당히 머리에 내세운 점도 이해를 돕는다. 그러면 이 榮山縣의 위치는 나주목 관내의 어디에 있었던가. (3) 「(동국)여지승람」(권35)(1481) 나주목 고적조에

---

6) 도수희(1999:21)에서 이타리아 Napoli의 생성・발달에 대한 내용을 다음에 옮긴다. Napoli는 이 곳으로부터 서쪽으로 20km 떨어진 Cuma에 기원 전 800년경에 식 민 도시를 건설한 희랍인들이 200년 후에 집단 이주하여 일차로 건설한 희랍인 의 식민 도시(Polis)이었다. 얼마 후에 Cuma로부터 희랍인들이 재차 이주하여 먼저 정착한 도시 곁에 새 도시를 건설하게 되었다. 그러자 먼저 형성된 도시와 뒤에 형성된 도시를 구별하기 위하여 먼저 도시를 Palaepolise(the old city)로, 나중 도시를 Neapolis(the new polis)>Napolis라 부르게 되었다.

古跡:榮山廢縣-주의 남쪽 10리에 위치하였다. 본래 흑산도인들이 육지로 나와 남포에 우거하였으므로 영산현이라 하였다. 고려 공민왕 12년(1363)에 군으로 승격하였고 후에 주에 예속되었다(古跡: 榮山廢縣 在州南十里 本黑山島人 出陸僑寓南浦 稱榮山縣 高麗恭愍王十二年 陞爲郡後來屬)

와 같이 나주목의 治所에서 남쪽 10리에 있었다. 남포는 나주목의 중심에서 아주 가까운 곳이다. 그리고 영산현이 나주목의 제일 나루인 南浦津에 자리잡은 것도 新興縣으로 급부상 할 수 있는 최상의 지리적 환경이었다. 새로 명명된 지명 榮山에서 **榮**자의 의미가 그 증거가 된다. 섬사람들(黑山島人)이 육지 그것도 나주의 중심지인 번화로운 남포에 자리잡고 살면서 縣을 이루게 되었으니 비길 데 없는 영광이었을 것이다. 일반적으로 다른 곳에 이주하여 정착하게 되면 본고장의 지명을 바탕으로 개척지의 지명을 삼는다. 영국의 York인들이 이주 정착하여 지은 새로운 지명이 미국의 New York이다. 우리의 지명에서도 지명소 '새' 또는 '新'이 접두된 지명의 대부분이 그렇다. 그런데 흑산도인들은 개척지명을 新黑山으로 명명하지 않았다. 그들은 본향명의 집착에서 벗어날 만큼 영광스러웠던 것이다. 혹시 '山'자만은 黑山島의 山을 옮긴 것이 아닌가 의심하여 봄직하다. 그러나 이것조차도 보다 상위 地名(羅州別稱)인 錦山에서 따왔을 가능성이 더욱 짙다.

榮자의 색임이 영화(辱之反), 꽃다울(華也), 성할(茂也)(「新字典」), 비슬영(茂盛也)(「훈몽자회」하2)이다. 그런데 아쉽게도 영산현에 대한 고유어가 전해지지 않았다. 그렇다면 고유어로 무엇이라 불렀을까. 여기서 선택할 수 있는 榮의 고훈은 '비스다'이다. 고어 '비스-'는 "모믈 비스고"(榮身)에서 확인하는 바와 같이 '꾸미다'의 뜻이다. 따라서 만일 榮山을 고유어로 불렀다면 '비슬뫼~빗뫼'였을 것이다. 아니면 섬에서 나와 중심지에 살게 된 '榮華' 또는 '繁榮'을 나타낸 새 지명이었을 것이다. 그러나 계림유사 (1103-4)의 "錦曰錦, 年春夏秋冬同, 東西南北同"과 같이 이미 한자어가 성행하였던 것이니 아마도 한자어로 불렀을 가능성이 짙다. 고유어 '발라'(發羅)도 '錦曰錦'으로 미루어 볼 때 이미 한자어 錦山으로 불렀을 것이고, 南浦를 훈음차하여 木浦(남포)로 적은 것을 보면 南개라 불렀을 가능성이 그 뒷받침이 된다. 이렇게 급부상한 榮山縣의 '榮山'이 다음에서 논의하게 될 榮山江의 어원이다.

초기 문헌에는 榮山江이 나타나지 않는다. 위 자료 (1) 세종실록 과 (2) 고려사 에 南浦江으로 나타나기 때문이다. (3) 여지승람 나주목 연혁조에

羅州牧 本百濟發羅郡(一云通義) 新羅改錦山郡(一云錦城)
世祖始置鎭 鎭管郡二靈巖靈光 縣八咸平高敞光山長城珍原茂長南平務安 新增光山陸州 新增州一光州
錦江津 一名錦川 一名木浦 或云南浦 卽廣灘下流

와 같이 榮山縣이 보이지 않는다. 아마도 조선 초에 이미 폐현이 된 듯하다. 여기서 주목해야 할 대상은 바로 錦江津이다. 세종실록 지리지의 南浦江이 여기서는 錦江津으로 나타나기 때문이다. 그리고 "錦江津은 일명 錦川, 木浦 또는 南浦라고 한다. 곧 廣灘의 하류인데 주의 남쪽 10리에 있다"고 하였다. 따라서 나주목의 남부에 흐르는 이른 시기의 강명은 錦江이었다. 그리고 이 錦江에 있는 나루가 錦江津인 것이다. 여기 錦江의 어원은 錦山郡(錦城)의 '錦'에 있다. 이 錦江은 일명 錦川이라 부르기도 하였다. 그러니까 백제의 發羅郡을 신라 경덕왕이 錦山郡(錦城)이라고 개정한 錦山-錦城의 錦에 지명소 江을 접미하여 錦江이라 부르게 된 것이다. 또한 나주목의 鎭山을 錦城山이라 불렀

다. 거기에 나주목의 主城이 있기 때문에 그리 부르게 되었다. 그렇다면 백제 시대에는 고유지명인 '발라'(發羅)에 지명소 'ㄱ롬'이 접미되어 '발라ㄱ롬'이라 불렀을 것이다. 경덕왕 16년(757)에 發羅郡이 錦山郡으로 개정되었으니 錦江은 그 이후 어느 땐가 발생되었을 것이다. 고려말 정도전의 詩句 중 "錦江은 나주의 동남을 흘러가 會津縣 남서쪽을 지나 바다로 들어간다"(錦江由羅東南流 過會津縣南西入海)는 구절에서도 강 이름이 錦江이었음을 확인할 수 있다.

이 강이 나주목의 남쪽으로 흘렀기 때문에 일명 南浦라 부른 것인데 남포를 木의 훈음을 빌어 표기하면 '남(<나무)포=木浦'가 된다. 이 강의 끝에 있는 목포시의 木浦도 같은 뜻으로 쓰였다. 나주의 목포는 나주읍의 남쪽에, 목포시의 목포는 무안읍의 남쪽에, 이처럼 모두가 남쪽에 위치하였기 때문에 南浦라 명명한 이름들이다. 그리고 이 錦江의 상류에 '너븐여홀'(廣灘)이 있다. 그러니까 여기까지는 강이 아니라 여홀이었다. 「여지승람」나주목 산천조에

광탄(廣灘) : 그 근원이 여덟이다. 하나는 창평현 무등산(無等山)의 서봉학(瑞鳳壑)에서 나오고, 하나는 담양부(潭陽府)의 추월산(秋月山)에서 나오고, 하나는 장성현 백암산(白巖山)에서 나오고, 하나는 노령(蘆嶺)에서 나오고, 하나는 광산(光山) 무등산(無等山) 남쪽에서 나오고, 하나는 능성현(綾城縣) 여점(呂岾)의 북쪽에서 나온다. 이것들이 모두 주의 북쪽에 이르러 작천(鵲川)·장성천(長成川)과 합류하여 주의 동쪽 5 리에 와서 광탄이 된다(廣灘 其源有八 一出昌平縣無等山之瑞鳳壑 一出潭陽府秋月山 一出長城縣白巖山 一出蘆嶺 一出光山無等山之南 一出綾城縣呂岾之北 俱至州北與鵲川長成川 合流 至州東五里爲廣灘).

와 같이 '너븐여홀'(廣灘)은 여덟 根源에서 흘러 온 여덟 내가 합류하

여 이루어진다. 따라서 이 廣灘부터 그 하류를 江이라 부를 수 있다. 그래서 광탄 바로 아래의 남포(목포)를 중심으로 한 상·하류의 강 이름이 錦江이다. 따라서 이 강의 기록상 처음 이름은 錦江·錦川·南浦江이었다. 여지승람 나주목조에

창고: 榮山倉-錦江津 언덕에 있으니 곧 榮山縣이다(倉庫: 榮山倉 在錦江津岸 卽榮山縣也).
교량: 榮山橋-錦江津에 있는데 1년에 한 번씩 수리한다(橋梁: 榮山橋 在錦江津 歲一修輯流寓 高麗: 鄭道傳 錦江由羅東南流 過會津縣南 西入海).

와 같이 錦江(津)과 榮山(倉·橋)는 이신동체로 존속되어 왔다. 이 불가분의 관계가 결국은 錦江이 榮山江으로 바뀐 요인이었던 것이다.

3.

17세기 말엽까지는 나주목 남 십리의 남포를 중심으로 한 상·하류의 강을 錦江(錦川)이라 불렀다. 그 중심에 錦江津이 있었고 여기에 榮山橋가 있었다(榮山橋 在錦江津). 그리고 榮山縣이 폐지되면서 그곳이 榮山倉이 되었다(榮山倉 在錦江津岸 卽榮山縣也). 비록 榮山縣은 폐현되었지만 榮山이란 지명만은 존속되어 **榮山橋 榮山倉 榮山津**으로 활용되어 왔다. 그리고 근래까지도 榮山洞·榮江洞(전남 금성시)으로 잔존하고 있다. 그러나 그 당시의 문헌에는 榮山江이 나타나지 않고 17세기 말엽의 고지도에 비로소 榮山江이 등장한다.

(4) 고지도: ① 東輿備攷 (1682?)에는 강명은 없고 오로지 榮山縣

과 '錦江津 一名南浦 一名木浦'만 나타난다. 이 고지도는 榮山縣을 비롯한 고려 시대의 고지명을 보존하고 있다. 위 자료 (1)의 古屬縣八이 그대로 나타나기 때문이다. 이 고지도에 의거하면 조선 초기까지는 錦江으로 통칭된 듯하다(<고지도①>참고).

②「興地圖書」의 나주목 지도(1725-1776)에 榮江津과 曲江面 沙湖津이 나타난다. 여기 榮江은 榮山江의 준말이다(<고지도②>참고).

③「海左全圖」(1830)에 드디어 榮山江이 나타난다. 그리고 이 강의 하구에 木浦만 나타날 뿐이다(<고지도③>참고).

④「靑邱圖」(1834?)에는 나주의 남쪽을 중심으로 한 상·하류의 강명이 榮山江으로 나타나고, 務安의 하류에 沙湖江이 나타나며 보다 하류에 曲江이 나타난다(<고지도④>참고).

⑤「大東輿地圖」(1861)는 榮山江이 錦江으로 복원되었고, 沙湖江과 曲江은「靑邱圖」와 같다(<고지도⑤>참고).

〈고지도①〉:「동여비고」

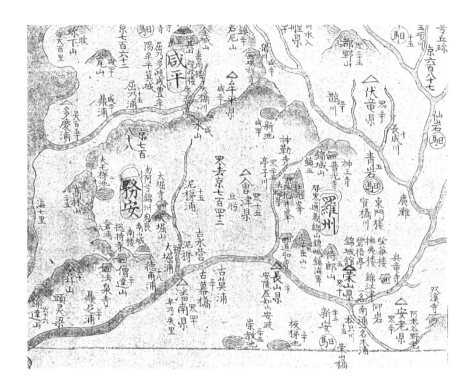

〈고지도②〉: 『여지도서』의 「나주목지도」

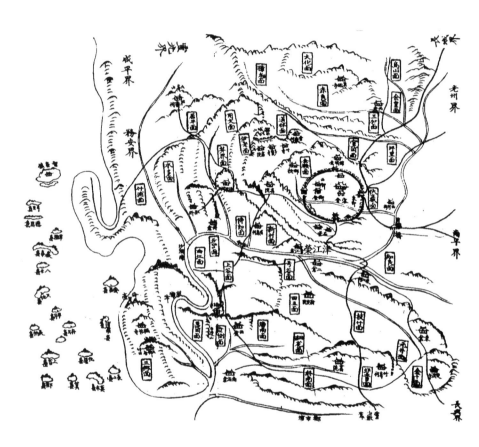

〈고지도③〉:「해좌전도」

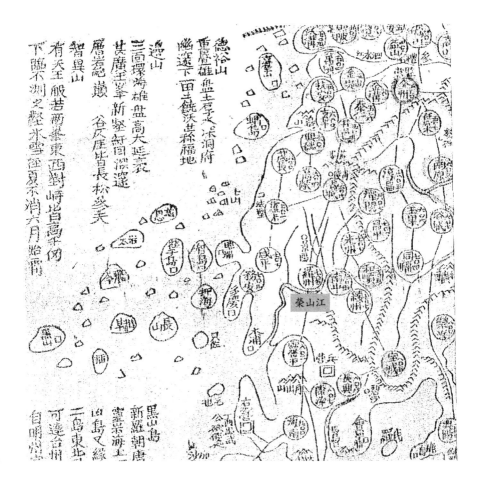

〈고지도④〉: 「청구도」

〈고지도⑤〉: 「대동여지도」

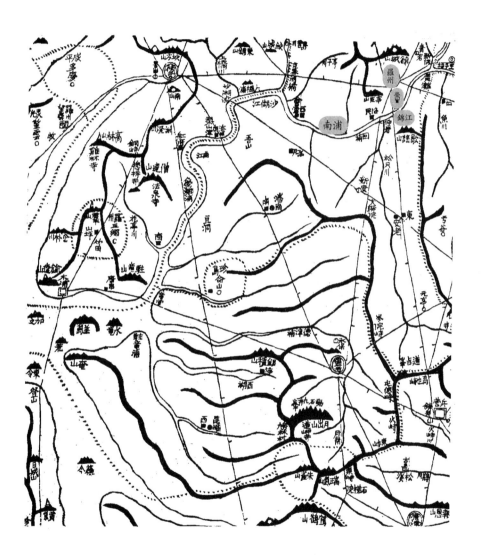

위 <고지도①-⑤>에 나타난 강 이름은 다음과 같이 발달하였을 것이다.

南浦江>錦江~錦川>榮山江-沙湖江-會津江-曲江>榮山江(통칭명)

그러면 「고문헌」 및 「고지지」에는 이 강의 이름이 어떻게 나타나는가를 알아보도록 하겠다.

(5) 「고문헌」: ① 조선왕조실록 영조 원년(1725) 3월 25일조에

또 말하기를 능주등다섯읍의 전세를 포구로 나르는 일인데 나주 **榮山江**의 4-5십리땅을 버리고 3-4일 걸리는 법성포의 먼길로 보내는가라고 하였다.(又言綾州等五邑田稅出浦也 捨羅州**榮山江**四五十里之地 遠輸於法聖浦三四日之程)

와 같이 榮山江이 보인다. 또한 ② 日省錄 정조 10년(1786) 1월 22일조에도 榮山江이 나타난다. 그리고 李肯翊(1736-1806)의 ③ 燃藜室記述 (제16권) 지리전고에

나주의 榮山江은 그 근원이 여덟이 있는데 하나는 潭陽의 秋月山에서 나오고, -중략- 합해서 흐르다가 羅州 동쪽에 이르러 廣灘이 되고 羅州 남쪽은 榮山江이 되는데, 이 강의 본 이름은 錦江津이다. 다시 서쪽으로 흘러 會津江이 되고 務安에 이르러 大掘浦가 되고 德甫浦가 되며, 남쪽으로 흘러 頭靈梁이 되고 서쪽으로 흘러 靈岩海로 들어간다. 고려 시대에 이 물을 背流하는 三大江의 하나라고 하였다.(羅州榮山江. 其源有八 一出潭陽秋月山 -中略- 合流至州東爲廣灘 州南爲榮山江 本名錦江津 西流爲會津江 至務安爲大掘浦 爲德甫浦 南流爲頭靈梁 西流入于靈岩海 高麗時

以此水爲背流三大江之一).

와 같이 榮山江이 기술되었는데 그 본명이 錦江이라 하였다. 李重煥의
④「擇里志」에는

　　羅州는 노령 아래의 한 도회로 錦城山을 등지고 남쪽은 靈山江에 임하
여 읍치의 지세가 마치 漢陽과 비슷하고 옛날부터 이름난 관리들의 집이
많다.

와 같이 '榮'자가 동음이자로 표기되어 있기도 하다. 그러면 각종「고
지지」에는 어떻게 나타나는가를 확인하여 보도록 하자.

　　(6)「고지지」: ①「輿地圖書」(1725~1776) 전라도 나주목조를 살펴보
기로 하겠다.

古跡: 榮山廢縣 在州南十里 本黑山島人出陸僑寓南浦稱榮山縣 高麗恭愍王三十二年 陞爲
　　　郡後屬本州
　　　沙湖津 曲江面(自官門五十里)
　　　錦江津 一名錦川 一名木浦 或云南浦 卽廣灘下流 在州南十一里
　　　榮山橋 在錦江津
　　　廣灘 在州東七里 其有源有八 一出昌平縣無等山之瑞鳳壑 一出潭陽府秋月山 一出長
　　　　　城白巖山 一出蘆嶺 一出無等之南 一出綾城縣呂岾之北 俱至州北鶴川長城川
　　　　　合流 其州東五里爲廣灘

　　위 내용을 보면 이때까지는 나주목의 남쪽 10리의 강을 중심으로
상·하류를 錦江-錦川이라 불렀고, 나주 관문으로부터 서쪽 50리에

있는 강의 굽은 부분을 曲江이라 불렀는데 이로 인하여 曲江面이 생겼다. ②ᴵ 邑誌 (四 全羅道①) 나주목조는 치소에서 45리 떨어진 금강하류를 會津江(會津江津 在州四十五里 錦江下流)이라 불렀음을 알려준다. ③ᴵ 邑誌 (五 全羅道②) 나주목 江川조에 錦江, 榮浦(在州南十里), 沙五浦(在州南四十里)가 나타난다.

　⑤ᴵ 大東地志 나주목 山水조에

> __沙明(湖?)江__南平之砥石江光州之黃龍川合于王子臺下 西流至州東五里
> 　　　　　爲廣灘 折而西南流 至鷗岩爲錦江津爲榮山江 爲南浦 西流左
> 　　　　　過松只川爲曲浦 至古幕院右過鶬川爲沙湖津 入務安界 仰岩一
> 　　　　　云鷥岩在錦江南岸 其下水深幕側

와 같은 細註가 있는데 여기서 우리는 沙湖江과 榮山江을 발견한다. 이제까지 발견한 강명을 상·중·하류의 순으로 나열하면

　　廣灘⇒錦江(錦川~南浦~木浦)>榮山江⇒會津江⇒曲江>沙湖江

와 같고 강명의 발생순으로 나열하면

　　錦江~南浦江>榮山江~會津江~曲江>沙湖江

와 같을 것으로 추정할 수 있다. 이것들 중 錦江이 통칭명이었을 것이다. 이 강의 중심지역인 나주목의 강명이기 때문이다. 남어지의 강명들은 나주목의 영현지역의 부분명칭이었던 것이다. 근대에 이르러 금강을 대신한 영산강이 그 명맥을 이어서 통칭명이 되었던 것으로 추정할 수 있다. 마치 공주 錦江이 처음에는 錦江津에서 출발하여 그 세력

이 강해지면서 熊津(熊川·고마나루)를 대신하는 강명으로 승격하였고 결국에는 그 하류명인 백마강과 백강을 몰아내고 강 전체의 이름으로 격상한 과정과 동일하다. 동일명 錦江이 하나는 신생 영산강에 의해 퇴출되고 하나는 옛 이름(웅진, 백마강, 백강)을 축출하고 승격한 점이 相異할 뿐이다.

4.

榮山江을 일제가 바꾼 강명으로 착각하도록 유인한 두 자료가 있다. 하나는 일제가 1916년에 간행한 지도(5만분의 1)가 그것이다. 이 지도에는 오로지 榮山浦와 榮山江만이 나타나기 때문이다. 다른 하나는 신경준의 「동국(문헌)비고」(1770)와 구한말의 「증보(문헌)비고」(1908)의 기사이다. 위 두 「비고」에도 강 이름이 沙湖江으로 되어 있다. 단순히 이상의 자료만을 근거로 삼는다면 榮山江을 일제가 바꾼 강명으로 오인하기 쉽다. 아울러서 沙湖江을 전래지명으로 착각하기 쉽다. 더구나 일제가 전국지명을 改定한 시기(1916)와 위 지도의 작성 시기가 동일한데다 일제의 개정 지명만이 지도에 철저하게 반영되어 있으니 榮山江도 그렇게 된 것으로 믿게 한다.

그러나 위 두 「비고」를 세심히 살펴보면 잘못된 기록이 발견된다. 「증보비고」 나주 산천조에 "沙湖江이 州의 남쪽 1리에 있다"(沙湖江 在南一里)고 잘못 기술한 내용을 믿고 나주를 중심으로 한 상·하류의 통칭명이 沙湖江인 것으로 속단한 듯하다. 그러나 나주읍과 가까운 강의 위치는 남쪽 10리에 있었다. 그리고 沙湖江(沙湖津)은 주의 서쪽 40여 리에 있었다. 이 책의 務安 山川조에 "沙湖江은 군의 동쪽 20리에 있다"(沙湖江 在東二十里)라고 한 바른 기록으로 알 수 있다. 무안이 나주의 서쪽에 있었기 때문에 무안군 산천조의 기록을 믿을 수 있기 때문이다. 그런가하면 ˹동국비고˼ 나주 津島條에 "榮江津: 고려 때에는 南浦倉이라 불렀다. 錦江津: 모두 남쪽으로 10리에 있다"고 기록되어 있다. 여기서 우리는 榮山江의 준 말 榮江을 발견한다. 그리고 같은 나루가 두 이름으로 부렸음을 확인할 수 있다. 그 어원을 최소한 여기까지 만이라도 파고들었다면 "영산강은 일제가 바꾼 강명이다"라는 오판의 실수를 저지르지 않았을 것이다.

˹삼국사기˼(신문왕 5년)에 의하면 신라가 처음에 획정한 9州에 發羅州가 포함되어 있다.[7] 發羅州(백제·통일신라 초기)>錦山郡(신라 경덕왕)>羅州(고려 태조)로 변천한 나주는 전주와 더불어 全(全州)+羅(羅州)道의 요새였다. 그래서 ˹고려사˼(지리지)에 "나주목은 5郡 11縣을 거느린 요충이었다"고 밝혔다. 조선 초의 나주목은 3郡 8縣 4海島를 거느렸다고 ˹세종실록˼(지리지)이 밝혔다. 이처럼 나주의 지역적인 역할은 막강하였는데 그 역할을 도운 포구가 바로 南浦江·錦江이다. 그런데 이 남포강(금강) 지역을 중심으로 신흥 영산현이 형성되면서 자연적으로 남포강·금강에 영산(진)·영산(창)·영산(교)란 지명이 발생하게 되었다. 아마도 '榮山'이란 지명이 생성되기 전에는 나주지역을 중심으로 한 강명을 南浦江 또는 錦江이라 불렀을 것이다. 그리고 하류로 내려오면서 지역에 따라 붙여진 강명인 會津江/沙湖江/曲江을 해당 지역 사람들이 강명으로 곳에 따라 달리 불렀을 것이다. 이런 전통적인 호칭현상은 예나 지금이나 다름이 없기 때문이다. 가령 적성과 교하에서는 임진강을 仇淵江이라 불렀고(邑稱 仇淵江), 交河

---

7) 이병도(1980: 130)에서 주6)을 다음에 옮긴다.
　이때의 九州는 (1) 一善州(善山)·(2)歃良州(梁山)·(3)漢山州(廣州)·(4)首若州(春川)·(5)何瑟羅州(江陵)·(6)所夫里州(扶餘)·(7)完山州(全州)·(8)菁州(晉州)·(9)發羅州(羅州)를 가리킴인 듯(六年七年條에 약간의 개편이 있음).

의 읍칭으로는 漢江을 深嶽江이라 불렀다. 이런 현상은 금강에서도 확인된다. 예를 들면 금강도 부여에서는 백마강~사비강이라 부르고, 상류로 올라가면서 지역별로 東津江, 合江, 芙江, 新灘江이라 부른다. 그런데 熊津(고마나루)보다 약간 북쪽 상류 지역에서 발생한 錦江津이 세력이 커져 결국은 熊津을 몰아내고 그 자리를 차지한 뒤에 이 강변에 존재한 도시 중 가장 비중이 큰 공주(옛 도읍지 또는 도청소재지)의 막강한 배경 때문에 강 전체를 통칭하는 의미로 확대되었다. 전라도에서 역사적으로 가장 큰 도시였던 나주의 錦江도 나주의 막강한 배경때문에 강 전체를 통칭하는 의미로 쓰였을 것이다. 그러다 조선 중기이후에 발생한 영산강이 금강을 몰아내고 새 주인이 되었고, 다음 단계로 강 전체를 통칭하는 지위로 점차 격상한 것이라 하겠다. 최근에강원도 평창군이 지금의 도암면을 대관령면으로 개명을 추진하는 까닭도 동일한 뜻이라 하겠다.8)

그러나 우리가 파악한 바로는 영산강의 뿌리는 비교적 이른 시기에박혀 있었다. 영산강의 어원이 영산현에 있고 영산현은 고려 시대에설치한 古縣이기 때문이다. 그 뿌리를 깊게 파보지 않고 얕게 박혀 있는 새 뿌리만을 캐었기 때문에 근원을 잘 못 파악하게 된 것이라 하겠다. 실상 강 이름은 통칭보다 부분 명칭으로 실용된다. 예를 들면 지역별로 사호강 곡강 회진강 금강~영산강으로 현지인들은 부른다. 이렇게 지역별로 부르던 부분 명칭 중의 하나가 득세하여 전체의 강명으로

---

8) 조선일보(2005. 11. 15. A15)의 해당 기사 중 일부만을 다음에 옮긴다.
"외지 사람들이 잘모르는 '도암면(道岩面)' 대신에 널리 알려진 이름을 따서 '대관령면(大關嶺面)'으로 바꾸자."
강원도 평창군이 용평 스키장, 대관령 삼양목장 등이 자리잡고 있는 도암면의 행정구역 명칭 변경에 나섰다. --중략-- 평창군은 도암면이 2014년 동계올림픽 유치에 나선 지역임에도 불구하고 인지도가 떨어져 개명을 고려하게 되었다고 밝혔다.

승격하는 것이다. 이런 경우 강변의 도시 중 역사적으로 가장 큰 도시의 강명(이른바 읍칭 강명)이 도시의 배경 때문에 통칭명으로 승격함이 보편적이다. 따라서 사호강은 이 강의 하류명인 부분 명칭에 불과하였다.

요컨대 그 일차 전통적인 통칭명은 錦江이었고, 이 전래 통칭명을 계승한 새로운 통칭명이 영산강었다. 따라서 榮山江은 일제 강점기 이전부터 불러온 우리의 전래지명이다.

XI. 지명해석의 한 방법에 대하여

1.

이 글은 옛 지명의 해석에 대한 한 방법을 모색하려는데 목적이 있다. 지명 연구를 거듭하면서 우리는 많은 경험을 축적하게 된다. 이 과정에서 우리는 잘못의 경험을 수시로 발견하고 그 개선 방안을 강구하려고 고심을 많이 한다. 그 중의 하나인 지명 해석법도 보다 과학적인 경지에까지 도달하려면 많은 착오의 과정을 거치며 점증적으로 그 차원을 높여 갈 도리밖에 없다. 이 글의 목적도 이런 보편적인 원리에서 벗어나지 않는다.

지명 자료는 시대별로 이질적일 가능성을 내포하고 있다. 또한 공시적인 지명 자료라 하더라도 자료들 사이에 차자 표기 수단을 비롯한 여러 가지의 이질성이 존재할 수 있다. 그럼에도 불구하고 시공(時空)을 초월하여 모두를 동질적인 자료로 착각하고 무분별하게 기술분석을 감행한다면 결국은 아전인수격 해석의 함정에 빠지게 된다. 이런 어처구니없는 함정에 빠지지 않도록 하려는데 이 글이 다소나마 도움이 되어 주었으면 한다.

동일 시기의 동일 자료는 그 자료에 내재하는 특수한 표기 방법을 존중하여 우선적으로 적용하여야 한다. 말하자면 그 시기(대)가 우리의 지명 차자 표기법사의 어느 단계에 해당하는가를 정확히 파악하여 합리적으로 해석해야 한다. 표기법의 변천에 따라서 표기내용도 달라지는 시대별 차이의 공통점이 있을 것이기 때문이다. 따라서 공시적인 고찰과 통시적인 고찰을 선후로 이행한 뒤에 지리적 환경까지 고려하여 종합적인 결론을 내리는 것이 최선의 해석 방법이 될 것이다.

이 글은 동일 시기의 차자 표기 자료는 당해 시기의 표기법(경향)을 적용하여 해석함을 원칙으로 삼는다. 또한 지리적 환경에 따라 명명된 지명의 공통점에서 해석의 단서를 찾아내는 한 방법을 강구하게 된다. 그리고 동일 지명소를 표기하는데 동원된 다수의 한자(漢字)를 비교 고찰하는 방법으로 지명소의 뜻과 음형을 밝히고 아울러 음차·훈차·훈음차로 혼기(混記)된 표기현상을 통하여 옛 낱말(고유어)의 재구 방법을 고안하려 한다. 옛 낱말을 재구한 결과가 동음(유사음)이의어인 경우에는 이것들이 곧 어휘사 연구의 기초 자료가 될 수 있음을 밝히려는 것이 이 글의 궁극적인 목적이다.

2.

2.1 백제 전기의 지명소 '於乙'의 해석문제

이 절은 졸고(도수희 1987d, 1995)를 증보하는데도 목적이 있다. 따라서 앞에서 제시한 두 편의 글을 먼저 정독해야 이 글을 충분히 이해할 수 있게 된다.[1] 여기 '於乙'을 한역한 '泉'과 '交'에 대한 문제가 앞의

---

1) 도수희(1987c:65-90), 百濟語의 '泉·井'에 대하여, 國語學 16 (國語學會)
   _____ (1995:3-14), '泉·交·宜'의 古釋에 대하여, 남풍현선생회갑기념논총(간

두 졸고에서 비교적 깊고 넓게 논의되었기 때문이다.

먼저 필요한 핵심 자료부터 제시키로 한다.

자료:백제(전) >고구려 >경덕왕(757)>고려태조(940)>성종(995)>태종(1413)

(A) ① 於乙買串 >泉井口 >交河　　　>交河　　　　　　　（『삼국사기』 지리 2, 4)

　　② 於乙買 >泉井 >井泉　　　　>湧州　　　　　　　（『삼국사사』 지리 2, 4)

　　③ 於乙買 >泉井 >井泉　　　>湧州 （>宜州 >宜川）(별칭:宜春宜城春)(각종地誌)

(B) ① 去年秋九月 大臣伊梨柯須彌殺大王　　　　　（『일본서기』 권24 황극 원년)

　　② 於是乘高南望 楊山下蘿井傍異氣如電光--------　（『삼국유사』 권1 혁거세왕）

　　③ 第二十二代智證王 於始祖誕降之地奈乙 創立神宮以享之(『삼국사기』 권32 제사지)

(C) ① 宜桑縣 本辛爾縣(一云 朱烏村 一云 泉州縣) 景德王改名 今新繁縣(『삼국사기』 지리1)

2.1.1. 공시(백제 전기)적 해석

위 於乙의 '於'를 훈독할 것인가 아니면 음독할 것인가의 문제가 제기된다. 위의 '乙'은 거의가 음독자로 쓰였기 때문에 우선 문제 밖에 내 놓으면 된다. 만일 '於'가 훈독자라면 중세국어로 훈음이 '늘'이고, 그것이 음독자라면 '어'이다. 우선 '於乙'의 고대음을 재구하면

행위원회)

	상고음	중고음	훈·속음
於	·äg(T)		
	o(K)	·uo(K)	늘어 (『光千文』 28)
	·äə(Ch)	·uo(Ch)	늘어 (『類合』 上 16)
乙	·iɛt(T)		
	·iet(K)	·iet(K)	(*T=Tung T'ung-ho, Ch=Chou Fa-kao
	·iet(Ch)	·iet(Ch)	K=B. Karlgren)

와 같은데 여기서 Karlgren이 재구한 중고음에 따라서 '於'의 고음을 '*uo>ə'로 조정할 수 있을 듯하다. '乙'은 한자음이 우리말에 차용된 이후 규칙적으로 't>r'의 변화를 입었으니 '*iet>ər'로 조정할 수 있다. 여기에다 속음(俗音)까지 감안한다면 '於乙'을 *(uo-iet>ə-ər>)əːr (얼ː)로 추독할 수 있다. 만일 훈독자라면 '於'의 중세 훈음 '늘'에다 '乙' 을 받쳐적기법에 해당하는 'ㄹ'로 따져서 '於乙'을 '늘'로 추독할 수 있 다. 이와 같은 두 가설을 놓고 그 정답을 追究하기로 한다.

우선 '於乙'의 자료적 성격이 문제가 된다. 이 지명소의 자료적 성격 은 백제 전기 지명자료라는 공시적인 구속을 받는다. 따라서 이 지명 자료만이 간직하고 있는 특수성부터 판별하여야 한다.

백제 문주왕의 공주 천도 이전(475)의 백제 전기 지명(『삼국사기』 (지리4) ①漢州·朔州와 ②溟州)의 표기에서 음차 표기 현상이 확인된 다. 다음에서 '고구려'는 고구려 문자왕~안장왕(492-529)의 한역 지명 이다.

① 백제(전)	>	고구려	백제(전)	>	고구려	백제(전)	>	고구려
租波衣	>	鵂巖	漢忽	>	漢城	首知衣	>	牛嶺
刀臘	>	雉嶽	屈於押	>	江西	若只頭恥	>	朔頭-衣頭
耶耶,夜牙	>	長淺城	也尸買	>	狌川	要隱忽次	>	楊口
密波兮	>	三峴	烏斯	>	猪足	馬忽	>	臂城
首知	>	新知	冬音奈	>	休陰	達乙省	>	高烽
伏斯買	>	深川	皆次丁	>	王岐	別史波衣	>	平淮押
末乙省	>	國原城	冬斯	>	栗木	古斯也忽次	>	獐項
南買	>	南川	滅烏	>	駒城	省知買	>	述川
於斯買	>	橫川	去斯斬	>	楊根	買忽	>	水城
松村活達	>	釜山	古斯也忽次	>	獐項口	仇斯波衣	>	童子忽
皆伯	>	王逢,王迎	灘隱別	>	七重	於乙買串	>	泉井口
毛乙冬非	>	鐵圓	非勿	>	僧梁	功木達	>	熊閃山
於斯內	>	斧壤	阿珍押	>	窮嶽	古斯也忽次	>	獐項
泥沙波忽	>	麻田淺	烏阿忽	>	津臨城	甲比古次	>	穴口
達乙斬	>	高木根	買旦忽	>	水谷城	德頓忽	>	十谷
于次呑忽	>	五谷	內米忽	>	池城,長池	古所於	>	獐塞
夫斯波衣	>	仇史峴	奈吐	>	大堤	今勿內	>	萬弩

② 예맥	>	고구려	예맥	>	고구려	예맥	>	고구려
於乙買	>	泉井	首乙呑	>	原谷	比烈忽	>	淺城
加知斤	>	東墟	古衣浦	>	鵠浦	於支呑	>	翼谷
烏生波衣	>	猪守峴	金惱	>	休壤	沙非斤乙	>	赤木
斤尸波兮	>	文峴	馬斤押	>	大楊管	習比呑	>	習比谷
平珍波衣	>	平珍峴	助乙浦	>	道臨	買伊	>	水入
也次忽	>	母城	烏斯押	>	猪迸穴	所勿達	>	僧山
加阿忽	>	洭城						

위와 같이 ①南買, 皆伯, 阿珍押과 ②古衣浦, 平珍波衣, 助乙浦의 '南-, 平-, -伯, -珍-, -浦'만이 훈차 표기일 뿐 나머지는 거의 모두가 음차 표기이다. 그 중 南은 '님~니마'로, 平은 '벌~드르'로, 浦는 '가리~개(kay)'로 훈독하였을 가능성이 짙다. 또한 伯은 '맛(맞~마지)'로, 珍은 '둘'로 훈독하였음이 틀림없다. 특히 -伯에 대응하는 한자가 '逢, 迎'(맞이)이기 때문이다. ①毛乙冬非(>鐵圓)의 毛가 추가될 수 있을 듯하다. 먼저 毛를 훈음차로 풀 수 있는 가능성을 다른 경우에서 찾아보도록 하겠다. 눌지마립간(417-457) 때에 墨胡子가 一善郡(현 善山)에 사는 毛禮의 집에 와서 포교하였고, 그 뒤 소지마립간(479-499) 년간에 阿道(我道, 阿頭)基羅가 부하 3인을 데리고 재차 毛禮의 집에 머물면서 포교한 사실이 법흥왕 15년(529) 異次道(厭髑)조에 나온다. 만일 이 毛禮를 받쳐적기법에 따라 '뎌리'(>뎔>졀>절=寺)로 해독할 수 있다면 훈음차 표기에 해당한다. 또한 朴堤上(눌지마립간417-457)이 毛末로 표기되어 있기도 한데 이것도 뎔(堤←(①奈吐>大堤))+몰(上)로 해독할 수 있다면 훈음차 표기에 해당한다. 백제 후기 지명인 毛良夫里(>高敞)의 毛良도 뎌라~드라(高)로 해독될 가능이 있다. 따라서 ①毛乙을 훈음차 뎔(鐵)로 해독할 수 있을 듯하다.

고구려의 지명 개정은 엄격히 말하자면 한역이라기보다 지명소(고유어)의 직역(해당 의미의 한자역)이었다. 예를 들면 買+忽>水+城(+는 지명소 경계, 買=水, 忽=城), 於乙+買+串>泉+井+口(於乙=泉, 買=井, 串=口) 등과 같이 지명소의 의미에 해당하는 한자로 바꾸었을 뿐이기 때문이다. 한역자는 고유지명의 구조를 극도로 존중하였다. 만일 한역자가 지명소의 순서와 글자를 임의로 바꾼다면 지명이 파괴되기 때문에 불가능한 일이었다. 따라서 지명의 뜻이 보전되는 제약 속에서 이행된 한역이기 때문에 전후 지명이 완벽한 동의(同意)지명으로 공존할 수 있었던 것이다. 위와 같은 한역 방안은 고구려가 강점한 백제 영역의 생소한 고유지명을 이해하며 부르기 위한 한역개정이었다. 이 점이 신라 경덕왕의 개정과는 극단적인 차이를 보인다. 가령 皆+伯은 '개+맞이'로 추독할 수 있는데 그 구조가 우리 어법에 맞는다. 그래서 번역도 王+逢(迎)처럼 우리 어법을 따랐다(漢人씨 美女가 安臧王(519-529)을 맞이한 곳이란 뜻). 그러나 경덕왕은 법을 어기고 遇王으로 한역하였다. 번역 태도가 상반된다. 또한 O+烏阿+忽>津+臨+城으로 추정한다면 津臨을 경덕왕이 臨津으로 바꾼 까닭을 동일 맥락에서 이해할 수 있다. "王臨津言曰--"(왕이 나루에 이르러 말씀하기를 --)(「광토왕비문」)의 臨津과 구조가 동일하기 때문이다. 물론 모든 번역이 그런 것은 아니다. 여기서 우리는 훈차·훈음차 표기가 늦어도 백제의 熊津 천도(475) 이전의 어느 시기(400년 전후?)부터 싹텄음을 추정할 수 있다.

위 자료의 대부분이 음차 표기인 점으로 미루어 보거나 왕명 표기도 거의 5세기까지 음차 표기한 사실을 감안할 때 훈차·훈음차 표기는 보다 후기로 하강하면서 점진적으로 발달한 것이라 하겠다.

③ 순정 고구려 지명에 해당하는 압록강 이북의 32개 지명 자료를 『삼국사기』(지리4)에서 옮긴다.

1. 압록수(압록강) 이북의 아직 항복 안 한 11성(鴨綠水以北未降十一城)

① 助利非西>北扶餘城州　　② 蕪子忽>節城

③ 肖巴忽　>豊夫城　　　　④ 仇次忽>新城州(或云敦城)

⑤ 波尸忽　>桃城　　　　　⑥ 非達忽>大豆山城

⑦ 烏列忽　>遼東城州　　　⑧ OOO　>屋城州

⑨ OOO　　>白石城　　　　⑩ OOOO>多伐嶽州

⑪ 安寸忽)　>安市城(或云丸都城)

2. 압록수 이북의 항복한 11성(鴨綠水以北已降城十一)

① ○○○　　>椋城　　　② ○○○　　>木底城

③ ○○○　　　>藪口城　④ ○○○　　>南蘇城

⑤ 甘勿伊忽　>甘勿主城　⑥ ○○○　　>麥田谷城

⑦ 居尸押　　>心岳城　　⑧ 不耐, 尉那邑城 >國內州

⑨ 肖利巴利忽>屑夫婁城　⑩ 骨尸押 >朽岳城

⑪ ○○○　　　>櫟木城

3. 압록 이북의 도망간 7성(鴨綠以北逃城七)

① 乃勿忽　>鉛城　　　　② ○○○ >面岳城

③ 皆尸押忽>牙岳城　　　④ 甘彌忽>鷺岳城

⑤ 赤里忽　>積利城　　　⑥ 召尸忽>木銀城

⑦ 加尸達忽>犁山城

4. 압록 이북의 공취(攻取)한 3성(鴨綠以北打得城三)

① 甲忽 >穴城　　　　　② 折忽 >銀城

③ 史忽 >似城

　위 32개 지명 중에서 1-⑧⑨⑩, 2-①②③④⑥⑪, 3-②는 피한역 지명(고유지명)을 상실하였다. 나머지 22개 지명은 모두 음차 표기이다. 이 城名들을 기록한 연대가 당 고종 총장 2년(669)이니 보다 이전 시기에 한역한 것으로 추정된다. 백제 전기 지명을 기준으로 따지면 늦어도 475년 이전으로 소급될 수 있다. 그런데 문제는 >표 왼쪽의 피한역 지명들도 훈차·훈음차 표기가 섞여 있지 않은 음차 표기뿐이라는데 있다. 여기에서도 우리는 음차 표기가 먼저 발생하고 훈차·훈음차 표기가 뒤에 발생한 사실을 확인하게 된다.

④ 백제 후기 지명의 차자 표기 현상 (백제(후기)지명>신라(경덕왕) 개정 지명)

熊川~熊津 >熊州(<熊川州), 大木岳 >大麓, 甘買~林川>馴雉

大山>翰山, 舌林>西林, 寺浦>藍浦, 比衆>庇仁, 餘村>餘邑

沙平>新坪, 珍惡山>石山, 任存城>任城, 黃等也山>黃山

眞(貞)峴>鎭嶺, 珍同>珍同, 雨述>比豊, 所比浦>赤烏

奴斯只>儒城, 結己>潔城, 新村>新邑, 井村>井邑, 牙述>陰峯

湯井>溫水, 大尸山>大山, 皆火>扶寧, 赤川>丹川, 馬西良>沃溝

등과 같이 총 147개 지명 중 거의 $\frac{3}{5}$ 가량이 한역되어 있다. 이런 적극적인 한역 현상은 후대로 내려오면서 훈차·훈음차 표기가 증가 추세였음을 알려주는 증거라 하겠다.

위에서 여러 모로 살펴본 바와 같이 음차 표기에 이어 추가로 발생하였던 훈차·훈음차 표기가 후대로 내려오면서 다양히 활용되었던 것이다. 아마도 이는 음차 표기의 결함을 보완하기 위하여 고안되었기 때문이었을 것이다(도수희 2004d 참고).

위에서 제시한 지명 자료((A)①②) 중에 나타나는 '於'는 다음과 같다.

ⓐ 於乙買串>泉井口, 於乙買>泉井
ⓑ 屈於押>江西, 古所於>獐塞, 於斯內> 斧壤, 於支呑>翼谷

위에서 ⓐⓑ에 나타나는 '於'는 우리의 차자 표기사 중 음차 표기 단계의 자료임을 확인하였다. 그렇다면 ⓐ於乙+買+串=泉+井+口, 於乙+買=泉+井의 분석에서 '於乙'과 대응하는 泉의 고유 지명소(=훈음)

가 '*ər'이었음을 상정할 수 있다. 따라서 '於'를 훈독할 수 없는 분명한
까닭을 확인하게 된다. ⓑ의 '於'가 모두 음차 표기인데 ⓐ만 음차 표기
에서 일탈할 이유가 없기 때문이기도 하다. 더구나 별칭들까지도 '於
乙=泉(얼)=交(어르-)=宜(열)'와 같이 훈음이 일치하기 때문에 於乙의
'於'는 음차자임에 틀림이 없다.[2) 여기에서 우리는 가능한 한 지명해석
에 있어서 동일 시기의 자료는 그 자료에 내재하고 있는 공통 표기
규칙을 우선적으로 적용하여야 한다는 해석의 원칙을 세울 수 있다.
우선 면밀한 자료 검토부터 하지 않고 모든 자료를 동일시하여 시기를
넘나들며 유리한대로 끌어다 이용한다면 결코 과학적인 결론을 내릴
수 없게 되기 때문이다.

2.1.2. 통시(500년경?-)적 해석

일반적으로 A>B>C>D와 같은 지명의 변천과정에서 A:B, A:B:C:D
의 대응을 보인다면 그 전후 지명 사이의 상사성(相似性)을 찾아서 위
의 '2.1.1. 공시적 해석'을 보완하면 보다 바른 해석을 하는데 든든한
도움이 된다.

(A)於乙>(B)泉>(C)交는 통시적 변화의 공식적인 과정이다. 여기에

---

2) 이 글에서 제시한 자료 2.1(B)①②③에 의거하여 주장한 다음과 같은 先見이 있다.
  양주동(1947:142)은 於 음차'어」, 「於」는 近世地名에 或 「느·늘」에 訓借되나 古
  借字론 主로 「어」에 音借된다.
  이숭녕(1955:69-106)은 삼국시대의 지명 차자 표기 한자음 체계에서 '於'는 '어'
  의 음차표기라 하였다.
  최범훈(1976:252-253)도 근대 지명 차자표기 한자음 체계에서 같은 주장을 하였
  다. 그리고 최범훈(1977:79-81)에서도 인명 표기에 차용된 於가 '*ə'임을 다음의
  예를 보이며 주장하였다.
    於屯(어둔), 於隣~笒仁(어린~얼인), 於眞~魚眞(어진), 於乙(얼) 등.
  도수희(1974:73)에서 "만일 奈乙=蘿井이라면 奈=蘿, 乙=井이라 볼 수 있고, 奈=
  蘿=川이고로 '너'(川)의 語源은 느리(汀渚) 못지 않게 상당히 古代로 올라가게
  되며---"라 하였다. 도수희(1999:241)에서 儒城 '溫泉=獨只于乙'(「세종실록」지
  리지 공주목)의 '于乙'을 '어을=우을=泉'(於乙=于乙=泉)으로 해석하였다.

(C)이후의 별칭인 (D)'宜'와 '湧·源'이 추가될 수 있다. 위 泉은 고구려의 한역(500년경?)이고, 交는 경덕왕(757)의 한역이다. 宜는 대응하는 별칭이다. 이와 같은 과정(A>B>C>D)의 결과가 A:B:C:D로 나타날 경우에는 각각의 옛 음과 옛 훈을 찾아서 서로의 관계가 A=B=C=D인가 아닌가를 비교하여 판별할 수 있다.

위 2.1.1.에서 확인한 바와 같이 (A)於乙은 '*ər'로 추독할 수 있다. 다음 (B)단계의 泉은 (A)를 한역한 것이니 훈음이 '*ər'임에 틀림없다. 泉이 음차가 아님은 於乙과의 대비로 일별하여 판별할 수 있기 때문이다. 그 다음 (C)단계는 (A)(B)를 바탕으로 개정한 것이니 交도 'ər'과 비슷한 훈음이었을 것을 예측할 수 있다. 우선 交가 (A)(B)와의 대비에서 동음 또는 유사음류가 아님을 직감할 수 있기 때문이다. 그 다음 (D)단계의 宜·湧도 (A)(B)(C)와 대비하면 그 음이 서로 다르기 때문에 음차가 아님을 예견할 수 있다. 그렇다면 'ər'과 비슷한 훈음차일 가능성이 짙은 것이다. 여기 (C)(D)단계의 훈음이 'ər'일 가능성은 다음 2.1.3.의 논의에서 밝혀질 것이다. 따라서 통시적 해석도 於乙이 '*ər'로 무리 없이 음독된다(도수희 1995 참고).

2.1.3. 지리적 환경에 따른 해석

이제 남은 문제는 '交'의 옛 새김을 찾는 데 있다. 우선 관계되는 자료부터 제시하고 제시된 자료를 근거로 문제를 풀어 나가도록 하겠다.

交河郡建置沿革條: 新羅景德王 始高句麗泉井口之縣名 而改號交河 盖取一縣 **地勢處於江河交流之兩間也**(『輿地圖書』 上, 「交河郡邑誌」)

위 설명과 같이 두 江河가 交合하는 사이에 위치한 郡이기 때문에 군명을 '交河'라 개정하였다. 그런데 개정 전의 본명이 '於乙買串'이니 이제 '交=於乙'의 與否를 가리면 2.1.1. 於乙>交의 통시적 관계도 아울러 판명될 것이다.

'交'의 훈을 중세국어에서 찾아보면 한결같이 '사귈 교 交'(『字會』下 7, 『類合』上 3, 『千字文』16)로만 나타난다. 그러나 梁柱東(1947:142)은 '交'의 옛 새김을 '어울'이라 하였다. 「훈민정음 해례」의 '制字解'에서도 "基形則 與一合而成 取天地初交之義之"라 하여 '交'는 天(陽+)과 地(陰-)가 合함을 의미하는 것으로 해석하였다. 그런데 '交'와 동일한 새김으로 쓰였을 가능성이 있는 한자의 새김을 찾아보면

> 嫁 얼일 가(『자회』상17)   嬌 얼울 교(『자회』상17)
> 娶 어를 취(『자회』상17)   媚 얼울 미(『유합』하3)

와 같이 '얼-'이다. 또한 「서동요」의 "他密只嫁良置古"에서의 '嫁良置古'를 '어러두고'로 풀이하는 바 여기서도 '嫁=어르다'를 확인할 수 있다. 그리고 '交'의 옛 새김을 '交配하다, 交合하다'의 뜻으로 쓰인 예를 옛 문헌에서

> 나괴어러나흔노미(『초박』상34)
> 간듸마다겨집어리ㅎㄴ니 (『초박』상 36)
> 얼우니 술윗자최(『초박』21:6)
> 얼우넷늘근婆羅門돌히어엿비너겨(『월석』10:25)
> 얼우니며져므니며(『석보』19:1)
> 어루신이나롤ㅎ야아기뫼와(大人令我奉阿郞)(『삼강행실』不寧)

등과 같이 '長者, 尊長'의 뜻으로 쓰인 경우도 발견된다. 이 '얼운'(>어른)은 '交合한 사람 즉 장가들거나 시집간 사람'이란 뜻이니 여기서도

'얼'(交)을 확인한다.3))

 물이 합류하는 지형에 따라서 交·合·會(가디·가른~두물·세물·두먼·얼(於乙=泉=交=宜)) 등으로 표기하고 고유어로 불렸던 것이다. 그런데 물줄기가 合流하고 分岐하는 곳에 대한 지명은 상반(相反)된 개념으로 양분된다. 동일한 현상에 대한 호칭으로 그 하나는 合流이고 다른 하나는 分岐·分派이다. 전자는 交河·會津·合江·合川·並川이라 부르기도 하고, 후자는 가디>가지(枝), 가라(分派)로 부르기도 한다. 해당 예를 다음에서 확인할 수 있다.

① 於乙買串>泉井口>交河(百濟 前期地名)(地理 2. 4)
② 豆肹>會津(會津縣 本百濟豆肹縣 景德王改名 今因之)(地理 3)
③ 豆仍只>燕岐(燕岐縣 本百濟豆仍只縣 景德王改名 今因之)(地理 3)
④ 豆仍只縣(地理 4)(충남 연기 동면 合江里(錦江+美湖川))
⑤ 豆乃山縣(萬頃縣 本百濟豆乃山縣 景德王改名 今因之)(地理 4)
⑥ 岐灘(가린여흘: 古稱岐平渡 在黃海道江陰縣東十一里許)(「龍飛御天歌」제9장)
⑦ 合浦(합개: 慶尙道 昌原府西九里許)(「龍飛御天歌」제9장)
⑧ 두내(마을); 전북-이리-은기- 남쪽에서 망동천과 용골방죽에서 흘러오는 물과 합침.
⑨ 두내바지(내); 충남-서산-인지-남정- 공수굴 앞에 있는 내. 두내가

---

3) 양주동(1947:142)에서 이 글의 자료 2.1(B)①②③에 의거하여 다음과 같이 주장하였다.
「於乙買」는 「얼민」, 얼은 「泉·井」의 一 古訓인데 「交」의 訓 「어울」임으로 交河로 對譯되엿다. 「蘿井」이 곧 「奈乙」로 「井」의 古訓「얼」(乙)임을 알지오, 日本書紀의 이른바 「伊梨柯須彌」云云은 저 高句麗 泉蓋蘇文의 榮留王弑逆一件인데 「泉」(淵)의 原訓「얼」을 「伊梨」로 轉寫한 것이다. 「泉水·井水」가 「얼」임은 現行方言(忠南·其他)에도 殘存되여잇다. 곧 陰正月十五夜의 井華水를「얼」이라 特稱함이 그것이다. 아마 「여흘」(灘)의 「을」(홀)도 大體 同原語일것이다.

합침.

⑩ 세내(三川)(마을); 전남-화순-화순-삼천- 세내가 합치는 곳.

⑪ 세내(三川)(내); 전북-전주-세내 오봉산에서 발원한 물이 전주시와 의 경계에서 용봉리에서 흘러오는 물과 합치고, 다시 평화동에서 오 는 물과 합치고 다시 서천과 합쳐 가리내가 됨.

⑫ 세내바지(내); 충남-서천-문산-문장 백양 앞에 있는 내. 두 내가 합침.

⑬ 아우내(並川); 충남-천안-병천면-병천- 두내가 아우르는 곳.

⑭ 두물머리(兩水里); 경기-양평-양서-양수 남한강과 북한강의 물줄 기가 하나로 만난다하여 '두물머리'라 부른다.

위 ⑨⑭의 '두내바지, 두물머리'는 전국적으로 6-7회 나타나는데 모 두가 두 내가 습치는 곳이다. 여기 접미 지명소 '-받이>바지'가 독특하 다. '두 내바지'란 내 이름은 '-바지'가 접미되었는데(물론 '세 내바지' 도 있음) 여기 '-바지'는 '물이 습치는 곳'을 '받는 곳'과 동일한 의미로 보고 '-받이>-바지'를 접미하여 사용한 듯하다.

위 ②가 會津으로 개명된 사실을 근거로 ③ ④ ⑤의 '두홀~두내'(豆 聆~豆乃~豆仍)도 合流 혹은 分岐의 의미를 함께 지니었던 것으로 추정할 수 있다. 이를 뒷받침하는 좋은 예가 ⑥⑦이다. 또한 현대 지명 에서 ⑩~⑭와 같은 適合한 예들을 더 제시할 수 있다.

대전광역시 서구의 '세내골'(三川洞)이 그에 해당한다. 이곳에서 大 田川+柳等川+甲川과 같이 三川이 合流 혹은 分岐하기 때문이다. 위 ⑪三川을 '가리내'로 부르는 경우도 있고 鴨綠江 건너에 '三合'이라고 부르는 合流地名도 있다. 그리고 마레지아의 수도명인 '쿠아라룸풀'도 '두 물이 합침'이란 뜻이라고 한다.

한편 女眞人들이 "만 가닥의 냇물이 습치어 江을 이룬다"고 보는 사실을 「용비어천가」(제4장 제1권)에서 다음과 같이 소개하였다.

女眞俗語 謂萬爲豆漫 以衆水至此合流故名之也(여진어로 萬을 '두만'이라 이른다. 많은 물줄기(衆水)가 이 강에 이르러 합류하는 까닭으로 '두만강'이라 부른다.)

위 「용비어천가」의 지명주석을 통하여 우리는 하나의 江을 이루는 데 얼마나 많은 물줄기가 合流하는가를 깨닫게 된다. 위와 같은 전통적인 지형 명명법에 따라서 한강과 임진강이 합류하는 '곶'(串)이기 때문에 '얼물곶'(於乙買串>泉井口>交河)이라 지은 것이다.

위에서 논의한 2.1.1.~3.을 종합하면 '於乙'은 '*ər'을 음차 표기하였던 것으로 추정할 수 있다. 여기까지가 동음이의어 '*얼~어르-~열의-'(泉·交·宜)계에 대한 어휘사 연구의 기초작업이다. 얼(泉), 어르-(交), 열의(宜)가 각각 어떤 과정으로 발달하여 왔는지를 구명하는 것은 앞으로 해야 할 다음 단계의 연구에 해당한다. 다만 옛 지명을 해석함에 있어서 이렇게 순조롭게 잘 풀리는 경우가 흔치 않은데 문제가 있다.

2.2. 백제 후기의 지명소 '黃+等也'의 해석 문제

이 절은 지명해석의 한 방법을 강구하는데 목적을 두고 '黃等也山'을 다른 한 예로 들어 해석을 시도하였다. 이 문제도 졸고(도수희 1977:67-78)에서 적극적으로 논의하였기 때문에 이 글을 근간으로 새로운 해석법을 모색하게 될 것이다.[4]

먼저 자료부터 제시하고 필요에 따라서 활용하도록 하겠다.

---

4) 도수희(1977:67-78), 「百濟語 硏究」(亞細亞文化社)

자료: 백제(후기) > 경덕왕(757) > 고려초(940) > 조선초

(A) ① 黃等也山 > 黃山 > 連山 > 連山

② 누르기재(黃嶺), 누르기(莘岩里), 누락골(於谷里, 於羅洞), 누르미(黃山), 놀미(論山)

③ 늘개~늘애(板浦-전북 익산 웅포): "봄개(春浦)부터 곰개(熊浦)까지 '개'(浦)가 늘어서(連布) 있다"는 뜻이다.

④ 널다리>느드리(板橋>板岩-대전시), 느더리(板橋-전남 고흥 두원)=널다리

(B) ① 黃+**等也**山(군) > 黃(等也)山 > 連山 > 連山

② **珍**同(현) > 珍同 > 珍同 > 珍山 玉溪, 珍州

③ **眞**峴(현) > 鎭嶺 > 鎭岑 > 鎭岑 杞城

④ **珍惡**山(현) > 石山 > 石城 > 石城

⑤ **高**山(현) > 高山 > 高山 > 高山 難等良

⑥ 難**珍阿**(현) > 鎭安 > 鎭安 > 鎭安 月良, 月良阿, 越浪

⑦ 馬**突**~馬**珍**(현)> 馬靈 > 馬靈 > 馬靈 馬等良

⑧ 月奈(현) > 靈岩 > 靈岩 > 靈岩 朗州, 朗山

⑨ **毛良**夫里(현) > 高敞 > 高敞 > 高敞

(C) ①波珍~海珍~海等~海突(바둘(>바다)~바롤)

②波鎭漢旱岐(「古事記」712)~波珍漢旱岐~波珍干岐-바도리가므기(「日本書紀」720)

2.2.1. 공시(백제 후기)적 해석

위에서 약술한 바와 같이 黃等也山의 '黃等'은 훈음차일 가능성이 많다. 이 지명은 다른 공시적 자료인 牙述>陰峯, 雨述>比豊, 大尸山>泰山, 大山>翰山 등이 牙:陰, 雨:比, 大尸:泰, 大:翰 등과 같이 훈음차인 '엄(陰=牙), 비(比=雨), 글(大尸=泰), 한(翰=大)'으로 재구되기 때문이

다. 그럴 뿐만 아니라 위 자료 (A)①과 (B)①~⑨도 또한 훈음차의 표기 양상을 보이기 때문이다. 따라서 일단 黃에 대하여 훈음차 해독을 시도할 수 있게 된다.

(1). 지명소 '黃'의 해석:

'黃'자의 훈음을 중세 국어에서 찾아보면 다음과 같다.

전기 중세국어의 훈음: 黃曰 那論 nu-rən=na-luən *누런(강신항 1964:64)

후기 중세국어의 훈음: 누를 황(「광천문」1, 「석천문」1)

누를 황(「자회」중15, 「유합」상5)

黃온 누를씨라(「월석」一22)

ᄀᆞᄅᄆᆡ 雲霧누러ᄒᆞ도다(江霧黃)(「初杜」十45)

위에서 확인한 바와 같이 고려 초기까지는 '누르-'였다. 이로 미루어 백제 후기에도 黃의 훈음이 '느르-~누르-'이었을 가능성을 추정할 수 있다.

(2). 지명소 '等也'의 해석:

'等'자의 훈음을 중세 국어에서 찾아보면 다음과 같다.

전기 중세구어의 훈음: 들로-等以(「羅麗吏讀」), ᄒᆞ드러-爲等良(「吏語」), 이온들로-是乎等以(「儒胥必知」), 두드러기-置等良只·豆等良只(「鄕藥救急方」)

후기 중세국어의 훈음: 오늘브터 아들 ᄀᆞ티 닐올달흔-言自今如子等者(「法華」二214)

쩰며 업게 ᄒᆞ샴둘 홀브틀식-由拂等故(圓覺 上 二之二61)

위에서 확인 바와 같이 고려 초기까지는 '둘·달·들'이었다. 그러면 보다 이른 시기의 훈음을 찾아보도록 하자.

위 자료 (B)①~⑨의 공시(백제 후기)적 대응은 等也 : 珍 : 眞 : 珍惡 : 高 : 珍阿 : 突~珍 : 月 : 毛良와 같다. 그 중에서 **突~珍**은 珍의 훈음이 '돌'임을 알려 준다. 터 쓰인 突이 음차자 '돌'이기 때문이다. 그렇다면 나머지 等:珍:月:毛의 훈음도 '둘·덜'임에 틀림없을 것이다. 동일 지명소를 표기한 대응 한자가 서로 다른 음일 경우에는 그 훈음이 동일할 때만 고유지명의 표기가 가능한 것이라 하겠다. 더구나 위 자료 (C)①②의 '둘·도리'가 그 가능성을 든든히 뒷받침한다. 따라서 '等也'를 '둘아~ᄃ라'로 추독할 수 있다.

2.2.2. 통시적 해석

(1). 黃의 해석:

위 자료 (A)①은 黃>連을 보인다. 통일 신라까지 黃이 계속되다가 고려초에 黃을 근거로 하여 連으로 개정하였다. 여기 黃:連의 대응은 동음이자의 관계가 아니기 때문에 음차 표기일 가능성이 없다. 그러면 連의 고훈을 찾아보도록 하자.

니어 쓰면 連書(「훈정 언해」)

連은 니을 씨라(상동)

니을 련連(「유합」 상6, 「석봉천자문」 16)

늘이어신(늘이신)(「樂學軌範」 處容歌)

늘의혀다(느리다)(「五倫行實」 四40)

위와 같이 '닛-'이다. 이 '닛-'은 위 黃의 고훈 '느르-'와 상통한다.

아마도 '느르->늘->늦->닛-'(連·續·繼)으로 변화하였을 가능성을
생각할 수 있다.

(2). **等也**의 해석:
위 자료 (B)①~⑨를 다시 간명하게 정리하면

(B) ①**等也**>0, ②**珍**>珍~玉, ③**眞**>鎭, ④**珍惡**>石,
⑤**高山**>(難)等良, ⑥(難)**珍阿**>鎭安>月良~月良阿
⑦**突~珍**>靈~等良, ⑧**月**>靈, ⑨**毛良**>高

와 같은데 ①④⑤⑥⑦⑨가 2음절이고 나머지는 1음절이다. ⑦의 突~珍
을 근거로 珍의 고훈이 '둘~돌'임을 알 수 있다. 그리고 이것과 대응하
거나 이표기한 等·鎭·月·靈·毛의 고훈음도 동일하였을 것으로 추
정할 수 있다. 또한 2음절 지명소는 모두 '둘아~ᄃ라'로 추정할 수 있다.
이 추정은 위 자료(C)①②가 다시 뒷받침한다. 그것은 '高·山'을 의미하
는 지명소인데 특히 여기서는 山을 의미한 것이었다고 추정한다.

2.2.3. 지리적 환경에 따른 해석

(1). **黃**의 해석:
사실 黃等也山의 지형은 유별나게 생겼다. 옛 치소(治所)로부터 멀
리는 10리, 가까이는 5리쯤의 동부에 동북쪽(開泰寺背山부터)에서 동
남쪽(國師峰까지)으로 36개의 낮은 산봉오리가 병풍처럼 펼쳐져 있기
때문이다. 말하자면 작은 산 봉오리가 36개나 연립한 지형인 것이다.
그래서 '느르ᄃ라'라 부르게 된 것이라 하겠다. (A)①②③의 '누르'(黃),
'누라'(於,於羅), '늘'(板)은 連의 뜻을 훈음차 표기한 파생지명인 것이

다. 그러나 (A)④의 '널'(板)만은 훈차 표기한 것이라 하겠다. 실제로 '널다리'(板橋)가 있었기 때문이다.

(2). 等也의 해석:

위 자료 중 (B)①부터 ⑧까지는 지리적 환경이 지리산에서 뻗어나간 산맥 아래에 분포한 지명들이다. 그 가운데 특히 ①黃等也山은 智異山에서 뻗어 내린 산맥이 大芚山을 형성하고 여기서 다시 뻗어나가 鷄龍山에 이르는 중간에서 형성된 산줄기 아래에 분포한 지명들이다. 다시 말하자면 서로 인접한 산맥 아래에 ①黃等也山을 비롯하여 ②珍同, ③眞峴, ④珍惡山이 분포하여 있다. 모두가 산맥 또는 산을 배경으로 한 지형임을 알 수 있다. 그래서 지명소 '둘~ᄃ라'(等也·珍·眞·珍惡)이 각 지명에 공통으로 박혀 있는 것이다. 따라서 지명소 '等也'는 '*ᄃ라'(=高·山)이었을 것인데 이는 받쳐적기법에 의한 훈음차 표기로 추정할 수 있다.

위에서 논의한 2.2.1.~3.을 종합하면 黃等也는 '느르ᄃ라'로 해석할 수 있는데 그 의미는 '늘어선산'(連山)이다. 이 절의 논의를 통하여 우리는 동음이의어 '*ᄃ라~둘'(等·珍·鎭·月·靈·石·高·山)계의 기초자료를 확보한 셈이다.

3.

지금까지 지명 해석의 한 방안에 대하여 논의한 내용을 간추리고 나아가서 이 글의 결론을 토대로 재론하여야 할 어휘사 연구의 과제를 남기기로 한다.

백제 전기의 고유어로 泉을 '얼'(於乙)이라 하였다. 이것이 동일 훈음인 '얼'(交)로 한역되었다. 그리고 이것과 대응하는 별칭(異表記)의 宜도 '얼'과 비슷한 훈음 '열'이었다. 이 지명은 별칭 표기에서 '於乙:泉: 交:宜'의 대응을 보인다. 於乙은 음차이고 나머지는 훈음으로 '얼'(於乙) 을 적은 것이다. 따라서 泉·交·宜는 훈음이 동일하거나 유사한 이의 어의 관계이다. 그리고 이 지명은 지형 명명이란 이유 때문에 그 중 交河의 '交'만이 훈차(한역)이고 나머지는 훈음차로 추정할 수 있다.

여기서 우리는 동음(유사음) 이의어 '얼(泉)·얼(交)·얼(宜)'를 재 구하게 된다. 그런데 '얼'(泉)은 '십'으로 변하였고, '얼'(交)은 '사귀-'로 변하였고, '얼'(宜)은 '옳-'로 변하였다. 언제 왜 이렇게 변하였나의 어 휘사적 연구가 앞으로 우리가 해야할 과제이다.

백제 후기의 고유어로 黃을 '느르-'라 하였다. 물론 대응하는 음차 표기는 없다. 그러나 통시적으로 連과 연결되는 점과 지리적 환경의 도움으로 黃의 훈 '느르-'를 재구케 한다. 또한 승계 지명들이 '느르· 누르·누락·놀'로 분포한 점도 '느르'를 재구하는데 많은 도움을 준 다. 이 지명은 '느르'를 표기한 한자들이 '黃:連:於'로 대응한다. 黃의 훈은 여전히 '누르-'이지만 連의 훈은 '닛-'으로 변하였다. 그러나 於의 훈음만은 여전히 '늘'이다. 아마도 於로 훈음차 표기한 시기가 후대이 기 때문에 그 훈이 아직 변하지 않았을 것이다. 어쨌든 이 대응 표기에 서 連만이 훈차 표기이고 나머지는 훈음차 표기인데 이들 동음(유사 음) 이의어의 관계와 각각의 변화과정을 어휘사적으로 구명하는 문제 가 과제로 남는 셈이다.

백제 후기의 고유어로 等을 '돌·달·들·돌'이라 하였다. 이것은 '珍·月·靈'으로 대응 표기되었고, 이 고유어는 '高·山·石'의 의미 였다. 이 여섯 한자는 서로가 동음(유사음) 이의어의 관계로 대응한다. 그런데 그 중에서 月·石의 훈만 변함없이 '달·돌'로 남아 있고 나머 지는 딴판으로 변하였다. 가령 珍의 고훈 '돌'은 '그르>보배'로 변하였고, 靈의 고훈 '돌'은 아예 사어가 되었고, 高·山의 고훈 '둘~ㄷ라'는 '높-'과 '뫼'로 변하였다. 이러한 변화가 언제 왜 일어났는가를 어휘사적으로 구명하여야 할 과제로 남는다.

XII. 지명 해석과 고어 탐색법

1.

이 글은 차자 표기 지명의 해석을 통하여 고어를 탐색하려는데 목적이 있다. 특별히 선택된 고지명을 중심으로 논의하되 관련된 주변 지명도 아울러 해석 대상으로 삼는다. 가능한 한 가장 이른 시기의 고어를 찾아서 그것이 후대로 내려오면서 어떻게 변천하였나를 고찰하려 한다. 「계림유사」를 비롯한 중세 국어의 어휘들이 그 이전 시기의 모습과 어떻게 같고 다른가를 파악하려면 보다 이른 시기의 어휘부터 탐색하여야 한다. 그런데 이 작업은 고대 국어로 올라 갈수록 심각한 난관에 봉착하게 된다. 이른 시기의 지명 자료에서 다양한 표기로 대응하는 모든 훈차 · 훈음차 표기 자료에 숨어 있는 훈을 찾아낼 수 있다면 그것이 곧 연구의 난관을 극복하는 길이 될 것이다. 아울러 지명이 분석되는 과정에서 음운론적인 문제와 의미론적 문제까지 종합적으로 기술되어야 비로소 더욱 충실한 결론에 도달하게 될 것이다. 따라서 이 글의 논의에서 구명된 결론들이 국어사의 여러 문제를 푸는 열쇠가 되도록 하려는데 궁극적인 목적이 있다.

가령 단어(지명) A가 여러 한자로 훈차 · 훈음차 표기되었을 경우에 그 중에서 한 글자만 A의 의미까지 나타내는 것이며 그 밖의 것들은 의미는 버리고 훈음 만으로 A의 어형을 음사 표기하게 된다. 이렇게 A를 다양하게 표기한 자료에서 우리는 동음이훈(同音異訓)을 재구할 수 있다. 한자에 대한 훈음은 곧 고유어이기 때문에 동훈음의 이훈들은 결국 동음이의어의 관계인 고어휘를 재구하는 결과가 된다. 이런 탐색법으로 고지명을 해석하려는 것이다.

2.

2.1. 훈음차 표기지명과 고어휘의 재구법

가령 고유지명이 정확히 한역되어 있다면 그 의미는 한역 한자의 의미와 같기 때문에 직감된다. 백제지명(전기) 중에서 '매홀'(買忽)⇒水城, '부소압'(扶蘇押)⇒松岳, '난은별'(難隱別)⇒七重, '밀바혜'(密波兮)⇒三嶺 등이 그 좋은 예들이다. 그러나 '고마ㄴㄹ'⇒熊津, '사비ㄱ롬'(泗沘江)⇒白江, '누르뫼'(黃山)⇒連山 등의 표기는 전혀 다른 것이다. 왜냐하면 '고마'는 '北・神・後・熊'의 동음이훈으로 해석할 수 있고, '사비'는 '東・白'의 동음이훈으로 해석이 가능하고, '누르'는 '連・黃'의 동음이훈으로 해석할 수 있기 때문이다. 만일 '고마'가 '北・後・神'의 동음이의어라면, '사비'가 東의 뜻이라면, '누르'가 連의 뜻이라면 '熊・白・黃'은 지닌 뜻은 버리고 오로지 그 훈음만이 표음화된 것이라 하겠다. 이런 훈음차 표기 결과는 우리로 하여금 고대 국어의 동음이의어를 탐색하는 데 횃불이 되어 준다.

다음 (1)-(7)은 훈음차 표기의 고지명 해석을 통하여 고대 국어의 동음이의어를 재구한 시론이다.

(1). 加乙·加知·利樓 : 市·薪(갈-·가디·거리·기루-)의 해석:
'加知(奈)~加乙(乃)~薪(浦)>市(津)>利樓(津)(>恩津)'에서 '加知'
를 음독하여 '가디'(>가지=枝)를 추정할 수 있다. 별칭인 '薪浦'의 '薪'
도 중세훈은 '섭'이지만 고대훈은 '가디'(나무가지)였을 것이다. 따라서
加知=薪(가디)가 성립된다. '加乙' 또한 분파(分派)의 뜻을 지닌 '갈-'
일 것으로 추정되기 때문에 '加知'와 의미가 상통할 것으로 보인다. 중
세 국어 '가지'(枝)와 '가래'(派)에 이어졌다.

물줄기가 합류하고 분기하는 곳에 대한 지명은 상반된 개념으로 양
분된다. 동일한 현상에 대한 호칭으로 그 하나는 合流이고 다른 하나
는 分岐·分派이다. 전자는 交河(<於乙買串~泉井口)·會津·合江·
合川·並川(아우내)이라 부르기도 하고, 후자는 가디>가지(枝), 가라
(分派)로 부르기도 한다. 합당한 예들을 「삼국사기」 등에서 확인할 수
있다. 가령 '가린여흘'(岐灘: 古稱岐平渡 在黃海道江陰縣東十一里許)
(「용비어천가」제9장)이 그 중 한 예가 된다. 또한 여진인도 "萬 가닥의
냇물이 合치어 江을 이룬다"는 뜻으로 '두먼강'이라 명명한 사실을 「용
비어천가」(제4장 제1권)에서 다음과 같이 밝혔다.

女眞俗語 謂萬爲豆漫 以衆水至此合流故名之也

요컨대 지명해석을 통하여 고대어 "가디(岐·薪), 갈(分), 가릭(派),
가리(>거리 市), 기루-(利), 얼~어을(泉·交·宜)"를 재구할 수 있다.

(2). 古尸·古利 : 菅·環·沃, 駏驉·居老 : 馬·鵝·韓(고리·걸-,
거루·거로·가라)의 해석:
'馬西良>沃溝'에서 '馬:沃'의 대응으로 '걸~거러'를 재구할 수 있
다. '沃·溝'의 고대훈이 '걸-'이기 때문이다. 중세 국어 '건따해'(沃

土)<「소학언해」(4-45)에 이어진다. 그러나 중세 국어에서 '馬'는 '몰'
이었지 '걸'은 아니었다. 그렇지만 이 '몰'은 몽고어 morin을 차용한 것
으로 봄이 통설로 되어 있다. 그렇다면 '몰'이 차용되기 전에도 이 동물
은 있었을 것이니 그 고유어를 찾으면 문제는 순조롭게 풀릴 수 있다.
옛 날부터 윷놀이 할 때 말판의 '馬'를 '걸'이라 불러왔다. 이 '걸'을 '馬'
의 고유어로 추정할 수 있다. 고구려 대무신왕 때에 神馬를 '거루'(駏
驤)라 불렀다. 이것도 '馬'에 대한 고유어를 '걸~거루'로 추정하는데
큰 도움이 된다. 또한 「동국여지승람」은 '馬山'을 고려 초기에 '韓山'으
로 개정하였는데 '馬邑・韓州・鵝州'의 별칭이 있다고 하였다. 이 자
료에서 '馬=韓=鵝'의 등식을 상정할 수 있다. 그런데 「일본서기」에 下
韓이 '아루시 가라'로 적혀 있고, 韓國神社를 '가라구니진자'로 부른다.
그런가 하면 가라 지명의 '巨老>鵝洲'에서 '거로=鵝'가 발견된다. 또한
신라 지명인 '古尸山~古利山>菅山>沃州>沃川'에서 '沃'의 훈음이
'걸'임을 확인하게 된다. 여기서 '馬=韓=沃=걸~거루'를 상정하여 백제
어 '걸~거루'(馬)를 추정할 수 있다. 아울러 '鵝'의 고대훈이 '거로'이었
음을 재구할 수 있게 된다.

'古尸山'은 현 '沃川'(<沃州)의 옛 지명이다. 이 '古尸山'을 신라 경
덕왕(757)이 '菅山'으로 개정하였고, 고려초에 '沃州'로, 조선조 태종
(1413)이 다시 '沃川'으로 개정하였다. 그 개정 과정을 다시 정리하면
'古尸山>菅城>沃州>沃川'과 같다. '古尸山' 풀이의 열쇠는 '菅山:沃州'
그리고 '古尸'의 별칭인 '古利'가 쥐고 있다. 경덕왕의 지명 개정 원칙
이 되도록이면 본 지명을 한역하려는 의도이었기 때문이다. 따라서
'菅'과 '沃'의 고대훈을 찾아서 훈독하면 정답을 얻게 될 것이다.

'菅'의 중세훈은 '골관'(菅)(「훈몽자회」상5)이다. 한편 인근에 '環山
城'(環山 在郡北十六里(「동국여지승람」沃川郡 山川條)이란 고지명이
있는데 이 '環'의 고훈도 '고리'이다. 그럴 뿐만 아니라 '古尸'를 '古利'

<삼국사기 (열전3 김유신 하)>로 달리 적기도 하였다. 이 이표기가 '古尸'를 '고리'로 읽게 하는 결정적인 근거이다. 고지명인 '阿尸兮 一云 阿乙兮', '斤尸波衣>文峴'의 표기에서 '尸=乙', '文(글)=斤尸(글)'도 또한 이에 뒷받침이 된다. '沃'의 중세훈도 '걸-'(건짜해=沃土)(〈소학언해 4-45, 1586)이다.

위와 같이 '古尸'를 한역한 훈음이 '골(菅)~고리(環)>걸(沃)'이며 '古尸'의 이표기가 '古利'이기 때문에 우리는 '古尸'를 음차 표기로 보고 '고리>골'로 해독할 수 있다. 이 지명의 해독에서 '尸'가 '시' 아닌 '리~ ㄹ'인 사실은 「향가」 표기의 '尸'를 '屋尸옥-ㄹ, 於尸어-ㄹ, 理尸리-ㄹ, 乎尸올-ㄹ, 道尸길-ㄹ, 宿尸자-ㄹ'(김완진1980)'으로 해독하는데 확고한 바탕이 된다. 향찰 표기 보다 고지명의 표기가 앞서기 때문이다.

요컨대 지명해석을 통하여 고대어 "고리(菅·環), 걸-(沃), 가라(韓), 걸·거루(馬), 거로(鵝)"를 재구할 수 있다.

(3). 出·生 : 奈(나-, 낳-)의 해석:

고지명 '月出·月生'이 〈삼국사기 (지리 3,4)에 '月奈'(>靈巖)로, 〈고려사 (지리 2)에는 '月奈'로 표기되어 있다. '奈' 혹은 '奈'와 같이 동음 이자로 음차 표기된 점과 '月奈'의 별칭으로 '月生(山)' 혹은 '月出(山)'이 있는 것으로 보아 '月奈(奈)·月出·月生'은 모두가 *tʌrna를 적었던 것으로 추정된다. 백제의 '奈'를 고려 초에 '生'으로 고쳤으니 필연코 '生'의 새김이 '*na-'이었기 때문에 가능하였던 것이다. 그리고 〈동국여지승람 (권 35 靈巖郡 山川條)에 "月出山 在郡南五里 新羅稱月奈岳 高麗稱月生山"이라 적혀 있어서 별칭 '月出'을 발견하게 된다. 이 '月出'의 '出'은 '生'의 새김과 비슷한 'na-'이기 때문에 역시 가능하였던 것이다. 〈고려사 (지리 2 靈巖郡條)에 "靈巖郡有月出山 新羅稱月奈岳 高麗初稱月生山"이라 기술하고 있어서 고려 초에 '月生山'이 쓰였음을 알 수 있다. 그러나 '月出山'은 어느 때부터 사용되었는지를 밝히지 않았기 때문에 확실히 알 수는 없다. 그래서 '月生山'과 '月出山' 중 어느 것이 먼저 발생하여 통일신라에서 쓰이던 '月奈岳'을 다르게 표기한 것인지 알 수가 없다. 어쨌든 분명한 것은 '月生·月出'을 *tʌrna로 새겨 읽을 수 있고 이 훈음이 '月奈'를 역시 *tʌrna(훈+음)로 추독할 수 있도록 뒷받침한다. 그리고 만일 백제 지명 '*tʌrna'를 한역한 것이 '月生·月出'이라면 '生'과 '出'의 훈에 해당하는 어휘인 '나다(出), 낳다(生)'가 백제어에서 동음이의어로 쓰였을 가능성이 있다.

요컨대 지명해석을 통하여 고대어 "나-(出), 낳-(生)"를 재구할 수 있다.

(4). 突 : 等·等也·等阿·珍·珍阿·鎭·珍惡·月·靈·石(돌악·돌·ᄃ라)의 해석

'珍惡山>石山'에서 '珍惡'이 '石'으로 개정되었다. 여기서 '石'은 *tor~torak을 표기한 훈차자인데 그것이 한역인가 아니면 단순한 훈음차 표기인가의 문제가 제기된다. 훈차자라면 '돌뫼'란 뜻인데 이 산에만 유독히 '돌'이 많이 쌓여 있었기 때문에 '돌뫼'라고 명명하였던 것인가. 물론 그럴 가능성도 전적으로 배제할 수는 없다.

현재의 '石城'(<珍惡山)의 동쪽에 위치한 '廣石'(논산시 광석면)을 '너분들'이라 부르고, 다른 하나의 '廣石'(논산시 두마면) 역시 '나분들'이라 부른다. 그리고 '黑石'(대전시 기성동)을 '검은들'이라 부른다. '白石里'(논산시 연산면)를 '흰들'이라 부른다. 이상의 지명에 나타나는 '石'은 대체적으로 '들'(<드르=坪)을 표기한 것이기 때문에 '珍惡>石'도 그럴 가능성이 있지 않나 생각하지만 그러나 백제 지명의 표기 경향이 '들'(<드르)은 '坪·平'으로 적었던 보편성 때문에 일단 머뭇거리게 된다. 앞으로 좀더 깊게 고구할 문제이다.

그러나 동음이훈의 차자인 '等·珍·月·石·靈·鎭' 등은 '*tʌr~tor'(達·突)을 표기하기 위하여 오로지 그 훈음만 차용하였기 때문에 이 글자들의 뜻과는 아무런 관계도 없는 것이다. 이것들은 '高·山'의 의미인 고유어 지명소 '둘'을 표기한 것뿐이다. 그렇지만 '月奈'의 '月'만은 '月出·月生'으로 표기된 사실 때문에 '달이 뜨는'의 뜻으로 풀이될 가능성도 있어 보인다. 그래서 한편 훈차자일 가능성을 전적으로 배제할 수 없다. 그러나 만일 개정 지명인 '靈岩'에서 '靈'이 피개정명인 '月奈'를 표기한 것이라면, '岩'은 후대에 첨가된 지명소이기 때문에 '月奈'의 '奈'를 표기하기 위하여 차자된 '月出·月生'의 '出·生'은 단순한 훈음차에 불과한 것이라 하겠다. 그리고 '武珍山'과 '珍惡山'의 '珍·珍惡'은 '들'(<드르)일 가능성을 배제할 수가 없지만, 역시 백제의 지명표기 방식이 '드르'를 '坪·平'으로 표기한 보편성에 위배되기 때문에 문제이다.

요컨대 지명해석을 통하여 고대어 '等·珍·鎭·月·靈·石'의 동음(유사음) 이의어 '둘'을 재구할 수 있다.

(5). 薩·昔里·音里 : 靑·積·霜·音(살·셔리·소리)의 해석:

『삼국사기』권37(지리4)에 나오는 '德勿縣'은 아쉽게도 대응 표기가 없다. 이 현의 배산이 '德積山'인데 역시 '德勿'에서 파생한 지명이다. '德積'의 '積'은 훈음이 '물'이기 때문에 훈독하면 역시 '德勿=德積'이 성립한다. 이 '德積'은 다음의 一云, 或云 표기 중 '德積島'의 '德積'과도 동일한 지명소이다. '德勿 一云仁物, 德勿 一云德水, 德勿島 一云仁物島 或云德積島'의 별칭 표기에서 '德=仁, 勿=物=水=積'의 등식을 확인한다. 큰덕(德), 클인(仁)(『훈몽자회』하25,31)이니 '德·仁'은 '큰~클'로 훈독할 수 있다. '水'는 훈차이고, '勿·物'은 음차이며, '積'은 훈음차이다. 따라서 '德勿·德物·仁物·德積'은 '큰(~클)믈'로 추독할 수 있다.

그러나 여기서 '積:勿・物'이 문제이다. '積'의 중세훈이 '샇-'(「유합」 하 58, 「석봉천자문」 10)와 '물'(「광주천자문」 10)로 다르게 나타나기 때문이다. 그렇다면 둘 중 어느 것이 보다 이른 시기의 고대훈인가. 우리는 '물'을 보다 고대훈으로 지목하기 쉽다. 위 두 문헌 중 「광주천자문」이 간행 연대가 빠를 뿐만 아니라 보다 고어형을 많이 간직하고 있기 때문이다. 그런데다 이 사실을 보다 이른 시기의 「용비어천가」(지명주석)의 '덕물德積'이 재차 입증한다. 또한 비록 「용비어천가」에는 '덕물'로 주기 되어 있지만 동일 지명소를 '德'과 '仁'으로 통용하여 적은 것을 보면 본래에는 '큰/클믈'(>덕/인믈)과 같이 훈독이었지 결코 음독이 아니었기 때문에 가능하였던 것이다. 두 글자를 훈독할 경우에만 동일한 고유어 '큰믈/클믈'이 실현될 수 있기 때문이다. 그리고 「금강경삼가해」(4-58)의 "靑을 물며 綠을 슷고"(堆靑抹綠)에서는 동사 '물-'로도 쓰였음을 확인할 수 있다.

그러나 언제나 속단은 금물이다. 「월인석보」(서23)에서 "積은 싸홀 씨라"의 '쌓-'가 나타나기 때문이다. 그렇다면 '積'의 복수훈은 언제까지 올라 가는 것일까.

지명 표기의 '薩買・薩水 : 靑川'에서 '살'(薩=靑)을 발견한다. 그런데 '靑'의 뜻을 반영한 차자 표기들이 「삼국사기」에 다양하게 나타난다.

삼국시대>	경덕왕 >	고려초
① 昔里火 >	靑驍 >	靑理 (지리1)
音里火 >	靑里(尙州郡靑里面)(직관 하)	
② 率已山 >	蘇山 >	淸道 (지리1)
③ 薩寒 >	霜陰 >	霜陰 (지리2)
④ 靑已 >	積善 >	靑鳧 (지리2)

위 대응 표기에서 ①셔리(昔里)·소리(音里)=靑, ②소리(率已)=淸, ③살(薩)=霜(서리), ④사리(靑已)=샇-(積)을 추출할 수 있다. ①②는'靑·淸'을 뜻하는 고유어 '셔리·소리'이고, ③은 '霜'을 뜻하는 고유어 '살'(>서리)이고, ④는 '積'을 뜻하는 '사리'(靑已)이다. ①昔里 ②率已 ③薩은 음차 표기이고, ①의 '音里'는 받쳐적은 '里'로 인하여 '소리'로 추독할 수 있다. ④의 '靑'은 '積'의 훈을 적어 준 훈음차 표기이든지 아니면 반대로 '靑'의 훈을 적기 위하여 '積'이 훈음차된 것으로 볼 수 있다. 만일 압록(鴨淥) 이북의 도망한 칠성(七城) 중 '赤里忽>積利城'의 '赤:積'을 '사비'(所比·沙非=赤) : '샇-'(積)로 해석할 수 있다면 '積'의 고대훈 '샇-'를 추가할 할 수 있을 것이다.

요컨대 지명해석을 통하여 고대어의 동음(유사음) 이의어 '살·사리·소리'(靑·積·霜·音)를 재구할 수 있고, '積'의 복수훈 '믈'(>물)을 추정할 수 있다.

(6). 召尸·斯由·釗·蘇伊·舍·素 : 銀·金·銅·銕·鐵·松(소리>soy>쇠, 솔)의 해석:

『삼국사기』의 '召尸(소리):銀'에서 '銀'의 뜻인 '소리홀'(召尸忽>木銀城)의 '소리'는 후대의 '쇠'로 이어진다. 여기서 召尸를 '소리'로 추독할 수 있는 근거는 『삼국사기』(열전 김유신전)에서 '古尸'(古尸山城>菅山城)를 '古利'(고리)로 달리 기록한데 있다. 또한 옛 지명에서 '斤尸波兮(kirpahye):文峴, 高思葛伊(kari):冠文'의 '斤尸·葛伊'도 '文'의 뜻으로 쓰였기 때문에 '尸'를 '리'로 추독하는데 뒷받침이 된다. 이 '소리'(>쇠)는 한반도 전역에서 보편적으로 쓰였다.

『삼국유사』(권3)에 '金橋'의 별칭이 '松橋'라 하였다. '松橋'와 '金橋'는 동일한 다리 이름에 대한 이표기일 뿐이다. 비록 표기는 달랐지만 당시의 고유어로는 동일명이었기 때문이다. '金'의 고유어에 대한 어원이 *sori(>soØi>soy>söy>sö)이었고, 이것이 '東'을 뜻하는 고유어 *səri(>sərØ~sʌrØ) 혹은 *səri(>sʌØi>sai>sɛ)의 변화단계를 적어준 것이기 때문에 동일어를 표기하는데 차자될 수 있었던 것이다. 만일 '金橋'가 이미 'r'을 잃은 'soy'의 단계에서 '싀다리'(東橋)를 나타낸 것이라면 '솔다리'(松橋)는 아직 'r'이 남아 있고 어말 모음이 탈락한 단계의 기록이니 오히려 '金橋'(쇠다리)보다 고형이라 할 수 있다. 그렇다면 오히려 '金橋'가 '松橋'의 별칭이었으며, 그것은 '東橋'란 뜻의 '설다리'의 '설'을 '松'의 훈음인 '솔'로 표기한 것으로 추정할 수 있다. 따라서 '松橋'(솔다리)는 오히려 '金橋'(쇠다리)보다 이른 시기의 보수형으로 추정된다. 일반적으로 차자표기 지명 중 이른바 '或作, 或云, 古作, 古稱, 別稱' 등으로 지칭된 지명들은 오히려 새로 생긴 지명의 득세로 뒷전에 밀려난 잔존형일 가능성이 짙기 때문에 '松橋'를 '金橋'보다 이른 형으로 인정할 수 있는 것이라 하겠다. 고구려어 '소리'(김尸)를 근거로 삼을 경우에 이 추정은 가능성이 있다(도수희 1999c 참고).

여기서 우리는 '소리'(鐵)의 문제를 푸는데 절대적인 근거가 될 수 있는 최적의 1예를 고대 중국어에서 찾을 수 있다. 한자 '鐵'(철)의 기원을 살펴보면 그 기원적 古字가 '銕'(철)이다. 「설문해자」를 비롯하여 최남선(1915)의 「新字典」(2-26)에 "銕은 鐵의 古字"라 하였다. 이 단어(銕)의 구조는 '金+夷'이다. 이 단어를 근거로 '鐵'(철)의 생산이 중국에서 비롯된 것이 아님을 알 수 있다. '夷'자로 보아 그것은 동이족으로부터 수입되었을 가능성을 증언하기 때문이다. 따라서 '銕'(thiet)은 동이(부여)족어를 수입한 차용어라 하겠다(도중만 1998:59~60 참고).

다음에서 '銕(thiet)>鐵(thie)'의 발달과정을 한국어의 그것과 비교 고찰하면 더욱 분명하여질 것이다.

상고음	중고음	근대음	현대음	속음
t'iet (T)				텰thyər(자회·유합)
t'iet (K)	t'ie (K)			
t'et (Ch)	t'it (Ch)			
thiet (L)	thiet (L)	thie (L)	thie(L)	

(T=董同龢, K=高本漢, Ch=周法高, L=李珍華·周長楫)

위 자료에서 상고음을 기준으로 속음과 비교하면 thiet:thyər로 대비된다. 어말에서 중국고대음 't'과 속음 'r'이 규칙적으로 대응한다. 따라서 't>r'규칙을 근거로 위 대비형을 거의 같은 음형(어형)으로 추정할 수 있다. 그렇다면 동이(부여)족어로부터 차용한 thiet(銕)을 역수입한 것이 속음 '텰'thyər(鐵)이라 하겠다. 이 'thyər'은 고구려어 'sori'(>sorø∼soy)와의 대비에서 비슷한 꼴을 보인다. 따라서 'thyər'은 현대어 '쇠'(<soy<sori)의 본래 모습(*sori)을 간접적으로 나타내고 있다.

고구려 제16대 故國原王(331-370)의 이름이 '사유'(斯由)∼'쇠'(釗)이다. 재위 40년이니 쇠처럼 단단하였기 때문에 지어진 이름인 듯하다. 최남선의 新字典 (조선속자부)에 '釗(쇠)金也쇠'라 풀이하고 있어서 釗를 '쇠'로 새길 수 있다. 신라 제25대 眞智王(576-578)의 이름이 '舍輪∼金輪'이다. 여기서 '舍:金'의 대응을 근거로 '舍'를 '쇠'로 추독할 수 있다. 또한 신라 인명 중에 '소나∼금천'(素那∼金川)이 있어서 '素:金'의 대응으로 위 추독을 뒷받침한다. 이 밖에도 '金·銀·銅·鐵·水銀'을 '쇠'로 통칭한 사실을 고대 국어와 중세 국어에서 얼마든지 확인할 수 있다.

요컨대 지명해석을 통하여 고대어 "소리>soy(金·銀·銅·銕·水銀), 소리>솔(松)"을 재구할 수 있다.

(7). 居次道・異次頓・伊處道 : 厭髑, 居斯里(川) : 仁(川)・苔(川), 異斯夫 : 苔宗(이치도, 이시>잇)의 해석:

고대훈은 통시적으로 상당수가 거듭 변천하여 왔다. 따라서 중세훈과 고대훈이 동일할 수도 있지만 그렇지 않을 수도 있다. 가령 在의 중세훈(『광주천자문』 5,6,14)은 '이실'(在・有・存)이었다. 그러나 이두에서 '在'의 새김은

> 在如中(견다해), 在等以(견들로), 在以(견으로), 在乙(견을), 在乙良(견을랑), 在隱乙良(견을 안), 在亦(견이여), 是白在果(이숇견과), 是白在如中(이숇견다해)"와 같이 '겨ㄴ-'이었고, 또한 "獨園에겨샤(在獨園) (『김강경언해』상1), 天子ㅣ이제咸陽의몯겨시니라(天子不在陽官) 〈『초간두시』5:50〉

와 같이 '겨(ㄴ)-'이었다. 또한 지명에서

> 太祖 二年 城平壤…五年 始築西京在城(在者方言畎也) 凡六年而畢(高麗史 권82 兵志2 城堡)

와 같이 '畎'(견)으로 '在'를 풀이하였다. 고려 태조 5년(922)이면 신라의 말기어이며 방언이라 하였으니 고유어에 해당한다. 고대어인 '견'(畎)이 이두어 '견'(在)과 일치하는데 우리의 주목을 끈다(도수희 2003:325-328 참고). '在'의 고대훈이 변한 것처럼 '居'의 고대훈도 중세훈과는 달랐음을 지명해석을 통하여 탐색하려 한다.

『해동고승전』(1215)의 法空條註에 '異次頓'이 '居次頓'으로 적혀 있다. 도수희(1998)에서 추정한 바와 같이 居(赫居世, 勿居, 率居, 居西干, 居柒夫, 居柒山 등)는 음차자이었다. 그러나 이 '居次頓'만은 '居:異'의 대응 때문에 도저히 '居'를 음차자로 볼 수가 없다. 따라서 '居'를 훈음

차로 추정할 수밖에 없다. 그렇다면 그 훈음이 '異次·異處'와 근사하
여야 한다. '居'의 중세훈은 '살-'(「자회」하8, 「광천문」31)이다. 그러나
고대 국어에서는 '이시-'이었을 가능성이 짙다. 중세 국어에서 '在'의
훈이 '잇-'인 반면에 고대 국어에서는 '겨(ㄴ)-'이었음을 상기할 때 납
득할 수 있다. 그리하여 '居次頓'을 '이시(이츠/이치)도'로 해독할 수
있다. 따라서 '居'에 대한 고대훈이 '이츠/이치'에 가까운 '이시/이치'이
었을 것으로 추정할 수 있다. 이것은 중세훈 '살-'과는 아주 다르다(도
수희 1998 참고).

　'仁'의 중세훈은 '어딜'(「광천문」8), '클'(「자회」하11)이다. 그래서
'仁'을 훈차자로 해독하여야 할 경우가 많다. 경기 '仁川'은 이웃 지명
인 '仁物島~德勿島~德積島'(큰물섬)을 근거로 '큰내'로 해석할 수 있
다. 그러나 논산시 양촌면의 옛 이름인 '仁川'의 '仁'은 전혀 다른 표기
이다. 먼저 관련 자료를 제시하고 검토하기로 하겠다.

　連山縣 山水 居斯里川 西十里 右二川 詳恩津市津浦(「대동지지」山川條)
　仁川 在縣南十里 一云苔溪 一云居士川 卽高山縣-----入市津(「전국여지
　도서」③)

　위 자료 중 '仁川'을 속칭 '인내'라 부른다. 이를 근거로 '居斯里川·
居士川(이사내)>苔川(잇내)>仁川(인내)'로 변화한 것을 알 수 있다.
따라서 여기의 '仁'은 음차자임이 분명하다. 또한 苔와 대응하는 居
斯~居士는 신라 인명인 '異斯夫:苔宗'에서 '苔'와 대응하는 '異斯'와 동
일어에 해당한다.

　요컨대 지명해석을 통하여 고대 국어 "이치도(厭), 이시(苔), 이시-
(居)"를 재구할 수 있다.

2.2 '받쳐적기법'에 의한 고어휘의 재구법

차자 표기법 중의 한 방식인 받쳐적기법은 보편적으로 '훈+음'의 순서와 구조로 적는다. 그 첫째 자는 의미를 나타내며 둘째 자는 음을 나타내어 발음하면 첫째 자의 훈독음이 실현되도록 하였다. 가령 인명 차자 표기에서 예를 들면 '赫居:弗矩, 世里:儒理, 炤知:毗處' 등이 좋은 예에 해당한다. 이 표기법은 위 예를 '혁거, 세리, 소지'로 발음하면 말이 안된다는 지시로 말음절을 받쳐적어 '불구, 누리, 비지'로 바르게 발음하도록 유도한 묘법이다. 다른 예인 '車衣:端午, 天乙他里:天他里, 火乙叱羅毛:火叱羅毛'도 '차의, 천타리, 활'로 발음하지 않도록 앞의 훈차자의 말음을 받쳐적어 반드시 '술의, 하늘, 블'로 발음하도록 유도하였다(도수희 2004d:269 참고). 다음에서 '받쳐적기법'으로 차자 표기된 지명해석을 통하여 고대훈을 탐색하려 한다.

(1). '活里 : 沙里'(慶州府驛)의 대응에서 '活里'는 '활리'로 읽으면 말이 안되니 반드시 '사리~살리'(沙里)로 읽으라는 표시로 '里'를 받쳐적었다. 동일한 예를 후대 문헌에서도 발견한다.

용비어천가 (4장 주석)의 "漢江古稱沙平渡 俗號沙里津"(사리ㄴ른)에서 '沙平'(시벌)의 '沙'가 '沙里'로도 호칭되는 바 이 속칭이 보다 옛말인 *sʌri(東)를 재구케 하는 믿음직한 근거가 된다. '里'의 받쳐적기법은 인명 표기의 '世里'(儒理누리)와 지명표기의 '川里(나리)·音里火(소리블)'에도 쓰였다. 따라서 받쳐적은 '里'로 인하여 '活·東'의 고대 동음이훈 '사리'를, '世·川·音'의 고대훈 '누리·나리·소리'를 재구할 수 있다.

(2) '異次頓·伊處頓·異處道 : 厭髑(·道·覩·都·獨·頓) : 居次

頓'에서 받쳐적은 '道·覩·都·鷠·獨·頓'으로 인하여 '厭'의 고대훈 '이칟~이치도'를, 받쳐적은 '次'로 인하여 '居'의 고대훈 '이시-'를 재구할 수 있다. 그리고 '異斯 : 苔 : 居斯'의 대응에서 받쳐적은 '斯'로 인하여 '苔'의 고대훈 '이시'와 '居'의 고대훈 '이시-'를 재구할 수 있다.

(3). '蘇伊 : 金伊'에서 받쳐적은 '伊'로 인하여 '금이'로 읽으면 말이 안됨을 알 수 있다. 대응 음차 표기인 '蘇伊'를 근거로 '金'의 고대훈 'soy'를 재구할 수 있다. 물론 '金'만으로도 훈독하면 '쇠'이지만 혹시 '금'으로 발음할까 염려되어 반드시 '소이'로 읽으라는 지시로 '伊'를 받쳐적은 것이다.

(4). '水入伊'(지리4, 백제 후기지명)에서 받쳐적은 '伊'로 인하여 고대훈 '들이-(入)'를 재구할 수 있다. 그러나 '買伊 : 水入'(지리4, 백제 전기지명)의 '伊'는 받쳐적은 것이 아니다. 따라서 여기 '買伊'의 '伊'와 '水入伊'의 '伊'는 근본적으로 다르다. 전자는 '入'의 뜻을 반영한 동사이고, 후자는 오로지 '入'의 훈말음을 표기하였을 뿐이다. 말하자면 '水入伊'를 '수입이'로 잘못 발름하지 않도록 '伊'를 받쳐적기 하여 반드시 '물들이'로 읽도록 유도한 것이다. 이 표기법은 후대(「향가」 처용가)의 '夜入伊'(밤들이)에 이어진다. 그리고 향약명 표기의 '朴鳥伊 : 朴沙伊 (박사이), 犬伊日(가이날)'로 이어지고 이두 표기의 '退伊(물리)'로 이어진다.

(5). '波利>海利'(「삼국사기」 지리2)에서 받쳐적은 '利'로 인하여 '海利'를 '바리'로 추독할 수 있다. 음차 표기된 피개정명 '波利'를 음독하면 '바리'가 되기 때문이다. 이 '波利'는 '波里'(현 三陟 아래)로 표기되기도 하였다(「삼국사기」 지증마립간 5년). 위 (1)과 같이 '里'는 '리'로

읽을 수 있다. 또한 '波旦>海曲(西)(지리2), 波旦 : 波豊(지리4)'에서 음차 표기 '바달'(波旦)로 인하여 '海'의 고대훈이 '바돌'이었음을 알 수 있다. 신라의 관직명 중 '波珍湌:海干'(직관 상)에서도 '海'의 고대훈 '바돌'(波珍)이 발견된다. 「향가」(稱讚如來歌)의 '海等'도 '돌'(等)을 받쳐적어 '바돌'로 읽도록 하였다. '海'의 중세훈은 '바롤'(<바돌)로 변하였고, 중세 이후에 '바롤'은 살아지고 'ㄹ'탈락형 '바다'(<바돌)로 변하였다. 대부분의 경우는 음차자로 받쳐적기를 하는데 여기서는 '돌'(等·珍)로 훈음차 표기하였음이 특이하다.

그런데 문제는 '바돌'(海等·波珍·波旦)과 '바리'(海利·波利·波豊·海曲)의 공존에 있다. 먼저 '波豊·海曲'부터 풀기로 한다. '雨述>比豊'(지리3)에서 '豊'을 '禮'의 약자로 추정하는 견해가 있다. 그래야만 그 전래 지명인 '비래'(雨來·比來)와 무리 없이 이어질 수 있기 때문이다. 마찬가지로 '曲'은 '豊'의 약자일 수도 있다. 그렇다면 '海曲'(<禮)도 '바리'로 추독할 수 있다. 그러면 '바돌'과 '바리'는 뜻이 다른 것인가. 여기서 지명의 위치를 생각해볼 필요가 있다. 이 두 지명은 모두 동해안에 위치한 특징이 있다. 따라서 '바다'(海) 혹은 '바다가'(海邊)의 뜻을 반영하였을 가능성이 많다. 이태준의 소설 '鐵路'에 '불녁'이 나오는데 경북 영일 방언에서 '불'이 '해변'의 뜻으로 쓰인다. 고대어 '바리'가 '불'로 변하여 쓰이는 것이 아닌가 한다.

(6). '市津>利樓津'(『삼국사기』 지리3)의 '市 : 利樓'에서 바쳐적기한 '樓'로 인하여 '利'의 고대훈 '기루-'를 추정할 수 있다. 신라의 伊伐湌 利音(『삼국사기』 나해이사금조)에서 '利音'도 '길음'의 말음을 '音'으로 받쳐적은 것이라 하겠다. 利子를 '길미'라 한다. "믿과 길헤 여듧량 은에"(本利八兩銀子)(『初刊朴通事』 상34)에서 중세훈 '길ㅎ-'을 확인한다.

(7). 위 2.1(4)의 '突·等也·等阿·珍阿·鎭安·珍惡·月良·等良

(돌악 · 둘 · 드라)에서 받쳐적은 '也 · 阿 · 惡 · 良 · 安'은 무엇을 표기한 것이겠는가. 이것들은 '等 · 珍 · 鎭 · 月 · 靈 · 石'의 훈말음을 충실히 표기한 것인가. 이것들이 모두 '高 · 山'의 훈을 충실히 적은 결과이니 필연코 백제 전기지명의 지명소 '달'(達=高 · 山)과는 다른 개음절(2음절) 형을 충실히 적어준 받쳐적기이었을 것이다. 그것이 음차 표기로는 '突'로 표기되었을 뿐만 아니라 드물긴 하지만 간혹 '等'만으로도 표기된 예가 나타나기 때문에 소극적으로나마 단음절형도 쓰였을 가능성도 있다. 가령 '海等'의 경우는 '海'의 고유어 '바돌'의 '돌'을 '等'의 훈음인 '둘'로 적어준 것이지만 '等阿 · 珍阿'의 경우는 '高 · 山'의 훈(고유어) '돌아'의 '돌'을 '等 · 珍'의 훈음으로 적고 그 말음절을 음차자로 받쳐적어준 것이라 하겠다. 우리는 받쳐적기로 인하여 백제 전기지명에서 단음절로 쓰였던 '돌'(高 · 山)이 백제 후기지명에서는 아직도 보다 고형인 2음절형 '드라'로 쓰였음을 추정할 수 있게 된다. 이것은 '부리>벌, 드르>들, 고마>곰'과 같이 축약된 보편성에도 어긋나지 않기 때문에 타당성이 있다.

3.

이 글은 지명해석을 통하여 고대훈(고유어)을 탐색하는데 주력하였다. 주로 훈차와 훈음차 표기의 대응에서 동음이훈을 찾아내는 방안을 논의하였다. 주지하는바와 같이 한자의 훈은 곧 고유어에 해당한다. 따라서 동음이훈은 곧 고유어의 동음이의어가 된다. 물론 차자표기란 거의가 몽타쥬에 가까운 추상형이기 때문에 그것을 동음이의어라고 규정할 수 없는 경우가 많다. 그래서 '동음(유사음) 이의어'란 용어를 쓰기도 하였다. 그러나 우리의 처지로는 이렇게 해서라도 고대 국어의 어휘를 재구해야 할 것이다.

받쳐적기법을 적용하여 고대훈의 구체적인 어형을 탐색하였다. 받쳐적기한 한자음이 곧 훈말음이기 때문에 훈음을 비교적 정확히 알아낼 수 있는 방안이라 여겨진다. 그러나 간혹 그것이 훈음차 표기자의 훈말음을 표기하지 않는 경우도 있기 때문에 각별히 주의를 요하는 점도 강조하였다. 이렇게 미묘한 부분만 극복할 수 있다면 받쳐적기법은 기계적으로 적용하여 거의 확실한 어형을 찾아낼 수 있을 것이다.

사실 고대국어 연구는 「향가」를 제외하고는 지명·인명·관직명 등의 어휘연구에 한정된다. 그런데 고대 어휘자료의 모두가 차자 표기되어 있을 뿐이다. 따라서 우선 차자 표기법을 숙지한 다음에야 비로소 우리는 연구가능 권에 진입할 수 있게 된다. 그 중에서 받쳐적기법의 적용(응용)은 매우 유용한 해석법이 될 것이다.

우리의 고지명 자료는 차자 표기로 나타나는 고대훈이 많다. 그런데 그것들이 중세 이후의 훈과 비교할 때 많은 차이가 있다. 고대부터 근대까지 시대별로 훈을 비교 고찰한다면 그것자체가 곧 어휘변천사의 연구가 될 것이다. 이 일이 앞으로 우리가 해야 할 긴요한 과제이다.

XIII. 방언과 지명의 관계

1. 방언과 지명 조사 연구의 필요성

<「방언조사연구」토론문 1978 >

우리 방언학도 이제 반세기가 넘는 발자취를 남긴 셈이다. 그 동안 우리가 수집한 자료와 연구한 결과에서 만족스런 내용을 얼마만큼 발견할 수 있을 것인가? 한국 방언연구의 개척자(日人)가 우리에게 넘겨 준 방언자료(소창진평 1944)와 그 이후 우리의 힘으로 수집한 조사 자료를 비교할 때 우리는 어느 정도의 진보를 가져 왔다고 자부할 수 있을 것인가? 수집된 방언자료가 그 수집과정의 비과학성(방언의 식별력 부족으로 인한 정확성의 결여와 정밀도의 부족 등) 때문에 불신될 수밖에 없는 부분이 있다면 재조사의 필요성은 常存하는 것이 아니겠는가?

실로 일국의 방언조사가 幾個人의 산발적인 역량에 맡겨질 대상은 결코 아니다. 擧國的인 안목과 장기적인 계획으로 진행되어야 하며, 조사방법의 새로운 창안과 방언식별에 능한 조사요원의 확보 역시 시급한 선결 문제라 하겠다.

방언이란 무엇인가? 어디서부터 어디까지가 방언인가? 우리는 방언의 정의부터 내려야 할 것이다. 그래야만 조사의 내용과 범위가 정해지기 때문이다. Shuy(1967)는 방언에 대하여 다음과 같이 말하고 있다.

A dialect, then, is a variety of a language. It differs from other varieties in certain features of pronunciation, vocabulary, and grammar.

한국어의 방언은 곧 "a variety of Korean language"이며, 엄격히 말해서 이 variety들을 정확하고도 정밀하게 조사 수집하는 작업(field work)이 아니겠는가?

우리의 조사 대상인 이 variety의 범위가 생각보다는 넓고, 그 층위가 의외로 복잡한 것이다. 흔히 dialectology에서 regional dialects와 social dialects의 두 얼굴을 발견하는데 앞으로 이 양자 중 어느 하나에만 역점을 두고 조사 수집할 것인가? 아니면 두 모습을 다 조사 수집할 것인가?

가령 미국 방언의 경우 식자층(well-educated people)은 모든 방언 구역에서 동사 'climb'의 과거 시제로서 'climbed'를 사용하는데 북부 방언 구역의 無識層 話者(uneducated speaker)는 'clim'이라 말한다. 중부와 남부 방언구역에서는 無識層이 'clum'이라 말하고, Virginia에서의 무식층은 'clome'이라 말한다. 여기 소개된 dialect variants 'clim, clum, clome'은 regional level과 social level을 겸한 pattern이므로 두 level이 모두 취해지지 않으면 안 될 것이다.

우리가 우선적으로 주의해야 할 대상은 발음차이(differences in pronunciation)이다. 그리고 발견한 差異音을 정확하고도 정밀하게 표기할 수 있는 'detailed phonetic alphabet'의 제정이 시급한 것이다.

Shuy(1967)에서 'Do not be influenced by the spelling of the word'라고 지적한 바와 같이 일체의 先入感이나 철자의식을 버릴 수 있는 fieldworker의 確保도 선결되어야 할 필수조건 중의 하나이다.

또한 우리는 Nida(1949)의 다음 제언을 한번쯤 음미해 볼 필요가 있다.

It would be excellent if he could adopt a completely man-from-Mars attitude toward any language he analyzes and describes.

여기서 any language를 any dialect로 置換하여 생각하면 足할 것이다.

다음으로 우리가 생각할 것은 어휘차이(differences in vocabulary)의 발견이다. 화자는 자기가 사용하는 어휘를 통하여 자신의 연령, 性, 직업, 고향, 교육정도 등을 들어낸다. 세대차, 교육차에 따라서 vocabulary의 선택이 달라지기 때문이다. 예를 들면 미국에서 노인들은 'ice box', 'spider'를 사용하는데 젊은이들은 'refrigerator', 'frying pan'을 사용한다. 또한 남성들이 주로 사용하는 어휘와 여성들이 즐겨 쓰는 어휘 사이에도 상당한 차이가 있다. 미국인의 경우 남성(성인)은 fabrics, color, shadings, sewing 등과 관련된 어휘를 좋아 하지 않으며 반대로 모든 여성은 sports, automobile repair, plumbing 등과 같은 특수 어휘를 기피한다는 것이다.

위와 같은 견지에서 생각할 때 '무식한 村老만이 방언 보유자이다'라고 믿어 온 우리의 생각이 수정되어야 하지 않겠는가?

우리는 이번 기회에 문법차이(differences in grammar)까지 조사해야 할 것이다. 다음 표는 미국의 서로 다른 두 지역에서 화자의 사회(교육)적 level에 따른 grammar에 있어서의 차이를 조사한 내용인데 앞으로 실시할 우리의 작업에 참고가 될까 하여 여기에 소개한다.

AREA X		AREA Y	
Grammatical		Grammatical	
Speaker	item used	Speaker	item used
higher social status:	dove	higher social status:	dived
middle social status:	dove	middle social status:	dived
lower social status:	dove, duv	lower social status:	dived, div

　fieldworker의 자질 역시 중요한 문제가 아닐 수 없다. 국어학자라고 누구나 능숙한 방언식별력을 보유하고 있다고 장담할 수는 없기 때문이다. 만일 우리가 앞으로 조사 분야를 ① pronunciation fieldwork, ② vocabulary fieldwork, ③ grammar fieldwork로 三大分한다고 가정할 때 이 3자는 조사내용과 범위가 서로 다르기 때문에 조사방법도 각각 相異해야 할 것은 自明한 일이다. 각 fieldwork에 알맞게 새로운 방법(이제 개척기의 방법에서 벗어나야 한다.)의 모색과 이 새로운 방법에 익숙할 수 있는 조사자의 확보가 문제인 것이다.

　방언은 現地人(緣故者)에 의해서 조사되는 것이 바람직하다고 생각한다. 이 말은 비현지인의 조사능력을 과소평가하거나, 他地人의 조사를 배제하는 뜻으로 이해되어서는 안 된다. 그 조사능력이 대등한 경우에 한하여 현지인이 타지인(엄격히 말해서 해당 방언구역에서 거주치 않는 자)보다는 방언조사의 時·空적인 면에서나, 경제적인 면(조사자에 소요되는)에서 유리한 高地에 있다는 것뿐이다. 그러나 현지인은 늘 해당 방언(자기언어)의 물결 속에서 생활하고 있기 때문에 때로는 자기 지방의 언어적 특질에 둔감하거나, 선입감에 빠질 우려가 있

음도 결코 무시해서는 안 될 약점이다.[1]

　지금까지의 방언학계의 추세로 보아선 충청도 방언의 특수성(특히 충남을 중심으로)이 看過 또는 무시되어 왔다. 그리하여 충청도 방언만은 적극적인 조사권에서 늘 疎外되어 왔음도 주지의 사실이다. 그러나 필자는 다음과 같은 이유 때문에 충청지역 역시 하나의 大單位 방언 구역으로 설정되어야 마땅하다는 주장을 하여 왔다(도수희 1963, 1965, 1977a).

　첫째, 현 시점에서 충청 지역의 언어는 대체적으로 경기도 방언 세력에 의해 改新된 북부 지역(西海岸 지방은 제외)과 아직도 이 개신세력이 적극적으로 파급되지 않은 남부 및 서북부 지역으로 구분할 수 있다.

　둘째, 여기서 우리는 북부 경기도와의 인접 지역만은 경기도 방언에 隸屬시켜도 무방할 것으로 판단한다.

　셋째, 공시적인 고찰결과와 이 지역어의 통시적인 발전경로를 종합하건대 대체적으로 충남의 대부분 지역이, 전라북도의 북부 지역과의 통합으로, 하나의 대단위 방언권이 성립될 것으로 생각한다. 도수희(1963, 1965, 1977)를 참고하면 보다 자세한 이유를 알 수 있을 것이다.

　주지하는 바와 같이 어휘의 변화 과정에서 보수성이 제일 강한 것이 地名이다. 미국의 지명 중 Mississippi, Indiana, Illinois, Chicago 등과 같은 옛 지명의 대부분이 American Indian어이며, Hawaii, Oahu, Waikiki, Honolulu 등 하와이州의 대부분의 지명이 Polynesian어이다. 우리말에서도 옛 지명이 그대로 口傳하고 있는 사례가 많다. 물론 우리의 지명조사 범위가 옛 지명에 국한될 것은 아니지만 이번 기회에

---

1) 이숭녕(1961)에서 이 점에 대하여 다음과 같이 지적하였다.
　「나도 몇 번이나 수집한 자료를 가지고 발표도 했으나 좀처럼 그 실태를 파악하기 어려웠다. 그래서 本島人 출신의 학자라야 완벽한 것을 엮을 수 있을 것이라고 믿고 있던 次에------」

그 역점을 古來의 口傳地名을 조사하는데도 두었으면 한다.

그 동안 한글학회에서 여러 지역의 지명을 조사 수집하여 「한국지명총람」을 엮어 냈음은 확실히 先功을 쌓은 바라 하겠다. 그러나 한글학회의 이 사업이 경제적인 사정으로 중단상태에 이른 듯하다. 此際에 전국에 산재해 있는 모든 지명을 보다 정밀하게 조사 수집하여 지명어원, 지명어의, 지명전설 등의 자세한 주석까지 달아서 「大地名辭典」을 엮어 낸다면 각 분야(국어학, 역사학, 민속학, 고전문학, 인류학 등)의 기초 자료로서 기여하는 功이 至大할 것이다.

조사방법은 지명을 방언의 일부로 보고 방언조사의 일환으로 지명조사까지 아울러 하는 방안을 택할 수도 있겠으나, 지명조사의 범위와 내용이 방언에 포함시키기에는 벅찬 것이어서 방언조사와 지명조사를 二大分 하여 그 사업계획을 二元的으로 세움이 이상적일 것이라 생각한다.

어쨌든 지명조사 작업이 무엇보다 시급한 것만은 누구도 부인하지 못할 현실이다. 비록 지명이 보수성이 강하다고는 하나 역시 可變的인 존재인 것만은 사실이며, 더욱이 근대에 와서 인간의 힘에 의한 지형변화(도시계획, 간척사업, 땜 공사로 인한 水沒地區 등)로 인하여 많은 지명이 우리의 기억에서 사라질 운명에 놓여 있기 때문이다. 그래서 방언 이상으로 지명의 조사 수집이 시급한 급선무라 하겠다.

2. 나의 방언 조사와 연구

2.1. 서언

나는 대학 재학 중에 군대생활을 하였다. 이등병으로 부대배치를 받아 내무반에서 처음 신고하는 날이었다. 신고가 끝나자마자 한 고참이 "너 절라도치지?"라고 물었다. 순간 나는 "아닌디유 충청도인디유"라고 대답을 하였더니 그가 고개를 갸웃거리며 "그래? 정말이야? 전라도같은데?"라고 하였다. 나는 졸병 생활 3년 동안 부대를 옮길 때마다 이와 비슷한 질문을 여러 번 받았다. 충남 연기군 금남이 고향인 사재동(충남대 국문과 교수)도 고교 교사 시절에 강원도 춘천에서 도서실 담당교사 회의를 하는 중에 나와 같은 경험을 하였다고 실토하였다. 그리고 예산이 고향(이른바 내포(內浦) 방언 지역)인 조종업(충남대 국문과 교수)도 지헌영 선생의 강의를 듣고 전라도 태생으로 확신하였는데 뒤에 선생이 대전 발리바위(현 선화동) 태생임을 알고 놀랐다고 하였다. 또한 거의 같은 무렵에 정연찬 선생으로부터 "이 지방(충남) 언어에 대한 특색이 경기 언어와는 판이하게 다른 점이 많다"는 언질을 받았다.

나는 분명 충청도내기인데 왜 전라도내기라고 하는가? 나의 고향이 전라북도 익산과 인접하였기 때문인가? 그렇다면 왜 인접지역이 아닌 '대덕·대전·연기'까지도 전라도 말씨라고 하는가? 이러한 언중의 보편적인 인식에는 필경 그럴만한 까닭이 있을 것이란 의문이 들었다. 과연 小倉(6방언 구역)·河野(5방언 구역)의 주장만을 신뢰하여 언중이 입버릇처럼 말하는 '충청도사투리'의 방언 구역은 없는 것으로 무시해도 되는 것인가? 이 의문에서 나의 방언 연구는 싹트기 시작하였다.

나는 충청남도 논산군 연산면 관동리에서 태어나 이 고향에서 성장

하며 언어습득을 하였다. 내 고향 관동(官洞)은 조상이 조선 초에 이주
한 이후 오늘날까지 500년 가까이 누대로 살아 온 都씨 집성촌이다.
나의 청년기까지만 하여도 거의 150호에 달하는 큰 마을이었다. 실로
방언성이 純白일정도로 짙은 토착어의 물결 속에서 언어생활을 하였
기 때문에 나의 말씨는 부모 또는 조부모와 다를 바가 없었다. 따라서
나는 이 방언의 손색없는 제보자임을 자처할 수 있었다.2)

  그렇다면 나와 동일한 방언을 쓰는 범위(지역)는 과연 어디까지일
까? 이 문제를 풀기 위해서 우선 논산 지역의 방언부터 고찰키로 하였
다. 논산 지역을 據點으로 이 지역 방언의 특성이 어디까지 北上하는
가를 조사하면 충남방언을 구명하게 될 것이라 기대했기 때문이다.

2.2. 방언 수집 방법

  나는 우선 고향 마을 관동을 조사 중심지(출발지)로 삼았다. 그리고
논산군 내의 각 면에서 시집온 50세 이상의 여인들을 제보자로 선정하
였다. 우리 마을은 비교적 큰 부락이어서 거의가 좁게는 논산군의 인
근 각 면에서, 좀 더 넓게는 충남의 인근 각 군에서 시집온 부인들이
많았다. 일테면 신풍댁(부적면), 퇴기재댁(은진면), 수랑골댁(벌곡면),
꼬초골댁(초촌면), 개자댁(석성면) 등의 某某宅을 제보자로 삼아 우선
들리는 대로 마구 적었다. 잔치집·우물가·농장 등에서 오가는 자연
발화를 수시로 적어 ㄱ·ㄴ·ㄷ 순으로 정리하였다. 이 리스트를 확인
질문하는 과정에서 새로운 어휘가 들리면 그것을 해당 순서에 삽입하

2) 李崇寧(1960:179)의 다음 주장은 필자의 자신감을 더욱 확고하게 만들었다.
「그런데 현대 서울말의 Accent를 他地域의 方言에서 生長한 學者로서 그릇 判斷
하는 것을 흔히 보는데 필자는 서울 胎生인 서울 居住者로서 現代 서울말의
Accent考察에 가장 適格者라고 自信한다.」

는 방법으로 증보해 나갔다. 그러나 여기서 고민이 생겼다. 그것은 "이렇듯 무모하게 방언어휘만 나열해 가면 과연 무슨 소용이 있겠는가"라는 의구심이었다. 그러면 어떻게 하여야 할 것인가? 고민하는 중에 다행스럽게도 이숭녕(1957)의 「한국서해도서」(제3부 언어학반 조사보고서)를 통문관에서 1958년에 구입하게 되었다. 그리하여 어휘채집 항목 순서는 이 책(pp.146-231)의 기본 안을 충실히 따르기로 하였다. 우선 무작위로 일차 수집한 자료를 이렇게 정리한 뒤에 모든 제보자의 친정 마을을 소개받아 수시로 방문하여 준비한 내용을 재확인하고 나아가 增補수집까지 하였다. 그러나 만일 시집온 아낙이 없는 면이 있으면 답사 현장에서 인접 면의 적당한 마을과 제보자를 소개받아 차질없이 보완 조사할 수 있었다. 이처럼 초보적인 수집방법으로 군복무의 휴가 중에 또는 대학 재학 중에 충남의 남부지역을 배회하며 방언 자료를 수집하였다. 조사자가 준비한 질문지를 펴놓고 마이크까지 들이대며 의도적인 질문을 하면 제보자의 말씨 또는 어휘가 변질될까 봐 안 듣는 척 시치미를 떼고 오가는 방언발화를 일단 몰래 청취 암기하였다. 이렇게 머릿속에 입력된 자료를 수시로 기록한 뒤에 다시 정리하였다. 나의 초기 방언 수집과 정리는 이처럼 소박하게 이루어졌다.

　나는 대학 시절에 裡里-大田 사이의 통학열차 안에서 오가는 토박이 말을 무시로 수집하였다. 통학(근) 열차라서 승객 대부분이 이리-대전 지역에 거주하는 토박이들이어서 손색없는 제보자들이었다. 그리고 장돌뱅이처럼 틈틈이 닷새 장을 돌아다니며 격의 없이 주고받는 자연발화의 방언자료를 몸에 지닌 녹음기가 몰래 녹취토록 하였다. 집안 또는 마을의 哀慶事에 모여든 토박이들끼리의 자연스런 대화를 동일한 방법으로 수집키도 하였다. 대학 전임이 되고서야 비로소 설문지에 의한 계획적인 방언 조사를 하게 되었는데 주로 국어국문학과의 학술답사에서 수집하였다. 그리고 「충남도지」와 도내 여러 「군지」의 언어를 기술하기 위하여 필요한 곳을 찾아서 같은 방법으로 수집하였다.

2.3. 나의 「논산방언 연구」와 그 이후의 연구

일차적으로 방언자료가 자족할 만큼 수집된 것은 '논산방언'이었다. 나의 고향이 논산인데다 내 자신이 이 방언의 손색없는 제보자이었기 때문에 자료 수집이 비교적 용이한 편이었다. 그래서 고향 論山은 나의 방언 조사와 연구의 출발점이 되었다. 대학 재학 중에 수집한 자료를 중심으로 처음 작성한 글이 대학 졸업논문 '忠淸方言硏究序說'(1961)이다. 이 글을 다시 보완한 논문이 '論山方言 硏究'(1963)인데 그 내용은 《Ⅰ序言 Ⅱ 特色 (一)音韻 (二)縮小接尾辭 (三)語法 Ⅲ 結論》으로 구성되었다. 졸고(1961)에서 처음 제기한 결론을 토대로 이 글(1963)은 결론에서

　　이상과 같은 특징을 종합적으로 고려할 때 우리는 '논산방언'(논산지방은 충남 남부지역의 동서간에 위치한 중앙지로서 이곳과 인접 지역인 전북의 益山 完州 錦山 戊朱(일부), 충남의 舒川 保寧 扶餘 公州 靑陽 燕岐 大德 등지의 언어와 대체적으로 같은 현상임을 확신한다.)이 경기 방언에서 분리되어야 함을 제일단계로 제의치 않을 수 없다.
　　그러면 논산방언(여기를 중심으로 한 충남 남부지역 방언)은 도대체 어느 방언권에 屬하여야 할 것인가? 아니면 독립할만한 독자성을 지니고 있는 것인가? 이로부터 제이단계의 작업이 시작되는 것이다.

와 같이 다음 단계의 과제로 미루었다. 대학원 재학 중에 발표한 이 글은 나의 이후 방언 연구의 바탕이 되었다. 뒤로 미룬 문제를 재론한 글이 나의 '忠淸道方言의 位置에 대하여'(1965)란 발표요지인데 이 요

지는 결론에서

(1) 통시적인 과정은 대체적으로 전라도방언과 동일하다(조선 500년간은 제외).

(2) 현시점에서 충청도 방언은 대체적으로 경기도 방언의 세력에 의해 改新된 북부지방(서해안 지방은 제외)과 아직도 이 개신 세력이 적극적으로 파급되지 못한 남부지방(북부의 서해안 지방 포함)으로 구분할 수 있다.

(3) 여기서 북부지역(서해안지대는 제외)만은 경기 방언에 예속시켜도 무방할 것으로 본다.

(4) 남부와 서해연안에 대하여는 河野식으로 전국을 五區分하는 입장에서 구분한다면 자동적으로 남조선 방언권에 내포될 것이고, 만일 小倉식으로 전국을 六區分하는 견지에서 구분한다면 곳에 따라 경상 방언구역과 등어선을 이루는 곳도 없지 않겠으나, 공시적인 고찰 결과와 통시적인 고찰 결과를 종합하건대 대체적으로 남부의 대부분지역이 경상도 방언보다는 전라도방언에 친근한 것이라 하겠다.

와 같이 드디어 '충남방언권 설정'을 주장하기에 이르렀다. 이보다 뒤에 김형규(1972)는 "그러므로 충청 방언은 중부 방언에 아주 예속시킬 것이 아니라 경상 전라 방언과 중부 방언과의 중간적인 존재로 보아야 될 것으로 믿는다."라고 주장하였다. 여기 '중간적인 존재'란 이른바 '등어 지역'을 의미하는 것인지 아니면 '회색 방언 지역'을 의미하는 것인지 의문이었다.

2.4. 충남방언의 「모음변화와 움라우트 현상」에 대한 연구

졸고(1977a)에서 '충남방언의 모음변화'에 대하여 논의하였다. 그리고 졸고(1981)에서는 '충남방언의 움라우트 현상'에 대하여 논의하였다. 졸고(1977)의 서언에서

따라서 필자는 우선 충청 지역을 차령산맥을 분계선으로 한 서북부와 동남부 지역으로 지세에 따라 일단 대분하고, 이에 대한 하위 구분으로 이른바 경기어(중앙어)의 개신파에 휩쓸린 동북 지역과 그렇지 않은 동남 지역으로 세분(소창·하야의 대구분에 비교할 때)할 수 있을 것이라는 가상하에 다음과 같은 三域의 핵방언권을 설정키로 한다.

A域: 서천 보령 부여 청양 공주 논산 연기 대덕 대전 금산(1963년 전북에서 편입) 옥천의 서부(충북) 영동 일부(충북)

B域: 서산 당진 홍성 예산

C域: 아산 천원 천안

과 같이 음운·어법·어휘의 특징을 근거로 A·B·C 3域을 설정하고 다음 <지도1>과 같이 충남 방언권역 지도를 작성하였다.

〈지도1〉 충남방언권역 지도

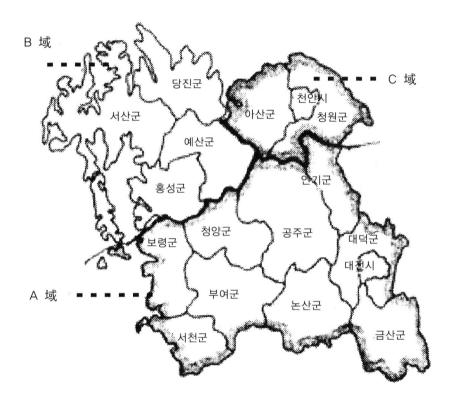

그러나 최근에 천안이 고향인 김정태(2006)가 충남 남부(A역) 방언의 모음변화 현상을 천안 지역어에서 확인한 사실은 C역의 방언성을 재고케 할 가능성이 있어 주목된다.

위와 같이 졸고(1961)에서 시작하여 졸고(1963, 1965, 1977)에 이르기까지의 점진적인 과정을 통하여 확정한 '충남 방언'이란 용어는 이제 보편적으로 쓰이고 있다(참고논저 참고).

특히 졸고(1963)에서 요약하여 제시한 논산방언의 어법(1.서술형 종결어미 2.의문형 종결어미 3.청유형 종결어미 4.연결형 종결어미 5.긍정강조형 종결어미 6.명령형 종결어미 7.어사의 축약형 8.관계사 대형)은 충남방언의 특성을 들어내는 핵심이었다. 이들 종결어미는 언중이 듣고 '충청도내기'라고 판별하는 근거가 되기 때문이다. 위 어법을 골자로 이 지역의 방언성을 아주 짙게 나타내는 대화체 문장을 수집 조사하여 '충남사투리의 대화체 문장'을 체계적으로 정리하지 못한 채 뒤로 미룬 것이 못내 아쉽다.

2.5. 방언성의 소멸 문제

여기서 우리가 깊이 깨달아야 할 심각한 문제가 있다. 지금부터 5-60년 전까지만 하여도 방언이 거의 보존되어 있었다. 그러나 그 이후의 방언은 변혁에 해당할 만큼 급변하였다. 아마도 이제는 50여 년 전의 순수한 방언을 보유하고 있는 제보자를 만나기가 무척 힘들 것이다. 설령 만난다 해도 거의가 이미 오염되었을 것이다. 이처럼 한국방언의 자료적인 현실은 50년 사이에 격세지감을 실감할 정도로 대변혁을 가져 왔다. 말하자면 1945년 8·15 광복까지만 하여도 우리의 방언은 몇 세기 간의 순수성을 거의 堅持하고 있었다. 내가 보관하고 있는 1800년 초기의 필사본인 類合 은 논산군 두마면의 방언을 반영하고 있다. 그런데 이것과 150여 년 후(1950년)의 방언과 비교하면 거의 동일하다. 따라서 1950년 이후 50여 년 동안에 우리말은 급격히 방언성을 상실하게 되었다고 하여도 과언이 아니다.

나의 40대 중반에 겪은 경험담이다. 어머니 생신날에 마을 어른들을 초대하여 식사 대접을 하면 식사 후 안방에 10여명이 남아서 자유분방하게 한담을 하였다. 이런 경우마다 나는 윗방에서 통하는 문을 약간 비집어 놓고 문틈사이로 들어오는 방언대화를 주의 깊게 듣곤 하였다. 그런데 놀라운 사실은 "아! 나도 과거(20년 전)에는 저렇게 말하였는데 지금은 달라졌구나!"하는 변질된 자신을 확인하게 되었다. 불과 20여 년 사이에 '방언보유자였던 내'가 몰라보게 변한 것이었다. 그로부터 거의 30년이 또 흘러갔다. 그나마 이제는 70이 넘은 내 또래만 남고 나의 방언성의 변질을 깨닫게 해주던 어머님과 어머님의 친구들은 이미 고인이 되었다. 아니 아직 생존해 있다고 한들 그들은 귀가 어둡고 정신이 흐려 이미 제보자의 능력이 없다. 그래서 방언자료의 수집은 한계에 봉착한 것이다. 그럼에도 불구하고 아직까지 변질되지 않은 방언 보존 지역을 찾을 수 있다면 그리고 순수방언의 제보자를 만날 수 있다면 참으로 다행일 것이다.3) 그러나 이런 급변의 因果를 사회방언학적 시각에서 살핀다면 오늘의 한국방언 현실은 오히려 최적의 연구대상이 될 수 있을 듯하다.

---

3) 조성귀(1983:9)의 다음 경험담을 경청할 필요가 있다.
「筆者는 이번 方言資料 蒐集을 통하여 全國의 方言資料 蒐集이 火急함을 간파하였다. 오늘날 全國이 一日 生活圈으로 되면서 시골 구석구석까지 파고든 massmedia의 影響과 교통망의 發達로 인한 標準語의 강한 波及이 각 地域의 固有語를 急激히 잠식하고 있는 故로「地域 方言의 蒐集保存」은 우리가 우선적으로 해야 할 時急한 당면 과제라는 사실을 切感했다.」

2.6. 자연 지리적 환경과 역사(언어사)적 배경

2.6.1. 자연 지리적 환경

주지하는 바와 같이 錦江의 최상류 지역(영동·황간·무주)은 충청·전라·경상 3道의 경계를 이루는 까닭으로 방언 분화가 아주 다양한 곳이다. 그래서 이 지역어에 대하여 여러 방언학자들이 비교적 정밀하게 고찰하여 왔다. 아마도 그러한 방언의 다양화는 행정 구역이 다른 데서 발생한 생활권의 사회적 이질화가 그 형성 배경이었지 결코 江으로 인하여 발생한 것은 아니었을 것이다. 이 경계 지역을 관류하는 물줄기는 江이라기보다 거의 河川에 불과하였기 때문이다. 다음은 내가 '옥천방언 연구'(석논)를 지도하며 깨달은 내용이다.

여기서는 보다 하류인 沃川 지역을 상한으로 하여 그 이하의 금강 유역의 언어 분포의 특징을 고찰키로 한다. 동국여지승람 이 錦江을 설명하면서 표제어로 삼은 津名이 곧 沃川郡의 赤登津이기 때문이다. 그리고 다음 <지도2>와 같이 錦江이 郡의 東西間의 중앙을 貫流할 뿐만 아니라 그 동부(舊 靑山縣)는 신라 시대부터 조선조 태종 13년(1413)까지 내내 경상도에 예속되어 있었고, 또한 속리산에서 뻗어 내린 소백산맥이 錦江과 만나 동부와 서부 지역을 양분한 독특한 지형을 이룬 곳이기 때문이기도 하다.

〈지도2〉 옥천군 방언 지도

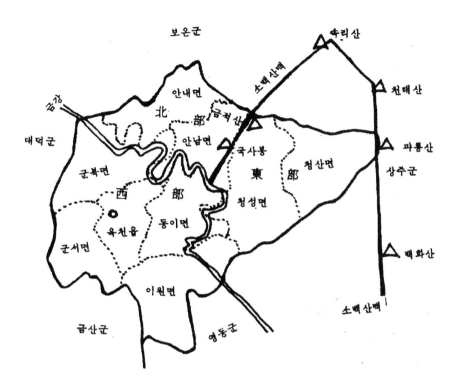

沃川 지역은 역사지리적인 특성과 자연지리적인 특성에 따라 이질적인 언어권을 형성하였다. 역사적 배경 때문에 생성된 동부와 서부로 양분된 방언 특색은 이곳을 貫流하는 錦江마저 東西로 양분하는 자연지리적 특성 때문에 더욱 짙어지게 되었다. 그러나 靑山縣과 尙州郡을 가르는 소백산맥이 경상도 방언의 東進 세력을 상당히 저지한 듯하다. 다시 말하자면 충남 방언의 세력이 금강에 막혀 동진하지 못하였고, 반대로 西進 내지는 北進하였을 경상방언의 영향이 일차적으로 소백산맥의 저지를 받아 약화되었고, 금강의 이차적인 저지로 말미암아 결국 동부 지역과 서부 지역의 상이한 방언권을 형성한 것이라고 판단할 수 있다.

2.6.2. 금강 유역의 언어 특성(上:下(縱的) 대립과 左:右(橫的) 대립) 문제

다음 <도표1, 2, 3>에 의하여 금강 유역의 방언권(또는 문화권)의 대립을 가정할 수 있다.

우리는 위 <도표 1-3>을 바탕으로 다음과 같은 방언권의 형성을 가정할 수 있다.

가정 1; 상류역(A=B) = 중류역(C=D) = 하류역(E=F) (<도표1> 참고)

가정 2; A지역 : B지역 대립, B지역=C지역=D지역, E지역=F지역(<도표 2>참고)

가정 3; A지역=B지역, C지역:D지역 대립, E지역:F지역 대립(<도표3>참고)

가정 4; ––––––––––––––––

가정 5; ––––––––––––––––

위 가정 중 錦江 유역의 언어 분포는 '가정 2'에 해당하는 것으로 판단된다. 만일 금강 유역의 상류 지역을 沃川 지역 중심으로 劃定할 때 이 상류 지역에는 여러 방언권이 독특하게 형성되었기 때문이다. 그 이하는 중류의 兩岸(C지역과 D지역)이 동일한 충남이고 하류만이 전북(E지역=익산, 부안, 옥구, 군산)과 충남(F지역)의 경계를 이루고 있다. 그리하여 중류 지역(상류의 B지역 포함)을 중심으로는 충남 방언권을 형성하게 되고, 하류로 내려오면서 점차적으로 전라북도와 동일 방언권을 형성하게 된다. 하류 지역을 중심으로 한 언어의 특성은 거의 동질적이기 때문이다. 그 원인을 역사(방어사)적 배경에서 확인할 수 있다.

2.6.3. 역사(방언사)적 배경

백제(후기)의 영토였던 충남과 전라도는 백제 근초고왕(346-374) 때까지 마한의 영토였다. 따라서 이때까지는 마한어가 쓰인 영역이었다. 백제는 중기 이후에야 마한의 토착어를 이어받게 된다. 백제(후기)가 물려받은 마한어의 흔적을 백제 지명과 마한 지명의 비교로 확인할 수 있다. 그 중에서 가장 확실한 예증 하나를 들어본다.

> 마한 지명: X卑離, 점비리, 내비리, 벽비리, 모로비리, 여래비리, 감계비리,
> 초산도비리,
> 백제 지명: 고량夫里, 소부리, 고사부리, 부부리, 미동부리, 반나부리, 모량
> 부리, 인부리, 파부리, 고막부리, 고소부리

위 비교에서 우리는 지명소 '–비리'를 계승한 '–부리'를 확인할 수 있다. 그런데 백제 지명의 '–부리'가 다음 <지도3>과 같이 공교롭게도 충남·전남북에 분포하였다는 사실이다. 이 사실은 이 지역의 언어사적 배경이 동일함을 증언한다.

〈지도3〉 −夫里 분포 지도

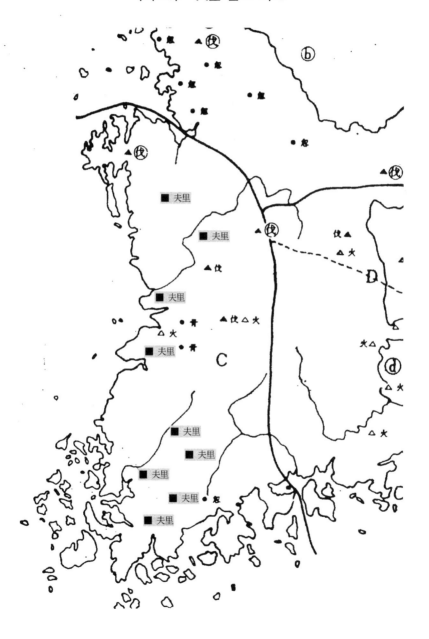

아마도 중·하류지역은 馬韓부터 百濟(특히 熊津, 所夫里)시대 (B.C.300-A.D.660)까지 동일 문화권의 역사적 배경이 자연지리적 환경의 지배를 저지하여 온 것으로 추정할 수 있다. 금강 중류 이하의 兩岸이 동일 방언권으로 묶여 있는 상·하류간의 방언특성의 濃度는 대체적으로 下濃上稀로 분포되었다고 볼 수 있다. 전북의 북부 지역과 충남 지역을 중심으로는 대체적으로 南濃北稀 현상이라 하겠다. 이러한 방언사적 증거는 신라의 영역에서도 확인할 수 있다.

신라는 장수왕의 남침(A.D.475)으로 인하여 嶺東 지역의 ⅔ 이상의 영토를 빼앗겼다. 눌지왕 34년(A.D.450)에 何瑟羅州(현 江陵)의 성주가 三直이었다는 사실과 何瑟羅에 城을 쌓았다는 기사가 「삼국사기」(자비왕 11년 A.D.468)에 나오기 때문에 이미 여기까지도 신라의 영토이었음이 확실하다. 그 사실을 다음 <지도4>에서 확인할 수 있다.

〈지도4〉 옛 嶺東(溟州) 지역(B) 지명 분포 지도

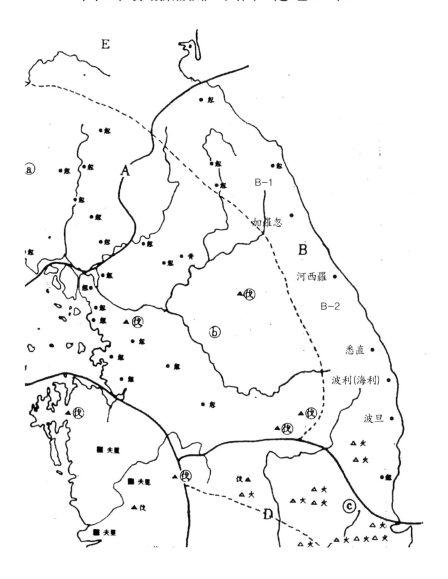

그렇다면 이 영동지역 중 현 강능 이하의 방언은 그 역사적 배경이 신라에 있는 것이라 하겠다. 이 역사적 사실을 당시의 옛 지명이 증언한다. 「삼국사기」(지리2)의 嶺東(溟州)과 嶺西(漢州) 지역에 분포한 옛 지명의 특징을 비교하여 보도록 하겠다. a는 신라 지명, b는 백제(전기)·예맥 지명, =는 뜻을 표시한다.

a : b   a : b   a : b

ra:na(羅:那·奴=壤)siri : mir(悉:密=三)patʌr : nami(波旦·海等:內米=海)

0 : hor(0:忽 = 城)   pir : 0(火·伐:0=野·原) (※0은 대응어 없음)

<도표4>에서 서로 다른 지명 특성의 분포 위치를 확인할 수 있다. 특히 B-2 지역은 장수왕의 점령 이전에는 신라 영토였기 때문에 신라어가 쓰였던 지역이었음을 확신할 수 있다. 이와 같은 지명소 분포의 특징은 이 지역 언어의 역사(방언사)적 배경의 근거가 된다(도수희 2002c 참고).

2.7. 방언 지명의 중요성

나는 일찍이 「方言」1(1979a:147)에서 지명 조사와 방언 조사를 병행하여야 할 필요성을 강조하였다. 나는 1980년대 이후 지명연구를 하는 과정에서 지명과 방언의 밀접한 관계를 더욱 깊이 깨닫게 되었다. 지명도 지명이 존재하는 특정 지역의 방언이기 때문이다. 따라서 방언을 연구하면서 방언 안에 들어 있는 지명만 배제할 까닭이 없다. 다음에서 방언지명의 풀이를 예시하여 방언과 지명이 아주 밀접한 관계임을 다시 강조하고자 한다.

2.7.1. '피아골(<피앗골)'과 '피내'

'피아골'과 '피내'의 '피'는 동일한 지명(형태)소가 아니다.

'피내'(血川)는 고려말 이성계 장군이 倭寇를 南原 雲峰의 荒山大捷으로 섬멸한 倭寇의 피(血)가 내를 이룬 후부터 '피내'(血川)라 부르게 된 지명이다.

'피아골'(<피앗골)(稷田洞)은 求禮郡 土旨面 內東里에 위치한 지리산 계곡의 소지명이다. 일반적으로 이 '피아골'을 "6·25 사변 때에 격전장이었기 때문에 피로 물든 골짜기다"란 뜻으로 풀이하여 왔다. 이처럼 지명 풀이에서 어떤 사건이 발생하였을 때 발생한 장소의 전래 지명과 그 사건 내용이 우연히 부합되는 경우에는 엉뚱한 해석을 하는 사례가 허다하다. 그러나 지명 '피아골'은 6·25 동란 이전부터 그렇게 부르던 전래 지명이다. 따라서 '6·25 동란의 격전지'란 의미와는 아무런 관계도 없는 묵은 지명임에 틀림없다.

우리는 우선 '피아골'은 몇 개의 지명소로 구성된 지명인가를 분석하여야 한다. 그리고 이 지명의 원초형을 복원할 필요가 있다. 문제의 '피앗골'은 오래된 마을로 '피골, 피앗골, 피야골, 직전동' 등의 별칭이 있는데 한자로는 稷田洞으로 표기되어 왔다. 그렇다면 우선 '稷+田+洞'으로 지명소를 분석할 수 있다. 옛 문헌들이 '피爲稷(ᅟ훈민정음해례ᅟ(용자례)), '피직稷(ᅟ훈몽자회ᅟ(상12))이라 하였으니 '피'와 대응하는 稷은 훈차 표기이다. 따라서 그 뜻은 '피'(稷)이다. '골'은 접미 지명소로 '洞'의 뜻이니 '피+앗+골'과 같이 분석할 수 있다. 그렇다면 '앗'은 필연코 '田'에 해당하는 지명소임에 틀림없다. 여기서 ᅟ용비어천가ᅟ에 나오는 지명 '대밭'(竹田)의 '밭'(田)과 '피앗골'의 '앗'을 음운사적인 면에서 선후관계로 풀면 될 것이다. '피앗'의 본형을 '피밭'으로 재구할 때 그 환경이 '대밭'(>대밭)과 같기 때문에 '피받>피밭>피왇>피앗'의 변화 과정을 경험하였던 것으로 정리할 수 있다. 이와 동궤의 음운 변

화 현상(ㅂ>ㅸ>w>ㅇ) 이

갈받(葛田)>갈밭>갈왓>갈앗>가랏(전북 익산 春浦)
늘받(於田)>늘밭>늘왓>늘앗>느랏(전북 완주 參禮)
달받(月田)>달밭>달왓>달앗>다랏(전북 장수 溪北)

등과 같이 동일 방언 권역에 분포하여 있기 때문에 타당성이 있다. 따라서 이 지명은 '넓은 피밭'이 있었거나 '피밭이 많았던 산골'이란 뜻으로 지어진 지명으로 해석할 수 있다. 요컨대 '피아골'은 '피+아+골'과 같이 3 지명소로 분석할 수 있고 그 변화 과정은 '피밭골(稷田洞)>피밭골>피왈골>피앗골>피아골'로 기술할 수 있다. 이 음운변화 규칙은 15 세기에는 거의 경기 일원에만 분포하였던 사실을 「용비어천가」(지명주석)에서 확인할 수 있다. 그런 옛 변화규칙이 이제는 다음과 같이 거의 전국적인 현상으로 확산되었다.

칠앗-고개(칠앗재, 칠악고개, 칠전현(漆田峴))[고개] 강원-홍천-내면-미산
갈-앗(蘆田)[마을] 충남-예산-광시-노전
갈-왓(갈전, 蘆田)[마을] 제주시-이호2동.
물-왓(水田)[밭] 제주시-월평-지픈도루
물왓-동네(水田洞)[마을] 서귀포시-상예
굴아우(窟岩)[마을] 강원-평창-도암-봉산-모래재
월아우(月岩洞) 〔마을〕 강원-평창-방림-계촌.
줄아위(絃岩洞줄바위)[마을] 경기-파주-파주-봉암
별왕-골(별방골)[리] 충북-단양-영춘-별방
물앙앗-골[수점동][골] 강원-고성-토성-신평
물앙애-골[골] 강원-양구-양구-웅진

물론 지명에서도 ㅂ유지형 보다 탈락형이 훨씬 빈약한 편이다. 그렇지만 어째서 지명에서만 '피왓>피앗, 굴바위>굴아우, 물방아>물앙아'로 변하고 기타 명사에서는 '피밭, 굴바위, 물방아'와 같이 불변하였는가? 지명도 동일 지역의 방언이기 때문에 이런 의문까지도 마땅히 방언학에서 구명하여야 할 것이다.

2.7.2. 방언 지명의 化石訓

충남 당진 '틀모시'의 한역명은 機池市이다. 대응하는 '틀'은 機의 古訓으로, '모시'는 池의 고훈으로 보존된다.

전북 익산시 '숩리'(>숨니)의 한역명은 裡里이다. 대응하는 '숩'은 裡의 고훈으로 보존된다.

충남 논산 '팟거리'의 한역명은 豆磨이다. 대응하는 '팟'은 豆의 고훈으로, '거리(갈이)'는 磨의 고훈으로 보존된다.

충남 부여 '돌악모이'의 한역명은 石山(<珍惡山)이다. '돌악'은 石의 고훈으로, '돌'은 珍의 고훈으로, '모이'는 山의 고훈으로 보존된다.

경북 영일 '바달(波旦)'의 한역명은 海等・海珍이다. 여기 等・珍은 '해등・해진'으로 읽지 말라는 표시로 받쳐적기한 훈음차 '달'이다. 따라서 대응하는 '바달'은 海의 고훈이고 '달'은 等・珍의 고훈이다. 다음 설명이 이 점을 더욱 분명히 보완한다.

전북 高山과 鎭安의 옛 지명의 표기가 馬等:馬珍:難月良:馬突과 같이 대응되어 나타난다. 이 대응표기에서 等=珍=月=突을 확인한다. 여기서 음차자인 '돌'(突)에 대응하는 等・珍・月의 고훈이 '달'임을 알 수 있다. 또한 전남 靈岩의 옛 지명이 馬突:馬靈:月奈:靈岩으로 대응되어 나타난다. 여기서 '돌'(突)에 대응하는 靈・月의 고훈 또한 '달'임을 알 수 있다. 그리고 月奈:月生:月出:靈岩와 같이 대응 표기되기도 하였다. 여기서 음차자인 '나'(奈)에 대응하는 生・出의 고훈이 '나-'임을 알 수 있다.

신라 서라벌의 '견긔'(겨신성)의 한역명은 在城이다. '견'이 在의 고훈이란 증거로 이두어 '견'(在)을 들 수 있다. 그러나 이두어 '견'(在)은 후대의 자료라서 증거력이 약한 편이다. 그런데 平壤城의 별칭인 在城에 대하여 "言在者方言畎也"란 細註가 달려 있다. 이 세주는 畎城이 방언 지명임을 알려 준다. 이 자료의 음차자인 '견'(畎)에 대응하는 在의 고훈이 '견'임을 알 수 있다. 이 성의 축성 연대가 고려 태조 5년 (942)이니 이 '견(畎=在)'은 그 연대가 줄잡아 서기 942년 이전으로 소급하는데 의미가 있다.

신라 불교의 순교자 異次頓은 居次頓으로도 표기되었다. 여기 異次: 居次의 대응에서 居를 훈음차로 보고 '이지‧이시'로 추독할 수 있다. 위 在의 고훈이 '있-'이 아닌 '견'이었으니 居 의 고훈도 '살'이 아닌 '이시'일 가능성이 있다. 그 가능성을 충남 논산 양촌의 방언 지명인 '인내'에서 확인할 수 있다. '인내'에 대한 별칭이 居斯川:仁川:苔川으로 나타난다. 우선 苔川은 「삼국유사」의 異斯夫:苔宗에서 '이시(異斯)': 苔를 근거로 居斯川과 대응됨을 알 수 있고 苔의 고훈 '이시'에 의해 居斯를 '이시'로 추독할 수 있게 된다. 이 居斯의 斯는 '거사'로 읽지 말고 '이시'로 읽으라고 표시한 받쳐적기 글자이다. 이 방언 지명 '이시내(居斯川=苔川)'가 '잇내>인내'로 변한 뒤에 '인내'를 한자로 옮겨 적은 것이 仁川이다. 그렇기 때문에 전래 방언 지명은 '인내'로만 부르고 절대 '인천'이라 부르지 않는다.

당나라 소정방이 백제를 침공하기 위하여 최초로 정박한 섬이 경기 인천의 德勿(物)島이다. 이 섬은 仁物島 또는 德積島로도 표기되어 있다. 여기서 德:仁, 勿‧物:積과 같이 대응함을 알 수 있다. 인근의 고지명 德勿>德水(「삼국사기」 지리4)를 근거로 勿이 '믈'의 음차표기자임을 알 수 있다. 그렇다면 德勿島는 '큰믈섬'이었다. 따라서 德과 대응하

는 仁의 고훈도 '큰'이었음을 알 수 있다. 아울러 勿·物:積의 대응으로
積의 고훈이 '믈'이었음을 알 수 있다.

　요약컨대 틀(>기계機), 모시(>못池), 숩(>속裡), 팟(>콩豆), 돌악(>
돍>돌·독石), 바달(>바다·바롤海), 둘(>무리等, 보배珍, Ø靈), 견(>
있을在), 이시>잇(>살居), 큰(>어질仁), 믈(>샇-積) 등은 방언 지명의
化石訓으로 남는다. 이런 화석훈들이 바로 고대 국어의 고유어휘에 해
당한다.

2.7.3. 방언 지명의 해석 문제

　팟거리(豆磨): 충남 계룡시 '팟거리'는 고려 말기까지는 廣炤部曲
<｢세종실록｣(권149 連山縣條)(1424)>으로 불리다 조선 초기에 豆磨
村으로 바뀌었다<｢여지승람｣(권18 연산현조)(1481)>. 이곳의 전래 지
명은 '팟거리'이다. 전에는 廣沼部曲의 중심 마을(廣炤里)이었는데 조
선 초에 이태조가 移都하려고 11개월간이나 정지 작업한 일시의 新定
都邑地로 유명한 新都안(內)(현 계룡시 계룡대)의 밖에 위치하였기 때
문에 안팎의 '팍거리'로 바뀌면서 豆磨로 훈음차 표기된 것이다. 신도안
의 밖이었기 때문에 그 후광으로 커지자 보다 이른 지명인 '광소리'가
豆磨面 豆磨里(<豆磨村=팥줄이)로 置換된 것이다. 따라서 豆磨는 廣炤
와는 아무런 관계가 없이 신도안(新都內)과 더불어 생긴 새 지명이다.
그렇다면 여기서 豆磨와 이에 대한 전래지명인 '팟거리'의 관계만 구명
하면 될 것이다. '팟거리'는 '팟+거리'와 같이 두 지명소로 분석된다. 豆
의 훈음이 팟(팟爲小豆)<｢훈민정음해례｣(용자례)>, 풋豆<｢훈몽자회｣
(상13)>이었고, '磨'의 훈음은 '虛空올 ㄱㄴ니'(磨空)<｢금강경삼가해｣
(五16)>, '갈홀 ㄱ니'(磨刀)<｢초간두시언해｣(十六 60)>, 골마(磨)
<｢광주천자문｣(16), ｢석봉천자문｣(16)>이었기 때문에 豆磨(풋갈이)
의 차자표기가 가능하였던 것이다. 그러면 이제 '안팟'의 문제만 풀면

된다.

현재 '안뱎'은 '안쫚>안팎'으로 굳어져 쓰이고 있다. 그 선례가 "ᄆᆞᄉᆞ미 믈가 안팟기 훤ᄒᆞ야"<ᅟ월인석보 (2-64), ᅟ법화경언해 (6-144), ᅟ원각경언해 (상1-2:150)>와 같이 조선 초기에 쓰였으니 이보다 50여 년 전인 건국 초기에도 '안팟'으로 쓰였을 것이다. 그리고 '안ᄒᆞ+뱎>안ᄒᆞ뱎>안쫚>안팎'와 같이 변하였을 것이다. '안ᄒᆞ로, 안흔, 안홀, 안해'에서 '안ᄒᆞ'을 확인한다. 또한 '안ᄒᆞ+과>안콰'(닐오디 안콰밧괘니)<ᅟ원각경언해 (상 2-2:81)>도 동궤의 변화현상이다.

소라단(松田內): 전북 익산시 '소라단'은 이것에 대한 한역명 松田內가 없으면 그 본래의 모습을 복원할 길이 없다. 松田內를 근거로 '솔(松)+밭(田)+안(內)'으로 분석하여야 그 본모습이 드러나기 때문이다. 이 '솔밭안'이 'ㄹ' 아래서의 'ㅂ'약화 탈락 규칙과 설단자음 중화규칙에 의하여 '솔밭안'으로 변한 뒤 '솔앝안'을 거쳐 연음규칙에 의하여 '소라단'에까지 이르게 된다. 고유지명의 연음법칙은 고유지명의 본모습을 복원하는데 큰 역할을 한다. 위의 '소라단'에서 경험한 바와 같이 '못+안'(池內)도 '모산'으로 실현되기 때문에 한역명이 없이는 본모습을 찾기 어렵다.

가장골(佳壯洞): 대전시 '벌말'(太平洞)과 '가장골'(佳壯洞) 사이를 흐르는 내를 '버드내'(柳等川>柳川)라 부른다. 필자는 그 동안 '버드내'(<버들내<벌들내)의 右岸이 '벌말'이고 내(川) 건너 편(左岸)이 역시 넓은 들판이기 때문에 '벌과 들 사이로 흐르는 내'란 뜻으로 지형명명된 내 이름으로 해석하여 왔다. 그러다 어느 날 갑자기 의문이 생겼다. 그렇다면 왜 건너 편 큰 마을 이름이 '들말'이 아니고 '가장골(佳壯洞)인가? 이곳을 '들골'이라 부르지 않고 속칭 '가장골'이라 부르는

까닭이 무엇인가? 한글학회 「지명총람」(4)은 "들 가운데 있으므로 '가장골'이라"부른다고 설명하였다. '가장골' 앞에 있는 큰 들을 '대추마루'라 부르고, '가장골' 옆에 있는 마을을 '들말'이라 부르니 그 곳 전체가 들판임에는 틀림없다. 그러나 '가장골' 자체에는 '들'의 의미가 없다는데 문제가 있다. 그래서 '가장골'부터 인접 마을을 연계 추적한 결과 '가장골(佳壯(狀・作)洞)⇒갓골(邊洞)⇒안골(內洞)'과 같은 내막을 알게 되었다. 안 자리에 있는 '안골'(內洞)을 중심으로 그 변두리(갓) 자리의 마을이 '갓골'(邊洞)이고, 이보다 가장자리에 있는 마을이 '가장골'인 것이다. 방언 지명에서는 '가장-'이 '안-, 갓-'과 동일하게 기능하고 있음을 알 수 있다.

무쇠골(無愁洞): 대전시 중구 '무쇠골'의 별칭은 '무수리, 무쇠골, 水鐵里' 등이다. 마을 촌노들은 無愁洞을 근거로 '근심 없는 골'이란 의미로 해석한다. 그러나 보다 앞선 시기의 풀이는 전혀 다르다. 水鐵里를 근거로 '물맑고 무쇠가 많이 나는 골'이란 뜻으로 풀이하였기 때문이다. 조선조 숙종 때 대사헌을 지낸 權惰가 이곳에 낙향 정착하여 水鐵里(무쇠골)를 無愁里로 고쳐 적어 '無愁翁'으로 자호를 삼은 후부터 無愁洞이라 불러왔다. 그러나 본래의 전래 지명은 '水鐵里'도 '無愁里'도 아니었다. 權以鎭(1668-1734)의 「有懷堂集」에서 밝힌 "無愁洞古稱蘆谷(무수골)云云"에 본명이 담겨 있다고 볼 수 있다. 이것은 본래 '물살골'(水靑里)>무사리>무수리'로 변한 것으로 볼 수 있다. '살수'(薩水>靑川), '살매'(薩買>靑川)를 근거로 추장할 때 가능성이 있다. '살매'(薩買)의 현 위치가 비교적 근거리인 충북 괴산 靑川面 이기 때문이다.

바리(波利): 何瑟羅州(>溟州)(「삼국사기」(지리4))의 속현이었던 '바달'(波旦)과 '바리'(波利)가 서로 이웃하여 있었다. 이 두 옛 지명은

현 경북 迎日 지역의 상·하에 위치하였던 것으로 추정된다(<지도4>
참고). 波旦이 원본에는 波且로 나타나지만 且는 旦의 訛誤일 것이다.
牛首州(朔州)에 속했던 乙阿旦(현 충북 단양 영춘)에서 旦을 발견하기
때문이다. 또한 旦은 等·珍의 훈음과 동일한 '달'로 음독할 수 있다.
그리하여 波旦·海等·海珍은 '바달'로 추독할 수 있다. 그러나 波利는
'바달'로 풀 수 없다. 旦과 利가 다르기 때문이다. 경덕왕이 波利를 海利
로 개정하였다. 여기 利는 '해리'로 읽지 말고 반드시 '바리'로 읽으라고
받쳐적은 징표이다. 따라서 波利(>海利)를 '바리'로 추독할 수 있다. 경
북 영일 방언 '볼'은 海邊의 뜻이다. 이 '볼'이 옛 지명 波利를 '바리'로
추독하는데 결정적인 단서가 될 수 있다. '바리(波利)>볼'로 변천하였
을 가능성이 있기 때문이다. 그렇다면 '바리'(波利>海利)는 '바달'(波
旦>海等)과 변별되는 海邊의 뜻이었을 것으로 추정할 수 있다.

　전국에 수없이 산재한 고금의 방언 지명들이 국어방언학(음운론·
형태론 등)의 접근을 기다고 있다. 무한히 존재하는 방언 지명의 국어
학적 해석을 권장하기 위하여 나는 그 원론에 해당하는 저서로 『한국
의 지명』(2003)을 저술하였다. 만일 이 방면의 연구에 관심을 갖고 졸
저(2003)를 일독한다면 여러 면에서 도움이 될 것이다.

[Abstract]

III. The History of Koguryŏ from the Perspective of Koguryŏ Language

The paper argues that Koguryŏ historically belonged to Korea based on the linguistic homogeneity among Koguryŏ , Silla, and Paekche. The language of Koguryŏ shows the following four distict properties from Chinese.

First, Koguryŏ , Silla, and Kara share a dual structure of national birth myths, and the directional vocabulary found in the countries also shows the evidence that the Korean people moved from North to South. Chinese, on the other hand, has no indication of these facts.

Second, the place names in the Koguryŏ shared the same properties with those of the countries in the Korean Peninsula at the same period, but were different from those of China. It is also noticeable that the national name of Korea, adapted from the national name of Koguryŏ was announced to the world and that Korea has been acknowledged as our national name since then. The legitimate lineage of Koguryŏ (高句麗) > Parhay(渤海) > Hu-Koguryŏ (後高句麗) > Korea(高麗) proves that Koguryŏ belonged to Korea historically.

Third, the names of kings were very similar among the three kingdoms, but distinct from those of China. The names of kings were created on the basis of the sun as well as nature and human functions or activities like *nuri*(world), *Piryu*(originated from the name of a river), *Onjo*(all over world), *Chumong* · *Hwar-bo*(a person who is good at shooting), *Paem-bo*(a baby crawling like a snake), *Kŏchir-bo*, *Isa-bo*, etc. This is a common characteristic among the Three Kingdoms, but clearly different from China.

Fourth, the governmental names were very similar among the Three Kingdoms, but distinct from Chinese ones.

These linguistic properties shared among the Koguryŏ , Paekche, and Silla are never accidental, but provide reliable evidence that the countries were founded by the Korean people. Koguryŏ , therefore, belonged to Korea historically.

【Key words】 : Koguryŏ language, History of Koguryŏ, linguistic properties, linguistic homogeneity, distict properties, place name, Korea

Ⅳ. On the Phonology of Place Names

To understand meaning of the name of old places is important because it is basic for academic fields of Korean language such as history of phonology, lexis, and etymology. This study focuses on the polemic names of places. The main points of this study are as follows:

In the name of an old place, kosi(古尸), si(尸) is an inscribed letter of 'r·ri'. This provides an evidence to prove that the original word form of soy(金銀銅鐵) is *sori(召尸). The names of these two places are firm foundations to establish rules of history of phonology of Korean language such as (i) r>ø/v__i and (ii) i>ø/r__#. By applying for these phonology rules (i) and (ii), history of words like nuri(>nuy世), nari(>nay川), sari(>say東·歲·間), kari(>kay浦), and mrɐi(>mɐy·mir水) can be explained. The results of the application of these rules intensify rules, (i) and (ii).

Phonological change of 's-n>n-n of innay'(仁川) provides decisive clues to explore kohun(古訓) of kə(居). In personal name, ichaton(異次頓) : kəchton(居次頓), i(異) is phonetically inscribed letter and kə(居) is an inscribed letter for hunimcha(訓音借). Problems of hunim(訓音) of kə(居) is solved from decisive clues of 'isi' of 'isinay(居斯川)>isnay(苔川)>innay(仁川)'. Here, we can confirm that kohun(古訓)of kə(居) used to be used as 'isi-'.

From interpretation of the name of an old place, sosirsan(所瑟山>包山), to find out initial double consonant, 'ps'(ㅄ) is meaningful. In Korean phonological history, generation process of 'ps' mostly has depended on kyəyrimryusa 鷄林類事 (1103-4). However, because 'ps' of 'pɐsɐr>pøsɐr>psɐr'(包) is proven, we can assert that it was used at least in the latter period of Silla Dynasty.

Until now, in a place name 'mursarkor(水靑里)>muøsuøkor>musukor(蘆谷)' changed of 'mur(水)>mu' was explained as 'r' ommission rule in front of apical consonant. Also the original of change of 'sar(靑)>su' was been found in 'sar'(靑), which is used in the middle area of Korean peninsular. But the problems presented was solved from a document that shows 'soksərikhoŋ'(bean with black outside and blue inside) with 'sok(裏·內)+səri(靑)' combined. In this discussion, it is meaningful to discover kohun(古訓) of ro(蘆) and chəŋ(靑), 'musu' and 'sari · səri'.

【Key words】 : toponymic phonemes, kori(古尸), sori(召尸), nurihay(琉璃諧), isito(異次頓), pɛsɐr(所瑟), mirsarkor(蘆谷), initial double consonant ps(ㅄ)

VI. Decipherment of personal and place names in Korean Characters

In Korean, representation of personal, place, and government-office names began with loan characters from Chinese. Systematic developments of these characters led to *Idu*, *Hyangch'al*, and *Kugyol*. For example, the names of the founders of 4old dynasties were represented in loan characters as *Pulkunae*(弗矩內), *Chumo*(鄒牟), *Onjo*(溫祚), and *Suro*(首露). Early capitals were also written in loan characters, e.g., *Saro*(斯盧), *Holbon*(忽本), *Wirye*(慰禮), etc. These examples indicate that writing personal and place names with loan characters was prevalent in the early history of Korea.

Although the early loan characters were phonetic, the so-called *ŭm*(音) letters, semantic loan characters, the so-called *hun*(訓) letters, developed later, probably in order to convey the meanings of the source characters which are not at all present in phonetic loan letters.

Pronunciation of the names written in phonetic loan characters can be derived by reading the characters in the then-prevalent Chinese pronunciation. However, the pronunciation of proper names cannot be derived from the representation in which semantic loan characters were used, either solely or in combination with phonetic loan characters.

The purpose of this paper is to provide a method with which one can correctly read loan representation of ancient personal and place names. Representation with loan characters can be classified into (a) phonetic loan, (b) semantic loan, (c) phonetic +semantic loan, and (d) semantic +phonetic loan. Thus, one must first determine to which of the above four types a given representation in loan characters belongs. The paper is an attempt to give some clues.

【Key words】 : loan characters, semantic loan, phonetic+semantic loan, phonetic loan, semantic+phonetic loan

IX. The Language(Place Name) and Culture of the *Kǐmkang* Region

This paper centers around the etymological meaning of place names of the *Kǐmkang* region, restricting the discussion to a selected group of place names which make it possible to infer their cultural characteristics in the light of the latitudinal or longitudinal isoglosses. The legends of *Komnaru* and *Choryongdae,* for instance, derive directly from place names. Dialectical distribution is examined on the basis of the phonological features that are not very different between upper and lower reaches of the *Kǐmkang* river. The dialects get much more similar as they go further down to the lower region of the river.

The original "*Komanǝru*(熊津)", also called "*Nothern Headland*(北津)", underwent the sound change of *Komanaru* > *Komkang* > *Kǐmkang*(錦江), the last being alternatively abbreviated as *Kǐm*(錦). Duringthe last half of the 14th century-around the close of the Koryǒ dynasty, that is - a literary work gave the beautified name "*Nakhwa-am*(洛花岩)", meaning 'rock-bluff of falling flowers', to what was originally called "*Thasa-am*(墮死岩)", so-called because, in the year of 660 when the Paekche dynasty was being ravaged by the invading enemy, a number of court-ladies ended their lives by plunging into the river from there. It was 'a number of court-ladies(諸後宮) who died; but by tradition of popular songs, the number has become "three thousand"-a case of hyperbole of course.

【Key words】 : *Kǐmkang* region, autonomous dialect, isogloss, Southern Chungnam dialect, legend of a place name, *Nakwha-am* cliff

X. On the Etymology of the Yŏngsan(榮山) River

The name of a place has been considered most useful among the records. The name of a place contains lots of information which help us analyzing and explaining the historical problems. The main purpose of this thesis is to account for the relation between the Yŏngsan(榮山) River and the Saho(沙湖) River based on the data of the name of a place with the property just mentioned above. This thesis argued about a place name of the Yŏngsan(榮山) River mistaken as being a place name of the Saho(沙湖) River. The main name of this River was only the Yŏngsan River. And then the Saho River was only a small place name of the River at the local position. But the Yŏngsan River was never the main River's name from the beginning. It was a Kŭm(錦) River. This main name of the River was changed as being Yŏngsan River.

【key word】 : Nampo River, Kŭm River, Yŏngsan River, Saho River, Yŏngsan Hyŏn, Hŭksando(黑山島)

XⅢ. My Surveys and Studies on Chungnam dialect and Place Name

My surveys and studies on Chungnam dialect have been doing since 1961 when I first released a paper on "Nonsan dialect." On the basis of this paper, I had discussed the isoglosses of Chungchong dialect with further surveys. In 1977 and 1980, I had worked on "Vowel Variations and Umlaut in Chungnam dialect." All these are focused on the independence of Chungnam dialect, or the close relationship between Chungnam and Cholla dialects. Since Toh(2000a,b), I discussed the reason why the historical study on dialect should be preceded to draw the appropriate isoglosses. For example, I gave evidences on the Yeongdong dialect that has been developed from Silla Language, while Chungnam dialect from Mahan and Paekche Language. In its further discussion on dialect, Toh(2003) explains the relationship between dialects and place names. In this book, I suggest that a study on place names should be included in the dialectology because they reflect the region's dialect.

【Key Words】 : Chungnam dialect, three isogloses, isogloses, the historical dialect, the place name of dialect, the old place name

<1부에 옮긴 논문들의 揭載誌>

Ⅰ. 「한국 지명학의 새로운 지평」 – 地名學을 창간하며–

「地名學」 1(창간호)(한국지명학회 1997년 9월 30일)에 게재 하였다.

Ⅱ. 「지명과 역사」

「인문언어」 제3집(원제:언어와 역사)(국제언어인문학회 2002년 4월)에 게재하였다. 「한국지명 연구」(지명학논문선1)(한국문화사 2007년 5월 20일)에 다시 게재하면서 처음 제목 '언어와 연사'를 '지명과 역사'로 개 제하고 내용도 약간 보완하였다.

Ⅲ. 「고구려어와 고구려사의 관계」

한국중원언어학회 2009 봄 학술발표회(2009년 5월 8일 충북대학교 개 신문화회관)에서 특강한 글이다.

Ⅳ. 「지명어 음운론」

제34회 국어학회 전국학술대회(2007년. 12월. 21-22일 파주 출판단지) 에서 석좌강의한 글을 다듬어 「地名學」 13(한국지명학회 2007년 12월 31일)에 게재하였다.

Ⅴ. 「옛 지명 해석에 관한 문제들」

「地名學」 3(한국지명학회 2000년 6월 30일)에 게재하였다.

Ⅵ. 「지명·인명의 차자표기에 관한 해독문제」

세종대왕 탄신 600주년기념 국제심포지움 아시아의 문자와 문맹(1998 년 7월 13-14일 고려대학교 4.19기념 강당)에서 발표한 글을 「地名學」 7(한국지명학회 2002년 6월 30일)에 게재하였다.

Ⅶ. 「嶺東지역의 옛 지명에 대하여」

제8회 한국지명학회 전국학술대회(2002년 12월 7일 경북대학교 사범대 학 우당교육연구관)에서 발표한 글을 「地名學」 8(한국지명학회 2002년

12월 31일)에 게재하였다.

Ⅷ. 「옛 지명 '裳·巨老·買珍伊'에 대하여」

『地名學』 9(한국지명학회 2003년 6월 30일)에 게재하였다.

Ⅸ. 「금강 유역의 언어(지명)와 문화」

2002년 어문연구학회 겨울 전국학술대회(충남대학교 문과대학 교수회의실 2002년 12월 7일)에서 주제발표한 글을 『인문언어』 제8집(국제어어인문학회 2006년 12월)에 게재하였다.

Ⅹ. 「榮山江의 어원에 대하여」

제11회 한국지명학회 전국학술대회(2005년 12월 3일 서울대학교 멀티미디어 강의동 201호실)에서 발표한 글을 『地名學』 11(한국지명학회 2005년 12월 31일)에 게재하였다.

Ⅺ. 「지명해석의 한 방법에 대하여」

제10회 한국지명학회 전국학술대회(2004년 12월 4일 서울대학교 규장각회의실)에서 발표한 글을 『地名學』 10(한국지명학회 2004년 12월 31일)에 게재하였다.

Ⅻ. 「지명 해석과 고어 탐색법」

『국어사 연구 어디까지 와 있는가』《연세국학총서》 66(연세대학교 국학연구원 2006년)에 게재하였다.

ⅩⅢ. 《방언과 지명의 관계》

(1) 「방언과 지명연구의 필요성」

『方言』 1-전국 방언 연구협의회 특집-(한국정신문화연구원 어문학연구실 방언조사연구보고서 1979년 1월 30일)에 게재하였다.

(2) 「나의 방언 조사와 지명조사 연구」

제3회 한국방언학회 학술대회(충남대학교 인문대학 교수회의실 2006년 6월 23-24)에서 특강한 글을 『방언학』 3(한국방언학회 2006년 6월 30일)에 '특별기고'로 게재하였다.

한국 지명 新연구

- 지명연구의 원리와 응용 -

제2부

I. 古代 地名의 改定과 그 功過

1. 序言

한국 지명의 改定史에서 먼저 떠오르는 인물은 신라의 景德王이다. 경덕왕(16년·757)이 전국 지명을 一時에 漢字지명으로 개정하였기 때문이다. 그 개정내용이 중국식 2字 지명이기 때문에 우리의 고유지명을 毁損한 先行者로 그를 貶下하여 왔다. 과연 그런 것인가? 물론 우리 국어의 고유성을 끝까지 固守하려는 我執이나 그런 국어정책의 執念에서 외골수로 판단하면 그럴 수도 있다. 그러나 우리가 이런 偏見에서 벗어나 제기된 문제를 보다 넓고 깊게 熟考한다면 결코 그렇지 않음을 깨닫게 된다. 한국학(특히 한국어사) 연구에 있어서 고대 지명의 개정은 失보다는 오히려 得이 훨씬 많았기 때문이다. 이 글은 그동안 거의 일방적으로 지나치게 강조된 過失에 덮이어 보이지 않게 되었던 지명 개정의 功績을 소상히 밝히어 새롭게 이해하도록 하려는 데 목적이 있다. 여기서는 한국학 연구 중 특히 국어사와 국문·한문학사의 연구에 남긴 공적을 중심으로 논의하려고 한다.

우리 선조들은 漢字의 차자 표기법을 導入(부분적으로 創案)하여 슬기롭게 문자 생활을 營爲하였다. 그 결과로 長久한 기간의 文盲을

謀免하게 되었다. 차자 표기의 대상은 「鄕歌」를 除外하고는 주로 固有
語彙였는데 그 중에서 地名語彙가 대부분이었다. 이렇게 차자 표기된
우리의 고대 지명은 여러 차례의 개정을 경험하였다. 지명의 개정은
그 개정의 回數만큼이나 복수 지명을 산출하게 되었고, 복수 지명은
결국 數많은 古訓을 遺産하게 되었다. 이 값진 유산은 한국학 연구에
있어서 적극적으로 의지하여야 할 고대 국어의 어휘자료인 것이다.[1]

   그 동안 우리 국어학계는 古訓에 대한 연구를 비교적 활발히 하여
왔다. 그러나 적극적인 연구의 上限 시기는 『鷄林類事』(1103~4)를 넘
지 못하였고, 비록 부족(14首)하지만 그런대로 좀 더 일러봤자 「鄕歌」
(600~879)를 넘지 못하였다. 이 障壁 때문에 연구자들은 주로 중세
국어 이후의 字訓(釋) 연구에 매달릴 수밖에 없었다. 그 연구 대상은
주로 「鄕歌」를 비롯한 口訣·吏讀, 『鷄林類事』, 『朝鮮館譯語』(1403~
24), 『鄕藥救急方』(1417), 『鄕藥採取月令』(1431), 『訓蒙字會』(1527),
『光州千字文』(1575), 『新增類合』(1573), 『東醫寶鑑』(1613) 등에 등재
된 자훈이었다.

「處容歌」(875~885): 시벌(東京) 붉기(明期) 둘아(月良)(東京明期月良),

       밤(夜) 들이(入伊) 놀(遊)니(行)다가(如可)(夜入伊遊行如可)

   古訓 : 시=東, 셔블=京, 불기=明, 둘=月, 밤=夜

       들-=入, 놀-=遊, 니-=行, 다비-=如

---

1) 우리는 固有語와 다른 개념으로 漢字語란 용어를 쓰고 있다. 이 경우의 한자어는
   漢譯語를 말한다. 그러나 차자 표기어의 경우는 전혀 다르다. 고유어를 음차 표
   기한 경우는 借字의 의미와 상관없이 被表記語가 고유어로 維持되기 때문이다.
   가령 ⓐ於乙買串:ⓑ泉井口, ⓐ買忽:ⓑ水城에서 비록 漢字 表記일지라도 ⓐ는 如
   前히 固有語이고 이것을 漢譯하였기 때문에 ⓑ만이 漢譯語이다. 따라서 '한자어'
   란 매우 애매모호한 용어이다. 그러나 混難을 막기 위하여 여기서는 漢字語란
   用語를 通用키로 한다. 여기는 用語 是非의 자리가 아니기 때문이다.

『鷄林類事』:　ⓐ 天曰漢捺(하늘), 雲曰屈林(구름), 風曰孛纜(ᄇᄅᆷ),
　　　　　　　　　 井曰鳥沒(우믈), 猪曰突(돝), 後日曰母魯(모뢰)

　　　　　　　　ⓑ 雷曰天動, 千曰千, 田曰田, 江曰江, 海曰海, 泉曰泉,
　　　　　　　　　 年春夏秋冬同, 東西南北同, 溪曰溪, 鶴曰鶴, 羊曰羊

『訓蒙字會』:　ⓐ 별星, 별·미르辰, ᄀᄂᆯ陰, 볃陽, ᄀᆞᄉᆞᆯ秋, 겨ᅀᆞᆯ冬, 닥楮,
　　　　　　　　　 받두듥畛, 골菅, 비雨, 서리霜, 눈雪, ᄇᄅᆷ風, 안개霧

　　　　　　　　ⓑ 긔운候, 동산苑·囿, 무궁화槿, 련蓮, 련荷, 국화菊,
　　　　　　　　　 지초芝, 란초蘭, 챵포菖·蒲, 쟝미薔, 쟝미薇, 봉황鳳

『光州千字文』:　ⓐ 하늘天, 싸地, 가믈玄, 누를黃, 집宇, 너블洪, 나라韓,
　　　　　　　　　 거츨荒, 날日, 돌月, 츨盈, 아득ᄒᆞᆯ漠, 온百, ᄆᆞᄅᆞ宗

　　　　　　　　ⓑ 됴문弔, 빅셩民, 신하臣, 평할平, 법즉則, 효도孝,
　　　　　　　　　 긔용器, 념할念, 튱셩忠, 폐ᄒᆞᆯ弊, 준ᄒᆞᆯ遵, 형벌刑

『新增類合』:　ⓐ 앎前, 뒤後, 별자리辰, 수플林, 숨藪, 플草, 돍鷄,
　　　　　　　　　 비둘기鳩, 새鳥, 술酒, 쓸角, 붇ᄀᆞᆯ耿, 즛態, 살買

　　　　　　　　ⓑ 글ᄌ字, 동녁東, 션녁西, 남녁南, 븍녁北, 강江,
　　　　　　　　　 릉할能, 별명號, 산箕, 곤할困, 디경境, 위티危

　위 字訓은 漢字의 의미를 알려 준다. 그러나 반대로 漢字가 고유어의 의미를 알려 주기도 한다. 따라서 자훈은 의미전달에 있어서 一石二鳥의 역할을 하는 것이다. 고대 지명의 漢譯改定의 字訓 또한 이와 동일한 역할을 하였다. 안타깝게도 위 문헌 자료에는 ⓑ처럼 자훈이 달려 있지 않은 漢字가 적지 않다. 이 사실은 이미 해당 訓(고유어)이 살아졌거나 아니면 訓은 衰退하고 그 대신 한자어가 적극적으로 활용되고 있었음을 의미한다. 우리는 이미 死語가 되었거나 쇠퇴하는 古訓을 찾아서 補完하여야 할 것이다. 아울러 보다 이른 고대훈과 중세훈의 異同與否도 비교 고찰하여야 할 語彙史 연구의 소중한 과제이다.

이제 우리는 위 「字訓資料集」의 연구에만 한없이 安住하고 있어서는 안 된다. 막혀 있는 時限의 장벽을 넘어야 한다. 여기 그 限界를 극복할 수 있는 길이 있다. 곧 고대 지명 속에 秘藏되어 있는 古訓을 찾는 길이다. 이 길에서 고대 지명에 대한 漢譯地名을 만나면 고훈을 찾아낼 수 있다. 우리가 渴求하는 고대훈이 한역지명 속에 숨어 있기 때문이다.

2. 地名解釋과 漢譯改定의 來歷

고대 지명중에서 잘 알려진 徐伐이 있다. 이 지명은 徐伐, 舒弗, 舒發, 蘇伐, 首乙(呑), 沙伐(國), 所夫里(>扶餘), 尸林, 鷄林, 鳩林, 角(干), 酒(多) 등과 같이 多樣하게 차자 표기되었다. 이처럼 다양함은 그 표기의 시기와 표기자가 달랐음을 의미한다. 비록 다양하지만 표기된 지명은 오로지 고유지명 syəpil(徐伐) 뿐이기 때문에 모두가 동일하게 해독되어야 한다. 바른 해독을 위하여 위 지명 자료를 표기 방법의 차이에 따라서

① 所夫里>徐伐 舒弗 舒發 蘇伐 沙伐(syə+pil)>首乙(syə+øil),
② 尸林 始林(sipil),
③ 鷄林 鳩林(saypil) 角(sipil) 酒(sipil) =
④ 京·都·庼

과 같이 구분할 수 있다. ①은 音借 표기이고, ②는 音(尸,始)+訓音(林)借 표기이고, ③은 訓音借 표기이고, ④는 訓借(漢譯) 표기이다. 林(②③)의 중세훈은 '수플'이다. 그러나 고대훈은 '블pil'(>플)이었다. 여기

서 '숩(藪), 플(草)'(『新增類合』)을 근거로 두 형태소가 합성된 '숩+블(>수플)임을 알 수 있고, 유기음 /pʰ/가 후대에 생성된 사실을 알려주는 한 예를 확인할 수 있다. 그리고 鷄,鳩(③)의 중세훈은 '닭', '비두리'인데 고대훈은 '새'로 통칭되었음을 알 수 있다. 鷄의 고대훈이 '새'이었음은 鷄立嶺=鳥(새)+嶺(재)에서도 확인된다. ①所夫里>徐伐의 '夫里>伐'은 말모음 'i'의 탈락으로 말미암아 'pɨri>pɨl'로 변한 것이다. 그리고 ①首乙(syə+øɨl)은 5세기 이전에 'ㅂ>ㅸ>ø'를 알려 주는 증거이다. 김완진(1968)이 주장한 "고구려어의 t구개음화 현상"을 감안한다면 그 가능성을 인정할 수 있을 것이다.

여기까지의 논의에서 ④京·都·京의 고훈이 'syə+pɨl ~syə+øɨl(>서울)'임을, 林(②③)의 고훈이 'pɨl'(>플)임을, 鷄, 鳩(③)의 고훈이 'say(>닭, 비둘기)'임을, 角·酒 (④)의 고훈이 'sɨpɨl(>셜>쁠, 수볼>수을>술:)'임을 확인하였다. 그리고 어말모음 'i'의 탈락, 어두 복자음 'ㅄ'의 생성, 어중 자음 'ㅂ'의 약화탈락, 모음충돌로 인한 축약 등의 음운변화 현상을 확인하였다. 그런데 다양하게 표기된 漢字 표기지명들은 고유지명과는 달리 최초의 表記形을 그대로 오늘날까지 유지하여 왔다. 그러나 그 속에 담긴 고유어(被表記語)는 다음과 같이 꾸준히 변천하였다.

① *sv+pvl(徐·舒·蘇+伐·弗·火(블))>셔+블>셔블>셔볼>셔울>서울(+=형태소경계)

② *svpvl(角)>스블>셜>셜>쁠

③ *svpvl(酒)>수블(酒曰酥孛)>수볼>수울>술: 또는 스블>스볼>스울>술: (:=장모음)

위 ① ② ③은 동음이의어이다. ② ③은 2음절어가 1음절어로 변하였다. ②는 어두 모음이 약화 탈락하였고, ③은 모음 사이에서 ㅂ이 약화 탈락한 뒤에 모음충돌을 피해서 하나로 축약하였는데 그 補償으로 장모음이 되었다. 그러면 ①과 ② ③이 다르게 변한 까닭이 무엇인가? ①은 2개 형태소로 구성된 합성어이지만 ② ③은 단일 형태소의 단어이기 때문이었다. ①과 ②③은 비록 겉으로 보기에는 동일한 음운 환경이지만 ①은 잠재한 형태소 경계로 인하여 축약이 불가능하였다. 이처럼 改定을 거듭한 1개 지명에 대한 해석은 국어사의 여러 문제를 해결하는데 많은 貢獻을 한다. 고대 지명의 한역개정은 이와 같은 연구 자료를 많이 산출하였다. 그 소중한 자료들이 생성되어 온 과정과 시기 그리고 내용에 대하여 약술하기로 하겠다.

일반적으로 한국지명사에서 고유지명이 한역지명으로 개정된 최초의 작업이 景德王 16년(757)에 단행된 것으로 잘못 알려져 왔다. 물론 경덕왕이 거국적으로 행정구역을 再調整하고 縣 단위 이상의 큰 지명을 漢語式 2자(漢字) 지명으로 개정한 것만은 틀림없는 사실이다. 따라서 어떤 의미에선 改定이라기보다 改革이었다고 하여도 過言이 아닐 것이다. 그러나 보다 훨씬 이른 시기에 누구의 所行인지는 알 수 없지만 고유지명이 散發的으로 漢譯改定된 사례가 너무나 많았다. 뿐만 아니라 개정자가 알려진 경우도 경덕왕보다 훨씬 앞선 일이었기 때문이다.

우리 지명사에서 改定을 대폭적으로 단행한 최초의 인물은 고구려 文咨王-安臧王(492~529)이었던 것으로 추정된다. 고구려의 광개토대왕(392~412)과 장수왕(413~491)이 국토를 최대한으로 확장한 뒤에 후대의 적당한 시기에 전국의 지명을 調整하고 고구려식으로 개정하였을 가능성이 濃厚하다. 백제는 잠시 후퇴하였을 뿐 切齒腐心하여 그 빼앗긴 땅을 復舊하려고 끊임없이 北伐하였고, 신라 또한 지속적인 北進을 圖謀하였다.[2] 兩國의 北進挾攻으로 고구려는 오래지 않아 점령 지역을 백제와 신라에 되돌려주고 본래의 고구려 領土인 대동강 이북으로 復歸한다. 따라서 고구려가 적당한 시기에 점령 지역의 고유 지명(백제지명)(『三國史記』 地理4의 지명)을 漢譯改定한 것이었다. 그 적절한 시기는 文咨王~安臧王(492~529) 年間으로 추정된다.3) 이 개정은 고구려 지명에 대한 唐 高宗의 改定(669)보다 150여년이나 앞서고, 景德王의 개정(757)보다는 240년이나 앞선다.

唐나라 고종이 서기 669년에 李勣으로 하여금 고구려의 男生과 상의하여 고구려 지명을 개정케 하였다는 記事가 『三國史記』 地理4에 있다. 그러나 개정 지명을 수록한 『地名誌』가 전해지지 않아 원망스럽다. 만일 전해졌다면 고구려의 역사와 언어를 연구하는데 절대적인 基本史料가 되었을 것이기 때문이다. 다만 鴨綠水 이북의 고구려 지명 중 未降 11성, 已降 11성, 逃亡城 7, 打得城 3 등 모두 32개 城名만 『三國史記』 地理4의 末尾에 남아 있을 뿐이다. 이 城名들은 당시에 아직 分割이 불가능하여 安東都護府에 隸屬시키지 못한 고구려 지명이다. 이 32개 성명에 대한 改定은 경덕왕 16년(757)의 개정보다 88년이나 앞선다.

---

2) 長壽王十五年 移都平壤 歷年一百五十六年 平原王 二十八年 移都長安城 歷年八十三年. (『三國史記』 地理 4 序文)
　　위와 같이 平壤移都 156年 만에 다시 後退하여 보다 北部인 長安으로 遷都하였다. 이는 百濟와 新羅의 北伐挾攻으로 못 견디어 國都의 守護를 위하여 할 수 없이 移都한 것인데 前都 平壤이 威脅을 받기 시작한 것은 보다 훨씬 앞서는 시기이었을 것이다. 따라서 存續期間 156년 중 거의 절반은 不安定한 狀態이었을 것이다.

3) 필자는 한국의 地名史에서 고유지명의 改定이 삼국통일 이전에 이미 때때로 斷行되었던 사실을 확인하였다. 그런데 지명 개정의 要因을 우리는 행정구역의 改編과 정복지역에 대한 行政上의 整備나 再調整 등에서 찾을 수 있다. 그렇다면 고구려가 南進하여 중부 지역을 强占한 후에 어느 정도 安定된 시기를 택하여, 삼국통일이 成就된 후 약 1세기 만에 景德王이 지명을 통일하기 위하여 改定한 것처럼, 改定하였을 蓋然性이 있는 것이다(이 문제에 대한 구체적인 論議는 都守熙(1991a:133~141)를 참고할 것).

3. 古代 地名의 字訓資料集

다음은 시기를 달리하여 한역 개정된 고대 지명자료를 개정 시기별로 종합 정리한 것이다. 보다 이른 시기에 산발적으로 한역 개정된 지명들의 문제는 여기서 다루지 않고 다른 기회로 미룬다.

3.1. 高句麗式 漢譯地名(492-529)의 古訓
(ⓐ=고유지명, ⓑ=한역지명)

於乙買串ⓐ~泉井口 ⓑ ⇒ 어을(於乙):泉, 매(買):井, 고지(串):口

買旦忽 ⓐ~水谷城 ⓑ ⇒ 매(買):水, 단(旦):谷, 홀(忽):城

買忽 ⓐ~水城 ⓑ ⇒ 매(買):水, 홀(忽):城

伏斯買 ⓐ~深川 ⓑ ⇒ 복ㅅ(伏斯):深, 매(買):川

密波兮 ⓐ~三峴 ⓑ ⇒ 밀(密):三, 바혜(波兮):峴

于次吞忽ⓐ~五谷(城)ⓑ ⇒ 우ㅊ(于次):五, 단(吞):谷, 홀(忽):城

難隱別 ⓐ~七重 ⓑ ⇒ 난은(난은):七, 별(別):重

德頓忽 ⓐ~十谷(城)ⓑ ⇒ 덕(德):十, 돈(頓):谷, 홀(忽):城

와 같은 방법으로 고구려가 漢譯하였다. 이 지명 자료를 다시 정리하면 다음과 같다. 고유지명 표기의 漢字는 표기당시의 음으로 표기하여야 마땅하다. 그러나 우선 근세 한자음으로 표음한다. 다만 고대 국어의 유기음을 필자는 부정하기 때문에 '次, 波, 吞, 斬, 吐'는 '자, 바, 단, 잠, 도'로 표음하였다. 그리고 '珍, 火, 伯'은 어느 경우나 음차가 아니기 때문에 훈독음인 '달, 블, 맏'으로 표기하였다.

(가) 百濟 固有地名 > 高句麗 漢譯地名

　　　　(固有名)　　　(漢譯名)
　　　조바의(租波衣)　>　鵂巖
　　　한홀(漢忽)　>　漢城
　　수디의(首知衣)　>　牛嶺
　　　도랍(刀臘)　>　雉嶽
　　굴어압(屈於押)　>　江西
　약지두지(若只頭恥)　>　朔頭, 衣頭
야야,야아(耶耶,夜牙)　>　長淺城
　　야시매(也尸買)　>　狌川
요은홀자(要隱忽次)　>　楊口
　　밀바혜(密波兮)　>　三峴
　　　됴사(鳥斯)　>　猪足
　　　마홀(馬忽)　>　臂城
　　　수디(首知)　>　新知
　　동음내(冬音奈)　>　休陰
　　달을성(達乙省)　>　高烽
　　복스매(伏斯買)　>　深川
　　개자정(皆次丁)　>　王岐
　별사바의(別史波衣)　>　平淮押
　　미을성(未乙省)　>　國原城
　　　동사(冬斯)　>　栗木
고스야홀자(古斯也忽次)　>　獐項
　　　남매(南買)　>　南川
　　　멸오(滅烏)　>　駒城
　　성지매(省知買)　>　述川
　　어스매(於斯買)　>　橫川

거스잠(去斯斬) > 楊根

매홀(買忽) > 水城

송촌활달(松村活達) > 釜山

고스야홀자(古斯也忽次) > 獐項口

구사바의(仇斯波衣) > 童子忽(*忽은 고유어)

개백(皆伯) > 王逢, 王迎

난은별(灘隱別) > 七重

어을매곶(於乙買串) > 泉井口

모을동비(毛乙冬非) > 鐵圓

비물(非勿) > 僧梁

공목달(功木達) > 熊閃山

어스내(於斯內) > 斧壤

아달압(阿珍押) > 窮嶽

니사바홀(泥沙波忽) > 麻田淺

됴아홀(鳥阿忽) > 津臨城

갑비고자(甲比古次) > 穴口

달을잠(達乙斬) > 高木根

매단홀(買旦忽) > 水谷城

덕돈홀(德頓忽) > 十谷

우자단홀(于次呑忽) > 五谷

내미홀(內米忽) > 池城, 長池

고소어(古所於) > 獐塞

부스바의(夫斯波衣) > 仇史峴

나도(奈吐) > 大堤

금믈내(今勿內) > 萬弩

(나) 濊貊 固有地名 > 高句麗 漢譯地名

      (固有名)   (漢譯名)

어을매(於乙買) > 泉井

수을단(首乙呑) > 䢘谷

고의포(古衣浦) > 鵠浦 (*浦는 漢譯)

어지단(於支呑) > 翼谷

사비근을(沙非斤乙) > 赤木

됴생바의(鳥生波衣) > 猪守峴

휴양(休壤) > 金惱 (*뇌(惱)는 고유어, 壤은 漢譯)

그리바혜(斤尸波兮) > 文峴

습비단(習比呑) > 習比谷

매이(買伊) > 水入

야자홀(也次忽) > 母城

됴ᄉ갑(鳥斯押) > 猪迋穴

    고구려의 지명개정은 엄격히 말하자면 地名素의 直譯에 해당하는 漢譯이었다.4) 실례를 들면 ‘買+忽>水+城(買⇒水, 忽⇒城)(+는 지명소 경계), 於乙+買+串>泉+井+口(於乙⇒泉, 買⇒井, 串⇒口) 등과 같이 지명소의 의미에 해당하는 漢字로 바꾸었을 뿐이기 때문이다. 漢譯者는 고유지명의 구조를 극도로 존중하였다. 만일 譯者가 지명소의 順序를 任意로 바꾼다면 지명이 파괴되기 때문에 그 구조규칙을 固守한 것이라 하겠다. 특히 ‘皆+伯’은 ‘개(王)+맞이’로 추독할 수 있는데 그 구조가 우리말의 語句法대로이다. 그래서 直譯도 ‘王+逢(迎)’처럼 우리 문법

---

4) 필자는 “지명을 구성하는 의미 있는 最小 單位”를 뜻하는 용어로 ‘地名素’(地名形態素의 略語)를 써 왔다. 가령 ‘새+여흘+나루’(新+灘+津)는 3개 지명소로 구성된 지명이다.

의 語順을 충실히 따랐다(漢人씨 美女가 安臧王(519~529)을 맞이한 곳이란 뜻). 그렇다면 이 표기자료는 우리말의 어구를 어순에 따라 차자 표기한 이른바 鄕札에 해당한다. 이는 그 시기가 6세기 초반까지 소급하는 확증이 된다. 그러나 이와는 반대로 景德王은 우리 문법을 어기고 '皆+伯'을 '遇王'으로 漢譯하였다. 漢譯 태도가 相反된다. 물론 모든 漢譯이 그런 것은 아니다.

이 語句의 표기법은 이른바 鄕札 표기에 해당하기 때문에 우리의 주목을 끈다. 類似한 다른 표기를 더 소개할 수 있다. 만일 (1)(가)의 '됴아홀(鳥阿忽) > 津臨城'을 'X+鳥阿+忽>津+臨+城'으로 추정 분석한다면 '津臨'을 경덕왕이 '臨津'으로 바꾼 까닭을 동일 맥락에서 추독할수 있다. "王臨津言曰--"(王이 나루에 이르러 말씀하기를--)(「廣開土大王碑文」중에서)의 '臨津'과 구조가 동일하기 때문이다. 그렇다면 'X=津+됴아(鳥阿)=臨'로 분석할 수 있다. 따라서 'ㄴㄹ(X?)+다아'로 추정할 수 있다. 그리고 (1)(나)의 '매이(買伊) > 水入'도 '매(買)=水+이(伊)=入'로 분석할 수 있다. 또한 백제의 후기 지명인 '水入伊(>水川)'(『三國史記』地理4 武珍州)도 '믈들이'로 불렀음이 분명하다. 이것은 「處容歌」의 '夜入伊'(밤들이)와 동일하다. '月奈>月出·月生'(『三國史記』地理 3, 4)도 '달나'로 불렀다. 그렇다면 그 표기의 시기가 「處容歌」보다 400년 이상 소급된다. 또한 '麻耕伊(>靑松)'(『三國史記』地理4 漢山州)도 '麻+耕伊'로 분석하여 '니사+갈이'로 추독할 수 있다. (1)(가)의 '니사바홀(泥沙波忽) > 麻田淺'에서 '니사(泥沙)=麻'이기 때문에 麻의 고훈을 '니사'로 추정할 수 있다. 따라서 '皆伯(>王逢(迎), 鳥阿(>津臨), 買伊(>水入), 水入伊, 月出·月生, 麻耕伊'는 '夜入伊'와 동일한 鄕札표기이다. 鄕札이 백제 지명에서 발견된다는 사실은 참으로 特異하다.

3.2. 鴨綠水以北 高句麗式 漢譯地名(669)의 古訓

압록강 이북의 32개 고구려 지명자료를 『三國史記』(地理4)에서 옮긴다.

鴨綠水以北未降十一城의 地名(*○○○은 改定前地名의 消失表示)

조리비서(助利非西) > 北扶餘城州
무자홀(蕪子忽) > 節城
조바홀(肖巴忽) > 豊夫城
구자홀(仇次忽) > 新城州
바리홀(波尸忽) > 桃城
비달홀(非達忽) > 大豆山城
오열홀(烏列忽) > 遼東城州
*○○○ > 屋城州
○○○ > 白石城
○○○ > 多伐嶽州
안촌홀(安寸忽) > 安市城

鴨綠水以北已降城十一의 地名
○○○ > 椋嵒城
○○○ > 木底城
○○○ > 藪口城
○○○ > 南蘇城
감물이홀(甘勿伊忽) > 甘勿主城
○○○ > 麥田谷城
거리(시)갑(居尸押) > 心岳城

위나암성(尉那嵒城) > 國內州

조리바리홀(肖利波利忽) > 屑夫婁城

골리(시)갑(骨尸押) > 朽岳城

○○○ > 橩木城

鴨綠以北逃城七의 地名

내믈홀(乃勿忽) > 鉛城

○○○ > 面岳城

개리갑홀(皆尸押忽) > 牙岳城

감니홀(甘弥忽) > 鷲岳城

적리홀(赤利忽) > 積利城

소리홀(召尸忽) > 水銀城

가리달홀(加尸達忽) > 犁山城

鴨綠以北打得城三의 地名

갑홀(甲忽) > 穴城

뎔홀(折忽) > 銀城

사홀(史忽) > 似城

위 32개 지명중에서 10개는 被漢譯 地名(고유지명)을 消失하였다. 나머지 22개 지명은 모두 음차 표기이다. 이 城名들을 기록한 시기가 서기 669년이기 때문에 보다 이전에 '>'표 왼쪽의 고유지명을 漢譯한 것으로 추정된다. 백제 전기지명을 기준으로 따지면 늦어도 서기 475년 이전으로 遡及될 수 있다. 그런데 문제는 이 지명들도 訓借·訓音借 표기가 섞여 있지 않은 음차 표기일 뿐이라는데 있다.5)

---

5) 『三國史記』 권37(지리4)의 末尾에 登記한 「三國有名未詳地分」의 지명이 총 361 개이다. 그 중에 80개만 2字 지명이고 나머지 281개는 3字 지명이다. 鴨綠水以北 32개 고구려 지명은 5字名 2개, 4字名 11개, 3字名 33개로 3字 이상의 지명이

(다) 高句麗式 漢譯地名(669)의 古訓

홀(忽)城	바리(波尸)桃	달(達)山
거리(居尸)心	갑(押)岳	나,내(那,內)壤
내믈(乃勿)鉛	소리(召尸)水銀	가리(加尸)犁
갑(甲)穴	멸(折)銀	

　景德王은『三國史記』地理4에서 漢譯 改定名이 없는(消失된?) 固有 地名 (서기 757이전)을 다음과 같이 漢譯改定(서기 757)하였다.

百濟固有地名		高句麗漢譯地名		新羅景德王漢譯
(475이전)		(492~529)		(757)
내근내(仍斤內)	＞	○ ○ ○	＞	槐壤
골내근(骨內斤)	＞	○ ○ ○	＞	黃壤(骨斤內?)
내홀(仍忽)	＞	○ ○ ○	＞	陰城
나혜홀(奈兮忽)	＞	○ ○ ○	＞	白城
사복홀(沙伏忽)	＞	○ ○ ○	＞	赤城
내벌노(仍伐奴)	＞	○ ○ ○	＞	穀壤
제자바의(齊次巴衣)	＞	○ ○ ○	＞	孔岩

총 46개이고, 2字 지명은 10개에 不過하다. 이는 中國式이 아닌 高句麗式 改定을 의미하는 것이다. 唐나라가 男生과 상의하여 改定할 때 南生의 의견이 반영된 것을 알 수 있다.
唐나라가 改定(660?)한 51個縣(都督府十三縣 七州三十八縣)의 被改定 百濟末 지명은 4字名 12개, 3字名 20개, 2字名 17개이니 3字 이상이 32개 지명이다. 따라서 32개 지명이 2字名으로 통일된 셈이다. 이 百濟末期 地名은『三國史記』地理4의 百濟 地名과 상당한 차이가 있다. 이 차이는 地理4의 것들이 보다 이른 時期의 地名이란 사실을 알려 준다

주부도(主夫吐)　　＞　　○ ○ ○　　＞　　長堤

수니홀(首尒忽)　　＞　　○ ○ ○　　＞　　戍城

골의노(骨衣奴)　　＞　　○ ○ ○　　＞　　荒壤

오사함달(烏斯含達)＞　　○ ○ ○　　＞　　兎山

이달매(伊珍買)　　＞　　○ ○ ○　　＞　　伊川

부소갑(扶蘇岬)　　＞　　○ ○ ○　　＞　　松岳

동비홀(冬比忽)　　＞　　○ ○ ○　　＞　　開城

덕믈(德勿)　　　　＞　　○ ○ ○　　＞　　德水

식달(息達)　　　　＞　　○ ○ ○　　＞　　土山

가블갑(加火押)　　＞　　○ ○ ○　　＞　　唐嶽(憲德王)

부사바의(夫斯波衣)＞　　○ ○ ○　　＞　　松峴(憲德王)

벌력천(伐力川)　　＞　　○ ○ ○　　＞　　綠繞

사열이(沙熱伊)　　＞　　○ ○ ○　　＞　　淸風

고사마(古斯馬)　　＞　　○ ○ ○　　＞　　玉馬

살한(薩寒)　　　　＞　　○ ○ ○　　＞　　霜陰

가지달(加支達)　　＞　　○ ○ ○　　＞　　菁山

매리달(買尸達)　　＞　　○ ○ ○　　＞　　蒜山

달홀(達忽)　　　　＞　　○ ○ ○　　＞　　高城

도상(吐上)　　　　＞　　○ ○ ○　　＞　　隄上

바리(波利)　　　　＞　　○ ○ ○　　＞　　海利

바달(波旦)　　　　＞　　○ ○ ○　　＞　　海曲

굴블(屈火)　　　　＞　　○ ○ ○　　＞　　曲城

(라) 景德王 漢譯 地名의 古訓

내근(仍斤)槐　　　　내(內)壤　　　　골근(骨斤)黃

나(內)壤 내(仍)陰 홀(忽)城
나혜(奈兮)白 사복(沙伏)赤 내벌(仍伐)穀
노(奴)壤 제자(齊次)孔 바의(巴衣)岩
주부(主夫)長 도(吐)堤 수니(首尒)戍
골의(骨衣)荒 오스함(烏斯含)兎 달(達)山
매(買)川 부소(扶蘇)松 갑(岬)岳
동비(冬比)開 믈(勿)水 식(息)土
가블(加火)唐 갑(押)嶽 부ᄉ(夫斯)松
바의(波衣)峴 벌력(伐力)綠 사열이(沙熱伊)淸風
고사(古斯)玉 살(薩)霜 가지(加支)菁
매리(買尸)蒜 달(達)高 도(吐)隄(堤?)
바리(波利)海邊 바달(波旦)海 굴(屈)曲
블(火)城?

(가)의 古訓(475이전)과 (다)의 古訓(757)을 對比하면 字訓이 거의
變化하지 않았음을 알 수 있다. 따라서 訓의 保守性이 아주 强함을 확
인할 수 있다.

3.3. 위 (가)(나)(다)(라)의 古訓을 綜合 整理하면 다음과 같다.

조(租)鵰 바의(波衣)巖 한(漢)大
홀(忽)城 쇼(首)牛 디의(知衣)嶺
도리(刀臘)雉 굴어(屈於)江 야아(夜牙)淺
이리(也尸)狌,狼 매(買)水,川,井 홀지(忽次)口
밀(密)三 바혜(波兮)峴 됴ᄉ(鳥斯)猪
달(達)高,山 복ᄉ(伏斯)深 매(買)水,川,井

개지(皆次)王	개(皆)王	별이(別吏)平
고스(古斯)獐	멸오(滅烏)駒	어스(於斯)橫
구스(仇斯)童子	맏(伯)逢,迎	난은(灘隱)七
별(別)重	어을(於乙)泉	곳(串)口
더을(毛乙)鐵	둥비(冬非)圓	비(非)僧
믈(勿)梁	고마(功木)熊	내(內)壤
갑(押)嶽	홀지(忽次)項	니사(泥沙)麻
바(波)田	됴아(烏阿)臨	갑비(甲比)穴
갑(押)穴	고지(古次)口	요은(要隱)楊
요은(要隱)楊	단(旦,頓,呑)谷	덕(德)十
우자(于次)五	내미(內米)池	고소(古所)獐
부스(夫斯)松	바의(波衣)峴	나(奈)大
도(吐)堤	금믈(今勿)萬	어을(於乙)泉
수을(首乙)原	고의(古衣)鵠	어지(於支)翼
됴스(烏生)猪	쇠(休)金	뇌(惱)壤
사비(沙非)赤	글(斤乙)木	그리(斤尸)文
이(伊)入	야지(也次)母	됴스(烏斯)猪
바리(波尸)桃	거리(居尸)心	갑(押,岬)岳
나,내(那,內)壤	내믈(乃勿)鉛	소리(召尸)水銀
가리(加尸)犁	멸(折)銀	내근(仍斤)槐
골근(骨斤)黃	내(仍)陰	나혜(奈兮)白
사복(沙伏)赤	제자(齊次)孔	바의(巴衣)岩
주부(主夫)長	수니(首尒)戌	골의(骨衣)荒
노(奴)壤	오사함(烏斯含)兎	부소(扶蘇)松
동비(冬比)開	믈(勿)水	식(息)土
가블(加火)唐	벌력(伐力)綠	사열이(沙熱伊)清風

고사(古斯)玉　　살(薩)霜　　　　가지(加支)菁

매리(買尸)蒜　　바리(波利)海邊　바달(波旦)海

굴(屈)曲　　　　블(火)城(?)

3.4. 漢譯地名의 ㄱㄴㄷ順 綜合 古訓((492-529)~757)

(ㄱ)　가리(加尸)犁　　　가블(加火)唐　　　가아(加阿)迋

　　　가지(加支)菁　　　갑(押·甲)穴,嶽　갑(岬)岳

　　　갑비(甲比)穴　　　개지(皆次)王　　　개(皆)王

　　　거리(居尸)心　　　고마(功木)熊　　　고ㅅ(古斯)獐

　　　고사(古斯)玉　　　고소(古所)獐　　　고의(古衣)鵠

　　　고지(古次)口　　　골근(骨斤)黃　　　골의(骨衣)荒

　　　곶(串)口　　　　　구ㅅ(仇斯)童子　　굴어(屈於)江

　　　그리(시)(斤尸)文　글(斤乙)木　　　　금믈(今勿)黑

　　　금믈(今勿)萬　　　굴(屈)曲

(ㄴ)　나(奈)大　　　　　나(那)壤　　　　　나미(內米)池

　　　난은(灘隱)七　　　내(內)壤　　　　　내(仍)陰

　　　내근(仍斤)槐　　　내믈(乃勿)鉛　　　내별(仍伐)穀

　　　노(奴)壤　　　　　뇌(惱)壤　　　　　니사(泥沙)麻

　　　나혜(奈兮)白

(ㄷ)　달(達)高,山　　　단(旦,頓,呑)谷　　여을(毛乙)鐵

　　　덕(德)十　　　　　멸(折)銀　　　　　도(吐)堤

　　　도리(刀臘)雉　　　동비(冬比)開　　　됴ㅅ(鳥斯)猪

　　　됴ㅅ(鳥生)猪　　　됴아(鳥阿)臨　　　둥비(冬非)圓

　　　디의(知衣)嶺

(ㅁ)　맏(伯)逢,迎　　　매(買)水,川,井　　매리(買尸)蒜

멸오(滅烏)駒　　믈(勿)梁　　　믈(勿)水
밀(密)三

(ㅂ)　바(波)田　　　바의(波衣)巖　　바리(波尸)桃
　　바혜(波兮)峴　　바의(波衣)峴　　바리(波利)海邊
　　바달(波旦)海　　바의(巴衣)岩　　벌력(伐力)綠
　　별(別)重　　　　별이(別吏)平　　복△(伏斯)深
　　부△(夫斯)松　　부소(扶蘇)松　　블(火)城(?)
　　비(非)僧

(ㅅ)　사비(沙非)赤　　사복(沙伏)赤　　사열이(沙熱伊)淸風
　　소리(召尸)水銀　　살(薩)霜　　　소믈(所勿)僧
　　소믈(所勿)僧　　쇠(休)金　　　　수을(首乙)庶
　　수니(首尒)戌　　식(息)土　　　　수(首)牛

(ㅇ)　야아(夜牙)淺　　야지(也次)母　　어△(於斯)橫
　　어을(於乙)泉　　어지(於支)翼　　오△함(烏斯含)兎
　　우지(于次)五　　이(伊)入　　　　이리(也尸)豻, 狼

(ㅈ)　제지(齊次)孔　　주부(主夫)長

(ㅎ)　한(漢)大　　　　홀(忽)城　　　홀지(忽次)口
　　홀지(忽次)項

3.5. 『龍飛御天歌』(1447) 「地名註釋」의 ㄱㄴㄷ順 古訓

(ㄱ)　ᄀᆞᄫᆞᆯ村　　가린岐　　　·개浦 渡　　거츨荒
　　고(오)·개峴　　고·마熊　　:골洞, 谷　　·곶串
　　구무孔　　　그슴文(音)

(ㄴ)　ᄂᆞᄅᆞ津　　나·미蹏　　　:내川

(ㄷ)　ᄃᆞ리橋　　다리,달(達,㺚)=山　　·담 墻　　·대竹

돋猪	돌梁	:돌石	두·듥原
:뒷北			
(ㅁ) 몰馬	무·뭀(舍音)	마·근防	모·로山
:뫼 山	몰·애(<개)沙	·못池	물積
·믈水			
(ㅂ) ㅂ얌,비얌蛇	비梨	바·회巖	받(>밭)田
벼·ㄹ遷	·부횡鳳凰	·블·근赤	
(ㅅ) :쉽泉	·살箭	새草	·션立
:셤島	·소(<솔)松	소淵	솓鼎
·쇠金鐵	·쇼牛	·술위車	숫炭
쉰酸			
(ㅇ) 여·흘灘	·외孤		
(ㅈ) ·잣城	·재, :재峴	조ㅎ粟	
(ㅌ) 투먼(豆漫)萬	·툰(屯·頓) 谷		
(ㅎ) 홁泥	·힌,·흰白	·한大	홀(忽)城?

◎ 3.4.(ㄱ)과 3.5.(ㄱ)의 古訓을 標本으로 對比하면 다음과 같다.

골의(骨衣)荒 : 거츨荒   고마(功木)熊 : 고마熊
홀지(忽次)口~곶(串)口~고지(古次)口 : 곶串
그리(시)(斤尸)文 : 그슬文(音)

　이밖에도 시기를 달리하여 산발적으로 한역개정된 지명들을 비롯하여 경덕왕이 개정한『三國史記』地理 1,2,3,4(백제지명)의 漢譯지명과 고려 태조(23년·940)가 개정한 漢譯 지명 속에 수많은 고훈이 秘藏되어 있다. 이 貴重한 자료 속에서 연구에 필요한 자훈을 발굴하는

作業이 앞으로 우리가 해야 할 莫重한 연구과제이다.

4. 結言

대롱으로 밤하늘을 들여다보면 별이 하나밖에 안 보인다. 좁고 얕은 언어관으로 언어사실을 고찰하면 偏狹한 판단을 하게 된다. 따라서 우선 언어관이 넓고 깊어야 한다. 그래야 언어 문제에 대한 是非를 바르게 가릴 수 있다. 고대 지명의 개정에 대한 功過의 是非도 결코 이에서 예외일 수 없다.

한국 지명의 改定史에서 고유지명에 대한 漢譯改定은 한국학 연구에 실로 至大한 貢獻을 하였다. 대부분의 고대 지명이 語形만 殘存하고 그 뜻은 逸失할 위기에서 漢譯改定이 그 의미를 길이 保全하도록 결정적인 역할을 하였기 때문이다.

백제 전기지역과 가라지역의 고대 지명의 改定資料는 두 나라말의 어휘특성을 비교고찰할 수 있게 하였다. 이 고찰 결과는 두 나라의 적극적인 문화교류로 인하여 백제어가 가라어에 차용된 사실을 알려주었다. 이 사실을 근거로 우리는 加羅國을 橋梁으로 백제문화가 일본으로 東流한 史實을 確證할 수 있다. 고대 일본어의 차용어 중에서 특히 백제어의 數詞體系가 그 證據이다. 이런 비교 연구는 고대 지명에 대한 한역개정 때문에 가능한 것이다.

『三國史記』권37(地理4)의 말미에 登記한「三國有名未詳地分」의 地名이 총 361개이다. 그 중에 80개만 2字 지명이고 나머지 281개는 3字 지명이다. 鴨綠水以北 32개 고구려 城名은 5字名 2개, 4字名 11개, 3字名 33개로 3字 이상의 지명이 총 46개이고, 2字名은 10개에 불과하다. 이는 중국식이 아닌 고구려식 改定을 證言하는 것이다. 이 사실로 우

리는 唐나라 高宗의 命으로 李積이 男生과 상의하여 改定할 때 男生의
의견에 따른 것을 알 수 있다. 이렇듯 대다수의 多音節 지명들이 경덕
왕을 비롯한 여러 개정자에 의해 2음절(2字) 지명으로 줄게 되었다.
고대 지명의 改定은 3字(3음절) 내지 5字(5음절) 지명을 2字(2음절)로
簡素化하였다. 그 결과 한국 지명은 2字 지명으로 定着하여 경제적인
발음과 筆寫를 하게 되었다. 언어란 의미전달이 損傷되지 않는 범위
안에서 될수록 줄이어 말하려는 경향이 있다. 이런 자연적 언어 현상
에 副應한 利得이었다. 이 實利 追求의 전통적 방법은 連綿이 계승되
어 왔다. 말하자면 餘美+貞海⇒海美, 洪州+結城⇒洪城, 大田+懷德⇒
大德, 禮山+唐津貯水池⇒禮唐貯水池, 大田+淸州땜⇒大淸땜 등이 2字
지명으로 줄은 實例이다. 모두 4字가 반절로 줄었다. 그리하여 우리의
언어생활에서 곱절이나 경제적인 利得을 보게 되었다. 거기에다 두 지
역을 하나로 통합하는데 있어서 효율적 기능까지 하게 되었다. 만일
'洪州結城'으로 改定한다면 裏面的으로는 洪州 지역과 結城 지역의 民
心이 내내 分離存續하게 된다. 이렇게 되면 實質的 통합은 불가능하게
된다. 그래서 日帝조차도 우리의 전통방식의 장점을 살리어 그대로 따
른 것이었다.

　언어는 자연적으로 변천한다. 자연언어의 발달과정에서 그 大勢를
人爲的으로 沮止할 수는 없는 것이다. 다만 어느 정도만이 가능할 뿐
이다. 마치 시내물이 모이고 모여 결국 江을 이루는 자연현상과 다를
理가 없다. 순수한 固有語에 여러 外來語들이 시기를 달리하여 流入合
流하여 오늘의 국어를 形成하게 되었다. 앞으로도 여전히 그렇게 발달
하여 갈 것이다.

Ⅱ. 국어사 연구와 지명 자료[1]

1.

일반적으로 지명에 대한 인식이 부족하다. 그래서인지 국어학자마저도 지명에 관하여 지극히 무관심한 편이다. 이는 지명 자체가 연구 대상에서 애매한 위치에 있기 때문일지도 모른다. 지명을 흔히 지리학의 연구대상 자료로 착각하기 때문이다. 물론 지명이 지리학의 한 연구분야임에 틀림없다. 그러나 그것은 우선적으로 국어학의 한 분야에 해당한다. 이 주장의 이의에 대한 대답은 명확하다. 지명은 우리말의 어휘인 국어이기 때문이다. 국어 어휘를 국어학에서 내친다면 어디서 본격적인 연구를 하란 말인가? 결국 그 연구를 기피하는 것이요 유기에 해당할 것이다. 지명에 대한 인식부족으로 한 때 연구 분야의 분쟁이 구라파에서 지리학과 언어학간에 일어난 일이 있다. 그러나 지명은 우선적으로 언어학의 대상이고 다음으로 지리학, 그 다음으로 역사지리학 등의 직·간접 분야로 배당될 수 있을 것이다.

이 글은 국어사 연구에 있어서 지명자료의 역할이 多大함을 강조하

---

1) 이 글은 제30회 국어학회 전국학술대회(2003. 12. 18-19 국제 청소년센터)에서 석좌강의로 발표하였다.

려는데 목적을 둔다. 특히 고대국어 연구에 있어서 옛 지명은 거의 절대적인 존재이다. 고대국어 연구에 필요한 언어자료는 지극히 한정되어 있다. 국어사학계에서 흔히 활용하고 있는 주된 자료의 맥은 주로 통일 신라 이후의 '향가'와 고려 시대의 구결·이두의 차자 표기 자료이다. 그러면 보다 이른 시기의 '국어사 연구 자료'는 없는 것인가? 이 물음에 답할 수 있는 존재가 바로 옛 지명자료이다.

우리의 차자 표기에서 그 최초의 표기 대상은 인명·관직명·지명이었다. 잘 알려 있는 「광개토대왕비문」이 이를 증언한다. 이 비문에 인명과 지명이 많이 들어 있다. 예를 들면 '鄒牟, 儒留' 등의 인명과 백제의 고유지명인 '牟盧城, 阿旦城, 古利城, 比利城 彌鄒城' 등이 차자 표기되어 있다. 약 30년 뒤의 「新羅碑」(영일 신광 냉수리)에도 '節居利, 子宿智, 只心智' 등의 인명과 '斯羅, 沙喙, 本彼, 斯彼, 珍而麻村' 등의 지명이 차자 표기되어 있다. 이 두 비의 건립 연대가 서기 414년과 443(?)년이니 보다 이른 시기에 이미 차자 표기가 성행하였음을 확신할 수 있다.

고대 중국인이 한자음으로 우리의 고유명사를 최초로 표기하기 시작하였다. 기원전의 중국 역사서에 '駒麗, 夫餘, 馯, 貊'(『尙書孔傳』) 등이 나타나고, 뒤이어 마한 54국명, 변진 24국명(『後漢書』)이 나타난다. 이 78국명은 기원전 2세기경에 당시의 중국인들이 한자음을 가지고 들은 대로 사음(寫音)한 三韓 지명이다. 선조들이 이 사음법을 배워 적용한 것이 우리 고대국어의 고유명사 차자 표기법이다. 우리 선조들은 중국식 표기법을 당분간 답습하다가 드디어 우리 방식으로 변형한 것들이 훈차(漢譯) 표기, 훈음차 표기, 음·훈병차 표기법이었을 것이다. 옛날 중국인이 창안한 차자 표기 모델을 통하여 터득한 깊고 넓어진 안목이 급기야 이두·향찰·구결 표기법을 創出하였을 것이다.

삼한 시대부터 4국(가라·고구려·백제·신라) 말까지 약 9 세기 동안의 국어사의 연구 자료는 지명이 절대량을 차지하고 있다. 물론 관직명이 있긴 하지만 상대적으로 매우 빈곤한 편이다. 지명 다음으로 많은 자료가 역시 차자 표기된 왕족과 민간의 성명이다. 여기선 우선 지명 자료만 다루고 기타는 다른 기회로 미루어 두기로 한다.

고대국어가 확보하고 있는 지명자료는 삼한 78개 국명(지명)을 비롯하여 「삼국사기」의

지리1: 138개 지명(4주(慶·尙·良·康)+1小京+33군+100현=138개 지명)

지리2: 154개 지명(3주(漢·朔·溟)+2경(中原·北原)+49군+100현=154개 지명)

지리3: 146개 지명(3주(熊·全·武)+2경(西原小·南原小)+38군+103현 =146개 지명)

지리 1,2,3의 합계=438개 지명(10州+5京+120郡+303縣=438개 지명)

지리4: 고구려 지명=162개 지명(그중 121개 지명은 백제(전) 지명)

백제(후) 지명=147개 지명

三國有名未詳地名=358개 지명

압록수 이북 지명=32개 지명(미항성11, 항복성11, 도망성7, 공취성3=32)

도독부 지명=59개 지명(1부+7주+51현=59)

별지명(복지명)=137개 지명(지리1(신라)=17, 지리4(고구려)=99명, 지리4(백제)=21명 합137개 지명)

총계=1060개 지명

기타 지명: 「삼국사기」 본기 및 열전, 「삼국유사」, 「광개토대왕비문」을 비롯한 각종 금석문 등에 다수의 옛 지명이 비장되어 있다. 이렇게 숨어 있는 옛 지명까지 모조리 발굴하여 위 총합1060개 지명과 합친다면 총수는 대략 1500~2000개 지명에 가까울 것이다. 여기에다 수시로 개정된 지명 즉 고려초와 조선초에 대대적인 지명 개정이 단행되었는

데 개정 지명까지 다시 합친다면 그 수가 훨씬 많아진다.

더구나 지명어의 구조는 거의가 2개 이상의 지명소로 구성되어 있는데 대부분의 지명소가 자립형이기 때문에 지명어의 분석에서 나오는 어휘 수는 총 지명 수의 배수 이상이 재구될 수도 있다.

비록 부족하기는 하지만 삼한의 78개 국명과 약간의 관직명은 우리 말의 가장 이른 시기(B.C.300~?)부터 국어사의 실질적인 기원을 기술할 수 있도록 하는 直證 자료이다. 또한 4국 시대(668년)까지의 국어사 연구를 가능케 하는 자료가 곧 옛 지명자료이다. 물론 통일 신라와 발해(남북조 시대)의 국어사를 연구하는데도 지명자료의 역할은 지대하다. 그럴 뿐만 아니라 이두·향찰·구결의 자료가 등장한 이후의 시기에도 지명은 지속적으로 발생하여 왔기 때문에 어느 시기도 국어사 연구에 기여하는 지명 자료의 역할이 단절되지 않는다.

2.

무심코 마시는 공기를 의식하지 못하듯이 자주 쓰는 지명도 국어 자료로 인식하지 못하는 경향이 있다. 필자도 예외가 아니었다. 그러나 필자가 백제어 연구에 필요한 연구 자료를 찾아 헤매던 중 막다른 골목에서 숨통을 열어 준 존재가 바로 백제 지명이었다. 「삼국사기」 지리3, 4의 백제 지명 자료가 백제어 연구를 가능케 한 후에야 비로소 지명 자료의 귀중함을 깊이 인식하게 되었다.

필자가 작성한 《백제어 연구》(박논1977)는 주로 백제 후기의 지명 자료를 바탕으로 이루어졌다. 이 논문을 작성하는 중에 문득 큰 의문이 떠올랐다. 「삼국사기」 지리3을 근거로 백제 후기의 판도를 작성하면 현 충남·전남북 지역에 한정된다. 이 판도는 백제가 문주왕 1년(475)에

熊津(>公州)으로 천도한 이후 185년(웅진63+부여122=185) 동안 다스린 영토일 뿐이다. 그렇다면 그 이전(668-185=493)의 판도는 어디에 있는 것이며, 그 판도 안의 지명은 어디서 찾을 것인가? 이 과제가 필자로 하여금 백제어 연구를 계속토록 한 절대적 계기가 되었다.

연구 자료는 거의가 '겉'과 '속'(表裏)이 다르다. 마치 겉과 속이 不同한 수박과 같은 존재이다. 특히 삼국사기 지리2가 바로 그 표본이 될만하다. 삼국사기 는 지리2를 고구려 지명으로 明記하였다. 그리고 지리1은 신라 지명, 지리3은 백제 지명으로 명시하였다. 이는 김부식의 소행이 아니라 삼국통일 직후 9州로 분정할 때에 이미 고구려의 영토를 3州(漢山>漢・牛首>朔・何瑟羅>溟)로 분할하고 그 안의 지명을 고구려 지명으로 명시한 원본에 충실히 따랐을 뿐이다. 그러나 漢州와 朔州는 백제의 전기 영역이었고, 溟州의 북부는 濊貊의 영역이었으며, 그 남부는 신라의 영역이었다. 따라서 광개토왕과 장수왕 부자가 탈취하기 전까지는 이 중부 지역은 고구려와 아무런 관계도 없었다. 그런데 왜 이 영역이 고구려의 영토로 둔갑하였는가? 고구려가 점령한 약 77년 동안을 기준으로 따지면 틀림없는 고구려 영역이다. 그 이후 신라 진흥왕이 북진하여 삼국통일 시기까지의 점령 기간은 1.5배에 가깝다. 그런데도 고구려 점령 시기를 선택하고 그 이전 백제사의 493년과 그 이후 신라 점유의 115년을 배제한 속셈은 무엇인가? 이렇게 속임수로 고구려 영토를 설정하여야 비로소 삼국통일이 성립하기 때문이었다. 이 중부 지역의 3州를 사실대로 고구려의 점령지로 인정하면 고구려 땅은 한치도 없게 되기 때문에 결과적으로 二國통일이 되고 만다. 그럴 듯하게 위장한 가면을 벗기면 속에서 二國통일이란 진실이 드러나는 것이다. <도표1>과 <도표2>를 비교하여 보면 그 진실을 확인할 수 있다.(다음 <도표> 1, 2 참고)

우선 백제 전기(493년간)의 영역을 삼국사기 백제 본기에서 백제

왕이 활약한 범위를 근거로 복원하였다. 그 영역이 <도표1>의 A-ⓐ
ⓑ 지역에 해당한다. 필자는 이 지역에서 이미 찾아서 백제지명으로
환원한 김정호의 69개 지명에 필자가 52개 지명을 더 찾아 보태었다.
이렇게 찾은 백제 지명이 모두 121개 지명이며 지명마다 위치를 찾아
서 배치한 결과가 <도표4>의 내용이다. 그런데 이 121개 지명은 상당
수가 복수 지명이다. 그러면 단수 지명·복수 지명·한역 지명 모두가
백제 지명인가? 아니면 그 중 어느 것만이 백제 지명인가? 이 질의에
대한 답을 지명의 분포지역과 그 특성에서 찾아보도록 하겠다.

(1) 지명과 역사는 손등과 손바닥의 관계처럼 밀접하다. 역사적 사
실은 지명으로 남게 되고 지명 또한 그 역사에다 흔적을 남기기 때문
이다. 역사는 잊어버린 지명을 수시로 찾게 하고 때로는 지명이 역사
적 문제를 푸는 열쇠가 되어주기도 한다.

어휘 중에서 활용도가 가장 높은 존재가 지명이다. 지명은 사람이
활약하는 땅(무대)의 이름이기 때문이다. 또한 그것은 고유명사 중에
서 수가 가장 많다. 그리고 어휘 가운데 보수성이 제일 강하다. 지명은
한번 생성되면 내내 본래대로 사용됨이 보편적이지만 더러는 소지명
(小地名)으로 축소되어 본래의 지칭 지역내의 어딘가에 화석처럼 잔
존한다. 가령 신라 첨해왕 년간(247-261)에 흡수된 '사벌국'(沙伐國)은
沙伐州>上州>尙州로 주명(州名)이 개정되었지만 본래의 지명 '沙伐'
은 현재 '沙伐面 沙伐里'로 잔존해 있고, 백제의 마지막 수도이었던 '所
夫里'도 신라 경덕왕 16년(757)에 현재의 '扶餘'로 개정되었지만 본래
의 이름은 부소산 자락에 위치한 옛 부여박물관의 앞마을 이름 '소부
리'로 여전히 쓰이고 있다. 이처럼 거의 모두가 좀 체로 사어(死語)가
되지 않는다. 그래서 옛 지명은 역사적 문제를 푸는데 있어서의 증거
력이 매우 강하다.

〈도표 1〉 삼국 전기 및 말기의 판도

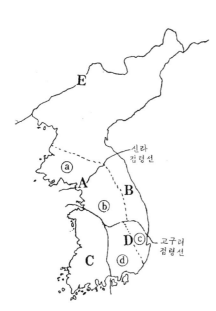

<보기>
A((ⓐ+ⓑ) 지역 : 백제의 전·중기 지역
　　(기원전 18~475, 493년간)
A·B 지역 : 고구려의 점령 지역
　　(476~553, 77년간)
B·ⓑ 지역 : 신라의 점령 지역
　　(553~668, 115년간)
C 지역 : 마한 지역
　　　　(백제 점령 이전, 346년 이전)
　　　　백제의 점령 지역
　　　　(중·후기 지역)
　　　　(346~660, 314년간)
D-ⓒ 지역 : 신라 전기·중기·후기 지역
　　　　　(기원전 57~935)
D-ⓓ 지역 : 가라 지역
　　　　　(42~532 또는 562)
　　　　　신라의 점령 지역
　　　　　(532 또는 562 이후)
E 지역 : 고구려의 본영토
　　　　(압록강의 남·북 지역)(기원전
　　　　37~668)

〈도표 2〉 진흥왕 때의 신라 영토

〈도표 3〉 백제어와 이웃 언어의 어휘분포 특징

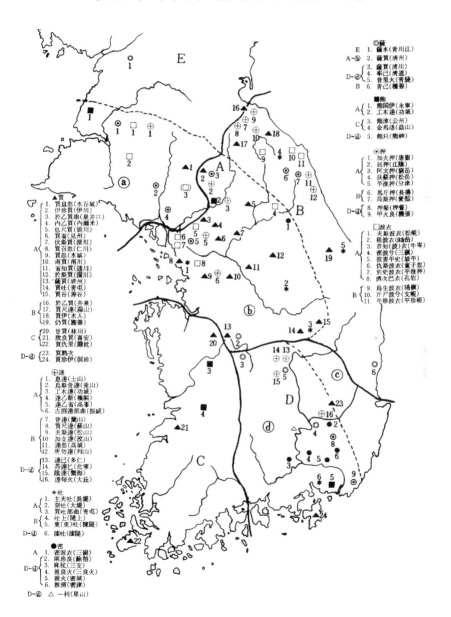

〈도표 4〉백제전기의 영역과 지명 분포도

▲ : 都守熙
● : 金正浩
— : 三國末境界

1. 甲比古次(海口)
2. 皆伯(遇王)
3. 皆次山(介山)
4. 髙木根(薺桐)
5. 古斯也忽次(臨江)
6. 骨乃斤(黃驍)
7. 骨衣奴(內)(荒壤)
8. 丁大達(功成)
9. 廣州(廣州)
10. 去斯斬(漢陽)
11. 斤平(嘉平)
12. 黔浦(金浦)
13. 奈兮忽(白城)
14. 難隱別(七重城)
15. 南買(南武)
16. 狼子谷城(中原京)
17. 奴音竹(陰竹)
18. 泥沙波忽(臨湍)
19. 達乙省(高峯)
20. 熏峴省(唐恩)
21. 德忽(德水)
22. 多比忽(開城)
23. 多斯忽(栗津)
24. 多音忽(辰音)
25. 仇斯波衣(重城)
26. 馬忽(見忽)
27. 買省(見州)
28. 買召忽(邵城)
29. 買旦忽(檀溪)
30. 買忽(水城)
31. 滅烏(豊烏)
32. 毛乙冬非(鐵城)
33. 內乙買(沙川)
34. 伏斯買(波水)
35. 扶蘇岬(松岳)
36. 夫若(富平)
37. 非勿(緟梁)
38. 沙伏忽(赤城)
39. 蛇山(白城)
40. 沙所兀(新恩)
41. 薩買(淸州)
42. 上忽(車城)
43. 所邑豆(朔邑)
44. 松山(貞松)

45. 古淵遠郡曲(振威)
46. 首知(首城)
47. 首知衣(牛峯)
48. 省知買(沂川)
49. 首爾忽(戍城)
50. 述爾忽(峯城)
51. 阿珍押(窮岳)
52. 夜牙(長淺)
53. 若只頭耻(如熊)
54. 梁骨(洞陰)
55. 於斯內(廣平)
56. 烏斯含達(兎山)
57. 烏阿忽(臨津)
58. 慰禮
59. 六浦(雙阜)
60. 仍伐奴(穀壤)
61. 伊珍買(伊川)
62. 仍忽(陰城)
63. 鞭項口(獐口)
64. 齊次巴衣(孔岩)
65. 主夫吐(長堤)
66. 砥峴(砥平)
67. 於乙買(交河)
68. 波害平史(波平)
69. 別史波衣(分津)

(2) <도표1>에 나타나 있는 바와 같이 고대 한반도의 중부지역(특히 A·B지역)은 영토쟁탈의 공방이 극심하였던 곳이다. 한때는 북부 세력간의 공방이 치열하였고, 때로는 남북간의 일진일퇴(一進一退)가 잦았던 곳이기도 하다. 그렇다 하더라도 고대 삼국의 전기와 중기에 있어서의 중부지역은 결코 고구려만의 소유가 아니었다. 이 시기의 고구려의 중심부는 졸본(卒本) 혹은 국내성(國內城)으로 그 영토의 남계(南界)는 압록수(鴨綠水) 이남의 패수(靑川江 혹은 大同江)이었다는 史實을 확인할 수 있다. 따라서 백제의 전기(18 B.C-475) 이전까지는 고구려는 이 중부지역(특히 A·B지역)과 영토상으로 아무런 관계도 없었던 것이다. 그렇기 때문에 이 중부지역 중 A지역의 지명은 기층 면에서 백제어(전)와 깊은 관계가 있었던 것으로 확신한다.

그러나 <도표1,3>이 보이는 바와 같이 B지역은 처음부터 백제와는 무관하였던 것으로 거의가 신라의 동북부(현 강능까지) 영역이었으며, A지역은 고구려의 점유 77년 이후에는 다시 ⓐ-ⓑ와 같이 두 지역으로 분리된다. 따라서 ⓐ지역만은 장수왕의 점령(475년) 이후 2세기에 가까운 동안(약 192년간)이나 고구려의 통치하에 있었으나 ⓑ지역은 77년간은 고구려에, 115년간은 신라에 예속되었던 것이니 이 기간에 고대 한반도 중부지역의 전래 고유지명이 A-B>E 또는 B·A-ⓑ>D 로 변화하였거나, 개정명(漢譯名)에 의하여 졸지에 축출되었다고 볼 수는 없는 것이다. A-ⓑ지역은 신라의 점령기간이 고구려보다 거의 1.5배나 길었고, 더구나 고구려보다도 뒤에 점령 통치하였던 것이니 점령기간을 중심으로 따진다면 오히려 신라의 지명이라고 하여야 옳다. 더욱이 A-ⓐ는 192년 동안이나 고구려가 점령 통치하였고, A-ⓑ 는 고구려 점령통치의 77년간에서 벗어나 신라의 점령통치는 115년간 이나 받았는데도 Aⓐ-ⓑ 지역의 지명특성이 공교롭게도 ⓐ=ⓑ라는데 유의할 필요가 있다.

공교롭게도 「삼국사기」지리 2,4의 이른바 고구려 지명의 범위는 백제의 수도 '한홀'(漢忽)시대(B.C.18-475)에 백제로부터 빼앗은 A지역과 신라에서 빼앗은 동북부의 B지역에 거의 국한한다(<도표1>과 <도표2>를 참고로 대비하여 보기 바람). 그러니까 신라가 삼국을 통일하였다고는 하나 사실은 唐 나라가 고구려의 본래 영토는 내주지 않았다. 다만 고구려가 이미 점령하였던 옛 백제 영토인 A지역과 신라 영토인 B지역(고구려의 본래 영토가 아닌)만을 신라와 막후의 흥정으로 양보한 듯하다. 그 증거가 「삼국사기」지리 4의 '고구려에 관한 기사' 중에 다음과 같이 숨어 있다.

> 그 지역이 많이 발해·말갈로 들어가고, 신라 역시 그 남쪽의 지경을 <u>얻어서</u> 한주·삭주·명주 3州 및 그 郡縣을 설치하여 9州를 갖추었던 것이다.(其地多入渤海靺鞨 新羅亦**得** 其南境以置漢朔溟三州及其郡縣 以備九州焉)

의 내용으로 보아 신라는 그 남부(南境)의 일부만을 차지하였을 뿐이다. 여기서 우리는 '얻어서'(得)란 표현에 주목할 필요가 있다. 자의로 취(取)하는 것과는 의미가 상반되기 때문이다. 「삼국사기」지리 1의 서언 말미에 있는 기술 가운데

> 옛 <u>고구려 남쪽 지경</u>에도 3州를 두니, 서쪽에서부터 첫째를 한주(漢州)라 하고, 다음 동쪽을 삭주(朔州)라 하며, 또 그 다음의 동쪽을 명주(溟州)라 하였다.(於故**高句麗南界**置三州 從西第一曰漢 州次東曰朔州 又次東曰溟州)

에서 '高句麗南界'란 표현의 깊은 속뜻을 되새겨 볼 필요가 있다. 이

南境(혹은 南界) 이북의 광활한 고구려 본토의 지명은 애석하게도 남겨지지 않았다. 만일 신라가 고구려의 본토까지 명실공히 통일하였더라면 그 광활한 지역의 고구려 지명이 고스란히 삼국사기 지리지에 전해졌을 것이기 때문이다. 만일 그렇게 되었더라면 지명분포에 따라서 고구려의 판도를 정확히 그릴 수 있을 뿐만 아니라 고구려어를 파악하는데 값진 자료가 되었을 것이다.

보편적으로 선주족이 살던 곳에 남긴 문화유산은 오랜 세월이 흘러가는 동안 거의가 마멸되거나 소멸된다. 그러나 다음 두 경우만은 예외일 만큼 보다 오랜 보수성을 갖는다. 그 하나는 지하에 묻힌 유물이고, 다른 하나는 지상에 고착한 지명이다. 지하의 유물에 대하여는 잘 알려진 사실이기에 여기서 거듭 설명할 필요가 없다. 다만 지명에 대한 보수성이 어느 정도인지를 확인하여 보기로 하자.

구약성서 (창세기)에 나오는 바벨탑(The Tower of Babel)의 옛 고장인 '바빌론'(여기서 '이스타르 여신' 문 장식(2400 B.C.)이 발견됨)을 비롯하여 '우르'(여기서 '은사자머리'(2650~2550 B.C.)가 발견됨)와 '우르크'(우르크의 3.6m높이 석조전(3600 B.C.), '아수르' 등이 현재 이라크에 잔존하여 쓰이고 있다. 기원전의 옛 지명인 '갈보리(>갈바리아), 갈릴리, 요르단, 데살로니가, 빌리보, 에베소, 갈라디아, 안디옥, 다메섹, 가나안, 고린도, 구레네, 이스라엘, 올림피아, 아테네' 등이 거의 변함없이 쓰여 왔다. 또한 Hawaii열도에는

'Hawaii, Molokai, Molokin, Wainapanapa, Wailau, Waikiki, Ohau, Honolulu' 등의 선주족 지명이 많이 잔존하고 있으며 시베리아에도 'Aobj, Atobj, Brobj, Kobj, Sobj, Tymkobj' 등의 강 이름이 원시지명 그대로 쓰이고 있다. 이탈리아에도 희랍 식민지의 지명이 로마의 지명으로 바뀌지 않고 'Cuma, Neapolis(the new city)>Napoli, Pozzuoli, Pompei, Sisiry' 등과 같이 본래대로 남아 있다. 미국의 주명(State

Names)도 1/2이나 Indian 지명이 잔존해 그대로 쓰이고 있다는 사실을 주목할 필요가 있다. 중국 상(商 1766 B.C.-)나라의 은허(殷墟)에서 발굴된 갑골 문자로 기록된 고대 복사지명(卜辭地名)들이 현재까지 여전히 사용되고 있음도 확인할 수 있다.

우리나라도 함경도와 평안도 지역에 '童巾(퉁권=鐘)山, 豆漫(투먼=萬)江, 雙介(쌍개=孔·穴)院, 斡合(워허=石), 羅端(라단=七)山, 回叱家(횟갸), 斡東(오동), 투루(투루)江' 등의 여진 지명이 쓰이고 있다.

위에서 열거한 바와 같은 지명의 특성으로 인하여 결과되는 상식을 뒤집을 만한 결정적인 이의가 제기될 수 없다면 이 원리가 고대 한반도에 있어서 중부지역(백제 전기지역)의 지명에도 적용되어 마땅하다. 따라서 이 중부지역 중 적어도 위 <도표1, 4>의 A지역의 지명은 기층면에서 고구려어 아닌 백제어와 깊은 관련이 있었던 것으로 추정할 수 있다.

한국의 고유지명을 중국식 2자 지명으로 개정한 최초의 인물로 신라 경덕왕을 지목하여 왔다. 물론 그 개정작업이 거국적으로 일시에 이루어진 점만을 기준으로 생각한다면 경덕왕의 소행이었다고 말할 수도 있다. 그렇다고 경덕왕 16년(757)의 개정작업이 곧 우리의 고유지명을 한어화(漢語化)한 최초의 행위였다고 믿어서는 안 된다. 우리의 고유지명에 대한 한역(漢譯)은 경덕왕 이전 삼국통일(660년 백제망, 668년 고구려망) 당시 혹은 그 이전부터 부분적으로 이루어져 왔기 때문이다. 가령

沙伐國 >上州(법흥왕 11년) >尙州(경덕왕 16년)
甘文小國 >靑州(진흥왕 18년) >開寧(경덕왕 16년)

등과 같이 경덕왕 이전에 이미 沙伐國이 上州로, 甘文小國이 靑州로

개정되었다. 이와 같은 개정사례가 「삼국사기」와 「삼국유사」의 내용 중에 많이 들어 있다.

일찍이 도수희(1987:30-33) 등에서 여러 번에 걸쳐 주장한 바와 같이 고구려의 광개토왕과 장수왕(391-491)이 국토를 최대한으로 확장한 뒤에 전국의 지명을 조정하고 고구려식 행정용으로 알맞게 개정하였을 가능성이 짙다. 여기서 우리는 일반적으로 지명을 개정하고 조정한 보편적인 경향을 내외사적인 면에서 다음과 같이 요약 참고할 필요가 있다.

첫째; 중국에서 지명이 체계적으로 정리된 시기는 진시황(秦始皇) 26년(221B.C.)부터이다. 진시황은 6국을 통일한 후에 비로소 전국을 36군으로 구분하고 郡명을 확정하였다.

둘째; 백제가 망한 후(660) 11년 만인 문무왕 11년(671)에 所夫里州, 동왕 15년(675)에 고구려의 南境까지(일찍이 신라가 점령한 백제의 失陷地)에 대하여 州郡을 두었고, 동왕 18년(678)에 비로소 武珍州를 두었다. 이처럼 산발적으로 연대를 달리하여 지명이 조정되었음은 그 영역이 완전히 확정되어짐에 따랐기 때문이다. 그리하여 문무왕이 삼국통일을 완수한 후 그 점령지가 어느 정도 안정된 시기에 이르러 신문왕 5년(685)에 비로소 전국을 9州로 分定하게 된다. 한편 「삼국사기」 권4 지증왕 6년(502) 조에 보면 이 때에 州郡縣의 制를 정하고 悉直州를 두어 異斯夫를 군주(軍主)로 삼았다고 하였으니 이 事實이 史實이라면 보다 183년 전의 일이 된다.

셋째; 당 나라 고종이 백제와 고구려를 평정한 후년인 서기 669년에 平壤에 安東都護府를 熊津에 熊津都督府를 두고 그 두 점령지를 분할하여 예속시킬 때에 지명을 조정하고 개정한 것도 비슷한 작업에 해당한다.

넷째; 고려가 후삼국을 통일하면서 태조 23년(940)에 전국의 지명을 조정하고 대폭적으로 개정한 사실도 같은 맥락에서의 작업이었다.

다섯째; 조선조에서도 태종 13년(1413) 에 행정 단위의 지명을 거국적으로 재조정하고 상당수의 지명을 개정하였다.

위에서 열거한 바와 같이 일반적으로 그 개정 요인이 국토의 통일이나, 새 왕조의 탄생이나, 영토의 대폭적인 확대의 경우에 발생하였던 사실을 확인할 수 있다. 위에서 예거한 통시적 사례들을 토대로 생각할 때 광개토대왕과 장수왕의 국토확장은 필연적으로 지명의 조정과 개정을 수반하게 된다. 그렇다면 위 父子왕 중 어느 왕 때에 개정되었을 것인가의 의문이 제기된다.

광개토대왕이 서기 397년에 백제의 漢水 以北까지 침공하여 무려 58개성 700촌이나 약탈한 사실을 우리는 대왕의 비문(414)에서 확인할 수 있다. 이 비문에 있는 지명 중 阿旦城 那旦城 模盧城 古莫耶羅城 彌鄒城 古牟婁城 등 대부분이 백제 지명을 그대로 나타내고 있으며, 이것들은 당 나라 고종 2년(669)의 鴨綠水 以北城地名(그 전 후지명 중 후자)과 비교할 때 많은 차이가 있다. 그럴 뿐만 아니라 각 지명이 오로지 '城'만 접미하고 있을 뿐 '州 郡 縣'은 접미하고 있지 않다. 그렇기 때문에 광개토대왕 당시에 문제(지리2)의 지명이 개정되지 않았음은 확실하다.

한편 장수왕이 백제의 漢忽(廣州)을 장악한 이후에 그 점령지역을 얼마나 오랫동안 고구려가 통치하였던가도 하나의 문제로 제기될 수 있다. 사실 백제는 잠시 후퇴하였을 뿐 절치부심하여 그 빼앗긴 땅을 복구하려고 끊임없이 북진하였고, 신라 역시 지속적인 북진을 도모하였던 것이니 두 나라의 북진협공으로 고구려는 오래지 않아 점령지역을 백제 혹은 신라에게 돌려주고 본래의 고구려 영토인 대동강 이북으로 복귀한다. ＇삼국사기＇(지리4) 의 서문에

長壽王十五年 移都平壤 歷年一百五十六年 平原王 二十八年 移都長安城 歷年八十三年 寶臧王二十七年而滅(장수왕 15년에 평양으로 도읍을 옮기고 156년을 지나 평원왕 28년에 장안성으로 도읍을 옮겼으며 83년을 지나 보장왕 27년에 망하였다).

와 같이 평양으로 도읍을 옮긴지 156년만에 다시 후퇴하여 보다 북부인 장안성으로 천도하였던 사실이 밝혀져 있다. 이는 백제와 신라의 북벌협공으로 어쩔 수 없이 移都한 것인데 前都 平壤이 위협을 받기 시작한 것은 보다 훨씬 앞서는 상황이었을 것으로 존속기간 156년 중 거의 절반은 불안한 상태에 해당할 것이다. 반면에 문주왕의 웅진 천도(475) 이후부터 고구려 망년(668)까지 이 중부 지역을 점유한 193년 동안은 오히려 신라의 점유 기간이 더 길다. 그렇다면 중부 지역의 지명에 관한 조정이나 개정이 신라에 의하여 이루어졌을 가능성도 전적으로 배제할 수 없다. 그러나 그럴 가능성이 거의 없음은 경덕왕이 지명을 조정하고 개정할 때에 기본을 삼은 지명들이 곧 최강 고구려 판도내의 것들이기 때문이다. 따라서 삼국사기 지리 4의 지명이 일찍이 조정 개정된 사실이 있었다면 그것은 분명 고구려의 소행인 것이고 그 시기는 장수왕이 漢忽(廣州)을 함락한 서기 475년부터 다음의 문자왕(492–518) 대까지의 사이가 아니었던가 한다.

우리는 이제까지 고구려에서의 지명 개정의 가능성을 여러 각도로 타진하여 보았다. 그러면 이제 삼국사기 지리 2,4의 지명 자료의 성격을 심도 있게 살펴볼 필요가 있다.

경덕왕이 백제와 고구려의 지명을 개정할 때에 참고로 한 기본자료는 지리 4의 것들이었다고 추정한다. 이른바 지리4의 고구려 지명은 165개 중 99개의 지명이 別名을 가지고 있다. 이에 비하여 지리4의 백제 지명은 147개 중 21개의 지명만이 別名을 갖고 있고, 지리1의 신라

지명은 134개 중 17개의 지명만이 별명을 갖고 있을 뿐이다. 이상 삼자 사이의 複地名의 비율은 고구려 : 백제 : 신라 = 57% : 14% : 13% 가 된다. 이와 같이 신라 지명(지리1)과 백제 지명(지리4)이 보유한 別地名이 고구려(지리4)의 그것에 비하여 4분지 1밖에 안 된다. 이 사실은 고구려가 남북으로 영토를 확장하고 전국 혹은 점령지역(확대지역)에 대하여 대대적인 지명 개정을 단행하였다는 증거인 것이다. 이른바 總章 2년(669)에 정리된 鴨綠水 이북의 32개 지명에서 ' 忽>城, 達>山, 押>岳, 甲>穴'과 같이 절대적으로 改定된 데 비하여 지리4의 고구려 지명은 그 개정 비율이 낮은 편이다. 그 개정(漢譯)率이 지리4의 것보 다 총장 2년의 것이 훨씬 높은 이유는 고구려에서의 지명 개정이 시대 별로 필요에 따라서 다른 규모로 이루어졌음을 알려주는 證左라 하겠 다. 양자의 지명 기록이 동일시기에 단행된 것이 아니라 「삼국사기」지 리2,4(경덕왕16년 757)의 지명이 총장 2년(669)것보다 88년이나 뒤지 기 때문이다. 만일 압록수 이북의 32개 지명이 '本云云'의 표현을 하지 않고 「삼국사기」지리4의 기록 방식으로

北夫餘城州 本助利非西 ⇒北扶餘城州 一云助利非西
節城 本蕪子忽 ⇒節城 一云蕪子忽

와 같이 기술하였다면 지리 4의 경우처럼 그 발생의 先後들을 알 수 없는 混記의 복지명이 된다. 반대로 지리4의 복지명이 총장 2년의 표 기방식을 택하여

國原城 一云未乙省 一云託長城 ⇒國原城 本未乙省(一云託長城)
於乙買串 一云泉井口 ⇒泉井口 本於乙買串

와 같이 표기하였다면 先後의 질서를 알리는 지명 개정이 된다. 더욱
이 總章 2년에 지명에 관한 앞서의 개정자를 인지하였더라면 유인궤
(劉仁軌)는 김부식(金富軾)의 표기 방법처럼

豊夫城 本肖巴忽 ⇒豊夫城 本肖巴忽 某王改名 今因之
新城州 本仇次忽 或云敦城 ⇒新城州 本仇次忽 或云敦城 某王改名 今因之

와 같이 표기하였을 것이다. 앞의 비교에서 우리는 지리 4의 복지명이
일찍이 개정된 사실을 알리는 증거로 삼을 수 있는 것이다.

위의 논의를 종합하여 판단하건대 비교적 안정권에 있었던 문자왕
(文咨王, 492-518)과 안장왕(安藏王, 519-529) 사이에 고구려의 최대
영토에 대한 행정 지명의 조정과 개정이 단행되었을 것임을 추정할
수 있으며 이 시기를 전후하여 일시적이든 단계적이든 대부분의 지명
들이 漢譯되었던 사실을 인지할 수 있는 것이다. 고구려가 당시
(492-529)에 한역하였던 것으로 추정되는 지명들을 삼국사기 지리
4에서 ①漢州·朔州(A지역)과 ②溟州(B지역)으로 나누어 다음에 옮
긴다.

①	백제(전)	>	고구려	백제(전)	>	고구려
	租波衣	>	鵂巖	漢忽	>	漢城
	首知衣	>	牛嶺	若只頭恥	>	朔頭-衣頭
	刀臘	>	雉嶽	屈於押	>	江西
	耶耶,夜牙	>	長淺城	也尸買	>	狌川
	要隱忽次	>	楊口	密波兮	>	三峴
	烏斯迴	>	猪足	馬忽	>	臂城
	首知	>	新知	冬音奈	>	休陰

達乙省	>	高烽	伏斯買	>	深川
皆次丁	>	王岐	別史波衣	>	平淮押
未乙省	>	國原城	冬斯肹	>	栗木
古斯也忽次	>	獐項	南買	>	南川
滅烏	>	駒城	省知買	>	述川
於斯買	>	橫川	去斯斬	>	楊根
買忽	>	水城	松村活達	>	釜山
古斯也忽次	>	獐項口	仇斯波衣	>	童子忽
皆伯	>	王逢,王迎	灘隱別	>	七重
於乙買串	>	泉井口	毛乙冬非	>	鐵圓
非勿	>	僧梁	功木達	>	熊閃山
於斯內	>	斧壤	阿珍押	>	窮嶽
古斯也忽次	>	獐項	泥沙波忽	>	麻田淺
烏阿忽	>	津臨城	甲比古次	>	穴口
達乙斬	>	高木根	買旦忽	>	水谷城
德頓忽	>	十谷	于次呑忽	>	五谷
內米忽	>	池城, 長池	古所於	>	獐塞
夫斯波衣	>	仇史峴	奈吐	>	大堤
今勿內	>	萬弩			

② 예맥	>	고구려	예맥	>	고구려
於乙買	>	泉井	首乙呑	>	庶谷
比烈忽	>	淺城	加知斤	>	東墟
			古衣浦	>	鵠浦
於支呑	>	翼谷	烏生波衣	>	猪守峴
金惱	>	休壤	沙非斤乙	>	赤木
斤尸波兮	>	文峴	馬斤押	>	大楊管

習比吞	>	習比谷	平珍波衣 >	平珍峴
助乙浦	>	道臨	買伊 >	水入
也次忽	>	母城	鳥斯押 >	猪迸穴
所勿達	>	僧山	加阿忽 >	迸城

(3) 필자는 지리 2의 지명을 A지역에 121개 지명의 위치와 B지역에 53개 지명의 위치를 하나 하나 찾아서 배치한 후에 분포도를 그리었다. 그리고 다시 고유지명의 지명소 특징을 중심으로 <도표 3>과 같은 분포도를 작성하였다. 그런데 이 작업 결과(<도표 3>)에서 뜻밖에도 아주 흥미로운 사실을 발견하게 되었다. 공교롭게도 중부지역 중 백제어(전) 지역(A지역)에 나타난 현상이 예맥어 지역(B지역 상부)와 가라어 지역(D-ⓓ)에만 조밀하게 나타나고 백제어(후) 지역(C지역)과 신라어 지역(D-ⓒ)에는 나타나지 않는다는 사실이다. 드디어 필자는 <도표 3>에 나타난 분포 특징에서 B지역의 상부를 예맥어 지역으로 추정할 단서를 잡게 되었고, 나아가서 C-ⓓ 지역을 가라어 지역으로 추정할 수 있는 단서를 잡게 되었다. 마치 중부 지역(A-ⓐⓑ)이 서기 475년까지 백제의 영토이었듯이 C-ⓓ 지역 또한 5세기 동안의 가라어 지역이었던 역사적 사실을 발견하게 된 것이다. 「삼국사기」는 백제어(전) 지역을 위장 은폐한 것보다 더 철저하게 가라사의 흔적을 지워버린 것이다. 이에서 필자는 「삼국유사」의 「가락국기」를 바탕으로 하여 6가라국의 영역을 복원하고, 복원된 판도 안에 이른바 지리 1의 신라 지명(군37+현98=135개 지명) 중에서 빼앗긴 가라 지명(군27+현66=93개 지명)을 찾아서 배치하여 도표를 그렸다. 그 지도의 영역이 곧 C-ⓓ의 범위에 해당한다.(도수희 1985d 참고)

3.

<도표 3>에 나타난 분포 특징을 이웃 나라말과 비교 고찰하면 상호 간의 친근 간계를 구체적으로 파악할 수 있게 된다.

3.1. 백제어(전)와 옥저·예맥어의 관계

옥저국은 한반도의 동북부 즉 현 함경도를 비롯한 그 이북 지역에 있었고, 그 이남 지역인 현 강능·철원을 중심으로 한 지역에 예맥국이 위치하였던 것으로 추정함이 일반적 통설이다. 이러한 추정은 중국의 고사서의 기록에 근거한 것이며 우리의 역사서도 동일 사료의 내용을 바탕으로 동일하게 기술하였을 뿐이다. 중국의 사서를 통하여 위 두 나라의 언어도 어렴풋이 알 수 있는데 거기에서 밝힌 내용은 옥저와 예맥이 부여계어를 사용하였던 것으로 되어 있다. 따라서 우리는 중국 역사서의 소박한 기록만을 토대로 옥저어·예맥어는 고구려어와 비슷하였던 것으로 추정하게 된다. 그러나 국내외 문헌에 위 두 나라에 대한 王曆 등의 구체적인 기사가 없기 때문에 왕명·인명·관직명조차도 알 길이 없다. 그리하여 예맥국이 위치하였던 지역의 옛 지명 자료를 바탕으로 아주 소박한 고찰에서 머무를 수밖에 없다.

필자는 위 <도표 1> B 지역의 북부 지역을 예맥국의 영토로 보고 거기에 산재하였던 지명을 「삼국사기」 지리 4에서 찾아서 배치하였다 (<도표 3>참고). 이 예맥의 지명들과 백제 전기 지명을 다음에서 비교 고찰키로 한다.

<도표 1>의 B 지역을 상·중·하로 구분할 때 상부와 중·하부 지역에 분포한 지명들의 특성이 대조적일 만큼 다르다. 필자는 B지역에 해당하는 53개 지명을 일일이 추정 배치한 결과에서 상부 지역이 조밀

(稠密)한 분포(1~31)를, 중·하부 지역이 그렇지 않음(32~53)을 확
인하였다. 넓이는 3분의 1도 안 되는 상부 지역인데 지명은 오히려 1.5
배(31:22) 정도 조밀하다. 보다 넓은 중·하부 지역의 지명이 조밀하지
않은 것은 이 지역이 인구 밀도가 낮은 신라의 변방이었기 때문으로
풀이할 수 있다. 그 북부의 반대 현상은 아마도 예맥의 근거(혹은 중
심)지였기 때문이었을 것이다. 이러한 추정을 어휘의 분포 특징이 뒷
받침하여 준다.

▲ 買(⇒水·井)　　　　　(※ ⇒는 漢譯 표시)

於乙買(⇒泉井), 買尸達(⇒蒜山), 買伊(⇒水入)(16~18)가 B의 상부
지역 북단에 분포하고 있다. 이것은 백제 전기어 지역에 흔하게 분포
되어 있는 점(1~15)과 같은 특성이어서 우리의 주목을 끈다.(<도표
3>의 ▲표 1~24 참고)

⊕ 達(⇒高·山)

昔達(⇒蘭山), 買尸達(⇒蒜山), 夫斯達(⇒松山), 加支達(⇒菁山), 達
忽(⇒高城), 所勿達(⇒僧山) 등의 6개 예(7~12)가 B의 上部 지역에 분
포되어 있다. 이는 A 지역의 6개 예(1~6)와 同數이어서 지역의 廣狹
대비로 따지면 오히려 조밀한 편이다(<도표3>의 ⊕표 1~12 참고).

★ 吐(⇒堤, 隄)

吐上(⇒隄上), 束吐(⇒揀隄) 등의 2개 예(4, 5)가 B의 상부 지역과 중
부 지역에 각각 위치하고 있다. A 지역에는 3개 예(1~3)가 나타난

다.(<도표 3>의 ★표 1~5 참고)

◉ 押(⇒岳, 嶽)

馬斤押(⇒長楊), 烏斯押(⇒猪迠穴) 등의 2개 예(6, 7)가 B의 상부 지역의 하단에 자리잡고 있다. A 지역에는 5개 예(1~5)가 나타난다. (<도표 3>의 ◉표 1~7 참고)

□ 波衣(兮)(⇒峴,嶺)

烏生波衣(⇒獬嶺), 斤尸波兮(⇒文峴), 平珍波衣(⇒平珍峴) 등의 3개 예(9~11)가 B의 상부 지역에 위치하고 있다. A 지역에는 무려 8개 예(1~8)나 산재하여 있다.(<도표 3>의 □표1~11참고)

吞·旦(⇒谷)

首乙吞(⇒ 㡡谷), 於支吞(⇒翼谷), 習比吞(⇒歙谷), 乙阿旦(⇒子春) 등의 4개 예 중 3개 예(④ ⑫)가 B의 상부 지역에 나타나고, 1개 예는 중부 지역의 하단과 A지역의 경계선에 나타난다. A지역에는 3개 예 (6, 14, 15)가 나타난다.

기타 동질성 지명소의 분포

① 4夫斯波衣(⇒松峴), 50扶蘇押(⇒松岳), 負兒岳(⇒松岳)의 '夫斯, 扶蘇, 負兒(부사)'가 ⑤夫斯達(⇒松山)의 '夫斯'(松)으로 나타난다.

② 102沙伏忽(⇒赤城)의 '沙伏'(赤)이 沙非斤乙(⇒赤木)의 '沙非'(赤)로 나

타난다.

③ 58達斤(?)乙斬(⇒高木根)의 '斤乙'(木)이 沙非斤乙(⇒赤木)의 '斤乙'
(木)로 나타난다.

④ 61甲比古次(⇒穴口), 甲忽(⇒穴城)(鴨 以北攻取三城 중에서)의 '甲
比~甲'(穴)이 29烏斯押(⇒猪守穴)의 '押'(穴)로 나타난다.

⑤ 53於乙買串(⇒泉井口)의 '於乙'(泉)이 ②於乙買(⇒泉井)의 '於乙'(泉)로
동일하게 나타난다.

위와 같이 예맥어의 지명소들은 백제(전) 지역(A@+ⓑ)에 분포한
지명소들과 동질적인 특징을 보인다. 이것들이 동일 지역(B 지역)의
중·하부 지역에는 존재치 않았던 점이 주목된다. 아마도 서로 언어차
가 있었기 때문이라고 볼 수 있다. 그런 반면에 A 지역과 동질성을
보인다는 사실은 백제어(전)와 예맥어가 동일계의 언어권에 공존하였
음을 증언하는 바라 하겠다.

3.2. 백제어(전)와 가라어의 관계

'삼국사기· 斯多含전에 "*tor(梁)은 가라어로 門이란 뜻이다"(旃檀
梁城門名 加羅語謂門爲梁云)라고 한 주석은 가라어가 한계어에 속하
였고, 따라서 신라어와 그 언어가 동일 계통이었을 것이라는 추정을
부인하는 단서가 될 수도 있다. 그리고 신라어와 차이가 있는 것처럼
주석한 것은 곧 한계어가 아니라는 의미로 받아들여질 수도 있다. 다
만 문장 수준의 보기를 들어놓고 신라어와 다르니 같으니 한 것이 아
니라 단어, 그것도 유일한 단어를 놓고 가라어라 하였으니, 오로지 이
한 단어만이 신라어와 다를 수 있다는 가능성을 역시 배제할 수 없다.
따라서 여기 *tor(門)과 비슷한 유형의 이질적(신라어와 비교하여) 특

성의 단어들을 더 많이 찾아야 한다. 서로 이질적인 어소로 대립하는 어휘의 양적인 확보는 곧 가라어의 성격을 규명하는 데에 유익할 것이기 때문이다.

▲ 買(mai=水 · 井 · 川) : 勿(mir=水)

<도표 3>에서 확인할 수 있는 바와 같이 '買'는 A-ⓐ 지역에 1개(▲표의 1), A-ⓑ 지역에 14개(▲표의 2~15), B 지역에 4개(▲표의 16~19), C 지역에 3개(▲표의 20~22), D-ⓓ 지역에 2개(▲표의 23~24)가 발견되는데 D-ⓒ 지역(신라)에서는 발견되지 않는다. 이와 같은 사실은 '買'의 언어적 성격이 비부여계일 가능성을 보인 증좌일 수도 있다. 물론 중부 지역의 지명은 비교적 풍부하게 남겨졌는데에 반하여, 본래의 고구려 영토인 E 지역은 보다 훨씬 광활한데도 불구하고 그 남겨진 지명은 이른바 압록수 이북의 32개 지명뿐이어서, 양쪽을 균등한 자료로 보고 비교할 수 없어 불안하다. 그러나 '買'와 거의 동률로 나타나는 '勿'이 E 지역에 다수 나타나는데도 불구하고 '買'의 부재현상은 그 분포가 중부 이남에 국한되었던 사실로 받아들임 직한 것이다. 그리고 이 '買'가 신라 지역에서 발견되지 않음이 기이하다. 하기야 다음에 소개할 '勿'(mir)도 본래의 신라 지역(D-ⓒ)에서는 발견되지 않으니 이 두 어형에 대한 존재 여부를 논할 길이 막힌다. 그러나 '勿'이 A 지역에 1개, C 지역에 3개, D-ⓓ 지역에 1개가 분포되어 있었으니, 대체적으로 남부 지역에 분포한 존재로 볼 수 있으며, A 지역의 1 예는 남에서 북진한 듯이 보인다. 우리의 주목을 끄는 바는 가라어에 이미 서로 다른 두 어형이 사용되었다는 사실이다.

또 『삼국유사』(권 2)를 보면

居叱彌王 一作今勿(왕력 제1), 麻品王 一云馬品金氏……生太子居叱彌, 居
叱彌 一云今勿金氏

와 같은 내용이 있는데 만일 여기 '彌·勿'이 '水'를 뜻하였다면 같은 뜻
을 지닌 두 어형의 존재를 또 하나 추가하게 된다. '彌'는 고대 한자음
으로 'mii'이기 때문이다. 요컨대 A·B 지역의 언어 요소와 C·D 지
역의 언어 요소가 혼용되었음이 특이한 것으로 지적될 수 있다.

$\oplus$ 達(tar=高·山) : moy(<mori=山)

'達'은 A-ⓐ 지역에 1개, A-ⓑ 지역에 5개($\oplus$표의 2-6), B 지역에
6개($\oplus$표의 7~12), D-ⓓ 지역에 4개($\oplus$표의 13~16, 특히 13~15는
고구려의 점령선에 인접한 사실을 유의할 것)가 유기적인 분포를 보이
고 있다.
이 '達'은 E 지역에서도 '非達忽, 加尸達忽'과 같이 2개가 발견된다.
이 '達'은 한계어의 *mori>moy(山)와 대응되므로 주목된다.

$\bigstar$ 吐(tu=堤)

堤(둑)를 뜻하는 이 어미가 A-ⓑ 지역에 3개($\bigstar$표의 1~3), B 지역
에 2개($\bigstar$표의 4~5), 그리고 D-ⓓ 지역에 1개가 나타난다. 공교롭게
도 이것이 C 지역과 D-ⓒ 지역에서는 발견되지 않는다. 그리하여 이
것에 대응하는 한계어가 무엇인지 알 수 없다. 중세국어의 '두듥'과 현
재의 '뚝'이 '吐'에서 발달한 듯하다.

$\bullet$ 密(mir=三) : 悉(siri>siØi>səy=三)

숫자 3을 뜻하는 '密'이 A-ⓑ 지역과 B 지역의 접경에 1개, D-ⓓ지역에 5개(●표의 2~6)가 흩어져 있다. 그런데 한계어로 추정되는 '悉(sir~siri, 悉直>三陟)'이 역시 3의 뜻으로 B 지역에 나타난다. 동일한 B 지역, 그것도 아주 가까운 거리에 '密'과 '悉'이 공존한다는 것은 매우 흥미로운 일이다.

⑤ 一利(iri=星) : 八居~八里(pyəri=星)

별을 뜻하는 어휘 '一利'가 가라의 옛 터전인 D-ⓓ 지역에서 발견된다. 비록 유일한 예이긴 하지만 이것은 가라어의 성격을 규명하는 데에 매우 중요한 의미를 부여한다. 아직도 낙동강 상류천을 '이리내'(一利川~星川)이라고 부르는바 이것은 중세국어의 '별'과 다름을 보이기 때문이다(<도표 3>의 D-ⓓ 지역의 번호없는 △).

◎ 薩(sar=青) : 古良(kora=青)

이 '薩'은 青 혹은 淸을 뜻하는 지명소인데, A-ⓐ 지역에서 약간 벗어난 북쪽에 1개(이른바 薩水=淸川江), A-ⓑ 지역에 1개, D-ⓓ 지역에 3개(◎표의 3~5), B 지역의 하단에 1개가 나타난다. 고구려 본기에서 발견되는 '설하수'(薛賀水) 또한 '살하수'(薩賀水)일 것이다. 이것은 C 지역에서 '古良'(古良夫里 > 青陽)과 대응된다.

■ 熊(koma)

이 지명소는 A-ⓐ 지역에 1개, A-ⓑ 지역에 1개, C 지역에 2개(■표의 3~4), D-ⓓ 지역에 1개가 분포되어 있다. '고마'(熊)의 근원지가 중부 지역인데 D-ⓓ 지역에까지 하강하여 있는 점이 주목된다.(<도표 3>에서 ■표 참고).

⑧ 押(ap=岳, 嶽)

'押'은 '岳, 嶽'을 의미하는 접미 지명소인데, 이것이 A-ⓐ 지역에 3개(●표의 1, 2, 4), A-ⓑ 지역에 2개(●표의 3, 5), B 지역에 2개(●표의 6, 7), D-ⓓ 지역에 2개(●표의 8, 9)가 나타난다. 그런데 C 지역과 D-ⓒ 지역에는 1예도 발견되지 않는다. 그러나 E 지역에서는 '居尸押, 骨尸押'과 같이 2개가 발견된다. 이는 북쪽에서 남쪽으로 들어온 어휘인 듯하다.(<도표 3>에서 ●표 참고).

□ 波衣(paiy=岩, 峴)

바위와 고개를 뜻하는 접미 지명소가 A-ⓐ 지역에 3개(□표의 1~3), A-ⓑ 지역에 5개(□표의 4~8), B 지역에 3개(□표의 9~11)가 분포되어 있을 뿐, 기타 지역(C, D, E 지역)의 지명에서는 발견되지 않는다. 그렇다면 이들 '波衣~波兮~波害~巴衣'는 중부 지역에서만 분포하였던 아주 특수한 어휘로 한(韓)계어와 다른 성질의 것이었던가? 그러면 이에 대응되는 한계어는 무엇이었던가? 중세국어에서 우리는 '구무바회:孔巖(ㆍ용비어천가 3:13), 즈믄바회:千巖(ㆍ두시언해 1:27),바회암:巖(ㆍ훈몽자회 상3)'과 같이 '바회'(岩)를 발견한다. 이 중세국어의 '바회'가 곧 앞에서 소개한 '波衣'에 소급되는 것인가?

백제어(전)와 가라어의 상관성 문제:
어떤 두 언어가 서로 친근성을 보일 때 우리는 그 둘 사이에 맺어진 관계가 계통적으로 자매성을 지닌 것인가, 아니면 서로의 교섭에 의하여 이루어진 언어 교류의 결과인가를 판별하기가 매우 힘들다. 백제어 (전)와 고대 일본어와의 어휘 비교에서도 여러 면에서 유사성을 발견하게 되는데, 역시 그것들이 계통이 같은 데서 유산으로 물려받은 동질성인지, 아니면 언어 교섭의 결과로 생겨난 유사성인지를 신중히 검토할 필요가 있다. 설령 두 언어가 계통을 같이한다 하여도 긴 역사 속에서 계통이 서로 다른 언어로 오해할 만큼 소원하여진 단계에 이르러, 적극적인 언어 교섭으로 어휘의 유사성을 띠게 되었다고 가정하자. 그럼에도 불구하고 또한 오랜 세월이 흐르면 옛날의 언어 교섭 사실이 감추어져 그 유사성을 계통적인 속성으로 오인할 수도 있게 된다. 이런 상황에 놓여 있는 언어가 곧 가라어의 특징이 아닌가 한다. 앞의 ①~⑨까지의 어휘 비교에서 우리는 A·B 지역과 D-ⓓ 지역 사이에서 여러 가지 동질적인 요소들을 많이 발견하였다. 어찌하여 앞의 <그림 3>에서 확인할 수 있는 바와 같이 A·B 지역의 특징이 C와 D-ⓒ 지역에는 없고 유독 D-ⓓ 지역에만 뿌리박혀 있는 것인가? 이 의문을 우리는 두 측면에서 풀 수 있다. 그 하나는 가라어(D-ⓓ 지역)의 계통이 백제어(전)(A 지역어)와 같았기 때문이라는 해답이다. 다른 하나는 백제 전기 시대에 백제와 가라가 매우 긴밀한 국교를 가지고 모든 면에서 적극적인 교섭을 한 것이라는 해답이다. 여기서 필자는 후자에 더욱 역점을 주고자 한다. 도수희(1985d)에서 이미 밝혔지만, 백제가 일본에 문물을 전한 시기가 현 경기도 광주(廣州)에 서울을 둔 백제의 전기였다. 이 때에 백제의 선진 문화가 일본으로 물밀듯 밀려 갔던 것인데, 그 때에 백제와 일본을 이어 주는 교량역할을 한 나라가 곧 가라국이었던 것이다. 서로 자매적일 만큼 친숙하게 국교가 맺어지지 않고는 그렇듯 교량국이 될 수 없는 것이다. 이런 저런일로 백제와 가라는 형제국이 아니었던가 한다. 두 나라의 문화 교류는 곧 언어의

교류를 뜻한다. 일찍이 보다 선진의 위치에 있었던 백제는 가라와의
언어교섭에서 백제어(전)를 가라어에 깊숙이 침투시킨 것이 아니었던
가 한다. 왜냐하면 우리가 한 언어의 특징을 상고할 때 한 가지 특징에
만 지나치게 생각이 편중되면 그것과 대응되는 이질적인 특징들에 대
한 생각에서 벗어나게 되는 경향이 있다. 이제까지 우리는 가라어 지
역에서 중부 지역의 언어적 특징을 발견하려고 노력하였다. 그 결과로
역시 여러 가지 유사점을 찾은 것만은 사실이다. 그러나 가라어의 자
료에도 A · B 지역어의 특징과는 다른 이질성이 또 있음을 버려서는
안 된다. 가령 앞에서 제시한 가라 지역의 지명 중에서 '加羅 : 徐羅'
'加耶 : 徐耶'의 '羅'와 '耶'는 서로 닮아 있는 것이다. '沙伐 : 徐伐' 역시
닮은꼴이다. '星'에 대한 의미로 쓰인 '一利'와 '八里'의 공존 현상은 무
엇을 의미하는 것인가? 여기서 우리가 중부 지역에서도 씌었음직한
'一利'(iri)만 우대하고 남부 지역에서 씌었을 것으로 생각되는 '八
里'(pyəri)는 하대할 것인가? 도대체 iri에 대응하는 pyəri의 존재는 무
엇인가? 신라 지역에서 흔하게 발견되는 '火~伐'(pir)이 가라어 지역
에서도 많이 발견된다. 그리고 수사체계도 백제어(전)에 해당하는
'密'(mir=三)이 가라어 지역에서 여러 번 확인되나 이것도 한계어로는
'悉'(siri>siØi>səy=三)이었던 것인데, 이것 역시 두 체계의 공존을 암
시하는 존재이다. 이 밖에도 '勿'(mir=水), '居柒'(kəcir=荒), '巨
老'(kəro=鵝) 등등 한계어에 해당할 것으로 보이는 어휘들이 많이 발견
되는 것이다. 이처럼 언어의 특징이 두 갈래로 분류되는데, 이 둘 중
어느 것이 기층어이고 어느 것이 침투된 언어인지를 현재의 필자로서
는 명백히 분간할 수가 없다. 따라서 보다 깊은 연구를 위하여 후일로
미루어 둘 수밖에 없지만, 그런 대로 여기서 성급한 예측을 한다면, 가
라어의 지역이 남부이고 그 선대의 언어가 변한어일 가능성을 전제로
할 때 본바탕은 한계를 벗어날 수 없지 않겠느냐는 점이 강조 될 수

있으리라 믿는다. 따라서 가라어에 나타나는 동질성은 선진 백제문화
의 유입과정에 침투된 차용관계일 것으로 잠정적인 결론을 내려 둔다.

3.3. 백제어(전)와 고대 일본어의 관계

백제가 고대 일본에 문물을 전하기 시작한 시기가 현재의 경기도
광주에 수도를 둔 전기 시대이었다. 이 시기에 백제의 선진문화가 일
본으로 홍수처럼 동류하였던 것인데 그 때에 백제와 일본을 이어 주는
교량역할을 한 나라가 곧 가라국이었던 것이다. 서로 자매적일 만큼
친숙하게 교린(交隣)되어 있지 않고서는 그렇듯 교량국이 될 수 없는
것이라 하겠다. 따라서 백제와 가라는 가까운 형제국의 사이였음이 틀
림없다. 두 나라의 적극적인 문화교류는 곧 언어의 교류를 의미한다.
이러한 언어교섭을 통하여 보다 선진의 위치에 있었던 백제는 스스로
의 언어(전)를 가라국을 통하여 일본어에 침투시킨 것이라 추정한다.
다음에 대응 가능성이 있을 것으로 추정되는 어휘를 '백제어(전):일본
어'의 형식으로 열거한다.

1.買(mai=水・泉・井) : mitsu(=水)

2.達(tar<*talu<*talou<*talku=高・山):take/taka

　　(*taoke/*taoka-<*talke/talka)=嶽・高))

3.買尸(mairi=蒜) : mira(=蒜)　　　　4.古斯也(*kusaja=獐):*kuzika(獐)

5.於乙(ər=泉) : itsu(=泉)　　　　　6.泥沙(nisa=麻) : asa(=麻)

7.pa(=田) : hatake(=田)　　　　　　8.as/əs(=橫) : joko(=橫)

9.沙非(sapi=赤) : sabi(=錆)　　　　10.斤乙(kir=木) : ki(=木)

11.仇斯(kus/kusε=童子):ko(=子)　　12.內/奴(nai/no=壤) : na/no(地/野)

13.功木(koma=熊) : kuma/koma(=熊)　14.刀臘(tora/tori=雉) : tori(=鳥)

15.也尸(jasi=狼)：inu(=犬)　　16.內米(nami=池)：nami(波)

17.烏阿(tjoa=臨/接)：tsu(=接)　18.伏斯(poksa=深)：fuka(=深)

19.耶耶/夜牙(jaja/jaa=淺)：asa(=淺)　20.別吏(pjəri=平)：hira(=平原)

21.述尒(suri=峰) ：siro(=峰)　　22.別(pjər=重)：fe(=重)

23.古次/忽次(hurci/kurci/kuci=口/串):kuci(=口)/kusi(=串)

24.古斯(kosa=玉)：kusiro(=釧)　25.頓/旦/呑(tan/tun=谷):tani(=谷)

26.今勿(kimmir=黑)：kuro(=黑色)　27.密(mir=三)：mi(=三)

28.于次(uts=五)：itsu(=五)　　29.難隱(nanin=七)：nana(=七)

30.德(tək=十)：töwö(=十)

　지금까지 필자는 백제어(전)를 중심으로 일본어와 대응되는 어휘만
을 선택하여 비교고찰한 결과 유사성이 있음을 확인하였다. 이 유사성
을 근거로 일인 新村出(1916)이래 모든 학자들이 고구려어와의 친근
관계임을 주장하여 왔다. 그러나 필자는 1979-1980년 이래로 백제어
(전)와의 관계임을 역설하여 왔다. 일본어와의 비교 대상인 중부 지역
의 언어가 고구려어 아닌 백제어(전)이기 때문이다.

　위에서 비교 고찰한 대응 어휘가 30개나 된다. 그 대부분이 명사에
해당하는 것들이라는데 우리는 주목할 필요가 있다. 또한 '三. 五, 七,
十'의 수사가 닮은꼴임을 지극히 주목한다. 이 두 가지 사실은 백제어
와 일본어의 관계를 규명하는데 있어서 양국어의 동계 혹은 비동계의
문제를 떠나서 우선 차용관계를 생각하게 한다. 상호 차용관계가 아니
고서 그렇게 가까운 근사치를 나타낼 수 있을까? 하는 의문이 들기
때문이다.

　그 동안 일본 학자들이 양국어가 동계임을 주장하는 강력한 뒷받침
이 '三, 五, 七, 十'에 대한 수사이었다. 만일 백제어(전)의 나머지 '一,
二, 四, 六, 八, 九'의 수사 역시 지명에서 발견된다면 이것들 또한 일본

어의 수사(一, 二, 四, 六, 八, 九)와 동일형이었을 가능성은 아주 짙은 것이다. 만일 나머지마저 닮은꼴이라고 가정하여 놓고 따져 보도록 하자. 그렇다고 전제하여도 우리는 同系라는 주장에 선뜻 수긍할 수가 없게 된다. 왜냐하면 '수사체계'는 얼마든지 차용될 수 있기 때문이다. 한국어가 어느 시긴가 '一, 二, 三, 四, 五, 六, 八, 九, 十'의 수사체계를 중국어에서 차용하였고, 일본어 역시 동일한 차용체계를 사용하고 있다. 필자는 이러한 언어현실에 근거하여 고대에 있어서의 그럴 가능성을 배제할 수 없는 것이다. 이미 나타난 'mir(三), uč(五), nanin(七), tək(十)' 등이 이른바 동계어로 지목하고 있는 알타이어와의 비교에서 외형상 거의 상이함을 보이는데 (여진어의 nadan(七)만을 제외하고는) 오히려 일본어의 'mi(三), itsu(五), nana(七), töwö(十)'는 그렇지 않다는 사실이다. 오히려 지나칠 만큼 짙은 상사성 때문에 일본어가 백제어(전)의 수사체계를 차용한 것이 아닌가 의심을 품게 한다. 더욱이 그것이 백제어(전)에서만 사용되었을 뿐 그 이후에는 전하여지지 않아 현대국어의 수사체계와도 다르다는 점을 주목하게 된다. 만일 일본어가 그것을 차용하지 않았다면 그것은 한반도로부터 건너간 도래인(渡來人)들이 일본에 있어서의 기본어족이 되어 내내 스스로의 수사체계를 그곳에 이식성장(移植盛長)시킨 결과라 하겠다.

어떤 두 언어가 상호 친근성을 보일 때 우리는 그 둘 사이에 맺어진 관계가 계통적으로 자매성을 띤 것인가, 아니면 서로의 교섭에 의하여 이루어진 결과인가를 판별하기가 매우 어렵다. 위의 고대 한국어와 고대 일본어와의 어휘비교에서도 여러 면에서 유사성을 발견하게 되는데 역시 그것들이 계통이 같은 데서 물려받은 동질성인지, 아니면 언어교섭의 결과로 생겨난 유사성인지를 신중히 검토할 필요가 있다. 설령 두 언어가 계통을 같이한다 하여도 긴 역사 속에서 계통이 서로 다른 언어로 오인할 만큼 소원(疏遠)하여진 단계에 이르러 적극적인 언어교섭으로 어휘의 유사성을 띠게 되었다고 가정하자. 그럼에도 불구하고 또한 오랜 세월이 흐르면 옛날의 언어교섭 사실이 감추어져 그 유사성이 계통적인 속성으로 오인될 수도 있게 된다. 이런 상황에 놓여 있는 두 언어가 곧 백제어(전)와 고대 일본어의 관계가 아닌가 한다.

4.

삼한어는 국어사에서 중요한 위치에 있으면서도 연구의 대상에서는 거의 소외되어 왔다. 연구에 필요한 자료가 너무나 부족하다는 이유 때문이었다. 이 언어에 대한 그 동안의 관심은 오로지 국어계통론에서 고대 국어의 한 단계를 메우는 데에 고정되어 있었을 뿐이다. 이른바 고대 국어의 전단계를 설정하는 데 있어서 부여계와 한계의 분기점으로부터 한계의 세 지파어로 지목되는데 머물렀다.

실로 국어사에서 삼한어는 적극적으로 연구하여야 할 우선적인 대상이다. 삼한이 신라·백제·가라가 기원하기 전 단계로서의 역사성을 지니고 있을 뿐만 아니라 삼한어가 물려준 언어자료가 확보되어 있기 때문이다.

천행으로 중국 측 고사서에 등기되어 전하여진 변·진 24국명을 비롯한 마한 54국명과 우리의 고대 지명, 인명, 관직명 등은 국어사 연구의 상한을 가장 이른 시기로 끌어 올릴 수 있는 첫 단계의 언어 자료라는 데 깊은 의미가 있다. 이렇듯 귀중한 자료가 국사학계의 고대사 연구에서는 소중하게 다루어져 왔다. 그런데 국어사학계에서는 외면해 온 사실이 지극히 의아스럽기도 하다. 그러나 삼한의 언어재는 추정이 가능란 최초 단계의 고대 국어의 모습을 규지할 수 있도록 공헌한다. 따라서 삼한의 지명 자료는 국어사의 시대구분에 있어서 첫 단계의 기점을 그 동안 삼국 시대에 두었던 고대 국어의 시발기에서 삼한 시대로 당겨 올릴 수 있게 한다. 그리하여 중세 국어와 마찬가지로 전기와 후기로 양분할 수 있도록 뒷받침하여 준다.

마한어가 대략 기원전 3세기에 비롯된 것 같이 진한·변한어 역시 비슷한 시기에 기원하였을 것으로 추정한다. 서주인(300B.C.-?)의 저술인 「상서」에 '한'(駻)이 보이며 사마천의 「사기」에 중국(衆國)이 나타난다. 그리고 「한서」에서도 진국(辰國)이 보이며 또한 「만주원류고」(권2)는 삼한의 통명(統名)인 '진국'이 이미 한초부터 보인다고 기술하였다. 그러다가 「후한서」에 드디어 삼한 78국명이 구체적으로 나타난다. 서기 25년에 후한이 시작되었으니 비록 그 국명들을 일일이 거명한 기록은 좀 늦었지만 78국에 대한 존재는 보다 3세기 이상 앞섰던 것으로 추정하여도 무방할 것이다.

실로 변한·진한어가 300B.C.경부터 출발하였을 것으로 추정하는데에 도움이 되는 또 다른 근거가 변·진한의 고지에서 최근에 발굴된 유물에 있다. 잘 알려진 바와 같이 경상남도 의창군 다호리 고분에서 발굴된 변한의 각종 유물은 漢나라 때에 이미 변한·진한의 문화가 높은 수준에 있었음을 증언하는 바라 하겠다.

앞에서 소개한 지하에서 발굴된 변·진한의 유물로 보아 대략 기원전 3세기부터 찬란한 문화를 이룩하는데 기여하여 온 변·진한의 언어는 드디어 신라와 가라의 흥기로 말미암아 서서히 변혁을 입게 된다. 그러나 마한·진한의 종말이 일시적인 것은 결코 아니다. 마한·진한의 政體가 단일국의 체제가 아니었기 때문에 하나 하나 개별적으로 멸망한 사실을 상기해야 한다. 진한이 사로국을 중심으로 한 6촌의 결합이었으며, 가라 역시 변한의 12국이 6가라국으로 각각 재편됨에 따라 두 나라가 한 나라로 통합되는 절차를 밟았던 것이다.

고대 한반도에 있어서 부족국의 병합 과정은 지극히 점진적이었다.

백제가 중부 지역에 위치하였던 위례국(慰禮國)에서 흥기하여 인근의 부족국을 하나씩 병합해 나감으로써 그 세력이 점점 커짐에 따라서 결국은 근초고왕대(A.D.346-375)에 이르러서야 비로소 마한을 완전히 통합하였다. 신라도 처음에는 6촌을 결속하여 흥기한 왜소한 모체(사로국)이었는데 그 세력이 점점 강하여짐에 따라 점차적으로 이웃의 부족국을 하나 하나 병합하였던 사실이「삼국사기」등의 고문헌에서 다음과 같이 확인된다.

신라는 탈해이사금 때(A.D.57-59)에 거도간으로 하여금 '우시산국'·'거칠산국'을 병탄케 함을 시작으로 이어서 파사이사금 23년(A.D.102)에는 '음집벌국'·'실직곡국'·'압독국'을 병탄하였고 동왕 29년(A.D.108)에는 '비지국'·'다벌국'·'초팔국'을 병합하였다. 또한 벌휴이사금 2년(A.D.185)에는 '소문국'을, 조분이사금 2년(A.D.231)에는 '감소문국'을, 동왕 7년(A.D.236)에는 '골벌국'을 병합하였고, 첨해이사금 시대(A.D.247-261)에 와서야 '사벌국'을 공취하였다. 지증마립간 13년(A.D.512)에 '우산국'(현 울릉도)이 귀복하였다. 특히 유례이사금 14년(A.D.297)에는 '이서고국'이 금성을 내공하였다고 기록하였으니 이로 미루어 볼 때 A.D.297년까지도 상당수 남아 있었음을 짐작할 수 있다.

위에서 밝힌 신라의 인국병탄사를 통하여 보건대 신라는 서기 57-79년부터 지속적으로 진한의 여러 나라들을 병합하였던 것이다. 그러나 기타의 나라들에 대하여는 병합한 사실이 기록으로 남지 않았기 때문에 그 수가 얼마이었는지 알 수가 없다. 한편 위에서 열거한 병합국들이 중국 고사서에서 발견된 진한의 제국명과 비교하건대 많은 차이가 드러난다. 이는 후대로 내려오면서 정체의 변혁, 그 영역의 축소, 확대 등 여러 가지 사정 때문에 각국의 원형이 몰라볼 정도로 마모된 것이라 하겠다.

위와 같은 이면적인 내막을 감안할 때 진한어사는 도수희(1987a:127

-130)에서 설정한 마한어사에 준하여 대략 기원전 3세기로부터 기산하여 기원후 3세기까지 약 6세기간으로 봄이 타당할 듯하다.

이렇게 마한·진한어사를 약 6세기간으로 잡을 때 전기 3세기간은 삼한어 시대에 속하며 후기 3세기간은 백제어·신라어와 공존한 시기에 속하게 된다. 따라서 마한·진한어사는 고대 국어의 시기에 있어서 그 전후가 인국어사와 공존하는 시기가 있었음을 상정할 수 있게 된다.

4.1. 고대국어의 시대 구분에 대한 문제

국어사 시대 구분에 있어서 중층부(중세국어)와 하층부(근세국어)는 거의 완성되었다. 그러나 상층부(고대 국어)는 아직 미완성에 머물러 있다. 머리 부분인 고대 국어의 시대 구분이 형성되어야 아직은 불구인 국어사 시대 구분이 완성될 수 있을 것이다. 필자가 여러 차례 (1987a:129, 1990a:45, 1993a:134) 제의한 아래의 '고대 국어 시대 구분'이 인정되려면 '삼한어 연구'와 '고구려·예맥어 연구'가 선행되어야 하고 아울러 '발해어 연구'까지 이루어져야 가능할 수 있다. 필자는 수 년 내에 '삼한어 연구'를 발간하기 위해서 저술하고 있다. '고구려·예맥어 연구'도 진행 중이다. '고대 국어의 시대 구분에 대하여'란 논문도 완성되는 대로 발표할 예정이다. 모두가 아래의 시대 구분을 설정케 하는 연구가 된다.

고대 국어의 시대 구분

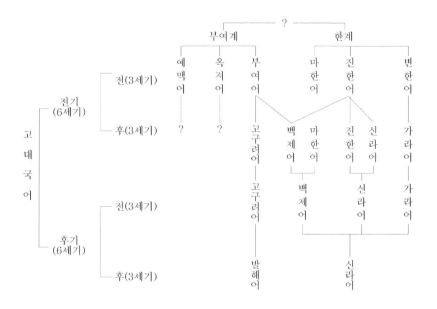

5.

5.1. 지명어 음운론

15세기 국어에서 순경음 'ㅸ'과 'ㄱ'탈락에 대한 분포 지역의 파악은 『용비어천가』의 지명주석에 의해서만 가능하다.

(1) 순경음 'ㅸ'의 분포: 지명어의 음운 현상을 이해할 수 있도록 구체적으로 표기한 자료는 『용(비어천)가』 지명주석의 한글표기 지명이다. 가령 '竹田, 淵遷, 滓蘗洞, 粟村' 만으로는 분명히 알 수 없었던 고유어 지명들을 '대밭, 쇠벼룩, 지벽골, 조크볼'과 같이 현지 발음을 구체적인 표기로 나타내 주었기 때문이다. 이 지명 자료는 'ㅸ'의 존재뿐만

아니라 그것이 분포하고 있었던 지역을 알려 주기 때문에 소중하다. 실상 'ㅸ'이 15세기의 초기 문헌에서 발견되기는 하지만 이들 문헌 자료의 'ㅸ'은 분포 지역을 파악할 수 있도록 안내하지는 않다. 그러나 지명어에 나타난 'ㅸ'은 그것이 사용된 지역어를 반영하기 때문에 표기 당시의 방언적인 성격을 띤다. 가령 '대밭'은 "在瑞興府西三十里"라 하였으니 현 황해도의 중심부에 위치하였다. 다음 '쇠벼ᄅ'는 경기도에, '지벽골'은 경기도 抱川郡에 위치하였다. 그리고 '조ᄏᄫᆯ'은 경기도 豊德郡의 북쪽 15리에 있었다. 지명어의 'ㅸ'은 주로 경기도를 중심으로 한 중앙어 지역에 분포하고 있었음이 확인된다. 아울러 황해도 지역까지 확산되어 있었음을 알 수 있다.

(2) 'ㄱ'탈락의 분포: 아래 예 중 ①의 '개(浦)'가 ②지역에서는 '애'(浦)로 변화하였음을 확인할 수 있다. 「용가」지명주석에 '돌개 石浦'(「용가」9장, 一, 38), '졸애 照浦'(「용가」43장, 六, 37)에서 우리는 ①의 '개(浦)'가 ②지역에는 '애'(浦)로 변화하였음을 확인할 수 있다. 「용가」지명주석에 '돌개 石浦'(「용가」9장, 一, 38), '졸애 照浦'(「용가」43장, 六, 37)와 같이 동일 환경인데도 '浦'의 훈이 '개'와 '애'로 다르게 나타나기 때문이다. 이는 지역적으로 지명어의 음운 변화가 다르게 분포하고 있었던 사실을 증언하는 것이라 하겠다.

① 합개 合浦(「용가」9장, 一, 49)　② 비애 梨浦 (「용가」14장, 三, 37)
　ᄌᆞᆸ개 助邑浦(「용가」12장, 二, 22)　졸애 照浦 (「용가」43장, 六, 37)
　돌개 石浦(「용가」9장, 一, 38)　몰애오개 沙峴(「용가」9장, 一, 49)

5.2. 지명어 의미론

(1) 지명소의 참여 위치별 의미분화

買(mʌi)：水(믈)·川(나리~내)·井(우믈)

① 買伊：水入　　　買旦忽：水谷城

　　買忽：水城　　　買珍伊：溟珍

어두 위치에서의 '買'의 뜻은 '水'임을 알 수 있다.

② 伊珍買：伊川　　　內乙買：沙川

　　伏斯買：深川　　　也尸買：川

　　南　買：南川　　　省知買：述川

　　於斯買：橫川　　　薩　買：靑川

어말 위치에서의 '買'는 '川'의 뜻을 나타낸다.

③ 於乙買：泉井　　　於乙買串：泉井口

어중(?) 위치에서는 '買'의 뜻이 '井'이다. 요컨대 '買'의 뜻은 분포환
경에 의해 '水·川·井'으로 분류되는 유의어 내지는 동음이의어의 관
계가 있다.

達(tar)：高(높-)·山(뫼)

① 達乙城：高峰　　　達乙斬：高木根

　　達忽：高城

어두 위치에서 '達'은 '高'의 뜻이었다.

② 息　達：土山　　　烏斯含達：兎山

功木達 : 功城   夫斯 達 : 松山
買尸達 : 蒜山   所勿 達 : 僧山

　어말 위치의 '達'은 '山'의 뜻이다.

　비록 드문 예이지만 '*hansyəpirhan'(大角干=大舒發翰)이 조어되고 또다시 'han2+han1+syəpirhan'(太大角干)이 조어되어 김유신 장군을 드높여 부른 일이 있다. 이런 경우에 자칫하면 'han2'가 'han1'을 한정하는 관형어형으로 보고 'han1'이 피한정어 즉 명사가 아닌가 착각할 수도 있다. 그러나 그렇지 않음이 다음 조어 도식에서 판명된다. 三韓 (마한·진한·변한)의 '한'(韓)의 의미를 '大·多'에만 고정시켜 왔기 때문에 어휘 구성에서 그것의 분포위치에 따라서 의미가 달라지는 사실에 대하여는 유심히 살펴보려 하지 않았다. 그러나 '한'이 조어에 참여하는 위치를 바탕으로 따져나가야 비로소 '한'의 두 뿌리를 찾을 수 있을 것이다.

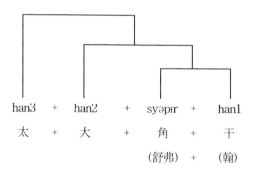

　위와 같이 'han3'는 'han2+syəpir+han1'(大角干) 전체를 한정하기 때문에 어두 위치의 'han3, han2'은 결코 독립어사로 기능할 수 없는 부속성분일 뿐이다. 따라서 어두의 '한'과 어미의 '한'은 서로 이질적인

두 뿌리를 갖는 하나의 얼굴이다. 그 동안 일반적으로 三韓에서 '韓'의 뜻도 '大·多'의 의미일 것으로 착각하여 왔다. 그러나 '한'의 최초 표기어인 '馯'을 '扶餘·高句麗·貊'과 동등한 國名(부족명)이라 하였다. 그렇다면 '韓'은 고유명사이다. '韓'이 피한정어의 자리에 있음도 그것이 명사임을 스스로 증언한다. 따라서 三韓의 '한'은 '大'를 뜻하는 관형어가 아니다. '部族·群衆·君長' 등을 의미하는 고유명사이었을 것으로 추정한다.(도수희:1999a, 503-520 참고)

勿(mir)：水(믈)

① 德勿：德水　　　史勿：泗水

여기 '勿'의 뜻은 '水'이다. 이 '勿'은 현대국어 '물'에 이어졌다.

② 德勿(mir)島：德積(물)島：仁物(물)島

위 '勿：積'의 대응에서 '勿'이 '積'의 뜻도 있음을 알려 준다. '積'에 관한 중세 국어의 훈은 '積은 싸홀씨라'(월석 서23), '사홀적'(유합 下58), '물적'(광천문 10)와 같이 쓰였다.

仁의 훈도 '어딜仁'(광천문 41), 클仁, 큰德(자회 하11, 13)와 같이 복수훈이다. 여기서는 德과 동일 의미로 쓰였으니 '클'로 훈독하여야 옳다.

논산시 양촌면을 전래 지명으로 '인내'(仁川)라 부른다. 그런데 이 '仁川'은 결코 '큰내'가 아니다. 속지명 '인내'가 '거사리내(居斯里川)>잇내(苔川)>인내(仁川)'으로 변천한 것이기 때문에 음차표기일 뿐이다. 여기서 '居'의 고훈이 '이시-'임을 알 수 있다. '異次頓/伊處道'를 '居次道'

라 표기한데서도 고훈 '이시-'를 확인할 수 있다.(《지명자료》: 連山縣 山水 居斯里川 西十里 右二川 詳恩津市津浦(‵ 대동지지 山川條 ‵), 仁川 在縣南十里 一云苔溪 一云居士川 卽高山縣-----入市津(‵ 전국여지도 서 ‵), 居士里川(‵ 여지도서 ‵) ⇒잇(>인仁)=잇苔=이시居斯=이시居士)

(2) 훈음차 표기 지명의 의미

이른바 동음이의어란 그 어형(음형)은 같되 뜻만이 서로 다른 어휘를 이름이다. 이 경우에 동음어는 복수의 의미 수만큼이나 서로 다른 뿌리(어원)를 갖는다. 다음에서 동음이의어가 갖는 각각의 뿌리가 어떻게 달리 박혀 있나를 수삼의 실례를 들어 우선 살펴보도록 하겠다.

가령 옛 낱말에서 예를 들면 '京'을 뜻하는 신라어는 '徐伐, 舒弗(邯), 舒發(翰)'으로 음차표기되었던 것인데 이 음차 표기가 어느 시간가 '角(干), 酒(多)'(角干 後云酒多)로 훈음차 표기되었다. 여기서 위의 예들을 종합하여 등식화하면

   ①   ②   ③   ④   ⑤   ⑥
  京 = 角 = 酒 = 徐伐 = 舒弗 = 舒發

와 같이 된다. ‵삼국유사 ‚(권1)은 "今俗訓京字云徐伐 以此故也"라 하였으니 위의 ①②③에서 ①만이 훈차 표기이고, ②③은 그 훈음이 ④⑤⑥과 같은 발음이었기 때문에 본뜻은 버리고 오로지 훈음만 빌어 적은 것이라 하겠다. 이런 식의 차자 표기를 필자는 '훈음차 표기'라 이름지어 쓰고 있다. 따라서 ①만이 ④⑤⑥의 뜻을 나타내게 되고 ②③은 그 훈음만이 ④⑤⑥의 발음과 동일음을 나타내게 된다. 이런 경우에 ①②③은 동음이의어의 관계가 있기 때문에 동음어인 '*syəpir'은 의미면에서는 서로 다른 세 뿌리로 그 어원이 갈라지게 된다.

가령 고지명의 표기에서 '泉'을 뜻하는 옛 낱말은 '於乙'(*ər)이었다. 그런데 이 어휘가 '於乙(=泉) : 宜(城) : 交(河)'와 같이 다양하게 대응 표기되어 있다. 여기서 '於乙'만이 음차 표기이고 '泉 : 宜 : 交'는 모두 가 훈차 혹은 훈음차 표기일 뿐이다. 그러면 어느 것이 훈차이고 어느 것이 훈음차인가. 이 경우는 '交'가 훈차이고 나머지 '宜 · 泉'은 훈음차 이다.

요컨대 오로지 '交'의 뜻인 *ər(於乙)을 적기 위하여 '宜 · 泉'을 훈음 차한 것이라 하겠다. 다만 그 동음어 사이에 다른 점이 있다면 '泉'을 뜻하는 고유어 '*ər'은 명사인데 '交 · 宜'을 뜻하는 '*ər-'은 동사의 어 간이었다는데 있을 뿐이다. 어쨌든 여기서도 우리는 의미면에서는 '*ər'의 세 뿌리를 확인한 셈이다.

또한 『삼국유사』(권3)의 "絲浦今蔚州谷浦也"에서 우리는 '絲 : 谷'의 동음이의어를 맞이하게 된다. 이것들도 각자의 훈음이 동일하였기 때 문에 하나의 고유어를 적기 위하여 양자가 차자될 수 있었던 것인데 어느 것이 훈차이고 어느 것이 훈음차인가가 문제이다.

그런데 다행으로 위의 '絲浦, 谷浦가 다시 '谷川>溪(시내)'로 표기 변 화하였다. 이 변화를 근거로 '실내(>시내)=谷川'을 확인하고 '谷'의 훈인 '실'에 따라 '谷'이 훈차이고 '絲'는 훈음차임을 판명하게 된다. 여기서도 동음어에 대한 두 뿌리를 확인할 수 있겠다. 경상남도 진주의 '薩川谷'을 '矢乃'라고도 부른다. '川=乃(내)'이니 '乃'는 음차이다. 그런데 '薩=矢'에 서 '矢'의 훈음이 '살'이니 '薩'은 음차이고 '矢'는 훈음차이다.

위에서 필자는 뜻이 서로 다를지라도 훈음만 동일하면 '훈차'와 '훈 음차'의 관계로 고유어를 적절히 표기하였던 사실들을 실예를 들어 설 명하였다. 이럴 경우에는 의미면에서 차자된 한자의 수만큼이나 서로 다른 말뿌리가 존재함을 예견할 수 있다.

『삼국사기』지리3의 '馬突 : 馬珍'이 경덕왕에 의해 '馬靈'으로 개정되었고, 이것에 대한 별칭이 '難等良 · 難珍阿'로 나타난다. 그리고 '月奈 · 月出 · 月生'이 靈岩으로 개정되었기 때문에 '月 : 靈'을 추정할 수 있다. 또한 '珍惡山'이 '石城'으로 개정되어 '珍惡 : 石'의 대응을 보이기도 한다. 여기서 우리는 '突 : 珍 : 等 : 月 : 靈 : 石'와 같이 대응시킬 수 있다. 이것들 중 '突'만이 *tor~tɐr'을 표기한 음차자이고, 나머지는 모두가 동일음을 적기 위한 훈음차이다. 그러면 그 의미는 무엇인가. 모두가 '山'과 관계가 깊은 지명인데다가 '難珍阿 · 難等良'이 '高山'으로 바뀌었으니 필시 그 의미는 '高 · 山'에 해당할 것이다. 더구나 백제 전기지명어(중부에 분포한 지명)에 'tɐr'이 '高 · 山'의 의미이었기 때문에 믿음직하다. 음차표기인 '突'만 빼놓고는 모두가 '高 · 山'의 고유어를 표음하기 위하여 훈음차되었을 뿐이다. 이처럼 다양한 훈음차는 표기 당시의 고유어를 찾는데 길잡이가 되어 준다. 이들 훈음차표기에서의 각 훈음은 곧 해당 글자의 뜻을 반영한 훈을 찾게 하기 때문이다. 요컨대 *tɐr~*tor은 '月 · 珍 · 等 · 靈 · 石 · 山 · 高'를 뜻하는 고유어의 동음이의어가 된다.

백제(후)의 '黃等也山'을 경덕왕이 '黃山'으로 바꾸고 고려 태조가 다시 '連山'으로 고치었다. 개정순에 따라서 우리는 '黃:連'을 대응시킬 수 있다. 그러면 어느 것이 한역이고 어느 것이 훈음차인가. 원초지명의 '黃'이 훈차자라면 '누르-'란 의미가 된다. 그러나 이 지명의 언저리에 黃土山이 있지 않다. 그럴만한 까닭(황토)이 지형상에 나타나지 않는다. 그러면 이것은 틀림없는 훈음차 표기지명이다. 이 힌트에 촛점을 맞추어 살펴본 결과 옛 治所를 중심으로 동쪽에 산이 병풍처럼 늘어서 있는데 올망졸망한 산봉우리가 무려 36개나 된다. 산봉우리가 늘어서 있는 지형에 따라 명명된 지명임을 확신할 수 있다. 그렇기 때문에 고려 태조(940)가 '連山'으로 한역하였다. 이 고장을 전통적으로 '놀뫼'(<느르뫼)라 불러 왔고 파생지명들도 '누르기재(黃嶺), 누락골' 등

이 쓰이고 있다.

지명어 '板浦'(전북익산)는 '늘개~늘애'라 부른다. 폐구조음성의 변화로 '널→늘'이 된 것이다. 이 '늘개'의 뜻은 '곰개'(熊浦)로부터 '봄개'(春浦)까지 여러 개의 '개'(浦)가 '느러섰다'(連布)이다. 여기 '黃·板'은 '連'의 뜻을 나타낸 훈음 '느르, 늘'의 차용표기이다. 이 훈음차 과정을 통하여 우리는 '黃'을 뜻하는 백제어 단어가 '누르-'이었음을 재구할 수 있다.

Ⅲ. 지명·왕명과 차자 표기

1.

1.1. 차자 표기의 기원

도수희(1975b:1437-1439)에서 논의한 바와 같이 우리의 차자 표기법은 우리 선조들이 창안한 것이 아니었다. 우리의 고유 명사에 대한 음사(音寫) 표기의 발생 시기가 우리보다 중국이 훨씬 빠르기 때문이다.

駒麗, 夫餘, 馯, 貊 등(『尚書孔傳』)

浿水(漢書音義曰浿音傍沛反), 王險城, 渤海 등(『史記』)

句麗, 濊貉(貊), 西蓋馬, 浿水, 渾彌 등(『漢書』)

貊, 夫餘, 邑婁, 鮮卑, 索離, 肅愼, 沃沮, 消奴部, 絶奴部, 順奴部, 灌奴部, 桂婁部, 溝溇, 馬韓, 伯濟, 蘇塗, 相加, 對盧, 沛者, 古鄒大加 등(『後漢書』)

扶餘, 濊貊, 月(目)支國, 駟盧國, 感爰國, 乾馬國, 蓋馬韓, 三韓(馬韓, 辰韓, 弁韓) 78개 國名, 古雛加, 馬加, 牛加, 豬加, 拘加, 犬加 등(『三國志』(魏志))

紇升骨, 普述水, 閭諧~閭達(ᵘ魏書」(高句麗傳))

於羅瑕・鞬吉支(夏言王), 於陸(夏言妃) 등(「周書」(異域傳 百濟條))

위와 같이 중국의 음사 표기 고유명사가 많이 있다. 이것들에 대한 음사 표기의 시기가 대략 기원전으로 소급되거나 아니면 기원 직후로 추정되기 때문에 우리의 차자 표기법이 중국의 음사 표기법의 영향을 받았거나 아니면 그대로 도입되었을 가능성이 짙다. 특히 마한 54 국명(지명) 중 馰盧, 莫盧, 狗盧, 萬盧 등의 '盧'는 斯羅(>徐羅)의 전 지명인 斯盧(國)의 '盧'와 동일하다. 그리고 占卑離, 內卑離, 軍卑離, 牟盧卑離, 如來卑離, 監奚卑離, 楚山塗卑離 등의 '卑離'(비리)는 백제어의 所夫里, 古良夫里, 夫夫里 등의 '夫里'(부리)에 이어진다. 마한어의 '卑離'와 백제어의 '夫里'는 비슷한 음차 표기이다.

1.2. 차자 표기의 발달

우리의 차자 표기에서 최초의 표기 대상은 인명・관직명・지명 등의 고유명사이었다. 건립 연대가 확실한 「광토왕비문」(광개토대왕비문)(414)에 그 확증 자료가 있다. 이 비문에 '鄒牟, 儒留, 大朱留, 沸流, 忽本' 등의 고구려 초기 왕명・인명・지명과 백제 전기의 고유지명인 '牟盧城, 阿旦城, 古利城, 比利城, 彌鄒城, 阿利水' 등이 음차 표기되어 있다. 약 30년 뒤의 「新羅碑」(443?)(영일 신광 냉수리)에도 '節居利, 子宿智, 只心智' 등의 인명과 '斯羅, 沙喙, 本彼, 斯彼, 珍而麻村' 등의 지명이 음차 표기되어 있다. 이 두 비의 건립 연대가 확실하니 보다 이른 시기에 이미 음차 표기가 성행하였음을 확신할 수 있다. 광개토대왕 6년(397)에 略取한 백제 영역의 지명들이니 그 음차 표기의 시기가 늦어도 서기 397년 이전으로 올라가게 된다.

　　우리의 차자 표기는 고유명사에 대한 음차 표기부터 시작되었다. 이를 바탕으로 하여 훈차·훈음차 표기법이 생성된 뒤에 체계적인 차자 표기법으로 발전한 것들이 이두(吏讀), 향찰(鄕札), 구결(口訣)이다.

　　고대 4국의 시조 이름이 아주 이른 시기에 '블구내(弗矩內), 주모(鄒牟), 온조(溫祚), 수로(首露)'와 같이 음차 표기되었고, 尊號 또한 '거서간(居西干), 차차웅(次次雄), 니사금(尼師今), 마리한(麻立干), 고추가(古鄒加), 마리지(莫離支), 건길지(鞬吉支), 어라하(於羅瑕), 셔블한(舒弗干)'과 같이 음차 표기되었으며, 초기의 수도명도 '사로(斯盧)~셔블(徐伐)~소벌(蘇伐), 홀본(忽本), 위례홀(慰禮忽), 미추홀(彌鄒忽)'과 같이 음차 표기되었기 때문이다.

　　초기의 차자표기가 음차 표기에서 비롯된 사실을 몇 가지 근거로 재삼 논증할 수 있다.

　　첫째; 백제·고구려·신라·가라의 왕명이 대략 서기 500년 전후까지는 거의가 음차 표기되었다. 그 사실을 나라별로 확인하여 보도록 하겠다.

　　백제의 왕명은 제23대 三斤王까지는 본명(혹은 아명)을 그대로 부르다가 제24대 牟大王(479-500)에게 처음(서기 500년)으로 東城이란 謚號가 내려진 사실을 다음의 왕력에서 확인할 수 있다.

　　① **백제의 왕명 표기 현상**(「삼국사기」「삼국유사」의 왕력에서 옮김)

「삼국유사」	「삼국사기」	비　고
1 溫祚(온조)王	1 溫祚王	東明王의 셋째 아들
2 多婁(다루)王	2 多婁王	
3 己婁(긔루)王	3 己婁王	
4 蓋婁(개루)王	4 蓋婁王	
5 肖古(초고)王	5 肖古王	素古王

6 仇首(구수)王	6 仇首王	貴須王
7 沙伴(사반)王	0 沙沜 沙沸 沙伊 (*대수를 인정치 않음)	
8 古爾(고이)王	7 古尒王	
9 責稽(책계)王	8 責稽王	靑替 靑稽
10 汾西(분서)王	9 汾西王	
11 比流(비류)王	10 比流王	
12 契(계)王	11 契王	
13 近肖古(근초고왕)王	12 近肖古王	
14 近仇首(근구수)王	13 近仇首王	
15 枕流(침류)王	14 枕流王	
16 辰斯(진사)王	15 辰斯王	
17 阿莘(아신)王	16 阿莘王	阿芳
18 腆支(전지)王	17 腆支王	眞支 直支 映
19 久爾辛(구이신)王	18 久尒辛王	
20 毗有(비유)王	19 毗有王	
21 近盖鹵(근개로)王	20 蓋鹵王	近盖婁 慶司 餘慶
22 文周(문주)王	21 文周王	文州 汶洲
23 三斤(삼근)王	22 三斤王	三乞 壬乞
24 東城(동성)王(479-500)	23 東城王	牟大 麻帝 餘大 牟都 麻牟
25 虎寧(호령)王	24 武寧王	斯麻 斯摩 隆
26 聖(성)王	25 聖王	明禯 明
27 威德(위덕)王	26 威德王	昌 明
28 惠(혜)王	27 惠王	獻 季
29 法(법)王	28 法王	孝順 宣
30 武(무)王	29 武王	武康 獻丙 一耉節德 璋
31 義慈(의자)王	30 義慈王	(亡國王이라 諡號가 없음)

위와 같이 백제는 제24대 東城王(479-500)부터 諡號가 생기어 이 때부터 비고의 이름과 불리 호칭되었다. 다만 의자왕만 나라를 망쳤기 때문에 시호가 없다.

고구려 또한 왕호와 왕명이 별개로 불리었음을 알 수 있다. 왕호와 이름을 통칭한 경우는 제2대 '유리(명)왕' 뿐이다. 고구려 왕명도 제21대 문자왕(492-518) 혹은 그 이후까지 음차 표기되었다. 의자왕과 마찬가지로 보장왕도 시호가 없다. 나라를 망친 왕이기 때문이었다.

② **고구려의 왕명 표기 현상**(「삼국사기」「삼국유사」의 왕력에서 옮김)
  1. 朱蒙 鄒牟 衆解 鄒蒙(東明聖王 東明王)
  2. 類利 孺留 累利 儒留(琉璃明王 琉璃王)
  3. 無恤 味留(大武神王 大解朱留王 大虎神王)
  4. 解色朱 色朱(閔中王)
  5. 解憂 解愛婁 愛留 愛憂(慕本王)
  6. 宮　於漱(大祖大王 國祖王 大祖王)
  7. 遂成(次大王)
  8. 伯固 伯句(新大王)
  9. 男武 伊夷謨 男虎 伊速(故國川王 國襄王)
  10. 延優 位宮(山上王)
  11. 憂位居 郊彘(東川王 東襄王)
  12. 然弗(中川王 中襄王)
  13. 藥盧 若友(西川王 西壤王)
  14. 相夫 歃矢婁 雉葛(烽上王)
  15. 乙弗 憂弗(美川王 好壤王)
  16. 斯由　釗　劉　岡上(故國原王 國岡上王 國原王)
  17. 丘夫(小獸林王 小解朱留王)

18. 伊連 於只支 伊速(故國壤王 國襄王)

19. 談德(廣開土王 廣開王)

20. 巨連 巨璉　臣(長壽王)

21. 羅雲 明理好　雲 高雲(文咨明王 明治好王)

22. 興安(安藏王)

23. 寶延(安原王)

24. 平成(陽原王 陽崗王 陽崗上好王)

25. 陽成 湯成 陽城 高陽(平原王 平崗上好王 平國王)

26. 元　大原(嬰陽王 平陽王　湯王 平湯王)

27. 建武 建成(榮留王)

28. 臧 寶臧(寶藏(臧)王)

이상의 자료를 통하여 우리는 고구려어에서는 王號와 王名이 별개로 불리었음을 알 수 있다. 실은 제2대 유리왕도 아명에 '明'을 넣어 구별 호칭한 듯하다. 다만 부분적으로 통칭한 경우에는 제16대의 岡上 : 國岡上王이며 제21대의 明理好 : 明治好王에서도 동일성을 발견한다. 王號와 王名의 차자 표기에서 '理'와 '治'는 통용되었기 때문이다. 백제와 마찬가지로 王名은 고유어로 호칭하였음을 알 수 있다.

신라도 제22대 智證麻立干(500-513)까지 智哲老, 智度路, 智大路와 같이 왕명이 음차 표기되었다. 그리고 이 때(513)부터 諡號를 사용하였다. 아주 다양하게 표기되어 혼란스럽던 국호들(斯盧, 斯羅, 徐羅, 徐那, 徐耶, 尸羅, 薛羅, 新羅, 新盧, 鷄林, 鳩林, 始林, 徐羅伐) 중에서 漢譯하기에 적당한 것을 골라서 新羅(新者德業日新 羅者網羅四方之義)(503)로 확정하였다. 백제·신라 두 나라가 비슷한 시기(서기 500년경)에 시호를 사용한 사실에 주목하게 된다.

③ 신라의 왕명 표기 현상(『삼국사기』『삼국유사』의 왕력에서 옮김)

1. 赫居世居西干　弗矩內(B.C.57-A.D.3)

2. 南解次次雄　　南解居西干

3. 弩禮尼叱今　　儒理尼師今　　　　儒禮　弩禮

4. 脫解尼叱今　　脫解尼師今　　　　吐解　脫解齒叱今

5. 婆娑尼叱今　　婆娑尼師今

6. 祇磨尼叱今　　祇摩尼師今　　　　祇味

7. 逸聖尼叱今　　逸聖尼師今

8. 阿達羅尼叱今　阿達羅尼師今

9. 伐休尼叱今　　伐休尼師今　　　　發暉

10. 奈解尼叱今　　奈解尼師今.

11. 助賁尼叱今　　助賁尼師今　　　　諸貴　諸賁

12. 理解尼叱今　　沾解尼師今　　　　解王

13. 未鄒尼叱今　　味鄒尼師今　　　　味炤　未召　未古　味照　味祖　未祖

14. 儒禮尼叱今　　儒禮尼師今　　　　世里智

15. 基臨尼叱今　　基臨尼師今　　　　基立

16. 訖解尼叱今　　訖解尼師今

17. 奈勿麻立干　　奈勿尼師今　　　　那密

18. 實聖麻立干　　實聖尼師今　　　　實主

19. 訥祇麻立干　　訥祇麻立干　　　　內只王

20. 慈悲麻立干　　慈悲麻立干.

21. 毗處麻立干　　炤知麻立干　　　　照知

22. 智訂麻立干　　智證麻立干　　　　智哲老　智度路　智大路(500-513)

23. 法興王　　　　法興王　　　　　　原宗.

24. 眞興王　　　　眞興王　　　　　　麥宗, 深麥夫

25. 眞智王　　　　眞智王　　　　　　舍輪, 金輪.

가라도 다음과 같이 왕명을 음차 표기하였다.

④ 가라의 왕명 표기 현상(¹ 삼국유사 「가락국기」 왕역에서 옮김)
1. 首露王(42-199)
2. 居登王(199-253)
3. 麻品王(259-290)　　　馬品
4. 居叱㫱王(291-345)　　居叱彌　今勿
5. 伊品王(346-405)　　　伊尸品
6. 坐知王(407-420)　　　金吐　金叱
7. 吹希王(421-450)　　　金喜　叱嘉
8. 銍知王(451-486)　　　金銍
9. 鉗知王(492-520)　　　金鉗
10. 仇衝王(521-563)　　　仇衡

둘째; 蘇伐都利：蘇伐公, 弗矩內：赫居世, 鄒牟：東明, 儒留~奴閭諧(魏書권100, 221~265)：琉璃王, 儒禮：世里(智)(제14대 284~297), 斯由~昭列帝(隋書고려전)：劉~釗(고구려 제16대331~370), 毗處：炤知(제21대 479~499), 深麥夫：乡麥宗(제24대 540-575), 舍輪：金輪(제25대 576-578)에서 都利>公, 弗矩內>赫居世, 鄒牟>東明, 諧~皆>王, 儒禮>世里, 斯由>劉~釗, 毗處>炤知, 夫>宗, 舍>金와 같이 후대에 훈차 표기로 변하였던 것이다. 특히 신라의 관직명 중 舒罰邯~舒發翰：角干：酒多에서 徐伐~舒罰~舒發>酒>角, 邯~翰>多>干으로 표기변화한 사실을 주목할 필요가 있다. 훈차 표기로 변한 이유 중의 하나는 徐伐의 다양한 표기를 비롯하여 왕명의 유사음에 의한 다양한 음차 표기의 혼란을 막기 위한 방편이 아니었나 한다(예를 들면 신라의 왕명：儒理~弩禮~儒禮, 脫解~吐解, 祇磨~祇味, 伐休~發暉, 理

解～沾解～訷解, 味鄒～味炤～未照～未祖～未召, 基臨～基立, 奈勿～
那密, 實聖～實主, 訥祗～內只, 智訂～智哲老～智度路～智大路 등).
특히 신라 제3대 儒理王(24-56)은 훈차 표기되어 있지 않다. 여기서
우리는 제14대 儒禮王(284-297)에 이르러 그 뜻과 발음을 분명히 나타
내기 위하여 '世里'와 같이 받쳐적기법(후술 2.2. 참고)의 훈차 표기를
하였던 것으로 추정할 수 있다. 따라서 '世里'의 발생 시기를 그 이후로
잡을 수밖에 없다. 이를 기준으로 '公, 赫居世, 東明, 王, 釖' 등도 후대
의 훈차 표기로 볼 수 있다. 「광토왕비문」에 보이지 않는 東明聖王과
瑠璃明王의 '明'이 「삼국사기」에만 나타나는 것으로 보아 후대의 훈차
·훈음차 표기로 추정할 수 있다. 그러나 「광개토왕비문」(9년조)에
'平穰, 新羅, 百殘'이 보이니 이는 서기 400년 이전에 한어화가 일어난
단서가 된다. 그렇다면 신라가 지증마립간 때(503)에 국호를 확정하기
이전에 이미 新羅가 국호로 불리었다는 사실을 알 수 있다.

　셋째; 백제 문주왕의 공주 천도 이전(475)의 백제 전기 지명(「삼국
사기」(지리4) ①漢州·朔州(A)와 ②溟州(B))의 표기에서도 음차 표기
현상이 확인된다.

① 백제(전)	>	고구려	백제(전)	>	고구려
租波衣	>	鵂巖	漢忽	>	漢城
首知衣	>	牛嶺	刀臘	>	雉嶽
屈於押	>	江西	若只頭恥	>	朔頭-衣頭
耶耶,夜牙	>	長淺城	也尸買	>	狌川
要隱忽次	>	楊口	密波兮	>	三峴
烏斯	>	猪足	馬忽	>	臂城
首知	>	新知	冬音奈	>	休陰
達乙省	>	高烽	伏斯買	>	深川

皆次丁	>	王岐	別史波衣	>	平淮押
末乙省	>	國原城	冬斯	>	栗木
古斯也忽次	>	獐項	南買	>	南川
滅烏	>	駒城	省知買	>	述川
於斯買	>	橫川	去斯斬	>	楊根
買忽	>	水城	松村活達	>	釜山
古斯也忽次	>	獐項口	仇斯波衣	>	童子忽
皆伯	>	王逢,王迎	灘隱別	>	七重
於乙買串	>	泉井口	毛乙冬非	>	鐵圓
非勿	>	僧梁	功木達	>	熊閃山
於斯內	>	斧壤	阿珍押	>	窮嶽
古斯也忽次	>	獐項	泥沙波忽	>	麻田淺
烏阿忽	>	津臨城	甲比古次	>	穴口
達乙斬	>	高木根	買旦忽	>	水谷城
德頓忽	>	十谷	于次吞忽	>	五谷
內米忽	>	池城,長池	古所於	>	獐塞
夫斯波衣	>	仇史峴	奈吐	>	大堤
今勿內	>	萬弩			

예맥	>	고구려	예맥	>	고구려
② 於乙買	>	泉井	首乙吞	>	原谷
比烈忽	>	淺城	加知斤	>	東墟
古衣浦	>	鵠浦	於支吞	>	翼谷
烏生波衣	>	猪守峴	金惱	>	休壤
沙非斤乙	>	赤木	斤尸波兮	>	文峴
馬斤押	>	大楊管	習比吞	>	習比谷

平珍波衣	> 平珍峴	助乙浦	> 道臨
買伊	> 水入	也次忽	> 母城
鳥斯押	> 猪迂穴	所勿達	> 僧山
加阿忽	> 迂城		

위와 같이 ①南買, 皆伯, 阿珍押과 ②古衣浦, 平珍波衣, 助乙浦의 '南
-, 平-, -伯, -珍-, -浦'만이 훈차 표기일 뿐 나머지는 모두 음차 표기
이다. 그 중 南은 '님~니마'로, 平은 '벌~드르'로, 浦는 '가리~개
(kay)'로 훈독하였을 가능성이 짙다. 또한 伯은 '맏(맞~마지)'로, 珍은
'돌'로 훈독하였음이 틀림없다. 특히 -伯에 대응하는 한자가 '逢, 迎'(맞
이)이기 때문이다. ①毛乙冬非(鐵圓)의 毛가 추가될 수 있을 듯하다.
먼저 毛를 훈음차로 풀 수 있는 가능성을 다른 경우에서 찾아 보도록
하겠다. 눌지마립간(417-457) 때에 墨胡子가 一善郡(현 善山) 郡人 毛
禮의 집에 와서 포교하였고, 그 뒤 昭知마립간(479-499) 년간에 阿道
(我道, 阿頭)基羅가 부하 3인을 데리고 재차 毛禮의 집에 머물면서 포
교한 사실이 법흥왕 15년(529) 異次道(厭髑)조에 나온다. 만일 이 毛禮
를 받쳐적기법에 따라 '뎌리'(>뎔>절>절=寺)로 해독할 수 있다면 훈
음차 표기에 해당한다. 또한 朴堤上(눌지왕 417-457)이 毛末로 표기되
어 있기도 한데 이것도 뎔(堤)ㅁㄹ(上)로 해독할 수 있다면 훈음차 표
기에 해당한다. 백제 후기 지명인 毛良夫里(>高敞)의 毛良을 뎔아~
드ㄹ(高)로 해독할 가능이 있다. 따라서 ①毛乙(400년 이전)을 훈음차
뎔(鐵)로 해독할 수 있을 듯하다.
　고구려의 지명 개정은 엄격히 말하자면 한역이라기보다 지명소의
직역이었다. 예를 들면 買+忽>水+城(+는 지명소 경계), 於乙+買+串>
泉+井+口 등과 같이 지명소의 의미에 해당하는 한자로 바꾸었을 뿐이
기 때문이다. 번역자는 고유지명의 구조를 엄격히 고수하였다. 만일

번역자가 지명소의 순서를 임의로 바꾼다면 지명이 파괴되기 때문에 지명의 구조規칙을 固守한 것이라 하겠다. 특히 皆+伯은 '개+맞이'로 추독할 수 있는데 그 구조가 우리 어법이다. 그래서 번역도 王+逢(迎)처럼 우리 어법을 따랐다(漢人씨 美女가 安臧王(519-529)을 맞이한 곳이란 뜻). 그러나 경덕왕은 법을 어기고 **遇王**으로 한역하였다. 번역 태도가 상반된다. 또한 O+烏阿+忽>津+臨+城로 추정한다면 **津臨**을 경덕왕이 **臨津**으로 바꾼 까닭을 동일 맥락에서 이해할 수 있다. "**王臨津**言曰--"(왕이 나루에 이르러 말씀하기를--)(「광토왕비문」)의 **臨津**과 구조가 동일하기 때문이다. 물론 모든 번역이 그런 것은 아니다. 여기서 우리는 훈차·훈음차 표기가 늦어도 백제의 熊津 천도(475) 이전의 어느 시기(400년전후?)부터 싹텄음을 짐작할 수 있다.

어쨌든 위 자료의 대부분이 음차 표기인 점으로 미루어 볼 때 훈차·훈음차 표기는 보다 후기로 하강하면서 점진적으로 발달한 것이라 하겠다.

③ 순정 고구려 지명에 해당하는 압록강 이북의 32개 지명 자료를 『삼국사기』(지리4)에서 옮긴다.

1. 압록수(압록강) 이북의 아직 항복 안 한 11성(鴨綠水以北未降十一城)
①助利非西>北扶餘城州 ②蕪子忽>節城 ③肖巴忽>豊夫城
④仇次忽>新城州 ⑤波尸忽>桃城 ⑥非達忽>大豆山城
⑦烏列忽>遼東城州 ⑧OOO>屋城州 ⑨OOO>白石城
⑩OOOO>多伐嶽州 ⑪安寸忽>安市城

2. 압록수 이북의 항복한 11성(鴨綠水以北已降城十一)
①OOO>木+京邑城 ②OOO>木底城 ③OOO>藪口城
④OOO>南蘇城 ⑤甘勿伊忽>甘勿主城 ⑥OOO>麥田谷城

⑦居尸押 >心岳城　　⑧尉那嵒城>國內)州　　⑨肖利波利忽>屑夫婁城

⑩骨尸押 >朽岳城　　⑪○○○　　>櫟木城

3. 압록 이북의 도망간 7성(鴨綠以北逃城七)

①乃勿忽 > 鉛城　　②○○○ >面岳城　　③皆尸押忽>牙岳城

④甘弥忽 >鷲岳城　　⑤赤利忽>積利城　　⑥召尸忽>木銀城

⑦加尸達忽>犁山城

4. 압록 이북의 공취(攻取)한 3성(鴨綠以北打得城三)

①甲忽 >穴城　　②折忽 >銀城　　③史忽 >似城

　위 32개 지명 중에서 1-⑧⑨⑩, 2-①②③④⑥⑪, 3-②는 피한역 지명(고유지명)을 상실하였다. 나머지 22개 지명은 모두 음차 표기이다. 이 城名들을 기록한 연대가 당 고종 총장 2년(669)이니 보다 이전 시기에 한역한 것으로 추정된다. 백제 전기 지명을 기준으로 따지면 늦어도 475년 이전으로 소급될 수 있다. 그런데 문제는 이 지명들도 훈차·훈음차 표기가 섞여 있지 않은 음차 표기뿐이라는 데 있다.

　넷째; 백제 후기 지명의 차자 표기 현상 (백제(후기)지명>신라(경덕왕)개정 지명))

　熊川~熊津 >熊州(<熊川州), 大木岳 > 大麓, 甘買~林川>馴雉

　大山>翰山, 舌林>西林, 寺浦>藍浦, 比衆>庇仁, 餘村>餘邑

　沙平>新坪, 珍惡山>石山, 任存城>任城, 黃等也山>黃山

　眞(貞)峴>鎭嶺, 珍同>珍同, 雨述>比豊, 所比浦>赤烏, 結己>潔城

　新村>新邑, 井村>井邑

등과 같이 총 147개 지명 중 거의 3/5 가량이 한역되어 있다. 이런 적극적인 한역 현상은 후대로 내려오면서 훈차·훈음차 표기가 증가 추세였음을 알려주는 바라 하겠다.

위에서 여러 모로 살펴본 바와 같이 후대로 내려오면서 훈차·훈음차 표기가 추가로 발생하였던 것이다. 아마도 이는 음차 표기의 결함을 보완하기 위하여 고안되었을 것이다. 사실 음차 표기란 표기가 불완전하고, 의미전달 기능이 미약한 편이다. 그래서 표기력을 보충하고 의미까지 아울러 나타낼 수 있는 방안으로 훈차·훈음차의 표기법을 강구하여 부족한 점을 보완하였다고 여겨진다. 예를 들면 '大山'을 '翰山'으로 신라 경덕왕이 개정하였는데 이 경우는 '大 : 翰'을 근거로 大山을 '한뫼'로 풀어 읽으면 된다. 그러나 泰山을 大尸山으로 차자 표기한 경우에는 '한뫼'로 풀어 읽으면 안 된다. '글뫼'로 풀어 읽으라는 암시로 'ㄹ'(尸)을 받쳐적었기 때문이다. 이 풀이를 또 다른 별칭인 '詩(글)山(뫼)'가 있기에 가능하다. 詩의 훈음이 '글'이기 때문이다. 이 '글'(>클)(大)에서 유기음 발달의 한 예를 확인할 수 있다.

사실 음차 표기는 고유 지명을 얼마만큼 정확하게 적을 수 있느냐를 기준으로 따지면 그 표기력이 미약한 편이다. 경우에 따라서는 엇비슷한 한자음이면 모두가 동일지명을 표기하는데 차자될 수 있기 때문이다. 그리하여 때로는 차자 표기 결과가 지극히 추상적일 수도 있다. 그러기에 거의가 몽타아즈 표기에 불과하다. 말하자면 동일 지명을 음소문자로 표기한 결과와 그것을 한자음으로 차자 표기한 결과를 비교하여 보면 거의 사진과 몽타아즈의 사이만큼이나 현격하게 차이가 난다. 더욱이 시대를 달리하여 유사음의 한자로 음차 표기한 경우가 많은데 이럴 경우에는 더더욱 그 정확도가 떨어진다. 보다 훨씬 이른 시기에 차자 표기된 한자는 그 음이 날로 俗音化하여 나름대로 점진적인 변화를 입는다. 이렇게 차자 당시 보다 상당히 변화된 시기에 이르러

서 변화된 음에 맞추어 또다시 비슷한 음의 한자로 동일 지명을 표기
하게 되면 본래의 모습과는 동떨어진 음형을 빚어내게 된다. 이렇게
혼잡한 내용이 음차 표기의 해독에 있어서 우리가 극도로 고민하는
裏面이다. 가령 신라의 국호에 대한 음차표기 내용을 예로 들어보자.
'斯盧, 斯羅, 徐羅, 徐那, 徐耶, 尸羅, 薛羅, 新羅, 新盧(魏時(220-265)
曰)'(여기에다 훈음차 표기(始,尸만 음차)인 '鷄林, 鳩林, 始林, 尸林'이
겹친다)(기타: '高句麗, 高麗, 高禮, 句高麗, 下句驪, 句驪, 膏離, 仇黎',
'加羅, 駕洛, 伽落, 伽耶, 狗耶, 加良') 등과 같이 다양하다.

　다양하게 표기된 신라의 국명들은 아마도 '東壤'의 의미인 고유어
'새라~새나'를 음차 표기한 것들임에 틀림없는데 후대에 이르러서는
서로 다른 어휘로 착각할 만큼 아주 어설픈 닮음을 보일 뿐이다. 여기
'새'(東)에 대한 또 다른 음차 표기로 '沙尸良, 沙伐, 沙羅, 沙坪, 所夫里'
등의 '沙·所'를 더 추가할 수 있다. 만일 우리가 고유어 '새라~새나'
에 대한 예비지식이 없이 이토록 가지각색의 음차 표기를 접한다면
좀 체로 해독하기 어려울 것이다. 이처럼 달라지는 시기에 비례하여
본래의 음차 표기형은 점점 변모하게 되고 지닌 의미마저 소실되는
결점이 음차 표기에 있다.

　다른 한 예로 '쇠'(金 鐵)에 대한 음차 표기 현상을 살펴 보도록 하자.
여기서 우선 '金 : 鐵 : 銀 : 銅'에 해당하는 고유어 '*soy'에 대한 차자
표기의 자료부터 옛 문헌에서 찾아 모으면 다음과 같다.

삼국시대	고려시대	조선시대
素那-金川「삼국사기」	歲-鐵「계림유사」	므쇠로 한쇼를(정석가)
蘇文-金 「삼국사기」	漢歲-銀「계림유사」	쇠잣(金城)「용·비어천가」
蘇州-金州 (고구려지역)	蘇乳-銀瓶「계림유사」	쇠재(鐵峴) 「용·비어천가」
道西-都金「삼국사기」	遂-銀·鐵「조선관역어」	사슬(鐵鎖) 「사성통해」하28)

西~松橋-金橋「삼국사기」   遂卜-鍾・銅鼓「조선관역어」   ᄌ믈쇠(銷子)「사성통해」하44)

省良縣-金良部曲「삼국사기」   遂淨-銅「조선관역어」   쇠붚(鍾)「훈몽자회」중32)

金・鐵 = 素・蘇・西・休・實・省 > 金・銀・銅・鐵 = 歲・蘇・遂 > 쇠 [soy]

且唐書蓋蘇文 或號金蓋 余意東俗**金謂之蘇伊**   金州亦名蘇州尤可徵也(「海東繹史」卷67)<人物考 蓋蘇文條>

위에 열거한 자료 중에서 *soy(金・鐵)에 가장 가까운 표기는 '金謂之蘇伊'의 '蘇伊'뿐이다. 실상 기타는 '蘇伊'=soy와 거리가 먼 추상적인 음차 표기일 뿐이다.

구한말에 학부편집국에서 간행한 「小學萬國地誌」(1896)에 지명들이 다음과 같이 음차 표기되어 있다.(알파벳 표기는 필자)

皮路其斯坦(Pakistan)   哥斯德里加(Costa Rica)   德里蘭(Tehran)

甲谷地(Calcutta)   馬德里(Madrid)   塞印河(Seine 강)

위에 예거한 음차 표기 지명들을 괄호안의 알파벳 표기와 비교할 때 정확도가 많이 떨어진다. 옛부터 부단히 계승되어 온 한자의 음차 표기란 더러는 본래의 모습을 어느 정도 비슷하게 표기하는 경우도 있었지만, 보다 많은 것들이 아주 동떨어지게 스케치되는 것으로 만족할 수밖에 없었다. 그렇기 때문에 한역 혹은 훈차・훈음차 표기의 짝이 없는 음차 표기만으로는 그것이 담고 있는 고유어형을 재구하기가 매우 어렵다. 그러나 지명어가 원체 보수성이 강하기 때문에 어느 정도만이라도 근사하게 음차 표기된 지명이라면 그리고 후대의 문헌에 거의 비슷비슷한 다른 표기형을 남겼다든지, 일반 어휘 목록에서 동일한 어휘가 찾아진다든지, 현대 지명에 비슷한 어형으로 잔존하고 있다든지 하면 이것들 모두를 비교 고찰하여 해당 지명의 옛 모양을 재구할 수도 있기 때문에 결코 절망적인 것만은 아니다.

1.3. 훈차·훈음차 표기의 발생

도수희(1975b:1441-1443)에서 이미 논의한 바와 같이 서기 1766년
과 1829년에 평양 성벽에서 발굴된 石文에 나타난 '節衣, 始役, 造作,
行步之' 등이 만일 金正喜의 주장대로 장수왕대(413-492)인 446년과
449년의 것들이라면 초기 이두로 볼 수 있다. 그렇다 하더라도 赫居世
(B.C.57-3), (脫解)齒叱今(57-79), 世里智(284-297)보다는 훨씬 뒤의
나타남이다. 고구려의 왕호 중에

> 9. 故國川王~國壤王(179-196), 11 東川王~東壤王, 12 中川王~中壤王
> 13. 西川王~西壤王, 15美川王~好壤王, 18 故國壤王~國壤王(384-391)

와 같이 壤 : 川의 대응에서 둘 중 하나가 훈음차 표기임을 확신할 수
있다. 둘은 同訓音의 관계이기 때문에 훈독하면 동일한 발음이 실현된
다. 沸流那~沸流川(水), 平那~平壤~平川에서 那 : 川~壤이 그 증거
자료이다. 고구려 초기 桓那部, 貫那部~灌奴部를 비롯한 五部族명이
모두 -那~-奴(壤)로 기록되어 있을 뿐만 아니라 후대의 지명에도
奴~那~內(壤)가 흔하게 나타나며, 那(川)도 素那~金川, 深那~煌川
처럼 인명에 나타난다. 신라의 在城을 '견성'(계신성)으로 해독할 가능
성은 고려(태조 5년, 921) 초기에 쌓기 시작한 '平壤在城'의 在에 대하
여 '言在者方言畎也'라고 주석한데도 있다. 그렇다면 吏讀에서 활용되
는 在(견)가 신라의 在(견)城(파사왕 22년 101)에 소급될 듯하다. 또한
叱(ㅅ)도 제3대 儒理尼叱今(24-56)부터 제18대 實聖尼叱今(402-416)
까지 쓰였고, 가라의 왕명 중에 제4대 居叱弥(291-340)와 제6대 金叱

(407-420)에도 나타나니 그 단초로 삼을 수 있을 듯하다. 뿐만 아니라 舒罰翰을 酒와 多의 훈음차로 표기한 시기도 기록으로 보면 지마니질 금 1년(112)이니 신라 초기이다. 이 酒(스블)은 오래지 않아 角(스블)으로 훈음차된다. 보다 후대(500년 전후?)에 한역된 것으로 추정되는 '所夫里(소부리)江~泗沘(사비)江>白江'에서 '白'이 훈음차라면 여기서도 이두의 '白'(숣)을 확인하게 된다.

위 관계 자료를 종합하여 판단하건대 훈차·훈음차 표기의 발생도 고유명사 표기부터라고 주장할 수 있다. 물론 표기 내용을 기준으로 보면 이두의 훈차·훈음차 표기가 절대적으로 우세하다. 이두란 주로 조사 및 활용어미 등을 표기하기 때문에 필연적으로 그렇게 될 수밖에 없다(도수희 1975b: 1441-1442 참고). 그렇기 때문에 표기의 적극성이 발생의 단초를 가리는 기준이 될 수는 없다.

2. 지명 차자 표기의 다양성

국어 고유명사에 대한 차자 표기법에 네 가지의 기본법이 있음을 졸저(2003:129-130)에서 다음과 같이 밝혔다.

가. 음차법 : 고유명사를 유사한 한자음으로 음차 표기하는 방법이다. 그 구체적인 예는 다음과 같다.

지 명: 斯羅, 徐羅伐, 卒(忽)本, 沸流那, 所夫里, 泗沘
比斯伐, 彌鄒忽, 慰禮忽 등

인 명: 弗矩內, 朱蒙, 溫祚, 沸流, 類利, 居柒夫, 異斯夫
毗處, 伐休, 骨正, 奈勿, 文周 등

관직명: 居西干, 尼師今, 麻立干, 莫離支, 古鄒加, 鞬吉支

　　　　於羅瑕, 舒發翰, 達率, 恩率 등

나. 훈차법 : 고유명사를 한자의 훈을 빌어 적는 방법이다. 엄격히 말해 형태소별 漢字譯에 해당한다.

지　명: 岐灘(가린여흘), 荒山(거츨뫼), 孔岩(구무바회)

　　　　竹田(대밭), 谷川(시(<실)내), 細川(가는내, 잔내)

　　　　細谷(가는골), 石浦(돌개), 北泉洞(뒷싐골), 連山(느르뫼)

　　　　內洞(안골), 邊洞(갓골), 炭洞(숯골) 등

인　명: 東明, 赫(居)世, 世(里), 炤(知), 原宗, 立宗

　　　　荒宗, 苔宗, 金(輪), 銅(輪), 弓(伏), 蛇(卜) 등

관직명: 大(舍), 太大(舒發翰), 王, 內臣, 內頭, 內法

　　　　衛士, 平掌, 海(干) 등

다. 훈음차법 : 한자의 본뜻은 버리고 훈의 음만 빌어 적는 법이다.

지　명 : 熊(津), 白(江)=(泗沘江), 白嶺(*재), 黃等(也山)

　　　　泉井(口) 宜(城), 柳等(川), 鷄林~鳩林~(尸)林

　　　　東圓~鐵圓, 絲(川) ,-火(=伐,弗,罰), 推(浦)(>密津) 등

인　명 : 乞伊(蘇伐公=蘇伐都利), (舍~金)輪, 銅輪, 劉(斯由) 등

관직명 : 角(干), 酒多, (波)珍(干), 佐平 등

라. 음·훈 병차법 : 음과 훈·훈음을 아울러 쓰는 혼합표기 방법이다.

지　명 : 加莫洞(가막골), 廣津(광ㄴ릭), 德積(덕물), 善竹(션재)

　　　　按板灘(안반여흘) 등

인 명 : 舍(쇠)輪(돌이), 琉璃(누리)明(붉) 등

마. 기타

지 명 : 加乙乃, 老乙味, 曲石乙, 石乙目, 沙乙味, 去叱串嶺

末叱島(끝), 叱分島(늧), 甫叱石乙岩, 於叱每, 長山串

宋串之, 谷, 莫中, 于入谷, 于島, 穴洑院, 洑坪里, 中洑洞 등

인 명 : 林巨叱正~林居正~林巨ㄱ正, 斗叱巨非, 於ㄱ金

古乙目津, 庫乙童, 奴乙夫, 石乙金, 金石乙 등

관직명 : 金舜乃末(乃麻), 奈(大奈末), 上奈(上大等) 등

위 차자 표기법은 도수희(1975b: 1443-1453)에서 설정하였던 '이두 **표기법**'과 동일하다. 다만 여기에 다음에서 설명할 '**받쳐적기법**'이 추 가되었을 뿐이다. 다음에 도수희(1975b:1444, 1449)에서 도표(Ⅰ)(Ⅱ) 만을 옮겨 그 차자 내용을 비교하여 보도록 하겠다.

다음 도표Ⅰ에서 이두에 쓰인 한자가 대략 264자 갸량임을 알 수 있 다. 이 264자를 가지고 음·훈·훈음을 활용하였다. 그런데 도표(Ⅱ)를 살펴보면 이두의 초성 체계에 유기음 계열이 비어 있다. 그런데 고대 국어의 고유명사 표기에서도 유기음의 흔적은 거의 발견되지 않는다.

ㄱ >ㅋ: 鞬(근-)吉支, 近(근-)肖(素)古王, 近(근-)貴首王

大尸(글)山>泰山~詩(글)山

ㅂ >ㅍ: 波利~波旦~波珍=海(바롤~바둘), 波珍干岐(바도리간기)

(『釋日本紀』), 波衣~波兮=峴, 澄波渡(듬바되)(『용비어천가』 33)

敗(픠)=梨, 婆兒(파슉)=盜(『鷄林類事』), 必(필)=雨, 血(『조선관역어』)

ㅅ~ㅊ: 欽純(순)~欽春(춘), 龍樹(수)~龍春(춘), 陳純(순)~陳春(춘)

味鄒(추)~未召(소), 肖(초)古~素(소)古, 彌鄒(추)忽~買召(소)忽

分嵯(차)～夫沙(사), 烏次(ㅊ)～烏兒(ㅅ)

ㅅ～ㅈ: 比斯(사)火～比自(자)伐, 比斯(사)伐~比自(자)火

ㅈ～ㅊ: 鄒牟(추모)～朱蒙(주모), 次次雄(ㅊㅊ웅)～慈充(ㅈ충)

味鄒(미추)～味照(미조)～味祖(미조), 官昌(창)～官狀(장)

上漆(칠)～尙質(질), 忠(충)常～仲(중)常

ㄷ～ㅌ: 吐=堤(도~두+ㄱ>둑), 旦(단)～頓(돈)～呑(탄)=谷

朴堤上～朴毛末(뎌(ㄹ)몰), 毛禮(뎔리>뎌리>뎔>절=寺)

毛良(모랑～뎔라=다라)夫里(>高敞), 毛乙(뎌을～뎔)冬非～鐵(뎔)圓

고유명사 차자 표기에서 위와 같은 혼기 현상은 고대 국어의 자음 체계에 유기성 자질([aspirate])이 없었다는 증거가 된다. 이 사실을 도표(Ⅱ)의 초성체계 중 비어 있는 유기음 계열이 믿을 만 하게 뒷받침 한다.

〈도표 1〉 吏讀表記의 借用漢字體系表

中聲＼初聲	ㄱ	ㄴ	ㄷ	ㄹ	ㅁ	ㅂ	ㅅ
아	可揀哥 佳加各 監脚勘 强甲	納	當段多	羅	亡望磨	反	沙使事 賜商相 舍上仕 辭私史
야				良			
어	件去				犯凡		省先
여	遣更結決			令	弥	並別	
오	佮考高 庫故告 姑昆	農	到冬徒 導道逃 同都		目貌	卜報捧逢	所召率
요	敎		了				
우			頭		茂文物無	付分不符	手須囚隨
유				流			
으	根及尓 甫近	能	等得				
이	記己岐其	尼		立	味未尾	備	身新是 實臣甚 時始
애		內乃			每昧	白	色
에							
예	繼						
외							
위							
의							
와	款果過 戈課科 官						
위	勸						
왜							刷
웨							
字數	44	6	14	6	15	15	35

初聲／中聲	ㅇ	ㅈ	ㅊ	ㅋ	ㅌ	ㅍ	ㅎ	字數
아	仰	這作酌字張狀將自	次此參且		他	播巴	不況項	51
야	樣也約兩						向	6
어	業	的適折節呈丁正定					許	16
여	亦如闊役汝餘易繹與	典前專詮				便	絃現	24
오		粗遵終條措	初招				平	35
요	用要						爻	5
우	于右尤	中主重	推追出				後	23
유	有喩惟由揪	周						7
으	音乙隱	曾則						13
이	耳以弋因印一仍伊移入而	只紙叱旨至知持直陳進秩斟支盡志	置致親			必		48
애	曖	在					該行	10
에		除第題齊						4
예							惠	2
외			最		退		會	3
위	爲							1
의	依矣擬							3
와	臥	佐					火活	11
워								1
왜								1
웨								0
字數	41	53	13	0	2	4	16	총 264

〈도표 2〉 吏讀의 初聲 中聲體系表

初聲＼中聲	ㄱ(ㄲ)	ㄴ	ㄷ(ㄸ)	ㄹ	ㅁ	ㅂ	ㅅ(ㅆ)
ㅇ	這	他	耳	乙	舍	便	白
아	哥佳可物結去並揀納這監勘甲	乃進納餘他	如段當耳依加	良羅	味逢適的磨	所白捧播	白沙相
야	物						上商相
어	去條件	汝	加除尤	如	先		
여	在役結	行	宅典題他	如	旀	別	
오	遣庫昆考		到道逃	以	身不		召
요							
우		臥	置頭		文退	分付符	
유			重				
으	尒印(叒)	乙	等冬	乙	退	不	用
이	只己	繼尼	秩卜喻得可只持直		及	斜色必始	史甚實省
인		徒內				所	
애							
에							
예			題帖				
외			矣				
위							
의	記						
와	果過活款						
워	活						
왜							刷

初聲\中聲	ㅇ	ㅈ	ㅊ	ㅋ	ㅌ	ㅍ	ㅎ
ᄋ	白音	尺字	科上次				爲合
아	良不下先惟知向	上張	上參				下
야	樣良	結					
어	如良無	其自折					
여	亦加役在行閱	其定結典的題專前詮呈節	粘				如現亦
오	平白同于惟	追	初				
요			初				
우	于						
유			推				
으	乙隱音	貌則					流
이	是事伊只音此移弋一	喻卜得只作紙持直陳尺秩斟知可叱					
인							中該行
애							中
에	中	薺					
예		薺題					惠
외							
위	爲						
의	矣中						
와							
위							
왜							

2.1. '받쳐적기법'의 차자 표기

이상의 기본적인 차자 표기법 중 특히 (다)(라)에는 또 다시 하위 분류하여야할 차자 표기의 활용법이 들어 있다. (1) 음+훈, 훈+음 병차법, (2) 음+훈음, 훈음+음 병차법, (3) 훈+훈음, 훈음+훈 병차법, (4) 음+훈+훈음, 훈음+훈+음 병차법 등이 바로 그것들이라 하겠다. 이 활용법 중에 특별한 묘법은 필자가 일찍이 주장한 '받쳐적기법'이다. 이 표기법은 '훈+음'의 순서로 표기하는 방법이 보편적인데 그 첫째 자는 뜻을 나타내며 둘째 자는 음을 나타내어 발음하면 첫째 자의 훈독음이 실현되도록 하였다. 예를 들면 赫居(弗矩), 世里(儒利), 炤知(毗處), 活里(沙里) 등이 그것에 해당한다. 이 '받쳐적기법'은 '혁거, 셰리, 소지, 활리'로 발음해서는 안된다는 지시로 끝음절을 받쳐적어 바르게 발음하도록 유도한 것이라 하겠다. 향찰 표기에서 金完鎭(1980:17)이 찾아낸 '訓主音從'법이 곧 이 받쳐적기법의 결실이 아닌가 한다.

지명 차자 표기에서 받쳐적기법에 의한 표기형은 다시 몇 종류로 하위 분류할 수 있다. 그 기본적인 표기형은 인명 표기의 경우처럼 첫째 자의 훈독어형(고유어형)의 말음절을 표기하는 방법이다.

① 그슴文音山, ᄆᆞᄅᆞᆷᄉᆞ골舍音洞(ㅣ용가ㅣ)의 '音'은 받쳐적기의 말음절 표기이다. '文'만으로도 '그슴'이며 '舍'만으로도 'ᄆᆞᄅᆞᆷ'이기 때문이다. 洛東江의 지류인 岐音江도 일종의 받쳐적기법에 해당한다. ㅣ용가ㅣ 지명 주석 중 '가린여홀 岐灘'이 있기 때문에 '岐音'을 '기음'으로 읽어서는 안되고 반드시 '가름~가름'으로 발음하여야 하는 것이다. 岐音江이 '大川合流' 혹은 '甘勿倉津下流와 鼎岩津의 合處'라 하였으니 이 合流(혹은 合處)하는 지점에서 上流쪽으로는 두 물줄기가 갈라지는 까닭으로 이름하여 '가름강' 혹은 '가름 강'이라 하였다.) ㅣ慶尙道地理志 桂城縣條(a, b)와 ㅣ東國輿地勝覽 靈山縣 山川條 (c)에 다음의 기

록이 있다.

   a. 洛東江 流過縣西與宜寧來大川合流稱**岐音江**

   b. 守令行祭所 **岐音江**伽倻津溟所之神 在縣相去二十八里

   c. **岐音江** 在縣西二十八里 昌寧縣甘勿倉津下流與宜寧縣

     鼎岩津合處 古稱伽倻津

   그리고 '그슴'(文音)을 토대로 이른 시기의 '斤尸波衣 > 文峴'(「삼국 사기」(지리 2, 4))의 '斤尸'를 '그시'로 추독할 수 있다. 여기 '尸'가 'ㄹ, 리'가 아님은 비슷한 환경에서의 차자표기 지명들이 '仇乙, 毛乙冬非, 於乙買串, 內乙買, 達乙斬, 達乙省, 末乙省, 首乙呑, 沙非斤乙, 助乙浦' 등과 같이 '乙'로 적혀 있기 때문이다. 물론 '也尸買(也狌川), 也尸忽(野 城), 于尸(有鄰)'의 '尸'가 없지 않으나 '也尸'는 '야시'로 추독함이 옳을 듯하다. 다만 '于尸'만이 '유리~우리'로 읽힐 가능성을 전적으로 배제 할 수 없을 뿐이다. 현대지명 '갈비(並甫)골'(경북 靑松 縣東), '갈비(並 背)골'(경남 합천 草溪, 德谷)의 '甫·背'도 '비'를 받쳐적기하였다. 이 표기 자료를 근거로 '並伊武只'(강원 淮陽 長楊)의 '並伊'도 '갈비'로 해 독할 수 있으니 '伊' 역시 받쳐적기법 요소로 볼 수 있다. '느름(黃音) 실'(충북 옥천 靑城)의 '느름'도 '黃音'으로 발음하면 말이 안 된다는 암 시의 받쳐적기법이다. 그러나 이와 같은 규칙에서 벗어나 있는 받쳐적 기법의 표기형이 드물게 나타나기 때문에 문제이다.

   ② 大尸山>大山>泰山~詩山~仁義(백제)는 '大尸'를 '한~할'로 훈 독하지 말고 '글'로 읽으라는 받쳐적기법이다. 그래야 별칭인 詩山의 '詩'의 훈음인 '글'과 맞아떨어진다. '仁'과의 대응도 '大尸'를 '글'로 읽 을 수 있게 한다. 다음 ⑲에서 확인하는 바와 같이 그것의 훈이 '글>클' 이기 때문이다.

③ 汀理, 川里(향가)는 '정리, 천리'로 읽으면 말이 안되므로 반드시 '플서리'(김완진1980:86-87) '나리'로 읽어야 함을 알려주는 받쳐적기법이다.

④ 等阿～等良～珍阿～月良>高山(백제)은 '등아, 등량, 진아, 월량'으로 발음하지 말고 반드시 '둘아～ᄃᆞ라'로 읽으라는 받쳐적기법이다.

⑤ 水川～ 水入伊(백제)는 음차 표기의 대응이 없다. 그러나 「처용가」의 '夜入伊'를 근거로 하여 '入伊'를 받쳐적기법으로 보고 '들이'로 해독할 수 있다.

⑥ 月奈～月出～月生>靈岩(백제)의 月은 「삼국사기」(지리3)에서 훈차자로 쓰였고, 그 이후 오늘날까지도 거의 훈차자로 쓰여 왔다. '奈'는 同書에서 거의가 음차자로 쓰였음이 확실하다. 그렇다면 이것은 'tʌrna'로 추독할 수 있게 된다. 따라서 경덕왕이 개정한 '靈岩'도 'tʌr-am'으로 추독할 수 있다. '靈'이 '突:珍:月:石:等:靈'과 같이 대응기록을 보이기 때문에 그 훈이 'tʌr'이었다. 그러면 '岩'은 어떻게 추독할 것인가. 그 말음 'm'을 무시하면 'a'만 남는다. 그리하여 'tʌr(靈)-a(m)'(岩)으로 읽으면 'tʌr-a'가 되니 月奈의 'tʌrna'와 그 음형이 相近한다. 다만 '月奈'의 다른 표기인 '月出～月生'의 문제가 남아 있다. '出·生'의 훈은 모두 '나-'이다. 이것은 月奈의 '奈'를 적기 위하여 훈음차 표기된 것처럼 보인다. 그리하여 月奈의 표기형 역시 받쳐적기법에 의한 'tʌrna'로, 앞에서 풀이한 '珍阿=高山'과 동일 의미로 추정케 한다. 그러나 만일 '出·生'이 훈차(한역)이고 오히려 '奈'가 '出·生'의 훈음을 적어준 음차라면 月奈의 추정형 'tʌrna'는 한역인 '月出'의 뜻이 된다. 어느 쪽으로 해독하여야 정답이 될지는 아무도 장담할 수 없다. 다만 받쳐적기법에 의한 'tʌrna'가 보다 더 가능성이 있어 보일 뿐이다. 여기 우선 제기된 훈차 표기와 훈음차 표기의 문제는 다음에서 구체적으로 논의하게 될 것이기 때문에 그리로 미룬다. 어쨌든 月奈에 대한 별칭

인 '月出~月生'의 표기가 이른 시기(백제?)의 것이라면 '出·生'에 대한 고대 훈 '나-'를 발굴한 소득이 있다.

⑦ 沙梁~沙梁里(신라)에서 '沙梁里'를 '사돌리~사도리'로 읽어야지 '사량리'로 읽으면 안된다는 의미로 '里'를 받쳐 적었다. 삼국유사 (권1)에 기록된 "是爲沙梁部(梁讀云道 或作涿 亦音道), 沙梁里闕英井"의 기사가 뒷받침한다.

⑧ 牟梁~牟梁里(신라)에서도 위 ①③과 같이 '里'를 받쳐적어 '모도리'로 읽게 하였다. 삼국유사 (권1)에 '牟梁部'가 나오고, 동서(권5)에 '牟梁里'가 나온다.

⑨ 勿居(백제)>淸渠(신라)는 '청거'로 읽지 말고 반드시 '淸'의 훈음인 '물거'로 읽어야 고유어가 실현되는 받쳐적기법이다.

⑩ 波旦>波珍>海珍(신라)는 '波珍·海珍'을 '바진, 해진'으로 읽지 말고 '바돌'로 읽으라는 표시의 받쳐적기법이다. 海利도 '해리'로 읽지 말고 '바리(롤)'로 발음하라는 받쳐적기법이다.

⑪ 發羅郡(백제)>錦山(신라)>羅州(고려)는 '發羅 : 錦 : 羅'의 대응을 보인다. 雅言覺非 에 '蜂羅同訓벌'이라 하였고, 鷄林類事 에는 '羅曰速'이라 하였다. '速'의 훈은 '샌ㄹ'(월인석보 서18)이다. 따라서 '錦'은 훈차(한역) 표기이고, '速'은 훈음차 표기이며, '羅'는 훈차(한역) 혹은 發羅의 생략표기이다.

⑫ 柳等川~柳川(여지승람)은 '유등천'으로 읽지 말고 '버돌내'로 발음하라는 받쳐적기법에 해당한다. 말하자면 '유천'은 한자어로 말이 되지만 '유등천'은 말이 안 된다. '버들'의 '들'을 '等'의 훈음으로 받쳐적기한 것이기 때문이다. 그래야 고유어 '벌들내'(>버드내)가 실현될 수 있다.

⑬ 活里>沙里(慶州府驛)의 活里는 '활리'로 읽으면 말이 안되니 반드시 '사리~살리'(沙里)로 읽으라는 표기이다. 세종실록 (지리지)에

"慶州府 驛十一.…沙里古作"으로 주석되어 있기 때문이다. 이 '沙里'는 『용비어천가』(제4장)의 지명 주석에 "漢江古稱沙平渡 俗號沙里津"의 '沙里'에 이어진다.

⑭ 昔里(火)>靑理(신라)는 '청리'로 읽지 말고 '서리'로 읽어야 말이 됨을 알려 주는 받쳐적기법이다. '薩水>靑川, 薩買>靑川'과 같이 '靑'의 훈이 'sar'이었기 때문이다.

⑮ 音里火>靑理(신라)역시 '음리'와 '청리'로 읽으면 안되고 반드시 '소리'와 '사리~서리'로 읽으라는 받쳐적기법이다.

⑯ 薩川谷 矢乃(慶尙 晋州)는 '음+훈~훈+음'와 같이 그 순서가 '음+훈⇒훈+음'으로 바뀌어 대응하는 차자 표기형이다. '薩'은 sar로 음차 표기에 흔히 쓰였고, '川'의 훈은 '내'이며 '矢'의 훈은 '살'이며, '乃'는 음차 표기자임이 분명하다. 그리하여 모두가 고유어 '살내'로 발음이 가능하게 된다. 따라서 '矢乃'를 '시내'로 발음하지 말고 '살내'로, '薩川'은 '살천'으로 발음하지 말고 '살내'로 발음하라는 상보적인 차자 표기이다.

⑰ 薪浦鄕卽鈒浦 方言相類(『동국여지승람』)(권26)에서 '薪浦:鈒浦'는 고유지명 '섭개'로 해독될 수 있다. '薪'의 훈이 '섭'이고, '鈒'의 음이 '섭'이기 때문이다. 그렇기 때문에 方言相類라 하였다. '신포'로 발음하지 말고 '섭개'로 발음하라는 뜻이 '鈒浦'에 담겨 있다.

⑱ 所比浦(백제)>赤烏(신라)의 '赤烏'는 '적오'로 읽지 말고 '소비~소오(<*소볼)'로 읽으라는 받쳐적기법이다. 현지에 아직도 '새오개'가 잔존하여 있을 뿐만 아니라 沙伏忽>赤城(『삼국사기』(지리2)), 沙非斤乙>赤木鎭(『삼국사기』(지리4))에서 '沙伏~ 沙非:赤'의 대응이 뒷받침하기 때문이다.

⑲ 德勿 一云仁物, 德勿 一云德水, 德勿島 一云仁物島 或云德積島에서 '德=仁, 物=勿=水=積'의 등식이 성립된다. '클신(仁), 큰덕(德)'(자회

下25,31)이니 '德·仁'은 '큰~ 클'로 해독하여야 한다. '水'는 훈차이고 '物·勿'은 음차이며 '積'은 훈음차이다. '德勿(物)·仁物·德積'은 '큰~ 클믈'로 훈·음독하여야 한다. 그런데 여기 '積 : 物~勿'이 문제이다. '積' 의 훈은 '사흘'(「월인석보」 서23, 「초간두시」 5-10, 「유합하」 58, 「석천 문」 10)과 '물'(「광주천자문」 10)로 다르게 나타난다. 이들 복수훈 중 '물'을 택하면 된다. 이 사실을 「용가」(지명주석)의 '덕물德積'이 확증 하여 준다. 그러나 비록 「용비어천가」에는 '덕물'로 표기되어 있지만 동일 지명소를 '德'과 '仁'으로 통용하여 적어 준 것은 본래에는 훈독이 었지 결코 음독이 아니었기 때문에 가능하였을 것이다. 두 글자를 훈 독하여야 동일한 고유어 '큰~클'이 실현될 수 있기 때문이다. 그런데 '사흥-'(積)는 보다 이른 시기의 지명 표기에도 나타난다. 그것을 「삼 국사기」의 지명에서 찾아낼 수 있다.

薩水>靑川江   薩賀水~薛賀水>淸河   淸源>鴨綠江   沙熱伊>淸風

薩寒>霜陰   薩買>靑(淸)川>淸州   率己>蘇山>靑道

등에서 '薩·薛·沙(熱)·率 : 靑·淸·霜'의 대응을 근거로 靑己>積 善>靑鳧의 '靑 : 積'도 靑의 훈음 '薩'(살)로, 積의 훈음을 '살-'로 추정 할 수 있다. 또한 위 대응을 근거로 '靑, 淸, 霜, 積'의 훈음이 $*sVrV$임 을 추정할 수 있을 것이다. 이렇게 재구한 옛 어휘들이 앞으로 보완하 여야 할 「고어사전」의 결함이다.

3. 훈차·훈음차 표기와 고어 찾아내기

우리의 지명 개정사에서 고구려 문자왕-안장왕(492-529)이 백제 전

기의 고유지명을 한역한 행위가 처음 일이다. 같은 시기 아니면 보다
후대에 한역한 사실을 압록강 이북의 고구려 32개 지명이 암시한다.
그리고 약 250여 년 뒤에 경덕왕(757)이 통일 신라의 전국 지명을 한역
하였다. 만일 이런 단계적인 한역이 감행되지 않았더라면 우리의 고유
지명에 대한 뜻을 직접 파악할 수 없다. 물론 주변의 별지명들과 비교
하는 방법으로 드물게나마 간접적으로 뜻을 파악할 수도 있다. 그렇기
때문에 훈차·훈음차 표기 자료는 고대 국어의 어휘 재구에 절대적인
역할을 할 수 있다.

위에서 이미 언급한 바와 같이 훈차 표기는 漢譯을 말하며 훈음차
표기는 훈의 뜻은 버리고 오로지 훈음만 차용하는 표기법이다. 이 경
우에는 동음이의어를 표기하는 결과로 나타난다. 특히 피 훈음차자의
뜻이 동음이의어로 파악되는 일석이조의 소득이 있다.

본래에는 '甲比古次'로 불려오던 것인데 고구려 문자왕-안장왕
(492-529) 때 '穴口'로 한역되었고, 경덕왕 16년(757)에 '海口'로 개정
되었다. 경덕왕은 이 섬이 바다 가운데 있었기 때문(海口郡 本高句麗
穴口郡 在海中 景德王改名 今江華(삼국사기 권35))에 본래의 '穴'을
'海'로 바꾸었다. 변화 순으로 정리하면 '甲比古次>穴口>海口'와 같다.
고려 태조(23년 940)는 '바다=물'로 보고 '바다고지'(海口)를 '물고지(>
곶)'(江華)로 개명하였다. '口'(고지>곶)를 '華'로 바꾸어 표기한 것은
'華'의 훈음이 '고지'이었기 때문에 지명소 '고지'(串)를 적기에 충족하
였던 것이다. 華城, 楊花渡(세종실록(권148 지리지 陽川條))의 '華,
花'가 그에 해당한다. 華 : 빗날화又與花同(훈몽자회 하2)처럼 중세
국어의 훈은 '빗날'이다. 그러나 고려 초기까지는 그것이 '고지'였음을
알 수 있다.

'고지'(串)가 경음화하여 '꼬지(>곶)'으로 변화된 뒤에 '돌꼬지'(石
花)<충북 천원 북이> 와같이 '花·華'로 표기되기도 하였다. 모두 '花

·華의 훈음차인 것이다. 그런데 이 '꼬지'의 별칭으로 '꼬장배기'(花粧)가 쓰이기도 하여 흥미롭다. 이것은 '꼬치+앙이→꽃+앙이→꼬챙이'와 동궤의 조어법에 의하여 '꼬지+앙+박이→꽃+앙+박이→꼬장배기'로 변하였다.

한편 현 충남 서산군 안면면은 지세가 '곶'(串)처럼 생겼기 때문에 '안면곶'이라 하였다(〈대동지지〉 등). 그래서 안면면에는 달고지~월고지(月古地)<古南里>, 대고지~댓고지~죽고지(竹古地)<樓洞里>, 꽃지~화지(花池)<承彦里>, 응고지~은고지(應古地)<黃島里> 등의 '고지'(串서)가 많다. 이 '고지~꼬지~꽃지'(>곶~꽃)를 '古地~花池'로 차자 표기하였다. 古地는 음차 표기이고, 花池는 '훈음+음차' 표기(花池는 '화지'로 읽지 말고 반드시 '고지>꽃지~꼬지'로 읽어야함을 암시한 받쳐적기법)이다. 이 중 훈음차 표기를 훈차 표기로 착각한 나머지 花池(꽃지)를 같은 음인 '花地'로 잘못 인식하여 "꽃이 많은 고장"으로 해석하였다. 그리하여 꽃과는 아무런 관계도 없는 고장에 충청남도가 '꽃박람회'를 개최하였던 표본적인 사례를 기억할 수 있다. 훈차와 훈음차 표기를 사실대로 파악하지 못하면 번번이 비슷한 오류를 범하기 쉽다. 이 후로 전국에 산재한 지명소 '곶'이 '串'대신 '花, 華'자로 표기되기도 하였으니 항상 지명 풀이의 덫을 미리 알 수 있어야 한다. '고차'(古次)는 '串' 혹은 '口'로 한역되어 있다. 口의 고어가 또한 '고지'였음을 알 수 있다. 옛 '매홀'(水城)의 다른 지명 '고지홀〉곶홀'(華城)과 '갑곶관(甲華關)~갑곶나루(甲串津)'의 '고지〉곶=華'를 들 수 있다. 경덕왕이 개명한 '海口'를 고려 태조가 '江華'로 다시 바꾸었으니 전후지명이 '海+口 : 江+華'로 대응된다. 경덕왕이 '穴'을 '海'로 바꾼 까닭은 강화도가 바다 가운데 있기 때문(在海中)이었으니 '海'에는 '穴'이 반영되지 않았다. 그러나 '口'는 그대로 승계하였다. 여기 접미지명소 '古次'(고지)는 일찍이 고구려 문자왕~안장왕 때 '口'로 한역

(훈음차 표기)되었고, 또한 경덕왕이 이어 썼으니 '口'의 고유어 '고지'
가 고려 초기까지 쓰였음이 틀림없다. 고려 태조가 '海'를 '江'으로 교
체한 경우와 비슷한 사례를 옛 지명에서 찾을 수 있다. 바로 인근 지명
인 '於乙買串'(>泉井口)의 '於乙'(泉)을 '交'로 한역하였고 '買'(井)를 물
의 의미인 '河'로 교체하였다. 따라서 海口>江華는 '海:江'이며, '口:華'
이다. '口'의 고대 훈은 '고지'(>곶)이기 때문에 '고지'를 '華'의 훈음 '고
지'를 빌어 적은 것이다. 여기서 우리는 신라 시대의 '華'의 훈이 '고지'
이었음을 확인하게 된다. 조선 시대 江華府의 '華'도 동일 맥락에서 '믈
고지부'로 풀 수 있다. 강화도호부에는 '월곶'(月串)이 동북 10리에 있
고, '갑곶'(甲串)이 동 10리에 있고, '장곶'(長串)이 서남 50리에 있고,
'철곶'(鐵串)이 북쪽 20리에 있다. 이 네 곳(串) 중에 '갑곶'(<甲比古次)
이 강화부의 관문이었다. 이 갑곶진은 후대에 동진(童津)으로도 불리
었는데 이 津渡가 강화부로부터 통진현을 거쳐 京都로 가는 대통로이
었다. 이상의 논의를 통하여 우리는 고어 '고지'가 '串·口·華·花'의
동음이의어이었던 사실을 확인한 셈이다.

　珍(阿)(>鎭)·等(阿)·月(良)~越(浪)·珍(惡)(>石)·靈：突·達：
高·山의 훈음차·음차·훈차 표기의 대응으로 '珍·鎭·等·月·石
·靈·高·山'의 뜻인 고어 '돌~ᄃ라'(突~達)를 재구할 수 있다. 위
한자들의 훈과 훈음이 서로 터 쓰였기 때문에 가능한 것이다. 여기에
서 괄호내의 한자는 모두 받쳐적기법에 해당하는 말음이다. 그런데 문
제는 越浪에 있다. 이 경우는 月良의 월을 음차 표기로 착각하고 동음
인 越로 음차 표기한 것이다. 이런 착오를 감지하지 못하면 그 해석은
미궁에 빠지게 된다. 이와 비슷한 예를 더 다루어 보자.

　가령 지명의 차자 표기가 '立岩(선바위)>禪岩(선바위)>船岩(배바
위)>舟岩(배바위)>柱岩(기둥바위)(훈차>음차>훈차>음차)'처럼 변하
였을 때 본래의 의미가 엉뚱하게 변질된다. 일본이 한국과 관련이 있는

韓國神社(가라구니진자)를 최근에 辛國紳士(가라구니진자)로 개명하였다. 역시 역사 왜곡의 일환으로 韓를 辛자로 바꾼 것이라 하겠다. 이 경우도 본래의 훈차자 韓과 새로운 훈음차자 辛의 훈음이 동일하기 때문에 가능한 것이다. 이런 식의 인위적 차자 표기의 변화로 인하여 졸지에 韓國이 辛國(매운나라)로 폄하되는 수모를 당하게도 되는 것이다. 鷄立嶺~鳥嶺~麻骨(겨릅)~麻木(삼나무)에서 鷄立=鳥(새)+嶺(재)인데 鷄立을 '계립'(겨릅)의 음차 표기로 착각하여 鷄立(겨릅)을 麻骨(木)으로 한역한 것이다. 竹嶺~中嶺은 후자가 전자를 음차 표기하였던 것으로 보인다. 음운 변화가 죽(竹)령>중(中)령은 가능해도 반대는 불가능하기 때문이다. '대재'를 '가운데재'로 푸는 함정이 된 것이다.

徐伐·舒弗·蘇伐 : 始林·鷄林·鳩林 : 酒(多)·角(干)의 대응에서 鷄와 鳩의 고어휘 '새'를 재구할 수 있고, 林의 고어는 '블'을, 酒와 角의 고어 '스블'을 재구할 수 있다.

'古尸山'은 현 沃川의 옛 지명이다. 이 '古尸山'을 신라 경덕왕(757)이 '菅山'으로 개명하였고, 조선조 태종(1413)이 다시 '沃川'으로 개정하였다. 그 개정 과정을 다시 정리하면 '古尸山>菅城>沃川'와 같다. '古尸山' 풀이의 열쇠는 '菅山'과 '沃川' 그리고 '古尸'의 별칭인 '古利'가 쥐고 있다. 경덕왕의 지명개정 원칙이 되도록 본 지명을 漢譯하려는 의도이었기 때문이다. 따라서 '菅'과 '沃'의 古訓을 찾아서 훈독하면 정답을 얻게 될 것이다.

'菅'의 중세국어 훈은 ':골 관'(菅)<「훈몽자회」(상5)(1527)>이다. 한편 인근에 '環山城'(環山 在郡北十六里<「동국여지승람」(沃川郡 山川條)>)이란 고지명이 있는데 이 '環'의 古訓도 '고리'이다. 그럴 뿐만 아니라 '古尸'를 '古利'<「삼국사기」(열전3 김유신 하)>로 달리 적기도 하였다. 이 異表記가 '古尸'를 '고리'로 읽게 하는 결정적인 증거이다. 고지명인 '阿尸兮 一云阿乙兮', '文峴~斤尸波衣'의 표기에서 '尸=乙', '文

(글)=斤尸(글)'도 또한 이에 뒷받침이 된다. '沃'의 훈도 ':걸-'(건짜 、해=沃土)<「소학언해」(4-45)(1586)>이다.

위와 같이 '古尸'를 한역한 훈음이 '골(菅)~고리(環)>걸(沃)'이며 '古尸'의 이표기가 '古利'이기 때문에 우리는 '古尸'를 음차 표기로 보고 '고리>골'로 해독할 수 있다. 이 지명의 해독에서 '尸'가 '시' 아닌 '리~ㄹ'인 사실은 향가 표기의 '尸'를

屋尸옥-ㄹ, 於尸어-ㄹ, 理尸리-ㄹ, 乎尸올-ㄹ, 道尸길-ㄹ, 宿尸자-ㄹ(김완진의 慕竹旨郞歌 해독)

로 해독하는데 확고한 바탕이 된다. 鄕札 표기 보다 고지명의 표기가 앞서기 때문이다. 「광개토대왕비문」(414)에 새겨진 召尸(소리):銀에서 銀의 뜻인 소리홀(召尸忽>木銀城)의 소리는 후대의 '쇠'로 이어진다. 여기서 召尸를 '소리'로 추독할 수 있는 근거는 古尸를 「삼국사기」(열전 김유신전)에 古利(고리)로 달리 기록한데 있다. 또한 옛 지명에서 斤尸波兮(kirpahye):文峴, 高思葛伊(kari):冠文의 '斤尸・葛伊'도 '文'의 뜻으로 쓰였기 때문에 尸를 '리'로 추독하는데 뒷받침이 된다. 이 '소리'(>쇠)는 한반도 전역에서 보편적으로 쓰였다. 도수희(2003:353~359)에서 '금교~송교'(金橋~松橋)를 '솔다리'로 해석하였다. '소리다리'(金橋)가 말모음을 잃고 '솔'로 변하여 '솔다리'가 형성된 뒤에 그 변형을 훈음이 동일한 솔(松)을 차자하여 '솔다리'(松橋)로 기록한 것으로 추정하였다. 고구려어 '소리'(召尸)를 근거로 삼을 경우에 이 추정은 가능성이 있다.

여기서 우리는 '소리'(鐵)의 문제를 푸는데 절대적인 근거가 될 수 있는 최적의 1예를 고대 중국어에서 찾을 수 있다. 한자 '鐵'(철)의 기원을 살펴보면 그 기원적 고자(古字)가 '銕'(철)이다. 중국의 「설문해

자 를 비롯하여 최남선(1915)의 ˹신자전˼(2-26)에 "銕은 鐵의 古字"
라 하였다. 이 단어(銕)의 구조는 '金+夷'이다. 이 단어를 근거로 '鐵'
(철)의 생산이 중국에서 비롯된 것이 아님을 알 수 있다. '夷'자로 보아
그것은 東夷族으로부터 수입된 사실을 증언하기 때문이다. 따라서 '鐵
thiet'은 동이족어(부여어)를 수입한 차용어일 가능성이 있다 하겠다
(都重萬1998:59~60참고). 다음에서 銕(thiet)>鐵(thie)의 발달과정을
한국어의 그것과 비교 고찰하면 더욱 분명하여질 것이다.

상고음	중고음	근대음	현대음	속음
t'iet (T)				털thyǝr(자회·유합)
t'iet (K)	t'ie (K)			
t'et (Ch)	t'it (Ch)			
thiet (L)	thiet (L)	thie (L)	thie(L)	

(T=董同 , K=高本漢, Ch=周法高, L=李珍華·周長楫, 訓蒙(字會)·新增(類合))

위 자료에서 상고음을 기준으로 속음(한국한자음)과 비교하면 thiet:
thyǝr로 대비된다. 어말에서 중국 고대음 't'과 속음 'r'이 규칙적으로
대응한다. 따라서 't>r'규칙을 근거로 위 대비형을 거의 같은 음형(어
형)으로 추정할 수 있다. 그렇다면 동이족(부여)어로부터 차용한
thiet(鐵)을 역수입한 것이 속음 털thyǝr(鐵이)라 하겠다. 이 'thyǝr'은
고구려어 'sori'(>sorø~soy?)와의 대비에서 비슷한 꼴을 보인다. 따라
서 'thyǝr'은 현대어 '쇠'(<sö<soy<sori)의 본래 모습(sori)을 간접적
으로 나타내고 있다.

고구려 제16대 故國原王(331-370)의 이름이 '사유'(斯由)~'쇠'(釗)
이다. 재위 40년이니 쇠처럼 단단하였기 때문에 지어진 이름인 듯하
다. 최남선의 ˹新字典˼(4-56조선속자부)에 '釗(쇠)金也쇠'라 풀이하고

있어서 釗를 '쇠'로 새길 수 있다. 신라 제25대 眞智王(576-578)의 이름이 '사륜~금륜'(舍輪~ 金輪)이다. 여기서 舍 : 金의 대응을 근거로 舍를 '쇠'로 추독할 수 있다. 따라서 舍(=金)輪을 '쇠돌이'로 해독하게 된다. 輪의 옛 새김이 '돌-'이었기 때문이다. 또한 신라 인명 중에 '소나~금천'(素那~金川)이 있어서 '素 : 金'의 대응으로 위 추독을 가능케 뒷받침한다. 이 밖에도 金・銀・銅・鐵・水銀을 '쇠'로 통칭한 사실을 고대 국어와 중세 국어에서 얼마든지 확인할 수 있다.

'仁'의 고훈은 어딜('광천문. 8) 클('자회 .하11)이다. 그래서 仁을 훈차자로 해독하는 경우가 많다. 아마도 仁川은 이웃 지명인 仁物島~德勿島~德積島(큰물섬)을 근거로 역시 '큰내'로 해석할 수 있다. 그러나 논산시 양촌면의 옛 이름인 仁川의 '仁'은 전혀 다른 표기이다. 먼저 관련 자료를 제시하고 검토하기로 하겠다.

> 連山縣 山水 **居斯**里川 西十里 右二川 詳恩津市津浦(대동지지 山川條)
> 仁川 在縣南十里 一云**苔**溪 一云**居士**川 卽高山縣-----入市津(「전국여지도서」③)

위 자료는 '거사리내(居斯里川)>이사내⇒잇내(苔川)>인내(仁川)'으로 변화한 것을 알려 준다. 따라서 이 '仁'은 음차표기이다. 여기서 '苔'와 대응하는 '居斯~居士'의 '**居**'의 고훈이 '이시-'임을 알 수 있다. 신라의 인명인 **異斯**夫(**苔**宗)'가 뒷받침하며, '異次頓=異處道=**居**次頓'의 '居'도 훈음이 '이시-'임을 졸고(1998:1-20)에서 논증하였다.

木川浦(남개)=南浦(익산 오산), 南(남)浦=木(남)浦(전남 목포), 木洞(목골<못골)=池洞~池谷(못골)(대전 목동, 복수동), 木洞~木谷(목골)(나무가 많은 골)(청원 문의)에서 마지막 지명만 훈차 표기이고 나머지는 모두 훈음차 표기이다. 때로는 木의 훈차・훈음차로 오인될 소

지가 있고, 木의 훈음차가 'ㅅ-ㄱ>ㄱ-ㄱ'의 자음 접변으로 말미암아 '목골'(木洞)로 오인하기 쉽다.

동일 시기의 차자 표기 자료는 당해 시기의 표기 경향을 기준으로 해석해야한다. 가령 A시기에 표기된 지명을 표기 시기를 초월하여 마구잡이로 적용하면 해석상의 오류가 발생할 가능성이 많다. 시험삼아 백제 지명(전기) 중에서 1예를 모델로 택하여 검토해 보도록 하자. 가령 於乙買串=泉井口>交河에서 '於'가 음차인가 아니면 훈·훈음차인가의 문제가 제기된다. 이 경우에 우리는 우선 동일 시기의 표기 경향부터 파악해야 하기 때문에 우선 백제 지명(전기)에서 '於'의 쓰임새를 모아서 판단해야 한다. 위에서 제시한 자료에 나타난 '於'를 가려내어 정리하면 다음과 같다.

① 於乙買串>泉井口　於乙買>泉井
② 屈於押>江西　古所於>獐塞　於斯內>　斧壤　於支呑>翼谷

① 於乙+買+串=泉+井+口, 於乙+買=泉+井에서　於乙=泉이기 때문에 '於'를 훈·훈음차로 볼 수 없다. ②의 '於'가 모두 음차 표기인데 ①만 음차 표기에서 일탈할 이유가 없다. 더구나 다양한 별칭들이 於乙=泉(얼)=交(어르-)=宜(열)와 같이 훈음으로 일치하기 때문에 於乙의 '於'는 음차자이다. 여기에서 터득할 수 있는 지혜는 가능한 한 지명 해석에 있어서 동일 시기의 자료는 그 자료에 내재하고 있는 공통 표기 규칙을 적용하여야 한다는데 있다. 아전인수로 시기를 넘나들며 자료의 교감도 하지 않고 모든 자료를 동일시하여 유리한대로 끌리어 해석하면 결코 과학적이라 할 수 없다.

지리산의 '피앗골'은 너무나 잘 알려진 계곡이다. 이 '피앗골'은 6.25

때 그 곳이 피로 물든 격전장이었기 때문에 지어진 지명이라고 풀이한다. 이런 풀이가 보편적인 지식으로 퍼져 있다. 실로 지명은 이처럼 어처구니없는 풀이의 액운에 빠지는 경우가 종종 있다. 이는 어떤 사건이 발생하였을 때 발생한 장소의 지명과 그 사건과 우연일치 되는 경우에 흔히 속단하기 쉬운 함정이라 하겠다. 비슷한 사례로 대덕군을 들 수 있다. 이 군은 大田郡+懷德郡⇒大德郡이 조어되었다. 그런데 일반적으로 "자고로 大德人이 운집해 사는 선비들의 고장"이라고 풀이한다. 마침 이 고장에 과거에는 우암 송시열, 동춘당 송준길 등의 德人이 살았고, 현재는 과학단지가 자리잡고 있기 때문에 선비들이 운집하여 학문을 닦고 있으니 영락없이 들어맞는 셈이다. 많은 지명들이 이런 함정을 품고 있기 때문에 극히 조심해야 한다. 사실 지명 '피앗골'은 6.25 동란이 발발하기 이전부터 있어온 오래 묵은 지명이기 때문에 위의 풀이와는 아무런 관계도 없음이 다음의 바른 풀이로 판명된다. 현재 '피앗골'의 위치는 구례군 土旨面 內東里에 있는 묵은 마을 이름으로 '피골, 피앗골, 피야골, 직전'으로 다양하게 불리며 한자어로는 '稷田'이라 표기하여 왔다. '피爲稷'(「해례 용자례」)이라 하였고, 「훈몽자회」(상12)도 '피직 稷'이라 하였으니 '피앗골'의 '피'는 훈차 표기이기 때문에 이 지명의 구조를 '피+앗+골'로 분석할 수 있게 된다. '골'은 '洞'에 해당하는 지명어미이기 때문이다. 그렇다면 '앗'은 필연코 '田'에 해당하는 '훈'일 수밖에 없다. 만일 '田'이 음차자라면 '앗'이 아니라 '뎐>전'이어야 하기 때문이다. 여기서 우리는 앞에서 논의한 15세기의 지명어인 '대밭竹田'의 '밭(田)'으로 되돌아가 '피앗'의 '앗'과 관련지어 푸는 음운사적 지식을 동원하게 된다. 그리하여 '피받>피밭>피왇>피앗'의 변화과정을 밟았던 것으로 기술할 수 있다.

　마침 가랏(<갈앗<갈왓<갈밭<갈받 葛田)<전북 익산 春浦>, 다랏(<달앗<달왓<달밭<달받月田)<전북 장수 溪北>, 느랏(<늘앗<늘왓

<늘밭<늘받 於田)<전북 완주 삼례> 등의 동질적인 실례가 동일 방언 권역에서 확인되기 때문에 'ㅸ>w>∅'의 분포 지역내임을 실증하여 준다. 전국에 산재한 고금의 지명 표기들이 보다 과학적(음운론적) 해석을 요구하고 있다.

가령 '소라단'이란 고유지명은 이것에 대한 한자지명 '松田內'가 없으면 그 본래의 모습을 복원할 길이 없다. 한자 지명에 따라서 '솔(松)+밭(田)+안(內)'으로 분석하여 본모습을 복원할 수 있다. 이 '솔밭안'이 'ㄹ' 아래서의 'ㅂ'약화 탈락 규칙과 설단자음 중화규칙에 의하여 '솔밭안'으로 변하고 나서 '솔앋안'을 거쳐 연음규칙에 의하여 '소라단'에까지 이르게 된다. 고유지명의 연음법칙은 고유지명 풀이에 큰 역할을 한다. 위의 '소라단'에서 경험한 바와 같이 '못+안'(池內)은 '모산'이 되기 때문에 한자 지명 없이는 본모습을 찾기 어렵다. '꽉거리'(豆磨)는 '신도안'(新都內)이란 한자 지명의 '안팎'의 상대 개념에서 '안거리'에 대한 '밖앗거리'란 뜻으로 '팥(豆)+갈(磨)→밖거리'를 훈음차 표기한 것이라 하겠다.

대전시 太平洞(벌말)과 佳壯洞(가장골) 사이를 흐르는 내를 버드내(柳等川>柳川)라 부른다. 필자는 그 동안 버드내의 우안이 벌말고 내 건너 편(좌안)이 역시 넓은 들녘이기 때문에 '벌과 들 사이로 흐르는 내'이기 때문에 지형 명명된 내 이름으로 해석하여 왔다. 그러다 어느 날 갑자기 의문이 생겼다. 그렇다면 왜 건너 편 큰 마을 이름이 '들말'이 아니고 '가장골'인가? 佳壯洞을 '들골'이라 부르지 않고 속칭 '가장골'이라 부르는 까닭이 무엇인가? 한글학회 「지명총람」(4)은 "들 가운데 있으므로 '가장골'이라"하였다고 기록되어 있다. '가장골' 앞에 있는 큰 들을 '대추마루'라 부르고, '가장골' 옆에 있는 마을을 '들말'이라 부르니 그 곳 전체가 들판임에는 틀림없다. 그러나 '가장골' 자체에는 '들'의 의미가 없다는데 문제가 있다. 그래서 '가장골'부터 인접 마을을 연계 추적한 결과 '佳壯洞(강장골)⇒邊洞(갓골)⇒內洞(안골)'과 같은 결과를 얻었다. 안 자리에 있는 '안골'(內洞)을 중심으로 그 변두리(갓) 자리의 마을이 '갓골'(邊洞)이고, 이보다 가장자리에 있는 마을이 '가장골'인 것이다.

長壽驛>長水院으로 표기가 변하였다. 고려사(권82 兵志2, 站驛條)에 "西京(平壤)에 長壽驛이란 곳이 있는데 이곳은 현재 평양 동북, 大聖山 東麓 즉 大同郡 喋足面 長水院(현 魯山里)에 틀림없다"고 하였다. 이 장수원 동북에는 古墳群이 꽤 많이 있다. 이 院名 長水는 역대 驛名 長壽에서 유래한 것이고 또한 長壽는 장수왕능의 所在로 인하여 발생한 것으로 추정된다. 따라서 장수왕능은 이 고분군 가운데의 어느 것일 가능성이 짙다. 고국원왕까지는 장지명을 왕호로 삼았다. 그러나 광개토대왕 이후부터 장지명으로 왕호를 삼지 않아 장수왕능의 위치가 묘연하다. 이처럼 고지명의 바른 해독은 역사적인 문제를 푸는 경우도 종종 있다. 그런데 잘 못 표기한 長水가 長壽를 푸는데 걸림돌이 되고 있다.

無愁洞은 현 대전시 중구의 묵은 마을 이름이다. 속지명은 '무스리, 무쇠골, 水鐵里' 등이다. 마을 촌노들은 無愁洞을 근거로 '근심 없는 골'이란 의미로 해석한다. 그러나 보다 앞선 시기의 풀이는 전혀 다르다. 水鐵里를 근거로 '물맑고 무쇠가 많이 나는 골'이란 뜻으로 풀이하였기 때문다.

조선조 숙종 때 대사헌을 지낸 權愭가 이 곳에 낙향하고 정착하여 水鐵里(무쇠골)를 無愁里로 고쳐 적어 '無愁翁'으로 자호를 삼은 후부터 無愁洞으로 전해졌다. 그러나 본래의 지명은 '水鐵里'도 '無愁里'도 아니었다. 權以鎭(1668-1734)의 有懷堂集에서 밝힌 "無愁洞古稱蘆谷(무수골)云云"에 본명이 담겨 있다고 볼 수 있다. 이것은 본래 '물살골(水靑里)>무사리>무수리'로 변한 것으로 볼 수 있다. 薩水=靑川, 薩

買=靑川을 근거로 할 때 가능성이 있다.

　전국에 산재한 고금의 지명 표기들이 보다 과학적(음운론 및 형태론적) 해석을 요구하고 있다.

Ⅳ. 대전지방 지명에 나타난 백제어

1. 서론

모든 생물은 땅위에 태어나서 살다가 결국 땅에 묻힌다. 만물의 영장인 사람도 결코 예외는 아니다. 그래서 땅은 사람의 생활무대가 된다. 대지(大地)에는 곳곳마다 붙여진 이름이 있다. 그것이 곧 지명이다. 인명은 사람의 죽음과 동시에 사라지지만 지명은 그렇지 않다. 그 지명에서 대를 이어 살거나 그 곳을 드나드는 모든 사람들이 대를 이어 사용하기 때문에 지명은 결코 소멸하지 않는다. 이처럼 지명은 일단 발생하면 토착하여 끝내 잔존한다. 따라서 지명은 역사성과 보수성이 아주 강한 존재이다. 그래서 지명은 무형문화재인 것이다. 그럼에도 불구하고 지하에 묻힌 문화재는 소중히 여기면서 지명은 소홀이 취급하는 경향이 있다. 서로가 유형·무형의 차이만 있을 뿐 보존가치는 대등한 것인데 어찌하여 차별 대우를 하는 것인가? 이는 아주 잘못된 생각이다. 따라서 대전 지역의 백제 지명을 고찰하는 것은 매우 뜻 깊은 일이라 하겠다.

보편적으로 선주족이 살던 곳에 남긴 문화유산은 오랜 세월 속에서 거의가 마모되거나 소멸된다. 그러나 다음 두 경우만은 예외일 만큼 보다 오랜 보수성을 지닌다. 그 하나는 지하에 묻힌 유물이고, 다른 하나는 지상에 고착된 지명이다. 지하의 유물에 대하여는 잘 알려진 사실이기에 여기서 거듭 설명할 필요가 없다. 다만 지명에 대한 보수성이 어느 정도인지를 확인하여 보기로 하겠다.

구약성서 (창세기)에 나오는 바벨탑(The Tower of Babel)의 옛 고장인 '바빌론'을 비롯하여 아브라함의 고향이기도 한 '우르'와 '우르크', 아수르왕국의 '아수르' 등이 현재 이라크에 남아 쓰이고 있다. 기원전의 옛 지명 '예루살렘, 갈릴리, 요르단, 이스라엘' 등이 변함없이 쓰이고 있다. 또한 Hawaii 열도에도 'Hawaii, Waikiki, Ohau, Honolulu' 등의 토착 지명이 여전히 쓰이고 있다. 시베리아에도 'Atobj, Brobj, Kobj, Tymkobj' 등의 원시 강명이 그대로 쓰이고 있다. 이타리아에도 그리스 식민지의 지명이 'Neapolis(the new city)>Napoli, Pozzuoli, Pompei, Sisiry' 등과 같이 여전히 쓰이고 있다. 미국의 주명(State Name)도 $\frac{1}{2}$이나 인디언(Indian) 지명이 그대로 남아 있다. 중국 상(商1766 B.C.-)나라의 은허(殷墟)에서 발굴된 고대 복사(卜辭) 지명들이 현재도 여전히 사용되고 있다. 우리 나라도 함경도와 평안도 지역에 童巾(퉁권=鐘)山, 豆漫(투먼=萬)江, 雙介(쌍개=孔·穴)院, 斡合(워허=石), 羅端(라단=七)山 등의 여진 지명이 쓰이고 있다. 위에서 열거한 지명의 보편적인 특성이 대전 지역의 옛 지명에도 비장(秘藏)되어 있다.

다시 강조하건대 지명은 역사적 증거력이 매우 강하다. 지명은 좀체로 사멸하지 않고 거의가 생존하여 지난 역사를 증언하기 때문이다. 가령 서벌(徐伐)(>서라벌)은 신라의 천년 역사를 증언하고, 소부리(所夫里)(>부여)는 백제의 700년 역사를 증언한다. 사벌(沙伐)(>尙州)은 신라에 통합된 옛 사벌국(沙伐國)의 역사를 증언한다. 마찬가지로 우술(비풍>회덕)·노사기(>유성)·소비포(적오>덕진)·진현-정현(진령>진잠-기성) 등은 대전의 역사를 증언한다. 대전 지역의 옛 지명 속에 숨어 있는 백제어를 찾아내려는 목적이 바로 여기에 있다.

현재의 대전광역시 안에 존재하였던 백제 지명은 삼국사기 지리 3의 백제 지명록에서 찾을 수 있다. 큰 지명으로 우술군(雨述郡)(>比 豊>懷德)이 있었는데 이 군은 노사지현(奴斯只縣)(>儒城)과 소비포 현(所比浦縣)(>赤鳥>德津)을 거느리고 있었다. 그리고 황등야산군 (黃等也山郡)(>黃山>連山)이 거느렸던 진현현(眞峴縣)(>鎭嶺>鎭 岑>眞岑)이 있었다. 대전 지역과 이웃하였던 지명으로는 고마ᄂᆞᄅ(熊 津)(>熊州>公州)·두잉기현(豆仍只)(>燕岐) 등이 있었다. 또한 현재 의 '기성(杞城)·한밭(大田)·둔지미(屯山)·한밭내(大田川)·버드내 (柳等川)' 등은 백제어로 어떻게 불렀던 것인가의 문제도 아울러 풀기 로 한다.

2. 대전지역 지명 속의 백제어

2.1. 우술군(雨述郡)(>비풍군(比豊郡)>회덕군(懷德郡))

백제 시대의 대전 지역의 중심은 우술군(雨述郡)이었다. 이 우술군 이 주변의 노사지현과 소비포현을 거느렸기 때문이다. 아울러 이웃군 인 황등야산군에 소속했던 진현현까지 흡수하게 되었다. '우술'은 우 술(雨述,백제)>비풍(比豊,통일신라)>회덕(懷德,고려)과 같이 변하였 다. 雨述>比豊에서 '雨:比'의 대응을 나타낸다. 우술군의 치소(治所)는 옛 퇴뫼토성(현 대전성모여고 자리로 부근에 퇴뫼방죽이 있었고, 지금 도 퇴뫼고개라 부른다)으로 추정하는 한편 회덕현의 옛터로 추정하기 도 한다. 이 퇴뫼토성을 중심으로 주변에 소지명인 '부사리, 보문산,

보리미, 하늘부리(天根), 보리벌(보리원)' 등이 분포되어 있음을 확인할 수 있다. 이 소지명들은 모두가 어두에 'ㅂ-'을 보유하고 있기 때문에 '雨'를 '비'로 추독하는데 도움이 된다. 그렇다면 통일 신라 또는 고려 초에 현재의 회덕으로 치소를 옮겼다고 볼 수 있다. 아니라면 회덕현의 옛터가 본래부터 우술군의 옛터였던 것으로 볼 수 있다. 추정 근거로 부근의 우래리(雨來里)를 들 수 있다. 이 '우래리'를 속칭 '비래리'라 부른다. 이곳의 전래 지명은 속칭 '비래리'이고 이 '비래리'를 한자로 표기한 것이 雨來里이다. 한자 雨의 새김인 '비'로 고유지명인 '비래리'의 '비'를 적은 것이다. 來는 '래'를 음차한 것이다. 따라서 雨來는 '비래'로 추독할 수 있다. 만일 경덕왕의 개정명인 比豊에서 '豊'이 '禮'의 약자였다면 比豊을 比禮로 바꿀 수 있으므로 '비래'와 비슷하게 된다. 따라서 백제어 '비'를 옛 지명 雨述의 雨에서 확인할 수 있다. 이 '비'는 고려 초기의 '비'(雨)(계림유사 1103-1104)에 이어지며 현대국어도 '비'로 쓰이고 있음을 알 수 있다. '우술'의 '술'(述)은 峰을 의미하는 백제어 '수리'이었다. 백제 지명인 아술(牙述)을 경덕왕이 음봉(陰峯)으로 개정한 경우에서 牙=陰(엄), 峯=述(수리)를 확인하기 때문이다.

2.1.1. 한밭(大田)

이 고장의 본 이름은 '한밭'이었고, 이 '한밭'을 한자어로 옮겨 적은 이름이 大田이다. 그러나 口語로는 내내 '한밭'이라 불러왔고 文語로만 大田으로 표기하여 왔을 뿐이다. 잘 알려진 바와 같이 우리는 고유 지명과 한자 지명을 아울러 사용하고 있다. '한밭'과 大田, '곰나루'와 熊津, '한절골'과 大寺洞 등이 바로 그 좋은 예들이다. 그런데 이처럼 동일 고장에 대한 두 지명이 존재할 경우에는 순수한 우리말 지명이 먼저 발생하였고, 이 고유 지명을 어느 시기에 한자로 표기한 것들이 이른바 한자 지명이다. 따라서 '한밭'이 大田보다 훨씬 이른 시기에 발생한 우리 고장의 땅이름이라 하겠다. 그러면 발생 당시의 '한밭'은 어느 곳이었던가? 고문헌들의 설명에 따르면 大田川의 상·하류역을 제외한 중앙부의 천변이었을 것으로 판단된다. 더 정확히 말하자면 현재의 대전역을 중심으로 한 자연 부락의 옛 이름이 '한밭'이었다. 그래서 역 이름을 '대전역'이라 하였다. 이 마을을 중심으로 꽤 넓은 들(한밭)이 있었기 때문에 이곳의 지명을 '한밭'이라 불렀던 것이다. 이 고유지명을 표기할 때에 우리의 문자가 없어 어쩔 수 없이 한자를 차용하여 大田으로 적기만 하였고 여전히 '한밭'이라 불렀다. 그러면 먼저 '한'에 대한 대응 기록을 찾아보면 백제의 '한골(漢州)·한가람(漢江)과 신라의 한나마(韓奈麻·大奈麻), 한마름(韓舍·大舍)을 비롯하여 한내(大川), 한골(大洞), 한머리(大頭里), 한뿔이(大角里), 한다리내(大橋川), 한뫼(大山里), 한갓골(大枝洞), 한실(大谷), 한티골(大峙洞), 한재(大峙), 한밤이(大栗里), 한절골(大寺洞)' 등과 같이 정확히 大자로 표기되었다. 그리고 '밭'에 대한 대응 표기를 찾아보면 삼국사기 지리지의 백제의 지명 중에 '泥沙波忽>麻田淺'이 있다. 이 지명의 沙:麻는 沙가 麻의 뜻으로 쓰였음을 알 수 있다. 중세국어 '삼'에 이어진다. 沙는 ㅁ을 생략한 추상적인 표기였던지 아니면 백제어로 *사(>삼)이었을 것이다. 또한 波:田의 波는 유기음이 아직 생성되기 전이었으니 백제 시대의 음은 '바'로 추정할 수 있다. 따라서 '바'(波)는 田의 뜻으로 쓰였음을 알 수 있다. 중세 국어 '밭'에 이어진다. 이것 또한 'ㅌ'이 생략된 표기이든지 아니면 '*바'(>밭)의 변화일 것이다. 후대의 '삼밭(麻田), 대밭(竹田), 삼밭개(三田渡), 진밭들(長田里), 꽃밭들(花田里), 갈밭(葛田)' 등 모두가 한결같이 '밭'(田)으로 계승되었다. 만일 이 자연 부락이 백제 시대에도 있었다면 그 때의 이름도 '한밭'이었을 것이다. 서두에서 밝힌 바와 같이 지명은 좀 체로 변하지 않기 때문에 백제어 '한밭'이 거의 변하지 않고 현재까지 쓰인다고 볼 수 있다. 한밭내(大

田川)의 내(川)는 백제어로 '나리' 또는 '나이'이었다. 따라서 백제어 '한바나리·한바나이' 또는 '한밭나리·한밭나이'가 변하여 오늘의 '한밭내'(大田川)가 된 것이라 하겠다.

2.1.2. 버드내(柳等川)

'버드내'의 한자 지명인 柳等川이 나타나는 최초의 고문헌은 『동국여지승람』(1481)이다. 이 柳等川은 다시 柳川으로 표기 변화되었다. 현지의 노인들은 내 둑에 버드나무가 많기 때문에 지어진 이름이라고 풀이한다. 그러나 지금 내 둑의 일부분에 있는 버드나무는 일제 시대에 내폭을 넓힌 후에 양안에 둑을 높이 쌓고 심은 것들이다. 그렇기 때문에 '버드내'와 '버들'(柳)과는 아무런 관계도 없음이 분명하다. 위 '버드내'의 양편은 '벌말'(坪村)과 '들말'(坪村)이 넓게 펼쳐져 있다. 이 '벌'과 '들'의 사이를 흐르는 내가 곧 '버드내'이다. 이 '버드내'가 柳等川으로 차자 표기되었고 다시 柳川으로 한역되었다. 그러니까 '벌+들+내'로 분석되는 고유 지명이 설단자음 앞에서의 'ㄹ'탈락으로 '벌들내>버드내'로 변형된 것이라 하겠다. 이처럼 지세에 따라서 작명된 지명이기 때문에 '벌과 들의 사이를 흐르는 내'란 뜻임을 알 수 있다. 처음의 모습은 '벌들내'이었는데 '들'의 ㄷ과 '내'의 ㄴ앞에서 ㄹ이 탈락하여 현재의 '버드내'가 되었다. 백제어로는 '부리(>벌)+드르(坪·野)+나리'이었으니 다시 정리하면 '부리드르나리'이었을 것이다. 이 백제어가 지금의 '버드내'로 변하였다.

2.1.3. 무수동(無愁洞)

현 대전시 중구의 묵은 마을 이름이다. 이 지명은 '무수리, 무쇠골, 水鐵里(수철리)' 등으로 부르기도 한다. 마을 노인들은 無愁洞을 근거로 '근심 없는 골'이란 의미로 해석한다. 그러나 옛날에는 '수철리'를 근거로 '물맑고 무쇠가 많이 나는 골'이란 뜻으로 전혀 다르게 풀이하였다. 조선조 숙종 때 대사헌을 지낸 권기(權愭)가 이곳에 낙향하여 살면서 水鐵里(무쇠골)를 無愁里로 고쳐 적어 '無愁翁(무수옹)'으로 자호를 삼은 후부터 無愁洞으로 전해졌다. 그러나 본래는 '水鐵里'도 '無愁里'도 아니었다. 권이진(權以鎭1668-1734)의 『有懷堂集』에서 밝힌 "無愁洞古稱蘆谷(무수골)云云"에 본명이 담겨 있다고 볼 수 있다. 이것은 본래 '물살골'(水靑里)이었는데 ㄹ이 탈락하여 '무살골>무수리'로 변한 것으로 볼 수 있다. 蘆의 훈음이 '무수'이기 때문에 가능성이 있다. 淸州의 어원이 현 괴산군 靑川面의 옛 이름인 살매(薩買縣一云靑川)에 있다. 같은 말이 靑川江의 옛 이름인 薩水에서 확인된다. 옛말 '살'(薩)은 靑·淸의 뜻이고, '매'(買)는 水·川의 뜻이다. 따라서 '살'은 '푸르다·맑다'의 뜻이다. '물이 맑으면 푸르기' 때문에 靑과 淸이 통용된 것이라 하겠다. 충북 괴산군 옛 이름 '살매'(>靑川)의 '살'(靑)이 대전 지역까지 내려와 분포하였음을 알 수 있다. 따라서 '무수동'은 '물살골'로 '물이 맑은(푸른) 골'이란 뜻이다. 일반적으로 忠淸을 '淸風明月'로 비유적인 풀이를 한다. 그러나 忠淸은 문자 그대로 "국토의 중심(忠)으로 맑은(淸) 고장"이란 뜻이다.

2.2. 노사지(奴斯只)>유성(儒城)

노사지는 일명 노질지(奴叱只)로도 적혀 전한다. 이 지명은 신라 경덕왕 16년(757)에 儒城(유성)으로 개정된 후 오늘날까지 계속 쓰이고 있다.

노사지는 '놋긔·노사긔·느르긔'로 해독할 수 있다. 백제 때의 노사지는 지금 유성의 성터 후부에 있는 '니비'(立義)가 그 중심지였을 것으로 추정된다. '긔'(己·只)는 백제어로 城을 의미한다. 그렇기 때문에 노사기(놋긔·노사긔·느르긔)는 "느슨하게 펼쳐진 지형"의 뜻으로 풀이할 수 있다. 그리고 儒자의 음이 신라 경덕왕이 개정할 당시(757)에는 'nyu'이었기 때문에 '노'(奴)의 음과 비슷하였을 것이다. 只도 백제 때의 음은 '긔'이었을 것이기 때문에 城을 뜻하는 백제어로 풀이할 수 있다. 그래서 只를 城으로 한역한 것이라 하겠다. 그런 까닭에 유성은 노사지와 동일 의미의 다른 표기형일 뿐이다. 따라서 儒城의 儒자는 '선비'라는 새김과는 아무런 관계가 없는 것이다. 그런데도 유성의 지명사적인 내막을 전혀 모르는 사람들이 儒자의 새김에 얽매여 '선비가 모여 사는 고장'이란 자의적 풀이를 하는 경향이 있다. 우연히 유성을 중심으로 충남대학교와 과학단지에 선비들이 많이 상주하는 점이 일치하였기 때문이다. 그렇다면 신라 경덕왕 16년(757) 이후 1200년이란 장기간에는 왜 선비들이 모여 살지 않았던가도 한번쯤 깊이 생각하여 볼 필요가 있다. 이처럼 유성은 처음 이름인 奴斯只의 '奴斯'를 대신 표기하기 위하여 斯를 생략하고 奴와 비슷한 음자인 儒(nyu)로 적었을 뿐이며 儒의 새김인 '선비'와는 아무런 관계도 없는 것이라 하겠다. 따라서 현재의 상황에 이끌리어 儒城을 한자 지명로 오인하여 '선비골'로 풀이하는 것은 잘못이다.

2.2.1. 독기우믈(獨只于乙)(>유성온천)

현재의 유성 온천은 온천수가 풍족히 솟아오르는 천혜의 유황온천이다. 대전 시민이 지극히 애호하고, 전 국민이 애용하는 유성의 유황온천은 「세종실록」지리지의 공주목조에 "온천: 유성동쪽 5리에 있는데, '독기우을'이라 한다(溫泉 在儒城東五里 獨只于乙)."이라고 기록되어 있다. 이 獨只于乙의 '독기'는 溫에 대한 고유어로 추정하고 '더운'으로 풀고자 한다. 그런데 문제는 泉에 대응하는 于乙에 있다. 「세종실록」지리지 용강현(龍岡縣)조에 "온천 하나가 현의 서쪽 어을골에 있다(溫泉一 在縣西於乙洞)."이란 기록이 있다. 그 곳의 지명이 온천이 있기 때문에 지어진 것이라면 於乙洞은 곧 泉洞인 것이다. 삼국사기 지리지에 '於乙買串~泉井口, 於乙買~泉井'와 같은 대응 기록이 있기 때문에 於乙은 泉에 해당하는 고유어임에 틀림없다. 충남지역 등에서 아직까지 사용하고 있는 방언으로 음력 정월 보름날 밤에 장독대에 떠다 놓고 '고사지내는 물'을 '얼'(정화수(井華水))이라 부른다. 따라서 위에서 제시한 '어을=우을'(於乙=于乙)은 泉의 뜻이며, '독기우을'(獨只于乙)은 '더운 샘물'이란 의미의 백제어일 것이다.

2.2.2. 둔뫼(屯山 · 屯谷 · 屯之尾)

현 둔산동을 '둔뫼' 또는 '둔지미'라 부른다. 한글학회의 지명총람 4(충남편 상)에 소개된 屯谷里의 유래를 보면

둔곡리(屯谷里) (두니실, 둔곡) [리] 본래 공주군 九則面의 지역으로서 신라 문무왕 때 김인문(金仁問)이 이곳에 군사를 주둔시키고 蘇文城을 쳤으므로 두니실 또는 둔곡이라 하였다.

와 같이 屯자의 새김에 이끌리어 풀이하고 있다. 대전광역시의 It's Daejeon(2006.오월호)은 '우리 고장 유래'에서 '둔산'에 대하여 다음과 같이 풀이하였다.

둔지미는 한자로 屯之尾라고 표기하는데, 이는 풍수지리상으로 보아 大芚山의 꼬리부분에 해당하는 명당이기 때문에 붙여진 이름이라고 한다. 그러므로 정확한 한자표기는 芚之尾라고 해야 한다고 주장하는 사람도 있으나, 둔지미라는 말은 둔지+뫼(山)가 변해서 둔지미로 되었다는 설이 유력하다. 둔산 지구가 신시가지로 개발되기 전까지만 해도 육군 3관구사

령부, 공군기교단, 육군통신학교, 헌병대, 법무부대 등이 주둔하고 있었던 터라 예언적 지명이었다는 주장이 있기도 하다.

위 풀이들은 모두 잘못되었다. 둔산동의 지형이 대둔산의 꼬리부분이 아니기 때문이다. 또한 예언적 지명에 결부시켜 해석하는 것은 더더욱 비과학적이다. 왜냐하면 3군 본부가 들어선 계룡대를 비롯하여 육군 제2훈련소 등 군부대가 주둔하고 있는 지명들이 결코 '屯山'이 아니기 때문이다. 그래서 다양한 별칭을 갖고 있는 이 지명은 '군대의 주둔'과는 아무런 관계도 없다. 이 屯山은 구석기 시대부터 우리 조상이 불러 온 고유어 지명이기 때문이다.

屯山의 屯은 고대 한반도의 중부 지역('삼국사기 지리4)에서 谷의 뜻으로 쓰였던 '돈‧둔'(旦‧頓‧呑)과 동일한 지명소이며 그 뜻은 '실'(谷)과 동일하다. 大芚山을 '한둔뫼'라고도 부른다. 본 이름은 '한둔뫼'인데 '훈(大)+음(芚)+훈(山)'의 차자표기 지명인 大芚山이 된 것이다. 여기서도 大와 山은 '한'과 '뫼'로 새겨서 읽도록 표기하였지만 芚자만은 음차 표기하였다. 여기 芚은 屯과 동일음이다. 이른바 강원도의 피난처인 3屯(月屯‧生屯‧達屯)의 '둔'(屯)이 바로 谷의 뜻을 지닌 고유어인데 이것과 동일하다.

山間마을을 고유어로 '두메'라고 부른다. 이것은 '둔뫼'에서 변천된 것이다. 그 변천과정을 '둔뫼>둠뫼>둠메>두메'와 같이 기술할 수 있다. 따라서 屯谷은 고유어 '둔실‧둔골'이고, 屯山은 '둔뫼'(>둔메>둔미=屯之尾)인 것이다. 이 屯山(<屯谷)은 '윗둔지미+중둔지미+아래둔지미'로 나뉠 만큼 큰 마을이었다. 특히 '구석기>신석기>청동기'의 유적이 발굴되어 屯山(>둔지미)의 오랜 역사를 증언한다. 따라서 屯山의 屯은 음차 표기임이 확실하다. 최근에 주둔한 군부대에 이끌리어 屯자를 새김으로 풀면 큰 잘못이다. '둔뫼'(屯山)는 석기 시대부터 쓰

여 온 대전 지역에서 가장 오래된 고유어 지명이다.[1]

2.2.3. 소비포(所比浦)>적오(赤烏)>덕진(德津)

백제 시대의 소비포(所比浦)는 백제의 우술군(雨述郡)이 거느렸던 현명이다. 여지도서 (상) 공주목조의 고적조를 보면 "덕진현은 공주로부터 동쪽 50리에 있다"고 하였다. 현재의 갑천(甲川)을 따라서 내려가다 엑스포장을 지나서 조금 더 하류로 내려가면 덕진리(德津里)가 나오는데 이곳이 곧 옛날의 소비포현(>덕진고을)이다. 옛 모습을 자랑하듯 아직도 옛 비석과 고색 찬란한 석등들이 남아서 숨쉬고 있는 고장이다. 소비포(所比浦)의 '所比'는 所比浦>赤烏에서 '所比:赤'의 대응으로 백제어 '소비'(赤色)를 재구할 수 있다. 백제 전기어도 沙伏忽>赤城>陽城, 赤木鎭~沙非斤乙>丹松을 근거로 '사부~사비'(赤)를 추정할 수 있다. 앞에서 논의한 바를 토대로 상고할 때 *sʌri~sʌypi~sʌypik으로 추독할 수 있을 듯하다. 이 어휘는 백제의 전기어(중부지역어)에 해당하는 *sʌypik과 일치하는 것으로 그 표기의 형태만 소비(所比)와 사복(沙伏)으로 약간 다를 뿐이라 하겠다. 소비(所比)가 세종실록 지리지에 소북(所北)으로 기록되어 있는바 이것이 만일 '比'의 오기가 아니라면 표기자가 사복(沙伏)을 참고하여 그것에 이끌렸기 때문이었다고 생각할 수 있다. 이 '소비(所比)·소북(所北)·사복(沙伏)'은 중세국어의 '새배'에 연결될 것으로 보이며, 그것은 현대어의 '새벽'에 이어진다. 특히 충남방언의 '새북'도 이 원형에 가까운 모습을 보이는 흥미로운 잔형이라 하겠다.[2]

---

1) 도수희: 한국 지명 연구 pp.271-292, 以會文化社(1999) 참고.
2) 都守熙: 百濟語 研究(Ⅲ) pp.169-175, 百濟文化開發硏究院(1994) 참고.

2.3. 두내기(豆仍只)(>燕岐)

행정복합시(세종시)의 건설로 유명해진 연기군의 백제 지명은 '두
잉지현(豆仍只縣)'이었다. 우리는 백제 지명인 '두홀'(豆肹)(>會津)에
서 백제어의 수사 '두홀'(二)을 재구할 수 있다. 두 내(川)가 만나는 곳
을 會津이라 부른다. 백제의 다른 지명인 두홀(豆肹>荳原)과 비슷한
豆仍只(>燕岐)의 豆仍도 '두홀'(二)을 나타낸 것으로 추정된다. 豆仍의
仍은 乃와 터 쓰인 경우가 있기 때문에 '내'(川)로 추독할 수 있다. 豆仍
只(燕岐)에 존재하고 있는 合江은 동진강(東津江)과 금강이 만나는 곳
이다. 이 합강을 두내(豆仍)의 후신으로 지목할 수 있다. 두홀(豆肹)은
향가에서도 "二肹(두홀)隱吾下於叱古"(처용가)와 같이 발견되어 '두
홀'이 신라어에서 사용된 사실을 확인한다. 또한 ⌐계림유사˩(1103-4)
에서도 '둘ㅎ·두블'(二曰途孛)을 발견한다. 두 내 또는 두 강이 會合
하는 곳에 대한 지형 명명인 듯한데 이런 실례가 많다. 가령 논산시
상월면 상도리의 용화사에서 발원한 내(川)가 석종리에 이르러 대명
리의 대명천과 합류되는 곳을 '두내'라 부르는데 구개음화를 일으켜
'注乙川·注川'(주을천·주을내·주내)이라 부른다. 또한 대전시의
'大田川+柳等川+甲川'이 합류하는 지역을 세내골(三川洞) 이라 부른
다. 따라서 豆仍只(>燕岐)는 백제어 '두내기'로 추정된다.

2.4. 금강(**錦江**)의 내력

일반적으로 "비단처럼 아름다운 강이라서 錦江이라 부른다"라고 풀
이한다. 錦자의 새김이 '비단'(최남선:⌐新字典˩)이기 때문에서다. 그러
나 한자어 비단(緋緞)에 해당하는 옛 고유어는 '깁'(⌐훈몽자회˩)이었
으니 '깁가람'이지 결코 '비단가람'은 아니다. 혹은 그 어원이 錦山郡의

錦에서 비롯된 것으로 풀 수도 있다. 錦자가 동일할 뿐만 아니라 금강의 상류가 금산 지역을 관류(貫流)하기 때문이다. 그러나 역시 잘못된 풀이다. 지명의 음차 표기에서 가급적이면 좋은 뜻의 한자를 선택하는 경향이 있다. 예를 들면 '곰골'(熊州)이 '공골'로 변한 후 公州로, '곰골뫼(熊州山)>공골뫼>공뫼'로 변한 후 公山(城)으로 公자를 차자하여 표기한 경우와 같다.

　『삼국사기』(1145), 『일본서기』(720) 등의 고문헌에는 錦江이 보이지 않는다. 오직 '白江, 白村江, 泗沘河'만 나타날 뿐이다. 금강은 『세종실록』(지리지 권149, 공주목조)(1454)에 "錦江樓(在熊津渡之陰)"와 같이 처음으로 나타난다. 그러나 공식적인 호칭으로는 『용비어천가』(제15장)(1445) 주석에

　　江 卽熊津고마ᄂᆞ르也 來自燕岐縣 過公州之北 西流達于扶餘 至舒川鎭浦딘개 入于海

와 같이 아직도 '고마ᄂᆞ르'(熊津)이었다. 이 주석에는 웅진이 연기현으로부터 시작되는 것으로 되어 있다. 연기의 백제 지명인 두내기(豆仍只)가 지니고 있는 뜻 "東津江+新灘江하류=合江(두내)"였다면 이 합류처로부터 부여의 白江이전까지를 '고마ᄂᆞ르'(熊津>錦江)라 하였던 것으로 판단된다. 이처럼 조선 초기까지만 하여도 웅진이 보편적으로 통용된 전체의 이름이었다. 아마도 별칭인 금강이 기존하였다 하더라도 아직은 생소한 존재였던 것 같다. 문헌에 등재되어 있지 않음이 바로 그 증거이며 또한 이로 미루어 볼 때 금강의 발생은 비교적 후대 즉 일러도 고려 시대의 후기 지음으로 추정된다. 『동국여지승람』(권15 沃川條)(1481)의 기록중 "公州에 이르러 먼저 錦江이 된 다음 熊津이 된다(至公州爲錦江爲熊津)."는 설명을 근거로 초기의 금강은 熊津 안

에 위치한 보다 작은 강명으로 출발하였음을 알 수 있다. 그리고 다른 문헌은 "공주의 東5리에 이르러 錦江渡가 된다"고 하였다. 따라서 금강은 '금강나루'란 나루 이름에서 기원한 것으로 추정할 수 있다.

요컨대 금강은 웅진 안에 위치한 일개 나루 이름으로 발생하였지만 후대에 웅진의 별칭으로 변하였기 때문에 그 지칭 범위도 웅진과 동일하게 확대되었다. 여기까지가 제1 단계 격상이다. 제2 단계로 보다 후대로 하강하며 여전히 웅진(곰나루)의 별칭으로 쓰이기도 하면서 한편으로는 강 전체를 통칭하는 강명으로 그 의미가 확장되었다. 그러나 발원처(發源處- 分水嶺)로부터 江口에 이르는 전체의 유역 중 어디까지가 하천이고 어디부터가 강인가의 문제가 제기된다. 지명소 '津'과 '江'이 두루 접미되는 지명부터 강이 성립하는 것으로 볼 수 있지 않을까 한다. 예를 들면 東津江~合江, 新灘津~新灘江 등과 같은 복지명을 기준으로 구분할 수 있을 것이다.[3]

2.5. 진현(眞峴)·정현(貞峴)·기성(杞城)

유성구에서 가장 오래전부터 쓰여 온 옛 지명이 '진잠'의 처음 이름이다. 마한 54국 중의 하나인 신흔국(臣釁國)이 지금의 진잠 지역의 어느 곳에 있었던 것으로 추정되기 때문이다. 여러 학자들이 이미 주장한 바와 같이 이곳에 선사시대부터 사람들이 거주하여 왔다면 토착인들이 부르던 지명이 반드시 있었을 것이다. 마한 지명인 '신흔국'이 진잠 지역에 위치하였던 것으로 추정하는 까닭은 이 지역에 선사유적이 산재해 있기 때문이다. 그러면 이 '신흔국'에 이어서 쓰였던 백제 지명 진현(眞峴)과 이것과 밀접한 관계가 있는 정현(貞縣)은 어떤 상

---

3) 도수희 『百濟語 研究(Ⅱ)』pp.113-133, 百濟文化開發研究院(1989) 참고.

관성이 있는가. 또한 이것들의 곁에 있어 온 기성(杞城)의 존재는 무엇인가?

「삼국사기」지리 4의 기록을 근거로 동일현에 대한 두 이름인 진현과 정현이 이미 백제 시대부터 쓰이었음을 알 수 있다. 이 진현과 정현은 眞峴이 옳은 표기이고 貞峴이 그 오기(誤記)일 것으로 착각하기 쉽다. 이것들에 대한 최초의 기록이 한결같이 진현을 앞에 내세웠고 정현은 一作 또는 一云식의 별칭으로 적어 놓았기 때문이다. 아마도 신라 경덕왕 16년(757) 이후부터 전승하여 온 현지인들의 칭호가 진령(鎭嶺)>진잠(鎭岑)에 치중되어 왔기 때문에 그 이전에 적극적으로 호칭되었을 정현은 이미 망각되었을 것이다.

정현(貞峴)은 峴을 접미하고 있는 것으로 보아 진현(眞峴)과 동시기의 것이든지 아니면 보다 이른 시기의 처음 지명이었을 가능성이 짙다. 「삼국사기」권 5 태종무열왕 7년(660)조에 "百濟餘賊據南岑 貞峴"와 같이 貞峴이 보인다. 이 기록은 백제 시대부터 정현과 진현이 공존하였던 사실을 알려준다. 다음에서 논의하게 될 정현의 위치가 기성현(杞城縣)의 구기(舊基)이었다고 볼 때 백제 시대에 이미 치소(治所)가 정현현으로부터 구 진잠현(鎭岑縣)으로 이전된 것으로 추정할 수 있다. 앞에서 확인한 정현과 진현의 공존 시기가 백제 시대로 올라갈 수 있음으로 치소의 이전도 통일 신라가 아닌 백제가 정치군사적인 목적 때문에 단행하고, '정현'을 '진현'으로 개정하였던 것으로 추정된다. 일반적으로 치소의 이전 과정에서 흔히 지명이 개정되기 마련인데 그럴 경우에 대개는 먼저 지명을 근간으로 하여 부분 개정만 하거나 아니면 고치지 않고 전대로 두어두는 전통이 있다. 그런 가운데 묵은 지명을 버리고 전체를 새로이 바꾸는 신작명도 간혹 있었던 것이다. 가령 '우술'(雨述)이 '비풍'(比豊)으로 개정된 단계까지는 전후지명 사이에 친연성(親緣性)을 잃지 않고 있지만, '비풍'이 '회덕'으로 개정된 데서는 아무런 동질성도 발견할 수 없듯이 '정현'은 '진현'과 친근성이 없는 것으로 볼 수 있다.

이상과 같이 '정현'과 '진현'의 상관성에 있어서 오로지 선후의 관계만 있을 뿐 동일 지명에 대한 승계성이 전혀 없는 것으로 볼 때에 '정현'의 원 위치를 제3의 장소에서 찾아야 할 것이다. 실로 진현현은 진령현(鎭嶺縣)(통일 신라)과 진잠(鎭岑)(고려)으로 전승 개정된 반면에 정현은 '기성현'으로 어느 시기엔가 바뀌었다. 따라서 정현을 진현에만 결부시켜 온 생각에서 벗어나 오로지 '정현'과 '기성'의 수직관계만 고찰할 필요가 있다.

'정현현'의 후신일 것으로 추정되는 '기성현'은 동국여지승람 권18 진잠현 군명조에 "眞峴 鎭嶺 杞城 貞峴"와 같이 기록되어 있을 뿐이다. 그러나 삼국사기 지리지를 비롯한 이른 시기의 어느 지리지에도 '기성'(杞城)이 보이지 않는다. 따라서 그것이 어느 시기에 발생한 것인지 알 길이 없다. 다만 위 책 권 18 진잠현의 제영(題詠)에서 김자지(金自知)가 '杞城千古'라 읊은 시구에서 杞城이 처음 발견된다. 김자지는 조선 초기의 인물이니 이때로부터 천 년 전이면 백제 시대로 소급하게 된다. 따라서 비록 기록상에 나타난 것은 늦지만 杞城의 구전 유래는 매우 오래되었음이 틀림없다. 김정호는 이런 옛 기록에서 암시를 받아 그의 대동지지 진잠조에서 "本朝太宗十三年改縣 [邑號] 杞城 [官員] 縣監"이라 밝히고 있다. 이처럼 杞城의 뿌리가 깊숙한 역사 속에 박혀 있기 때문에 그 縣名이 鎭岑과 杞城으로 교체 사용되다가 구한말에 드디어 진잠면과 기성면으로 분구되었던 것이다. 이렇게 분구된 까닭은 곧 그 근본이 서로 다른데서 연유한 것이라 믿게 된다.

이제 우리는 기성현의 전신이 무엇인가를 찾아야 한다. 그러려면 우선 그 현지(縣址)부터 발견하여야 할 것이다. 기성면 세누리(三亭里)에 기성현지가 있었다고 구전되고 있는데 지금은 밭으로 변하였다. 이

구 현지에서 남쪽으로 700m쯤 떨어진 곳에 이른바 농성(農城)(一名 定方山城 또는 貞坊山城)이 있다. 이들 城명에 대한 유래는 여러 설이 있다. 현지인들의 구전에 의하면 그곳이 당(唐)나라 "소정방유진처" (蘇定方留陣處)이었기 때문에 정방(定方)의 이름을 따서 '定方山城'이라 부르게 되었다고 말하기도 하고, 그 성이 정방리(貞坊里-杞城面 龍林里)에 있기 때문에 '貞坊山城'이라 부르기도 한다는 것이다. 동일한 성에 대한 별칭이 '農城, 定方山城, 貞坊山城'으로 셋이나 공존하여 있는데 여기에 다른 별칭이 하나 더 추가될 수 있다. 「문헌비고」에 "밀암산고성속칭미림고성"(密岩山古城俗稱美林古城)이라 소개되어 있으며 「대동지지」 진잠 성지조에 "밀암산고성유치지속칭미림고성"(密岩山古城有置址俗稱美林古城)이라 소개되어 있다. 이 고성인 '밀암산성(미림성)' 역시 앞의 3개 성명과 친근성이 있을 것으로 추정된다.

위에서 열거한 여러 지명을 다시 정리하면 ①농성(農城) ②정방산성(定方山城) ③정방산성(貞坊山城) ④밀암산성(密岩山城) ⑤미림성(美林城)으로 나열할 수 있다. 앞의 ②와 ③의 관계는 정방(貞坊)을 동음이자인 定方으로 적었던 것인데 마침 그 글자가 소정방(蘇定方)의 이름과 동일하니까 부회(府會)되어 "소정방유진처"(蘇定方留陣處)로 전설화(傳說化)된 것이 라 하겠다. ④와 ⑤의 관계도 밀암(密岩)을 유사음차하여 미림(美林)으로 고쳐 적은 이표기 현상으로 보려 한다. 앞의 美林은 또 다시 용림리(龍林里) 혹은 용산(龍山)으로 바뀌었는바 용의 새김이 '미르'이기 때문에 가능하였던 것으로 보려 한다.

그러면 이제 ①을 제쳐 놓고 생각한다면 ②와 ④의 관계만 남게 된다. 여기서 우리는 '貞峴:貞坊:密岩'을 대응시킬 수 있게 된다. 앞의 3자를 또다시 '貞:密, 峴:岩:坊'으로 분리하여 다시 대응시킬 수 있게 된다. '貞'의 새김은 '고든, 고둘'이고 '密'의 새김은 '칙칙(「신증유합」 하28), 볼(「광주천자문」 24), 빅빅홀(「석봉천자문」 24), 빅빅홀(빅빅홀), 비밀

홅秪也 密俗 非密合(『주해천자문』 24)'이다. 여기서 '貞'의 새김은 '고돈, 고돌'이기 때문에 문제될 것이 없지만 '密'의 새김은 '칙칙, 빅빅홀(벽벅홀), 비밀홀'로 다양하여 어느 것을 택하여야 할 지 우리를 당황케 한다. 그렇기 때문에 '密'에 대한 보다 이른 시기의 새김을 찾아 볼 필요가 있다.

> 眞實ㅅ覺올 그스기 나토샤미라(密顯眞覺)<『圓覺經』 상 2-1:46>
> 變化ㅣ 그스기 올모몰 내 眞實로 아디몯호니(變化密移 我誠不覺) <『楞嚴經』 二:6)
> 貞觀政體롤 그스기 議論ᄒ고 (密論貞觀體) <『初刊杜詩』 24:19>

와 같이 중세 국어에서의 새김이 '그스기'이다. 보다 이른 새김 '그슥'은 「서동요」의 1구인 '他密只嫁良置古=눕그슥 어러 두고'에서 찾을 수 있다. 따라서 '密'의 옛 새김을 *kVsV/*kVzV정도로 추정할 수 있을 것이다. 그렇다면 ②貞坊의 '貞'의 옛 새김이 '고돌 /고돈'이니까 보다 이른 시기의 것을 역시 '*kVsV /*kVtV' 정도로 추정할 수 있을 것이다. 여기서 '貞:密'은 그 추정새김으로 볼 때 거의 유사한 모습인 '*kVsV/ *kVzV/*kVtV'로 재구할 수 있다. 그리고 접미 지명소인 '峴:岩'은 고대 한반도의 중부지역에 흔하게 분포된 '바의/바혜'(波衣/波兮(*pahoi = 峴, 嶺, 岩)에 해당할 것이기 때문에 동일한 고유어일 것으로 추정한다. 따라서 '坊'은 '*바호이'에 대한 음차표기인 것이다. 이와 같은 추독을 뒷받침하는 증거가 貞坊里에서 발견되는 '고바위, 고바위보, 고바윗들' 등일 것이다. 이 '고바위'야말로 '고+바위'로 분석될 수 있겠는데 '고'는 앞에서 제시한 '*그스'의 축약형인 'ko'일 것이며 '바위'는 '峴·岩'을 새겨 부르던 고유어의 잔존형일 것이다.

여기서 貞峴(貞坊, 密岩)의 승계형인 杞城에 대하여 더 기술할 필요가 있다. 이 지명의 유래는 정현성, 정방산성, 밀암산성(貞峴城, 貞坊山城, 密岩山城)을 줄여서 개정한 듯이 보인다. 즉 '정현성(貞峴城)>정성(貞城)>기성(杞城), 정방산성(貞坊山城)>정성(貞城)>기성(杞城), 밀암산성(密岩山城)>밀성(密城)>기성(杞城)'으로 표기변화된 것이라 하겠다.

위에서 추정한 바를 종합하여 결론하건대 '정현(貞峴)>기성(杞城)'을 정통적인 승계로 보고 기성현지(杞城縣址)를 중심으로 분포되어 있는 지명 '정방산성, 밀암산성, 고바위, 고시바위'를 방계의 친근 지명으로 결부시켜 생각할 때 貞峴은 眞峴과는 별개로

① ᄀᄉᄇ회>기잣(*kʌsʌpʌhoi >*kisipahoi(密岩) >*kizipahoi >kizipahoi
   >*kipahoi(杞城) >kicas(杞城))

② ᄀᄉᄇ회>고바위(*kʌsʌpahoi >*kizipahoi(密岩) >*kiipahiy >kipahiy
   >*kopauy)

③ ᄀᄉᄇ혜>고시바위(*kʌsʌpahye >*koisipahoi >*kosipauy)

와 같이 세 방향으로 변화한 것인데 그 중에서 현명으로 이어진 정통적인 표기형이 곧 '기성'(杞城)이라 하겠다.[4]

3. 맺는말

이 글은 대전과 그 인근 지역의 옛 지명에 잔존하는 백제어를 탐색하는데 목적을 두고 논의하였다. 본론에서 논의한 내용을 요약하면 다

---

4) 都守熙 百濟語 研究(Ⅲ)pp.157-168, 百濟文化開發研究院(1994) 참고.

음과 같다.

대전광역시의 뿌리는 백제 시대의 우술군(雨述郡)이었다. '우술'은 백제말로 '비술'이었을 것이다. 백제말 '비술'이 신라 경덕왕 때 '비례'(比豐의 豐은 禮의 약자일 것임)로 바뀌었고, 고려 시대에 '회덕'(懷德)으로 변하였다. 백제말 '비술'이 '비례'로 변한 후에 현재 '비래'(雨來里·飛來里)로 남아 있다.

백제 시대 우술군이 거느린 두 현(縣)은 '노사지'(奴斯只)와 '소비포'(所比浦)이었다. '노사지'는 신라 경덕왕(757)이 '유성'으로 바꾸었고, '소비포'는 '적오'(赤烏)로 바꾸었는데 고려초에 다시 '덕진'(德津)으로 바뀌었다. '놋긔·노사긔·느르긔'로 추독할 수 있는 '노사지'는 지금 유성의 성터 후부에 있는 '니비'(立義)가 그 중심지였을 것으로 추정된다. '기'(己·只)는 백제어로 城을 의미한다. 그렇기 때문에 '노사기'(놋긔·노사긔·느르긔)는 "느슨하게 펼쳐진 지형의 城"이란 뜻으로 풀이할 수 있다. 현 유성온천에 대한 옛 이름인 '독기우을'(獨只于乙)은 '더운 샘물'이란 의미의 백제어일 것으로 추정하였다. '소비·소북'(所比·所北)은 '사복'(沙伏)과 더불어 중세 국어의 '새배'에 연결될 것으로 보인다.

아마도 대전 지역에서 가장 오래된 지명은 '둔뫼'(屯山·屯之尾)일 것이다. 산간 마을을 고유어로 '두메'라고 부른다. 이것은 '둔뫼'에서 변천된 것이다. 그 변천 과정을 '둔뫼>둠뫼>둠메>두메'와 같이 기술할 수 있다. 따라서 屯谷은 고유어 '둔실·둔골'이고, 屯山은 '둔뫼'(>둔메>둔미=屯之尾)일 것으로 추정하였다.

현 '진잠'(眞岑)의 옛 지명 '정현(貞峴)>기성(杞城)'을 정통적인 승계로 보고 기성현지(杞城縣址)를 중심으로 분포되어 있는 지명 '정방산성, 밀암산성, 고바위, 고시바위'를 방계의 친근 지명으로 결부시켜 생각할 때 貞峴을 眞峴과는 별개의 이름으로 추정하였다.

  대전 지역을 관류하는 '금강'(錦江)은 '비단강'이 아니라 '곰나루'(熊
津)의 '곰'을 비슷한 음의 '금'(錦)자로 표기한 것으로 추정하였다. 따라
서 '곰강'(錦江)으로 풀이하여야 마땅하다.

  행정복합시(세종시)의 건설로 유명해진 연기군의 백제 지명인 '두
잉지현'(豆仍只縣)의 '두잉지'는 어떤 의미인가? 백제 지명인 '두홀'(豆
肹)(>會津)에서 백제어의 수사 '두홀'(二)을 재구할 수 있다. 두 내(川)
가 만나는 곳을 會津이라 부른다. 백제의 다른 지명인 두홀(豆肹>荳
原)과 비슷한 豆仍只(>燕岐)의 豆仍도 '두홀'(二)을 나타낸 것으로 추
정할 수 있다. 豆仍의 仍은 乃와 터 쓰인 경우가 있기 때문에 '내'(川)로
추독할 수 있다. 豆仍只(燕岐)에 존재하고 있는 合江은 동진강(東津
江)과 금강이 만나는 곳이다. 이 합강을 두내(豆仍)의 후신으로 지목할
수 있다. 따라서 豆仍只(>燕岐)는 백제어 '두내기'로 추정된다.

V. 가평(嘉平>加平)과 심천(深川)에 대하여

1. 서론

이 글은 현재의 加平과 深川의 어원·변천·의미를 밝히는데 목적이 있다. 이 두 지명의 옛 지명인 斤平과 伏斯買가 『삼국사기』에 고구려의 지명으로 분류되어 있다. 그러나 이것들은 백제(전기)의 지명이었음을 논증하였다. 그리고 이것들의 변천 과정을 기술하였다. 또한 이것들이 백제의 옛 터전 어느 곳에 위치하였던 것인가를 추적하였다. 끝으로 斤平과 伏斯買의 지명소를 분석하여 그 구조와 의미를 파악하였다.

2. 加平과 深川의 내력

2.1. 삼국 시대의 가평과 심천

삼한(마한·진한·변한) 시대의 가평과 심천은 마한 54국 중에서 최북단에 위치한 부족의 이름이었거나 아니면 어느 부족에 속하였을 것으로 추정할 뿐이다. 두 지명에 대한 구체적인 기록이 없어 알 수 없기 때문이다. 다만 「삼국사기」 지리2, 4의 기록만 남아 있을 뿐이다. 따라서 이 최초의 기록을 비롯한 이후의 자료를 중심으로 논의할 수밖에 없다.

삼국(고구려·백제·신라) 시대에 가평과 심천은 어느 나라에 속하여 있었던가? 이 물음에 대하여 일반적으로 '고구려 영토였다'고 대답한다. 「삼국사기」 지리2, 4에 고구려 지명으로 나타나기 때문이다. 그러나 이는 잘못된 대답이다. 물론 「삼국사기」(지리2, 4)에는 분명히 "嘉平郡은 본래 고구려의 斤平郡이었는데 경덕왕이 가평군으로 개명하여 지금(고려 초기)도 그대로 쓰고 있다"고 적혀 있다. 또한 "거느린 현은 浚水縣 하나이다. 본래 고구려의 深川縣이었는데 경덕왕이 준수로 개명하였으며 지금의 朝宗縣(현재 가평군 하면)이다."라 적혀 있다.1) 그러나 加平郡과 深川縣은 고구려 장수왕(475)이 남침하여 백제로부터 탈취한 점령지에 해당한다. 고구려가 이 지역을 강점한 기간은 약 7-80년밖에 되지 않았다. 그러면 고구려가 점령하기 전에는 어느 나라 영토이었던가? 加平과 深川은 거의 500년 동안이나 백제 (B.C.18-475)의 영토였었다. 이 사실을 「문헌비고」는 가평현 古邑조에서 가평현이 거느렸던 朝宗縣에 대하여 "朝宗邑: 서북쪽으로 45리에 있는데, 본래는 백제의 伏斯買인데, 深川이라고도 한다. 경덕왕 16년에 浚水라 고쳤다. 浚川이라고도 한다. 가평군의 領縣이 되었다. 고려 태조 23년에 朝宗으로 고쳤다.(金埇:개성편을 보라))"고 기록하였다.2) 여기서 우리가 주목하는 바는 거느린 조종현이 본래 백제의 영토였다

---

1) 嘉平郡 本高句麗斤平郡 景德王改名 今因之 領縣一 浚水縣 本高句麗深川縣 景德王改名 今朝宗縣(「三國史記」 卷35 地理2)
斤平郡 一云並平, 深川縣 一云伏斯買(「三國史記」 卷37 地理4)

2) 加平縣 本高句麗斤平郡 一云並平 新羅景德王改今名 加一作嘉 屬縣朝宗縣 在縣西四十五里 本高句麗深川縣 一云伏斯買 新羅改浚川爲加平郡領縣 高麗改今名(「東國輿地勝覽」 卷11)
「文獻備考」는 買省縣(>馬忽), 骨衣奴縣(>骨衣內), 皆伯縣(>王逢), 伏斯買(>深川) 등의 고구려 지명(「삼국사기」)을 백제 지명이라 하였다.

는 대목이다. 그렇다면 斤平(〉並平〉嘉平)도 백제의 영토이었음이 틀림없다. 고문헌에 이와 비슷한 내용이 자주 나타나기 때문이다. 가령 「고려사」는 楊廣道를 백제의 땅이라 하였고, 또한 「동국여지승람」 제6권 廣州牧 건치연혁조에서도 "(廣州는) 본래 백제의 南漢山城이다"라 하였으니 더욱 확실한 뒷받침이 된다.3) 이 사실을 더욱 적극적으로 탐색한 사람은 古山子 김정호이다. 그의 「대동지지」는 가평군의 연혁에서 "본래 백제의 斤平이었는데 신라 경덕왕 16년(757)에 嘉平으로 고치었다. 거느린 현은 浚水이다"라고 하여 「삼국사기」의 잘못을 바로 잡았다.4) 이렇게 김정호는 김부식이 「삼국사기」 지리2에 고구려 지명으로 등기한 지명록에서 69개 지명의 본적을 찾아 백제 지명으로 환원하였고, 필자가 다시 찾아 환원한 52개 지명을 합치면 다음 <지도1>와 같이 121개 지명이나 된다. 백제 지명으로 환원된 121개 지명 중에 바로 斤平(〉並平)과 伏斯買(〉深川)가 포함되어 있다. 따라서 加平은 백제의 전기 시대에 거의 5세기(B.C.18-475) 동안 斤平이라 부르다가 고구려가 점령한 후 並平으로 漢譯하여 약 80년간 두 이름을 아울러 썼다. 이렇게 200여 년을 쓰다가 신라 경덕왕 16년(757)에 본래(백제)의 이름인 근평(斤平)의 '그(ㄴ)'와 비슷하면서도 아름다운 글자인 嘉자를 택하여 嘉平으로 개정한 것이라 하겠다.

加平과 深川의 변천과정을 표로 보이면 다음과 같다.

백제 시대	고구려 시대	신라 시대	경덕왕16년-
斤平(BC18-475)	斤平〉並平(476-550경)	斤平~並平(551-756)	斤平〉嘉平(757-)
伏斯買(상 동)	伏斯買〉深川(상 동)	伏斯買~深川(상 동)	伏斯買〉浚水(상동)

3) 楊廣道 本高句麗百濟之地 漢江以北高句麗 以南百濟(「高麗史」 地理1)
　廣州牧 本百濟南漢山城 始祖溫祚王十三年 自慰禮城移都地(「東國輿地勝覽」 第6卷 京畿 廣州牧)
4) 加平本百濟斤平 新羅景德王十六年改嘉平 領縣浚水(「大東地誌」 卷2)

〈지도 1〉 백제 전기의 지명 분포도

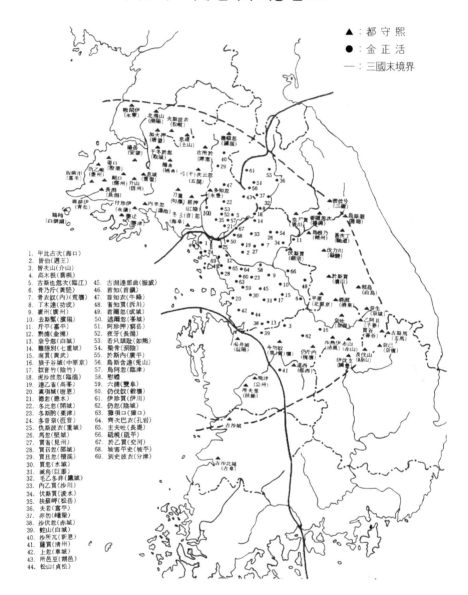

▲ : 都守熙
● : 金正浩
— : 三國末境界

1. 甲比古次(海口)
2. 皆伯(遇王)
3. 皆次山(介山)
4. 高木根(薷桐)
5. 古斯也忽次(臨江)
6. 骨乃斤(黃驍)
7. 骨衣奴(內)(荒壤)
8. 丁木達(功成)
9. 漢忽(廣州)
10. 去斯斬(濱陽)
11. 斤平(嘉平)
12. 黔浦(金浦)
13. 奈兮忽(白城)
14. 難臘別(七重城)
15. 南買(黃武)
16. 狼谷城(中原京)
17. 奴音竹(陰竹)
18. 虎沙波忽(臨湍)
19. 達乙省(高峯)
20. 蕭瑱城(唐恩)
21. 德忽(德水)
22. 多比忽(開城)
23. 系忽肹(栗津)
24. 多音豪(匝音)
25. 仇斯波衣(童城)
26. 馬忽(堅城)
27. 買省(見州)
28. 買召忽(邵城)
29. 買旦忽(遇溪)
30. 買忽(水城)
31. 滅烏(巨搽)
32. 毛乙冬非(鐵城)
33. 內買(沙川)
34. 伏斯買(淺水)
35. 扶蘇岬(松岳)
36. 夫若(富平)
37. 非勿(?棗)
38. 沙伏忽(赤城)
39. 蛇省(白城)
40. 沙所兀(新恩)
41. 薩買(淸州)
42. 上忽(車城)
43. 所比豆(朔邑)
44. 松山(貞松)
45. 古淵達那曲(振威)
46. 首知(首城)
47. 首知衣(牛峯)
48. 省知買(沂山)
49. 首爾忽(成城)
50. 述爾忽(峯城)
51. 阿珍押(窮岳)
52. 夜牙(長淺)
53. 若只頭耻(如熊)
54. 槃骨(洞陰)
55. 於斯內(廣?)
56. 烏斯含達(兒山)
57. 烏阿忽(臨津)
58. 恖禮
59. 六浦(豊阜)
60. 仍伐奴(穀壤)
61. 伊珍買(伊川)
62. 仍忽(陰城)
63. 獐項口(兎山)
64. 齊次巴衣(孔岩)
65. 主夫吐(長堤)
66. 砥峴(砥平)
67. 於乙買(交河)
68. 坡害平史(坡平)
69. 別史波衣(分津)

2.2. 加平과 深川의 어원과 변천

다른 고유명사와 마찬가지로 지명도 대부분 어느 때 누가 지었는지 모른다. 이것이 지명 발생의 특성이다. 많은 지명중의 하나인 가평과 심천도 발생 시기를 정확히 알 수는 없다. 다만 옛 문헌에 적혀 있는 바에 의해서 그 발생 시기를 추정할 수 있을 뿐이다. 대부분의 옛 지명이 이와 비슷하다.

옛 문헌 중 「삼국사기」 지리2, 4(1145)에 지금의 가평이 斤平郡과 並平郡으로 나타난다. 이것들을 신라 경덕왕(16년, 757)이 嘉平郡(一作 加平))으로 개정하였다. 고려는 이것을 그대로 사용하였다. 그런데 경덕왕 16년(757)에 伏斯買縣을 가평군의 속현으로 삼았다. 가평군의 서쪽 45리에 위치한 伏斯買縣을 조선조 태종 때에 합병하여 加平縣(郡))으로 만들었다. 가평군에 합병된 옛 지명 伏斯買는 深川으로도 나타나는데 신라 경덕왕(757)이 浚水 또는 浚川으로 개정하였고 고려가 다시 朝宗으로 바꾸었다.

위 두 지명이 등장한 최초의 지명이 斤平~並平, 伏斯買~深川이었던 사실을 「삼국사기」 지리4의 '斤平郡 一云並平, 深川縣 一云伏斯買'에서 확인하였다. 그러면 一云의 앞뒤로 나타나는 두 이름 가운데 어느 것이 먼저 지명인가를 가려내야 할 것이다. 그것은 斤平과 伏斯買가 먼저 지명이고, 並平과 深川은 뒤 지명이다. 다음 변경표가 알려주는 것처럼 앞의 고유지명이 백제 지명이고 이것들을 한역한 지명이 뒤의 것들이기 때문이다. 그러면 먼저 지명인 斤平과 伏斯買는 그 발생 시기가 언제까지 올라갈 수 있을까? 그 시기는 적어도 백제가 고마느릭(熊津>公州)로 천도한 서기 475년 이전으로 소급한다. 斤平과 伏斯買는 고유어이기 때문에 이곳을 서기 475년까지 다스린 백제(전기)의 백성이 사용한 지명인 것이다.

한국지명사에서 改定을 대폭적으로 단행한 최초의 인물은 고구려
文咨王-安臧王(492-529)이었던 것으로 추정된다. 고구려의 광개토대
왕(392-412)과 장수왕(413-491)이 국토를 최대한으로 확장한 뒤에 후
대의 적당한 시기에 전국의 지명을 調整하고 고구려 방식으로 개정하
였을 가능성이 짙다. 백제는 잠시 후퇴하였을 뿐 절치부심(切齒腐心)
하여 그 빼앗긴 땅을 복구하려고 끊임없이 北伐하였고, 신라 또한 지
속적인 北進을 도모하였다.5) 양국의 북진협공으로 고구려는 오래지
않아 점령 지역을 백제와 신라에 되돌려주고 본래의 고구려 영토인
대동강 이북으로 復歸한다. 따라서 고구려가 적당한 시기에 점령 지역
의 고유지명(백제의 전기지명)(『삼국사기』 지리4의 지명)을 한역 개
정한 것이었다. 그 적절한 시기는 문자왕~안장왕(492-529) 年間으로
추정된다.6)

　위와 같이 이곳을 고구려 장수왕이 점령한 이후 적당한 시기에 백제
가 쓰던 고유지명을 漢譯한 것이 바로 並平과 深川이다. 고구려가 이
렇게 한역한 백제의 고유지명이 90여 개나 된다. 새로운 이해를 위하
여 그것들을 다음에 소개한다.

　백제 문주왕의 熊津 천도 이전(475)의 백제의 전기지명(「삼국사기

---

5) 長壽王十五年 移都平壤 歷年一百五十六年 平原王 二十八年 移都長安城 歷年八
　十三年. (『三國史記』地理 4 序文)
　　위와 같이 平壤移都 156年 만에 다시 後退하여 보다 北部인 長安으로 遷都하였
　다. 이는 百濟와 新羅의 北伐挾攻으로 못 견디어 國都의 守護를 위하여 할 수
　없이 移都한 것인데 前都 平壤이 威脅을 받기 시작한 것은 보다 훨씬 앞서는
　시기이었을 것이다. 따라서 存續期間 156년 동안의 거의 절반은 不安定한 狀態
　이었을 것이다.
6) 필자는 한국의 地名史에서 고유지명의 改定이 삼국통일 이전에 이미 때때로 斷行
　되었던 사실을 확인하였다. 그런데 지명 개정의 要因을 행정구역의 改編과 정복
　지역에 대한 行政上의 整備나 再調整 등에서 찾을 수 있다. 그렇다면 고구려가
　南進하여 중부 지역을 强占한 후에 어느 정도 安定된 시기를 택하여, 삼국통일이
　成就된 후 약 1세기 만에 景德王이 지명을 통일하기 위하여 改定한 것처럼, 改定
　하였을 蓋然性이 있는 것이다.

(지리4))의 표기에서 음차 표기 현상이 다음 변경표와 같이 확인된다. 다음에서 ①백제(전)는 백제 전기(漢州·朔州)의 고유 지명이고, 고구려는 고구려 문자왕-안장왕(492-529)의 한역 지명이다. ②濊貊은 예맥(溟州)의 고유 지명이다.

〈백제(전기)지명 및 예맥지명 변경 표〉

① 백제(전)> 고구려			백제(전) > 고구려			백제(전) > 고구려		
租波衣	>	鵂巖	漢忽	>	漢城	首知衣	>	牛嶺
刀臘	>	雉嶽	屈於押	>	江西	若只頭恥	>	朔頭-衣頭
耶耶,夜牙	>	長淺城	也尸買	>	狌川	要隱忽次	>	楊口
密波兮	>	三峴	烏斯	>	猪足	馬忽	>	臂城
首知	>	新知	冬音奈	>	休陰	達乙省	>	高烽
* 斤平	>	並平	皆次丁	>	王岐	別史波衣	>	平淮押
未乙省	>	國原城	冬斯	>	栗木	古斯也忽次	>	獐項
南買	>	南川	滅烏	>	駒城	省知買	>	述川
於斯買	>	橫川	去斯斬	>	楊根	買忽	>	水城
* 伏斯買	>	深川	古斯也忽次	>	獐項口	仇斯波衣	>	童子忽
皆伯	>	王逢,王迎	灘隱別	>	七重	於乙買串	>	泉井口
毛乙冬非	>	鐵圓	非勿	>	僧梁	功木達	>	熊閃山
於斯內	>	斧壤	阿珍押	>	窮嶽	古斯也忽次	>	獐項
泥沙波忽	>	麻田淺	烏阿忽	>	津臨城	甲比古次	>	穴口
達乙斬	>	高木根	買旦忽	>	水谷城	德頓忽	>	十谷
于次呑忽	>	五谷	內米忽	>	池城,長池	古所於	>	獐塞
夫斯波衣	>	仇史峴	奈吐	>	大堤	今勿內	>	萬弩

② 예맥	> 고구려	예맥	>고구려	예맥	> 고구려
於乙買	> 泉井	首乙呑	> 庐谷	比烈忽	> 淺城
加知斤	> 東墟	古衣浦	> 鵠浦	於支呑	> 翼谷
鳥生波衣	> 猪守峴	金惱	> 休壤	沙非斤乙	> 赤木
斤尸波兮	> 文峴	馬斤押	> 大楊管	習比呑	> 習比谷
平珍波衣	> 平珍峴	助乙浦	> 道臨	買伊	> 水入
也次忽	> 母城	鳥斯押	> 猪穴	所勿達	> 僧山
加阿忽	> 过城				

위와 같이 ①南買, 皆伯, 阿珍押과 ②古衣浦, 平珍波衣, 助乙浦의 '南-, 平-, -伯, -珍-, -浦'만이 훈차 표기일 뿐 나머지는 모두 음차 표기이다. 그 중 南은 '님~니마'로, 平은 '버리~드르'로, 浦는 '가리~개(kay)'로 훈독하였을 가능성이 짙다. 또한 伯은 '맛(맞~마지)'로, 珍은 '둘'로 훈독하였음이 틀림없다. 고구려의 지명 개정은 엄격히 말하자면 한역이라기보다 지명소(고훈)의 직역(해당 의미의 한자역)이었다. 예를 들면 '買+忽>水+城(買=水, 忽=城)>水原, 於乙+買+串>泉+井+口(於乙=泉, 買=井, 串=口)>交河, 伏斯+買>深+川(伏斯=深, 買=川)>朝宗, 斤+平>並+平(斤=並, 平=平)>嘉平' 등과 같이 지명소의 의미에 해당하는 한자로 바꾸었을 뿐이기 때문이다.

신라 경덕왕은 斤자 대신 'ㄱ'(ㄴ)와 비슷하면서 아름다운 글자인 嘉(가)자를 선택하여 嘉平으로 바꾸었고, 深자를 동일 의미인 浚자로 바꾸어 浚川(水)로 개정한 것이라 하겠다. 고려 시대에는 현종 9년에 가평군과 조종현을 삭주(朔州>春州)에 속하게 하였다. 그러나 이 두 지명에 대하여 「고려사」 지리3(1451-4)은 자세히 기록하지 않아 당시의 사정을 알 수 없다. 조선 초기에 들어오면 「세종실록」 지리지(1454)에 加平에 대한 기록이 보다 구체적으로 적혀 있다. 그 내용은 다음 3장과 같다.

3. 加平縣과 朝宗縣의 위치

조선 초기에 들어오면 「세종실록」 지리지(1454) 등에 가평에 대한 기록이 보다 구체적으로 기술되어 있다. 그 내용은 대략 다음과 같은데 특히 그 위치를 분명히 밝히었다.

3.1. 가평현의 위치

(A) 「세종실록」(권148) 지리지(1454)는 가평현의 위치를 다음과 같이 밝히었다.

현의 북쪽에는 화악산(花岳山)이 있고 그 북쪽에 낭천(狼川)이 흐르고, 동쪽에는 청평산(淸平山)이 있다고 먼저 자연환경부터 밝히었다.

사경(四境-동·서·남·북의 경계); 동쪽으로 강원도 춘천 경계까지 8리(4k360m)이고, 서쪽으로 포천(抱川) 경계까지 57리(31k65m)이고, 남쪽으로 양근(楊根) 경계까지 29리(15k805m)이고, 북쪽으로 영평(永平) 경계까지 30리(16k350m)라 하였다(*과거의 1리는 300보(545m)이므로 10리는 거의 지금의 15리쯤(5.45km) 된다). 위의 경계 측정은 치소(治所)를 원점으로 하여 동서남북의 경계를 잰 거리이다. 아마도 이 위치는 '백제>고구려(점령시기)>통일신라>고려>조선'까지 거의 변함없이 이어졌을 것이다. 그 사실 여부를 후대의 지지(地誌)에서 확인할 수 있다.

(B) 「동국여지승람」 권11(1481)은 가평현의 위치를 다음과 같이 밝히었다.

가평현: 동쪽으로 강원도 춘천부 경계까지 13리(7k85m)이고, 남쪽으로 양근군 경계까지 43리(23k435m)이고, 서쪽으로 포천현 경계까지 79리(43k55m)이고, 북쪽으로 영평현 경계까지 54리(29k430m)이다. 서울(京都)까지는 137리(74k665m)이다.

(C) 「여지도서」상(1760)은 가평군의 위치를 다음과 같이 밝히었다.

가평군: 동쪽으로 강원도 춘천현 경계까지 13리(7k85m)이고, 남쪽으로 얀근군 경계까지 43리(23k435m)이고 서쪽으로 포천현 경계까지 79리(43k55m)이고, 북쪽으로 영평현 경계까지 54리(29k430m)이다. 서남쪽으로 서울(京都)까지는 137리(74k665m)인데 걸으면 하루 반나절 걸린다.

(D) 「가평군읍지」(1871)은 가평군의 위치를 다음과 같이 밝히었다.

가평군: 동쪽으로 강원도 춘천 경계까지 5리(2k725m)이고, 남쪽으로 양근 경계까지 40리(21k800m)이고, 서남쪽으로 양주(楊州) 경계까지 50리(27k250m)이고, 서쪽으로 포천 경계까지 80리(43k600m)이고, 서북쪽으로 영평 경계까지 80리(43k600m)이고, 북쪽으로 강원도 춘천 경계까지 50리(27k250m)이고, 동쪽부터 서쪽까지는 80리(43k600m)이고, 남쪽부터 북쪽까지는 90리(49k50m)이다.

위 지지들의 내용을 비교하면 (B)와 (C)만 동일하고 (A), (D)는 이와 차이를 보인다. 저술 연대의 선후로 따질 때 (C)는 (B)를 따른 듯하다. 그리고 (A):(B)=(C):(D)의 차이는 치소의 이동과 경계 지점의 차이로 생긴 것이라 여겨진다. 어쨌든 위와 같이 가평군의 역사적 위치와 넓이, 동과 서, 남과 북의 거리를 거의 정확히 파악할 수 있다. 위 <지도1>에서 11.斤平(>並平)과 34.伏斯買(>深川))의 위치를 살펴보면 더욱 구체적으로 알 수 있다.

3.2. 조종현(>조종면)의 위치

『고려사』(권58 지리3) 에는『삼국사기』의 내용을 그대로 옮겨 적었기 때문에 단순히 조종현만 나올 뿐 다른 기록은 없다. 『세종실록』(권148 지리지)에도 조종현으로만 소개되었을 뿐 위치를 밝히지 않았다. 『고려사』와 『세종실록』이 조종현을 표제 항목에서 제외한 것을 보면 고려 시대에 이미 폐현(廢縣)이 된 사실을 알 수 있다. 『신증동국여지승람』(권11) 가평현의 속현조는 "조선조 태조 5년(1397)에 가평 감무를 설치하면서 이 현을 다시 예속시켰다."고 기술하였다. 그러니 명칭만 현(縣)이지 이미 한 단계 격하된 행정단위로 가평현의 관할구역이 된 것이라 하겠다. 기록상에는 『여지도서』(1760)에 비로소 가평군 조종면으로 나타난다. 따라서 보다 이른 시기에 면으로 격하된 것이 분명하다.

(A) 『신증동국여지승람』(권11)은 조종현의 위치를 다음과 같이 밝히었다.

조종현: 가평현의 서쪽 45리(24k525m) 지점에 있다.

(B) 『여지도서』는 조종면의 위치를 다음과 같이 밝히었다.

조종면: 가평군의 서쪽 율길리까지는 70리(38k150m)이고, 대부산리까지는 40리(21k800m)이다(아래 같은 책의 방리(坊里) 참고).

(C) 『경기읍지』의 「가평읍지」(1871)는 조종면의 위치를 다음과 같이 밝히었다.

조종상면: 율길리 80리(43k600m)~덕현리 40리(21k800m)이고, 조종하면: 정수동 75리(40k875m)~다복촌 55리(29k975m)이다(아래 같은 책의 방리 참고).

(D) 『대동지지』는 조종면의 위치를 다음과 같이 밝히었다

조종면: 고읍(古邑)은 서북쪽 45리(24k525m)에 있다. 조종면은 처음

이 30리(16k350m)이고 마지막이 80리(43k600m)이다.

위 (A) (B) (C) (D)를 종합하여 판단하건대 조종현>조종면의 위치는 가평읍에서 서쪽으로 약 40리부터 80리 사이에 있었다고 볼 수 있다.

4. 斤平(並平>嘉平)과 伏斯買(>深川)의 뜻풀이

지금의 가평군은 백제 시대에는 근평군이 복사매현을 거느린 두 지역이었다. 후대에 두 뿌리 중 한 뿌리인 복사매(>심천~준천>조종)현을 폐지하고 가평군에 통합하였다. 그렇기 때문에 우리는 가평의 두 뿌리인 '근평'(>병평>가평)과 '복사매'(심천>준수~준수>조종)의 어의가 무엇인가를 밝혀야 한다.

4.1. 斤平>並平의 의미

옛 문헌에 나타나는 加平의 가장 이른 이름은 백제 시대의 斤平이다. 앞에서 이미 설명한 바와 같이 이것을 고구려 문자왕-안장왕(492-529) 연간에 並平으로 한역하였다. 斤平(>加平)의 원위치는 어디였을까? 위에서 여러 地誌를 근거로 확인한 바와 같이 가평군 관내의 어디였을 것이다. 지명의 역사성과 보수성으로 미루어 추정할 때 아마도 가평군의 치소(행정청)가 자리 잡고 있었던 곳이었을 것이다. 마치 徐伐이 경주에 남아 있고, 백제의 수도명인 所夫里가 부여군의 부여읍에 남아 있고, 옛 사벌국의 沙伐이 상주군 사벌면의 沙伐里로 남아 있듯이 가평군 가평읍의 읍내리(군내리)가 加平의 본적지일 것이다. 가령 大田里를 貫流하기 때문에 해당 지명으로 내 이름을 大田川(한밭내)이라 지어 주어 그 부근 지역이 대전의 본고장임을 알 수 있듯이 加平川의 加平도 그 본고장임을 증언하여 준다.

우리는 가평의 옛 지명을 '斤+平>並+平'와 같이 분석할 수 있다. 앞 뒤 말의 공통 지명소인 平은 위·아래의 이웃 지명인 54.梁骨>洞陰> 永平(양골>동음>영평), 66.砥峴>砥平(지현>지평)과 서부의 68.坡害 平吏>坡平>波平 65.主夫吐>長堤>富平의 平과 동일한 것으로 그 의 미는 '드르>들' 혹은 '버리>벌'이었을 것이다. 거의 모두가 임진강과 한강에 인접한 들·벌 지역이기 때문에 붙여진 접미 지명소이다(숫자 는 위 <지도1>의 번호이다. 11. 34. 54. 65. 66. 67. 68. 69.의 지명이 횡적으로 거의 같은 지역에 분포되어 있음을 주목할 것). 그런데 平을 '드르'와 '벌' 중 어느 것으로 불렀을까?

현 파주의 본 이름이 68.波害平吏이었으니 平吏를 '버리'로 해독할 수 있다. 또한 「동국여지승람」에 67.於乙買串>交河(어을매곶>교하) 군을 屈火(굴화)라고도 한다 하였으니 달구벌(達句火), 비사벌(比斯 火)와 같이 火는 지명 표기에서 항상 '불'로 훈독하니 '벌'로 불렀음을 알 수 있다. 그럴 뿐만 아니라 69.별사파의>평회압(平淮押>別史波衣) 의 史를 吏의 오기로 본다면 '별리'(別吏)가 되므로 위의 '버리'와 가까 워진다. 고구려의 서울 平壤의 별칭(고구려인이 부르던)이 平那인바 이는 고구려어로 '벌나'이었다. 那는 壤과 대응하기 때문에 地·土의 고구려어가 '나'(那=壤)이었음을 알 수 있다. 그런데 동일한 서울 이름 이 신라의 徐羅伐(>慶州)에서 확인된다. 여기 '나·라'는 땅(壤·地)의 뜻이니 '서+라벌'의 '라벌'과 '벌나'를 비교할 때 어순만 바뀌었을 뿐 내용은 동일하기 때문이다. 이 '나+라'에서 '나라'(國土)가 파생되었을 것이다. 현대 지명에서도 확인할 수 있다. 대전광역시 태평동의 본 이 름이 '벌말'(平村)이다. 원체 큰 마을이었기 때문에 윗벌말(上平)·가 운데 벌말(中平)·아래 벌말(下平)로 나누어 부른다. 이와 같이 보편 적으로 平을 '벌'로 불러 왔다.

백제의 남부 지역에 흔하게 분포하였던 접미 지명소 -부리(夫里)(<-비리(卑離))와 신라 지역의 -벌(伐,弗,火)이 중부 지역까지 북상하였던 것으로 추정할 수 있다. 따라서 斤平의 平은 일단 '버리~벌'로 해독하고자 한다.

그러면 이제 '斤 : 並'의 해독문제가 남아 있다. 우선 우리는 斤을 並으로 한역한 대목을 주의 깊게 살펴보아야 한다. 만일 並이 훈차자라면 그 훈이 무엇인가를 찾는데 힘을 기울여야 한다. 並의 옛 훈은 '골봐'(나란히, 나란히 아울러)이었다. 천안의 並川은 '아울러내'가 변하여 '아우내'(유관순열사의 고향)라 불린다. 따라서 두 벌판이 나란히 아울러진 곳을 의미하는 옛 말 '골봐'의 '갈'과 비슷한 한자음인 '그'(斤)로 표기하였던 것으로 추정할 수 있다. 당시의 지명 표기에서 받침 ㄱ, ㄴ 등이 무시되는 경우가 때때로 있기 때문에 문제되지 않는다. 실로 본래의 위치로 볼 수 있는 현재의 가평읍 일원이 북한강변의 서부 지역이니 북부에는 개곡천과 승안천이 습川하여 한강으로 흘러 들어가고, 서남부 지역 청평호가 있는 들녘이니 지세에 따른 지형명명이라 추정할 수 있다. 요컨대 한역명 並平을 근거로 斤平(>嘉平~加平)을 '골봐버리(벌)>골봐버리(벌)'(나란히 아울러진 벌)로 해독할 수 있다.

다른 하나의 가능한 해독은 並平이 斤平과 무관한 한역이었다고 가정할 경우이다. 이 경우에는 '근'(斤)을 大의 뜻으로 풀 수 있다. 백제의 왕호 중에 近肖古王(근초고왕), 近貴首王(근귀수왕), 近蓋鹵王(근개로왕)에서 '근'(大)을 확인할 수 있다. 그럴 뿐만 아니라 보다 이른 시기인 마한어의 왕호였던 鞬吉支(건길지)의 '건'도 大의 뜻이었다. 고대어 '그다'(大)가 후대에 '크다'(大)로 변하였기 때문에 그럴 가능성이 있다. 요컨대 '斤平'은 '근벌>큰벌'이었을 것으로 해독할 수도 있다.

위에서 추정한 두 이름 중 어느 것이 더 가능성이 있을까? 아무래도 '근벌'(大野)보다는 '골봐버리'(並平)이 더욱 가능성이 있어 보인다. 왜

냐하면 이웃 지명들이 거의 정확하게 한역된 것으로 미루어 생각할
때 並平도 斤平을 정확히 한역한 것으로 볼 수 있기 때문이다. 그러나
두 평야가 아울러지면(並合) 결국 큰평야(大平野)가 되므로 '근버리'
와 '골밖버리'는 동일한 뜻이기 때문에 둘 다 공존(共存)하면서 씌어졌
을 가능성도 결코 배제할 수 없다.

4.2. 伏斯買>深川의 의미

朝宗의 백제 시대 이름은 伏斯買이었다. 이것을 고구려 문자왕-안장
왕이 深川으로 한역하였다. 우선 앞에서 제시한 자료에서 買의 대응이

① 南買 >南川, 省知買>述川, 於斯買>橫川, 也尸買>㹠川,
② 買忽 >水城, 買旦忽>水谷城, 買伊>水入
③ 於乙買>泉井, 於乙買串>泉井口

와 같이 위치에 따라서 의미가 다르게 쓰였음을 알 수 있다. 어두(①)
는 買 : 川, 어말(②)은 買 : 水, 어중·어말(③)은 買 : 井과 같이 참여
위치별로 의미가 다르기 때문이다. 그 중에서 伏斯買의 買는 ①에 해
당한다. 한역된 深川과 비교하여 볼 때 伏斯+買와 深+川으로 분석할
수 있다. 접미 지명소 '買'는 川으로 한역되었고, '伏斯'는 深으로 한역
되었다. 따라서 伏斯買는 '깊은내'란 뜻이다. 이 말이 고대 일본어
*puka-> fuka-(深)과 비슷한 어형이다. 마침 그 지역에 伏斯買(깊은
내)가 있었기 때문에 내 이름으로 고을(縣)의 이름을 삼은 것이라 하
겠다. 伏斯買의 원위치는 위 <지도1>의 34.에 해당한다. 아마도 朝宗
面 縣里와 伏斯川의 일대가 옛 터전에 해당할 것으로 추정된다.

5. 맺음말

지명 加平과 深川의 본명은 斤平(>並平>嘉平)과 伏斯買(>深川・浚水)이었다. 이 옛 지명들이 「삼국사기」 지리2,4에 비록 고구려 지명으로 나타나지만 사실은 백제(전기) 지명이었음을 논증하였다. 이 중부 지역이 백제로부터 탈취한 고구려의 점령지역이기 때문이다. 加平과 深川의 변천과정을 표로 보이면 다음과 같다.

백제 시대	고구려 시대	신라 시대	경덕왕16년-
斤平(BC18-475)	斤平>並平(476-550경)	斤平~並平(551-756)	斤平>嘉平(757-)
伏斯買(상 동)	伏斯買>深川(상 동)	伏斯買~深川(상 동)	伏斯買>浚水(상동)

「세종실록」 지리지는 가평현의 위치를 다음과 같이 밝히었다.

縣의 북쪽에는 花岳山이 있고 그 북쪽에 狼川이 흐르고, 동쪽에는 淸平山이 있다고 자연환경부터 먼저 밝히었다. 그리고는 四境(동・서・남・북의 경계)을 기술하였는데 동쪽으로 강원도 춘천 경계까지 8리(4k360m)이고, 서쪽으로 抱川 경계까지 57리(31k65m)이고, 남쪽으로 楊根 경계까지 29리(15k805m)이고, 북쪽으로 영평(永平) 경계까지 30리(16k350m)라 하였다(*과거의 1리는 300보(545m)이므로 10리는 거의 지금의 15리쯤(5.45km) 된다). 위의 경계 측정은 치소(治所)를 원점으로 하여 동서남북의 경계를 잰 거리이다. 아마도 이 위치는 '백제>고구려(점령시기)>통일신라>고려>조선'까지 거의 변함없이 이어졌을 것이다. 「신증동국여지승람」은 朝宗縣(<深川<伏斯買)의 위치를 가평현의 서쪽 45리(24k525m) 지점에 있다고 하였다. 후대의 여러 地誌를 종합하여 판단하건대 朝宗縣(>朝宗面)의 위치는 현 加平邑에서 서쪽으로 약 40리부터 80리 사이에 있었던 것으로 추정된다.

加平의 어원인 斤平은 '근벌'(大野)과 '골바버리'(並平) 중 어느 하나이었을 것으로 추정할 수 있다. 둘 중 '골바버리'가 더욱 가능성이 있어 보인다. 이웃 지명들이 거의 정확하게 한역된 것으로 미루어 생각할 때 並平의 並도 斤平의 斤을 정확히 한역한 것으로 볼 수 있기 때문이다. 그러나 두 평야가 아울러지면(並合) 결국 큰 평야(大平野)가 되므로 '근버리'와 '골바버리'는 동일한 뜻이기 때문에 둘 다 공존하면서 씌어졌을 가능성도 결코 배제할 수 없다. 伏斯買는 '깊은내'란 뜻이다. 이 말은 고대 일본어 *puka->fuka-(深)와 비슷하다. 마침 그 지역에 伏斯買(깊은내)가 있었기 때문에 내 이름으로 고을(縣)의 이름을 삼았을 것으로 추정한다.

Ⅵ. 백제 聖王(성왕)과
所夫里(소부리) 遷都(천도)

1.

백제 제26대 성왕의 이름은 明襛(穠·禯)(명농)(「삼국사기」·「삼국유사」) 또는 明(명)이었다(「梁書」). 그리고 明王 또는 聖明王이라 적혀 있기도 하다(「日本書紀」). 탄신 년 월일은 알 수 없지만 승하한 년월은 서기 553년 7월이다. 성왕은 무령왕의 아들로 32년간(523~554) 왕위에 있었다. 성왕의 이름(兒名)은 한자로 明이라 표기되어 있지만 부를 때는 고유어(백제어)로 발음하였다. 그 고유어를 찾아보도록 하겠다.

성왕은 태어나면서 聰明하였기 때문에 이름을 明이이라 지었을 것으로 추정한다. 고구려 시조와 아들의 이름이 東明(동명)과 琉璃明(유리명)이다. 신라 시조의 이름도 赫居世(혁거세) 또는 弗矩內(불구내)라 불렀다. 弗矩內(불구내)는 "밝게 세상을 다스린다(光明理世)"는 뜻으로 신라 말이었다. 赫居를 고유어(신라어)로 표기한 것이 弗矩(불구)이다. 赫居의 居는 赫居를 반드시 '불구(>ᄇᆞᆯᄀᆞ'로 부르라는 표시로 赫의 훈음 'ᄇᆞᆯᄀᆞ'의 'ᄀᆞ'를 받쳐적은 것이다. 그리고 內가 世와 대응하니 '내'는 世의 새김 '누리'(>뉘)와 같은 말이다. '누리'(世)는 고구려 琉璃明王(유리명왕)과 신라 儒理王(유리왕)의 이름이 '누리볼ㄱ(琉璃明)', '누리(儒理)'인 데서 확인된다. 琉・儒의 고대 음은 '누・뉴'이었기 때문에 '누리'로 해독할 수 있다. 우리의 고유문자가 없었기 때문에 부득이 한자(明・赫)를 차용하여 고유어 '볼ㄱ'를 표기하였던 것이다. 이렇게 고구려와 신라의 초기 왕명에 들어 있는 '볼ㄱ'(明)로 이름을 지었으니 성왕은 '光明理世'의 자질을 갖춘 王才(왕재)이었던 것이다. 더구나 시호인 聖王에 이름 明을 접두하면 明聖王인데 이는 東明聖王에서 東을 빼면 같은 존호가 된다. 아마도 성왕의 이름과 시호의 작명 출처는 고구려 시조의 시호(또는 이름)에서 나온 듯하다. 선왕인 무령왕의 뒤를 이어 등극한 성왕은 그의 이름과 시호에 걸맞게 지혜와 식견이 뛰어났고 나라 일을 결단력 있게 治理한 성군이었다.

성왕이 왕위에 오른 첫해의 8월에 고구려의 군사가 남침하여 왔다. 좌장 志忠으로 하여금 보병과 기병 1만 명을 거느리고 출전케 하여 적병을 물리쳤다. 성왕 3년에는 신라와 사신을 교환하여 서로의 우의를 다졌다. 동왕 4년에는 공주 웅진성을 보수하고 沙井柵(사정책)을 세웠다. 특히 「彌勒佛光寺蹟」(미륵불광사적)에 의하여 알아 보건대 이 해에 백제의 僧(승) 謙益(겸익)이 律을 구하기 위하여 인도로 출발하였다. 그는 中印度(중인도)의 尙伽倻大律寺(상가야대율사)에 도착하여 5년간 고대 인도어인 梵文(범문Sanskrit)을 배웠기 때문에 고대 인도어에 능통하여 律部(율부)를 깊이 연구하고 梵僧 倍達多三藏(배달다삼장)과 함께 「五部律文」(오부율문)을 가지고 귀국하였다. 이때에 성왕은 잔치를 크게 베풀고 이 두 사람을 환영하였고 나라 안의 유명한 스님 18인을 초대하여 謙益과 함께 율부 72권을 번역케 하였다고 한다. 그리고 曇旭(담욱)과 惠仁(혜인)이 함께 律疏(율소) 36권을 지어 바치게 하였고, 성왕 자신도 「毘曇新律序」(비담신율서)를 지었다고 전한다.

성왕 7년 10월에 고구려의 안장왕이 친히 군사를 이끌고 남침하여 북쪽 변방의 穴城(혈성)이 함락되었다. 성왕은 좌평 燕謨(연모)에게 명하여 보병과 기병 3만 명을 거느리고 五谷原(오곡원)에서 항전케 하였으나 애석하게도 패전하여 2000여인이나 전사하였다.

성왕이 나라를 다스린 재위 32년 동안에 성취한 國事 중에서 가장 위대한 업적은 임시 수도였던 熊津(고마ᄂᄅ>公州)의 피난 생활 63년을 청산하고 인근의 所夫里(소부리>扶餘)로 서울을 옮긴 결단이었다. 성왕 16년(538)에 신라의 서울 徐羅伐(서라벌>慶州)보다 광활한 大地인 所夫里를 吉地(길지)로 삼아 이곳에 새 서울을 건설하고 百年大計(백년대계)의 백제 中興(중흥)을 도모하였던 것이다.

2.

성왕이 所夫里(소부리)를 새서울(新都)의 吉地(길지)로 선택한 이유는 무엇일까? 우리는 우선 所夫里(>扶餘)에 대한 지세와 의미를 고찰하여야 그 이유를 분명히 이해하게 될 것이다.

현 扶餘(부여)는 신라 경덕왕(16년, 757)이 개정한 이름이고 그 이전에는 이곳을 오로지 '所夫里(소부리)'라 불렀을 뿐이다. 이 지명은 백제의 지명 중에서 가장 오래된 것으로 그 뿌리가 馬韓(마한)에 박혀 있다. 所夫里의 -夫里(부리)가

占卑離, 內卑離, 辟卑離, 牟盧卑離, 如來卑離, 監奚卑離, 楚山塗卑離

등 마한 지명의 -卑離(비리)를 이어받았기 때문이다. 이 -卑離를 승계

한 백제 지명이

> 古良夫里(靑正>靑陽), 未冬夫里(>玄雄>南平), 毛良夫里(>高敞), 古沙
> 夫里(>古阜), 夫夫里(>澮尾), 半奈夫里(>潘南), 尒陵夫里(>陵城), 波夫里
> (富里>福城)

와 같이 보편적으로 씌었다. 여기서 우리는 所夫里의 뿌리가 마한에
박혀 있는 아주 오래 묵은 郡縣(군현) 단위의 큰 지명이었음을 확신할
수 있다.

마한 54 국명 중에서 所夫里는 어느 국명을 이은 것인가? 두 가지의
가능성을 가지고 추정할 수 있다. 하나는 마한의 馼盧國(사로국)을 계
승하였을 것이란 생각이다. 다른 하나는 速盧國(속로국)에서 이어진
것이란 생각이다. 그 어느 하나를 승계하였을 것으로 추정되는 所夫里
는 마한 시대에는 어엿한 국명(엄격히 말해서 부족국명)이었다. 마한
이 망한 이후에 오랜 동안의 백제 치하에서 郡단위 이름으로 격하되었
던 것이다. 드디어 성왕이 이곳으로 遷都(천도)하자 다시 일약 서울
이름으로 승격되어 122년간의 눈부신 脚光(각광)을 받게 되었다. 그러
면 성왕이 웅비의 꿈을 실현하기 위하여 찾아낸 곳이 하필이면 所夫里
이었던가? 그 擇地(택지)의 비밀을 두 가지로 크게 나누어 추정할 수
있다.

첫째; 광활한 한벌(大原)이란 지리적 조건 때문이었을 것이다. 所夫
里의 -夫里는 드넓은 벌판(大原=한벌)을 의미한다. '-부리'가 말 모음
'ㅣ'를 잃고 '-벌'로 변하였다. 현 경주와 상주의 옛 이름 徐伐(서벌)과
沙伐(사벌)의 '-벌'이 바로 그것이다. 모두가 광활한 벌판의 지명이다.
부여의 부소산에 올라 남쪽을 내려다보면 가마득히 보일만큼 드넓은
벌판이다. 沙伐國(사벌국)(>상주)의 수도 '사벌'과 신라의 수도 '서벌'

보다 더 광활한 大原(한벌)이었다. 아마도 천도하기에 충분한 넓이의 새 터전이라 여겼을 것이다. 게다가 지형이 요새의 임시 수도 熊津(>공주)의 地勢(지세)와 所夫里의 지세가 거의 비슷하였다. 우선 배산인 부여의 扶蘇山(부소산)과 공주의 公山(공산)의 위치가 비슷하였고, 그 뒤로 감돌아 흐르는 금강이 방어선을 구축하고 있는 자연적 방어조건이 같았다. 그럴 뿐만 아니라 자연요새의 지리적 환경은 백제 전기의 수도 한홀(漢城>廣州)과도 비슷하였다. 동북쪽의 黔丹山(검단산) 너머의 한강이 북쪽으로 흐르고 있는 등 자연요새의 환경이 거의 같았기 때문이다. 북쪽에서 언제 재침할지 모르는 고구려를 주적으로 삼았던 백제로서는 우선 北防(북방)의 자연요새부터 생각하였을 것이다. 그 자연요새의 지세가 광주·공주·부여가 거의 같았던 것이다.

실로 所夫里는 신라의 徐伐 못지않게 광활한 벌판이다. 부소산에 올라가 남쪽 벌판을 내려다보면 까마득히 멀고 넓다. 그리고 오른 쪽(서편)으로는 금강 건너편에 서남부의 들녘이 펼쳐져 있고, 왼 쪽(동편) 또한 동남부의 벌판이 펼쳐져 있어서 오히려 '서라벌'보다 넓은 편이다. 半月城(반월성) 북쪽을 굽이쳐 흐르는 백마강과 서북으로 감돌아 흐르는 泗沘江(사비강)은 수도를 방어할 자연요새를 이루었다. 그럴 뿐만 아니라 금강의 풍부한 수량은 수도의 많은 인구가 흡족하게 쓸 수 있는 급수원이요 문화 창달의 젖줄이기도 하였다. 더구나 금강은 白江口(백강구)(>군산포구)로부터 그리 멀지 않은 곳에 있는 사비강의 양안에 浦口(포구)가 있어서 외국(일본과 중국)을 왕래하는 수로(통로)가 되었다. 특히 지금의 '구드래 나루'는 당시에는 항구 역할을 하는 중요한 포구이었다. 아마도 외국의 사절과 상선이 이 '구드래 나루'를 통하여 서울에 드나들었을 것이다. 이처럼 수도의 요건을 충족시키는데 있어서 白江(>금강)은 큰 몫을 차지한 것이었다. 이는 신라의 '서벌'보다 훨씬 우월한 지리적 조건이었다. 이처럼 所夫里는 지형

과 지세가 遷都(천도)의 조건을 충족하였던 것이다.1)

둘째; 지명 所夫里의 전통성과 의미가 사벌국의 '사벌'과 신라의 '서벌'과 동일어원에다 동일한 의미라는 점이었다. 일반적으로 그 동안 여러 학자들이 풀이한 '소부리(>사비'(泗沘))에 대한 견해는

   (A): ①所夫里 = 시불(東京)   ②泗沘(사비) = 시배

   (B): ①所夫里 = 쇠불(金原)   ②쇠잣(金城)

와 같다. 필자는 (A)①만이 타당한 주장으로 보고 다시 논의하려고 한다.

2.1. 所夫里(소부리)>泗沘(사비)의 약사

마한의 나라 이름 중에서 '소부리>사비'의 전신을 찾아본 결과 두 가지의 가능성을 발견할 수 있다. 그 하나는 駟盧國(사로국)에의 소급 가능성이요, 다른 하나는 速盧國(속로국)에의 소급 가능성이다. 그 어느 하나의 국명에서 출발하였을 것으로 추정되는 '소부리'는 마한 시대에는 어엿한 국명(엄격히 말해서 부족명)이었던 것인데 마한이 망한 이후 오랜 동안의 백제 치하에서 郡名으로 격하(?)되었던 것이다. 백제 후기에 성왕이 이곳으로 천도하자 드디어 일약 수도명으로 급부상하여 122년간의 백제 마지막 서울이 된 것이다. 백제가 망하자 '소부리주>소부리군'과 같이 州가 郡으로 격하되었다. 백제가 망한 후 거의 100년만인 서기 757년에 신라 경덕왕(16년)이 所夫里를 현 扶餘로 개정하였다. 경덕왕은 성왕이 所夫里 천도와 동시에 새로 정한 국호 南

---

1) 이 문제는 廣州(하남)의 慰禮城, 公州의 고마ᄂᆞᄅ(熊津), 扶餘의 所夫里 등의 도읍지를 종합적으로 고찰하여야 할 대상이므로 그 詳論은 다른 기회로 미룬다.

扶餘(남부여)에서 扶餘만 절취하여 새 지명으로 삼았다. 所夫里를 새 국호의 일부를 따다가 개정하므로 현지의 민심을 달래면서 실속은 所夫里(백제의 혼적)를 지우는 一石二鳥(일석이조)의 효과를 거두려는 흉계였다. 드디어 백제의 수도명인 所夫里는 공식 명에서 맥이 끊기고 말았다. 이 점이 신라 수도명인 '서벌'과 다르다. '서벌'은 시작부터 끝날 때까지 거의 1000년이나 변함없이 지속되었다. 그렇기 때문에 신라가 망한 뒤에도 현재까지 그대로 쓰고 있다.

2.2. 所夫里・徐伐・沙伐의 관계

현재 사용하고 있는 '서울'의 어원이 신라의 '서벌'(徐伐)에서 출발한 것으로 이해하고 있다. 그리고

서라벌＞서벌＞셔블＞셔볼＞셔울＞서울

로 변천한 것으로 알고 있다. 이 지식은 ¹ 삼국유사 권1의 "徐伐 今俗訓京字云徐伐也 以此故也-지금 속세에서 京자를 '서벌'(徐伐)이라 새기는 것도 이 까닭이다"에서 얻은 것이었다. 그러나 이 어원은 훨씬 이른 시기로 소급된다. 아마도 沙伐國(사벌국)의 '사벌'은 '서벌'과 동일 시기의 어원이었겠지만 '소부리'의 어원은 보다 이른 시기에 출발한 것으로 추정되기 때문이다.

우선 所夫里・徐伐・沙伐에서 '所・徐・沙'는 새(東)를 추상적으로 적은 표기로 추정할 수 있다. 모두 東의 뜻이다. 東風을 고유어로 '새바람'이라고 한다. 이 '새'(東)와 같은 말이다. 남은 문제는 '-부리:-불'이다. 위에서 언급한 바와 같이 마한 시대의 지명소 '-비리'가 '-부리'로 이어져 백제 시대에 쓰였다. 중세 국어 이후 오늘까지 남아서 지명소

로 쓰이고 있는 '벌'에 대한 옛 말이다. 그렇다면 '-부리'(夫里)는 '-벌'(伐)보다 이른 어형으로 추정할 수 있다. 고대 국어의 음운탈락 규칙 중에 말 모음이 탈락하는 규칙(v>ø/c_#)이 있다. 예를 들면 고마>곰(熊·北), 니마>님(南), 고리>골(菅), ᄃᄅ>돌(山·高), 셔마>셤>섬(島) 등이다. 이 규칙에 의해서 '-부리'가 'ㅣ'를 잃고 '-부리>-부르>-벌'로 변한 것이다. 따라서 '-비리>-부리>-부르>-벌'로 변천과정이 정리될 수 있다. 여기서 우리는 '-벌'의 전 단계가 '-부리'임을 확인할 수 있다. 그렇다면 '소부리'(所夫里)가 '셔벌(徐伐)·사벌(沙伐)'보다 이른 형임을 확신할 수 있게 된다. 그 의미에 대한 구체적인 논의는 뒤에서 재론하겠지만 '소부리·서벌·사벌'의 어원이 동일하였을 것으로 추정되는 이 말의 변천 과정은

　　所夫里>徐伐·沙伐 >셔블>셔볼>셔울>서울

와 같이 발달 순서에 따라서 정리된다. 그렇다면 현 서울의 어원이 '徐伐'에서 비롯된 것으로 착각하고 있는 우리의 상식은 '所夫里'에서 비롯된 것으로 바로잡아야 한다. 그럼에도 불구하고 徐伐이 신라의 천년 수도 명으로 쓰였을 뿐만 아니라 그것이 보통명사로 굳어져 '신라어>고려어>이조어>현대어'로 맥이 이어져 지속적으로 사용되었기 때문에 '徐伐'이 최초의 것으로 인식하도록 만들었다.

　그런데 이 지명은 '소+부리, 서+벌·사+벌'과 같이 두 지명소의 합성어이었다. '소·서·사'는 '東·曉·新·光明'의 뜻이었다. '부리·벌'은 平原의 뜻이었다. 그런데 두 지명소가 합성하여 '東原'의 뜻인 '새부리>새벌'로 쓰였던 것인데 후대에 거기가 각각 수부가 되자 보래의 뜻이 수도(京)의 의미로 전의(轉意)된 것이라 하겠다.

2.3. 所夫里와 泗沘의 관계

먼저 '사비(泗沘)'와 '사자(泗泚)'의 문제부터 풀기로 하겠다. 필자는 泗沘가 正統(정통)인 것으로 추정한다. 사자의 '泚'는 사비의 '沘'에 획을 하나 잘못 그은 誤記 또는 誤刻에서 비롯된 것으로 판단된다. 이런 사례는 고문헌에서 흔히 발견된다. 원본과는 달리 移記나 판각 과정에서 본의 아닌 실수로 인하여 발생한 잘못이다. 그러나 이 경우의 보다 직접적인 이유는 '沘'와 '泚'의 字形相似(자형상사)에서 비롯된 것으로 판단할 수 있다. 따라서 여기서는 '사자'를 일단 버리고 정형인 '사비'를 중심으로 소부리와 관계지워 비교 고찰키로 하겠다.

만일 泗沘가 '사+비'로 분석할 수 있다면 '소+부리'와의 대비에서 '소=사', '부리=비'의 등식이 이루어질 수 있게 된다. 그렇다면 지명소 '부리'가 '부리>부ø이>뷔>비'로 변하여 소부리가 '소비>사비'로 변하였다고 추정할 수 있다. 동일 지명인 부여를 아직도 '소부리' 또는'사비'라 부르는 사실을 바탕으로 앞의 추정이 가능한 것이다. 또한 동일한 강을 '소부리강' 또는 '사비강'으로 부르는 것도 뒷받침이 된다.

다음은 '所夫里(소부리)', '泗沘(사비)', '白江(백강)'은 어떤 관계가 있는 것인가의 문제이다. 위에서 '소부리'와 '사비'는 동일의미의 異形(이형)이라 추정하였다. 그러면 白江은 어떤 관계가 있는 것인가? 白江을 일명 '소부리하', '사비하·사비강'이라고 부른다. 그런데 '白'의 새김이 공교롭게도 '숣'이다. 白江은 고유어(백제어) '숣～숣비～ᄉ비+江'에 대한 漢譯名(한역명)이다. 따라서 모두가 '소부리'의 별칭인 것이다.

일반적으로 옛 지명은 살아지지 않고 어딘가에 잔존하여 그 명맥을 이어간다. 삼국 시대에는 군현 단위의 지명이었던 것들이 후대로 오면서 격하되어 면단위 또는 마을의 이름으로 살아남은 사례가 흔히 있다. 그 대표적인 경우가 熊津州(웅진주)의 이름이 '고마ᄂᄅ>고마나

루'로 남아 있는 예이며, 또한 백시대의 所比浦縣(소비포현)을 경덕왕
이 德津縣(덕진현)으로 개정하였는데 지금도 '덕진리'로 남아 있다. 所
夫里 또한 경덕왕 16년(757)에 지금의 扶餘郡으로 개정된 이후 점점
세력을 잃고 결국은 구석으로 밀려나 한 마을 이름으로 살아남게 되었
다. 부소산 자락에 위치한 구 부여박물관 앞마을의 '소부리 부락'이 바
로 백제의 수도명이었던 '소부리'이다. 그러니까 지금의 '소부리 부락'
을 중심으로 광활하게 펼쳐진 드넓은 터전이 백제의 마지막 수도 '소
부리'이었다.

2.4. 所夫里의 地勢(지세)는 백제 영구 수도의 吉地(길지)

고구려 장수왕의 침공으로 수도 한홀(漢城>廣州)이 함락되자 백제
개로왕(제21대)은 전사하고 아들 문주왕이 國難을 피해 황급히 南下
하여 정착한 곳이 '고마ᄂ르'(熊津)이었다. 당시의 급박한 상황으로는
지세가 자연요새인 熊津(>公州)을 최적의 도읍지로 선정할 수밖에 없
었을 것이다. 그러나 새 수도 熊津은 창졸간에 선정한 전시용 임시 수
도로는 적합할지 모르나 영구적인 면에서는 너무나 협소한 터전이었
다.

국난으로 부득이 수도를 熊津으로 옮긴 후 48년이 지난 서기 523년
에 무령왕의 뒤를 이어 聖王이 즉위하였다. 성왕은 15년 동안 국정을
펴면서 수도인 熊津(>公州)이 너무나 협소하여 백제 대국의 꿈을 이
루려는 서울로써는 적합한 곳이 아님을 수시로 깨달았을 것이다. 결국
성왕은 16년(538)에 所夫里 遷都(천도)라는 국운을 건 거대한 英斷(영
단)을 내리게 된다. 이는 백제의 발전사에 있어서 새로운 획을 긋는
중대한 결단이었다.

실로 성왕은 거의 500년에 가까운 장기간에 수도로서 손색이 없었

던 한홀(漢城>廣州)를 회복하기 위한 熊津 시대 백제의 염원은 오로지 부단한 北進(북진) 뿐이었다. 그리하여 수시로 신라와 연합하여 빼앗긴 옛 영토를 찾으려고 북벌을 도모했지만 마침내 실패하고 말았다. 드디어 성왕은 그 꿈을 접고 63년의 熊津 시대를 마감하고 수도를 소부리로 옮긴 것이었다. 이렇게 천도를 단행한 사실은 북진책을 잠시 철회하고 우선 새롭게 중흥을 꾀하려는 방향으로 국책을 바꾸었음을 의미한다. 그렇다면 성왕은 옛 서울이었던 한홀(>廣州)과 비슷한 名勝地를 찾았을 것이다. 그곳이 곧 所夫里인 것이다.

위에서 이미 언급하였지만 여기서 다시 한성 백제의 漢忽(한홀)(>廣州)과 所夫里의 비교를 요약하면 천도의 이유가 극명하게 들어날 것이다. 우선 광활함이 비슷하다. 거기에다 한홀은 북으로 한강이 흐르고 소부리는 금강이 흐른다. 이 점은 임시 수도였던 熊津(>공주)도 비슷하다. 고구려의 남침위협에서 벗어나기 위한 일차 방어선으로 한강과 금강을 선택한 것이라 하겠다. 이처럼 성왕은 억울하게 강탈당한 500년 도읍지 한홀(>광주)과 동일한 지세와 지형을 발견하여 결정한 곳이 바로 所夫里였다. 그 위치만 남쪽에 있었을 뿐 내용으로 보면 결국 백제 전기 시대의 수도 모습을 복원한 것이라 하겠다. 이 점은 다음에서 논의하게 될 국호의 개정에서 다시 확인하게 될 것이다.

2.5. 백제의 새 국호 南扶餘(남부여)와 나라의 뿌리 찾기

성왕은 萬歲興國(만세흥국)의 最適地(최적지)인 所夫里를 영구적인 首府(수부)로 확정하고 서울을 현 공주에서 부여로 옮기면서 국호 백제를 南扶餘(남부여)와 鷹準(응준)으로 바꾸었다. 성왕이 수도를 옮기면서 500여년 사용하여 온 국호 백제를 아울러 바꾼 것은 큰 의미가 있었던 것으로 생각할 수 있다.

첫째; 고구려의 남침으로 졸지에 당한 참담한 과거에서 벗어나 국가를 재건하고 心機一轉(심기일전)하여 새로운 跳躍(도약) 즉 中興(중흥)의 계기를 마련하자는 것이었다. 위에서 일차 언급한 바와 같이 임시 수도 웅진 시대에는 고구려에게 억울하게 빼앗긴 영토(황해도, 경기도, 충청북도, 강원도 영서지역)를 도로 찾기 위해 여러 번 北伐(북벌)을 도모하였지만 끝내 성취하지 못하고 실패만 거듭하였던 것이다. 그렇기 때문에 옛 서울 한홀(>廣州)로의 還都(환도)를 포기하고 현실에 순응하여 최적지를 찾아 所夫里로 이도한 것이었다.

둘째; 수도를 옮기면서 성왕이 500년이나 사용해 온 국호 백제를 南扶餘로 바꾼 것은 백제의 뿌리를 찾는데 있었다. 백제가 비록 고구려에서 분파하여 세운 나라이긴 하지만 실은 그 뿌리는 北扶餘(북부여)이기 때문이었다. 따라서 남부에 있는 扶餘 란 뜻으로 北자를 南자로만 바꾸어 북부여가 남부에 내려와 있다는 의미를 담아 南扶餘라 새로 지은 것이었다. 그런가 하면 한편으로는 鷹準(응준)이란 국호를 따로 제정키도 하였다. 모두가 새로운 중흥을 다짐하는 쇄신의 의미이었을 것이다.

실은 국호 百濟의 百을 훈음차로 보면 '온'으로 추독할 수 있다. 그리고 濟는 음차자로 보면 '제'로 추독할 수 있다. 그렇다면 百濟는 '온제'로 풀어 읽을 수 있게 된다. 이 '온제'는 이른바 시조 이름으로 알려져 온 '온조·은조·은조'(溫祚·殷祚·恩祖)와 거의 동일하다. 그리고 '응준'(鷹準)은 '온조'의 변화형을 한자의 음을 빌어 적었던 것으로 추정된다. 모두를 종합하건대 溫祚는 시조의 이름이 아니라 '온조·온제(百濟)·응주(鷹準)'는 국호이었던 것으로 추정할 수 있다. 이처럼 성왕은 북부에 그 뿌리(母國)가 있음을 새 국호로 나타내었고, 전통적인 고유어 국호인 '오조·온제'가 오랜 세월에 많이 변화하였을 터인데 그 변한 국호를 음차 표기한 것이 '응준'이었다면 이 고유국호 또한 길이 보전하자는 의도였을 것이다.

셋째; 서두에서 언급한 바를 재차 강조하자면 성왕의 兒名(아명)은 「삼국사기」는 明穠(명농)이라 하였고, 「삼국유사」는 明이라 하였고, 일본고문헌인 「新撰姓氏錄」(신찬성씨록)은 明王이라 하였고, 중국사서인 「梁書」・「晋書」(양서・진서)는 餘明(여명)이라 하였다. 고구려 시조 東明聖王(동명성왕)에서 성왕의 이름자와 동일한 明자를 발견하며, 그 아들 琉璃明王(유리명왕)에서도 明자를 발견한다. 이는 우연의 일치가 아니라 이 동일성에는 반드시 의도적인 관련이 있는 것으로 보아야 할 것이다. 더구나 聖王의 시호인 聖자를 東明聖王에서 발견하게 되는데 여기서 동명을 제거하면 결국 동일한 聖王이 된다. 따라서 그의 이름이나 시호로 보아서는 백제의 뿌리를 의도적으로 드러낸 흔적이 매우 뚜렷하다고 강조할 수 있다.

성왕은 32년(554) 7월에 신라를 침공하기 위하여 군사를 이끌고 古尸山城(고리산성)(菅山城>沃州>沃川) 부근에 위치한 狗川(구천)에 이르렀다. 이 때에 잠복하였던 신라군의 급습을 받아 어처구니없게도 생포되어 이루 형언할 수 없는 고초와 모욕을 당하며 비운의 생을 마쳤다. 그러나 「삼국사기」의 신라 진흥왕 15년(554)의 기사는 다르다.[2] 백제의 성왕이 加羅(가라)와 더불어 지금의 옥천에 위치한 菅山城(고리산성)을 침공하므로 처음에는 신라군의 전세가 불리하였으나 지금의 廣州(광주)인 新州(신주)의 軍主(군주)인 金武力(김무력)이 군사를 이끌고 달려와 主兵(주병)으로써 內戰(내전)하자 裨將(비장) 三年山郡(삼년산군)>보은군의 高干(고간:벼슬 이름) 都刀(도도)의 기습공

---

2) 「삼국사기」권4 진흥왕조에서 해당 기사를 옮긴다.
　十五年 秋七月 修築明活城 百濟王明禮與加良 來攻菅山城 軍主角干于德・伊湌耽知等 逆戰失利 新州軍主金武力 以州兵赴之 及交戰 裨將三年山郡高干都刀 急擊殺百濟王 於是 諸軍乘勝大克之 斬佐平四人・士卒二萬九千六百人 匹馬無反者

격으로 성왕이 살해되었다고 적혀 있다. 이렇게 영토확장의 꿈과 중흥 백제 대국의 꿈이 所夫里 천도의 보람도 무색하게 살아져 버렸다.

참으로 애석하고 비통한 일이다. 백제 후기의 위대한 성명왕이 10년 만 더 治世(치세)를 하였더라면 백제는 대국으로 중흥하였을 것이다. 그러나 국운이 여기서부터 기울어 불과 100여년 만에 백제는 망하고 말았다. 그 이면사를 『삼국사기』 권43 金庾信傳(김유신전)에서 확인할 수 있다. 다음에 인용한 그 내용 중 특히 "만일 公의 一門에 의지하지 않았더라면 나라의 흥망을 알지 못하였을 것이다."라고 술회한 문무왕 의 고백은 참으로 意味深長(의미심장)하다.

문무대왕이 英公(李勣)과 함께 平壤을 격파한 다음 南漢州(漢山州) 로 돌아와서 여러 신하들에게 이르기를 "옛날 백제의 明穠王이 古利 山(古尸山>菅山>沃州>沃川)에서 우리나라를 치려고 꾀하였을 때 유 신의 할아버지 武力(김무력) 각간이 장수가 되어 적을 邀擊(요격)하고 大勝하여 성왕 및 재상(좌평) 4인과 士卒들을 사로잡아 그 세력을 꺾 었다. 또한 아버지 舒玄(김서현) 은 良州(>梁山) 摠管(총관)이 되어 여러 번 백제와 싸워 그 銳鋒(예봉)을 꺾어 변경을 침범치 못하게 하였 기 때문에 변방 백성들은 농업과 桑業(상업)을 편안히 하고, 君臣은 宵旰(소한)(宵衣旰食의 준 말로 아침 일찍 일어나 옷 입고 밤늦게 식 사하면서 國事에 골몰한다는 뜻)의 근심을 없게 하였다. 지금 유신이 할아버지와 아버지의 위업을 계승하여 社稷의 신하가 되고 出將入相 (출장입상)하여 그 공적이 많았다. 만일 公의 一門에 의지하지 않았더 라면 나라의 흥망을 알지 못하였을 것이다. 그의 직위와 賞賜(상사)를 어떻게 하면 좋겠는가"라 하였다. 여러 신하들이 "참으로 대왕의 생각 하심과 같습니다"고 하였다.

VII. 부여(소부리) 지역의 옛 지명을 찾아서

1.

　지금 쓰고 있는 扶餘란 지명은 백제말이 아니다. 경덕왕(475)이 개정한 신라말이다. 白馬江과 洛花岩도 백제말이 아니다. 부소모이(<부소모리)(扶蘇山), 스비ᄀ름(白江), 구드래나루(<굿어라ᄂᄅ=龜岩津)만은 백제말이다. 이른바 백제 최후의 결전장이었던 黃山伐도 신라말이지 백제말이 아니다. 백제말로는 누르ᄃ름모이(<모리)부리(黃等也山原)였다. 근래에 충청남도는 백제역사 재현에 박차를 가하고 있고, 해마다 백제 문화제의 행사를 다채롭게 개최하고 있다. 그런데 백제인의 얼이 깃 들어 있는 백제말을 얼마만큼 수용하여 쓰고 있는가? 행사는 '백제문화제'라 표방하고, 이 문화제가 사용하는 언어는 '부여, 공주, 백마강, 황산벌' 등이라면 이는 넌센스가 아닐 수 없다.

　경주는 서라벌로, 대구는 달구벌로, 광주는 무둘골로, 전주는 비사벌로 돌아가 옛 문화를 재현하고 있다. 그런데 왜 '백제문화제'만 백제말 '고마ᄂᄅ, 소부리'로 돌아가지 않는 것인가? 이 글은 잘못 되어온 이제까지의 관행(관습)을 파기하고 가능한 한 백제말을 찾아 쓰는 길라잡이가 되어주기를 希求한다. 만일 학자들이 깊은 연구를 하였더라도 그 결과를 학계와 사회가 얼마만큼 절실하게 수용하느냐에 성패가 달려 있다. 연구결과가 연구자의 掌中에만 머물러 있다면 그 것은 죽은 지식이나 다름없다. 연구한 새로운 지식을 국민이 배우고 익히도록 적극적으로 권장하여야 한다. 연구한 결과가 원리라면 이 원리는 마땅히 응용되어야 한다. 이렇게 원리와 응용이 원활히 相應될 때 비로소 '백제문화연구와 응용'은 더욱 활성화될 수 있을 것이다.

이 글은 부여 지역의 백제 지명을 찾아서 어휘사적인 해석을 시도하려는데 목적이 있다. 경덕왕(16년 757)이 **所夫里**를 **扶餘**로 개정하였다. 위에서 언급한 것처럼 부여는 신라말이지 백제말이 아니다. 부여 지역의 옛 말은 백제 시대의 언어와 그 이후의 언어로 양분된다. 여기서는 백제어를 중심으로 논의하되 백제어로 착각하는 옛 말에 대하여서도 아울러 고찰하게 된다.

소부리 지역은 백제 말기의 수도권에 해당한다. 현재의 부여 지역이라는 현대적 편견에서 벗어나 당시의 지역으로 확대하여 논의하여야 할 것이다. 말하자면 공주·논산·전주·군산 등지까지 넓혀서 그 안의 백제어를 고찰하게 될 것이다.

2.

所~**泗**(소,사=東); 所夫里~泗沘(>扶餘)는 백제의 마지막 수도의 이름이다. 백제가 망한 뒤에는 '所夫里州>所夫里郡'으로 格下되었다가 경덕왕(757)이 지금의 扶餘로 고쳤다. 성왕(16년 538)이 천도하면서 백제의 뿌리가 北扶餘임을 강조하는 뜻에서 '남에 있는 부여'란 의미로 국명을 南扶餘라 고쳤다. 신라 경덕왕이 백제 수도의 뿌리를 뽑기 위하여 南扶餘에서 '**扶餘**'만 따다가 개정한 것이다. 그렇지만 아직도 부소산 기슭의 마을을 '소부리'라 부른다. 따라서 所夫里는 백제 고유지명이지만, 扶餘는 통일신라(757) 이후의 개정지명일 뿐이다.

所夫里는 말음절 '里'를 잃고, '所夫'가 '泗沘'(<所夫∅<所夫里)로 변하였다. '소부리'의 변화형인 泗沘를 일명 泗泚라 부른다. 그러면 泗沘와 泗泚는 어느 것이 正인가? 그 正誤를 가리기 위하여 우리는 所夫里로 회귀하여 해결의 실마리를 찾게 된다. 所夫里의 변화형인 所夫와 泗沘는 −夫:−沘와 같이 닮은꼴이다. 그러나 泗泚의 −泚와 所夫의 −夫는 닮은꼴이 아니다. 따라서 −沘가 正이고 −泚는 誤인 것이다. 沘자를 옮겨 적거나 각자(刻字)할 때 1획을 더하는 잘못을 범한 것이다. 이는 비슷한 글자를 다루는 과정에서 흔히 발생하는 착오이다. 여기서 동일한 예를 所比浦를 所北浦로, 比豊을 北豊으로 적은 착오를 「조선왕조실록」에서 들 수 있다. 안에다 그어야 할 횡선획을 반대쪽 밖에 그은 착오이다(도수희 1983a, 1987c 참고).

所夫里의 구조는 所+夫里로 분석할 수 있다. 아래에서 설명한 바와 같이 '夫里'가 지명소(지명형태소)이기 때문이다. 그렇다면 所(泗) 또한 하나의 지명소임이 분명하다. 지명소 所는 동쪽이란 뜻이다. '새(東) 바람(風)'의 '새'와 닮은꼴이기 때문이다. 夫里는 아래의 설명과 같이 '벌'(<부리=原)이란 뜻이다. 所夫里는 '동쪽부리(>동쪽벌)'란 뜻이 된다. 이 말은 尙州의 옛 이름인 사벌국(沙伐國)의 '사벌'과 같은 말이고, 신라의 서울 '셔벌'(徐伐)과 같은 말이다. 여기 '所, 沙, 徐'는 모두 중세국어 '새'(東)에 해당한다. 이 '소부리'(所夫里)가 변해서 오늘의 '서울'(<셔볼<셔블)이 되었다.

夫里(부리>벌=原); '夫里'를 접미 지명소의 분포 특징의 하나로 위에서 약술하였지만 보다 이른 시기에 극명하게 특징을 나타낸 지명소는 '−비리'(卑離)이다. 이것은 마한 54국명 중 '점비리(占卑離), 내비리(內卑離), 모로비리(牟盧卑離), 여래비리(如來卑離), 초산도비리(楚山

塗卑離)' 등 무려 여덟 번이나 나타난다. 그런데 이 '-비리'는 백제 후기어 '-夫里'로 계승되었다. '고량부리(古良夫里>청양), 소부리(所夫里>부여)'를 비롯하여 '모량부리(毛良夫里>고창), 인부리(仁夫里>능성)'에 이르기까지 무려 열 번이나 나타난다. 북쪽 청양으로부터 남쪽 고창, 나주까지 광역으로 분포하였다. 공교롭게도 그 수가 '-비리'와 거의 비슷하다. 이 '-夫里'(原)가 신라어와 가라어의 지명에는 '-伐～-弗～-火(블)'과 같이 폐음절로 쓰였다. 그런데 어형변화 과정으로 살펴 볼 때 '고마'가 줄어 '곰'이 되었고, '사마'(斯麻=島)가 줄어 '섬'이 되었고, '니리므'(王)(>니림>니임>님:)가 줄어 '님:'이 되었듯이 '부리'가 줄어 '벌'이 된 것이니 '소부리'가 '사벌' 또는 '셔벌'보다 이른 시기에 발생한 것으로 볼 수 있다. 따라서 백제의 '소부리'는 현 '서울'의 본뿌리이다.

扶蘇(부소=松); 扶蘇山은 백제어로 '부소모이'(<부소모리)이었다. '부소'의 뜻은 솔(松)이다. 백제어(전기) 지역에서

①松村活達～釜□山 ②扶蘇押>松岳 ③夫斯波衣～仇斯峴>松峴

등이 나타나고, 예맥어의 자료 중에서도 夫斯達>松山이 발견된다. 위 ①의 松:釜는 松:釜□로 □안의 글자가 탈자된 것으로 여겨진다. 따라서 모두가 釜□·扶蘇·夫斯 : 松의 대응을 보인다. 백제 전기어로 扶蘇·夫斯가 松의 의미로 쓰였음을 알 수 있다.

백제 시조 온조가 위례홀(慰禮忽)에 도착하여 먼저 오른 산이 '부아악'(負兒嶽>三角山)이었다. 이 '負兒嶽'에 대한 종래의 해독을 보면 鮎貝房之進은 "三角山의 白雲臺와 인수봉의 형상은 負兒의 형상이기 때문에 명명한 지명이다"라고 주장하였다. 그러나 이 負兒嶽이 과연 三角山에 比定하여도 좋은 것인가의 문제와 설령 그렇게 볼 수 있다 하

더라도 三角山의 形象이 과연 負兒形인가도 의문이다.

그러면 負兒嶽은 어떻게 해독할 것인가. 주변 지명 중에는 慰禮忽, 阿里河·郁里河, 彌鄒忽이 있고, 이른바 인명에는 溫祚·殷祚·恩祖, 沸流·避流가 있다. 삼국 초기에는 모든 고유명사들이 한자의 음차 표기로 되어 있다. 즉,

斯盧, 斯羅, 尸羅, 徐羅伐, 徐羅, 徐伐, 加羅, 高句麗, 句麗, 弗矩內, 儒理, 類利

등과 같이 고유한 이름을 음차 표기하였다. 그렇기 때문에 負兒嶽도 慰禮忽, 彌鄒忽, 阿利(水), 郁里(河), 溫祚, 沸流와 더불어 음차 표기된 고유어로 추정할 수 있게 된다.

이 지명은 負兒+嶽으로 분석할 수 있다. 만일 負兒가 음차 표기된 것이라면 고대음으로 추독하여야 할 것이다.

(T=Tung T'ung-ho, K=Bernhard Karlgren, Ch=Chou Fa-Kao)

	上古音	中古音	字釋 및 俗音
負	b'wə(T)		질부[字會]下 10, [類合]下 46)
	bi̯ŭg(K)	b'iə(K)	
	bjwəɣ(Ch)	biəu(Ch)	
兒	gnieg(T)		아히 ᅌᅵ[光州千字文] 15)
	ńi̯ĕg(K)	ńzie(K)	아히ᅀᆞ[字會] 上 16, [類合] 上 17)
	njeɣ(Ch)	ńiɪ (Ch)	

위의 古音 중에서 *biəu-ńzie(負兒)를 택하려 한다. 貒(오소리 단)을

「본초강목」 啓蒙(卷四 7)에서 吾兒里로 표기하였고, 「향약집성방」에는 '吾兒尼'로 표기되기도 하였다. 이것에 대한 「사성통해」의 표기는 '오亽리'이고, 「훈몽자회」는 '貒오亽리 단 俗呼土猪'라 하였고, 「동의보감」의 '貒肉오亽리 고기'라 하였으니 여기서 우리는 옛 俗音인 '亽>亽'(兒)를 참작하여 재조정하면 負兒를 *puseʔ~*puzeʔ로 추독할 수 있을 것이다. 중세국어의 속음 '亽'(兒)를 이른 시기의 '亽'로 추독할 수 있는 가능성을 다음의 자료에서 보충할 수 있다.

烏兒縣 本百濟烏次縣 <「삼국사기」 권 36 지리 3 武州속현>

에서 우리는 '兒=次'의 대응을 발견한다. 이는 필시 음차의 대응으로 相似音이었기 때문에 '次'를 승계하여 '兒'가 차자되었을 것으로 추정한다. 그렇다면 여기서 우리는 '次'의 古音을 찾아 볼 필요가 있다.

	上古音	中古音	字釋 및 俗音
次	tśied(T)	cʌʔ(東)	ᄀᆞ슴ᄎ([千字文] 16)
	tśir(K)	tśi-(K)	ᄎ례ᄎ([類合] 上 3)
	tśjier(Ch)	tśiIi(Ch)	ᄀᆞ움ᄎ([類合] 上 3)

위에서 확인한 중고음이 'ᅎ'(東), tśi-(K), tśiIi(Ch)이며 俗音으로는 'ᅕ'이다. 따라서 그 첫소리가 'ᅎ~ᅕ'임을 알 수 있다. 위와 같이 兒의 고음이 '亽'이었으니 負兒는 초기의 백제어 '부亽'를 표기한 것이다. 이 '부亽'도 솔(松)의 뜻이다. 이보다 이른 시기로는 온조왕의 모국인 졸본부여에 예속된 松壤國(송양국)의 普述水(보술수) : 松壤에서 普述(*puse)가 松의 뜻으로 쓰였고, 후대로는 백제 수도의 背山인 扶蘇山의 扶蘇에 이어진다.

요약컨대 '부ᄉ압'(負兒嶽)은 沸流國 '부소내'(普述水=松壤), 高麗의 수도 '부소압'(扶蘇押=松嶽山), 백제말기 수도 所夫里의 鎭山인 '부소모이'(扶蘇山=松山)과 동일어로 모두가 수도의 진산명(鎭山名)이란 뜻이 포함되어 있다(도수희 1999:359-372 참고).

鞬吉支(건길지=君王); 이 말은 백제의 토착인(마한의 후예)이 왕을 부르던 존칭이다. 이 단어가 「周書」(異域傳 百濟條)에 나온다. 이 존호(尊號)는 '건(>큰=大) + 길지'(貴人・君長)과 같이 분석할 수 있다. 여기서 분석한 내용을 종합하면 '건길지'(大貴人)이 된다. 이 단어는 지배층의 존호인 於羅瑕(어라하)와 대응되기 때문에 틀림없는 한계어(韓系語)이다. 그런데 '길지'는 보다 이른 시기의 '긔ᄌ'(箕子), '긔준'(箕準)에 소급될 듯하다. 皆伯~王逢(>遇王), 皆次丁~王岐에서 皆~皆次:王을 근거로 皆~皆次가 王의 뜻으로 쓰였음을 알 수 있다. 고구려의 琉璃王(유리왕)이 중국의 역사책에 奴閭諧(노려해)로 적혀 있다. 諧를 '개~해'로 추독할 때 고구려어 '개'(王)를 상정할 수 있다. 만일 위 皆次가 '개ᄌ'였다면 이는 마한어(백제의 토착어) 鞬吉支(건길지)의 '길지'(王)와 닮은꼴이다. 또한 '길지'는 "고려 태조 왕건을 '긔ᄌ'(기장 穄稺 훈몽자회 상6)라 존칭한다"(「고려사」世系)고 한 '긔ᄌ'에 이어지며,[1] 「광주천자문」의 새김 '긔ᄌ 王王'에까지 이어진다. 그리고 위에서 언급한 것처럼 '건+길지'의 '건'은 大의 뜻인데 백제의 近肖古王, 近仇首王의 '근'(大)으로 이어졌으며 중세국어 큰-'(<근-)'에 이어졌다.

於羅瑕(어라하=王); 「周書」(636 이역전 백제조)에 "백제인이 왕을 '어라하'라, 왕비를 於陸(어륙=王妃)이라 불렀다"고 기록하였다. 이 '어륙'은 국내의 문헌에는 전해진 바가 없고 다만 「일본서기」(720)에

---

1) 이승휴의 「帝王韻紀」下九(1287)에
   於焉誕聖智 聖母命詵師 指此明堂謂 斯爲種穄田 因以爲王氏(註:俗呼穄爲王 盖言 興王業也라 하였고, 또한 동일 내용이 「고려사」세계 7, 9에도 있다.

'오리구'로 적혀져 전할뿐이다. 위 왕칭어는 '어라+하'로 분석할 수 있
다. '하'는 신라어 '한'(舒發翰·舒弗邯)과 비교할 때 'ㄴ'만 있고 없음이
다를 뿐 같은 말이다. '어라'와 같은 말이 ｢삼국사기｣ (권24) 백제 고이
왕 28년(261)조에 '오라관'(烏羅冠), '오위이'(烏韋履)가 보인다. 여기
'오라'(관)와 '오위이'(道袍)가 '어라'(하)와 아주 비슷함을 보인다. 특
히 '어라'와 '오라'는 거의 같으므로 '오라관'은 왕관을 의미하는 것이라
하겠다. 현대까지 전통적으로 전해오는 민요 중의 한 대목인 "어라 만
수 어라 대신이야"의 '어라'도 왕이란 뜻이다. 그럴 뿐만 아니라 백제어
가 쓰였던 충남지역에서 통용되고 있는 감탄사 '어라! 얼래!~월래!'와
동일 지역에서 어린이들이 가마놀이 할 때에 사용하는 '어라 쉬!'와도
관계가 있을 듯하다. 특히 일본어 '에라이'와 비슷한 점도 우리의 주목
을 끈다. 서기 475년에 고구려 장수왕의 남침으로 근개로왕이 패전하는
상황이 ｢일본서기｣(720)에 자세히 기술되었는데 거기에 '어라하, 건길
지'가 나타나는 것으로 보아 후기까지 쓰인 듯하다.

　니리므(=王, 君, 主); 백제 전기어로 왕을 부를 때 지배층은 '어라하'
라 존칭하고, 백성은 '건길지'라 존칭한 사실을 위에서 확인하였다. 이
지배층의 존호는 소부리 시대에도 쓰였을 것으로 추정한다. 그것이 아
래에서 기술한 '구드래' 속에 들어 있기 때문이다.

　한편 백제 후기어로 왕을 '니리므'라 부르기도 하였다. ｢일본서기｣
(720)의 저자는 斯麻王에 대하여 "백제 사람들은 왕을 '니리므세마'
(主嶋)라 부른다"고 기록하였다. 이로 미루어 백제 후기어로 왕을 '니
리므'라 불렀음이 분명하다. 백제어 '니리므'가 말모음 'ㅡ'와 자음 'ㄹ'
을 잃고 '니임'으로 변한 뒤에 다시 줄어들어 '님ː'이 된 것이다. 현대
국어 '-님ː'(선생님)과 '님ː'(님이시여!)은 백제 후기어로부터 씌어온 것
이라 하겠다.

　左輔, 右輔, 佐平, 達率, 德率, 柰率(관직명); 초기에는 '보'(輔)가 최

고 관직명이었다. 고이왕 27년(260)에 16품계가 정해졌는데 그 중에서 上老>佐魯, 雨坪>高澤을 근거로 佐平의 佐를 '上, 高'의 뜻인 '웃'으로 해독할 수 있을 듯하다. 그리고 平은 坪과 통용되므로 '벌'로 해독할 수 있을 듯하다. 그렇다면 '佐平'은 '웃벌'로 해독할 수 있다. '벌'은 위계를 나타내는 현대의 '벌'(할아버지벌, 손위벌 등)에 해당할 듯하다. 한편 佐와 左를 통용자로 볼 때 '左=東=시'로 풀린다. 그러면 '佐平=시벌'이 된다. 신라 최고관직 舒發翰(=角干)의 '시벌'(舒發)과 비슷하다. 또한 達率, 德率, 奈率을 '達(tar=山), 德(tək=阜·原), 奈(내=川)'로 풀 수 있을 것 같다. 그리고 '率'은 중세 국어의 '벼슬'(벼슬 경卿, 벼슬 직職 훈몽자회 중1, 하31)의 '슬'에 이어질 듯하다. 또한 고구려 5부족의 추장을 '욕살'(褥薩)이라 불렀는바 이 '살'도 관계가 있을 듯하다. 아마도 達率은 山(職)官, 德率은 平原(職)官, 奈率은 川官이었던 것 같다.

斯麻(사마=**島,嶼**); 『일본서기』(720)에 무령왕의 아명(兒名)이 '세마기시'(嶼王) 또는 '니리므세마'(主嶼)로 기록되어 있다. 무령왕릉에서 출토된 지석(誌石)에도 斯麻王이라 적혀 있다. 국빈으로 초빙된 만삭의 왕비가 일본으로 건너가는 도중에 구주(九州)의 북쪽 섬(各羅島)에서 해산하였다. 그가 섬에서 태어났기 때문에 백제인들이 이 왕자의 이름을 '세마(>셔마>셤>섬) 니리므'(>니림>니임>님:)라 부른다고 기록하였다. 중세 국어 '셤'(島)에 해당하며 일본어 '시마'(島)도 백제어의 차용어일 가능성이 짙다.

龜岩津(구드래ㄴㄹ); 이곳 나루이름이 고지도에 한자로 龜巖津(구돌나루)로 적혀 있다. 그리고 이 나루는 '구드래나루'로 불려왔다. 所夫里에서 은산(恩山) 및 정산(定山) 방향으로 건너가는 나루가 '구드래나루'이다. 백제 시대에는 이곳이 나루라기보다 항구이었을 것이다. 일본 사신의 배들이 군산포(白江口)를 거쳐 강을 따라 올라와 입항한 곳이었기 때문이다. 국빈을 맞는 항구 역할을 하였다면 '구드래나루'

는 그에 알 맞는 뜻이 담겨 있어야 한다. 일본인들이 예로부터 백제를 '구다라'라 부른다. '구드래'와 '구다라'는 비슷하다. 따라서 동일어로 믿을 수 있다. '구드래'는 '굳+으래'로 분석할 수 있다. 백제어는 유기음이 없었기 때문에 大를 '근'(>큰)이라 하였다. '건길지'의 '건'과 '근초고왕, 근구수왕'의 '근'도 같은 말이기 때문이다. 따라서 '굳+으래'는 다시 '그우+ㄷ+으래'로 분석할 수 있다. 결국 '그우>구'(大)로 변한 것이고 'ㄷ'은 사잇소리이다. '으래'는 백제 전기어로 왕을 '어라+하'라 불렀다고 위에서 설명한 '어라'에 해당한다. 지금까지도 즐겨 부르는 민요의 마지막 대목인 "어라 만수"(왕이시여 만수 무강하소서)에서 '어라'를 확인할 수 있다. 요컨대 '구드래'의 본말은 '근어라'이며 '大王'이란 뜻이다. 따라서 '굳어라ᄂᄅ'가 일본어로는 '구더라(나리)~구다라(나리)'로 변하였고, 우리말로는 '구드래(나리)'로 변하였다. 이 말은 '근어라ᄂᄅ'(大王津)란 뜻이다. 백제의 선진 문화가 일본의 후진 문화의 밑거름이었던 사실을 감안할 때 자고로 일본인들이 백제국을 '구다라(나라)'(대왕국)로 높여 불러 온 겸손을 충분히 이해할 수 있다.(도수희 1972 참고)

白江(사비강)>白馬江과 조룡대(釣龍臺) 전설; 삼국유사 권 2 南扶餘條에

    (1)또한 사자강변에 한 바위가 있는데 소정방이 이 바위에 앉아서 용을 낚아 올렸다. 바위에 용낚을 때의 무릎 꿇은 흔적이 있기 때문에 이로 인하여 용암이라 부른다(又泗沘河 有一嵒 蘇定方嘗坐此上 釣魚龍而出 故嵒上有龍跪之跡 因名龍嵒).

이란 기사가 보인다. 이 기록이 우리가 접할 수 있는 최초의 것이 아닌가 한다. 위 기록에는 白馬江이 나타나지 않으며 釣龍臺(조룡대) 역시 발견

되지 않는다. 오로지 龍嵒(용암)만이 因名(인명) 형식으로 나타날 뿐이다. 따라서 이 시기까지에는 龍嵒傳說만 존재하였을 뿐이라 하겠다. 위의 '용암전설'은 보다 후대의 문헌에 변화된 모습으로 등장한다.「세종실록」(1454, 권149) 扶餘條에

(2)백마로써 용을 낚은 후에 침공할 수 있었다. 이로 인하여 백마강 **조룡대**라 부르게 되었다고 한다.(自虎巖順流而南 至于扶蘇山 山有一怪岩 跨于江渚 岩上有釣龍跡 諺傳蘇定方伐百濟時 雲雨暴作 <u>以白馬釣龍而後克伐之 故江曰白馬 巖曰釣龍臺</u>)

와 같이 위의 龍嵒에 대한 기사보다 좀더 구체적으로 기술하고 있다. 자료 (1)에 등장하지 않는 白馬가 자료 (2)에는 나타난다. 또한 그로 인하여 '백마강'과 '조룡대'가 생성되었음을 비로소 언급하고 있다. 보다 자세한 내용을「동국여지승람」(1481, 권18) 부여 古跡條에서 발견한다.

(3)조룡대: 전하는 말에 의하면 "소정방이 백제를 공격할 때 강에 이르러 물을 건너려고 하는데 홀연히 비바람이 세차게 일어나므로 흰말로 미끼를 만들어 용을 낚으니 잠간 사이에 날이 개어 드디어 군사가 강을 건너 공격하였다. 그렇기 때문에 강을 **백마강**이라 이르고, 바위는 **조룡대**라 이른다고" 한다(釣龍臺. 自虎岩順流而南 至于扶蘇山下有一怪石跨于江渚 石上有龍攫之跡 諺傳 <u>蘇定方伐百濟 臨江欲渡 忽風雨大作 以白馬爲餌 而釣得一龍 須臾開霽 遂渡帥伐之 故江曰白馬 巖曰釣龍臺</u>).

와 같이 자료 (3)은 小題로서 조룡대를 내세워 보다 구체화한 점이 있어서 우리는 관계문헌의 연대순에 따라서 그 내용이 보다 점증적으로

구체화한 사실을 확인하게 된다. 여기서 혹시 (1)에는 없는 白馬江이 (2)에서 비롯된 것이 아닌가 하는 까닭을 깊이 생각하게 한다. 이 전설은 '조룡대전설'이 먼저 형성되고 그런 뒤에 '백마강전설'이 발생한 선후관계를 증언하고 있다. '백마강전설'을 올바로 이해하기 위하여 白馬江이란 지명의 형성발달의 과정을 언어학(지명학)적인 면에서 면밀히 고찰하여야 할 것이다.

일찍이 輕部慈恩(1971)은 白馬江의 전신을 白村江으로 추정하고 '村=馬'로 등식화하여 그 음형을 '마루'로 해독한 나머지 그 의미를 중세국어의 '마술'에 해당한다고 결론하였다. 鮎貝房之進(1938)은 '白村江>白江'과 같이 그 선후관계를 추정하여 白村江이 보다 이른 시기의 원형임을 주장하였다.

그러나 필자(1983a:17~19)는 국내외의 옛 문헌(「구당서」, 「당서」, 「일본서기」, 「삼국사기」)에서 오로지 白江만 목격하였을 뿐이며, 白馬江은 보다 훨씬 후대의 문헌인 「世宗實錄」(1454)에서 처음으로 발견하였을 뿐이다. 따라서 이 어휘의 발달 과정을 '白江>白村江>白馬江'와 같이 추정할 수 있다. 위 지명들을 '白+江>白+村+江>白+馬+江'과 같이 형태소 분석을 할 때 우선 '白, 村, 馬'가 담고 있는 고유어 지명소를 찾아야 할 것이다. 또한 가장 이른 어형인 白江과 그 주변에 분포하여 오늘날까지 習用되고 있는 所夫里·泗沘와의 자매 관계 여부를 고찰하면 해답이 나올 것이다. 이두와 향가에 나타나는 白의 옛 새김은 '숣-'이다. 그리고 지명에서도 '白亭子=삽쟁이, 沙峰=삽재'(東鶴寺入口)와 같이 白의 새김이 '숣>삽'이다. Miller R.A.(1979 : 7)가 재구한 白(white)에 대한 어형 역시 *šilap(O.K.), *siro(O.J.)이다. 白江의 白을 *sarpi로 새길 수 있는 보다 확실한 근거는 白江의 본 이름이 泗沘江이라는데 있다. 이 泗沘江을 백제 시대부터 오늘날까지의 고유어로 *sʌrpi-kʌrʌm으로 추독할 수 있겠기 때문이다. 이 泗沘의 원초형은 所

夫里라 추정하는데 이 지명 역시 *sʌpuri로 추독할 수 있어서

白(*sʌrpi)江~泗沘(*sʌpi)江~所夫里(sʌpuri)江

과 같이 유사형의 병렬이 가능케 된다. 따라서 白江은 *sʌrpi-kʌrʌm
에 대한 漢譯임을 확인할 수 있게 된다.

　다음 문제는 白江에서 확대된 白村江의 村과 이것의 변화형인 白馬
江의 馬의 관계이다. 이 둘의 관계는 '村>馬'와 같은 선후로 판별된다.
그렇다면 村에 대한 중세국어 'ᄆᆞᅀᆞᆯ'을 삼국 시대로 소급시켜 생각할
수 있겠고, 村에 대응하는 후대형 馬도 역시 같은 맥락에서 훈음차 표
기한 것으로 볼 수 있을 것이다. 'ᄆᆞᅀᆞᆯ'을 馬의 훈음 '몰'로 축약표기한
것이라 하겠다. 그러니까 白村이 白馬로 표기 변화되었던 시기는 빨라
야 고려 시대 이후일 것으로 추정된다. 앞에서 제시한 자료 (1)에서
龍嵒(卽 釣龍臺:李穀의 詩에 비로소 나옴))만 나타나고 白馬江이 보이
지 않는 사실도 그것이 시차를 두고 후대에 발생한 까닭을 입증하는
바라 하겠다.

　요컨대 본래에는 白馬의 의미가 아니었던 '白(*sʌrpi~*sʌpi)+村(>
馬*mʌsʌr)+江(*kʌrʌm)'이 어휘의 구조가 나타내는 각 형태소의 의미
는 심층으로 점점 침잠되고, 반대로 표기어형인 白馬가 이미 일반화한
한자어 白馬(white horse)에 유추되어 '白+村'(=馬)이 '白馬'(=村)로 재
구조화함으로써 본래의 의미를 잃고 신조어인 白馬의 뜻으로 전의된
것이라 하겠다. 따라서 '백마강, 조룡대'는 백제어가 아니다.

　墮死岩(타사암) 전설;「삼국유사」권1에 보면 지금 부르고 있는 **落
花岩**(낙화암)이 墮死岩으로 적혀 있다. 이 최초(?)의 문적에는 3000궁
녀란 말이 없다. 따라서 의자왕이 궁녀들과 함께 떨어져 죽었다는 말
이 거짓이요, 궁녀가 3000명이었다는 말도 거짓이다. 다만 '여러 궁녀'

(諸後宮)라고 기술하였을 뿐이다. 이렇게 '墮死岩과 諸後宮'으로 기록된 사실이 후대로 내려오면서 문학적 표현으로 각색된 것이다. 그러면 언제부터 이런 변화가 일어났던 것인가? 李承休(이승휴)의 「제왕운기」(1287)와 李穀(이곡)(1298-1351)의 '釣龍臺下江自波(조룡대하강자파)'란 제목의 시에 나온다. 만일 이승휴와 이곡이 처음 쓴 시적 표현이라면 그들의 작시 연대가 곧 발생 시기가 된다. 그렇지 않고 전해오는 말을 인용하였다면 「삼국사기」(1145) 이후부터 이승휴(1287) 이전의 시기에 발생한 것으로 추정할 수 있다.

熊(고마>곰=北, 後, 神, 熊); 熊川~熊津~熊州>公州, 甘買>林川, 甘勿阿>咸悅, 金馬渚>金馬에서 '熊 : 甘·金馬'의 대응이 성립한다. 「일본서기」에는 久麻那利~久麻怒利로 적혀 있고, 중국 고문헌에도 固麻城(「周書」, 「北史」), 乾馬國(「魏志」) 등과 같이 '고마, 건마'로 적혀 있다. 이 단어는 백제 전기어에 '공목'(功木=熊)이 나타나며 가라어에도 '熊只>熊神'과 같이 씌었다. 표기는 熊州로 하고 부르기는 '고마골>곰골'이라 하였다. '곰골'이 자음접변으로 'ㅁ~ㄱ⇒ㅇ~ㄱ'와 같이 변한 뒤에 이 변화형을 고려 초에 '공'은 公으로 음차 표기하고 '골'은 州로 훈차 표기하여 公州가 되었다. 중세국어 '고마ㄴㄹ'(「용비어천가」 지명주석)으로 이어졌다.

고도(古度)와 마구모(莫目); 古度(고도=琴): 일본의 고문헌인 「箋注倭名類聚抄」(전주왜명유취초) 권6에 '箜篌'(공후)는 백제의 '琴'(금)인데 和名(화명)으로 '久太良古度'(구다라고도)라고 주석하였다. 아마도 '고도'는 '琴'에 대한 백제어 '고도'를 그대로 옮겨 적은 듯하다. 위 책에 신라의 琴을 가리켜 '시라기고도'라 적은 것을 보면 이 '고도'(琴)란 말은 한반도 남부 지역에 널리 분포하였던 것 같다. 현대국어 '고동'과 관계가 있을 듯하다.

莫目(마구모=악기명); 일본의 고문헌인 「전주왜명유취초」(권6)에

‘莫目~萬玖毛’는 백제 악기명이라 하였다. 「유취삼대격」(類聚三代格)
에도 ‘莫目師’가 나온다. 따라서 백제에 ‘막목’ 또는 ‘마구모’란 악기가
있었음을 알 수 있다.

　俱知(구디=매이름); 「일본서기」(권11 仁德조)에 나오는 기사 중에
‘매’(鷹)를 기르는 백제인이 일본에 갈 때에 기르던 새(매)를 갖고 갔는
데 왕이 백제인을 불러 묻기를 “이 새를 무엇이라 하느냐?”고 하였다.
백제인이 “이 종류의 새가 백제에는 많습니다. 훈련을 잘 시키면 사람
의 명령에 따라서 모든 새를 민첩하게 잡습니다. 백제말로 이 새를 ‘구
디’라 하옵니다”라 대답하였다. 그 새는 당시에 ‘매’(鷹)에 해당한다고
하였다. 백제어로 매(鷹鳥)를 ‘구디’라 하였음을 알 수 있다.

　馬西良(거러~구라~고라=馬); 馬西良>沃溝에서 ‘馬:沃’의 대응으
로 ‘걸~거러’를 재구할 수 있다. ‘沃, 溝’의 옛 새김이 ‘걸-’이기 때문이
다. 중세국어 ‘건짜해’(沃土)<「소학언해」(4-45)에 이어진다. 그러나
‘馬’는 ‘몰’이었지 ‘걸’은 쓰이지 않았다. 그렇지만 이 ‘몰’은 몽고어
‘morin’을 차용한 것으로 봄이 통설로 되어 있다. 그렇다면 ‘몰’이 차용
되기 전에도 이 동물은 있었을 것이니 그 고유어를 찾으면 문제는 순
조롭게 풀 수 있다. 우리의 선조들은 옛 날부터 윷놀이 할 때 말판의
馬를 ‘걸’이라 불러왔다. 이 ‘걸’을 馬의 고유어로 추정할 수 있다. 고구
려 대무신왕 때에 神馬를 ‘거루’(駏驢)라 불렀다. 이것도 ‘馬’에 대한
고유어를 ‘걸~거러’로 추정하는데 크게 도움이 된다. 또한 「동국여지
승람」은 馬山을 고려 초기에 韓山으로 개정하였는데 ‘馬邑, 韓州, 鵝州’
의 별칭이 있다고 하였다. 이 자료에서 ‘馬=韓=鵝’의 등식을 상정할
수 있다. 그런데 「일본서기」에 下韓이 ‘아루시 가라’로 적혀 있다. 그런
가 하면 가라 지명의 ‘巨老>鵝洲’에서 ‘거로=鵝’를 발견한다. 또한 신
라 지명인 ‘古尸山~古利山>菅山>沃州>沃川’에서 沃의 훈이 ‘걸’임을
확인한다. 여기서 ‘馬=韓=沃=걸~거러’를 상정하여 백제어 ‘걸~거러’

(馬)를 추정하게 된다. 현 서천군의 '馬良面 馬良浦'의 '馬良'으로 잔존한다.

加知(가디=枝); 加知奈~加乙乃~薪浦>市津(>恩津)에서 加知를 음독하여 '가디'(>가지=枝)를 추정한다. 별칭인 薪浦의 薪도 옛 새김이 '가디'(나무가지)였을 것이다. 따라서 加知=薪(가디)가 성립된다. 加乙 또한 분파(分派)의 뜻을 지닌 '갈-'일 것으로 추정되기 때문에 加知와 의미가 상통할 것으로 보인다. 중세국어 '가지'(枝)와 '가래'(派)에 이어졌다.

乃利(나리)>**乃·奈**(내=川,河); 乃利阿>利城에서 백제어 '나리'(川, 河)를 재구할 수 있다. 『일본서기』에 적혀 있는 久麻那利, 久麻奴禮의 **那利**(川)가 추정할 수 있도록 도와준다. 이 단어는 신라어도 '나리'(汀理, 川利)로 쓰였다. 중세국어 '나릿므른---'(고려가요 動動)에 이어진다. 또한 加知奈~加乙乃에서 백제어 '내'(乃~奈=川)을 재구할 수 있다. '가지+내, 가을+내'와 같이 분석할 수 있는데 접두 지명소 '加知, 加乙'은 위에서 이미 풀이한 바와 같고 나머지 '奈, 乃'를 '내'로 음독할 수 있기 때문이다. 이 단어는 신라어의 '素那 : 金川, 沈那 : 煌川'에서 확인되는 '나'(那)에 해당한다. 위 '나리'가 이른 어형이고 '내'는 'nari>naøi>nai'와 같이 'ㄹ'이 탈락된 변화형이다. 어중에서 'ㄹ'이 탈락하는 현상을 백제어에서 확인한다. 중세국어 '내'(달내(撻川), 달내(達川) 『용비어천가 지명주석』)에 이어졌다.

물줄기가 合流하고 分岐하는 곳에 대한 지명은 相反된 개념으로 나뉜다. 동일한 현상에 대한 호칭으로 그 하나는 合流이고 다른 하나는 分岐·分派이다. 전자는 交河·會津·合江·合川이라 부르기도 하고, 후자는 '가디>가지(枝), 가라(分派)'로 부르기도 한다. 좋은 예를 『삼국사기』 등에서 확인할 수 있다.

① 於乙買串>泉井口>交河(百濟 前期地名)(地理 2, 4)

② 豆肹>會津(會津縣 本百濟豆肹縣 景德王改名 今因之)(地理 3)

③ 豆仍只>燕岐(燕岐縣 本百濟豆仍只縣 景德王改名 今因之)(地理 3)

④ 豆仍只縣(地理 4)(충남 연기 동면 合江里(錦江+美湖川))

⑤ 豆乃山縣(地理 4)

⑥ 岐灘(가린여흘: 古稱岐平渡 在黃海道江陰縣東十一里許)(「龍飛御天歌」
제9장)

⑦ 合浦(합개: 慶尙道 昌原府西九里許)(「龍飛御天歌」 제9장)

⑧ 두내(마을); 전북-이리-은기- 남쪽에서 망동천과 용골방죽에서 흘러
오는 물과 합침.

⑨ 두내바지(내); 충남-서산-인지-남정- 공수굴 앞에 있는 내. 두내가 합침.

⑩ 세내(三川)(마을); 전남-화순-화순-삼천

⑪ 세내(三川)(내);전북-전주-세내 오봉산에서 발원한 물이 전주시와의
경계에서 용봉리에서 흘러오는 물과 합치고, 다시 평화동에서 오는 물
과 합치고 다시 서천과 합쳐 가리내가 됨.

⑫ 세내바지(내); 충남-서천-문산-문장 백양 앞에 있는 내. 두 내가 합침.

⑬ 아우내(並川); 충남-천안-병천면-병천

⑭ 두물머리(兩水里); 경기-양평-양서-양수 남한강과 북한강의 물줄기가
하나로 만난다하여 '두물머리'라 부른다.

　위 ⑨, ⑭의 '두내바지, 두물머리'는 전국적으로 6-7회 나타나는데
모두가 두 내가 합치는 곳이다. 여기 접미 지명소 '-받이>바지'가 독특
하다. '두 내바지'란 내 이름은 '-바지'가 접미하였는데(물론 '세 내바
지'도 있음) 여기 '-바지'는 '물이 합치는 곳을 '받는 곳'과 동일한 의미
로 보고 '-받이>-바지'를 접미하여 사용한 듯하다.
　위 ②가 會津으로 개명된 사실을 근거로 ③, ④, ⑤의 '두홀~두내'

(豆肹~豆乃~豆仍)도 合流 혹은 分岐의 의미를 함께 지니었던 것으로 추정할 수 있다. 이를 뒷받침하는 좋은 예가 ⑥, ⑦이다. 또한 현대 지명에서 ⑩~⑭와 같은 적합한 예들을 더 제시할 수 있다.

대전광역시 서구의 '세내골'(三川洞)이 그에 해당한다. 이곳에서 大田川+柳等川+甲川과 같이 三川이 合流 혹은 分岐하기 때문이다. 위 ⑪三川을 '가리내'로 부르는 경우도 있고 鴨綠江 건너에 '三合'이라고 부르는 合流 지명도 있다. 그리고 마레시아의 수도명인 '쿠아라룸풀'도 '두 물이 합침'이란 뜻이라고 한다. 이렇게 보편적임을 알 수 있다.

한편 女眞人들이 "만 가닥의 냇물이 合치어 江을 이룬다"고 보는 사실을 『용비어천가』(제4장 제1권)에서 다음과 같이 소개하였다.

> 女眞俗語 謂萬爲豆漫 以衆水至此合流故名之也(여진어로 萬을 '두만'이라 이른다. 많은 물줄기(衆水)가 이 강에 이르러 합류하는 까닭으로 '두만강'이라 부른다.)

위 『용비어천가』의 지명주석을 통하여 우리는 하나의 江을 이루는데 얼마나 많은 물줄기가 合流하는가를 깨닫게 된다.

珍惡(돌악=石)·等也(돌아); 珍惡山>石山에서 石을 뜻하는 백제어 'ᄃᆞ락'을 추정한다. 이 것은 중세국어 '돓'로 승계되며 다시 현대국어 '돌~독'(<*tork<*turak)으로 이어진다.

珍, 等, 月(돌=高, 山, 月, 等); ①難珍阿>鎭安 ②馬突~馬珍>馬靈에서 珍의 훈음을 '돌'로 상정할 수 있다. ②馬突~馬珍에서 '突=珍'을 발견하기 때문이다. 그럴 뿐만 아니라 ①의 별칭인 '珍阿~月良'이 '珍:月'의 대응을 보이는데 모두 훈음차로 보고 석독하면 '돌'이다. ③黃等也山>黃山>連山에서 '等也'를 '돌아'로 추독할 수 있다. 중세국어로 等의 훈음이 '돌'이기 때문이다. 그리고 바로 이 黃山에 있는 '月陰寺'를

'달음절'이라 부르는데 여기서도 '달'을 발견한다. 따라서 ① ②의 珍은 훈음차로 '달'을 표기한 것으로 추정할 수 있고 그 뜻은 高, 山이다. 한편으로 훈음차된 다른 두 한자의 훈을 근거로 백제어 '달'(月)과 '둘' (等)을 재구하게 된다. '둘'은 현대 국어 '무리'(等, 衆)에 해당한다. 그 리고 위 ②는 동국여지승람. 鎭安조에 '馬突~馬靈~馬珍~馬等良'으 로 적혀 있다. '突 : 靈 : 珍 : 等良'의 대응으로 '둘~드라'를 재구할 수 있다. 等良은 훈음+음차로 추독하면 '드라'가 되기 때문이다.

　突, 珍(둘=靈); ②馬突~馬珍>馬靈에서 '突 : 珍 : 靈'의 대응을 근거 로 백제어 '둘'(靈)을 재구할 수 있다. 이 추정은 ④月奈>靈岩이 또 있 기 때문에 가능성이 짙다. 靈에 대응하는 月의 훈음이 '둘'이기 때문이 다. 이것은 일본어 'di'(靈), 몽고어 'cinar'(<*tinar(本性)), Yakut어 'ti' (靈)과 비교될 수 있다.

　薯童(마보); 부여읍에서 남쪽으로 약 1km 쯤 떨어진 곳에 연못이 있다. 이 연못의 이름이 '마래방죽'이며 그 북쪽에 있는 마을이 바로 '마골'(薯谷)이다. 마보는 집이 가난하여 이웃 친구들과 산에 가서 나 무도 하고 마(薯)도 캐어 장에 나가 팔아서 어머니를 봉양하게 되었다. 이런 생활이 여러 해 동안 계속되었기 때문에 주위 사람들이 그를 마 보(薯童)라 불렀다. 전설에 의하면 그곳이 마보(薯童)가 태어나 자란 곳이라서 마골(薯谷)이라 부르게 되었으며 또한 마보의 어머니가 살 던 집 앞의 연못이라서 '마래방죽'(마아히방죽<마보방죽)이라 부르게 되었다고 한다. 향가 薯童謠의 가사는 신라말이라 할지라도 薯童만은 백제말이다. 그가 백제 사람이기 때문이다. 백제 무령왕이 섬에서 태 어났기 때문에 백제인이 사마(斯麻=島)라 불렀듯이 무왕도 마보(薯 童)라 불렀을 것이다. 따라서 위 지명전설을 근거로 薯童의 薯를 '마'로 해독할 수 있다. 그렇기 때문에 그 동안 여러 학자들도 한결같이 薯를 '마'로 해독한 듯하다. 문제는 童의 해독에 있다. 대개 薯童 또는 薯童

房乙을 '마동, 마동방을'로 해독하여 '童'을 음독하였다. 그러나 앞의 薯를 훈독하면 뒤의 童도 훈독하여야 함이 순리이다. 신라 말로 童의 훈이 '보'였다. 활보(弓伏=張保皐), 뱀보(蛇卜=蛇童), 거칠부(居柒夫=荒宗), 이사부(異斯夫=苔宗), 삼맥부(彡麥宗=眞興王)에서 '보'(童)를 확인할 수 있다.[2] 백제말도 초기에 左輔, 右輔와 같이 '보'(輔)를 썼을 가능성이 있다. 따라서 **薯童**은 백제말 '마보'라 해독하여야 옳다.

---

2) 다음 자료를 참고할 수 있다.
　弓巴(弓福姓張氏 一名保皐, 興德王時人(826-835))(『삼국유사』 권2)
　蛇童 或作蛇卜 又巴 又伏等 皆言童也(『삼국유사』 권4)

Ⅷ. 충청 지명자료의 현대적 가치에 대하여

1. 서론

　모든 생물은 땅위에 태어나서 살다가 결국 땅에 묻힌다. 만물의 영장인 사람도 결코 예외는 아니다. 天賦의 大地는 곳곳마다 이름이 있다. 그것이 곧 지명이다.　인명은 사람의 죽음과 동시에 살아지지만 지명은 그렇지 않다. 그 지명에서 대를 이어 살거나 그 곳을 드나드는 모든 사람들이 대를 이어 사용하기 때문에 지명은 결코 죽지 않는다. 이처럼 지명은 언제 누가 지었는지는 모르지만 일단 발생하면 土着하여 끝내 잔존한다. 따라서 지명은 역사성과 보수성이 아주 강한 존재이다. 이렇듯 지명은 조상의 얼과 전통을 간직하고 있기 때문에 무형문화재인 것이다. 그럼에도 불구하고 지하에 묻힌 문화재는 소중히 여겨 악착같이 발굴하면서 지명에 대한 연구는 소홀이 여기는 경향이 있다. 서로가 有·無形의 차이만 있을 뿐 보존가치는 대등한 것인데 어찌하여 차별 대우를 하는 것인가? 이는 아주 잘못된 생각이다.
　지명은 우리 민족의 고유어의 골격이 되는 값진　언어 자료로서 한국학 연구의 전반에 걸쳐 활용되어야 할 기본 자료이다. 「삼국사기」지리(1~4)를 비롯하여 「고려사」지리지, 「세종실록」지리지, 「동국여지승람」, 「여지도서」, 「전국읍지」, 「대동지지」등 역대 지리지들이 하나같이 맨 앞에 지명을 앞세워 기술하고 있다. 무엇보다 우선 행정단위의 지명부터 제시하여야 그 지명의 소관인 지세·산천·고적·지리·교통·정치·경제·문화·교육·상업·산업·민속·인물 등의 내용이 기술될 수 있기 때문이다.

요컨대 지명은 석유(원유)와 같은 존재이다. 석유에 휘발유·경유·중유·등유·콜타르 등이 함유되어 있듯이 지명 자료 속에는 한국학의 각 분야에 필요한 기본 자료가 內在해 있기 때문이다. 따라서 지명을 도외시하고서는 결코 문화사 연구를 제대로 수행할 수 없는 것이라 하겠다.

재삼 강조하건대 지명은 역사적 증거력이 매우 강하다. 지명은 좀체로 사멸하지 않고 거의가 생존하여 지난 역사를 증언하기 때문이다. 가령 서벌(徐伐)(>서라벌)은 신라의 천년역사를 증언하고, 소부리(所夫里)(>부여)는 백제의 700년 역사를 증언한다. 사벌(沙伐)(>상주)은 신라에 통합된 옛 사벌국(沙伐國)의 역사를 증언한다.

2. 본론

2.1. 忠淸·沃川·豆磨·屯山에 대하여

2.1.1. 忠淸의 내력과 의미

주지하는 바와 같이 忠淸道는 忠州와 淸州의 합성(忠+淸⇒忠淸)으로 형성된 道名이다.

우리 선조들은 두 행정 구역을 하나로 통칭할 경우 지혜롭게도 두 구역명칭의 각각에서 하나의 지명소를 절취 합성하여 새로운 統稱名

을 제정하는 방법을 사용하여 왔다. 가령 '강능+원주⇒강원도, 경주+
상주⇒경상도, 전주+라주⇒저라도' 등이 그 본보기가 된다. 이 전통적
방법은 두 지명에서 뿌리 하나씩을 가져다가 접목 제정함으로써 통합
명칭의 본 뿌리를 양 지명에 잔존케 하려는 목적이었다. 忠淸道 또한
동일 목적으로 제정된 통칭명이다. 그렇다면 忠淸의 본뜻을 알기위해
서 먼저 그 두 뿌리인 忠州와 淸州의 어원과 의미를 추구할 필요가
있다.

忠州: 고구려의 國原城을 신라 경덕왕(16년, 757)이 中原京으로 개
정하였고, 이 中原을 고려 태조(23년, 940)가 다시 忠州로 고치어 지금
까지 그대로 쓰고 있다. 忠州의 忠자는 '中心'이란 뜻이다. 따라서 그
어원이 개정 전의 이름인 中原에 있음이 분명하다. 이곳이 통일 신라
시대 국토의 중앙이었기 때문에 **가본더벌**(中原)이라 하였다. 신라 원
성왕(785-798)이 이곳에 건립한 中央塔(높이14m)의 **中央**은 바로 그
의미를 나타내기 위해서였다. 전설로는 "통일 신라 시대에 보속(步速)
이 동일한 두 장정을 국토의 南·北 끝에서 동시에 출발케 하여 만난
지점이기 때문에 이곳에 中央塔을 세우게 되었다"고 한다. 이렇게 忠
州는 국토의 '중심지'라는 깊은 뜻이 있다.

淸州: 백제의 上黨縣을 경덕왕(16년, 757)이 西原京으로 개정하였고,
이 지명을 고려 태조(23년, 940)가 지금의 淸州로 고치었다. 그러나 忠
州와는 달리 淸州의 어원은 전지명인 西原에 있지 않다. 그 어원이 현
괴산군 靑川面의 옛 이름인 **살매**(薩買縣 一云靑川)에 있기 때문이
다.[1] 그리고 본래 三年山郡의 속현이었던 薩買縣을 경덕왕(16년, 757)
이 淸川縣으로 개정하였다. 결국 西原京과 淸川을 합하여 淸州가 된

---

1) 『동국여지승람』 권15 淸州屬縣條에 다음과 같이 적혀 있다.
  靑川縣은 淸州의 동쪽 60리에 있다. 옛날에 薩買縣(一云 靑川)이라 하였다.
  (필자주: 지금의 忠北 槐山郡 靑川面 靑川里. 여기에 靑川川이 흐른다.)

것이다. 같은 말이 靑川江의 옛 이름인 薩水에서 확인된다. 옛말 '살' (薩)은 靑·淸의 뜻이고, '매'(買)는 水·川의 뜻이다. 따라서 '살'은 '프르다·맑다'의 뜻이다. '물이 맑으면 프르기' 때문에 靑과 淸이 통용된 것이라 하겠다.

無愁洞: 현 대전시 중구의 묵은 마을 이름이다. 이 지명은 '무수리, 무쇠골, 水鐵里' 등으로 부르기도 한다. 마을 노인들은 無愁洞을 근거로 '근심 없는 골'이란 의미로 해석한다. 그러나 옛날에는 水鐵里를 근거로 '물맑고 무쇠가 많이 나는 골'이란 뜻으로 전혀 다르게 풀이하였다. 조선조 숙종 때 대사헌을 지낸 權惜가 이곳에 낙향하여 살면서 水鐵里(무쇠골)를 無愁里로 고쳐 적어 '無愁翁'으로 자호를 삼은 후부터 無愁洞으로 전해졌다. 그러나 본래의 지명은 '水鐵里'도 '無愁里'도 아니었다. 權以鎭(1668-1734)의 「有懷堂集」에서 밝힌 "無愁洞古稱蘆谷(무수골)云云"에 본명이 담겨 있다고 볼 수 있다. 이것은 본래 '물살골'(水靑里)>무살골>무수리'로 변한 것으로 볼 수 있다. 蘆의 훈음이 '무수'이기 때문에 가능성이 있다. 충북 괴산군 옛 이름 '살매'(>靑川)의 '살'(靑)이 여기까지 하강 분포하였음을 알 수 있다. 따라서 '무수동'의 본말은 '물살골'로 '물이 맑은 골'이란 뜻이었다.

일반적으로 忠淸을 淸風明月로 비유적인 풀이를 한다. 그러나 忠淸은 '국토의 중심지로 맑은 고장'이란 뜻이다.

2.1.2. 신도안(新都內)(1393-8)과 팟거리(豆磨)의 관계

신도안(新都內): 이른바 '신도안'은 이태조가 새 도읍지로 정하고 그 터를 11개월간 닦다가 중단한 곳으로 유명하다. 그래서 이곳(지금의 계룡대)을 '新都안'이라 불러왔다.

팟거리(豆磨): 충남 계룡시 '팟거리'는 고려 말기까지는 廣炤部曲<「세종실록」(권149 連山縣條)(1424)>으로 불리다 조선 초기에 豆磨村

으로 바뀌었다<『동국여지승람』(권18 연산현조)(1481)>. 이곳의 전래
지명은 '팟거리'이다. 전에는 廣沼部曲의 중심 마을(廣炤里)이었는데
조선 초에 이태조가 移都하려고 11개월간 정지 작업한 일시의 新定
都邑地로 유명한 '新都안(內)'(현 계룡시 계룡대)의 밖에 위치하였기
때문에 '팟거리'(>곽거리)로 바뀌면서 豆磨로 훈음차 표기된 것이다.
'신도안'의 밖이었기 때문에 그 후광으로 커지자 보다 이른 지명인 '광
소리'가 豆磨面 豆磨里(<豆磨=팥굴이)로 置換된 것이다. 따라서 豆磨
는 廣炤와는 아무런 관계가 없이 '신도안'(新都內)과 더불어 생긴 새
지명이다. 그렇다면 여기서 豆磨와 이에 대한 전래지명인 '팟거리'의
관계만 구명하면 될 것이다. '팟거리'는 '팟+거리'와 같이 두 지명소로
분석된다. 豆의 훈음이 팟(팟爲小豆)<『훈민정음해례』(용자례)>, 퐁豆
<『훈몽자회』(상13)>이었고, '磨'의 훈음은 '虛空올 ᄀ노니'(磨空)<『
금강경삼가해』(五16)>, '갈혼 ᄀ니'(磨刀)<『초간두시언해』(十六
60)>, 골마(磨)<『광주천자문』(16), 『석봉천자문』(16)>이었기 때문에
豆磨(퐁갈이)의 차자표기가 가능하였던 것이다. 그러면 이제 '안팟'의
문제만 풀면 된다.

　현재 '안밖'은 '안꽈>안퐈'으로 굳어져 쓰이고 있다. 그 선례가 "ᄆᆞᄉ
미 믈가 안팟기 훤ᄒᆞ야"<『월인석보』(2-64), 『법화경언해』(6-144),
『원각경언해』(상1-2:150)>와 같이 조선 초기에 쓰였으니 이보다 50
여 년 전인 건국 초기에도 '안팟'으로 쓰였을 것이다. 그리고 '안ᅙ+
밖>안ᅙ밖>안꽈>안퐈'와 같이 변하였을 것이다. '안ᅙ로, 안흔, 안홀,
안해'에서 '안ᅙ'이 확인된다. 또한 '안ᅙ+과>안꽈'(널오디 안꽈밧쾌
니)<『원각경언해』(상 2-2:81)>도 동궤의 변화현상이다.

　요컨대 '곽거리'(豆磨)는 그 상대적 위치(안=內)에 있었던 '신도안'
(新都內)의 존재를 알리는 정보를 지니고 있기 때문에 역사적 문제 풀
이의 열쇠가 되는 것이다.

2.1.3. 屯山(屯谷・屯之尾)

한글학회의 「지명총람」(4. 충남편 상)에 소개된 屯谷里의 유래를 보면

> 둔곡리(屯谷里) (두니실, 둔곡) [리] 본래 공주군 九則面의 지역으로서 신라 문무왕 때 김인문(金仁問)이 이 곳에 군사를 주둔시키고 蘇文城을 쳤으므로 두니실 또는 둔곡이라 하였다.

와 같이 屯자의 訓에 끌리어 풀이하고 있다.

대전광역시의 It's Daejeon (2006.오월호)은 '우리 고장 유래'에서 둔산에 대하여 다음과 같이 기술하였다.

> 둔지미는 한자로 屯之尾라고 표기하는데, 이는 풍수지리상으로 보아 大芚山의 꼬리부분에 해당하는 명당이기 때문에 붙여진 이름이라고 한다. 그러므로 정확한 한자표기는 芚之尾라고 해야 한다고 주장하는 사람도 있으나, 둔지미라는 말은 둔지+뫼(山)가 변해서 둔지미로 되었다는 설이 유력하다. 둔산 지구가 신시가지로 개발되기 전까지만 해도 육군 3관구사령부, 공군기교단, 육군통신학교, 헌병대, 법무부대 등이 주둔하고 있었던 터라 예언적 지명이었다는 주장이 있기도 하다.

위 풀이는 참으로 유치한 설명이다. 둔산동의 지형이 대둔산의 꼬리부분이 아니기 때문이다. 또한 '예언적 지명'에 결부시켜 해석하는 것은 더더욱 비과학적이다. 왜냐하면 3군 본부가 들어선 계룡대를 비롯하여 육군 제2훈련소 등 군부대가 주둔하고 있는 지명들이 결코 '屯山'이 아니기 때문이다. 그래서 다양한 별칭을 갖고 있는 이 지명은 '군대의 주둔'과는 아무런 관계도 없다. 이 屯山은 구석기 시대부터 우리 조상이 불러 온 고유어 지명이기 때문이다.

屯山의 **屯**은 고대 한반도의 중부 지역('삼국사기' 지리4)에서 谷의 뜻으로 쓰였던 '돈·둔'(旦·頓·呑)과 동일한 지명소이며 '실'(谷)과 동의이음어로 쓰인다.

大芚山을 '**한둔뫼**'라고도 부른다. 그 본이름은 '한둔뫼'인데 '훈(大)+음(芚)+훈(山)'의 차자표기 지명인 大芚山이 된 것이다. 여기서도 大와 山은 '**한**'과 '**뫼**'로 새겨서 읽도록 표기하였지만 芚자만은 그대로 발음하도록 음차 표기하였다. 여기 芚은 屯과 동일음이다. 이른바 강원도의 避難處인 3屯(月屯·.生屯·.達屯)의 屯이 바로 그 化石이다.

山間마을을 고유어로 '두메'라고 부른다. 이것은 '둔뫼'에서 변천된 것이다. 그 변천과정을 '둔뫼>둠뫼>둠메>두메'와 같이 기술할 수 있다. 따라서 屯谷은 고유어 '둔실·둔골'이고, 屯山은 '둔뫼'(>둔메>둔미=屯之尾)인 것이다. 이 屯山(<屯谷)은 '윗둔지미+중둔지미+아래둔지미'로 나뉠 만큼 큰 마을(大村)이었다. 특히 '舊石器>新石器>靑銅器'의 유적이 발굴되어 屯山(>둔지미)의 長久한 역사를 증언한다. 따라서 屯山의 **屯**은 음차 표기임이 확실하다. 최근에 주둔한 군부대에 이끌리어 屯자를 뜻(訓)으로 풀면 큰 잘못이다. 屯山은 '둔뫼'로 석기시대부터 쓰여 온 오랜 고유어 지명이기 때문이다.

2.2. 豆仍只(>燕岐)·熊津(>公州)·錦江에 대하여

2.2.1. 豆仍只(>燕岐)

백제 지명 두홀(豆肹)(>會津)에서 백제어의 수사 '두홀'(二)을 재구할 수 있다. 두 내(川)가 만나는 곳이 會津이기 때문이다. 이것과 비슷한 豆肹(>荳原)과 豆仍只(>燕岐)의 豆仍도 '두홀'(二)을 나타낸 것으로 추정된다. 豆仍의 仍은 乃와 터 쓰인 경우가 있기 때문에 '내'(川)로

推讀할 수 있다. 豆仍只(燕岐)에 존재하고 있는 合江이란 소지명을 바로 그 後身으로 지목할 수 있다. 이 合江이야말로 위의 會津과 결부될 수 있는 최적의 예라 하겠다. 豆肸은 鄕歌에서도 "二肸隱吾下於叱古" (처용가)와 같이 발견되어 '두흘'(二肸)이 신라어에서 사용된 사실을 확인한다. 또한 「계림유사」(1103-4)에서도 '二日途孛'와 같은 '둘ㅎ · 두블'을 발견한다. 일반적으로 두 내 또는 두 강이 會合하는 곳에 대한 지형 명명인 듯한데 이런 실례를 얼마든지 들 수 있다.

가령 논산시 상월면 상도리의 龍華寺에서 發源한 내(川)가 석종리에 이르러 大明里의 대명천과 합류되는 곳을 '두내'라 부르는데 구개음화를 일으켜 '注乙川 · 注川'(주을천 · 주을내 · 주내)이라 부른다. 또한 대전시의 '大田川+柳等川+甲川'이 합류하는 지역을 三川洞(세내골)이라 부른다.

2.2.2. 고마ᄂᆞᄅ(熊津>公州)

熊津은 '고마ᄂᆞᄅ'를 백제 시대에 漢譯한 한자지명이다. 한역 표기명이 한자지명으로 어휘화하기까지는 아주 오래 걸린다. 상당한 기간 그것은 오로지 표기어일 뿐 실제로는 고유지명을 부르기 때문이다. 따라서 처음에 熊津의 熊은 '곰'의 뜻은 버리고 오로지 訓音인 '고마'만 借音하여 '北 · 後 · 大'의 고유어 '고마'를 표기한 것이었다. 따라서 '고마ᄂᆞᄅ'는 北津(後津, 大津)이란 뜻이다. 다음 2.2.3.에서 제시한 자료 중 「세종실록」의 '過州北流', 「용비어천가」의 '過公州之北' 등이 北津임을 증언한다. 이 지명은 '고마ᄂᆞᄅ>곰ᄂᆞᄅ>곰나루'로 변하였다. 한편 신라통일 이후 熊津州>熊州로 축약된 후 熊州는 고유어 '곰골'로 호칭되었다. '곰골'이 다음과 같이 자음접변으로 '공골'로 변한 뒤에 '공'은 公자를 음차표기 하였고, '골'은 州자를 訓借(漢譯)표기한 것이다.

① 고마+골+뫼(熊忽山)>고ㅁ+골+뫼>곰+골+뫼>공골뫼(弓忽山)

② 고마+골(熊州)>고ㅁ+골>곰골>공골(公州)

③ 고마+개+ᄂᄅ(熊浦津)>고ㅁ+개+ᄂᄅ>곰개나루>공개나루(熊浦津)
　　(咸悅)

　이밖에도 '곰개(熊浦)>공개, 곰골(熊洞)>공골, 봄개(春浦)>봉개, 밤고개(栗峴)>방고개' 등과같은 동일환경의 변화 현상이 위 주장을 뒷받침한다. 따라서 "公山은 山의 모양이 '公'字처럼 생기었기 때문에 지어진 이름이다"라고 풀이한 일부의 견해는 잘못이다. 고려 태조 23년(940)에 '공골'(<곰골<고마골)을 公州로 표기한 이후의 어느 시기에 公州山(공골뫼)를 줄여서 公山으로 부르게 된 것이라 추정한다. 한동안 公山을 州名으로 삼은 일이 있는데 이 경우는 경덕왕이 熊津州를 줄여서 熊州로 개칭한 것과 동일하다.

　지명전설인 '곰나루전설'은 熊津이 한자어로 굳어지면서 본래의 의미인 '北·後·大'의 개념이 사라지자 오로지 熊의 訓인 '곰'(짐승)의 의미로 변하게 되었다. 여기서부터 '곰나루전설'이 기원하게 된 것이라 하겠다(졸저 1999:293-309참고).

2.2.3. 錦江의 내력

　오늘날 우리가 부르는 '錦江'은 언제 발생한 것인가?

　일반적으로 "비단처럼 아름다운 강이라서 錦江이라 부른다"라고 풀이한다. 錦자의 새김이 '비단'이기 때문에서다. 혹은 그 어원이 지명 錦山郡의 錦에서 비롯된 것으로 풀 수도 있다(⑦ **錦水下流** 참고). 금강의 상류가 금산지역을 貫流하기 때문이다. 그러나 모두가 잘못된 풀이다. 지명의 음차 표기에서 가급적이면 좋은 뜻의 한자를 선택하는 경향이 있다. 가령 '곰골'(熊州)이 '공골'로 변한 후 公州로, '곰골뫼(熊州

山)>공골뫼>공뫼'로 변한 후 公山(城)으로 錦·公자를 차자하여 표기한 경우이다.(참고:<帛비단빅, 錦긊금 俗呼紋錦(「훈몽자회」 중 30, 31) 錦금금(「유합상」 25) 錦비단금(최남선 「新字典」 4-26)>) 「삼국사기」(1145), 「일본서기」(720) 등의 고문헌에는 '錦江'이 보이지 않는다. 오직 '白江, 白村江, 泗沘河'만 나타날 뿐이다. 錦江이 나타나는 최초의 문헌은 「세종실록」(지리지 권149, 公州牧條)(1454)이다. 즉 "大川 熊津衍所(來自燕岐 **過州北流** 達于扶餘 令所在官行祭)"(괄호내는 割註 이하동)이 나오고 아울러 "錦江樓(在熊津渡之陰)"와 같이 기록된 樓名에 錦江이 들어 있음을 확인할 뿐이다. 공식적인 호칭은 「용비어천가」(제15장)(1445)에 나오는 熊津의 江南에 대하여

江 卽**熊津고마ᄂᆞᄅ**也 來自燕岐縣 **過公州之北** 西流達于扶餘 至舒川鎭 浦딘개 入于海

와 같이 주석한 '고마ᄂᆞᄅ'(熊津)이다. 이 주석에는 熊津이 燕岐縣으로부터 시작되는 것으로 되어있다. 아마도 燕岐의 백제 지명인 두내기(豆仍只)가 지니고 있는 뜻이 '東津江+新灘江하류=合江(두내)'였다면 이 합류처부터 부여의 白江이전까지를 '고마ᄂᆞᄅ'(熊津>錦江)라 하였던 것으로 판단된다. 이처럼 조선 초기까지만 하여도 熊津이 보편적으로 통용된 江 이름이었다. 아마도 별칭인 錦江이 기존하였다 하더라도 아직은 생소한 존재이었던 것 같다. 문헌에 등재되어 있지 않음이 바로 그 증거이며 또한 이로 미루어 볼 때 錦江의 발생은 비교적 후대 즉 일러도 고려 시대의 후기 지음으로 추정된다.

錦江에 대한 구체적인 소개는 「동국여지승람」(권15 沃川條)(1481)의 다음과 같은 기록이 처음인 듯하다.

　　赤登津(在郡南四十里 其源有三 一出全羅道德裕山 一出慶尙道中牟縣
一出本道報恩縣俗離山 經郡東爲車灘 東北爲化仁津 過懷仁縣爲末訖灘文
義縣爲荊角津 **至公州爲錦江爲熊津** 至扶餘爲白馬江 至林川石城兩邑界爲
古城津 至舒川郡入海)

　　위 내용 중 "公州에 이르러 먼저 錦江이 된 다음 熊津이 된다"(밑줄
부분)는 설명을 근거로 초기의 錦江은 熊津 안에 위치한 보다 작은
江名으로 출발하였음을 알 수 있다. 다음에 제시한 자료 중 ②는 공주
의 東5리에 이르러 '錦江渡'가 된다하였고, ⑥은 熊川河의 東北5리에
위치한다고 밝히었다. 따라서 '錦江'은 '금강나루'란 津渡名에서 기원
한 것으로 추정할 수 있다.
　　요컨대 錦江은 熊津 안에 위치한 일개 나루이름으로 발생하였지만
후대에 熊津의 別稱으로 변하였기 때문에 그 지칭 범위도 熊津과 동일
하게 확대되었다. 여기까지가 제1단계 格上이다. 제2단계로 보다 후대
로 하강하며 여전히 熊津(곰나루)의 별칭으로 쓰이기도 하면서 한편
으로는 江 전체를 通稱하는 江名으로 그 의미가 확장되었다. 그러나
發源處(分水嶺)로부터 江口에 이르는 전체 유역 중 어디까지가 河川
이고 어디부터가 江인가의 문제가 제기된다. 地名素 '津'과 '江'이 두루
접미되는 지명부터 江이 성립하는 것으로 볼 수 있지 않을까 한다. 예
를 들면 東津江~合江, 新灘津~新灘江 등과 같은 복지명을 기준으로
구분할 수 있을 것이다. 굳이 이렇게 구분하는 목적은 江과 河川이 문
화권 형성에 미치는 영향이 현격히 다를 것이기 때문이다.
　　위와 아래의 자료 중 밑줄 친 대목은 **錦江=熊津**임을 증언한다(특히
② **錦江** <u>又名熊津水</u> 참고). 그렇다면 둘 중에서 熊津이 고형이니 漢譯
名인 熊津의 고유어 '고마ᄂᆞᄅᆞ>곰나루'의 '곰'을 비슷한 音字로 차자
표기한 것이 '금'(錦)이라 추정할 수 있다. 만일 錦이 훈차자라면 錦江

의 고유어는 '깁ㄱ름'이 되기 때문에 '곰ㄱ름'과의 불일치로 불가능하게 된다. 그러나 만일 '금'(錦)이 '곰'을 적은 것이라면 江名의 변천 과정은 '고마ㄴ르(熊津)>곰나루(熊津)>금(=곰)가람(錦江)'이 된다. 따라서 錦江渡로 출발한 錦江은 1차 格上하여 熊津과 동격 별명으로 일정기간 竝稱되다가 후대로 내려오면서 지시 범위가 확대되는 2차 格上으로 결국 江 전체를 지칭하는 통합 명칭이 되었다고 볼 수 있다. 그러나이는 후대의 일이고 중세 이전으로 올라가면 전체를 포괄 지칭하는 江名이 있었던 것은 아니다. 다만 중류 즉 東津江(혹은 合江) 이전까지는거의가 곳에 따라 津名으로 불리었고, 公州를 중심으로 下流로는 白馬江까지 上流로는 東津江까지를 熊津으로 부르다가 근래에 別稱인 錦江과 병칭하게 되었다고 볼 수 있다. 이른바 부여의 '泗沘江>白馬江'으로부터 江口(군산)까지를 白江이라 通稱하였으니 본래의 錦江은 公州를중심으로 한 부분 명칭이었을 뿐이다. 이렇듯 부분 명칭에 불과하였던錦江이 江 전체를 通稱하게 된 배경은 公州가 백제의 수도, 당나라의웅진도독부, 고려 시대 이후로도 충청도의 행정부가 위치한 요지였기때문이었을 것으로 추정할 수 있다. 보다 후대의 地誌들은 다음과 같이『동국여지승람』의 내용을 거의 동일하게 옮겼을 뿐이다. 그래도 부분적인 차이가 있기에 다음에 제시하여 참고토록 한다.

① 公州錦江. 源出沃川赤登津. 赤登津. 源出德裕西北. 長水鎭安諸川. 合而北流爲龍潭達溪川. 至茂朱 與大德山赤裳山合 至錦山界爲召爾津只火津至沃川爲虎津 又北爲赤登 尙州中牟縣之水 經黃澗永同 俗離山之水 自報恩靑山俱來合 又北爲化仁津 過懷仁末訖灘 西流之文義爲利遠津 又稱荊角津 又西與東津合. 燕岐東津鎭川淸安諸川 合流爲淸州鵲川 南流與木川全義諸川合爲東津 **至公州北爲錦江 南折而爲熊津** 至扶餘爲白馬江 至恩津爲江景浦 又西折而爲石城古多津 林川南堂浦 韓山上之浦 舒川鎭浦 入于

海. 自林川至舒川浦 通謂之鎭浦.

鷄龍山一洞之水. 東流至鎭岑南爲車灘 與珍山玉溪合 又東至公州儒城
與諸川合爲懷德甲川 又爲船巖川 北流入荊角津(「燃藜室記述」권16지리전
고(李肯翊 1736-1776))

② 錦江 又名熊津水 其源出全羅道長水鎭安茂朱龍潭等縣 自沃川文義北
流入州界至州東四十里 合淸州鵲川 水轉而西流 至州東五里爲錦江渡 經山
城下至扶餘南折歷林川韓山舒川入于海<전국지리지 「동국여지」③:163
(한국지리총서, 아세아문화사간)>

③ 日新川----至州北四里入錦江云云, 銅川----至州西十里入錦江云,
柳川入大田川→大田川入甲川→甲川入錦江云<상동서:163>

④ 錦江 源出報恩俗離山 過沃川郡爲赤登津 過懷仁縣爲末訖津 過文義縣
爲荊角津 至本州爲錦江爲熊津 至扶餘縣爲白馬江 到林川石城兩邑界爲蓬
蘆津 至舒川郡入海<「여지도서」상 174>

⑤ 東津 其源有三 一出於鎭川頭陀山 一出於淸州赤谷 一出於全義葛岐
合流東津南 入于公州錦江<상동서 상 485>

⑥ 錦江 本熊川河東北五里 源出長水水分峙 北流經鎭安龍潭茂朱錦山永
同沃川懷德 環州至北 經定山扶餘爲白馬江 經石城恩津林川韓山舒川爲鎭
浦 入于海<「대동지지」권5:.91>

⑦ 錦江 卽全羅道錦山郡錦水下流 其源出長水鎭安茂朱龍潭等縣<(1)과
동서③:150>

요컨대 현재 광역시의 명칭으로 격상한 大田이 '大田(마을이름)<大
田(里)<大田(面)<大田(郡)<大田(府)<大田(市)<大田(直轄市)<大田
(廣域市)'와 같이 격상되었듯이 錦江도 '錦江(津)<熊津=錦江<錦江=
熊津+白馬江+白江<錦江(상류+하류를 통칭)'과 같이 확대 격상하였
다. 이와는 정반대로 羅州의 錦江은 '南浦江<錦江<榮山江'으로 격하

되기도 하였다.

2.3. 白江 · 泗沘江(>白馬江) · 釣龍臺에 대하여

2.3.1. 白(江) · 泗沘 · 所夫里

현 扶餘는 경덕왕(16년 757)이 所夫里를 개정한 이름이다. 所夫里가 변하여 泗沘가 되었다. 所夫里의 서북에 '所夫里河=泗沘江=白江(白村江)=白馬江'이 흐른다. 白江은 泗沘江을 달리 표기한 별칭이다. 吏讀 등의 전통적인 차자 표기에 쓰인 白의 訓音은 '숣~술비'이다. 따라서 白江은 '亽비강'으로 추독할 수 있다. 白村江은 「일본서기」에만 오직 2회 나타날 뿐이다. 이 옛 지명은 白江에 村이 개재하여 있다. 위 白江 의 해독에다 'ㅁ술'을 보태면 '사비+ㅁ술+강'이 된다. 이 「일본서기」의 白村江이 白馬江(사비물(<ㅁ술)강)에 해당하는 것으로 추정할 수 있 다. 그래서인지 白馬江은 「동국여지승람」(1481)부터 비로소 나타날 뿐이다.

한편 우리는 '소부리주>소부리군>부여군'의 단계적 格下 과정에서 묘한 정책적 술수를 발견하게 된다. 적당한 시기에 일단계로 州>郡으 로만 격하한 것은 백제유민의 반발을 의식한 정치적 술수였을 것이다. 2단계로 경덕왕 16년에 '所夫里>扶餘'로 개정하여 백제 수도 '소부리' 의 흔적을 아예 지워버렸기 때문이다.

2.3.2 白馬江과 釣龍臺

「삼국유사」(권2 南扶餘 前百濟條)에

又泗沘河邊有一嵒 蘇定方嘗坐此上 釣魚龍而出 故嵒上有龍跪之跡 因名 龍嵒

와 같은 전설이 있다. 이 전설 중의 龍嵒이 다시 釣龍臺전설을 생성한 모태인 듯하다. 이로부터 대략 200여 년 뒤의 문헌인 『동국여지승람』 (제18권 扶餘縣條)(1481)에 이르러서야

> 釣龍臺: 전하는 말에 의하면 소정방이 백제를 공격할 때 강에 임하여 강물을 건너려고 하는데 홀연 비바람이 크게 일어나므로 白馬로 미끼를 만들어 용 한 마리를 낚아 얻으니 잠 간 사이에 날이 개어 드디어 군사가 강을 건너 공격하였다. 그러기 때문에 강을 白馬江이라 이르고, 바위는 조룡대라고 이르게 되었다.

와 같이 비로소 釣龍臺란 말이 나오고 그 내용도 보다 구체화되었기 때문이다. 여기서 白馬江의 어원에 대한 의문이 발생한다. 왜 하필이면 釣龍江 혹은 龍岩江 혹은 定方江이 아닌 白馬江인가? 이 경이적인 사건의 주체는 釣龍 혹은 龍岩 혹은 定方이지 결코 白馬는 아니다. 白馬는 한낱 미끼에 불과하기 때문이다. 더구나 白馬江이란 江名이 보다 훨씬 후대 문헌에 비로소 나타나는 까닭도 밝혀져야 할 맞물린 문제이다.

  이른바 釣龍臺전설은 白馬江이 본래의 의미를 상실하고 완전히 漢字語化(어휘화)한 후에 발생한 전설이다. 白馬의 머리로 미끼를 삼아 龍을 낚았다는 釣龍臺전설도 한자어로 어휘화한 白馬江으로부터 기원한 것이다. 이 전설의 주인공이 唐나라의 蘇定方이니 아무리 일러보았자 백제의 亡年인 서기 660년을 넘지 못한다. 더구나 蘇定方은 唐나라의 장군(사람)이었다. 그런데 어떻게 사람이 白馬의 머리로 龍을 낚을 수 있으며, 龍을 끌어당길 때 낚싯줄로 인하여 어떻게 바위(釣龍臺)가 푹 파일 수 있으며, 그 바위에 무릎을 꿇은 자국이 그리도 깊게 남을 수 있는가? 모두가 白馬江의 白馬에 코를 걸어 꾸며낸 이야기일 뿐이다.

  지명 전설이란 대체적으로 이렇게 기원하는 경향이 있음을 인식하

여야 할 것이다.

所夫里江~泗沘江>白(숣~술비)江>白村(스비말)江>白馬(스비말)江 ⇒ 釣龍臺傳說

고마ᄂᄅ>熊津>錦江 ⇒ 곰나루 傳說

2.3.3. 墮死岩(>落花岩)과 三千宮女
『삼국유사』 권1(1205-1289) 太宗春秋公條에

　백제의 옛기록에 이르기를 부여성 북쪽 끝에 큰 바위가 있는데 그 아래 가 강물이다. 전해오는 이야기로 의자왕과 후궁들이 참변을 면치 못 할 것을 알고 서로 이르기를 차라리 스스로 목숨을 끊자고 서로 앞 다투어 이 바위에 이르러 강물을 향해 몸을 던져 죽었다. 이런 까닭으로 세속에서 이르기를 "떨어져 죽은 바위(墮死岩)"이라 한다. 그러나 이는 잘못 전해 진 말이다. 의자왕은 당나라에 잡혀가 죽은 사실이 당나라 역사책(唐史) 에 확실히 적혀 있기 때문이다.(百濟古記云 扶餘城北角有大岩下臨江水 相傳云 義慈王與諸後宮知其未免 相謂曰 寧自盡 不死於他人手 相率至此 投江而死 故俗云墮死岩 斯乃俚諺之訛也 但宮人之墮死 義慈卒於唐 唐史 有明文)

와 같이 落花岩이 아닌 墮死岩으로 기록되어 있을 뿐이다. 또한 '3000 궁녀'란 말도 없다. 따라서 의자왕이 궁녀들과 함께 덜어져 죽었다는 말도 거짓이요, 궁녀가 3000명이었다는 말도 거짓이다. 그저 여러 궁 녀(諸後宮)이었을 뿐이다. 단순히 '타사암과 많은(여러) 궁녀'로 기록 되었던 사실이 후대로 나려오면서 문학적 표현으로 각색된 것이다. 문 학적인 표현은 얼마든지 과장될 수 있고 美化표현될 수 있다. 한 나라가 망하는 비극의 현장이기에 '타사암'이 낙화암으로 미화 표현되었고, 여러 궁녀를 삼천 궁녀로 확대 표현함으로써 당시의 참상을 극대화한 것이라 하겠다.

그러면 언제부터 이렇게 내용 변화가 일어났는가? 문헌에 落花岩이 나타나기 시작한 것은 李承休의 帝王韻記 (하권 忠烈王13년 1287)의 百濟紀에

　　수 많은 궁녀는 청류(淸流)로 떨어지고(幾多紅粉墮淸流)
　　낙화암만 대왕포에 우뚝이 솟아 있다.(落花巖聳大王浦)
　　(할주:浦以王常遊得名 岩以宮女墮死得名 臣因出按親遊其處-포는 왕이 항상 놀았기 때문에　얻은 이름이고, 바위는 궁녀들이 떨어져 죽었기 때문에 얻은 이름이다. 신이 나아가 벼슬할 때 친히 그 곳에서 놀았다.)

와 같이 처음으로 落花巖이 나오고, 고려 말기의 이곡(李穀1298-1351)이 "조룡대하강자파"(釣龍臺下江自波)란 제목으로 지은 시에(신증동국여지승람 부여현조)

　　앞부분 생략- 후대의 미약한 자손들이 덕을 계승 못하고, 화려한 궁궐에 사치만 일삼았네. 견고한 성곽이 하루아침에 와해되니 천척 높은 바위 **落花**로 이름 짓다. -중간 생략- 천년의 아름다운 왕기 쓸어간 듯 없어지고, 조룡대 아래에 강물만이 출렁대네.

와 같이 **落花**가 다시 나타난다. 만일 이승휴 자신이 시적 표현으로 처음 쓴 것이라면 그의 작시 연대가 곧 발생시기가 된다. 그렇지 않고 전해오는 말을 다시 인용하였다면 삼국유사 (1280?) 이후부터 이승휴 이전의 시기에 발생한 것으로 볼 수 있다. 그렇다면 이곡은 이승휴

의 작품에서 옮긴 것이 분명하다. 조선초의 문신 김흔(金訢 · 1448?)의 시에 '낙화암'(落花巖)이 제목으로 나타난다. 그리고 이 시에서 "삼천의 가무 모래에 몸을 맡겨/꽃 지고 옥부서지듯 물따라 가버렸네〔三千歌舞委沙塵/紅殘玉碎隨水逝〕라고 표현한 三千이 최초의 등장인 듯하다. 이후 민제인(閔齊仁 · 1493-1549)의 '白馬江賦'에 "구름처럼 많은 삼천〔三千其如雲〕"이란 구절에도 들어 있다. 그러나 그 후의 문헌인 「여지도서」(영조년간), 「읍지」(영 · 정조년간?), 「대동지지」(1864) 등의 부여현조에 낙화암은 설명이 되어 있는데 이른바 '삼천궁녀'란 어구는 발견되지 않는다. 그 중 마지막의 「대동지지」에도 나오지 않는 것으로 보아 아마도 1900년대 이후 현대에 와서 대중가요의 가사에 비로소 '삼천궁녀'가 적극적으로 등장한다. 그럼에도 불구하고 일반적으로 '낙화암', '삼천궁녀'란 어구가 백제 망국(서기 660)과 동시에 발생한 아득한 사건으로 착각하고 있는 것이다. 의자왕이 궁녀와 함께 강물에 뛰어들었다는 전언이 거짓임이 그가 끌려가 당나라에서 죽었다는 사실이 당 나라 역사서에 적혀 있어 분명하듯이 또한 문학적인 표현의 허구였음이 분명한 것이다.

지명 전설이란 대체적으로 이렇게 기원하는 경향이 있음을 새롭게 인식하여야 할 것이다.

3. 맺음말

백제 문화의 내용은 매우 다양하다. 이는 백제문화개발연구원이 기획간행한 「백제역사문고」의 내용이 모두 30권으로 분류된 사실만으로도 충분히 이해할 수 있다. 그런데 이처럼 다양한 분야가 그 동안 얼마만큼 균형 있게 연구되어 왔는가? 특정 분야에 관심이 편중되었

거나 연구비가 투자된 잘못은 없는가?. 상대적으로 홀대받거나 소외
된 분야는 없는지 꼼꼼히 점검해서 시정해야 할 시점에 와 있다.

만일 학자들이 깊은 연구를 하였더라도 그 결과를 학계와 사회가
얼마만큼 절실하게 수용하느냐에 성패가 달려 있다. 연구결과가 연구
자의 掌中에만 머물러 있다면 그 것은 죽은 지식이나 다름없다. 연구
한 새로운 지식을 국민이 배우고 익히도록 적극적으로 권장하여야 한
다. 연구한 결과가 원리라면 이 원리는 마땅히 응용되어야 한다. 이렇
게 원리와 응용이 원활히 相應될 때 비로소 '백제문화연구'는 활성화
될 수 있을 것이다.

소부리(所夫里)는 백제의 마지막 수도의 이름이다. 백제가 망한
(660) 뒤에는 신라가 '소부리주>소부리군'으로 낮춰 쓰다가 신라 경
덕왕(757)이 지금의 扶餘로 고쳤다. 소부리가 '-리'를 잃고 '부'가 '비'
로 변하여 사비(泗沘)가 되었다. 따라서 扶餘는 통일 신라의 개정명이
지 결코 백제 시대의 수도명이 아니다. 경주는 서라벌로, 대구는 달구
벌로, 광주는 무둘골로, 전주는 비사벌로 돌아가 옛 문화를 再現하고
있다. 그런데 왜 백제문화제만 백제말 소부리로 돌아가지 않는 것인
가? 백마강, 낙화암도 고려 중기 이후에 발생하였기 때문에 백제말이
아니다. 백제말로는 소부리ㄱ롬(>사비ㄱ롬) 또는 白江, 디어죽은바
회 또는 墮死岩이었다. 구드래나루의 본말은 굿(大)+어라하(王)+ㄴ
ㄹ(津)이었던 것이 '귿어라ㄴㄹ(大王津)>구드래나루'로 변하였다. 국
빈을 맞는 항구 역할을 하였다면 그에 알 맞는 뜻이 담겨 있어야 한다.
일본인들이 예로부터 백제를 구다라로 부른다. 백제의 선진 문화가
일본의 후진 문화의 밑거름이었던 사실을 감안할 때 자고로 일본인들
이 백제국을 구다라나라(大王國)로 높여 불러 온 겸손을 충분이 이해
할 수 있다. 부소모이(扶蘇山)의 '부소'의 뜻은 '솔'(松)이다. 위례홀의
부사악(負兒岳>三角山), 개성(松都)의 부소압(扶蘇押>松嶽山)의 '부

사~부소'가 '솔'(松)이기 때문이다. 백제어로 王을 '어라하, 건길지, 니리므'라 불렀다. '니리므'가 'ㄹ'과 말모음 'ㅡ'를 잃고 '니이므>니임>니:ㅁ'으로 변하여 '님'으로 쓰이고 있다. 그런데 신라의 '거서한, 이사금, 마리한'은 즐겨 부르는데 왜 백제의 존칭어인 '어라하, 건길지, 니리므'는 외면하는가? 백제 5천결사대의 싸움터인 '黃山伐'도 백제말이 아니다. '黃等也山夫里'가 백제말이다. 신라 경덕왕(757)이 '等也'를 줄이고 '夫里'를 '伐'로 바꾸어 만든 신라 말이기 때문이다. 백제말로는 '느르ᄃ르부리'(黃等也原>連山原)이었을 것이다.

실로 백제말을 떠나서 백제역사와 그 문화는 이룩될 수 없었다. 백제문화를 재현하려면 당연히 백제말을 찾아서 써야한다. 그래야만 진정한 백제문화가 복원될 수 있다. 백제말(지명) 속에 백제인들의 얼이 들어 있기 때문이다.

해마다 백제문화제가 성황리에 열리고 있다. 그런데 백제문화에 대한 지금까지의 연구내용이 백제문화를 재현하는데 어느 정도 충실히 수용되어 왔는가? 우리는 냉정히 반성해야 할 시기에 와 있다. 만일 평생을 바쳐 연구한 결과가 학자의 掌中에 머물러만 있다면 그것은 죽은 지식이나 다름없겠기에 다시 강조하는 苦言이다.

IX. 마을 이름으로 본 대전 지역의 고유어

1. 서론

이 글은 대전 지역의 마을 이름에 숨어 있는 고유어를 찾아내어 분석 기술하는데 목적이 있다. 일반적으로 지명을 큰 지명(大地名)과 작은 지명(小地名)으로 나눈다. 만일 마을 단위 이상의 것을 큰 지명으로 규정한다면 그 이하의 것은 작은 지명에 해당하게 된다.

언어생활에서 가장 자주 쓰는 어휘가 지명이다. 그리고 대대로 끊임없이 이어져 쓰이는 존재도 지명이다. 그래서 지명은 우리말의 어휘 중에서 수효가 가장 많다. 그리고 어휘 중에서 보수성이 제일 강한 존재 또한 지명이다. 지명은 다른 어휘에 비해 변화를 싫어하며 끈질기게 생존하는 특성이 있기 때문이다. 이처럼 지명은 역사성과 보수성을 겸전(兼全)하고 있을 뿐만 아니라 수효마저 풍부하기 때문에 고유어를 찾는데 있어서는 비교할 수 없을 만큼 풍부한 자료원이 된다.

지명의 역사는 참으로 길다. 가령 대전의 지명 중에서 가장 오래된 옛 지명의 예로 '우술(雨述)>비풍(比豊)>회덕(懷德), 노사지(奴斯只)>유성(儒城), 진현(眞峴)>진령(鎭嶺)>진잠(眞岑), 소비포(所比浦)>적오(赤烏)>덕진(德津)'을 들 수 있다. 이 지명들은 백제 시대부터 쓰인 것들이니 적어도 1500년 이상 묵은 지명들이다. 이것들은 이른바 큰 지명들이다. 이 옛 지명들은 수없이 많은 보다 작은 지명들을 품고 오늘 날에 이르렀다. 일반적으로 지명은 대부분이 동일한 장소에 대하여 고유어 이름에 대응하는 한자어 이름을 아울러 쓰고 있다. 그 중에서 특히 한역(漢譯) 지명은 한자의 뜻에 의하여 고유어의 뜻까지 파악할 수 있는 호재(好材)이다. 그러나 모두 그런 것은 아니다. 더러는 고유어 이름만 홀로 나타나는데 이 경우에는 뜻을 알 수 없는 지명도 많다. 어쨌든 수많은 전래(傳來) 지명 속에서 고유어를 찾아내기란 그리 어렵지 않은 일이다.

대전 지역의 모든 마을 안에 분포한 지명(특히 작은 지명)은 그 수효가 방대하다. 그래서 전 지역을 한 번에 고찰할 수는 없다. 이 글은 우선 동구·중구를 중심으로 논의하게 된다. 나머지 지역은 속고(續稿)로 미루어 훗날에 고찰키로 하겠다. 마을 안에 분포한 작은 지명도 수없이 많다. 제한된 지면이라서 부득이 선별적으로 다룰 수밖에 없다. 기술 방법은 고유어 지명의 구조를 분석한 다음 그 의미를 파악하는데 주력하게 될 것이다. 아울러 될수록 어원을 밝히는 데까지 힘을 기울이기로 한다. 따라서 단순한 해석으로 끝나는 경우와 비교적 심도 있게 복합적으로 논의되는 경우로 나누어서 기술하게 될 것이다. 아울러 '차자표기법'(借字表記法)을 다음 2장에서 약술하여 본론에서의 논의 내용을 이해하는데 도움이 되도록 하겠다.

2. 마을 이름과 차자 표기법

우리의 지명은 크게 두 종류로 나눌 수 있다. 하나는 고유어 지명이고, 다른 하나는 한자어 지명이다. 처음에는 고유어 지명으로 쓰다가 어느 시기에 한역(漢譯)되어 한자 지명이 발생하게 되었다. 이럴 경우에는 한 곳에 대한 두 지명이 공존하게 된다. 가령 '한밭·대전(大田), 새여홀나루·신탄진(新灘津), 범골·호동(虎洞), 샘골·천동(泉洞), 바리바우·발암(鉢岩)' 등을 예로 들 수 있다. 이렇게 고유 지명과 한역 지명이 공존하여 정확히 대응할 경우에는 고유 지명의 뜻을 쉽게 파악할 수 있다. '한大, 밭田, 새新, 여홀灘, 나루津, 범虎, 골洞, 샘泉, 바리鉢, 바위岩'과 같이 대응하는 한자의 새김과 동일하기 때문이다.

우리 조상들이 겨레말을 사랑하고 지키는 정신은 매우 투철하였다. 가령 문자가 없던 시기에 중국의 문자를 차용하여 우리말을 표기하였는데 그 표기법은 다양하였다. 어떻게 해서라도 우리말의 고유어를 표기하려고 애쓴 흔적이 차자 표기법에 남아 있기 때문이다. 다음에서 차자 표기법을 약술하여 이 글이 분석 기술하는 고유어를 이해하는데 도움이 되고자 한다. 우리의 차자 표기법은 다음과 같이 아주 복잡하고도 다양하였다.

첫째; 한자음으로 표기하는 법 즉 음차 표기법이다.

(1) 弗矩內(블구내)(>赫居世) (2)蘇伐都利(셔블도리)(>徐伐公) (3) 儒理·琉璃·儒禮·弩禮(누리) (4) 異次頓·伊處道(이츠도)(>厭髑) (5)居柒夫(거질부)(>荒宗) (6)異斯夫(이스부)(>苔宗) 등은 한자의 음을 차용하여 사람 이름을 적은 음차표기이다. 다음의 (7)買忽(매홀)(>水城) (8)買呑忽(매단홀)(>水谷城) (9)奈乙(나을)(>蘿井) (10)波利(바리)(>海利) 등은 지명의 음차 표기이다. 그리고 (11)戍衣·水瀨(술의)(>端午) (12)蘇伊(소이>쇠)(>金·鐵·銀·銅) 등은 보통명사의 음차표기이다.

둘째; 훈(새김)으로 표기하는 법 즉 훈차 표기법이다.

위 첫째에서 (1)(>赫居世) (2)(>徐伐公) (3)(>世里智) (4)(>厭髑)

(5)(>荒宗) (6)(>苔宗) (7)(>水城) (8)(>水谷城) (9)(>蘿井) (10)(>海利) (11)(>端午) (12)(>金・鐵・銀・銅) 등은 한역표기이다. 다만 그중에서 (1)(>赫,世), (2)(>公), (3)(>世), (4)(>厭), (9)(>井)만이 한역표기이다. 나머지 (1)(>居), (2)(>徐伐), (4)(>儷), (9)(>蘿), (10)(>利)는 음차 표기이다.

셋째; 한자의 본뜻은 버리고 훈의 음만 빌어 적는 훈음차 표기법이다. 예를 들면 熊津(웅진)의 熊의 훈은 '고마'인데 짐승의 뜻이 아닌 '北・神・大'의 고유어를 적은 것이었다. 白江(백강)의 白의 훈은 '숣이'인데 그 본뜻이 아닌 '술비'(人비泗沘)를 적은 것이었다. 黃等也山(황등야산)의 黃等의 훈은 '누르둘'인데 그 본뜻이 아닌 '늘어둘이'(連山)를 적은 것이다. 柳等川(유등천)의 柳等의 훈은 '버들둘'인데 그 본뜻이 아닌 '벌들'(坪)을 적은 것이다. 火(화)의 훈은 '블'인데 그 본뜻이 아닌 '벌'(伐・弗=坪・原)을 적은 것이다. 推浦(추포)의 推의 훈은 '밀-'인데 그 본뜻이 아닌 '밀'(三)을 적은 것이다. 角干(각간)의 角의 훈은 '스블'(>뿔)인데 '셔블'(>서울)(京)을 적은 것이고, 酒多(주다)의 훈은 '스블한'인데 그 본뜻이 아닌 '셔블한'(徐伐干)을 적은 것이다. 이렇게 본뜻을 버리고 음은 같고 뜻이 다른 말(동음이의어)을 적는 법이 훈음차 표기법이다.

넷째; 받쳐적기 표기법은 '훈+음'의 순서로 표기하는 방법이 보편적인데 그 첫째 자는 뜻을 나타내며 둘째 자는 음을 나타내어 발음하면 첫째 자의 훈독음이 실현되도록 하였다. 예를 들면 赫居(혁거), 世里(셰리), 炤知(소지), 活里(활리) 등에서 '居(거), 里(리), 知(지), 里(리)가 그것에 해당한다. 이 '받쳐적기법'은 '혁거, 셰리, 소지, 활리'로 발음해서는 안 된다는 지시로 끝음절을 받쳐적어 '볽거, 누리, 비지, 살리'와 같이 바르게 발음하도록 유도한 것이라 하겠다. 지명 차자 표기에서 받쳐적기법에 의한 표기형은 다시 몇 종류로 하위 분류할 수 있다.

그 기본적인 표기형은 인명 표기의 경우처럼 첫째 자의 훈독어형(고유어형)의 말음절을 표기하는 방법이다.

위 표기법 가운데 첫째 법은 표기한 때의 우리 한자음(이른바 속음)으로 읽으면 곧 우리말(고유어)이 실현(발음)된다. 그러나 둘째 법은 그대로 읽으면 곧 한자어가 실현되고 만다. 그것이 한역되었기 때문에 그렇다. 그러나 한역할 당시에는 표기만 한자로 해 놓고 읽거나 부르기는 고유어로 하였던 것이다. 보기를 들면 '한밭(大田), 삼개(麻浦), 고마ᄂᆞᄅ(熊津)' 등이 그 본보기이다. 처음에는 절대로 '대전, 마포, 웅진'이란 한자어를 어느 누구도 쓰지 않았을 것이다. 아직 우리말의 어휘(단어)가 아니기 때문에 통용할 수가 없었던 것이라 하겠다. 따라서 표기는 한자로 하여 놓고(문자가 없기 때문에 어쩔 수 없이) 부르기는 새김(=고유어)으로 고유어를 실현하였던 것이다. 그러나 한자 표기어가 후대로 내려오면서 점진적인 어휘화 과정을 밟아 한자어로 자리매김을 하게 되었다. 셋째의 훈음차 표기법은 "훈의 뜻은 버리고 그 훈의 음(훈음)만 빌어서 표기하는 방법"을 이른다. 이 표기법으로 말미암아 겨레말의 한어화에 제동이 걸렸고 한 편으로는 통시적으로 지닌 뜻을 잃어가는 음차표기의 결함을 보완하게 되었다.[1]

---

1) 도수희(2003):『한국의 지명』(제4장125-177)과 도수희(2004):『지명·왕명과 차자 표기』(245-287)에서 상론한 내용을 참고하면 보다 폭넓게 이해할 수 있을 것이다.

3. 마을 이름에 숨어 있는 고유어

3.1. 동구의 마을 이름과 고유어

(1) 가양동(佳陽洞) – *갱이(<괭이)* : 매봉의 남쪽, 흠내의 동남쪽에 위치한 마을 이름이다. 숲이 우거진 괭이들 가운데에 있는 마을이기 때문에 '괭이'라 부른다고 한다. '괭이'의 어두 모음 'ㅙ'가 w(ㅗ)를 잃고 'ㅐ'로 변하여 '갱이'가 되었다. 그 뜻이 무엇인지 그리고 고유어인지 분명히 알 수 없다. *물빠대* : 외홍룡 서쪽에 위치한 들 이름이다. 물이 잘 빠지는 곳이라서 붙여진 이름이다. '물빠대'는 우선 '물+빠+대'로 분석할 수 있다. '물빠'는 '물이 빠지다'의 준 말로 고유어이다. '대'(垈)는 고유어 '터'를 의미하는 한자어로 매우 보편적으로 쓰였다. '물빠대'는 '물이 잘 빠지는 터'를 뜻하는 '고유어+한자어'의 합성이다. *매봉* : 갱이의 북쪽, 흠내의 동쪽에 위치한 마을 이름이다. 이 이름은 두 가지로 풀이하고 있다. 하나는 마을 뒷산이 매의 모양이기 때문에 지어졌다는 속설이고, 다른 하나는「삼매당기 (三梅堂記)에 적혀 있는 '매봉'(梅峯)을 근거로 '매화봉'으로 풀이하는 전언(傳言)이다. 우리의 전래 지명에 '매'가 자주 나타나는 보편성에 따라 고유어 '매'로 풀이함이 보다 타당할 듯하다. 다만 '봉'은 고유어 '봉우리'의 준 말인지 한자어 '봉'(峯)인지 분간하기 어렵다. *흠내(<합내)* : 얼핏 보면 고유어로 착각하기 쉽다. 그러나 '흠내'는 '합내'의 변형(變形)이다. 이 이름은 '합(合)+내'로 분석할 수 있다. 두 내가 합치는 곳이기 때문에 지어진 이름이다. '합'(合)은 한자어이고 '내'는 고유어이다. '합'이 '흡'으로 변하고 '흡내'가 자음접변인 '-ㅂㄴ->-ㅁㄴ-'으로 변하여 '흠내'로 굳어졌다.[2]

---

2) 지명 음운론에 대한 구체적인 논의는 도수희(2003a:179-262)와 도수희 (2007:113-147)를 참고할 것.

가양천과 대동천이 합치는 곳을 뜻하는 마을 이름이다. *고물개봉* : 내홍룡 북서쪽에 위치한 산봉우리의 이름이다. 현재 신도아파트가 서 있는 언덕이다. 현지인은 "고물개로 긁어모아 놓은 것처럼 생겨서 지어진 이름"이라고 풀이한다. 믿을 수 없는 자의적인 해석이다. 그 위치가 북서쪽이기 때문에 아마도 '고물'이 북쪽을 뜻하는 고유어일 가능이 있다. 방언으로 뒤·북쪽으로 미는 경우에는 '고물개'라 하고 앞으로 끌어당길 경우에는 '당글개'라 하기 때문이다. 고유어로 북쪽을 '곰'(<고마), 남쪽을 '님'(<니마)이라 하였기 때문이기도 하다. 이 가설이 맞는다면 북쪽을 뜻하는 고유어 '고물'을 찾은 셈이다. *꽃산* : 봄이면 꽃이 만발하여 '꽃산'이라 하였다. '꽃'은 고유어이고 '山'은 한자어이다. *더퍼리(加八里)* : 현재의 박팽년유허비와 남간정사 사이에 위치한 마을 이름이다. '加八里'의 加는 새김 '더-'를 훈음차한 것이니 고유어 '더하다, 더 많다'의 '더'에 해당한다. 八(팔)은 음차자이다. 이곳에 남간정사를 지은 송우암이 이 마을 이름을 '德布里'(덕을 베푸는 곳)라 새로 지어 부른데서 비롯되었다. '덕포리'가 자음접변으로 '덥포리'로 변하고 다시 입술소리 겹침으로 말미암아 'ㅂ'이 탈락하여 '더포리'로 변하였다. 아울러 순음성 중복의 회피현상으로 '포'가 '퍼'로 변하여 '더퍼리'로 굳어진 뒤에 이 변형을 한자의 새김소리와 음으로 표기한 것이 '加(더)八(팔)里(리)'이다. 따라서 '더퍼리'는 고유어가 아니다. *두루봉* : 외홍룡 동북쪽에 위치한 산의 이름이다. 산모양이 둥글둥글하여 두루봉이라 부르게 되었다고 한다. 사실이라면 '두루'는 '두루다'라는 고유어에 해당한다. *바탕골* : 더퍼리 체육공원 자리에 있었던 골짜기 이름이다. 삼괴동의 소룡골들 남쪽의 골짜기 이름도 '바탕골'이다. '바탕+골'로 합성된 고유어이다. 아마도 "한 바탕 웃었다."의 '바탕'인 듯하다. 그렇다면 그 뜻은 옛 말의 '마당, 자리'에 해당한다. *새터골* : 홍룡 남쪽에 위치한 골짜기 이름이다. '새+터+골'로 분석되는 고유어 지명

이다. *텍미산* : 외홍룡 동쪽에 위치한 산 이름이다. 턱밑에 있는 산이라
서 지어진 이름이라고 전해 온다. 그러나 잘못 풀이된 속설이다. 우선
'텍+미+산'으로 가정한다면 '미'는 '뫼>미'(山)의 고유어이기 때문이다.
따라서 '미'는 '밑'의 변형이 아니다. '미+산'은 고유어와 한자어가 중첩
된 말이다. 다만 '텍'의 뜻이 무엇인지 의문으로 남는다.

(2) 대동(大洞) - *배꼴*(舟運洞) : 대전여고 서쪽에 위치한 마을 이름이
다. 배나무 과수원이 있어서 '배꼴'이라 부르게 되었다고도 하고 마을의
지형이 옥녀봉을 돛대로 한 배 모양처럼 생겼기 때문에 지어진 이름이
라고도 한다. 그러나 뒤의 풀이는 단순히 舟를 근거로 한 풀이라서 잘
못이다. 왜냐하면 舟의 새김인 '배'는 '배'(梨)를 적기 위해 훈음차하였을
뿐이기 때문이다. 어쨌든 여기서 동음이의어인 고유어 '배'(梨 · 舟)를
확인하게 된다.[3] '꼴'은 '골'의 어두자음 경음화 현상이다.

(3) 산내동(산내동) · 구도동(九到洞) - *꼬부랑재* : 구도리 마을 동서
쪽에 위치한 군서로 넘어가는 고갯길 이름이다. 길이 꼬불꼬불하다고
하여 지어진 고개 이름이다. '꼬부랑'과 '재'(嶺 · 峴)는 고유어이다. 삼
괴동(三槐洞)의 덕산마을 못 미쳐 충북으로 넘어가는 골짜기 이름도
'꼬부랑재'이다. 고개길이 아주 꼬불꼬불하기 때문에 지어진 이름이다.

---

3) 도수희 : 「지명 · 왕명과 차자 표기」(2004:277-278)에서 옮긴다.
　　"가령 지명의 차자 표기가 '立岩(선바위)>禪岩(선바위)>船岩(배바위)>舟岩(배
　　바위)>柱岩(기둥바위)(훈차>음차>훈차>음차)'처럼 변하였을 때 본래의 의미가
　　엉뚱하게 변질된다. 일본이 한국과 관련이 있는 **韓**國神社(가라구니진자)를 최근
　　에 辛國紳士(가라구니진자)로 개명하였다. 역시 역사 왜곡의 일환으로 韓를 辛자
　　자로 바꾼 것이라 하겠다. 이 경우도 본래의 훈차자 韓과 새로운 훈음차자 辛의
　　훈음이 동일하기 때문에 가능한 것이다. 이런 식의 인위적 차자 표기의 변화로
　　인하여 졸지에 韓國이 辛國(매운나라)로 폄하되는 수모를 당하게도 되는 것이다.
　　鷄立嶺~鳥嶺~麻骨(겨릅)~麻木(삼나무)에서 鷄立=鳥(새)+嶺(재)인데 鷄立을
　　'계립'(겨릅)의 음차 표기로 착각하여 鷄立(겨릅)을 麻骨(木)으로 한역한 것이다
　　(다음 (3)참고). 竹嶺~中嶺은 후자가 전자를 음차 표기하였던 것으로 보인다.
　　음운 변화가 죽(竹)령>중(中)령은 가능해도 반대는 불가능하기 때문이다. '대
　　재'를 '가운데재'로 푸는 함정이 된 것이다."

논골 : 산막골 오른쪽에 위치한 골짜기 이름이다. '논(畓)+골'로 분석되는 고유어로 전국에서 흔하게 발견된다.   달걀산 : 구도마을 앞에 위치한 산 이름이다. 산의 모양이 계란처럼 생겨서 지어진 이름이라고 한다. '닭의 알'이 '달긔알⇒달기알⇒달걀'로 변한 고유어이다.   뒷골 : 구도리 마을 동쪽에 위치한 골짜기 이름이다. 마을 중심에서 그 위치가 뒤에 있을 경우에 흔하게 지어지는 지명이다. 이 고유어 뒤는 북쪽이란 뜻으로도 쓰인다.   바깥말 : 구도교의 북쪽에 위치한 마을인데 한자어 이름으로는 '외촌'(外村)이라고 부르기도 한다. '밖+앝>바깥'을 外로, '마을>말'을 村으로 한역한 고유어 이름이다.   빈대절골 : 구도리 서쪽에 위치한 골짜기 이름이다. '빈대+절+골'로 분석할 수 있는데 온전히 고유어로 합성된 이름이다. 마을 이름에 형태소 '빈대'가 들어 있는 경우는 아주 드문 사례이다. 전하는 말로는 여기에 있었던 큰 절에 빈대가 많았기 때문에 붙여진 이름이라고 한다.   사래골 : 논골 아래 남쪽에 위치한 골짜기 이름이다. '사래'가 무슨 뜻의 고유어인지 의문이다. '사래긴 밭'의 '사래'에 해당할 듯하다.   상바위 : 구도동의 뒤쪽 산에 있는 바위 이름이다. 바위 모양이 생강처럼 생겨서 붙여진 이름이라고 전해 온다. 한역명 '강암'(薑岩)으로 부르기도 한다. 옛 말은 '싱강'이었는데 '싱앙⇒시앙⇒상'으로 변한 충남 방언이다. 그런데 이 '생강'을 고유어로 착각하기 쉽다. '생강'은 한자어 '생강'(生薑)이기 때문에 고유어가 아니다.   안골·안말 : 구도리의 안쪽에 위치한 골짜기와 마을 이름이다. 한자어 이름으로 '내동'(內洞)이라 부르기도 한다. 마을 또는 골짜기의 위치가 안(內)에 있을 경우에 흔히 붙여지는 이름이다. 그렇기 때문에 이 이름은 전국에 수없이 분포되어 있다.   절골 : 구도리 동쪽과 바깥말 남동쪽에 위치한 골짜기 이름이다. 절이 있던 골짜기를 흔히 '절골'이라 부르고, 절이 있던 곳을 흔히 '절터'라 부른다. 전국 방방곡곡에 분포하는 '절골' 또는 '절터'는 지금은 없지만 언

젠가 그 자리에 절이 있었음을 알려 주는 정보자료가 된다.

(4) 낭월동(朗月洞) - *가는골* : 식장산 아래에 위치한 골짜기 이름이다. '가는+골'로 분석된다. '가는'은 고유어 '가늘다'의 관형어형이다. 지명에 細의 뜻인 '가는' 또는 '가늘'의 접두 지명소가 많이 쓰였다. 그 보기로 이 '가는골' 안에 있는 '가는골날망', '가는내고개'를 들 수 있다. *꽃밭골* : 갈미봉 아래에 위치한 골짜기 이름이다. '꽃+밭+골'과 같이 3지명소로 구성되어 있다. 3지명소가 모두 고유어이다. 꽃이 많이 핀다하여 붙여진 이름이다. 낭월동에서 구도리로 가는 모퉁이를 '꽃밭골 모롱이'라 부른다. 고유어 '모롱이'는 '산 모퉁이의 휘어 둘린 곳'을 의미한다. *둥골* : 호래사골 서북쪽에 위치한 골짜기 이름이다. '둥+골'로 분석되는데 '둥'은 옛 말 '둔'(谷)의 변형이다. '둔골'이 자음접변으로 '둥골'이 된 뒤에 다시 '등골'로 변하였다. 이 '둔골'은 숯골(炭洞), 괴곡동(槐谷洞), 둔산동(屯山洞) 등에도 있다. '둔'은 '곡'(谷)을 뜻하는 옛 고유어이다. *배나무골* : 성날망 왼쪽 골짜기 이름이다. 산에 돌배나무가 많이 있어서 붙여진 이름이라고 한다. 대개 배나무가 많이 있는 곳이면 일반적으로 붙여지는 지명이다. *베락바우* : 곤룡재에 있는 바위 이름이다. 벼락을 맞아 여러 조각으로 갈라졌기 때문에 붙여진 이름이라고 한다. '면도>멘도, 벼개>베개, 벼슬>베슬'과 같이 변하는 규칙에 따라서 '벼락'이 '베락'으로 변하였다. *새질래기골* : 솔옹뎅이 왼쪽 골짜기 이름이다. 새로 낸 길의 골짜기란 뜻의 이름이다. '새+길+내+기+골'로 분석된다. '질'은 '길'의 구개음화형이고, '래'는 '-ㄹ ㄴ->-ㄹㄹ-'로 인하여 '래'로 변하였다. 고유어 '내+기'는 '내다'의 어근 '내-'에 명사형 형태소 '-기'가 접미된 합성어이다. *샘골·샴번뎅이* : 망둑거리 왼쪽에 있는 작은 골짜기 이름이다. 이곳에 샘이 있어서 지어진 이름이다. '샴번뎅이'는 질골 안에 있는 샘 이름이다. 여기서 우리는 고유어 '샘'과 '샴'을 발견한다. 옛 말 '시암'이 말모음을 잃고 '심>샘'으로 변한

어형(표준어)과 '시암>시얌>샴'으로 변한 어형(충남방언)을 확인할
수 있다. *싸리골*: 아래 낭월에 위치한 골짜기 이름이다. 또한 대별리
동남쪽 식장산 아래에 위치한 골짜기 이름도 '싸리골'이다. 그리고 삼
괴 1동에 있는 골짜기 이름도 '싸리골'이다. 아마도 싸리나무가 많았기
때문에 붙여진 이름이 아닌가 한다. '싸리'는 나무 이름의 고유어로 싸
리비를 만드는 재료로 흔하게 활용되어 왔다. *지치밭골*: 안낭월에 위
치한 골짜기 이름이다. '지치'가 많아서 붙여진 이름이라고 한다. 그런
데 '지치'를 고유어로 착각하기 쉽다. '지치'는 한자어 '지초'(芝草)의
변형이기 때문에 고유어가 아니다. *진골·진등골·질골*: '진골'은 윗
낭월 뒤쪽에 위치한 고개 이름이고, '진등골'은 기도원공원 서쪽에 있
는 골짜기 이름이며, '질골'은 낭월리 동남쪽에 위치한 골짜기 이름이
다. 어두 지명소 '진-~질-'은 '긴-~길-'(길다)의 구개음화형이다. *차
돌이*: 낭월동에 있는 바위 이름이다. 바위가 차돌이라서 붙여진 이름
이다. '차돌'은 설단 자음 'ㄷ'앞에서 'ㄹ'탈락으로 '찰돌'이 '차돌'로 변
하였다. *풀뭇골*: 곤룡재로 넘어가는 골짜기 이름이다. '풀무+ㅅ+골'로
분석된다. '풀무'는 고유어이다.

  (5) 대별동(大別洞) - *큰자라마을*: 이 마을은 동쪽으로 낭월동, 남쪽
으로 이사동과 접해 있다. 자라를 주제로 한 4가지 전설(「대전지명지」
142쪽 참고)로 인하여 붙여진 이름이다. 한자어 이름은 '대별리'(大鼈
里)이다. 후대에 한자어 지명 '대별리'로 굳어지자 그 뜻을 생각하지
않고 동일 음자인 別자로 바꿔 적었다. 이렇게 동음이자(同音異字)로
적은 경우가 아주 많다. 이곳에 '자라교, 자라내'가 분포하고 있는 것으
로 보아 고유어 '자라'로 불리었음이 분명하다. 다만 大의 새김이 '큰'
인가 아니면 '한'인가의 문제는 당장 속단할 수 없다. 우선 '큰'으로 풀
어 둔다. '큰+자라+마을'로 분석되는 고유어이다. *감나무골*: 도니골
서남쪽에 위치한 마을 이름이다. 감나무가 많아서 붙여진 이름이다.

대성동(大成洞)의 '감나무골'을 비롯하여 전국에 '감나무골'이 흔하게 분포되어 있다. 밤나무가 비교적 많은 마을은 대개 이렇게 부른다. *건너뜰*: 안대별 동남쪽에 위치한 들 이름이다. 건너편에 있는 들이라서 붙여진 이름이다. '뜰'은 어두자음의 경음화 현상이다.   *노루고개*: 양정에서 석천리로 넘어가는 고개 이름이다. 고유어 '노루'로 인하여 지어진 고개 이름인 듯하다.   *도둑골*: 석천산에 있는 큰 골짜기 이름이다. 옛 날에 도둑이 소를 잡아먹었다는 속설 때문에 지어진 이름이다. '도둑'은 고유어이다. *벌뜸*: 대별동의 동쪽에 위치한 마을 이름이다. '벌+뜸'으로 분석된다. '벌'은 '서라벌, 비사벌, 벌판'의 '벌'에서 유래된 깊은 어원의 고유어이다. 그러면 '뜸'의 어원은 어떤 것인가? '뜸'의 어원은 아주 깊다. 흔히 산간(山間) 마을을 고유어로 '두메'라고 부른다. 이것은 '둔뫼'에서 변형된 것이다. 그 변화 과정을 '둔뫼>둠뫼>두메'와 같이 기술할 수 있다. 따라서 '屯谷'은 '둔실·둔골'이고 '屯山'은 '둔뫼'(>두뫼)인 것이다. '谷'의 의미인 '둔'은 '둔덕, 둔덩, 두렁, 둠벙(<둔벙), 두듥'등에 박혀 쓰이고 있다.4) '두메'가 '듬·뜸'으로 줄어 '벌뜸(坪里), 아래뜸(下坪), 윗뜸(上坪), 새뜸(新坪)'와 같이 쓰이는 듯하다.   *범바위*: 대별리 북서쪽에 있는 바위 이름이다. 옛날에 호랑이가 와서 앉아 놀다간 바위라 하여 붙여진 이름이다. 고유어로 虎를 '범' 또는 '호랑이'라 한다. 그런데 반드시 '범골, 범바위'라 하지 결코 '호랑이골, 호랑이바위'라 하지 않는 특징이 있다.   *새뜸*: 배원이와 벌뜰

---

4) 文世榮(1949 : 454)의 풀이를 참고로 다음에 옮긴다.
   둔덕: 논이나 밭들의 가장자리에 있는 높즉한 곳. 두덕.
   둑(언+덕):물이 넘치는 것을 막기위해 내·강의 가장자리를 흙 또는 돌로 쌓은 것. 防築, 堤防
   필자는 '둔덕'(>두덕)을 '둔+덕'으로 분석할 수 있으리라 본다. 즉 '둔(谷)+덕'(堤)(<둑<도(吐=堤))와 같은 복합어의 후신일 것이다. 둔덕(두덕,두렁,두던)의 '덕'은 '둔'(谷)이 없이는 성립할 수가 없기 때문이다.

사이에 위치한 마을 이름이다. 새로 생긴 마을이라서 지어진 이름이다. '새'(新)는 고유어이다. '뜸'은 위에서 풀이한 바와 같다.5) *솔밭* : 지프재 왼쪽 불당골 입구에 위치한 나무숲 이름이다. 소나무가 울창하여 붙여진 이름이다. 흔히 '솔나무'라 부르지만 본래의 이름은 '솔'이다. *애바우* : 대별리 북쪽에 있는 바위 이름이다. 이 바위를 '아암'(兒岩)이라고도 부르는 것을 보면 '애+바우'로 분석할 수 있다. '애'는 '아히>아희>아의>아이>애'로 축약된 변형이다. '바위>바우'로 변한 충남방언이다. *자라내* : 안대별 가운데를 흐르는 내 이름이다. '자라+내'로 분석된다. 이 고유어 '자라'를 근거로 한자어 지명 '대별'(大鼈)을 '큰 자라'로 풀이할 수 있다. *지프재골 · 지프재고개날망* : '지프+재+골'과 '지프+재+고개+날망'으로 분석할 수 있다. '지프'는 '깊으>기프'의 구개음화형이다. 모두 고유어 지명소이다. *찬샘* : 남서쪽 도니골에 있는 샘 이름이다. '찬+샘'으로 분석되는 고유어 지명이다. 샘물이 아주 차가워서 붙여진 이름이다. 전국 곳곳에 같은 이름이 많이 분포되어 있다. *할미바우* : 지프재 약수터 부근에 있는 바위 이름이다. 바위 모양이 할머니와 같이 생겨서 붙여진 이름이라고 전한다. '바우'는 '바위'의 충남방언이다. 모두 고유어이다.

  (6) 대성동(大成洞) – *고산들편데기* : 고산사로 가는 입구에 있다. '고산+들+편데기'로 분석된다. '고산'(高山)은 한자어이며 '들'과 '편더기'만 고유어이다. '편더기'가 반모음 역행동화로 말미암아 '편데기'로 변하였다. *뻘기밭편데기* : 비선골 입구에 위치한 들 이름이다. '뻘기+밭+편데기'로 분석된다. 세 지명소가 모두 고유어인데 지명소 '편데기'가 위와 같이 접미되어 있다. *옻샘* : 깍대골 중간에 있는 샘 이름이다. '옻+샘'으로 분석된다. 옻 오른 사람이 이 샘물로 목욕하면 말끔히 치

---

5) 도수희(1997b):「地名 解釋 二題」(440-448)에서 '둔'(둔)과 '뜸'의 문제를 깊게 논의하였다.

유된다는 유래가 있다. 모두 고유어이다. *머들령* : 마달산(馬達山) 아래에 위치한 높은 고개 이름이다. 공주말에서 추부면 요강리로 넘어가는 고개이다. '머들령'은 '마달령'(馬達嶺)의 변형이다. 입을 덜 벌려 발음하려는 이른바 폐구조음성 때문에 '마>머', '달>덜>들'로 변하여 '머들령'이 되었다. 그런데 '마달령'(馬達嶺)은 한자어 지명으로 착각하기 쉽다. 한자로 적혀 있기 때문이다. 그러나 '령'(嶺)만 한자어일 뿐 '마달'은 결코 한자어가 아니다. '말달'이 설단자음 'ㄷ' 앞에서 'ㄹ'이 탈락되어 '마달'로 변한 것이다. '말달'의 '말'은 '마'(馬)의 훈음차 표기인데 'ᄆᆞᄅᆞ(宗)>몰>말'로 변한 '말'은 '높은, 마루'의 뜻이고, '달'은 옛말로 山을 뜻하였다. 따라서 '말달>마달'은 '고산'(高山)을 뜻한다. 따라서 '말달령(>마달령>머들령)'은 '높은 고개'란 뜻이다.6) *모롱고지* : 소롱골로 들어오는 모롱이 이름이다. '모롱+고지'로 분석할 수 있는데 '모롱'은 '모퉁이'를 뜻하는 고유어이다. '고지'는 '곶'의 원형인데 '장산곶, 호미곶, 달곶' 등의 '곶'과 같은 뜻의 고유어이다. *알미골* : 공주말 서남쪽에 있는 골짜기 이름이다. 혹시 '알+뫼+골'로 분석할 수 있지 않을까 추측하여 본다. 만일 추측대로라면 모두 고유어이다. *알미또랑* : 알미에서 발원하여 뺏으로 흐르는 냇물 이름이다. '알+뫼+또랑'으로 분석할 수 있다. 점말 앞으로 흐르는 냇물 이름도 '큰또랑'이다. 경음화로 인하여 '도랑'이 '또랑'으로 변한 고유어이다. *앞산날등* : 머들령마을의 앞산의 능선 이름이다. '앞+산+날등'으로 분석된다. '산'(山)만 한자어이고 나머지는 고유어이다. *쪽바위* : 머들령고개 정상에 있는 바위 이름이다. '쪽+바위'로 분석되는데 '쪽', '바위'는 고유어이다. *찬샘골* : 충주골 앞 맞은편에 있는 샘 이름이다. '찬+샘+골'로 분석된

---

6) 한글학회(1974) 지은 『한국지명총람』4(충남편 상) 및 『한국땅이름큰사전』(1991 상중하) 등의 모두가 '머들령'을 "산이 말처럼 생겨서 붙여진 이름이다"라고 잘못 풀이하였다. 필자의 보다 심도 있는 논증은 별고로 미룬다.

다. 물이 너무 차서 지어진 이름인데 모두 고유어이다. *치마바위* : 천주교공원묘원 부근에 있는 바위 이름이다. '치마+바위'로 분석할 수 있어서 고유어 '치마'를 발견한다. *텃논들* : 덕산말 동쪽에 있는 텃논 이름이다. '터+ㅅ+논+들'로 분석된다. 아마도 이 논들 안에 집터가 있었기 때문에 지어진 이름일 것이다. 3지명소 모두가 고유어이다.

(7) 상소동(上所洞) - *가마바위* : 상소 2동의 골나미에 있는 바위 이름이다. 바위 모양이 가마처럼 생겨서 지어진 이름이다. 고유어 '가마'는 여러 가지 뜻이 있는데 그 중에서 '가마'(釜)일 것이다. *닭밭골* : 논들의 부근에 있는 골짜기 이름이다. 닭을 많이 기르던 밭이기 때문에 붙여진 이름이다. '닭+밭+골'로 분석된다. 3지명소가 모두 고유어이다. *말랑들* : 골내미 북쪽에 있는 들 이름이다. '말랑+들'로 분석된다. '말랑'은 '높은 곳, 꼭대기'란 뜻의 고유어이다. *말무리재* : 뒷골에서 산직리로 넘어가는 고개 이름이다. 말머리처럼 생긴 고개라서 붙여진 이름이다. '말+머리+재'로 분석된다. '머리'가 될수록 입을 덜 벌리고 발음하려는 폐구조음성(閉口調音性) 때문에 '무리'로 변하였다. *모가나무골* : 뒷골 중앙에 있는 골짜기 이름이다. 모과나무가 많아서 붙여진 이름이다. '모가+나무+골'에서 '모가'는 '목과>모과'의 '과'를 발음할 경우에 반모음 w를 생략하는 버릇으로 말미암아 변한 결과이다. 마치 '삼관구'를 '삼간구'로, '삼광중'을 '삼강중' 등으로 발음하는 경우와 같다. '나무'만 고유어이고 '모과'(木瓜)는 한자어이다. *삼밭골* : 닭밭골 위에 있는 골짜기 이름이다. '삼'(麻)을 심는 밭 때문에 지어진 이름이다. 서울 '마포'(麻浦)의 고유어 '삼개'에서도 '삼'을 발견할 수 있다. 모두 고유어이다. *작은골* : 상소동 안에 있는 큰골 아래에 위치한 골짜기 이름이다. 이 '큰골'에 비해 상대적으로 작은 골짜기이기 때문에 붙여진 이름이다. 그러나 평촌 뒤에 위치한 '큰골'은 마을 이름으로 일명 '대동'(大洞)이라 부르니 그 개념이 전혀 다르다. *참나무골* : 아래뜸

동쪽에 있는 산 이름이다. 산에 참나무가 많아서 지어진 이름이다. '참+나무+골'과 같이 3개의 고유어 지명소로 구성되어 있다.   *한터울* : 한톨골에 위치한 골짜기 이름이다. '한+터+울'로 분석할 수 있다. '한'은 '큰'의 뜻으로 쓰여 온 뿌리 깊은 고유어이다. 아직도 어두 위치에서 화석처럼 관형어로 쓰이고 있다. '골'이 '울'로 변하여 접미 지명소로 흔히 쓰인다. 모두 고유어 지명소이다.

  (8) 소호동(所好洞) · 이사동(二沙洞) · 장척동(長尺洞) – *거미허리* : 대끝 옆에 있는 산등성이 이름이다. 그 유래는 불확실하지만 '거미+허리'로 분석할 수 있으니 고유어 '거미'와 '허리'를 확인한다.   *동네마당* : 완전리의 큰골 옆에 있는 작은 놀이동산 이름이다. '동+네+마당'으로 분석할 수 있다. '동'(洞)은 한자어 지명소이고 '네'만이 고유어 지명소이다. '우리네, 너희네, 쇠돌이네' 등의 '네'와 같은 뜻이다. 따라서 '동네'를 고유어로 착각하면 안 된다. '마당'은 고유어이다.   *새뜸* : 중골 마을 앞에 있는 마을 이름이다. '새+뜸'으로 분석할 수 있는데 여기 '새'는 새(新)와 새(<사이)(間)의 두 뜻이 있다. 이 경우는 새(新)의 뜻이다. '뜸'은 위에서 자세히 설명하였다.   *숫고개 · 숙글재* : 신완전에서 장척리로 넘어가는 고개이다. 숯 굽던 고개라서 붙여진 이름이다. '숯고개'의 '숯'이 '숫'으로 표기된 것은 말음중화 규칙으로 인하여 'ㄷㅌㅅㅈㅊ'이 'ㅅ'으로 발음된다고 보고 적은 것이다. 때로는 'ㅅ'이 'ㄱ'을 닮아 '숙고개'로 발음되기도 한다. '숙글재'는 '숯+굽을+재'가 본말인데 '숙+구을+재>숙+굴+재>숙글재'로 변한 것이다.   *알미* : 소호동의 동남쪽에 위치한 산 이름이다. '알+미'로 분석할 수 있다. 한자어로는 '난산'(卵山)이라 부르니 '알'(卵)은 고유어이다. '미'(山)는 '뵈뵈>테미, 놀뵈>놀미' 등처럼 '뵈'의 변형이다. 동일권역에 '알미골, 알미교, 알미내'가 분포하여 있다.   *청룡뿌랭이* : 수리램이 서쪽에 있는 산 이름이다. '청룡+뿌랭이'로 1차 분석할 수 있다. '청룡'은 한자어이다. 그런데 '뿌

랭이'는 다시 '뿌리+앵이'로 2차 분석할 수 있다. 어간 말 모음이 '이'인 말이 모음으로 시작하는 축소접미사와 결합하면 말 모음 '이'가 탈락하여 '뿌ㄹ+앵이>뿌랭이'로 변한다. 이와 동일한 다른 예로 '꼬리+앵이>꼬랭이, 조리+앵이>조랭이, 가리+앵이>가랭이' 등을 들 수 있다. 이 산의 날등을 '청룡뿌랭이날'이라고 부른다. '청룡'(靑龍)만 한자어이고 나머지는 고유어이다. *대추나무골*: 학고개 안에 있는 마을 이름이다. 이 마을에 큰 대추나무가 있었기 때문에 붙여진 이름이다. '대추+나무+골'로 부석되니 3개의 고유어 지명소로 구성된 이름이다. 흔히 '밤나무, 배나무, 감나무, 대추나무, 살구나무, 앵두나무' 등의 과일 나무를 징표로 삼아 마을 이름이 지어진다. *도래말·두레말*: 새재의 서쪽에 위치한 마을 이름이다. 새재에서 모퉁이를 돌아가야 하는 마을이라서 붙여진 이름이다. 그래서 한자어 이름이 '회촌'(回村)이다. '돌+애+말'로 분석된다. '돌다'의 어간 '돌-'에 '애'가 접미되어 '돌애'로 조어된 다음 연음규칙에 따라서 '도래'가 되었다. '두레말'의 '두레'는 폐구조음성 때문에 'ㅗ'가 'ㅜ'로 변하고, '애'가 '에'로 변하여 '도래'가 '두레'로 변한 것이다. 모두 고유어이다. *어둠골*: 절골 왼쪽에 있는 골짜기 이름이다. '어둠+골'로 분석된다. 일반적으로 '음지'(陰地)로 나타나는데 고유어 '어둠'이 쓰이어 특이하다.

(9) 하소동(下所洞)·삼성동(三省洞)·성남동(城南洞)·내탑동(內塔洞)·세천동(細川洞) - *가랭이골*: 안산골 서쪽에 위치한 골짜기 이름이다. '가리+앵이+골'로 분석된다. 위에서 설명한 바와 같이 축소 접미사 '앵이'의 모음 'ㅐ' 앞에서 '가리'의 말 모음 'ㅣ'가 탈락되어 '가+ㄹ+앵이'로 변한 다음 연음규칙에 의해 '가랭이'가 되었다. 그러나 '가리쟁이'의 경우는 모음 앞이 아니기 때문에 절대로 'ㅣ'가 탈락하지 않는다. 그래서 결코 '*갈쟁이'로 변하지 않는다(*표는 불가능 표시). 모두 고유어이다. *가운데골*: 참상골 뒤에 있는 골짜기 이름이다. '가운데+

골'로 분석된다. 'ᄀ온디>가온대>가운데'로 변한 고유어이다. 따라서 '*가온'은 결코 중앙(中央)이란 뜻의 우리말이 아니다. 그런데 '가온'을 '가온데'로 착각한다. 그 두드러진 사례를 도시명칭 공모의 응모작에서 문제의 '가온'을 수없이 발견하기 때문이다. 그러나 '가온'은 예로부터 결코 우리말이 아니었다. *꿩골*: 하소마을 절골 부근에 있던 골짜기 이름이다. 특히 꿩이 많아서 붙여진 이름인데 '꿩+골'로 분석할 수 있다. 고유어 '꿩'은 '토끼, 노루, 호랑이, 여우, 부엉이' 등과 함께 고유어 지명의 소재가 되었다. *시루봉*: 하소마을의 냇물 건너에 위치한 마을 이름이다. 시루봉 아래에 위치한 마을이라서 붙여진 이름이다. '시루+봉'으로 분석된다. '시루'만 고유어이고 '봉'(峰)은 한자어이다. '시루'는 '떡시루'에 합성되어 쓰인다. 전국적으로 '시루봉'이 많이 분포되어 있다. *한터울*: 귀미실 밑에 위치한 마을 이름이다. '한+터+울'로 분석된다. 모두가 고유어 지명소이다. 특히 '울'은 '골'이 모음사이에서 'ㄱ'이 탈락되어 '골>올'로 변한 다음 다시 폐구조음성 때문에 '올>울'로 변하였다. *검배*: 한밭내(大田川)와 대동천(大東川)이 합류하는 근처에 있었던 마을 이름이다. 이곳에 있었던 '검은 바위'로 인하여 지어진 이름이다. '검+바위'로 분석된다. '바위'가 반모음 w를 잃고 '바이'로 변한 다음 다시 모음축약으로 '배'가 되었다. 한자어 이름은 '현암'(玄岩)이다. *독바우*: 독바위 아래에 위치한 마을 이름이다. 내탑리 탑봉 서쪽에 있는 바위 이름이 '독바우'이다. 이 바위로 인하여 지어진 마을 이름이다. 한자어로 '옹암리'(甕岩里)라 부르니 '독+바우'로 분석할 수 있다. 따라서 '독'은 '술독, 물독'의 '독'과 동일한 질그릇으로 고유어이다. *함박바우*: 탑봉 앞에 있는 바위 이름이다. '함박+바우'로 분석된다. '함박'은 '함지박'의 준말로 고유어이다. 바위 모양이 함박처럼 생겨서 지어진 이름이다. *개불알바우*: 모래재에 있던 바위 이름이다. 바위 모양이 개불알처럼 생겼다하여 붙여진 이름이다. '개+불알+바위'로 분석된다. '불알'은 '음낭(陰囊)'에 대한 고유어이다. *대실고개* : 신촌에서 사성으로 너머 가는 고개 이름이다. '대+실+고개'로 분석된다. '대'는 대나무를 뜻하는 고유어이고, '실'은 '곡'(谷)을 뜻하는 고유어이다. 계룡시 두마면 농소리를 전래지명으로 '대실'(竹谷)이라 부름이 그 증거가 된다. *둥구나무거리* : 꾀꼬리봉과 두리봉 중간에 큰 느티나무가 있는 거리 이름이다. 수령이 350여 년이나 되는 거목의 느티나무 때문에 지어진 이름이다. 마을 안에 큰 느티나무가 있으면 그 나무이름을 따서 흔히 지어지는 이름이다. 수종과는 관계없이 오래 묵어 몇 아름드리로 둥굴기 때문에 통칭하여 '둥근나무>둥구나무'라 부른다. '둥구'는 '둥근'의 변형이다. *너더리(板岩洞)* : 지금은 판암동이지만 그전의 한자어 이름은 '판교리'(板橋里)이었다. 한자어 이름인 板橋를 근거로 '너+더리'로 분석할 수 있다. 본래는 '널+다리'이었는데 설단자음 'ㄷ' 앞에서 'ㄹ'탈락으로 '널>너'가 되었고, '다리'는 폐구조음성 때문에 '더리'로 변하였다. 예전에는 이 마을에 '널다리'(板橋)가 있었음을 알 수 있다. 그리고 이 다리로 인하여 마을 이름이 지어진 사실도 알 수 있다. '널', '다리'는 고유어이다. 마찬가지로 '모과나뭇골'은 모과나무가 있었던 마을임을 알 수 있고, '물방아골'은 물레방아가 있었던 마을임을 알 수 있다. 그리고 '터숯골'은 한자어 이름이 '탄동'(炭洞)이니 예전에 숯을 굽던 곳임을 알수 있고, '자작바우'는 잔 바위가 많이 있는 마을임을 알 수 있다. *잔개울(細川里)* : 잔 개울이 여럿 있어서 붙여진 마을 이름이다. '잔+개울'로 분석된다. 한편 고유어 지명 '가는골'을 한자어로 '세곡'(細谷)이라 부른다. 여기서 '세'(細)의 새김이 '잔'(<잘다)과 '가는'(<가늘다)으로 폭넓게 쓰였음을 알 수 있다. *샘골(泉洞)* : '샘+골'로 분석된다. 대개 깊은 샘이 있는 경우에 지어지는 마을 이름이다. 그래서 전국적으로 흔하게 분포되어 있다. 만일 '샘'이 없어졌다 하여도 '샘골'이란 이름 때문에 예전에 이 마을에 '샘'이 존재하였던 사실을

확인할 수 있게 된다.

3.2. 중구의 마을 이름과 고유어

(1) *한절골(大寺洞)* – '한+절+골'로 분석된다. 한자어 이름은 '대사동'(大寺洞)이다. 이 고을에 큰 절(大寺)이 있었던 사실을 알려 준다. 일명 '한적골' 또는 '한잣골'이라 부르기도 한다. '한절골'의 '절'의 'ㄹ'이 폐쇄음 앞에서 'ㅅ'으로 변하여 '한젓골'이 된 다음에 모음 동화로 인한 '젓>잣'의 변화로 '한잣골'이 되었다. 그리고 '-ㄹㄱ->-ㄱㄱ-'의 자음접변으로 인하여 '한적골'이 되었다.

(2) *못골(牧洞)* – 일명 '목골'이라고 부르기도 한다. 이 마을에 있었던 '못'(池)으로 인해 지어진 마을 이름이다. 따라서 '못+골'로 분석된다. '못'은 '지'(池)를 뜻하는 고유어이다. '못골'이 자음접변으로 '목골'로 발음되자 '목'과 음이 동일한 '牧'(목)으로 적은 것이다. 따라서 牧의 새김인 '기를, 칠'과는 아무런 관계도 없다. 오로지 '못골(池洞)>목골'일 뿐이다.

(3) *무수동(無愁洞)7)* – '무수동'(無愁洞)은 '무수리, 무쇠골, 수철리(水鐵里), 무수골(蘆谷)' 등으로 다양하게 불러 왔다. 일반적으로 사람들은 無愁洞(무수동)을 근거로 '근심 없는 골'이라고 풀이한다. 그러나 지금과는 달리 옛날에는 水鐵里(수철리)를 근거로 '물이 맑고 쇠가 많이 나는 골'이란 뜻으로 다르게 풀이하였다. 조선조 숙종 때 대사헌을 지낸 권기(權愭)가 이곳에 낙향하여 살면서 '무쇠골'(水鐵里)을 '무수리'(無愁里)로 고쳐 적어 '무수옹'(無愁翁)으로 자호를 삼은 후부터 '무수동'(無愁洞)으로 전해졌다. 그러나 본래는 '수철리'도 '무수리'도 아

---

7) 도수희(2007):「대전지방 지명에 나타난 백제어」(『대전문화』제16호 p.235)의 내용 중 해당 부분을 보다 심도 있게 증보하였다.

니었다. 권이진(權以鎭1668-1734)의 「유회당집」(有懷堂集)에서 밝힌 "무수동은 옛날에는 '무수골'(蘆谷)이라 불렸다(無愁洞古稱蘆谷云云)."에 본명이 담겨 있기 때문이다. 그러면 도대체 '무수골'(蘆谷)의 정체는 무엇인가. '무수'에 대응하는 蘆(로)가 문제 해결의 열쇠이다. 蘆의 고음은 '로'이고, 훈음은 '골'(「훈몽자회」 상4, 「신증유합」 상7)이다. 따라서 음독과 훈독 어느 쪽으로도 '무수'로 발음될 수 없다. 여기서 우리는 蘆의 복수 훈을 생각할 수 있게 된다. 그것은 아마도 '무수'였을 것이다. '무수골'을 蘆谷(로곡)으로 적은 사실이 입증하기 때문이다. 여기서 우리는 문헌에도 나타나지 않는 蘆의 또 다른 훈인 '무수'를 발견한 셈이다. 그렇다면 이제부터 '무수골'의 정체가 무엇인가를 알아보기로 하자.

'무수골'은 본래 '물살골'(水靑里)이었는데 'ㄹ'이 탈락하여 '무살골>무수리'로 변한하였을 것이다. '물살골'은 '물+살+골'로 분석할 수 있다. 여기서 무엇인지 모르는 지명소는 '살'뿐이다. 따라서 지명소 '살'을 옛 말에서 찾아서 고찰할 필요가 있다.

현 '청천강'(靑川江)의 옛 이름은 '살수'(薩水)이었다. 그리고 현 괴산군 '청천면'(靑川面)의 옛 이름이 '살매'(薩買縣 一云靑川)(「삼국사기」 지리2)이었다. 두 옛 지명에서 고유어 '살'(薩=靑)을 확인할 수 있다. 그러니까 옛 말 '살'(薩)은 靑·淸(청)의 뜻이고, '매'(買)는 水·川(수·천)의 뜻이었다. 따라서 '살'은 '푸르다·맑다'의 뜻이다. '물이 맑으면 푸르기' 때문에 靑과 淸이 통용된 것이라 하겠다. '무수골'은 마을 앞으로 큰 내가 흐르는데 물이 맑다. 그래서 '물 맑은 골'(水靑里)이라 부르게 되었던 것이다. 그런데 대전의 '무수골'은 충북 괴산의 '청천'(靑川)에서 너무나 먼 거리에 있다. 그러나 '살수'(靑川江)와 '살매'(靑川)의 거리 보다는 오히려 가까운 편이다. 중부 이북에 조밀하게 분포하였던 지명소 '매'(水·川)의 특성으로 볼 때 거리와 관계없이 '살매'

의 분포는 가능하였지만 그 이하까지는 '매'가 분포하지 않았기 때문에 문제가 된다. 그러나 중부 이북에만 분포하였던 '달'(達=山·高)이 '달아'(月良·等良·珍阿>高山), '달나'(月奈>月出>靈岩), '누리달뫼'(儒達山)(木浦)와 같이 한반도 남부까지 분포하였다는 사실과 중부 지역의 '홀'(忽=城)이 전남 '복홀'(伏忽>寶城)까지 내려갔던 사실, 그리고 '매'(買=水·川) 또한 부여 '감매'(甘買>林川)까지 내려온 사실을 감안하면 충분히 가능한 것이기 때문에 문제될 것이 없다.

그러나 또 다른 문제가 뒤 따른다. 지명어에 참여한 지명소의 위치(순서)가 상이한 사실이다. '살수'와 '살매'의 '살'은 오로지 어두에만 위치하는데 '물살골'(蘆谷)의 '살'은 이와 반대 위치에 참여한다. 그래서 두 경우를 동일시하기가 어쩐지 석연치 않다. 그러나 '벌+나'(平壤)와 '라+벌'((徐)羅伐), '누리+불가'(儒理明(王))와 '불가+니'(<누리)(赫居世)에서 참여한 형태소는 동일한데 순서만 서로 다른 예를 생각하면 문제될 것이 없다. 여기서 우리가 이런 미심적은 의문을 풀어 줄 직증 자료를 찾아낼 수 있다면 의운(疑雲)은 말끔히 걷힐 것이다.

어느 날 필자는 태평시장에서 방콩(검은 콩)을 구입하려는 순간에 "논산 속서리콩"이라 큼직하게 써서 눈에 띄게 꽂아 놓은 상자쪽지를 목격하였다. 순간 상인에게 "'속서리콩'이 무슨 뜻입니까?"라고 물었다. 상인은 이양반 무식하게 그것도 모르느냐는 표정을 지으며 "그거 속이 푸른 콩이란 말이지유"라고 알려 주었다. 필자는 비로소 '살>서리'(靑)가 콩 이름 속에 화석처럼 박혀 있음을 확인하며 경탄하였다. '속+서리(靑)'는 '물+사리(靑)'와 '살'의 참여 위치가 같은 조어인데다 '서리'(靑)는 곧 '살'(靑)과 동일하기 때문에 '무수리'의 본래 이름은 '물살골'(水靑里)임에 틀림이 없다는 결론을 내리게 되었다. 멀리는 평안도의 '살수'(薩水)를 비롯하여 충북 괴산군의 '살매'(>靑川)의 '살'(靑)이 대전과 논산 지역까지 내려와 분포하였음을 알 수 있다. 따라서 '무수동'은 본명이 '물살골'로 '물이 맑은(푸른) 골'이란 뜻이다.

(4) 돌다리(石橋洞) - '돌+다리'로 분석된다. 예전에 이 마을에 돌다리가 있었기 때문에 지어진 이름이다. 마을 이름 '돌다리'는 이 마을에 돌다리가 있었던 사실을 알리는 확실한 근거가 된다. '돌'과 '다리' 모두 고유어이다.

(5) 범골(虎洞) - '범+골'로 분석되는 고유어이다. 이 마을에 '범'이 출몰하였거나 '범'과 관련된 일화(逸話)가 있기 때문에 지어진 이름일 것이다. '범골'은 전국적으로 흔하게 분포되어 있다. 일반적으로 마을 이름에는 '호랑이'를 쓰지 않고 '범'을 활용함이 특이하다.

(6) 바리바우(鉢岩) - '바리+바우'로 분석된다. 현 선화동의 옛 이름이다. 한자어 이름은 '발암리'(鉢岩里)이었다. 이 마을에 주발처럼 생긴 큰 바위가 있었기 때문에 지어진 마을 이름이다. 주발에 대한 고유어가 '바리'임을 알 수 있다.

(7) 터미(台山) - 일명 '태산(台山), 대산, 퇴미, 테미'라고도 부른다. 대흥동 네거리에서 충남대학병원으로 넘어가는 고개를 '테미고개'라 부르고, 고개를 넘기 전의 길 오른 쪽 즉 대흥장로교회 전면에 있었던 방죽이 '테미방죽'이다. 지금은 그 자리가 메워져 '테미시장'과 가옥들이 들어서 있다. '테+미+고개'로 분석된다. 본래의 '터'가 역행동화로 인하여 '테'로 변하였다. '미'는 본래의 '뫼'가 발음하기 쉽도록 변한 것이다. 흔히 '놀뫼'를 '놀미'로 발음하는 경우와 같다. 따라서 '테미'의 원형은 '터뫼'로 복원된다. 그렇다면 '테미고개'와 '테미방죽'의 부근에 '테미산성'이 있었음을 짐작할 수 있다. 그 '터뫼산성'이 있었던 장소가 바로 현 성모여고 자리이다. 예전에는 이곳이 낮은 뫼였다. 이 뫼의 정상에 토성이 있었다. 이 토성이 백제 시대의 우술군(雨述郡)의 치소(治所)이었을 것으로 추정된다. 마을 이름에 숨어 있는 고유어는 이렇게 흔적조차 없는 옛 유적을 찾는 길라잡이가 되어 준다. 여기 고유어

'터미·테미·퇴미'가 그 표본적인 본보기인 것이다.

(8) *미르머리(龍頭洞)* - 현재는 '용머리' 혹은 '용두동'(龍頭洞)이라 부르지만 예전에는 '미르머리'라 불렀을 것이다. 龍의 새김이 '미르'이기 때문이다. 이 마을의 뒤에 있는 산의 모양이 용머리와 같기 때문에 붙여진 이름이다. 이처럼 지형이 용머리와 같다하여 지어진 마을 이름이 흔한데 옥계동의 '용머리'(龍頭)도 그 가운데 하나이다.

(9) *오류동(五柳洞)·버들내골(柳川洞)·버드내(柳等川)·벌말(太平洞)* : '버드내골'은 '벌들내골'이 설단자음 'ㄷ'앞에서 'ㄹ'이 탈락한 변형이다. 따라서 '벌+들+내+골'로 분석된다. 지금의 대전시가 발생하기 이전에는 동서에 두 넓은 벌판이 있었다. 동부에는 현 대전역을 중심으로 '원동, 정동, 삼성동, 은행동, 목척동, 대흥동' 일대에 펼쳐진 허허 벌판의 큰밭(大田)이 있었다. 그래서 이 벌판의 가운데를 흐르는 내를 '한밭내'(大田川)라 불렀다. 이와는 반대편인 서부에는 현 '오류동, 유천동' 일대에 '벌들'(坪)이 펼쳐져 있었다. 그래서 고유어 '벌들>버들'과 새김소리가 동일한 柳자로 한역(漢譯) 표기한 것이다. 이 '벌들'은 구한말까지 '유등천면'(柳等川面)이란 면단위 이름으로 부를 만큼 중심이 되는 큰 '벌들'(坪)이었다. 이 '벌들'과 연접한 '벌말'(坪村)이 서쪽에 버드내를 따라 펼쳐져 있었다. '웃 벌말·가운데 벌말·아랫 벌말'로 나누어 부를 만큼 '큰벌'이었다. 이 두 벌판 '벌들'과 '벌말'의 곁을 흐르는 내이기 때문에 '벌들내>버드내'라 부르게 된 것이다. 그런데 여기서 풀고 가야할 문제가 있다. 그것은 '유천'(柳川)과 '유등천'(柳等川)의 관계이다. 후자에 等(등)이 추가된 까닭은 '유천'과 같이 한 자음으로 읽지 말고 반드시 '버드내'(<벌들내)로 새겨 읽으라고 지시한데 있다. 等(등)의 새김이 '들'(<둘)이기 때문에 '버들'의 '들'을 받쳐 적어 柳川을 '유천'이 아닌 '버들'로 새겨 읽도록 한 것이라 하겠다.[8] 이 마을 이름을 통하여 우리는 고유어 '버들'(柳), '벌·들'(坪), '내'(川),

'들'(<둘)(等)을 확인하게 된다.

(10) 수뼹이 · 수침리(水砧里) - '수침리'는 강변말(江邊)과 아랫벌말(下坪)의 북서쪽에 있었던 마을 이름이다. 서기 1917년에 조선총독부편인「근세한국오만분의일지도」(상, 대전)에는 버드내의 양변에 위치한 가장리(佳狀里)와 아래 벌말(下坪) 사이에 수침리(水砧里)가 위치하고 있다. 그리고 수침리 앞에 놓은 다리이기 대문에 수침교(水砧橋)라 이름 지었다. 그렇다면 수침교를 중심으로 한 지금의 용문동 일대가 수침리였다고 볼 수 있다. 수침교는 일명 '수뼹이다리'라 부르기도 하였다. 이 다리를 한글학회지은「한국땅이름큰사전」(중p.3543)에는 1931년에 놓았다 하였고,「한국지명총람」4(충남편 p.377)에서는 1932년에 놓았다고 하였다. 그러나 모두 잘못이다. 위「오만분의일지도」에 수침교(水砧橋)가 이미 나타나기 때문이다. 늦어도 이 지도의 발행년도인 서기 1917년보다 앞선 시기에 다리가 완성되었어야 지도에 표기될 수 있다는 사실을 유의할 필요가 있다. 서기 1914년에 개통된 호남선이 표기된 사실을 미루어 판단할 때 틀림없으리라 믿는다.

그런데 문제는 '수침리'(水砧里)에 대응하는 고유어 이름이 전해지지 않는데 있다. 전해 오는 말로는 지금의 수침교와 용문교의 중간쯤의 버드내 바닥에 모양이 '다듬이돌'처럼 생긴 큰 바위가 있는데 이 바위로 인하여 지어졌다고 한다. 그러나 이 전언은 오로지 '다듬이돌 침'(砧)자에 이끌려 엉뚱하게 지어낸 속설일 것이다. 더구나 문제의 돌은 '큰 암석'(大巖石)이다. 이 암석으로 인하여 붙여진 이름이라면 당연히 '침'(砧)자 아닌 '암'(岩)자를 차자하여 '수암리'(水岩里) 또는 '수침암리'(水砧岩里)라 표기되었어야 한다. 아마도 본래에는 砧(침)자가 아니라 '잠길침'(浸)자였을 것이다. 물에 자주 잠기는 '들'이나 '논'을

---

8) 이글의 "2. 넷째; 받쳐적기 표기법"을 참고하면 더욱 쉽게 이해할 수 있을 것이다.

'수침'(水浸)이라 부르는 이름이 전국에 많이 있기 때문이다. 그럴 뿐만 아니라 '수침교'는 "옛날에는 큰물이 지날 때마다 자주 침수되었던 다리"라고 전해온다는 점이 결정적인 단서이다. 이 전언은 현대식 교량이 설치되기 전에 있었던 예전 다리가 냇물이 불어나면 늘 잠길 만큼 저지대(低地帶)이었음을 증언한다. 또한 '수뺑이다리'의 '수뺑이'는 역행동화로 '빵이'가 '뺑이'로 변한 것이고, 경음화로 '방이'가 '빵이'로 변한 것이다. 그렇다면 '숯골'(炭坊洞)을 '숫뺑이'라 부르는 경우처럼 '수뺑이'(水坊里)로 복원할 수 있다. 만일 '수침'(水砧)을 '수침'(水浸)에 대한 오기(誤記)로 본다면 '수침리'(水浸里)로 수정할 수 있다. 그리하여 살아진 고유어 지명을 '물골'(水坊里) 또는 '물잠길골'(水浸里)로 추정할 수 있을 듯하다.

4. 맺음말

이 글은 대전광역시의 동구와 중구의 마을 이름에 쓰여 온 고유어를 찾아서 고찰하였다. 소지명(小地名)까지 빠짐없이 고찰하려면 그 분량이 너무 많아 부득이 선별적으로 다루었다. 먼저 본말(처음 어형)부터 찾아 제시하고 본말에서 달라진 이름들을 열거한 다음 그 달라진 과정을 국어학적 방법으로 일일이 분석 기술하였다.

마을 이름의 고유어에 우리말의 음운변화 규칙이 적극적으로 적용되어 본말이 망가졌기 때문에 더러는 몰라보게 달라진 어형도 있다. 그 변화 과정을 음운변화 규칙 즉 'ㄹ'탈락 규칙, 구개음화 규칙, 자음접변 규칙, 모음동화 규칙, 역행동화 규칙, 폐구조음 규칙 등을 적용하여 본말과의 상관성(相關性)을 분석 기술하였다. 변한 말 '퇴미, 테미, 터미'의 변화과정을 음운론적으로 기술하여 '터뫼'를 그 본말로 복원한 내용과 변한 말 '버드내'의 변화과정을 기술하여 본말을 '벌+들+내'로 복원한 내용을 예로 들 수 있다.

마을 이름의 고유어에서 '살(靑), 무수(蘆), 미르(龍), 바리(鉢), 고물개, 달(山), ᄆᆞᄅ>몰>말(宗·高)' 등의 고어를 발견하였다. '바우(岩), 물방아(<물레방아), 뿌랭이, 질(道), 진(長), 샴(泉), 서리(靑)' 등의 충청도 방언을 발견하였다. 한자의 새김이 '잔, 가는'(細), '내, 개울'(川)과 같이 복수로 폭넓게 쓰이고 있음을 확인하였다. 일반적으로 細의 새김을 'ᄀᆞ놀세'(〮新增類合〮 하 48)로 이해하고 있지만 〮新字典〮(三 32)에는 「細【세】 微也密也'가늘' o 小也'잘, 작을'」로 풀이되어 있기 때문이다. 川(천)의 새김도 전통적으로 인식하여 온 우리의 지식은 '내'(〮新增類合〮 상5, 〮訓蒙字會〮 상2, 〮光州千字文〮 12, 〮新字典〮 一44)였다. 그러나 '개울'로 쓰인 예를 발견하였다. 권이진(權以鎭1668-1734)의 〮유회당집〮(有懷堂集)에서 밝힌 "無愁洞古稱蘆谷(무수골)云云"에서 '무수'와 蘆가 대응하고 있다. 蘆의 고음은 '로'이고, 새김은 '골'(〮訓蒙字會〮 상4, 〮新增類合〮 상7)이다. 여기서 우리는 蘆의 복수 새김이 '무수'임을 확인할 수 있게 된다. 마을의 고유어 이름에서 때로는 이렇게 옛 문헌에도 나타나지 않는 한자(漢字)의 새로운 새김을 발견하는 성과를 올리게도 된다. 일반적으로 等의 새김은 '무리'로 인식하고 있다. 그러나 等의 옛 새김이 '둘'(>들)임을 확인할 수 있다. 이 '둘'은 지금의 '이들, 그 들, 어서 들, 왜 들'의 '들'에 해당하는데 옛 말에서는 독립적으로 쓰인 단어이었음을 알 수 있다.

X. 행정중심복합도시 지명 제정에 관한 제 문제[1]

1. 서론

행정중심복합도시(이하: 행정중심시)의 '지명'을 제정하는 일은 매우 중요하다. 이 지명은 다른 지명과는 달리 '서울'과 대등한 의미가 있고, 기능 또한 '서울'과 맞먹기 때문이다. 그런데도 이 일을 추진하는 과정에서 제정 과제로 연구용역을 주어 우선 연구케 한 일이 없다. 다른 분야는 우선 학술적인 연구부터 시행한 후에 다음 단계의 작업을 진행함이 보편적 관례인데 왜 지명에 대해서만은 그러지 않았는지 의문이다. 아마도 지명은 연구대상이 아니라 대중의 여론만을 수렴해서 제정하면 되는 것으로 편리하게 예단한 것 같다. 그렇기 때문에 우선 널리 광고하여 공모한 후 응모 지명중에서 10개를 선정하고 이를 다시 설문조사하여 3개를 고른 후에 이를 3차로 설문 조사하여 최우수작을 확정하는 수순을 밟은 듯하다.

행정중심시 건설청이 공표한 응모 기준 5개항(배점 100점) 중에 '지

---

1) 이 글은 행정수도이전범국민연대 · 대전발전연구원 주최 《행정중심복합도시명칭 제정과 향후 전망》 발표회(2006. 12. 29 대전광역시청 5층 대회의실)에서 발표한 내용을 수정 · 보완하였다.

리적 특성'(30점)과 '역사성'(30점)이 핵심적 항목이었다. 그런데 미리 공고한 이 기준이 응모작의 심사에서 거의 적용되지 않았다. 추진위원회에 최종으로 보고한 명칭이 '금강, 세종, 한울'인데 어느 것도 '지리적 특성'과 '역사성'을 지녔다고 볼 수 없기 때문이다. 여기서 말하는 지리적 특성이란 '전국의 중심지역'을 의미한다. 그런데 보고된 세 명칭은 응모 기준이 요구한 지리적 특성이 거의 없다. 또한 역사성도 여기서는 특히 지명사적인 전통성을 이름인데 우리 지명사에서 시호(諡號)로 지명을 지은 전예가 없기 때문이다. 다만 '퇴계로, 을지로, 세종로, 충무로 등'과 같은 노명(路名)만 있을 뿐이다. 더구나 지명을 인명으로 지은 전예는 전혀 없다. 외국에서는 사람 이름으로 지명을 짓는 사례가 흔하다. 어른의 이름을 마음대로 부르는 언어사회에서는 이름으로 지명을 삼아 자유롭게 부를 수 있기 때문이다. 그러나 우리는 어른 또는 선조의 존함을 호칭할 수 없기 때문에 불가능하다. 더구나 저명한 분의 이름을 지명으로 삼아 어린 아이 이름 부르듯 부를 수 있었겠는가? 이름으로 지명을 지을 수 없었던 결정적인 까닭이 바로 여기에 있었을 것이다.

　지명 '세종'은 나머지 응모 기준인 '상징성·도시특성·대중성·국제성'(각10점) 중 도시특성을 빼고는 거의 만점(30점)을 줄만하다. 이런 부분적인 장점이 있음에도 불구하고 '세종'은 활용적인 면에서 문제가 있다. 모든 도시명이 '서울, 수원, 대전, 대구, 부산, 청주, 전주, 광주'처럼 홀로 쓰인다. 그러나 '세종'은 홀로 쓸 수가 없다. 가령 "세종에 간다. 세종에서 태어났다. 세종에 산다."라고 말하면 '어느 세종'(세종로, 세종문화회관, 세종대, 세종시 등)인 지 알 수 없기 때문이다. 다른 지명은 모두 홀로 쓰이는데 이 지명만 반드시 '-시'를 접미하여 '세종시'로 호칭해야 하는 폐단이 있다. 걸핏하면 본보기로 드는 '워싱턴'도 'D.C.'와 'State'를 접미하지 않으면 어느 곳인지 알 수 없지 않은

가? 이런 폐단이 있음을 알면서 굳이 애매한 지명을 제정할 필요가 없는 것이다. 기타의 문제는 생략하기로 한다.

이 방면의 전공분야인 지명학이 존재하는 한 본 과제에 대한 지명학적인 연구가 먼저 이루어진 뒤에 다음 단계의 작업을 진행함이 순리라 생각한다. 그럼에도 불구하고 "행정중심시 지명 제정에 대하여 전공학자들은 왜 함구하고 있었느냐"고 질책한다면 그 책임을 면키 어려운 실정이다. 비록 늦은 감은 있지만 그래도 묵묵히 이 과제에 대한 학술적인 연구를 하여 그 결과를 세상에 남기려는데 이 글의 목적이 있다.

잘 알다시피 이름을 짓는 일은 참으로 중요하다. 그래서 후회하지 않도록 신중하게 짓는다. 이름 중에서 지명은 어느 이름보다 소중하다. 지명은 언중(言衆)이 공유(共有)하는 공동명(共同名)이기 때문이다. 사람은 어디선가 활동을 하게 되는데 인간 활동 무대인 그 '어디'의 이름이 곧 지명이다. 가령 "어디로 가느냐, 어디서 오느냐, 어디에 사느냐, 어디서 타고 내리느냐, 어디서 태어났느냐? 등등"의 표현에서 '어디'에 대한 이름이 없이는 '어디'(장소·지역)를 알 수 없기 때문에 아무 일도 할 수 없다. 이런 활용(효용)성 때문에 지명은 어휘 중에서 가장 많고, 또한 사용 빈도가 가장 높고, 좀 체로 변하지 않는 강한 존재이다.

「고려사 지리지」, 「팔도지리지」, 「세종실록 지리지」, 「동국여지승람」, 「여지도서」, 「전국읍지」, 「대동지지」등 역대 지리지들이 하나같이 맨 앞에 지명을 앞세워 기술하고 있다. 무엇보다 우선 행정단위의 지명부터 내세워야 그 지명의 소관인 지세·산천·고적·지리·교통·정치·경제·문화·교육·상업·산업·민속·인물 등의 내용이 기술될 수 있기 때문이다.

지명은 크기의 기준에 따라 大·中·小지명으로 나눌 수 있다. 지명은 모두가 소중하지만 그래도 기능면에서 보면 역시 '대>중>소'의 순서로 역할이 감소된다. 행정단위의 지명에서 가장 큰 지명은 수도명이다. 그 다음이 시(광역)·도명이고, 그 아래가 시·군·면명이고, 그 아래가 부락(里洞)·기타 지명이다. 우리는 편의상 수도명과 시·도명을 대(大) 지명으로 묶을 수 있다.

그러면 문제의 '행정중심시 지명'은 어디에 해당하는 것인가? 그것은 대지명에 해당한다. 대지명 중에서도 수도명과 맞먹는 지명이다. 따라서 그 이름을 제정하는데 있어서도 행정중심시의 격(格)에 맞는 응분의 대우를 받아야 한다. 도시 지명이 일단 결정되면 늘 앞세우는 도시의 얼굴(간판)로 도시와 영구히 운명을 같이할 것이기 때문이다.

2.

2.1. 도시 지명의 생성 발달은 일반적으로 세 과정을 밟는다.

[과정1] : 소지명(마을 이름)이 그 곳에 건설된 도시의 발전에 따라서 저절로 대지명(대도시명)으로 격상하여 간다. 이와 반대로 '소지명⇒중지명⇒대지명⇒중지명⇒소지명'과 같이 흥망성쇠(興亡盛衰)를 경험하는 경우도 있다.

가령 大田(한밭)을 예로 들어보자. 현 대전광역시는 비교적 '넓은 밭'(한밭)의 시골 마을이었다. 초기의 대전(한밭)은 행정 단위(里·洞)도 아닌 겨우 닷새장이 서는 자연부락명에 불과했다. 그러나 이곳에 경부선 역이 건설되면서 소지명인 대전을 역명으로 삼은 이후부터 도시의 발전에 따라서 중(中)지명을 거쳐 결국 대지명으로 승격하게 되었다.

요컨대 현재 광역시의 명칭으로 격상한 '대전'이 '대전(마을)<대전

(리)<대전(면)<대전(군)<대전(부)<대전(시)<대전(직할시)<대전(광
역시)'와 같이 점진적으로 격상하였다. 그리하여 처음에는 시골 마을
단위에 지나지 않았던 소지명의 기본 의미인 '한밭'이 이제는 여러 중
지명들을 거느리는 광역시의 의미로 확대되었다. 반대로 소지명 시절
의 대전(회덕군 산내면 대전)을 거느렸던 '회덕(군)'은 점점 퇴락하여
이제는 대전광역시 대덕군 회덕동으로 격하되었다. 우리의 대지명은
대부분이 이런 생성발전의 과정으로 자연스럽게 발전하거나 쇠퇴하
였다.

[과정2] : 두 행정구역이 통폐합되어 제3의 행정구역을 설치할 때
에 양 지역의 행정 지명에서 한 개의 지명소를 적절히 절취 배합하여
새 지명을 짓는 제정 과정(절차)이다. 아니면 한 지명에 다른 한 지명
을 흡수하는 방법이다. 이것이 전통적인 새 지명의 제정법이다. 예를
들면 '강능+원주⇒강원도, 경주+상주⇒경상도, 전주+라주⇒저라도'
등이 그 본보기가 된다. 이 전통적 방법은 두 지명에서 뿌리 하나씩을
가져다가 접목 제정함으로써 통합명칭의 본 뿌리를 양 지명에 잔존케
하려는데 목적이 있었다. 이는 지극히 합리적인 방안인데 그 깊은 뜻
은 신 지명의 뿌리를 구 지명에서 각각 한 뿌리씩 택하여 하나로 접목
함으로써 새 지명에 묵은 뿌리가 본래대로 각각 박혀서 살아남게 하려
는데 있다. 그래야 명실공(名實共)히 통합 지명이 될 수 있다. 예를 더
열거하면 다음과 같다.

① 절취조어 원칙: 慶州+尙州⇒慶尙道, 全州+羅州⇒全羅道, 忠州+淸州⇒
忠淸道, 公州+洪州 ⇒ 公洪道
餘美+貞海⇒海美(조선초기), 洪州+結城⇒洪城, 大田郡+懷德郡⇒大德
郡, 大田+淸州⇒大淸댐(湖), 禮山+唐津 ⇒禮唐貯水池 등

② **흡수 원칙**: 益山(郡)+裡里(市)⇒益山市, (大川)市+保寧(郡)⇒保寧市, 溫
  陽(郡)+牙山(郡)⇒牙山市 등

［과정3］: 지명을 새로이 제정하는 과정이다. 대개 새 왕조가 수도
를 옮길 때에 새 수도명을 제정하게 된다. 예를 들면 다음과 같다.
  고려가 철원에서 천도할 때 현지의 지명이었던 부소갑(扶蘇岬)>송
악(松嶽)을 버리고 '개주'(開州)라 제정하였고, 조선도 천도하면서 한
양(漢陽)>양주(楊州)를 버리고 '한성'(漢城) 또는 '신도'(新都(예정지))
라 제정하였다. 여기서도 우리는 고려의 '개주'는 이웃한 '개성'(開城)
에서 '開'를 절취하였고, 조선의 '한성'도 본래의 '한양'(漢陽)에서 '漢'
을 절취하여 새로 제정하였던 점을 유의할 필요가 있다.

2.2. 지명어의 구조

  집을 지으려면 우선 설계부터 하여야 한다. 집은 구조적으로 형성되
어 있기 때문이다. 도시건설이나, 성곽을 축조하는 일 등 어느 경우나
먼저 설계를 해야 한다. 무두가 나름대로의 구조가 있기 때문이다. 지
명 또한 이 보편적인 법칙에서 벗어나 있지 않다.
  한국어의 단어(어휘)에 해당하는 지명어도 조어법에 맞아야 하는
구조를 갖고 있다. 우리의 지명은 3개 지명소(어두+어중+어미)로 구성
된 경우도 드물게나마 있으나 대개는 2개 지명소(어두+어미)로 구성
되어 있다. 이와 같이 대부분의 지명들이 2개 지명소로 구성되어 있는
데 특히 대도시의 지명은 철저하게 2개 지명소로 구성되어 있다.

  * 필자는 "지명을 구성하는 의미 있는 최소단위"를 의미하는 용어로
'지명소'(지명형태소의 준말)를 오래전부터 써 왔다. 예를 들면 新+灘+

津(새+여흘+나루)은 '신=새(어두)+탄=여흘(어중)+진=나루(어미)'의 3개 지명소로 구성된 지명이다. 大+田(한+밭)은 '어두+어미'의 2개 지명소로 구성된 지명이다. 우리 지명의 기본 구조는 거의가 2개 지명소로 구성되어 있다. 3개 지명소로 구성된 지명은 아주 드물다. 3개 이상의 지명소로 구성된 지명은 거의 찾아낼 수 없다.

   일반 단어의 구성처럼 지명어 구성에 참여하는 지명소의 배합도 조어법에 맞아야 한다. 지명어도 우리말의 단어이기 때문이다. 가령 '서울, 인천, 수원, 대전, 대구, 부산, 전주, 광주'를 '울서, 천인, 원수, 전대, 구대, 산부, 주전, 주광'과 같이 지명소의 위치를 바꾸면 파괴되어 제 기능을 할 수 없다. 이처럼 지명은 구조법에 맞게 지어져야 제 구실을 할 수 있게 된다.

3.

   도시를 건설하려면 도시가 요구하는 일정 지역의 토지가 필요하다. 이 '지역(地域)의 명칭'을 줄여서 '지명'이라 부른다. 이 지명이 먼저 제정되어야 다음으로 지명을 이용하여 도시명칭을 확정하게 되는 것이다. 그렇다면 행정중심시의 지명을 어떻게 제정할 것인가?
   우선 행정중심시의 지리적 위치·규모·기능부터 면밀히 살펴볼 필요가 있다. 그래야 이 시에 걸 맞는 지명을 제정할 수 있기 때문이다. 비록 행정중심시가 면적은 서울특별시와는 비교가 안 될 만큼 좁고, 기타 광역시보다도 좁지만 내용면에서는 다음과 같이 서울특별시와 맞먹는다.

첫째: 행정의 규모와 기능면에서는 한국 최대의 핵심 대도시이다.

둘째: 일정 기간에 건설이 완료되는 신설 기획도시이다.

셋째: 그 위치와 터전이 "국토 중심(심장부)의 평원"이다.

위 세 가지 핵심적 요건이 〔과정2〕처럼 기존 두 지자체를 통합하여 보다 큰 행정단위를 만드는 광역화의 경우와는 판이하게 다르다. 이 점이 행정중심시의 지명 제정에 적극적으로 반영되어야 한다. 따라서 이는 위에서 제시한 도시의 생성 발전의 〔과정1·2·3〕중 〔과정3〕이 적용되어야 하는 타당한 이유가 된다.

3.2. 어두 지명소의 선정 문제

일반적으로 지명 제정에 적용하여야 할 우리 나름의 전통적 특성이 있다. 지명은 터전의 이름이기 때문에 우선 지리적 특성을 고려하여야 한다. 다음으로는 역사성을 고려하여야 한다. 부르고 듣는데 어색하지 않는 친숙성(정감)이 있어야 한다. 그렇기 때문에 건설청도 지리적 특성과 역사성(100/60점)에 역점을 두어 응모 원칙을 정하였다. 그런데 우리는 지리적 특성을 전국적 특성인가 아니면 지방적 특성인가로 나눌 수 있다. 건설되는 도시가 지방에 국한되면 지리적 특성을 해당 지방을 중심으로 고려할 수 있다. 그러나 수도에 해당하는 거국적 중심도시라면 지리적 특성 또한 전국적(거국적)인 차원에서 고려해야 할 것이다. 여기서 우리는 〔과정3〕을 택하여야 하는 또 하나의 이유를 재확인하게 된다.

그러면 행정중심시의 위치는 국토상의 어느 곳인가?

그 위치는 국토의 '동·서·남·북' 어느 곳도 아니다. 그 위치는 오로지 국토의 중심(심장부)이라는 지리적 특성을 갖고 있다. 이 국토

지리적 특성이 행정중심시의 입지조건을 충족시켰던 것이다. 만일 제정할 지명의 구조를 2개 지명소의 합성으로 상정할 때 제정될 새 지명은 A(지명소)+B(지명소)⇒AB(지명)의 구조가 되어야 한다. 서울특별시를 비롯한 모든 광역시의 지명이 하나같이 2개 지명소(2개음절)로 되어 있는 전통적 보편성(전통성)에서 자유로울 수 없기 때문이다. 그렇다면 A지명소는 필연코 '국토 중심'이라는 의미를 지녀야 하는 제약을 받는다. 우리 국어 중에서 '중심부・심장부'의 뜻을 나타내는 형태소로는 고유어 '가운대'와 '복판'이 있고, 한자어로는 '中'과 '忠'이 있다. 이것들 중 어느 것이 최적일 것인가?

가급적 '서울'처럼 고유어로 제정하자는 주장이라면 '가운대' 또는 '복판'을 A지명소로 삼을 수 있다. 그러나 모두가 다음절(3음절・2음절)이기 때문에 문제이다. 하지만 '서울'을 빼고는 광역시를 비롯한 도시명이 모두 한자(漢字) 지명이다. 만일 적당한 고유지명을 제정할 수 없다면 행정중심시 지명도 기존 시・도 지명에 준하여 한자(漢字) 지명으로 제정하는 것이 보편성에서 벗어나지 않는 순리(順理)이기도 하다. 그래서 한자 지명을 선택한다면 필연코 '中' 또는 '忠'으로 A지명소를 삼을 도리밖에 없을 것이다. 모두 전통적으로 사용되어 온 낮익은 지명소이기 때문이다.

'中'은 '가운대・복판'의 의미가 있다. 그렇기 때문에 신라 경덕왕(757)이 '國原城'을 '中原京'으로 개정하였다. 이 지역이 통일 신라의 중앙 지역이었기 때문에 지명을 '中原'(<國原)이라 개정하였던 것이다. 신라 원성왕(785-798)이 이곳에 건립한 中央塔(높이14m)의 **中央**은 바로 그 의미를 나타내기 위해서였다. 전설로는 "통일 신라 시대에 보속(步速)이 동일한 두 장정을 국토의 南・北 끝에서 동시에 출발케 하여 만난 지점이기 때문에 이곳에 中央塔을 세우게 되었다"고 한다. 현재의 38도선이 통일 신라의 북부의 국경선보다 상당히 아래이니 행

정중심시가 건설되는 지역(공주·연기)의 지리적 위치도 거의 비슷하
게 내려온 현 국토의 중심지인 셈이다.

그러면 둘 중 어느 한자(漢字)를 선택할 것인가? '中'자는 '가운데·복
판'이라는 단순의미 뿐이어서 상징적이면서도 복합적인 의미를 함유하
고 있지 않은 결점이 있다. 그리고 中國을 中原이라 부르기도 하기 때문
에 '中'자의 선택을 주저케 한다. 그래서 이 '中'자를 고려 태조(23년,940)
가 다시 忠(州)자로 교체하였던 것 같다. 그 때부터 지금까지 '忠'자를
그대로 쓰고 있다. 따라서 그 어원이 개정 전의 이름인 中原의 '中에'
있고, 또한 '中'자의 의미가 '忠'자에 내포되어 있음이 분명하다. 그렇다
면 '中'을 '忠'으로 바꾼 깊은 뜻을 헤아려 볼 필요가 있겠다.

「강희자전」(康熙字典)은 "中心曰忠"이라 하였고, 「설문해자주」(說
文解字注)는 "盡心曰忠"이라 하였다. 따라서 '忠'자의 주의(主意primary
meaning)는 '진심'(盡心)이다. 한편 '忠'자의 구조는 '忠⇒中+心'으로 분
석된다. 우리말에서 '중심'(中心)의 어원이 여기서 비롯된 듯하다. 그리
하여 우리말로 쓰이는 '忠'자는 '중심·중앙·중부·심장부·충직·충
성·충복·충효·충열 등'의 부의(副意secondary meaning) 를 내포하
고 있다. 따라서 '忠'자는 행정중심시의 국토 지리적 특성(나라의 심장
부)을 반영하면서 행정·교통·교육·상업 등의 중심(센터) 의미까지
반영하는 최적의 A지명소가 될 수 있다. 여기에다 충직·충복·충성
(忠直·忠僕·忠誠)을 표방하는 공복(公僕)들이 복무하는 행정중심시
를 상징하는 의미까지 포괄될 수 있다.

A지명소 '忠-'은 역사성도 대단히 깊다. 지명사적인 면에서 '忠-'은
고려 태조 23년(940)까지 소급되기 때문이다. 한때 잠간 쓰다 살아진
것이 아니라 지명소 '忠-'은 천여 년(정확히 1066년)을 두고 충주·충
청도·충남·충북으로 계속 쓰여 왔기 때문에 인지도가 매우 높은 지
명소이다. 더구나 '忠-'을 어두 지명소로 하는 '충무로·충정로·충장

로・충무시' 등이 있어서 '忠-'은 언중(言衆)에게 매우 친숙하다. 또한 우리말 가운데 '忠'을 어두로 한 어휘가 열거할 수 없을 만큼 많고 전국의 충신열사의 사우・사당의 현판 첫째 자가 거의 '忠'자로 표현되어 있을 만큼 좋은 뜻을 지닌 한자이기도 하다. 그래서 '忠-'은 행정중심시 지명의 A지명소로 적당한 것이다. 여기에다 국토 중심지의 뜻이 있는 忠淸道, 忠北, 忠南의 어두 지명소 '忠-'과 일치하여 충청지역민의 정서에도 부합되는 큰 장점이 있다.

3.3. 어미 지명소의 선정 문제

우리 지명의 어미 지명소 중에서 가장 오래 전에 가장 널리 쓰인 지명소는 '-벌'(弗・伐・火(불))이다. 이것이 신라・가라에서 현(縣) 단위 이상의 큰 지명에 보편적으로 쓰인 어미 지명소이다. 그 대표적인 것이 '셔벌・셔라벌'(徐伐・徐羅伐)과 '사벌국'(沙伐國)의 '-벌'이다. 이 '-벌'은 백제의 어미 지명소 '-부리'(-夫里)의 변화형이다. 백제의 것으로는 신라 경덕왕(16년 757)이 개정한 부여(扶餘)의 전신(前身)인 '소부리'(所夫里)의 '-부리'가 있다. 이 '-부리'는 마한의 '-비리'(卑離)로 소급한다. 마한 54국명 중 'x卑離, 占卑離, 內卑離, 辟卑離, 牟盧卑離, 如來卑離, 監奚卑離, 楚山塗卑離' 등의 어미 지명소 '-비리(-卑離)가 발견되기 때문이다. 따라서 이 어미 지명소는 '-卑離(비리)>-夫里(부리)>-伐(벌)・-弗(블)・-火(블)'로 변화하였다.

'-벌'의 의미는 무엇인가? '벌'은 '광활한 대지(大地)'를 의미한다. 끝이 안보일 정도로 탁 트인 가마득한 벌판 그 드넓은 광야(廣野)를 '벌'이라 부른다. 고구려는 큰 지명의 어미 지명소로 산악 지대의 '-홀'(城)을 사용하였지만 이와는 반대로 백제・신라・가라는 평탄한 넓은 터전인 '-벌'을 사용하였다. 가장 큰 지명으로는 수도명인 '徐伐'(신라)

과 '所夫里'(백제)의 '-벌‧-부리'를 들 수 있다. 심지어는 '沙伐國'과 같은 국명에서도 '-벌'이 발견된다. 그리고 보다 아래의 주‧군‧현명에도 이 지명소가 보편적으로 쓰인 것을 보면 도시를 벌판에 건설하였기 때문이었다고 결론할 수 있다. '-부리‧-벌'(-夫里‧-伐~-火(블))의 분포도는 우리 선조들이 어미 지명소 '-벌'(-原)을 얼마나 적극적으로 활용하였나를 실증한다. 다음 <지도>의 분포도에서 충분히 확인할 수 있다.

〈지도〉: 어미 지명소 '■夫里(부리)‧ ▲伐(벌)‧ △火(블)'의 분포도

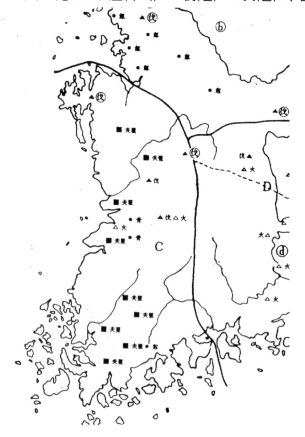

삼국 시대의 고유 지명이 신라 경덕왕 16년(757)에 한자 지명으로 개정된 이래로 어미 지명소 '-벌'은 '-原'으로 한역(漢譯)된다. 이른바 '北原京, 中原京, 西原京, 南原京'의 '-原'이 바로 그것이다. 이후로도 여전히 맥이 이어져 '鐵原, 江原, 水原, 淸原, 南原, 昌原 등'과 같이 현재까지 실용되고 있다. 「강희자전」은 '原'에 대한 풀이를 "高平曰原 人所登, 大野曰平 廣平曰原"이라 하였다. 「훈몽자회」의 풀이는 "두던원 寬平曰原"이라 하였다. '높지막한 드넓은 벌'이 '原'이다. 우리 조상들은 침수염려가 없을 정도의 적당한 고지(高地)의 벌(原)에 현(縣) 단위 이상의 큰 도시를 건설하였던 것이다.

위에서 소개한 바와 같이 '-原(-벌)'은 어미 지명소로 쓰인 전통성(역사성)이 있어서 우리에게 매우 친숙한 느낌을 준다. 이 '-벌(>-原)'은 삼한 시대부터 삼국 시대까지 우리 조상들이 사용하여 온 뿌리 깊은 어미 지명소이었기 때문이다. 이후로도 끊임없이 계승되어 후대의 큰 지명에 보편적으로 쓰어온 것이다.

지금까지 논의한 바를 종합하여 판단하건대 우리는 전통적 어미 지명소 중에서 '-原(-벌)'을 선정하여도 좋은 객관적 타당성을 확인하게 된다. 그리고 위에서 확보한 어두 지명소 '忠-'과 배합하여 행정중심시의 지명을 '忠原'으로 제정할 것을 제안할 수 있게 된다.

3.4. 지명소의 배합과 지명의 발음 및 활용성의 문제

3.4.1. '충원'은 조어법에 맞는 지명소의 배합이다.

'忠原'의 '忠-'은 '충주, 충청, 충남, 충북, 충무로 등'과 같이 어두 지명소로 쓰어온 전통성이 있어서 부르기에 매우 자연스럽고, '-原' 또한 '鐵原, 江原, 水原, 淸原, 南原, 昌原 등'과 같이 어미 지명소로 쓰어온 전통성이 있기 때문에 매우 친숙하다. 따라서 '忠+原⇒忠原'은 지극히 이상적인 배합의 새 지명이 될 수 있다.

3.4.2. '충원'은 발음이 분명하고 리드미컬하다.

'충원'은 첫째 음절의 말음이 콧소리 ㅇ이고, 둘째 음절의 말음도 콧소리 ㄴ이기 때문에 ㅇ~ㄴ으로 어우러진 악성(樂聲)으로 매우 리드미컬하게 발음된다. 가령 '강원, 청원, 남원, 창원, 경산, 군산, 한산, 논산, 금산, 용산, 문산, 원산, 평산 등'과 같은 큰 지명의 음절 말음이 모두 비음(鼻音)이기 때문에 분명하게 들리면서 아주 리드미컬한 경우와 부합(符合)되는 보편성이 있다.

3.4.3. 활용도가 높다.

'서울'을 제외한 모든 큰 지명은 한자(漢字) 지명이다. 그리고 모두가 홀로 쓰일 수 있다. 모두가 행정단위의 명칭인 '-특별시, -광역시, -도, -군'을 제거해도 자유롭게 쓰인다. 가령 '부산, 대전, 전주, 광주, 대구에 간다, 온다.'와 같이 '시'를 접미하지 않고도 쓸 수 있다. 마찬가지로 "충원에 갔다가 왔다."와 같이 '시'를 붙이지 않아도 말이 된다. 만일 '세종, 금강'으로 제정한다면 '세종에 간다. 금강에 간다.'라고 말할 경우에 "거기가 어디인지?" 그 의미가 애매하게 전달된다. 그러나 '충원'은 기존의 대도시 지명처럼 완벽하게 단독으로 쓰일 수 있다.

그럴 뿐만 아니라 모든 대도시 지명처럼 2자(2음절) 지명이기 때문에 3자(3음절) 또는 그 이상의 지명보다 활용성과 경제성이 높은 장점도 있다.

4. 결론

지금까지 다각도로 논의한 내용을 종합하여 요약하면 다음과 같다. 행정중심복합도시 지명은 '충원'(忠原)으로 제정함이 타당하다.

그 이유를 요약하면 대략 다음과 같다.

행정중심복합도시의 위치는 현 국토의 중앙지역(심장부)이다. 이 국토 지리적 특성이 공주·연기 지역을 선정한 특별한 이유이다. 여기에 행정중심시는 국가 행정의 심장 역할을 한다는 특성이 중첩된다. 따라서 제정될 이 시의 지명은 반드시 '중심'의 뜻을 지닌 지명소가 머리를 차지해야 한다. 고려 초기부터 사용되어 온 '중심'(심장부)을 의미하는 어두 지명소는 '忠'이었다. 이 '忠'은 우리말에서 '중심'이라는 뜻으로도 관용되어 왔기 때문에 국토의 '중앙(심장부)'이라는 지리적 특성을 반영할 뿐만 아니라 역사성(전통성)까지 지니고 있다.

행정중심시는 산위나 골짜기에 건설되는 것이 아니라 광활한 평원(大平原)에 건설된다. 이는 삼한 시대부터 삼국 시대를 거쳐 오늘에 이르기까지 도시건설에 도입한 전통적 택지법(擇地法)이다. 이 지리적 특성의 의미를 지닌 고유 지명소가 '-비리>-부리>-벌'이었다. 통일 신라부터 이것이 '-原'으로 한역되어 오늘날까지 보편적으로 씌어 왔다. 현 '서울'도 '셔벌'(徐伐=東原)이 본말이었는데 '셔벌>셔블>셔볼>셔울>서울'과 같이 변화하였기 때문에 어미 지명소 '-울'의 본 모습은 역시 '-벌'이었다. 따라서 '-原'은 지리적 특성과 역사성을 겸비한 전통적 어미 지명소이다. 이 '-原'을 행정중심시 지명의 어미 지명소로 삼는 것이 합리적이다.

'忠'과 '原'을 배합하여 '忠原'을 제정하는 것은 우리 지명어의 조어법에 부합한다. '忠'이 큰 지명의 어두 지명소로 많이 씌었고, '原' 또한 어미 지명소로 씌어 온 전통성이 있기 때문이다. 전통적 깊이가 있는 두 뿌리(지명소)가 배합하기 **때문에** 부르고 듣기에 아주 익숙한 편이다. 기존 지명과 다름이 없을 만큼 친숙하게 호칭될 수 있기 때문에 더욱 좋은 지명이다.

　요컨대 행정중심복합시 지명은 "국토 중심의 광활한 **평원**에 새로 건설된 행정중심복합도시"란 핵심 의미를 지닌 '**忠原**'으로 제정함이 마땅하다.

XI. 고속철도 역명 제정에 관한 몇 문제
-특히 '天安牙山(溫陽溫泉)'역을 중심으로-

1. 서론

　우리 정부는 한국고속철도 역명을 제정하는 과정에서 말 못할 진통을 겪었다. 두 지자체가 서로 양보하지 않는 치열한 투쟁 속에서 난산한 역명이 바로 부제의 '천안아산(온양온천)역'이다. 이런 기형적인 역명이 지구상의 어디에 또 있겠는가? 우리의 역명은 대부분이 '서울, 광명, 용산, 대전, 동대구, 경주, 부산'역과 같이 2음절(2자)이다. 그런데 문제의 역명은 네 배나 되는 8음절(8자)이다. 그래서 기형적이라고 말할 수밖에 없다. 이것은 지역 이기주의의 거센 항쟁에 굴복한 행정부가 지역민원을 100%수용하여 만든 기상천외(奇想天外)의 역명이다.

　고속철도역명제정자문위원회가 3차의 회의를 거쳐 제정한 역명은 '천안아산(天安牙山)'역이었다. 여기까지의 결정에도 우여곡절이 많았다. 마지막 단계에서 '아산'이 먼저냐 '천안'이 먼저냐의 선후(先後) 문제가 쟁점이 된 것이다. 두 지자체의 첨예한 대립으로 끝내 타협점을 찾을 수가 없었다. 결국 무기명 비밀투표로 의결할 것을 위원회가 만장일치로 결의하였다. 완벽하게 진행된 투개표의 결과는 7:6이었다. 결국 1표차로 '아산천안'역을 제치고 '천안아산'역이 결정되었다. 그러나 이에 불복한 아산시민은 모든 수단과 방법을 동원하여 끈질긴 대정부 시위를 지속하였다. 결국 시위에 굴복한 정부는 괄호 안에 '(온양온천)'을 추가하는 선에서 타협하여 마지막으로 확정한 것이 '천안아산(온양온천)'역이다.

아마도 이렇게 긴 역명이 제정되는 사례는 전무후무할 것이다. 너무나도 상식에서 벗어난 오명(誤名)이기 때문이다. 이 역명은 '천안+아산+온양+온천'과 같이 네 개의 지명이 복합되어 있는 8음절이다. 그래서 부르고 듣기가 아주 힘들다. 또한 2음절의 일반 지명에 비해 4배의 노력이 소요되기 때문에 경제성이 전혀 없다.

이 역명 제정 과정에서 당국은 각계각층의 의견을 폭 넓게 수렴하였다. 한국지명학회에도 의뢰되어 학회안을 공식적으로 보고하였다. 그러나 지역 이기주의라는 역풍 때문에 어느 것도 참고하거나 채택하지 못하고 묵살되었다.

역명(지명)은 한번 결정되어 시행되면 참으로 개정하기 어렵다. 그 명칭이 좋든 나쁘든 언중의 머릿속에 이미 입력될 뿐만 아니라 모든 문서에 등기되기 때문에 새롭게 바꾸려면 경제적 손실을 비롯한 갖가지 난관에 봉착하게 된다.

그래도 '천안아산(온양온천)'역명은 적당한 시기에 2자(2음절) 역명으로 개정해야 한다. 고속철도 역명은 천안·아산시민만의 전유물이 아니기 때문이다. 이 역명은 기존 국철역명과는 달리 지극히 한정된 수의 제1기착지의 역명이기 때문에 국민적 공감대가 더 중요한 것이다. 사실은 천안·아산시민들도 부르고 듣고 쓰기에 매우 불편할 것이다. 더욱이 이 기형적인 역명을 국제사회에서 어떻게 인식하겠느냐의 문제도 깊이 생각해 볼 일이다.

실로 산고가 이만저만이 아니었던 문제의 '천안아산(온양온천)'역명은 빠른 시일 내에 기필코 개정되어야 한다. 그래서 본고는 "만일 이

역명을 개정한다면 '어떻게 개정하면 될 것인가'의 문제"를 푸는데 목적을 두고 쓴 글이다. 논의의 순서는 2장에서 우선 제정 원칙을 제시하고 제시한 원칙에 입각하여 그 동안에 거론된 여러 명칭을 일일이 비판하게 된다. 그리고 3장에서 필자의 복안(한국지명학회안)을 논의한 후에 새 역명을 제안하게 될 것이다.

2.

2.1. 속지주의 원칙

역명에는 여러 종류가 있다. 소단위로 지하철 역명이 있고, 중간 단위로 국철 역명이 있고, 가장 큰 것으로 고속철도 역명이 있다. 우리는 전통적으로 역명을 제정하는데 속지주의(屬地主義)의 원칙을 적용하여 왔다. 그런데 그 속지는 영역이 일정하지 않고 '小<中<大' 지역과 같이 상이하다.

열차를 가장 많이 타고 내리는 승객이 역이 위치한 지역의 거주민이기 때문에 역이 속한 지명을 역명으로 삼게 된다. 그리고 타 지역의 사람들도 여러 가지 목적으로 이곳을 왕래하기 위하여 타고 내리기 때문에 이곳 지명을 역명으로 삼아야 편리하게 찾아 올 수 있는 이점(利點)이 있기도 하다. 역명 제정이 속지주의를 벗어날 수 없는 까닭이 바로 여기에 있다. 따라서 주로 마을 사람들이 타고내리는 역이면 역이 위치하는 마을 이름을, 면민이면 역이 위치하는 면의 이름을, 읍·군이면 해당 읍·군의 이름을, 시·광역시라면 해당 지명을 역명으로 삼기 때문에 속지주의라 한다.

(1) 지하철 역명: 그 정차장이 기존 역의 지하일 경우에는 서울지하역, 용산역, 청량리역 등과 같이 기존 역명을 그대로 쓰고 있다. 그렇지 않을 경우에는 대개 '종로역, 세종로역, 을지로역 등'과 같이 소(小)지명을 택한다.

(2) 국철 역명: 면단위 이상의 중·대(中·大)지명을 쓴다. 예를 들면 서울·대전·대구·부산역, 회덕·신탄진·옥천·이원역 등이다. 다만 간이역이 신설될 경우는 대개 마을 이름으로 역명을 삼았다. 예를 들면 연산(면)역과 논산(읍)역 사이의 간이역을 부황(리)역이라 하고, 논산(읍)역과 강경(읍)역 사이의 간이역을 채운(리)역이라 부르고, 대전·옥천역 사이의 간이역을 세천(동)역이라 부르는 경우이다.

(3) 고속철도 역명: 출발역(광명)을 비롯하여 종착역(부산)까지 6개의 역명만을 제정하면 된다. (1)(2)와는 달리 광역지명을 역명으로 삼아야 하는 大 속지주의 원칙의 구속을 받게 된다.

2.2. 역명의 생성발달은 대체적으로 다음의 두 과정을 밟는다.

[과정1] : 소지명(마을 이름)이 그 곳에 건설된 도시의 발전에 따라서 저절로 대지명(대도시명)으로 격상하여 간다. 이와 반대로 '소지명⇒중지명⇒대지명⇒중지명⇒소지명'과 같이 흥망성쇠(興亡盛衰)를 경험하는 경우도 있다.

가령 大田(한밭)을 예로 들어보자. 현 대전광역시는 비교적 '넓은 밭'(한밭)의 시골 마을(회덕군 산내면 부락명)이었다. 초기의 대전(한밭)은 행정 단위(里·洞)도 아닌 겨우 닷새장이 서는 자연 부락명에 불과했다. 그러나 이곳에 경부선 역이 건설되면서 소지명인 대전을 역명으로 삼은 이후부터 도시의 발전에 따라서 중(中) 지명을 거쳐 결국 대 지명으로 승격하게 되었다.

요컨대 현재 광역시의 명칭으로 격상한 '대전'이 '대전(마을)<대전 (리)<대전(면)<대전(군)<대전(부)<대전(시)<대전(직할시)<대전(광역시)'와 같이 점진적으로 격상하였다. 그리하여 처음에는 시골 마을 단위에 지나지 않았던 소지명의 기본 의미인 '한밭'이 이제는 여러 중 지명들을 거느리는 광역시의 의미로 확대되었다. 반대로 소지명 시절의 대전(회덕군 산내면 대전)을 거느렸던 '회덕(군)'은 점점 퇴락하여 이제는 대전광역시 대덕군 회덕동으로 격하되었다. 우리의 대 지명은 대부분이 이런 생성발전의 과정으로 자연스럽게 발전하거나 쇠퇴하였다.

이런 발달은 대개 교통의 요지로 인한 것이며 도시명과 더불어 그 역명도 대 역명으로 격상하게 된다. 현재의 대전역과 회덕역을 비교하여 보면 그 흥망성쇠를 실감할 수 있다.

[과정2] : 두 행정구역이 통폐합되어 제3의 행정구역을 신설할 때에 양 지역의 행정 지명에서 한 개의 **지명소**를 적절히 절취 배합하여 새 지명을 짓는 제정 과정(절차)이다. 아니면 한 지명에 다른 한 지명을 흡수하는 방법이다. 이것이 전통적인 새 지명의 제정법이다. 예를 들면 '강능+원주⇒강원도, 경주+상주⇒경상도, 전주+라주⇒저라도' 등이 그 본보기가 된다. 이 전통적 방법은 두 지명에서 뿌리 하나씩을 가져다가 접목 제정함으로써 양 지명의 본 뿌리를 새로 제정하는 지명 (통합명칭)에 잔존케 하려는데 목적이 있다. 이는 지극히 합리적인 방안인데 그 깊은 뜻은 신 지명의 뿌리를 구 지명에서 각각 한 뿌리씩 택하여 하나로 접목함으로써 새 지명에 묵은 뿌리가 본래대로 각각 박혀서 살아남게 하려는데 있다. 그래야 명실공(名實共)히 통합 지명이 될 수 있기 때문에 양 지역민의 합의가 이루어지게 되는 것이다. 예를 더 열거하면 다음과 같다.

① 절취조어 원칙: 慶州+尙州⇒慶尙道, 全州+羅州⇒全羅道, 忠州+淸州
⇒忠淸道, 公州+洪州 ⇒ 公洪道

餘美+貞海⇒海美(조선초기), 洪州+結城⇒洪城, 大田郡+懷德郡⇒大
德郡, 大田+淸州⇒大淸댐(湖), 禮山+唐津 ⇒禮唐貯水池 등

② 흡수 원칙: 益山(郡)+裡里(市)⇒益山市, (大川)市+保寧(郡)⇒保寧市,
溫陽(郡)+牙山(郡)⇒牙山市 등

만일 신설역의 구내가 두 지역에 걸쳐 있다면 위 〔과정2〕의 원칙
을 적용함이 가장 합리적이다. 문제의 '천안아산(온양온천)'역이 바로
여기에 해당한다.

2.3. 우선 그 동안 추천된 후보역명에 대하여 세심히 검토해 보도록 하겠다.

건교부에 보고 또는 추천된 역명(후보)을 열거하면 다음과 같다.

장재역(충청남도), 아산역·장재역(아산시), 신천안역(천안시), 충의역
(고속철도공단), 천산역·천아산역·충의역·수리역·이순신역(학회등)

(1) 장재(長在)역: 충청남도가 제안한 역명이다. 충청남도 지명위원
회는 신설되는 역구내의 대부분이 장재리의 땅이기 때문에 속지주의에
따라서 '장재역'이라 정함이 타당하다고 판단하였다. 만일 전철역이나
국철역이라면 이 판단에 이론의 여지가 없을 것이다. 그러나 전체 역명
이 6개밖에 안 되는 대 역명이라는데 문제가 있다. 기타 역명은 서울·
광명·용산·대전·동대구·경주·부산과 같이 대지명인데 여기만
마을 이름으로 정할 수는 없는 것이다. 그나마 '장재리'의 내력을 보면

長在里: 溫陽郡 東下面 長在里(舊韓國地方行政區域 名稱一覽 1912)

　　　　牙山郡 排芳面 長在里; 溫陽郡 長在里 松谷里 小蓮洞 蓮洞+天安

　　　　郡 郡西面 松谷里一部(新舊對照 全道府郡面里洞名稱一覽 1917)

와 같이 최근에 행정구역 개편에 따라서 이리 저리로 편입되는 수난을 당하여 전래지명의 전통성마저 희박하다.

　더구나 이 역구내에 천안시의 땅이 일부 들어가 있기 때문에 그 속지가 양분되는 애매한 지역이라는데 문제가 있다. 물론 수용된 면적의 광협(廣狹)으로 따지면 장재리가 훨씬 넓다. 그러나 장재리 안에 본래 천안시에 속했던 솔뫼(松谷里)가 들어 가 있을 뿐만 아니라 거리로 보면 아산시의 중심보다 천안시의 중심에 더 가깝다. 타고내리는 승객도 장재마을 사람들에 한정되지 않고 천안·아산시민이란 점을 유의할 필요가 있다. 따라서 마을 이름에 불과한 小속지주의의 원칙에 구속되어서는 안 된다. 그래서 '장재(리)'는 고속철도의 6大 역명 중의 하나로 정하는데 부적합한 소지명이다.

　(2) 충의(忠義)역: 무엇보다 역이 위치한 지역의 지명과 아무런 관계가 없다. 忠義는 보통 명사일 뿐만 아니라 마치 충남에만 忠臣烈士가 있는 것처럼 부각되어 기타 지역에서 위화감을 느낄 소지가 다분히 있다. 윤봉길 의사의 '忠義祠'와 중복될 뿐만 아니라 忠義閣 등 전국적으로 많이 분포되어 있다. 더구나 아산시가 충무공의 시호인 '충무역'을 주장할 빌미를 주게 된다. 일반적으로 세종로, 퇴계로, 충무로, 충정로 등 시호로 제정한 거리 이름은 있지만 역명을 제정한 전례가 없다는 점도 부정을 면치 못할 결정적인 사유가 된다.

　(3) 천아산(天牙山)역: 牙山 전체가 반영되므로 天만 반영되는 天安과 불균형하게 된다. 이 불균형을 천안시가 감수할리 만무하다. 더구나 3음절이기 때문에 2음절보다 경제적이지 못하다. 東大邱를 제외하

고는 서울 光明 大田 慶州 釜山과 같이 모두가 2음절이다. '천아산'은 발음이 '처나산'으로 연음되는 폐단이 있다. 고유어로 풀이될 수 없는 점도 단점이다. 따라서 적합하지 않다.

　(4) 아산시의 '아산역'과 천안시의 '신천안역'은 쌍방이 서로 반대하기 때문에 불가능하다. 두 지명에서 적당히 절취하여 제정하는 전통법에도 위배된다. 학회 등에서 제안한 '이순신역'도 인명으로 제정한 역명이기 때문에 불가능하다. 전통적으로 인명으로 지명을 삼은 예가 없다. 현충사의 인근에 있는 장항선의 작은 역명조차도 속지주의에 딸아 온양(溫陽)역으로 제정한 것을 보면 이해할 수 있다. 만일 천안시에서 '유관순역'으로 하자고 맞서면 '이순신유관순'역 또는 '유관순이순신'역으로 제정하지 않는 한 해결할 도리가 없다.

3.

　사실상 역명은 모두가 지명이다. 마치 도시명이 법정 행정단위 명칭인 '시, 도, 군, 읍'을 제외하면 앞의 지명만 남기 때문이다. 따라서 역명도 결국은 지명에 관한 문제가 된다. 이제부터 속지주의에 따라서 문제의 '천안아산(온양온천)'역을 어떻게 다른 역명과 같이 2자(2음절) 역명으로 제정(개정)할 것인가의 문제에 대하여 논의하기로 한다. 우선 괄호내의 명칭은 제거하고 '천안아산'을 중심으로 풀어나가기로 하겠다. 만일 2자 지명의 제정을 전제한다면 괄호내의 명칭은 자동적으로 삭제될 존재이기 때문이다.

　지명은 크기의 기준에 따라 大·中·小지명으로 나눌 수 있다. 지명은 모두가 소중하지만 그래도 기능면에서 보면 역시 '대>중>소'의 순서로 역할이 감소된다. 행정단위의 지명에서 가장 큰 지명은 수도명이다. 그 다음이 시(광역)·도명이고, 그 아래가 시·군·면 명이고, 그 아래가 부락(里洞)·기타 지명이다. 우리는 편의상 수도명과 시·도명을 대(大) 지명으로 묶을 수 있다.

그러면 이 역의 지명은 어디에 해당하는 것인가? 그것은 대 지명에 해당한다. 대지명 중에서도 서울, 용산, 대구, 경주, 부산과 맞먹는 지명에 해당한다. 따라서 그 이름을 제정하는데 있어서도 대 지명의 격(格)에 맞는 응분의 대우를 하여야 한다.

3.1. 지명어의 구조

모든 구조물은 만들 때 우선 설계부터 하여야 한다. 모두가 구조적으로 형성되어 있기 때문이다. 도시건설이나, 성곽을 축조하는 일 등 어느 경우나 먼저 설계를 해야 한다. 인위적인 사물은 모두가 나름대로의 구조가 있기 때문이다. 지명 또한 이 보편적인 법칙에서 벗어나 있지 않다.

한국어의 단어(어휘)에 해당하는 지명어도 조어법에 맞아야 하는 구조를 갖고 있다. 우리의 지명은 3개 지명소(어두+어중+어미)로 구성된 경우도 드물게나마 있으나 대개는 2개 지명소(어두+어미)로 구성되어 있다. 이와 같이 대부분의 지명들이 2개 지명소로 구성되어 있는데 특히 대도시의 지명은 철저하게 2개 지명소로 구성되어 있다.

* 필자는 "지명을 구성하는 의미 있는 최소단위"를 뜻하는 용어로 '지명소'(지명형태소의 준말)를 오래전부터 써 왔다. 예를 들면 新+灘+津(새+여흘+나루)은 '신=새(어두)+탄=여흘(어중)+진=나루(어미)'의 3개 지명소로 구성된 지명이다.

대+받+골(竹田洞)(>대받골>대왇골), 솔+밭+안(松田內)(>소라단),

긴+밭+들(長田里)(>짐바뜰), 피+밭+골(稷田洞)(>피아골) 등등

大+田(한+밭)은 '어두+어미'의 2개 지명소로 구성된 지명이다. 우리 지명의 기본 구조는 거의가 2개 지명소로 구성되어 있다. 3개 지명소로 구성된 지명은 아주 드물다. 3개 이상의 지명소로 구성된 지명은 더 더욱 희귀하다.

일찍부터 지명 연구에서 '전부요소'와 '후부요소'란 용어를 보편적으로 써 왔다. 이 용어는 형태론적 분석을 하는데 있어서는 적절하지 않다. 이는 2분법적 분리이기 때문에 지명어의 복잡한 구조를 미시적으로 분석할 수가 없기 때문이다. 가령 '한+밭(대+전)'은 '전부요소+후부요소'로 명확히 분리된다. 그러나 '대+밭+골'(A+B+C)과 같은 3개 또는 그 이상의 지명소로 구성된 지명어는 분석할 수 없다. A+B(전부요소)-C(후부요소)로 분석할 것인가 아니면 A(전부요소)+B+C(후부요소)로 분석할 것인가의 문제가 제기된다.

지명어도 국어 어휘에 해당한다. 따라서 국어학(음운론 · 형태론 · 의미론 · 어휘론 등)의 용어를 도입하는 것이 바람직하다. 필자는 일찍부터 지명연구에 국어학적 용어를 도입하여 써 오다가 졸저 「한국의 지명」(2003)에서 종합하였다. 마치 국어학이 일반언어학의 용어를 적극적으로 수용하듯 국어학의 하위(특수) 분야인 지명학도 국어학의 용어를 수용하는 것이 순리라 확신하기 때문이다.

일반 단어의 구성처럼 지명어 구성에 참여하는 지명소의 배합도 조어법에 맞아야 한다. 지명어도 우리말의 단어이기 때문이다. 가령 '서울, 인천, 수원, 대전, 대구, 부산, 전주, 광주'를 '울서, 천인, 원수, 전대, 구대, 산부, 주전, 주광'과 같이 지명소의 위치를 바꾸면 파괴되어 제 기능을 할 수 없다. 이처럼 지명은 구조법에 맞게 지어져야 제 구실을

할 수 있게 된다.

　문제의 역은 고속철도역 중의 하나이기 때문에 대 역명에 해당한다. 따라서 2.2.의 [과정2] 를 원칙으로 삼는 것이 합리적이기 때문에 '천안'과 '아산'을 소재로 하여 제정할 수밖에 없다. 먼저 문제 지역의 지명 내력부터 고찰할 필요가 있다.

　牙山沿革: 湯井郡(>溫水(고려초)>溫陽(조선초)) 領縣二 陰峯 一云陰岑縣 本百濟牙述縣 景德王改名 今因之(「삼국사기」권36 지리3)>牙山(조선 태종13년 1413)

　天安沿革: 天安府(고려태조13년940)>寧山郡(조선 태종3년1413)>天安(전동16년 1416)

　위와 같이 백제 시대의 牙述이 陰峯(岑)을 거쳐 조선 시대에 牙山이 되었고, 天安은 고려초(940)에 제정된 옛 지명이다. 따라서 그 역사적 (전통적) 뿌리가 아주 깊이 박혀 있다. 역사적으로 보아도 서로 대등한 대우를 받아야 할 두 지명이다.

　그러면 '천안아산'을 어떻게 2자 지명으로 축약할 것인가? 무엇보다 지명 구조의 보편성에 알맞아야 한다. 그러면 해당 지명 자료를 모든 방법으로 배합하여 보자.

　　　牙　　　天　　　또는　　　天　　　牙
　　　山　　　安　　　　　　　　安　　　山

　수평적 배합: 牙天 天牙 山安 安山
　대각적 배합: 牙安 安牙 天山 山天

위의 배합 중 '天山'과 '安山'이 보다 타당성이 있다. 그러나 '安山'은 경기도의 '安山'과 동일명이기 때문에 선택할 수 없다. 결국 '天山'만 남게 된다. 그러면 天山이 가장 적합한 까닭은 무엇인가?

우리의 지명 중 '-山'이 어미 지명소로 참여한 경우는 아주 보편적이다. 예를 들면

釜山, 馬山, 慶山, 群山, 漢山, 韓山, 大山, 論山, 連山, 錦山, 珍山, 禮山, 龍山, 汶山, 元山, 平山, 烏山, 稷山

등과 같이 수없이 많다. 그리고 어두 지명소 '天-'도

天地, 天池, 天壤, 天國, 天護山, 天原, 天安, 天生, 天坪, 天游洞

등과 같이 보편적으로 어두에 온다. 그렇기 때문에 '牙天'과 '山天'을 선택할 수 없다. 다만 順天이 있긴 하지만 이것은 '順天者興 逆天者亡'에서 나온 관용구라서 예외일 뿐이다.

3.1.1. 발음이 자연스럽고도 분명하게 청취된다.

가령 위 配合名 중 '天牙'는 '처나'로 실현되고, '安牙'는 '아나'로 발음되는 폐단이 있고, '山安'도 '사난'으로 연음되는 폐단이 있다. 그러나 '天山'은 '천산'과 같이 어중의 -ㄴㅅ-이 분명하게 청취된다. 그리고 음절 말음이 모두 낭음(鼻音)인 樂聲이라서 분명하게 들리면서 아주 리드미컬하다. 예를 들면

① 금남, 함남, 삼남, 섬암, 점암, 남잠 등 ⇒(ㅁ~ㅁ)

  함안, 함원, 남원, 김천, 금산, 삼현, 삼탄, 심천, 침산 등 ⇒(ㅁ~ㄴ)

함경, 함흥, 함평, 음성, 감평, 암광, 금강, 삼동, 삼방, 삼봉, 금성, 금정, 금창, 삼정, 남강, 남양 등 ⇒(ㅁ~ㅇ)

군산, 한산, 논산, 연산, 진산, 문산, 원산, 진산, 진안, 연천, 순천, 안산, 천안, 안인, 안천, 은산 등 ⇒(ㄴ~ㄴ)

운암, 탄금, 진잠, 반남, 산남, 한남, 전남 등 ⇒(ㄴ~ㅁ)

안창, 안성, 안정, 안동, 안당, 안평, 안변, 안양, 원평, 운성, 운봉, 연평, 온정, 온양, 온성 등 ⇒(ㄴ~ㅇ)

평양, 양양, 평창, 장항, 황령, 증평, 홍성, 강릉, 강경, 창령, 횡성, 경성, 경상, 영동, 영광 등⇒(ㅇ~ㅇ)

강원, 경산, 용산, 평산, 양촌, 평촌, 황산, 정민, 영천, 영산, 왕산, 횡천, 횡탄, 광진, 광천, 광탄 등⇒(ㅇ~ㄴ)

영암, 홍남, 영남, 항암, 장림, 경남 등 ⇒(ㅇ~ㅁ)

② 북악(산), 죽곡, 덕적 등 ⇒(ㄱ~ㄱ) 입석, 입죽, 압록 등 ⇒(ㅂ~ㄱ) 직산, 익산, 치악산, 작천, 작산, 작현, 학산, 덕진, 덕산 등 ⇒(ㄱ~ㄴ) 낙동, 백강, 덕평 ⇒(ㄱ~ㅇ) 판막, 판곡, 양목, 동작 등 ⇒(ㄴ, ㅇ~ㄱ)

등과 같이 ①이 ②보다 리드미컬하다.

3.1.2. 고유어로 뜻풀이가 가능하다.

天山~하늘뫼; '하늘아래의 뫼' 또는 '하늘이 보호하는 뫼'가 준 말이다. 고유어 '하늘뫼'를 漢譯하면 곧 天山이 된다. 기존의 '천안아산'을 '天(安牙)山⇒天山'과 같이 괄호로 묶으면 자동적으로 天山역이 되기 때문에 개정하는데 무리가 없다.

4. 결론

(1). 고속철도 역명 '천안아산(온양온천)'역은 속히 개정되어야 한다. 그 이유는 다음과 같다.

첫째; 8음절이기 때문에 2음절인 다른 역명과 규형이 맞지 않을 뿐만 아니라 대개 2음절로 구성되어 온 전통성에도 위배된다.

둘째; 두 지자체를 병합할 경우에는 양 지명에서 1개씩 지명소를 절취하여 조어법에 알맞게 배합 구성하는 전통적 제정법에 위배된다.

셋째; 2음절의 다른 역명보다 4배나 더 말하고 들어야 하기 때문에 경제적 낭비가 극심하다. 그럴 뿐만 아니라 인쇄와 보(읽)는 데도 불필요한 노력이 소모되어 지극히 경제적이지 못하다.

(2). 기형적인 역명 '천안아산(온양온처)'역은 이렇게 개정되어야 한다.

첫째; 기타 고속철도역명과 대등한 대 역명이기 때문에 小 속지주의에서 벗어나기 위하여 부락 명에 불과한 長在(里)를 버려야 마땅하다. 따라서 大 속지주의에 입각하여 아산(시)+천안(시)을 근거로 지어야 합당하다. 그렇다면 '(온양온천)'은 당연히 제외될 수밖에 없다.

둘째; 두 지명을 축약 병합하는 전통적 방법에 맞아야 한다. 그리고 지명어의 조어법에 맞아야 하며 발음이 자연스럽고도 분명하게 청취되어야 한다. 여기에 고유어로 뜻풀이가 가능하면 더욱 좋다.

셋째; 수평적 배합(牙天 天牙 山安 安山)과 대각적 배합(牙安 安牙 天山 山天)에서 '天山'과 '安山'이 보다 타당성이 있다. 그러나 '安山'은 경기도의 安山과 동일명이기 때문에 선택할 수 없다. 결국 '天山'만 남게 된다. 그러면 **天山**이 가장 적합한 까닭은 무엇인가?

우리의 지명 중 '-山'이 어미 지명소로 참여한 경우는 아주 보편적이다. 예를 들면 釜山, 馬山, 慶山, 群山, 漢山, 韓山, 大山, 論山, 連山,

錦山, 珍山, 禮山, 龍山, 汶山, 元山, 平山, 烏山, 稷山 등과 같이 수없이
많다. 그리고 어두 지명소 '天-'도 天地, 天池, 天壤, 天國, 天護山, 天
原, 天安 등과 같이 어두에 온다. 그렇기 때문에 '牙天'과 '山天'을 선택
하면 보편성에서 어긋나게 된다. 다만 順天이 있긴 하지만 이것은 '順
天者興 逆天者亡'에서 나온 관용구라서 예외일 뿐이다.

'天山'은 '천산'과 같이 어중의 -ㄴㅅ-이 분명하게 청취된다. 그리고
음절 말음이 모두 낭음(鼻音)인 樂聲이라서 분명하게 들리면서 아주
리드미컬하다. 예를 들면

① 군산, 한산, 논산, 연산, 진산, 문산, 원산, 진산, 진안 등 ⇒ ㄴ~ㄴ
  경산, 용산, 평산, 양촌, 평촌, 황산 등 ⇒ ㅇ~ㄴ
  평양, 양양, 평창, 장항, 황령, 증평 등 ⇒ ㅇ~ㅇ

② 직산, 익산, 치악산 등 ⇒ ㄱ~ㄴ 낙동강 ⇒ ㄱ~ㅇ~ㅇ 백강 ⇒
  ㄱ~ㅇ 압록강 ⇒ ㅂ~ㄱ~ㅇ 북악산 ⇒ ㄱ~ㄱ~ㄴ

등과 같이 ①이 ②보다 리드미컬하기 때문이다.

고유어로 뜻풀이가 가능하다. 天山~하늘뫼는 '하늘아래의 뫼' 또는
'하늘이 보호하는 뫼'의 준 말이다. 고유어 '하늘뫼'를 漢譯하면 곧 '天
山'이 된다. 현재의 역명을 '천(안아)산⇒천산'과 같이 괄호안의 것만
생략하면 '天山'이 되기 때문에 자연스럽게 축약 개정할 수 있다.

XII. 국어(지명)를 바르게 이해하자

日帝가 우리의 傳來 漢字地名을 同音 異意字로 바꾸어 표기한 지명들이 많다. 하지만 발음은 동일하기 때문에 口語로 사용할 경우에는 변함이 없어 여전한 것처럼 감쪽같이 속게 되어 있다. 그러나 그 文(表記)語는 전혀 다른 의미로 변하게 된다. 이렇게 奇妙한 수법으로 일제가 卑下 표기한 지명들은 마땅히 이전의 전래 지명으로 바로잡아야 한다. 그러나 일제의 잔재를 청산하는 과정에서 성급히 속단하거나 경솔하게 다루므로 오히려 우리 국어를 일제의 잔재로 歪曲하는 수치스러운 사례도 없지 않다.

지난 2005년에 광복 60주년 기념문화사업 추진위원회는 '일제 문화 잔재 바로잡기'의 행사로 작품을 공모하였다. 심사한 결과 "일제가 우리 역사와 문화를 말살하기 위해 江名까지 榮山江과 萬頃江으로 바꾸었다"는 응모작을 당선작(으뜸상)으로 선정 발표하였다. 그러자 "榮山江은 일제의 創地名이 아니다"라는 이의가 제기되었다. 드디어 시상 직전에 그 당선이 취소되고 말았다. 이른바 엄격한 심사를 거쳐 선정된 당선작이 결국 망신을 당한 것이다.

榮山江의 어원은 아주 이른 시기로 소급된다. 그 어원이 羅州의 榮山縣에 있고 영산현은 고려 시대에 설치한 古縣이기 때문이다. 그 뿐리를 깊게 캐보지 않고 건성으로 겉만 보고 속단한 착오이었다. 榮山 이란 지명이 생성되기 전에는 나주 지역을 중심으로 한 강명을 南浦江 또는 錦江이라 불렀다. 이 강의 일차 전래 統稱名은 錦江이었고, 이 통칭명을 계승한 새로운 강명이 영산강이었다. 따라서 영산강은 일제 시대 이전부터 불러온 우리의 고유 강명이다. 萬頃江의 萬頃도 "豆乃 山縣(백제)>萬頃縣(신라)>萬頃縣(고려)>萬頃縣‧郡(조선)>萬頃面 (현재)"으로 전승되어 왔다. 그리고 속칭 金堤萬頃坪으로도 유명하다. 이런 내력이 「삼국사기」 지리3을 비롯한 각종 「지리지」와 「고지도」에 서 확인된다. 이처럼 榮山江‧萬頃江은 우리의 전래 강명이다. 우리 조상의 얼이 깃든 고유의 강명을 일제가 개명한 잔재라니! 설령 응모 자는 비전공자이기 때문에 오해할 수도 있다고 치자. 그러나 심사는 전공자들이 하였을 터인데 그 결과가 으뜸상이었다니 어처구니없는 일이다. 이런 실수는 우리 역사를 스스로 왜곡한 치욕적인 표본으로 남게 될 것이니 참으로 안타깝다. 국어를 잘못 이해한 결과는 이처럼 국어에 손상을 입히게 된다는 사실을 알려 주는 표본이다.

광복 후 京城을 일제의 잔재로 이해하여 '서울'로 개정하였다. 만일 개정사유가 오로지 "일제의 잔재"뿐이었다면 역시 국어를 잘 못 이해한 탓이었다. 京城은 결코 일제의 잔재가 아니기 때문이다. 「삼국사기」‧ 「삼국유사」를 비롯한 고문헌에 자주 나타날 만큼 京城은 우리 조상들 이 사용하여 온 친숙한 한자어다. 따라서 京城을 일제 잔재로 착각한 것은 큰 잘못이었다. 일제는 우리의 전래 지명을 마음대로 바꾸지 못 하였다. 더구나 큰 지명은 감히 바꿀 수 없었다. 민족혼이 깃들어 있는 전통적 보수성 때문이다. 현 서울의 옛 이름에는 漢忽‧漢州‧漢陽‧ 漢城 등이 있었는데 대한제국이 직전의 漢城을 京城으로 개정하였던 것이다. 이 京城을 일제도 그대로 사용하였을 뿐이다. 광복 후에도 모 든 대도시의 한자 지명은 그대로 전승하였으면서 유독 京城만을 개정한 이유가 무엇인가? 혹시 일제의 잔재라고 오해한 이면에 "수도 이름만은 고유어로 바꾸자"는 숨은 의도가 은연중에 작용한 것이 아니었을까? 만일 그 이유가 전자라면 일제에 대한 증오심이 빚어낸 경솔한 판단이었고, 후자라면 한자어보다 고유어가 더 귀한 것으로 착각한 때문이었다고 말할 수 있다. 정작 京城이 싫었다면 차라리 직전의 漢城을 다시 쓰는 것도 무방하였을 것이다. 한편 고유어 '서울'로 개정한 일도 전적으로 잘 했다고만 볼 수 없다. '서울'의 어원은 '徐伐'에서 시작된다. 처음에는 斯盧國의 東野란 의미의 지명이었다. 평범한 지명에 불과하였던 徐伐이 마침내 신라의 수도명이 되었다. 그리고 후대에 서울은 그 의미가 보통명사로 변하였다. 그렇기 때문에 국어사전은 "서울¹(보통명사), 서울²(고유명사)"와 같이 표제어를 달리하여 풀이하고 있다. 따라서 보통명사인 서울을 고유명사로 쓰게 되면 그 의미 기능이 상충하게 된다. 일반적으로 우리는 "영국의 서울은 런던이다"라고 말한다. 그런데 "한국의 서울은 서울이다"라고 말하게 되니 모순이다. 환언하여 "북경은 중국의 서울이다."란 말은 정확한 표현이지만 "서울은 한국의 서울이다."란 말은 모호한 표현이다. 그러나 어쨌든 이제 서울은 한국의 수도명으로 정착하였으니 문제될 것이 없다. 다만 京城을 바르게 이해하지 못하였던 부분과 서울도 실용면에서 어법상 문제점이 있음을 지적하였을 뿐이다.

하필이면 '93 대전엑스포에 맞추어 "大田은 太田을 일제가 바꾼 개명이다"라고 주장을 거세게 하여 한 때 대전 시민을 혼란스럽게 한 일이 있다. 大田을 太田으로 바꾸려는 의도로 "大田은 일제의 잔재"라고 외치며 50만 명의 서명 운동까지 벌였다. 그러나 大田은 동국여지승람 등의 고문헌에 나타나는 전래 한자 지명이다. 오히려 太田이 일제 때에 일인이 즐겨 쓰던 이름이다. 그렇기 때문에 太田은 한일합방 이후에 일제의 각종 공문서에만 나타날 뿐이다. 따라서 우리의 고문헌

에는 말할 것도 없고 대한제국과 일제가 행정구역을 조정한 지명록에
도 大田만 나타난다. 그리고 우리들은 오로지 大田이라 부르고 썼을
뿐이지 太田은 부르지도 쓰지도 않았다. 실로 우리의 전래 지명인 大
田을 일제의 개정명인 太田으로 바꾸려는 의도적인 왜곡이었다. 이런
과오는 국어를 바르게 이해하지 못한데서 비롯된다.

국어 어휘 중에서 활용도가 가장 높은 존재가 지명이다. 또한 그것
은 국어의 고유 명사 중에서 수가 가장 많다. 그리고 어휘 가운데 보수
성이 제일 강하다. 우리가 이런 지명(국어)의 특성을 바르게 이해하지
못 하고 성급히 속단하거나 경솔히 다룬다면 그 결과는 국어에 유익을
주기는커녕 오히려 손상을 입히게 된다. 이런 사례가 어찌 지명에만
있겠는가. 아무쪼록 국어를 바르게 이해하도록 注意하자.

XIII. 우리 國號를 바르게 이해하자

　우리 역사에서 많은 국호가 生滅하였다. 대부분의 국호들이 나라의
존망과 운명을 같이 하였기 때문이다. 그러나 몇몇 국호만은 예외로
거듭 사용되었다. 예를 들면 국호 高句麗가 後高句麗를 거쳐 高麗로
거듭 씌었고 드디어 우리나라의 국제적 공식 국호인 Korea로 정착되
었다. 百濟는 後百濟로 잠시 重用되기도 하였다. 이보다 더욱 줄기차
게 거듭 씌어 온 국호는 朝鮮과 韓이다. 이 두 국호는 가장 이른 시기
에 起源하였기 때문에 다른 국호들보다 그 역사 또한 長久하다. 주지
하는 바와 같이 朝鮮은 古(檀君)朝鮮에서 비롯되어 箕子朝鮮>衛滿朝
鮮>李氏朝鮮을 거쳐 지금도 북한에서 쓰고 있다. 이렇듯 오랜 전통성
때문에 우리말과 영토를 朝鮮語·朝鮮半島라 부르게 되었다. 한편 국
호 韓은 馬韓·弁韓·辰韓 등의 三韓에서 출발하였다. 高句麗·百濟
·新羅 등이 그 후속 국들이기 때문에 이 三國을 三韓이라 別稱키도
하였다. 국호 韓으로 인하여 우리말과 영토를 韓國語·韓半島라고도
부르게 되었다. 그리고 구한말의 大韓帝國과 상해임시정부의 大韓民
國을 거쳐 현재의 국호로 정착하였다. 따라서 朝鮮과 韓은 통시적으로
볼 때 우리 국호를 대표하는 兩大 脈이라 할 수 있다. 여기서는 이 두
국호 중에서 현재의 우리 국호 大韓民國(韓國)의 韓을 중심으로 논의

하려고 한다.

모름지기 자기 나라의 國號를 바르게 이해하는 것은 국민의 도리이다. 온 겨레가 애칭하고 있는 우리의 국호 大韓民國. 비록 누구나 수시로 부르지만 국호에 대한 기원·발달·의미를 분명히 이해하는 이들이 얼마나 될까? 이 상식적인 물음에 시원스레 대답할 사람은 흔치 않을 것이다. 아주 보편적인 질문이어서 언뜻 생각하면 쉬워 보이지만 실상은 그렇지 않기 때문이다. 그래서 필자 또한 自問하며 그 自答을 얻기 위해 이 글을 쓰게 되었다.

주지하는 바와 같이 구한말(1897)에 國王을 皇帝로 부르기로 하고 국호 朝鮮을 大韓帝國으로 바꾸었다. 이 국호에서 帝만을 民으로 바꾼 것이 지금의 국호 大韓民國이다. 대한민국임시정부가 수립(1919.4.13) 직전(동년 4.11)에 제정한 국호가 대한민국인데 이 국호를 그대로 계승하였다. 大韓帝國을 흔히 大韓國 또는 大韓으로 불렀다. 전자는 大韓國太皇帝를 비롯하여 안중근 의사가 大韓國人으로 자칭한 국호로 유명하고, 후자는 大韓(開國)을 비롯하여 '大韓(독립만세)·大韓(사람) 大韓(으로)'으로 국민이 수시로 부르고 있다. 또한 국호 大韓民國을 韓國으로 약칭키도 한다. 국호의 여러 별칭인 大韓國·大韓·韓國·大韓帝國·大韓民國에서 공통으로 쓰인 핵심어는 韓이다. 그래서 韓(-國人, -國사람, -國語, -國史, -國經濟, -國社會 등)이란 국호가 가장 많이 쓰인다. 다시 강조하건대 국호의 어근(핵심어)은 韓이며 大-와 -國··帝國··民國은 오로지 접두사와 접미사일 뿐이다. 따라서 국호 大韓民國을 바르게 이해하려면 韓의 본질을 철저히 파악하면 될 것이다.

흔히 大의 훈을 韓으로 표기하기도 하였다. 韓(=大)(-舍, -阿湌, -奈麻, -祇部, -物, -山) 등이 그것이다. 그래서 언뜻 보아 韓(나라)의 의미와 韓(大)의 의미를 혼동하여 동일시하도록 만들었다. 그러나 이 둘은

동일어가 아닌 동음이의어이기 때문에 서로 다른 말이다. 大韓을 고유
어로 부른다면 '한한'이다. 만일 둘이 동의어라면 '큰큰'(大大)이기 때
문에 모두가 고유명사 아닌 관형어가 된다. 여기서 둘의 관계는 서로
뿌리가 다른 말임을 알 수 있다. 국호의 구성에 참여한 위치에서 서로
가 배타적인 관계이기 때문이다.

 국호 大韓을 고유어로 해석하면 '한¹(大)한²(韓)'이다. 大의 훈이 '한¹'
이며 韓은 본래 고유어 '한²'이기 때문이다. 이처럼 두 '한¹+한²'이 같은
음이기 때문에 자칫하면 양자를 동의어로 인식하여 뒤의 '한²'까지 大
·多의 뜻으로 해석할 가능성이 多分하다. 그러나 절대로 그 뜻이 같
지 않다. 양자는 同音異義이기 때문이다. 우선 조어성분으로 볼 때 한¹
은 부속성분인데 한²는 주성분이다. 말하자면 한¹은 한정어소인데 한²
는 피한정어소인 것이다. 따라서 때로는 한²가 한¹의 위치에서 수식
기능을 할 수는 있으되 한¹이 한²의 위치에 가는 것은 국어 조어법이
허용치 않는다. 비록 어형(음형)은 서로 같지만 어두의 '한¹'과 어말의
'한²'는 뿌리가 서로 달리 박혀 있기 때문임을 확신할 수 있다. 여기서
大의 뜻인 한¹에 대하여는 누구나 이해할 수 있기 때문에 따로 설명할
필요가 없다. 오로지 韓(한²)만을 중심으로 그 어원·발달·의미를 구
명하면 우리의 국호를 바르게 이해할 수 있을 것이다.

 韓에 대한 최초의 기록은 駒麗·扶餘·貊과 더불어 馯으로 나타난
다(尙書孔傳 300B.C.:海東諸夷駒麗扶餘馯貊之屬). 이 馯은 오래지
않아 동음자인 韓으로 바뀌었다. 이른바 三韓(馬韓·辰韓·弁韓)의
韓이 바로 그것이다. 따라서 韓의 기원은 늦어도 三韓의 초기(300B.C.
경) 이전으로 소급된다. 이후로 韓은 나라 이름으로 정착되었다. 그래
서 光州千字文 이 韓의 訓을 '나라'로 달았다. 이웃 나라의 隋·唐人
들도 고구려·백제·신라를 三韓이라 불렀다. 그리하여 韓-겨레, 韓-
民族, 韓-半島, 韓-國人, 韓-國語, 韓-國史 등과 같이 韓이 국명(국호)

으로 씌어 왔다.

　이른바 동일계통의 언어로 추정되는 몽골어와 만주어로 '人'을 뜻하는 어휘는 'hun·kon'이었다. 'hun·kon'은 우리말의 韓과 동일어원이었을 것으로 추정된다. 그런데 이 말이 「金史·遼史·元史」 등에 '寄善-汗(han), 薩里-罕(kan), 太陽-罕(kan)' 등과 같이 '君長'의 뜻으로 씌었다. 특히 몽골 '成吉思-合罕'(kagan)의 구조는 'ka+gan'으로 분석되는데 여기 'ka'는 '大'를 뜻하고 'gan'은 '君'을 뜻하므로 '大君'이란 뜻이다. 한편 몽골어로 女巫(saman)를 Uta-gan~Uda-gan이라 부르는데서도 '韓'과 동일한 'gan'이 발견된다. 이와 같이 우리말과 친족관계가 있을 것으로 추정되는 말에서도 어말의 'han~gan'등이 '人, 巫, 君'을 뜻하는 명사라는 사실을 우리는 주목하게 된다. 한편 '韓'은 '干·漢·翰·邯·汗'등으로 다르게 표기되어 존칭사로 씌기도 하였다. 이 존칭사의 어원이 나라 이름인 韓에서 파생된 것인지 아니면 보다 이른 시기에 하나의 말 뿌리에서 파생된 것인지는 확언할 수 없다. 다만 서로가 동일어원의 관계인 것만은 틀림없을 듯하다. 위에서 우리는 '한'의 기원적 의미가 人(보통명사)이었음을 확인하였는데 같은 '한'을 우리말의 '好+漢, 惡+漢, 無禮+漢, 癡+漢, 怪+漢, 破廉恥+漢' 등에서도 확인할 수 있다. 여기 漢은 곧 '人'을 뜻하기 때문이다. 처음에는 '人'의 의미로 출발한 '한'이 어느 시기엔가 '君長'의 뜻으로 전의되었던 것이다. 기원적으로 보면 동일한 어원에서 출발하여 후대에 존칭사와 국명으로 파생하였던 것으로 추정된다. 그 파생은 아주 이른 시기이었을 것인데 아마도 三韓 시대 이전으로 소급될 듯하다.

　馬韓·辰韓·弁韓에서 韓의 뜻이 무엇인가. 누설한 바와 같이 보편적으로 모두 '大'의 의미일 것으로 여겨 왔다. 그러나 '한'의 최초 표기인 馯을 '扶餘·高句麗·貊'과 동등한 國名(부족명)이라 하였다. 그렇다면 '馯>韓은 고유명사이다. 韓이 피한정어의 자리에 있음도 그것이

명사임을 스스로 증언한다. 따라서 三韓의 韓은 '大'를 뜻하는 관형어가 아니다. '群衆・合衆・民衆・部族・民族' 등의 뜻으로 출발하여 후대에 국명(국호) 韓으로 전의되었다. 그리하여 54國을 馬韓으로, 각 12國을 弁韓・辰韓으로 統稱하였다. 그리고 모두(78국)를 三韓이라 合稱하였다. 그렇다면 초기의 韓은 '合衆(國)・聯合(國)・民衆(國)'이란 의미가 된다. 마치 50개주로 이루어진 美-合衆國과 비슷하였을 馬-韓(합중국)・弁-韓(합중국)・辰-韓(합중국)⇒三(馬・弁・辰)-韓(합중국)을 연상케 한다. 한편 동일 어원에서 파생된 것으로 추정되는 '한'(干・邯)은 국호가 아닌 '大人・君長'의 뜻으로 쓰인 존칭사이었다.

韓國, 韓人, 韓族, 韓民族, 한겨레와 같이 韓(한²)이 어두에 올 때도 大의 뜻이 아닌 국호인 고유명사이다. 그렇기 때문에 관형어 한¹(大)이 접두하고 접미사들이 합성하여 '大韓, 大韓-國, 大韓-民國'을 조어할 수 있다. 그런데 大韓을 고유어로 호칭하면 '한한'과 같이 동음으로 발음이 중복되기 때문에 의미가 분명히 전달되지 않는다. 말하자면 '한한민국, 한한사람, 한한국, 한한겨레'로 발음되기 때문에 의미가 辨別되지 않는다. 따라서 부득이 고유어 대신 한자어 大를 택해 '大한-민국, 大한-사람, 大한-국, 大한-겨레'와 같이 '대한(韓)으로 호칭하여야 의미가 분명하게 전달된다. 표기에 있어서도 '大한'과 같이 적는 것보다 '대한' 또는 '大韓'으로 적는 것이 순리이다. 그러나 이 문제는 염려할 필요가 없다. 이미 그 이치를 깨달아 바르게 부르고, 바르게 쓰고 있기 때문이다.

[Abstract]

I. On Change of the Ancient Place Names and Its Merits

The ancient place names of Korea has been changed into Chinese words several times since Three Kingdom Era. These changes resulted in co-existence of the original name and Chinese names. These Chinese place names created many words with Ko-Huns. Changing the ancient original place names into Chinese ones resulted in the loss of original Korean words. However this change gave more advantages than disadvantages because in the ancient Korean words, only the original form could exist without meanings, but in Chinese words, the meaning of place names are preserved. So far, most studies have focused on *The Ancient Jahun Collection* of the era of the middle Korean language. Now, it is time to overcome its limited barrier of the studies on Korean language by studying Ko-Huns that include in Chinese words of the ancient place names. Words with three to five syllables among the ancient place names were reduced to two syllable Chinese words.

【Key words】 : Change to Chinese Words, Original Place Name, Chinese Place Name, Jahun, The Ancient Jahun Collection, Merits of Changing Names, Hyang Chal

III. Place name, King name, and the Methods of Writing Korean by borrowing Chinese Characters

The methods of writing Korean by borrowing Chinese Characters started from the efforts to write Korean names of people, places and titles using the methods of transliteration of China. The methods of 'meaning-borrowing' and 'sound of meaning-borrowing' were also originated from these efforts to write proper names in writing_place names, in addition to meaning-borrowing, sound-borrowing, sound of meaning-borrowing, blending of sound and meaning which are also found in Idu(吏讀), the method of supplementing stem-final sounds was used too. Writing proper names by these methods results in producing homonyms, so old words can be reconstructed through these data. We should approach these writingmethods from the writing system at that time, and base these studies on phonological interpretations.

【Key words】 : sound-borrowing, meaning-borrowing, meaning-sound-borrowing, blending of sound and meaning, method of supplementing stem-final sounds, human name, title name, place name

Ⅶ. Looking for the Old Words in the Buyŏ Area

This paper is aimed at looking for the old words in Soburi area which is an old name of the current Buyŏ area and interpreting them in terms of lexical history. The old words of Soburi are divided into ones from the Paekche Dynasty and ones from afterward. Therefor, this paper mainly discusses the Paekche language and also considers old words that are misunderstood as Paekche words.

Soburi words of the Paekche Dynasty presented in this paper are as follows: (The meaning of each word is included in parentheses in Chinese characters) Kadi(枝), Kŏrŏ, Kura/Kora(馬, 西), Kodo(琴), Kŏnkilji/Eŏraha/Nirimu(王), Kudŏra>Kudara(大王), Koma(北, 後, 神, 熊), Kudi(name of Hawk 鷹), Nari (川), Nara(津), Tolak(石), Tar(山・高), Magumo(name of musical instrument), Mabo(薯童), Puri(原), Puso(松), Sama(島), So/Sa(東), Ŏryuk(王妃), Oragwan(王冠), Oui(道袍), etc,

The contemporary word, Nakhwaam(洛花岩) is not a Paekche word, but came from the late period of the Koryŏ Dynasty. In the Paekche period, Nakhwaam was called Tasaam(墮死岩), which means a rock from which one can fall off to die. Paekmagang(白馬江) is also not a Paekche word because it is shown in the early literature of the Chosŏn Dynasty. Paekmagang was called Salbigaram(白江-泗沘江). The athematic form of Soburi is Sabi. After the last syllable 'i'(里) was left out, Sobu(所夫) became Sabi(泗沘).

【Key words】 : Paekche Language, Soburi Language, nirimu, Kudɨrae, Komanʌrʌ, Tasaam, Salbigaram, Sobu, Sabi

X. Factors to be considered to designate place names on the City of Administration Complex

This paper discusses the factors to be considered to designate place names on the city of Administration Complex. The following are the points to consider.

(1) Because the city is at the center of Korea, the place names should reflect it.

(2) As the city will play an important role as a metropolis, the place name should be newly designated without consideration of the previous place names such as "Kongju" or "Yeonki."

(3) Under the consideration of (1) and (2), I suggest that the first letter '忠' which includes the meaning "central," together with the second letter '原' that has the meaning of "basis of a nation." Traditionally, the first '忠' has been used in the meaning "central" in Koryo dynasty. '原' also used with the meaning "field" in the kingdoms of Mahan and Paekche.

【Key words】 : Administration Complex, the center of Korea, the first letter Chung(忠), the second letter Wŏn(原), Chungwŏn(忠原)

<2부에 옮긴 논문들의 揭載誌>

Ⅰ. 「古代 地名의 改定과 그 功過」

語文敎育硏究會 제172회 학술대회(대전대학교 志山도서관 국제회의실 2008년 12월 12일)에서 기조강연한 글을 「語文硏究」 141호(어문교육연구회 2009. 3. 31)에 게재하였다.

Ⅱ. 「국어사 연구와 지명 자료」

제30회 국어학회 전국학술대회(국제 청소년 센터 2003년 12월 18-19일)에서 석좌강의로 발표한 글이다.

Ⅲ. 「지명·왕명과 차자표기」

제30회 口訣學會 전국학술대회(청주 고인쇄박물관 강당 2004년 8월 16일-17일)에서 특강한 글을 「口訣硏究」 제13집(口訣學會 2004년 8월)에 게재하였다.

Ⅳ. 「대전지방 지명에 나타난 백제어」

「대전문화」 제16호(대전광역시사편찬위원회 2007년 12월 21일)에 게재하였다.

Ⅴ. 「가평(加平)과 심천(深川)에 대하여」

「加平郡誌」(가평군사편찬위원회 2006 2 28)에 게재한 글에서 제2절의 내용을 수정 보완하였다.

Ⅵ. 「백제의 성왕과 소부리(所夫里) 천도(遷都)」

「한밭人物誌」(대전직할시사편찬위원회 1993년 4월 17일)에 게재한 글의 제목을 바꾸고, 내용을 대폭 수정 보완하였다.

Ⅶ. 「부여(所夫里) 지역의 옛 지명을 찾아서」

2004년 어문연구학회 겨울 전국학술대회(충남대학교 문원강당 200년 11월 20일)에서 주제 발표한 글을 「어문연구」 47(어문연구학회 2005년 4

월)에 게재하였다.

VIII. 「충청 지명 자료의 현대적 가치에 대하여」

충남대학교 충청문화연구소 학술대회(충남대학교 인문대학 교수회의실 2006년 10월 20일)에서 기조 발표한 글을 「충청문화연구논집」(충남대학교 충청문화연구소)에 게재하였다.

IX. 「마을 이름으로 본 대전 지역의 고유어」

「대전문화」 제17호(대전광역시사편찬위원회 2008년 12월 11일)에 게재하였다.

X. 「행정중심복합도시 지명제정에 관한 제 문제」

행정수도이전범국민연대 주최(대전발전연구원 주관) 세미나(주제 : 행정중심복합도시명칭에 관한 국민토론회, 대전광역시청 세미나실 2006년 12월 29일)에서 주제 발표한 글을 「地名學」 12(한국지명학회 2006년 12월 31일)에 게재하였다.

XI. 「고속철도 역명 '천안아산(온양온천)'의 개정 문제」

제13회 한국지명학회(서울행정학회 공동) 전국학술대회(대전 유성 스파피아호텔 4층 석류홀 2007년 2월 2일)에서 발표하였다.

XII. 「국어(지명)를 바르게 이해하자」

「語文生活」 제118호(韓國語文會 2007년 9월)에 게재하였다.

XIII. 「우리 國號를 바르게 이해하자」

「國漢混用의 言語生活」(韓國語文會 2009년 7월)에 게재하였다.

〈참고문헌〉

강돈묵(2001), 「거제 지역의 지명연구」, 어문연구 35, 어문연구학회.

姜秉倫(1998), 「地名語 硏究史」, 地名學 1, 한국지명학회.

姜信沆(1975), 『鷄林類事「高麗方言」語釋』, 大東文化硏究 10, 성균관대학교.

_____(1980), 『鷄林類事「高麗方言」硏究』, 首善新書 1, 성균관대
　　　　출판부.

강영봉·오창명(2003), 「제주도 고문서의 지명 연구」, 地名學 8, 한국지
　　　　명학회.

姜憲圭(2001-2), 「춘향전에 나타난 어사또 이몽룡의 남원행 경유지명의
　　　　고찰」(1-2), 地名學 6-7, 한국지명학회.

거제군(1964), 『거제군지』, 간행위원회.

輕部慈恩(1971), 『百濟遺跡の硏究』, 吉川弘文館.

곽충구(1982), 「牙山地域語의 二重母音 變化와 二重母音化 -y系 二重母
　　　　音과 ə>wə變化를 中心으로-」 方言 6, 韓國精神文化硏究院.

_____(1985), 「'꿰-'(貫)의 通時的 變化와 方言分化」, 國語學 14, 國語學會.

光岡雅彦(1982), 『韓國古地名の謎』, 學生社.

권재선(2002), 「대구·경산·청도의 옛 지명 연구」, 地名學 7, 한국지명
　　　　학회.

金芳漢(1983), 『韓國語의 系統』, 대우학술총서 01, 民音社.

김무림(1999), 「『三國史記』 복수 음독 지명자료의 음운사적 과제」, 地名
　　　　學 2, 한국지명학회.

김선기(1973), 「백제지명 속에 있는 음운변천」, 백제연구 제4집, 충남대
　　　　백제연구소.

金淳培(2009), 「韓國 地名의 文化政治的 變遷에 關한 硏究」, 박사논문, 한국교원대학교.

金永萬(1998), 「地名 散考」, 地名學 1, 한국지명학회.

_____(2004), 「地名 二題」, 地名學 10, 한국지명학회.

_____(2007), 「신라 지명 喙(훼)와 啄(탁)의 字音상 모순을 어떻게 볼 것인가」, 地名學 13, 한국지명학회.

김영일(2001), 「고대지명에 나타나는 알타이어 요소」, 地名學 6, 한국지명학회.

_____(2002), 「『삼국사기 지리지』의 지명 고찰」, 한글 제257호, 한글학회.

金完鎭(1968), 「高句麗語에 있어서의 t口蓋音化 現象에 對하여」, 李崇寧博士頌壽紀念論叢, 乙酉文化社.

_____(1970), 「이른 時期에 있어서의 韓中 言語 接觸의 一班에 對하여」, 語學硏究 6-1, 서울대 어학연구소.

_____(1980), 「洪城地方의 方言」, 洪城郡誌, 洪城郡.

_____(1980), 『鄕歌解讀法硏究』, 서울대학교 출판부.

_____(1994), 「洪城郡誌에 실려 있는 이두문서에 대하여」, 우리말연구의샘터, 연산도수희선생화갑기념논총, 간행위원회.

吉田東伍(1977), 『日韓古史斷』, 當山房.

金貞娥(2003), 「대전·충남 지역의 언어적 특징과 정체성에 관한 연구 (1) -구개음화를 중심으로-」, 語文硏究 42, 어문연구학회.

김정태(1996), 「전래지명어와 방언과의 상관성고찰(1)」, 한국언어문학 37, 한국언어문학회.

_____(1997), 「전래지명어와 방언과의 상관성고찰(2)」, 어문연구 94, 한국어문교육연구회.

김정태·성희제(2001), 「전남 고흥의 나로도 지명어 고찰」, 地名學 5, 한국지명학회.

_____(2006-7), 「'바위'(岩) 소재 지명어의 명명근거와 전부지명소 (1-2)」, 地名學 12-13, 한국지명학회.

_____(2006), 「충남방언의 음운현상과 음운규칙」, 이병근선생퇴임기 념 국어학논총, 태학사.

김종택(1998), 「'居昌郡 本居烈郡 或云 居陁' 연구」, 地名學 1, 한국지명 학회.

_____(2000), 「押梁/押督·奴斯火/其火 연구」, 地名學 3, 한국지명학 회.

金鍾學(2000), 「고대 지명소 '홀'에 대하여」, 地名學 3, 한국지명학회.

_____(2004), 「古代 地名語素 '巴衣·波衣·波兮'의 漢譯에 대하여」, 地名學 10, 한국지명학회.

김종훈(1983), 『韓國固有漢字研究』, 집문당.

金俊榮(1998), 「韓國 小地名의 語源」, 地名學 1, 한국지명학회.

_____(1990), 「地名의 語源研究」, 『한국고시가연구』 부록 II, 형설출판사.

_____(2000), 「지명 건지산·공수골·마전·금산·봉산의 말밑」, 地 名學 3, 한국지명학회.

김진식(1990), 「청원지명의 음운론」, 개신어문연구 7, 충북대.

_____(1997), 「까치내의 어원고찰」, 어문연구 29, 어문연구학회.

_____(2003), 「自然部落名의 後部要素 研究」, 地名學 8, 한국지명학회.

_____(2005), 「외부 준거에 따른 자연마을 명명」, 地名學 11, 한국지명 학회.

金澤庄三郎(1910), 『日韓兩國語同系論』, 三省堂.

_____(1912), 「日鮮古代地名の研究」, 月刊 2-2, 朝鮮總督府.

김형규(1972), 「忠淸南北道 方言 研究」, 學術院 論文集 제11집, 學術院.

_____(1974), 『韓國方言研究』, 서울大學校出版部

南豊鉉(1981), 『借字表記法研究』, 학술연구총서 제6집, 단국대출판부.

대전시(1994), 『大田地名誌』, 대전직할시사편찬위원회.

도수희(1961), 「忠淸方言硏究序說」, 『國語硏究』에 게재, 대전(유인물).

_____(1963), 「論山方言 硏究」, 想苑 4, 忠南大學校.

_____(1965), 「忠淸方言의 位置에 대하여」, 국어국문학 28, 국어국문학회.

_____(1972), 「百濟의 王稱語 小考」, 백제연구 제3집, 충남대백제연구소.

_____(1974), 「백제어의 金馬渚에 대하여」, 百濟硏究 제5집, 충남대 백제연구소.

_____(1975a), 「所夫里攷」, 語文硏究 9, 한국어문교육연구회.

_____(1975b), 「吏讀史 硏究」, 論文集 第Ⅱ卷 6號(語文學篇), 忠南大學校 人文科學硏究所.

_____(1975c), 「百濟語의 「仇知」와 「實」에 대하여」, 國語學 3(一石先生八旬記念號), 國語學會.

_____(1977a), 「忠南方言의 母音變化에 대하여」, 李崇寧先生古稀紀念國語國文學論叢, 刊行委員會.

_____(1977b), 『百濟語 硏究』, 亞細亞文化社.

_____(1979a), 「方言調査硏究의 方法(討論文)」, 方言 1, 韓國精神文化硏究院.

_____(1979b), 「忠淸南道의 言語」, 忠淸南道誌 下卷, 道誌編纂委員會.

_____('79-80), 「百濟地名硏究」, 百濟硏究 제10-11집, 충남대백제연구소.

_____(1980), 「백제어의 '餘村, 沙平'에 대하여」, 난정 남광우박사 환갑기념논총, 일조각.

_____(1981), 「忠南方言의 움라우트現象」, 方言 5, 韓國精神文化硏究院.

_____(1982), 「百濟前期의 言語에 관한 硏究」(Ⅰ), 百濟硏究 特輯號, 충남대 백제연구소.

_____(1983a), 「백제어의 "白·熊·泗沘·伎伐浦"에 대하여」, 百濟硏究 제14집, 충남대학교 백제연구소.

_____(1983b),「충청남도의 말/오히려 전라도말과 뿌리가 같다」, 한국
의 발견·충청남도, 뿌리깊은나무.

_____(1985a),「백제어의 '買, 勿'에 대하여」, 우운 박병채박사환역기념
논총, 고려대 간행위원회.

_____(1985b),「百濟前期의 言語에 관한 諸問題」, 震檀學報 第60號, 震
檀學會.

_____(1985c),「百濟前期의 言語에 관한 硏究(Ⅱ)」, 百濟論叢 제1집, 백
제문화개발연구원.

_____(1985d),「백제 전기어와 가라어의 관계」, 한글 제187호, 한글학회.

_____(1987),『百濟語 硏究』(Ⅰ), 百濟文化開發硏究院.

_____(1987a),「마한어 연구」(Ⅰ), 언어 제8호, 충남대어학연구소.

_____(1987b),「국어의 지역방언」(6)-충청도 방언의 특징과 그 연구-,
국어생활 '87. 여름호 제9호, 국어연구소.

_____(1987c),「百濟語의 '泉·井'에 대하여」, 국어학 16, 국어학회.

_____(1987),『한국어 음운사 연구』, 탑출판사.

_____(1988),「마한어 연구」(Ⅱ), 논문집 제15권 제1호, 충남대 인문과
학연구소.

_____(1989),『百濟語 硏究』(Ⅱ), 百濟文化開發硏究院.

_____(1990a),「변한, 진한어에 관한 연구」(Ⅰ), 동양학 제20집, 단국대
동양학연구소.

_____(1990b),「龍飛御天歌의 地名註釋에 대하여」, 姜信沆敎授回甲紀
念, 國語學論文集, 간행위원회.

_____(1991a),「韓國 古地名의 改定史에 對하여」,『國語學의 새로운 認
識과 展開』, 金完鎭先生回甲紀念論叢, 民音社.

_____(1991b),「古地名 訛誤表記의 해독문제」, 金英培先生回甲紀念論
叢, 경운출판사.

_____(1993a), 「마한어에 관한 연구」(속), 동방학지 제80집, 연세대 국학연구원.

_____(1993b), 「聖王」, 『한밭人物誌』, 대전직할시사편찬위원회.

_____(1994), 『百濟語 硏究』(Ⅲ), 百濟文化開發硏究院.

_____(1994a), 「'한밭'의 유래와 그 漢字地名의 정통성」, 『대전지명지』Ⅰ.총론 제3절, 대전직할시.

_____(1994b), 「고대 한반도의 언어분포와 그 특징」, 『국어국문학의 세계화를 위한 비교연구의 과제』, 국어국문학회.

_____(1994c), 「백제어(전기)와 고대 일본어의 관계」(특강), 『한일국제 심포지움 발표논문집』, 일본 九州大學 언어문화부.

_____(1995), 「'泉·交·宜'의 古釋에 對하여」, 國語史와 借字表記, 南豊鉉先生回甲紀念論叢, 刊行委員會.

_____(1996a), 「지명 속에 숨어 있는 옛 새김들」, 진단학보 제82호, 진단학회.

_____(1996b), 「『삼국사기』의 고유어(赫居世와 居西干)에 관한 연구」, 동양학 제26집, 단국대 동양학연구소.

_____(1997a), 「'한밭'의 유래와 그 '漢字地名'의 문제」, 석천 강진식박사환갑기념논총, 간행위원회.

_____(1997b), 「地名 解釋 二題」, 성암 이돈주선생화갑기념논총, 논총간행위원회.

_____(1998), 「厭髑(異次頓)의 해독 문제」, 국어학 제32집, 국어학회.

_____(1999), 『한국 지명 연구』, 이회문화사.

_____(1999a), 「'한'(韓)의 두 뿌리를 찾아서」, 진단학보 제88호, 진단학회.

_____(1999b), 「고대 국어의 음운 변화에 대하여」, 한글 244, 한글학회.

_____(1999c), 「『삼국유사』의 할주지명에 관한 해석 문제들」, 언어학 제24호, 한국언어학회.

_____(2000a), 『百濟語 硏究』(Ⅳ), 百濟文化開發硏究院.

_____(2000b), 「존칭접미사의 생성발달에 대하여」, 새국어생활 제10권 제1호, 국립국어연구원.

_____(2002a), 「錦江流域의 言語와 文學」, 어문연구학회 발표논문, 학회창립40돌기념, 어문연구학회.

_____(2002b), 「합용병서에 관한 몇 문제」, 國語學 제40집, 국어학회.

_____(2002c), 「嶺東지역의 옛 지명에 대하여」, 地名學 8, 한국지명학회.

_____(2002d), 「언어(지명)와 역사」, 인문언어 2-1, 국제언어인문학회.

_____(2003), 『한국의 지명』, 대우학술총서 553, 아카넷.

_____(2003a), 「階伯 장군은 충청도 사투리 썼다」, 新東亞 9, 東亞日報社.

_____(2003b), 석좌강의: 「國語史硏究와 地名資料」, 제30회 구어학회 전국학술대회 발표논문집, 국어학회.

_____(2004a), 「고구려어에서 조명해본 고구려 역사」, 인문언어 제6집, 국제언어인문학회.

_____(2004b), 『백제의 언어와 문학』, 주류성.

_____(2004c), 「언어사적 측면에서 본 고구려어의 뿌리」, 新東亞 5, 東亞日報社.

_____(2004d), 「지명·왕명과 차자 표기」, 口訣硏究 제13집, 口訣學會.

_____(2005a), 「부여지역의 옛 말(지명)을 찾아서」, 어문연구 47, 어문연구학회.

_____(2005b), 「榮山江의 어원에 대하여」, 地名學 11, 한국지명학회.

_____(2005), 『百濟語 語彙 硏究』, 제이앤씨.

_____(2006a), 「충청 지명 자료의 현대적 가치」, 충남대충청문화연구소.

_____(2006b), 「행정중심복합도시 지명 제정에 관한 제 문제」, 地名學 12, 한국지명학회.

_____(2007a), 「지명어 음운론」, 地名學 13, 한국지명학회.

_____(2007b), 「대전지방 지명에 나타난 백제어」, 대전문화 제16호, 대
전시사편찬위원회.

_____(2008), 『三韓語 硏究』, 제이앤씨.

_____(2009), 「古代 地名의 改定과 그 功過」, 語文硏究 141號, 語文敎育
硏究會.

都重萬(1998), 『劉師培對晚淸史學演進的貢獻及影向』(博士論文), 北京大.

류 열(1983), 『세나라시기의 리두에 대한 연구』, 과학·백과사전출판사.

박경래(1998), 「중부방언」, 새국어생활 제8권 제4호, 국립국어연구원.

朴德裕(1999), 「仁川地域의 中學校名 硏究」, 地名學 2, 한국지명학회.

_____(2007), 「仁川地域 지하철 驛名 연구」, 地名學 13, 한국지명학회.

朴秉喆(1994), 「'谷'계地名에 대한 일 考察」, 우리말연구의 샘터-연산도
수희선생화갑기념논총, 간행위원회.

_____(2003), 「音譯에 의한 地名語의 漢字語化에 관한 硏究」, 地名學
8, 한국지명학회.

朴炳采(1968), 「古代 三國의 地名語彙攷」, 白山學報 제5호, 白山學會.

박은용(1971), 「'윷놀이'의 '걸'에 대하여」, 장암지헌영선생환갑기념논
총, 어문연구회.

박성종(2001), 「지명 조사 방법론의 한 모색」, 地名學 6, 한국지명학회.

박용식(2004), 「진주시의 중요 땅이름에 대하여」(1), 경상어문 10, 경상
어문학회.

_____(2007), 「지명의 대표형 설정과 표기에 대해」, 地名學 13, 한국지
명학회.

박태권(1972), 「김해 지방의 지명 연구」, 논문집 14, 부산대.

성희제(2000), 「충남방언 움라우트 현상의 유형 연구」, 어문학 71, 한국
어문학회.

_____(2006), 「지명어의 구성」, 地名學 12, 한국지명학회.

小倉進平(1944), 『朝鮮方言の研究』上・下, 岩波書店.

宋基中(2001), 「近代 地名에 남은 訓讀 表記」, 地名學 6, 한국지명학회.

심보경(2004), 「GIS를 활용한 소지명 지도 제작을 위한 연구」, 地名學 10, 한국지명학회.

申景澈(2004), 「원주지역 한자어 지명에 대하여」, 地名學 10, 한국지명 학회.

新村出(1916), 「國語 및 朝鮮語의 數詞에 對하여」, 文藝 7-2・4.

梁柱東(1947), 『朝鮮古歌研究』, 박문서관.

_____(1965), 『증정고가연구』, 박문출판사.

_____(1968), 「國史古語彙借字原義考」, 明大論文集 제1집, 명지대학.

吳昌命(1999), 「제주도지명 표기와 해독, 설명의 문제」, 地名學 2, 한국 지명학회.

_____(2006), 「제주도 연대 이름(烟臺名) 연구」, 地名學 12, 한국지명학회.

_____(2008), 「영주산대총도(瀛洲山大總圖)의 제주 지명」, 地名學 14, 한국지명학회.

王健群(1985), 『廣開土王碑 研究』, 역민선서 5, 임동석 역, 역민사.

越智唯七(1917), 『新舊對照朝鮮全道府郡面里洞名稱一覽』, 兵林館印刷所.

위평량(2000), 「전남 동부 지역의 마을 이름 연구-옛 여천군을 중심으로-」, 地名學 3, 한국지명학회.

_____(2002), 「해안과 내륙의 마을 이름 비교 연구」, 地名學 8, 한국지 명학회.

유창돈(1964), 『李朝語辭典』, 연세대 출판부.

柳在泳(1994), 「朝鮮地誌資料에 대한 考察」, 우리말연구의샘터, 연산도 수희선생화갑기념논총, 간행위원회.

兪昌均(2000), 「古代地名表記 字音의 上古音的 特徵」, 地名學 4, 한국지

명학회.

이강로(1991), 「加知奈・加乙奈→市津의 해독에 대하여」, 갈음김석득
    교수회갑기념논문집, 한국문화사.

李基文(1968), 「高句麗의 言語와 그 特徵」, 白山學報 제4호, 白山學會.

_____(1991), 『國語 語彙史 硏究』, 東亞出版社.

이돈주(1971), 「지명어(地名語)의 소재와 그 유형에 관한 비교 연구」,
    한글학회 50돌 기념논문집, 한글학회.

_____(1998), 「땅이름(지명)의 자료와 우리말 연구」, 地名學 1, 한국지
    명학회.

李丙燾(1959), 『韓國史-古代篇』, 震檀學會.

_____(1970), 「百濟近肖古王拓境考」, 百濟硏究 제1집, 忠南大百濟硏究所.

_____(1971), 「百濟學術 및 技術의 日本傳播」, 百濟硏究 제2집, 忠南大
    百濟硏究所.

_____(1980), 『譯註 三國史記』, 을유문화사.

李炳銑(1996), 『日本古代地名硏究』-韓國 옛 地名과의 比較-, 亞細亞文
    化社.

_____(1998), 「한일지명의 비교연구와 고대 한일관계」, 地名學 1, 한국
    지명학회.

이병운(1999), 「일본 지명 표기의 특징」, 地名學 2, 한국지명학회.

李崇寧(1955), 「新羅時代의 表記法 體系에 관한 試論」, 人文社會論集 제
    2집, 서울대.

_____(1957), 「言語學班 調査報告」, 『韓國西海島嶼』 -국립박물관 특별
    조사보고서-, 을유문화사.

_____(1960), 『國語學論攷』, 東洋出版社.

이장희(2001), 「三國史記 地理志 지명의 작명 주체와 시기」, 地名學 6,
    한국지명학회.

李正龍(2005),「借字 表記 '美・好'에 對하여」, 地名學 11, 한국지명학회.

李珍華・周長楫(1993),『漢字古今音表』, 中華書局.

李喆洙(1998),「國語 俗談의 地名語 研究」, 地名學 1, 한국지명학회.

鮎貝房之進(1938),『雜攷』第七輯 下卷, 朝鮮印刷株式會社

정영숙(2000),「地名語의 音韻變化 研究」, 충남대 박사논문.

_____(2001),「지명어 '갑/압/곶/구'에 대하여」, 地名學 6, 한국지명학회.

鄭東愈(1806),『晝永篇』(上下), 을유문고 77-78, 을유문화사.

丁仲煥(1970),「瀆蘆國考」, 白山學報 8, 白山學會

丁仲煥(2000),『加羅史研究』, 민족문화학술총서 9, 혜안.

조강봉(1999),「두 江・川이 합해지는 곳의 지명 어원(1)」, 地名學 2, 한국지명학회.

趙康奉(2002),「江・河川의 合流와 分岐處의 地名研究」(博士論文), 全南大學校 大學院.

_____(2004),「광주광역시 박호동 지역 지명 연구」, 地名學 10, 한국지명학회.

_____(2006),「성(城)을 소재로 한 지명연구」, 地名學 12, 한국지명학회.

_____(2007),「자료소개 :『頤齋亂藁』소재 한글표기 語彙資料」, 地名學 13, 한국지명학회.

曺成貴(1983),「沃川方言研究 -특히 音韻 現象을 中心으로-」(석사논문), 충남대학교 .

趙應京(1999),「水原과 華城의 固有地名 研究」(석사논문), 수원대학교.

趙恒範(1994),「부여지방의 지명」, 국어생활 4권 1호, 국립국어연구원.

_____(2001),「'地名 語源 辭典' 편찬을 위한 예비적 고찰」, 地名學 6, 한국지명학회.

鍾柏生(1978),『殷商卜辭地理論叢』, 藝文印書舘.

周法高(1973),『漢字古今音彙』, 香港中文大學出版.

주상대(1995), 「가덕도 일대의 지명 조사 연구」, 한글 227, 한글학회.

池憲英(2001), 『韓國地名의 諸問題』, 경인문화사.

千素英(1998), 「'빗-, 별'(斜·崖)형 지명에 대하여」, 地名學 1, 한국지명학회.

_____(1999), 『古代國語의 語彙硏究』, 고려대민족문화연구소 출판부.

_____(2003), 『한국 지명 연구』, 이회문화사.

總督府編(1912), 『舊韓國地方行政區域名稱一覽』, 朝鮮總督府.

總督府編(1917), 『近世韓國五萬分之一地形圖』上下, 景仁文化社, 1990 復刊.

崔南善(1915), 『新字典』, 博文書館.

_____(1943), 『古事通』, 三中堂書店.

최명옥(1998), 「국어의 방언 구획」, 새국어생활 제8권 제4호, 국립국어연구원.

최범훈(1976), 「固有語 地名 接尾辭 硏究 - 京畿道 包川郡을 중심으로-」, 새국어교육 22, 한국국어교육학회.

_____(1977), 『漢字借用表記體系硏究』, 동국대 한국학연구소.

최중호(2008), 「고구려 지명 '首知衣' 연구」, 地名學 14, 한국지명학회.

平壤府立博物館(1933), <平壤小誌>, 조선 인쇄 주식회사.

河野六郎(1945), 『朝鮮方言學試攷』, 京都書籍.

한국지명학회편(2007), 『한국 지명 연구』-地名學 論文選 Ⅰ-, 한국문화사.

한글학회(1974), 『한국지명총람』 4(충남편 상), 한글학회.

_____(1991), 『한국땅이름큰사전』(상·중·하), 한글학회.

韓相仁(1993), 「大明律直解 吏讀의 語學的 硏究」, 충남대 박사논문.

_____(1998), 『朝鮮初期 吏讀의 國語學的 硏究』, 보고사.

한영목(1999), 『충남방언의 연구와 자료』, 이회문화사.

황금연(2000), 「'잉-'·'인-'형 지명의 한 해석」, 地名學 3, 한국지명학회.

A.Dauzat(1932), Les NOMS DE LIEUX origine et évolution, Paris.

―――――(1977), Les Noms de Famille de France, Librairie Guenegaud Paris.

A.Dauzat · Ch.Rostaing(1983), DICTIONNAIRE étymologique des noms de lieux en France, Librairie Guenegaud Paris.

C.E.Reed(1977), Dialects of American English, The University of Massachusettes Press.

Chin-W. Kim(1983), The Indian-Korean connection revisited, Korean Linguistics Vol. 3, The International Circle of Korean Linguistics.

Chou Fa-Kao(1973), A Pronouncing Dictionary of Chinese Characters, The Chinese University of Hong Kong.

G.Gasca Queirazza(1990), DIZONARIO DI TOPONOMASTICA storia e significato dei nomi geografica Italiani, UTET, Torino.

Mario Pei(1965), The Story of Language, J. B. Lippincott Company New York.

Nida(1949), Morphology, The University of Michigan Press.

P.Marichel · L.Auguste Longnon Mirot(1979), Les nomes de lieu de la France leur origine, leursignification, leurs transformations 1-2, Paris.

R.A. Miller(1979), Old Korean and Altaic, UAJ 51.

R.W.Shuy(1967), Discovering American Dialects, National Council of Teachers of English.

Ramstedt,G.J.(1949), Studies in Korean Etymology, Helsink.

S.Potter(1957), Our Language, Apelican Book 227, Penguin Books.

Soo-Hee Toh(1986), On the relationship between the early Paekche Language and the Kara Language in Korea, SLS Vol. 16 No. 2, University of Illinois.

Soo-Hee Toh(1986), The Paekche Language: Its Formation And Features, Korean Linguistics Vol. 4, The International Circle of Korean Linguistics.

■ 찾아보기

한국 지명 신 연구
- 지명 연구의 원리와 응용 -

초판1쇄 발행   2010년 01월 27일
초판2쇄 발행   2011년 10월 10일

저 자   都守熙
발행인   윤석현
발행처   제이앤씨
등 록   제7-220호

대표주소   서울시 도봉구 창동 624-1 북한산현대홈시티 102-1206
대표전화   (02)992-3253
전 송   (02)991-1285
전자우편   jncbook@hanmail.net
홈페이지   http://www.jncbook.co.kr
책임편집   박채린

ISBN 978-89-5668-760-5 93810   정가 40,000원